CW00377263

James Crumley

Un pour marquer la cadence

*Traduit de l'anglais
par Nicolas Richard*

Gallimard

Titre original :

ONE TO COUNT CADENCE

© *James Crumley, 1969.*
L'édition originale de cet ouvrage a été publiée par Random
House Inc., New York, U.S.A.
© *Éditions Gallimard, 1992, pour la traduction française.*

James Crumley est né en 1939 à Three Rivers au Texas. Il vit aujourd'hui dans le Montana.

Il est l'auteur de plusieurs romans dont *Un pour marquer la cadence* et *Le canard siffleur mexicain*.

pour ma mère, mon père
et pour Charlie

Il était écrit qu'il me faudrait rester fidèle au cauchemar de mon choix.

JOSEPH CONRAD
Au cœur des ténèbres

Sur toutes mes montagnes, j'appellerai l'épée contre Gog — oracle du Seigneur DIEU —; chacun tournera l'épée contre son frère.

Je montrerai ma grandeur et ma sainteté, je me ferai connaître aux yeux de nombreuses nations. Alors elles connaîtront que je suis le SEIGNEUR.

ÉZÉCHIEL *38 : 21, 23*

Niquez-les tous, tous sauf neuf
Six pour les cordons du poêle
Deux pour mater les gardes
Et un pour marquer la cadence.

Vieille prière de l'armée

Préface historique

C'est marrant de voir comment les histoires circulent. Pas plus tard que l'autre jour, le capitaine Gallard m'a raconté celle de la bagnole. Ça faisait plusieurs minutes qu'il n'avait pas dit un mot, il était assis à contempler le seizième green par la fenêtre, ses doigts trottaient dans ses cheveux bouclés. Lorsqu'il a enfin ouvert la bouche, il a parlé d'une voix grave qui nous emportait à la dérive, loin des Philippines, rebroussant chemin jusqu'à l'Iowa, jusqu'à son enfance, tandis qu'il évoquait l'automobile mythique de sa jeunesse.

L'histoire, vous la connaissez tous : la bagnole, la grosse machine de luxe que vous avez toujours voulu avoir, celle dont vous avez toujours rêvé, eh bien, elle est justement à vendre dans une ville des environs (la ville, toujours) pour vingt-cinq dollars. C'est chaque fois par là qu'ils commencent, comme ils ont commencé avec Gallard à propos de cette Lincoln qui se trouvait à Des Moines. Vient ensuite l'éternel hic : un agent d'assurances a clamecé dans la caisse, quelque part sur une route déserte ; il a clamecé, il s'est décomposé et la puanteur s'est infiltrée jusque dans le métal. « Et vous savez à quel point ça pue, la

13

mort », il a fait, il a une fois de plus laissé traîner ses mains dans ses cheveux (des mains de fermier, petites, aplaties et robustes, l'extrémité du majeur et de l'annulaire avait été arrachée par une ramasseuse de maïs il y a bien longtemps), en aucun cas des mains d'ostéopathe.

« J'ai même réussi à économiser la somme, a-t-il dit avec un sourire pensif. Mais je ne suis pas allé à Des Moines. Je ne sais pas pourquoi. C'était moins à cause de la puanteur — car, à part moi, je ne vois pas qui allait venir la renifler, pendant que je sillonnais de nuit ces routes gravillonnées — que parce que je n'aurais pu y faire monter une nana, et vous savez bien que les bagnoles, ça ne peut pas gazer sans nanas. Si bien que je n'y suis pas allé, il a gloussé, tout en se calant sur sa chaise. Je n'ai pas non plus réussi à me taper la nana que j'avais en vue. Enfin pas à ce moment-là. » Il s'est marré à nouveau, il a souri, puis il a encore promené son regard sur le terrain de golf, vers les deux filles qui travaillaient sur le green de l'autre côté de la route. Elles étaient toutes les deux petites, des Benguet Igorots[1], portaient plusieurs jupes enroulées autour de la taille, et des chaussures de tennis trop grandes. Elles ressemblaient à ces poupées idiotes et dynamiques, dont la base est lestée, et qui, lorsqu'on les frappe, reviennent à la verticale en un mouvement de balancier recevoir un autre coup. Mais ce n'est pas ce qui se reflétait dans les yeux de Gallard, ce n'était pas elles, non, pas plus que le *fairway* d'un vert pimpant, bordé d'une lisière de sapins, pas plus que la ville embrumée de Baguio per-

---

1. Une des populations des Philippines. *(Toutes les notes sont du traducteur.)*

due au loin, rien de tout cela, il n'y avait que le long museau délicat de cette Lincoln mythique.

La bagnole de ma jeunesse — ça ne remonte pas à si longtemps — était une Cadillac à cent dollars (faut croire que même les rêves n'échappent pas à l'inflation) à San Antonio. Mon histoire à moi, c'est qu'un médecin s'était arrêté au milieu des collines de cèdres des environs, puis avait fait un joli trou bien rond dans le toit, ourlé de lambeaux de cervelle. Moi aussi ça m'a fait rêver, et moi aussi je me suis dégonflé, même si, contrairement à Gallard, je n'avais pas de raison précise. J'avais tout simplement peur que ce ne soit pas vrai, et je n'avais aucune envie d'aller vérifier par moi-même. Pourtant, j'en entends encore parler, de la bagnole, je suis sûr que vous aussi. Une Thunderbird à Los Angeles. Une Corvette à Atlanta. Une Jaguar à Boston. Les villes et les bagnoles changent, mais pas les braves gars des petites villes, ni le rêve. J'en suis persuadé ; mais je suis moins sûr, affirmatif quant à ce dont on rêve, est-ce de la puissance et de la beauté de la machine, ou bien de la puanteur ? Ça revient peut-être au même, je n'en sais rien. Je sais seulement que le rêve, lui, est bien réel. Quelque part, là-bas en Amérique, il y a des adultes — des médecins, des avocats, des chefs d'entreprises — qui vont gâcher leur fluide dans la tôle, ils vont se dégrader et se liquéfier, goutte à goutte, se dégrader et s'affaisser, afin que vous et moi on puisse rêver — et qu'on perde la tête dans un cauchemar de mort et de vent glacé soufflant sur une tombe béante.

Ça lui est égal, à Gallard, que je parle ainsi, et une fois que je lui ai raconté ce que je pensais de la

15

bagnole de nos rêves, il m'a accusé de voir en chaque mythe, et donc en Dieu, une conspiration. Et lorsque je lui ai répondu : «Bien sûr», il m'a accusé de manquer de sérieux. Je lui ai rappelé qu'il avait dit la veille que j'étais trop sérieux. Il a maintenu que les deux accusations étaient valables. «Voyez-vous donc le mal en toute chose, il m'a demandé, ou bien n'en êtes-vous que le reflet ?» (Joe Morning m'a posé une fois la même question, je m'en souviens.)

Gallard s'occupe de moi, il soigne mon bras et ma jambe, qui sont en voie de récupération, il me radiographie consciencieusement la jambe une fois par semaine, pour surveiller la broche. Il prétend que les rayons X constituent en fait un stratagème pour me rendre stérile, et j'acquiesce. Mais pendant tout ce temps, il cherche en fait une autre blessure, une plaie putrescente qu'il croit sentir. Il ne l'a pas encore découverte ; mais un de ces jours, je vais lui dire. Il tourne en rond comme un vieux coyote malicieux autour d'un morceau de bidoche empoisonné, il se retire, il contient sa faim. Mais bientôt la chair et le sang sentiront trop fort pour son blair, et il lui faudra bouffer ou devenir timbré. Les larves purifient les plaies ouvertes, m'a-t-on dit, et je ne pense pas pouvoir aller bien, tant que Gallard n'aura pas avalé le sang de mon ami, Joe Morning, qui se trouve dans les pages qu'il m'a remises afin que je raconte. Gallard appelle ça de la «Thérapie». De la «Folie», moi je dis. Mais c'est un médecin au vrai sens du terme, il panse mes blessures.

Il l'a senti très vite, peut-être même dès le premier jour, quand j'ai débarqué à l'hôpital de l'*Air Force* au camp John Hay, près de Baguio. Je ne me rappelle pas très bien le vol Med-Evac[1] en provenance du Viêt-nam — une douleur sourde dans tout le flanc droit, une forêt d'aiguilles qui rayonnaient, une kyrielle de masques blafards formant comme une plaine. Puis l'avion est arrivé à proximité de l'île de Luzon. La bande de terre n'était au début qu'un grain de poussière, puis un point, avant de se métamorphoser en une tache qui jurait avec la surface pure de l'océan, une imperfection sombre verdâtre au milieu d'un univers bleu. Puis ce fut bientôt une éruption, un monstre hors du temps qui s'élevait des profondeurs silencieuses de la Fosse de Mindanao, de la vase dégoulinait de son dos plissé, un monstre irisé d'écume blanche, qui semblait faire bouillir la mer en entrant à son contact. Lorsqu'on s'est approché, j'ai eu l'impression que la bête ancestrale allait s'emparer de l'avion, et le repousser d'une pichenette comme un moucheron importun, et à nouveau j'ai été effrayé, j'ai ressenti une sensation de peur et d'aveuglement, mais la frousse a disparu aussi vite qu'elle était apparue, le monde a culbuté pour reprendre sa place habituelle. La vase est redevenue jungle épaisse, et l'écume s'est adoucie en des vagues turbulentes, qui sommeillaient au pied des montagnes, et j'ai... et le dormeur est retourné dans sa tombe.

Je me suis réveillé au moment où l'avion survolait Baguio, et j'ai aperçu tout d'abord les montagnes inflexibles et arrogantes, qui trébuchaient et se ramassaient sur elles-mêmes, culbutaient dans de dédaigneuses vallées qui les attendaient de pied ferme,

1. Évacuation sanitaire par air.

puis les plateaux moelleux qui reposaient au-dessus du désordre gigantesque. Chaque élément inspirait la quiétude : les paisibles *fairways* verts, fraîchement taillés au milieu de la luxuriante jungle verte ; les milliers de piscines aux yeux bleus éblouissants, qui clignaient et scintillaient au milieu des jardins barbouillés de couleurs et des habitations tranquilles.

Mais je ne suis pas tombé dans le panneau. J'étais toujours accroupi dans mon camion radio émetteur, les grenades avaient dispersé les morts comme une gerbe de fleurs ; un vieil homme famélique, dépouillé, qu'on tient encore dans ses bras, la poitrine décorée d'une floraison sanguinolente. Tous les guerriers finissent par rentrer au bercail, mais je ne savais pas exactement où et quand le combat s'était arrêté, pas plus que je ne distinguais le jour de la nuit. Puis des yeux anthracite, curieux, perchés au-dessus d'un masque vert, qui me disaient : « Calme-toi, fiston. » Et sur le coup, j'ai obtempéré.

C'est après plusieurs jours de colletar médicamenteux, alors que j'étais encore silencieux, que Gallard est venu prendre de mes nouvelles. Comme je ne lui donnais pas de réponse, il a dressé les sourcils presque jusqu'aux boucles noires qui dérivaient sur son front bas et carré, et il m'a à nouveau interrogé du regard. J'ai indiqué d'un signe de tête mon bras et ma jambe dans le plâtre, l'enchevêtrement de poulies, et j'ai fait de mon mieux pour hausser les épaules. Il a légèrement opiné du chef, comme pour dire : « D'accord. Calme-toi. Je reviendrai une autre fois. » Ce type est un sage, me suis-je dit quand il est parti.

Encore plusieurs jours ont passé, pendant lesquels mes yeux se sont refermés sur ces murs nus, sur cette blancheur de lait caillé, sur ce blanc cassé, complètement cassé. Les rayons de soleil, si chauds et dorés à la fenêtre, dégoulinaient sur ces murs comme du beurre rance. Mes yeux se refermaient en un réflexe d'autodéfense, mais ils ne trouvaient dans l'obscurité qu'un bien maigre répit. En revanche, ils butaient sur des visions, les rêves d'un alcoolo assoupi dans la crasse pâteuse d'un cinéma ouvert toute la nuit, dérapant entre des taches éparses de lumière et d'obscurité, jusqu'à ce que la mise au point dévoile les ombres maléfiques et rusées projetées par son esprit, les ombres sur l'écran. Lorsqu'il s'en va, si jamais il s'en va, il ne se souvient pas avoir somnolé. Je n'avais que le vide de ces masques blafards qui feignaient de s'intéresser à mon cas.

J'ai mangé la nourriture étonnamment correcte de l'hôpital, me soumettant aux rituels quotidiens, le bain et le lit qu'on vient retaper, acceptant les piqûres quand on m'en injectait, supportant la douleur en silence dans le cas contraire. « L'homme connaît-il donc si peu le supplice qu'il se voit contraint de partir en quête du Jardin par le truchement d'une aiguille ? » je profère à l'intention des deux infirmières qui m'administrent la drogue, le lieutenant Light et le lieutenant Hewitt. La première s'esclaffe ; la seconde croit que c'est une citation connue. Une fois, à ma porte, le lieutenant Hewitt a confié à une aide-soignante : « Épuisement consécutif aux combats », puis elle a hoché sa tête qui sonne creux. J'ai ri d'un obscène beuglement de clébard. Le lieutenant Hewitt, ou Sac-d'Os comme on l'appelle, a souri d'un air narquois, avant de décamper rapidement. Encore pour jacasser, je suppose. Dans cet hosto, au-dessus du grade de capitaine, seuls la Mort et les médecins ont le droit de se bidonner.

Gallard est venu peu après pour reprendre de mes nouvelles. Le silence commençait à me casser les bonbons, mais je n'étais pas encore prêt à parler. Je tenais à ce qu'il ait vraiment envie de savoir, alors j'ai fait : «Ces curieux instruments ne sont pas les clés qui mènent au Paradis, mon Capitaine, pas plus d'ailleurs qu'ils ne vous ouvrent les portes de mon cœur.

— Vous vous doutez bien que ce n'est pas dans un tel dessein qu'ils ont été conçus», il m'a répondu comme s'il s'apprêtait à faire une sortie.

J'ai encore pouffé de rire, plus doucement, et j'ai sonné l'infirmière. Elle a remonté mon lit, mais pas suffisamment néanmoins pour que je sois à mon aise pour apercevoir ce qui se passait à la fenêtre. Je me suis redressé, et une déferlante de disques noirs a fusé sur moi. J'ai eu l'impression que ma tête aussi était aéroportée, les disques ont augmenté de volume et se sont rapprochés, puis ils m'ont obstrué la vue en un bref choc lumineux, et je me suis évanoui.

J'ai dû remonter la pente pour reprendre mes esprits, plus symboliquement que physiquement, et il m'a fallu fournir un véritable effort pour qu'enfin je cesse de m'apitoyer sur mon sort. Les senteurs de l'herbe fraîchement coupée ont afflué à mes narines, capiteuses et quelque peu doucereuses, comme de la pastèque, accompagnées de l'arôme acidulé des aiguilles de pin, et de ce mélange si caractéristique de maquillage, de transpiration et de parfum, synonyme d'une présence féminine. J'ai porté mon attention sur les yeux bleus qui se fronçaient gentiment au-dessus de moi.

«Bonjour, mon cœur», j'ai fait en lui effleurant la joue. Elle a piqué un fard, le visage comme une rose

pelotonnée entre ses courts cheveux clairs. Le lieutenant Light avait une stature imposante, mais son
visage se réduisait à un petit ovale timide, juché sur
le dessus. Elle avait des seins minuscules, mais des
hanches et des jambes parfaites. (Jusqu'alors, je
n'avais pas remarqué.) Elle laissait toujours partir
ses épaules en avant, comme si elle craignait que sa
grande taille ne vous offense, et grâce à cette touche
délicate, sa blouse faisait moins office d'armure que
celle des autres infirmières.

« On dirait que vous allez bien, m'a-t-elle dit.

— Je suppose que d'après le scénario, il faut que
je réponde, "Eh bien, vous aussi, vous avez plutôt
l'air de vous porter comme un charme", mais au
diable le scénario, vous semblez effectivement vous
porter comme un charme.

— Vous avez besoin de quelque chose ?

— Une cigarette ? » j'ai demandé, elle m'en a
donné une, elle m'a aussi donné du feu.

« Vous désirez autre chose ? » La flamme brûlait
encore au creux de la main. « Et si vous me répondez
ce qui est prévu dans le scénario, je vous rectifie le
portrait.

— Ça vaut peut-être le coup.

— Possible », elle a lâché dans un petit rire. On
aurait dit qu'elle voulait vraiment savoir si je désirais autre chose.

« Vous pourriez rester, histoire qu'on discute un
peu.

— Je ne peux pas.

— Vous ne pouvez pas tout de suite ?

— Je ne pourrai à aucun moment. Vous n'êtes
qu'un simple soldat à l'esprit mal placé, alors que je
suis officier et gentleman », m'a-t-elle répondu avec

une amorce de sourire. Puis elle est retournée à ses moutons : «Vous êtes bien sûr que ça va?» J'ai hoché la tête en guise d'assentiment, elle a fait volte-face pour prendre congé, j'ai une fois encore été frappé par son port de tête hésitant. Ce que je désirais, c'était lui faire redresser son dos, et porter ce visage délicat dans la lumière du soleil.

«Une dernière chose, j'ai fait.

— Oui?» a-t-elle prononcé sur un ton des plus solennels. Elle était capable de changements si rapides. Comme tous les êtres sans défense, elle n'était que trop prête à ce qu'on la blesse.

«Votre nom?»

Elle a souri encore une fois, elle s'en est sortie à la perfection, n'envisageant pas un instant que lieutenant Light était la bonne réponse. «Abigail Light.

— Abby?

— Non.

— Gail?

— Non. Abigail», a-t-elle prononcé en donnant un petit coup de tête, elle a encore souri, comme si la sonorité de son nom la comblait, puis elle est partie. Elle avait articulé son nom d'une manière un brin surannée, en soulignant la musicalité qu'un surnom ne pouvait trahir, un nom qui remontait à l'époque où les noms signifiaient quelque chose. Abigail Light. Tellement plus charmant que le mien, je me suis dit, le mien qui évoquait un sinistre grondement de tonnerre par une belle journée printanière. Jacob Slagsted Krummel. Slag[1] Krummel.

Je me suis replacé en position horizontale. Mon corps, qui a appris si récemment, et avec une telle

---

1. *Vieille pute, ordure, trouduc,* en argot.

violence, sa propre vulnérabilité, a oublié la douleur, le viol. Je me suis appuyé sur les bleus et les ankyloses dues à l'inactivité, je me suis gratté les croûtes les plus légères qui fourmillent sur tout mon côté droit, et j'ai décidé qu'après tout j'allais m'en sortir.

J'ai examiné ce qui m'entourait : ma piaule ; ces murs rébarbatifs ; un lit au cadre de porcelaine en émail laqué peu engageant, pourvu d'un étalage de dispositifs mécaniques pour pousser, tirer, visser, tourner, tant et si bien qu'on aurait dit plus une salle de torture qu'un lieu de guérison ; deux fenêtres orientées à l'ouest, à moitié relevées, dotées de stores jaunis par le temps, déroulés à mi-hauteur, avec des carreaux vitrés trop propres pour ne pas être tranchants.

Ce qui se trouve de l'autre côté des fenêtres, c'est une autre histoire. Au loin, Baguio, capitale estivale des Philippines, un dédale multicolore qui se répand sur une demi-douzaine d'îles satinées. Beaucoup plus proche, juché sur la crête d'un promontoire, le centre de réadaptation, un bâtiment bas et massif, tout en rondins avec une terrasse piquetée de parasols, légèrement en retrait du neuvième green. Le dixième et le onzième *fairway* sont situés sur la gauche, de part et d'autre de la route, mais je ne peux pas les apercevoir, pas plus que le douzième, et je ne distingue que l'arrière du treizième green, car le reste est dissimulé à ma vue par le promontoire sur lequel est placé le quatorzième tee. Le quatorzième *fairway* est disposé en ligne droite, avec une légère pente descendante de deux cents mètres, puis la surface plane du terrain s'incline vers la gauche sur une centaine de mètres jusqu'à buter en bas de la colline, sur l'impénétrable et luxuriante forêt vierge. Le *fairway* est ensuite plat sur une trentaine de mètres, jusqu'à ce que le green surélevé vienne s'appuyer sur le flanc du coteau, en deux bunkers situés sur la lèvre avant. (J'ai réussi une fois à placer un drive dans le bunker de droite, grâce à une bonne frappe et à l'inclinaison de la pente, mais Morning a cru que j'avais payé mon caddie dans le seul but d'aller fourrer ma balle là-bas. Il a toujours été un type difficile à convaincre.) Une route serpente à environ vingt mètres au-dessus du green, ainsi qu'un sentier de gravier de ce côté-ci de la route, qui mène directement à ma fenêtre. Entre la route et l'hôpital, le sentier dessine une fourche, un premier tronçon passe sous ma fenêtre en direction de l'hôpital, un second part sur la droite vers le quinzième tee. On dirait toutefois que jamais personne ne marche en direction de ma fenêtre.

Si je me suis attardé avec quelque nostalgie sur la vue qui s'offre à moi, ce n'est pas tout à fait sans raison. Il fut un temps où ce petit parcours de golf était notre seul refuge. On y montait quand la touffeur et la débauche de la plaine avaient encrassé nos esprits, on se retrouvait en altitude, à la rencontre du soleil et des pluies de l'après-midi. L'air plus froid, la solitude, la végétation fraîche et la vertu, le golf, la modération, les montagnes qui s'étirent jusque vers le ciel. Ces éléments nous avaient alors apporté de la quiétude — mais je doutais qu'ils soient maintenant capables de m'apaiser, maintenant que j'étais en tête à tête avec ma mémoire, avec mon histoire, maintenant que mon aile était épinglée, et que je ne pouvais plus la porter.

Moins de trois mois auparavant, Cagle, Novotny, Morning et moi, étions précisément sur ce périmètre de pelouse qui m'a tant obnubilé lorsque je l'ai revu, on se tenait là, souriants et en bonne santé, tandis que le soleil grignotait les brumes matinales. Comme je repensais à eux, la vie qui affluait soudain dans mes veines s'est transformée en une subite culpabilité, et il m'a suffi de fermer les yeux pour les faire resurgir.

Noir et blanc, noir et blanc, tout noir et blanc. Un monde en négatif, que l'aube n'a pas encore développé. Un rugissement tissé de tous les sons qui se sont confondus en un seul, aucun cri d'individu ne peut tendre son bras implorant au-dessus de la clameur. Le hale de Novotny qui respirait la bonne santé a viré au gris, son treillis encore amidonné, une mèche noire surgie dans sa claire chevelure rêche. Cagle, un corps trapu et poilu qui danse, en calcif, agité d'un soubresaut, il se redresse, sursaute, sursaute tandis que du sang jaillit de sa poitrine. Et Joe Morning, Joe Morning, sa robuste silhouette longiligne qui se plie en avant en une brève courbette nerveuse comme si quelqu'un d'important venait de mettre un terme à sa vie.

Lorsque j'ai ouvert les yeux, ils avaient disparu, et pourtant ils étaient encore là, je ne pouvais rien y faire. Je me suis rendormi.

Une infirmière et une aide-soignante philippine m'ont réveillé à dix heures pour changer les draps, et me dispenser une toilette pour putes. Elles ont réussi à s'en tirer sans que je m'évanouisse de douleur. Les draps propres étaient rêches et frais au contact de mon dos et, pour une fois, je me suis senti propre après la toilette. Mais j'avais beau être propre, ma jambe droite, après deux mois de plâtre, empestait comme si elle s'était faufilée là-dedans pour venir y crever. J'ai réclamé un coiffeur, et, aussi curieux que cela puisse paraître, on m'en a envoyé un, de la boutique de l'hôpital. Il a rasé ma barbe de quelques jours, m'a taillé les moustaches et m'a coupé les cheveux.

Propre, rasé, reposé, j'ai refusé de me souvenir, et je me suis dit que la vie serait épatante si je pouvais me rincer la dalle. Il y avait plusieurs lettres dans ma table de nuit, dont une de mon père qui contenait un mandat de cinquante dollars. J'ai survolé la lettre, grappillant quelques lignes ici et là, apparemment, il se doutait bien que je n'avais pas un rond à l'hôpital. Une aide-soignante lui avait apparemment dérobé son fric à Cherbourg pendant qu'il était évacué de Bastogne, à cause d'une pneumonie en décembre 44. Quelles que soient ses raisons, Dieu merci, me suis-je dit, parce qu'effectivement, j'étais fauché.

Le lieutenant Light est allée l'encaisser pendant sa pause de midi, après quoi j'ai mis le grappin sur l'aide-soignant, au moment où il revenait chercher mon plateau de déjeuner. Il s'est montré réticent, s'est un peu plaint, mais il a ensuite fait preuve d'un tel sens des affaires, que j'ai compris qu'il se livrait régulièrement à ce genre de combine. Je lui ai refilé suffisamment d'oseille pour qu'il me rapporte une boutanche de *Dewar's* du marché noir, et je lui ai promis un autre bifton de cinq dollars quand il me l'apporterait ce soir à ma fenêtre.

Comme je n'avais plus rien d'autre à faire de tout l'après-midi, hormis attendre la bouteille magique, j'ai lu mon courrier. Il y avait une lettre de mon ex-femme, qui commençait par un petit chapitre comme quoi c'était une bonne chose qu'on soit encore amis même après notre divorce — ce qui n'était pas tout à fait vrai, mais ça faisait bien quand elle le disait à ses amis. Elle papotait ensuite à propos de l'excellent travail dans lequel elle était *impliquée* au sein de la population nègre du Mississippi. Elle évoquait le Mississippi comme s'il s'agissait de Madagascar, mais je savais bien que son «engagement idéaliste», comme elle l'appelait, avait beau être dans l'air du temps, c'était vraiment une femme au grand cœur, au meilleur sens du terme, et la plupart du temps, je regrettais qu'elle m'ait quitté. Elle allait jusqu'à espérer que je ne serais pas mêlé au sac de nœuds du Viêt-nam, puis elle passait en revue les défauts du jeune homme brillant et volontaire sous la direction duquel elle travaillait. Je ne regrettais pas vraiment, après tout. Elle m'écrivait depuis maintenant presque deux ans, me disant combien elle avait souffert de mon amertume et de mes travers, et ce n'est pas parce que je ne lui répondais jamais qu'elle interromprait nos relations épistolaires. Plusieurs mois auparavant, dans un moment d'ébriété, je lui avais envoyé une carte postale sur laquelle ne figurait qu'une seule phrase, «Va te faire sauter par les nègres», mais j'avais oublié d'inscrire l'adresse. Je me demande souvent qui l'a reçue; c'était la photo d'un Pygmée négritos [1].

Quant à la lettre de mon père, c'était la rengaine habituelle : il avait ou il n'avait pas plu, et les affaires du ranch étaient ou n'étaient pas florissantes; un de mes jeunes frangins avait concocté un truc qui poussait mon père à se demander à quoi bon s'enquiquiner pour que se perpétue le nom de la famille (cette

---

1. Une des populations, probablement autochtone, que l'on trouve essentiellement dans la Sierra Madre et la Sierra Zambalès.

fois, c'est Claude, le plus jeune, qui au cours d'un rodéo avait essayé de chevaucher un taureau Brahma, et s'était fait encorner en pleine bouche, avant de retoucher le sol, si bien que le paternel avait dû cracher cent plaques pour les frais de dentiste, ce qui, par parenthèse, lui faisait penser à ma première et dernière, euh, tentative avec les taureaux, la fois où ce salopard de taureau, baptisé pour quelque obscène raison Sara Lou, avait dévoré mon repas de midi au rodéo de Tilden, m'avait niqué une demi-douzaine de côtes, m'avait cassé le bras gauche, me laissant en guise de souvenir une demi-lune de dix centimètres sur la joue gauche, et crénom de Dieu, ça n'avait pas été de la rigolade) ; il espérait que j'allais quitter l'armée, parce que c'était une honte de gâcher ainsi toutes ces années d'études, mais faut bien qu'un homme fasse ce qu'il a envie de faire s'il veut être heureux, et puis l'armée, ce n'était pas si mal, du moins n'en gardait-il pas un mauvais souvenir. La dernière chose qu'il mentionnait (il y venait en dernier afin que je n'aille pas croire que ça l'affligeait ou l'inquiétait), c'était le télégramme, et la lettre qui annonçaient que j'avais été blessé. Il m'a fallu un bout de temps pour piger, mais j'ai fini par comprendre qu'il pensait que j'avais été blessé dans un accident d'avion.

Un accident d'avion, ils appelaient ça. Peut-être bien que c'en était un. Les grosses huiles de cette bonne vieille armée ne pouvaient certainement pas admettre qu'une poignée de Viêt-congs était tombée sur le paletot du 721e détachement de transmission et de son fameux équipement d'une valeur de trois cent mille dollars, dès la première nuit d'opérations ; ils nous étaient tombés dessus, et nous avaient mis la pâtée du siècle. Même le Congrès américain n'était pas censé savoir qu'on était au Viêt-nam, alors comment les VC, eux, pouvaient-ils être au courant ? Je ne connaissais pas exactement l'ampleur des dégâts essuyés par le 721ᵉ, mais j'en avais assez vu pour savoir qu'il y avait eu du grabuge. Un accident de coucou. Merde.

Et voilà où j'en étais, touché au bras et à la jambe par un premier lieutenant américain, qui m'avait tiré dessus trois heures après la fin de l'attaque. Ça ne m'avait pas courroucé outre mesure, d'une part parce que je venais alors de commettre un acte insensé, et d'autre part parce que je n'avais pas réfléchi à la question. Les autres s'étaient fait buter, et je m'estimais heureux de ne pas y être passé, suffisamment chanceux pour ne pas chipoter sur les conditions de ma survie. Mais la colère vient plus aisément que la réflexion, si bien que j'ai passé tout l'après-midi à repenser à tous ces crétins d'officiers que j'avais connus, et j'ai réappris à les haïr.

Après la tambouille du soir, Ramon et moi nous sommes retrouvés à la fenêtre, pour nous livrer à notre petite transaction. Je m'en suis jeté un derrière la cravate, puis j'ai planqué la bouteille sous l'oreiller, et j'ai essayé de pioncer jusqu'à la saint-glinglin. Quel idiot je fais, d'avoir cru que je pourrais picoler peinard, sans que les infirmières viennent fourrer leur nez dans mes affaires.

Il devait être trois heures du matin quand je me suis réveillé. Ma jambe me lançait, ma tête me faisait mal, les croûtes, sur le côté, me démangeaient, et ma bouche avait le même goût que l'intérieur d'une pompe de tennis. Tel un crabe blessé, j'ai réussi à verser une bonne quantité d'eau tiède sur la table de nuit et une petite goutte dans le verre, que j'ai engloutie sans broncher. Le grand moment était arrivé, le gorgeon que j'avais attendu toute la journée. Du scotch doux pour apaiser une âme en colère. Ça avait un goût dégueulasse. C'est étrange comme le goût peut ébranler l'inspiration romantique.

Je me suis étranglé à la première gorgée, et j'en ai recraché la moitié sur mon pyjama. Trois rasades plus rapides, puis j'ai marqué une pause, tout en attendant la montée d'un peu de chaleur. Je me suis demandé pourquoi je refusais qu'on me soigne avec des médicaments, alors qu'avec l'alcool j'étais partant. C'est typiquement classe moyenne, je me suis dit. Une autre rasade, une bonne lampée, puis enfin une vraie goulée format masculin. Il n'y a pas eu de différence; j'ai tout de même eu des haut-le-cœur à chaque fois. J'ai marqué une seconde pause.

Un délicat vent frais est venu caresser l'atmosphère, il semblait trop lourd et trop moite pour les montagnes. Le délicat pépiement et le gazouillis léger des pins parvenaient à mes oreilles par la fenêtre, comme des questions oiseuses. Plus loin, derrière les arbres, des nappes de brume s'étiraient sous la lune, on aurait dit de la gaze, où venaient se mirer les réverbères de la rue. J'ai suivi les mouvements du brouillard, en attendant que le scotch m'invite d'un coup de coude dans le monde magique du dehors, de l'autre côté de la fenêtre, mais je me suis vite mis à dérailler : comme un flirt, quand on n'arrive pas à tirer son épingle du jeu, il est une heure du matin, on est claqué, on a froid, on n'a qu'un regret, c'est d'être venu, et on maudit le jour où on l'a rencontrée. Alors que je pensais à une femme, me disant que c'était exactement ce dont j'avais besoin, je me suis demandé à quoi ça ressemblerait de prendre son pied suspendu à mes poulies. Vu mon état ? Pourquoi pas ? Toutes les prouesses de Frederick Henry[1], je peux les réaliser, et en mieux. Mais elle est enfin venue, celle que j'attendais. Le teint diaphane, délicieusement haletante, une vierge revenue à la vie, la lune s'est prise dans la toile d'araignée de ses cheveux, sa bouche s'ouvre sous la mienne comme une fleur… Comme par magie, j'étais ivre, l'air frais me pétillait dans le nez, le baiser brûlant du scotch m'enflammait le ventre.

Pendant un quart d'heure, je me suis tapé ces quinze cents vierges fameuses. Au cours des cinq minutes qui ont suivi, j'ai banni le mal de la maison de l'homme, terrassant les miens ennemis de ma blanche griffe droite. Je me suis encore rincé le gosier en essayant de prononcer «blanche griffe droite». Je me sentais débordant d'amour, de vertu et d'honneur, alors j'ai remis ça, et j'ai picolé dur pendant un bout de temps. Puis je me suis mangé l'addition dans les gencives — en l'espace d'une demi-heure, j'étais bituré et j'en avais marre, solidement immobilisé, sans une âme pour m'adresser la parole, pour me regarder, voire me plaindre. Il n'y avait que moi, moi tout seul dans le noir, avec encore une demi-bouteille en perspective, et un trop grand nombre d'heures avant l'aube. Mais à la longue, même l'ennui manque de constance. Mon esprit a dressé le panorama de toutes les aberrations de ce vaste monde. J'étais affligé et consterné par ma propre survie ; après quoi j'ai été persuadé qu'étant parmi les plus robustes, je n'avais que ce que je méritais.

1. Héros de *L'adieu aux armes* d'Hemingway.

J'ai d'abord ressenti une grande culpabilité, puis j'ai prononcé de généreux mercis pour la mort de Joe Morning.

Tout est possible dans l'obscurité des petits matins, et le temps que l'aube dévoile les coins troubles de ma chambre, je haïssais, je haïssais le lieutenant Dottlinger, que je n'avais jamais d'ailleurs porté dans mon estime, ce salopard qui m'avait tiré dessus... bon. J'ai chopé un stylo dans le tiroir de ma table de nuit, et j'ai signé sur mon propre plâtre, j'ai gribouillé VA TE FAIRE ENCULER exactement au-dessus du trou dans ma cuisse. Je voulais ajouter DOIGT DE LA PUTE[1], comme on l'appelait dans le 721e, mais j'étais trop vanné.

L'aube c'est une chose, la lumière du jour en est une autre : pendant l'intervalle, j'ai pas mal picolé. Des grognements ensommeillés annonçaient la journée nouvelle dans les salles. On réveillait tous les malades ambulatoires pour qu'ils fassent leur lit, qu'ils lavent et nettoient. Ceux qui arrivaient à atteindre un petit quarante de température ou qui avaient un plâtre suspendu aux poulies pouvaient dormir dix minutes de plus. J'ai trouvé que ce n'était pas des façons de traiter des hommes malades, si bien que j'ai reporté ma haine de Dottlinger sur l'hôpital. J'étais fou. (Je dis fou, au sens littéral, ni pour me trouver des excuses ni pour justifier l'aventure qui suit.)

Le lieutenant Hewit est entrée. Pauvre lieutenant Hewitt, elle trimbalait son manque de chair. Elle se montrait toujours affable et bienveillante, sa blouse si amidonnée et si blanche qu'elle resplendissait comme l'aile d'un ange, elle souriait à pleines dents,

---

1. *Slutfinger*, prononciation approchant celle de Dottlinger.

découvrant de belles gencives bien saines, comme pour dire : « Regardez ! Ça m'est égal d'être laide et maigrichonne. Hé, regardez plutôt comme j'assure bien ! Regardez ! »

« Bonjour, sergent Krummel, a-t-elle chantonné, comme elle seule savait si bien chantonner. Alors comment se sent-on, par cette belle matinée ? » Elle m'a tendu le thermomètre comme on offre une sucette. Pendant que j'essayais de répondre, elle me l'a poignardé sous la langue en gloussant : « Nous y voilà !

— Où ça ? j'ai grogné.

— Tiens, qui a laissé son autographe là-dessus ? elle a demandé en remarquant l'inscription. Tiens, mais ce n'est pas très joli, sergent Krummel, elle a fait en se redressant, tout en flanquant le poing sur ce qui, chez elle, faisait office de hanche. Non mais qu'est-ce que c'est que ça ? »

Je lui ai recraché son thermomètre, et j'ai répondu : « P'têt une carte de la Saint-Valentin, en gage de mon amour ? »

Elle n'a pas trouvé ça drôle.

« C'est p'têt une proposition ? » j'ai suggéré. Son poing a dérapé de sa hanche. Si, jusqu'alors, elle n'avait pas été en colère, maintenant, elle l'était certainement, persuadée que je me moquais d'elle. « Mais bien sûr, me suis-je dépêché d'ajouter en essayant de tout faire passer sur le ton de la blague, moins y a de bidoche, plus l'os est moelleux. Grimpe donc, ma belle, tu connais la bête à deux dos. » Je ne pensais pas que son père *à elle* s'en formaliserait. Je me suis fendu la gueule. Je n'aurais pas dû.

« Espèce de fils de pute ! Tu veux jouer au plus malin, fils de pute ! » elle a hurlé, et elle m'a envoyé un coup de poing en plein dans le nez. Son poing ressemblait à une articulation géante, tout en os. Mon nez a commencé à saigner, ce qui, pour quelque obscure raison sanitaire, n'a eu pour effet que de la rendre plus furax. Elle m'a frappé une fois de plus. Sur le tarin. Elle a dû sentir l'odeur de l'alcool parce qu'elle a reculé en insinuant d'un ton accusateur : « Mais vous avez bu. Vous êtes soûl, n'est-ce pas ? » Sa voix crissait comme une craie au tableau noir, j'en ai grincé des dents.

« Faut bien qu'on s'amuse comme on peut dans ce trou merdique. » Le sang avait coulé à travers ma moustache, jusqu'à ma bouche, alors j'ai craché de l'autre côté du lit. Sac-d'Os m'a frappé encore une fois. En plein dans l'œil.

« Oh, tu vas arrêter tes conneries, maintenant ? » j'ai soufflé.

Elle a cogné une fois de plus sur mon tarin. Je me tâtais encore pour savoir si j'allais la rosser ou pas (un de mes ancêtres, m'avait-on dit, avait frappé une femme, mais c'est parce qu'elle venait de le poignarder), j'ai finalement décidé de m'abstenir. Tout le sang que j'avais dans la bouche, je l'ai craché sur sa jupe impeccable. Le tissu blanc en fut souillé comme par la noirceur du péché, jamais je n'aurais pu la frapper assez fort pour qu'elle sursaute autant qu'elle sursauta. Un vieux truc vicieux, je l'admets, mais ça valait mieux que de lever la main sur elle. Plus facile aussi.

« Vous avez souillé ma blouse ! s'est-elle exclamée dans un cri perçant. Vous allez le regretter ! Vous allez payer pour ça ! Et aussi pour ça ! »

J'ai glissé ma main sous l'oreiller pour arroser ça.

« Ne me jetez pas la bouteille dessus ! Je ne vous conseille pas d'oser quelque chose dans ce goût-là ! »

Je n'y avais même pas songé. Quoi qu'elle ait pu tenter contre moi, je ne l'aurais pas fait.

« Fous le camp, espèce de salope tarée. Fous le camp et laisse-moi crever en paix.

— Je vous interdis de me menacer !

— Ah, bordel de... Haaaahh ! » J'ai poussé une gueulante, puis j'ai lourdé la boutanche dans le coin opposé. Elle a couiné, puis elle a pris ses jambes à son cou, telle une bique meurtrie.

Dès qu'elle a mis les bouts, tout est redevenu si calme que j'ai pu entendre un joueur de golf matinal qui faisait un drive du quinzième tee, ainsi que des bribes de conversation et des rires qui provenaient des *fairways*. La matinée semblait fraîche et lumineuse, l'air était propre, et j'aurais tant aimé faire une partie de golf plutôt que de rester cloué dans ce pieu. J'ai ensuite regretté d'avoir balancé la bouteille, parce que je m'en serais bien jeté un dans le gosier. La dernière goulée que j'avais absorbée agissait dans mon estomac comme par magie ; mieux que du café ou de la nourriture, ça me requinquait.

Le sergent Larkin, l'infirmier, s'est alors précipité dans ma piaule, poussant devant lui un chariot cliquetant de seringues. C'était un petit trapu, un gus poilu qui essayait de faire croire qu'il avait tout vu. Sauf que moi, il ne m'avait pas encore vu.

« OK, fiston, il a fait, calme-toi. Tout va bien se passer. » Il s'approchait, brandissant l'aiguille dans sa main comme un poignard, et il a essayé d'attraper mon bras non plâtré. « Avec ça, tout va bien se passer.

— Bah, dans ce cas-là, t'as qu'à te la garder.

Garde tes distances, mec. » J'ai violemment écarté mon bras.

« OK, mon pote, fini de jouer. » Ce n'était pas un monstre de patience. Il a tenté de prendre une voix froide et militaire ; je n'en avais vraiment rien à cirer.

« Vire ton cul, Larkin. Écarte cette aiguille du paysage. »

Il m'a agrafé le bras une fois de plus, et j'ai lourdé la seringue d'une gifle. Le mouvement a sécrété une substance dans mon sang, quelque chose de bouillant et de propre. Qui s'est durci jusqu'à devenir calme, mauvais, quelque chose de clair et de propre, et ça m'a plu.

« OK, p'tit gars, basta avec tes petits jeux, maintenant, il a fait en préparant une autre dose. J'ai pas envie de te bousiller l'autre bras, mais celle-là, tu vas l'avoir d'une façon ou d'une autre.

— Tu causes trop, p'tit dur. Continue comme ça. » J'ai senti poindre un sourire sur mon visage comme un défi. Larkin a hésité, puis il a hoché la tête en signe de dénégation, comme s'il se demandait de quoi il pouvait bien avoir peur. Je l'ai cueilli d'un coup de pouce bien raide dans la trachée, à l'instant où il se penchait sur le lit. Je n'ai pas trop forcé. Je n'y suis pas non plus allé mollo.

Il a titubé vers l'arrière, les mains sur la gorge comme pour la prière, me suppliant du regard, avant de se rétamer sur le chariot. Le chariot a dansé, comme ivre, sur deux roues, a percuté le mur, puis s'est renversé, envoyant valser son fardeau branquignol à travers la pièce, comme autant de paillettes, avant de revenir en roulant lentement vers Larkin. Il s'est écroulé en émettant un borborygme, puis un râle.

« Faut pas déconner avec le Fantôme », j'ai dit, et il m'a entendu juste avant de s'évanouir. Le spasme qui obstruait son larynx s'est dissipé, il s'est remis à respirer. Je n'y ai guère prêté grande attention. Jésus était charpentier ; il pouvait se permettre de pardonner à ses ennemis ; moi je suis un guerrier, je ne peux pas m'offrir ce luxe.

Tout est redevenu calme, je me suis détendu et j'ai humé l'air à travers mon nez sanguinolent. Pendant quelques instants, j'ai eu des regrets pour Sac-d'Os, je me suis demandé comment j'allais m'y prendre pour lui présenter mes excuses. Mais la gentillesse n'a jamais permis d'effacer la cruauté, me suis-je dit, laissons-la me haïr. C'est ce qui sera probablement le plus agréable. J'ai alors éclaté de rire, en me demandant quelle serait l'âme miséricordieuse qui se chargerait un jour de se farcir Sac-d'Os. « Qu'est-ce que c'est que ce boxon, j'ai soufflé. Qu'est-ce que c'est que ce boxon cinglé. » J'étais persuadé que, d'une certaine manière, tout cela était de la faute de Joe Morning. Le saligaud allait peut-être me hanter. Peut-être pourrais-je trinquer avec son spectre, un godet de sang ou de scotch, selon sa préférence, mais le type de l'*Air Police* que Sac-d'Os avait appelé est entré.

Il était grand et mastoc, le visage tout en mâchoire sous l'ombre de sa casquette. Sa bouche se réduisait à une mince ligne droite, et il se tenait comme pour défier les dieux de la guerre eux-mêmes ; mais c'était un soldat, et non pas un guerrier. Un frimeur lent à la comprenette par-dessus le marché.

« Bien ! il a lancé d'un ton sec. Où est le problème ? » Il a jeté un rapide coup d'œil en direction de Larkin et des éclats de verre, son regard a signifié « non opérationnels », il les a éliminés de son esprit.

« Toi là-bas ! Qu'est-ce qui t'arrive ? » Il s'adressait à un point imaginaire qui se trouvait là où ma tête aurait dû être si j'avais pu me tenir debout.

« Moi ? Ben ça alors, j'en sais rien. Je travaille ici, c'est tout.

— Toi, camarade.

— Dis-moi, mecton, ton sombrero tu vas l're-monter juste un peu, pasque j'arrive pas à mater tes mirettes, et j'risque pas d'causer à un clampin, si j'arrive pas à mater ses mirettes. »

Il a claqué des doigts pour attirer mon attention. « Ferme ton clapet, hein.

— Vous me coffrez, M'sieur l'aviateur ?

— Non, il a répondu le plus sérieusement du monde. Je vais seulement te tenir le bras pendant qu'ils te plantent l'aiguille. Des timbrés comme toi, bons pour l'asile, j'en ai maté plus d'un.

— Ah ouais, vraiment ? Eh ben, laisse-moi te montrer un truc, avant que tu commences à mater un timbré comme moi bon pour l'asile, je lui ai dit en dressant mon bras gauche. Tu vois cette main, mon gars. C'est la main d'un vrai mec. Répertoriée par la police de sept États, comme étant une arme dange-reuse. Tu vois ces cals, là, sur la tranche, tu vois le bout des doigts. C'est une main de tueur, p'tit gars. Alors tu ferais mieux de faire très gaffe.

— Ha, ha. T'as regardé trop de films au cinéma, camarade.

— C'est possible, jeune homme, possible. Ça pour-rait bien être le cas. Mais la visualisation d'un rêve n'altère en rien l'essence de sa réalité ; au contraire il permet au rêve de devenir plus facilement réalité.

— T'es vraiment cinglé, toi. D'ailleurs c'est vrai que t'as l'air un peu louf. »

Ah, ha, je me suis dit, un incroyant, un soldeur de rêves. Or un guerrier est obligé de rêver. « J'te préviens, fais gaffe à cette main.

— Faut vraiment que t'arrêtes d'aller voir ces films. Un jour tu vas te faire bobo », il a ricané à l'instant où le médecin entrait d'un geste brusque, impatient, un autre remède miracle à la main.

« Arrière, vil fils de Priam, si tu ne veux que je te pourfende ! j'ai crié tout en agitant mon bras en l'air. Et, telle l'haleine brûlante et enragée de l'étalon, la fumée de ton bûcher emplira la nuit, et les flammes lécheront le ciel comme des chiens sur ses flancs.

— Aïe aïe aïe », a fait le toubib.

Le type de l'*Air Police* a ri et s'est approché à côté du lit : « C'est bon, Capitaine, je me charge de ce cinglé », il a fait en souriant juste assez pour que la ligne de sa bouche se torde en une légère courbe. J'ai ricané d'un sourire méprisant, j'ai ramené mon bras sur ma poitrine. Il a essayé de me l'agripper, puis il a hésité et a exécuté le même geste de dénégation de la tête que Larkin, avant de poursuivre son mouvement vers mon bras.

Mais voilà, mon bras n'était plus à sa place. Il venait de se détendre comme un ressort, dans cette zone moelleuse située sous le sternum, en plein dans son centre nerveux, qui s'est mis à frémir. Dans l'ombre de la visière, ses yeux se sont écarquillés. J'avais seulement voulu donner une petite tape, juste une claque, pour qu'il sache de quoi j'étais capable, mais une âme s'est élevée de mon bras, complice de quelque chose de profond en moi. Puis à nouveau, plus promptement que prévu, portée par un bref grognement d'énergie nerveuse, ma main s'est à son tour jetée dans la bataille. La bouche du AP s'est ouverte, mais ce n'était pas pour rire cependant, et la partie supérieure de son corps s'est inclinée vers le lit. Ayant recouvré tout mon sérieux, j'ai levé mon bras dans le plâtre, et j'ai cogné, me remémorant un danseur fantôme Paiute, à qui Wovoka, un Bulgare du règne de Krum, avait accordé l'invincibilité, en lui faisant boire un élixir dans un crâne byzantin, et toutes les images violentes dont l'histoire infinie de l'homme est jalonnée réapparaissaient, et les fantômes m'ont alors prêté leur force. Je l'ai cueilli en pleine tronche, juste au-dessus de l'oreille. Sa casquette s'est envolée ; il est allé se fracasser la tête contre le mur, brisant le plâtre au passage. Il a trépigné en une danse spasmodique, il a roulé ses yeux enfin visibles, avant d'aller rejoindre Larkin au plancher.

Purgé, je me suis réinstallé en position allongée, de manière à faciliter ma respiration hoquetante. C'est alors qu'une douleur cuisante s'est fait ressentir dans ma jambe, mon âme s'est recroquevillée avant d'être happée dans le vide, et, pour mon plus grand soulagement, j'ai perdu connaissance.

Un oiseau, un pivert, était juché sur ma tête, et il m'assenait des coups de bec sur le nez. Chaque coup de bec produisait une sorte d'éclair lumineux, qui me tirait de ma confortable pénombre. Saloperie de piaf. Il refusait de déguerpir de mon nez. Chaque coup de bec tombait pile à l'endroit où mon nez avait été déjà cassé, à l'endroit le plus fragile. J'ai tenté de le chasser d'un geste de la main, mais mes mains n'ont pas obéi. Une phrase tirée d'un mauvais sonnet de Tennyson m'est revenue à l'esprit, où il était question d'un « moucheron ne cessant de revenir à la charge ». Sauf que ce n'était pas un moucheron, mais plutôt un vautour… C'est à ce moment-là que je suis revenu à moi.

Un autre AP, même taille, etc., était penché sur moi, et me frappait l'arête du nez à l'aide de sa matraque à intervalles parfaitement réguliers, de très légers coups, à peine plus appuyés que des gouttes d'eau. C'était un bon. J'avais beau tourner ma tête dans tous les sens, la matraque était toujours là pour garder le rythme. Tac! Toc! — ha, t'as Tac! échappé Toc! à celui-là. Tac! Mais pas à celui-ci. Bordel, je me suis dit, ça commence à franchement devenir répétitif, son histoire. Je me suis imaginé une flopée de AP qui faisaient la queue dans le couloir. Le jugement par douze fois prononcé m'aurait semblé largement suffisant, j'ai pensé en me gondolant. Mais cela cessera-t-il un jour? La vague interroge-t-elle la mer pour savoir où se trouve le rivage? ai-je encore songé en riant. Des sangles immobilisaient mes bras, je me suis mis à geindre. Le rythme ne s'est pas interrompu pour autant. Maintenant accompagné d'une psalmodie, devant mes yeux ouverts : «Un vrai dur. Un vrai dur. Un vrai dur.» J'ai poussé un grondement féroce à son attention, un grondement de lion harassé par ses traqueurs: «Yaaaaooooorrrr!»

La cadence a cessé de m'aveugler, je l'ai vu reculer d'un pas. Il était plus âgé que l'autre, plus costaud, et m'a informé d'une voix posée que dès que je serais rétabli de mes blessures — que je m'étais probablement infligées à moi-même — il serait heureux que je puisse leur rendre visite au cachot, à lui et à ses amis. J'ai poussé un second grondement féroce, reprenant du poil de la bête comme un chien affamé. Il s'est penché au-dessus de moi, plein de sollicitude, il a souri de toutes ses dents blanches et a dit sur un ton aimable : «Un vrai dur.» Sa matraque s'est chargée à nouveau d'attirer mon attention comme elle s'abattait doucement sur mon entre-jambe, presque tendrement. Puis un peu plus fort, et une douleur sourde s'est répandue, la nausée m'a envahi, puis s'est dissipée, ne laissant plus qu'un vide caverneux à la place de mes viscères.

«Allez, encore une fois», a-t-il murmuré.

Le docteur Gallard n'est venu que plus tard, apportant avec lui son appareil à radiographier et son inquiétude.

«Comment va la jambe ?» il m'a demandé, tandis que les techniciens me recouvraient la poitrine avec des plaques de plomb. Il n'a voulu s'enquérir que de ma jambe. «J'ai accouru dès que j'ai appris... à pro-pos de l'incident. Vous ne vous êtes pas fait mal à la jambe, si ? Je n'aimerais pas avoir à retourner à l'in-térieur.

— Je ne sais pas.

— Pourquoi est-ce que vous saignez du nez ?

— Le lieutenant Hewitt m'a tapé dessus ce matin, au moment où je lui faisais ce qu'elle a appelé des avances.

— Ce n'est pas normal que ça saigne encore.

— J'ai éternué.»

Gallard a lancé un regard au gus de la AP, puis m'a toisé à nouveau, comme pour signifier que je méritais certainement plus que ce que j'avais dégusté. «Allez chercher des glaçons et une serviette à l'infirmerie, caporal.

— Je suis ici pour le surveiller, mon Capitaine», il a fait en hochant la tête vers moi. Comme tous les gardiens, il était plus effrayé par les hommes en cage que par les autres.

«Je crois pouvoir me débrouiller tout seul pour qu'il ne me morde pas, caporal. Allez-y.

— Je ne sais pas, mon Capitaine. C'est vraiment un coriace, celui-là.» Il a ricané.

«Un peu de respect pour les supérieurs, lui ai-je lancé, sinon tu vas te faire repérer.

— Des types comme vous n'apprennent donc jamais, hein?» Il s'est approché du lit.

«Les glaçons, caporal.

— Oui, mon Capitaine.»

Gallard n'a pas dit un mot avant que le AP revienne, il l'a ensuite fait poireauter dans le couloir. «Vous pensez que vous avez le droit de violer et de piller? il m'a demandé tout en m'appliquant les glaçons sur la nuque.

— Les soldats de l'arrière-garde, Achille les appelait des sacs à vinasse aux yeux de chien et au cœur de biche.

— Et alors? Vous n'en avez pas assez vu de la guerre pour savoir de quoi il s'agit, et vous êtes encore là à faire plus de grabuge qu'un régiment de Marines.

— Je savais, maintenant je sais. Sans compter que, de fil en aiguille, sans l'aide de personne, les choses s'enveniment. On passe du gland au chêne, toutes ces conneries. Je voulais boire un coup. Tout est parti de là. Faut être deux pour faire la guerre. Les choses empirent dans ce monde taré.

— Bien sûr, il a fait, plongeant les mains dans ses cheveux comme s'il recherchait quelque chose de minuscule mais d'une importance capitale. Et alors?

— Ce n'est pas une excuse. C'est ce qui s'est

passé, c'est tout. C'est de ma faute, mais je ne vais pas dire que je regrette, ni que je ne recommencerai pas. Je veux qu'on me laisse tout seul, et j'obtiendrai qu'on me laisse tout seul.

— Victime d'une guerre que personne n'a déclarée, hein ? On se bat pour le droit et l'humanité ? On tue des hommes frêles et affamés.

— J'ai été élevé comme un guerrier. Qu'est-ce que vous vouliez que je fasse d'autre ?

— C'est votre problème, pas le mien. »

Tu voudrais qu'il en soit ainsi, j'ai pensé. Eh bien, ça le sera.

Il a terminé ce qu'il avait à faire et s'en est allé.

J'ai doucement chanté dans l'après-midi, j'ai chanté pour l'herbe verte et le ciel, pour la lumineuse vapeur incandescente du soleil : « Joe Morning, Joe Morning, dans quel pétrin est-ce qu'on s'est fourrés ? »

1.

SUR LA BASE

« C'est un drôle de bataillon, sergent Krummel,
m'expliqua le sergent-chef Tetrick le matin de mon
arrivée aux Philippines, à la fin de l'été 1962. Inso-
lite. Différent. C'est une unité réduite, moins de
soixante-dix hommes. On devrait théoriquement
bien turbiner, mais ce n'est pas le cas. Le travail est
trop facile, ces gamins en ont marre, et quand ils
n'en ont pas marre, ils en ont ras le bol. Ou bien ils
ont les entrailles en compote, ou bien ils prennent
leurs jambes à leur cou dès qu'on parle d'emploi du
temps, et ils n'arrivent pas à roupiller correctement. » Tetrick se leva, et s'approcha d'une démarche
traînante du planning du groupe. Il avait encore les
pieds sensibles, suite au *jungle rot* qu'il avait
contracté en Birmanie pendant la guerre. Il prenait
soin de ne pas poser les arpions par terre plus fort
qu'il ne le fallait. Il m'expliqua que le 721e détachement des transmissions se composait d'une section
opérationnelle, et d'un QG réduit, pour le service de
l'ordinaire et les services administratifs, l'essentiel
de l'administration et du personnel étant affecté à
Okinawa. Les hommes opérationnels, les « Ops »,
étaient divisés en quatre groupes de dix hommes.

Chaque groupe commençait par six jours d'affilée, de 7 heures à 16 heures, après quoi les gars avaient droit à une permission de soixante-douze heures ; ils remettaient ça les six jours suivants, de 16 heures à 24 heures, puis avaient à nouveau quartier libre pour quarante-huit heures ; et ils achevaient le cycle avec six nuits, en terminant avec une dernière perm' de soixante-douze heures.

« Votre groupe est pour l'instant en permission, dit-il, et ils sont tous descendus en Ville — c'est comme ça qu'ils appellent Angeles — à picoler, à courir la gueuse et tout ce qu'ils peuvent imaginer pour se fourrer dans le pétrin. La Ville c'est moche. Les trois quarts sont interdits d'accès pour toujours, les deux tiers après 18 heures et l'ensemble après 24 heures. Mais croyez-vous qu'ils seront de retour avant le couvre-feu ? Que nenni. Ils doivent courir se planquer pour échapper aux commandos de l'Air, les AP, en se disant : "Qu'est-ce qu'on se fend la poire." Ils feront tout leur possible pour se faire poignarder par un chauffeur de *calesa*, se faire écraser par une jeep, ou bien se noyer dans un égout, que sais-je — pour ce que j'en ai à foutre. » Il haussa les épaules, poussa un soupir, retourna à son bureau et poursuivit : « Mais je ne sais pas comment ils se débrouillent, tous ces salopards arriveront entiers, juste à temps pour nettoyer le foutre collé à leurs basques, pour se raser, se brosser les dents, et arriver à la navette juste avant qu'elle ne décolle pour le central opérationnel. » Il fit un signe de dénégation de la tête, croisa ses longs bras, puis regarda fixement la pluie qui dégringolait dans le couloir extérieur, que le store masquait à moitié. « Nom de Dieu, il pleut comme vache qui pisse, ça n'arrête pas. »

Le sergent-chef Tetrick, un ex-maraudeur, vingt-deux années de service — les douze dernières comme «première liquette» —, était de taille moyenne, mais, avec ses épaules lourdes et tombantes, il paraissait plus petit. Il avait le crâne clairsemé, et un collier de barbe duveteux, décoloré par le soleil, ralliait une oreille à l'autre. C'était encore un souvenir rapporté de Birmanie, mais il arborait sa calvitie comme si quelque impérieux code militaire l'exigeait. Un hâle de golfeur, le golf était son seul vice, ne parvenait pas à masquer le pigment ocre jaunâtre que la malaria avait déposé sur sa peau.

«N'empêche que, bon sang, ils forment une sacrée bande, lâcha-t-il brusquement en s'extirpant de sa rêverie, comme si le clairon qu'il entendait au loin venait de se taire. Et c'est à nous de leur éviter le gnouf — ces enfoirés de l'*Air Force* appellent ça la Consigne — et l'hôpital, afin qu'ils exécutent leur travail.» Il scruta encore la pluie, puis hocha de nouveau la tête. «C'est tout simplement impossible de faire tourner un bataillon de l'armée sur une base aérienne. Ces satanés gonfleurs d'hélices ne cirent pas leurs pompes, ils ont des casquettes de base-ball sur la tête et des uniformes de conducteurs de bus. Bordel.» Il retourna derrière son bureau en traînant les pieds. «Vous étiez dans un bataillon d'infanterie, lors de votre premier séjour? me demanda-t-il alors même qu'il connaissait déjà la réponse.

— Ça remonte à six ans.

— Ça fait un bail. Comment se fait-il que vous ayez rempilé?

— Comme vous l'avez dit : ça fait un bail.»

Il n'insista pas. «Faut pas vous attendre à un régiment de cadors. Mais alors vraiment pas.

— Ce n'est pas ce à quoi je m'attendais.

— Je ne sais pas ce qui se passe ici, dit-il, mais ce n'est pas ce qu'on appelle traditionnellement servir dans l'armée. »

Tetrick continua de m'affranchir sur le 721e Det de Trans, tout en triturant de la paperasse. Sa voix exprimait des préoccupations rudes, voire de l'irritation, mais un accent de tendresse pointait lorsqu'il évoquait notre compagnie ; tel un fermier du Nebraska, dont les quatre fils devenus adultes ont abandonné la terre pour le ciment et l'argent de la ville, le plantant seul, avec ses pognes gonflées, à trimer sur la terre de *son* père : il n'arrivait pas à comprendre, mais sa voix, comme tamisée par la poussière, reprit dans un chuchotement : « Dieu les z'aime. Dieu les z'aime. » Faisant mentir le vieil adage, l'armée n'avait pas dispensé de femme à Tetrick, mais cependant, il y avait trouvé des fils. Et moi aussi par la même occasion. Tout ce dont j'avais besoin à la Fourre et au magasin d'habillement avait déjà été monté dans mes quartiers au premier étage — pieu, matelas, matériel de terrain. Tetrick me présenta ses excuses pour ne pas avoir pu mettre à ma disposition des quartiers de sous-officiers, après quoi il ajouta qu'il appréciait que les chefs de groupes pioncent avec les gars. Ce fut une agréable surprise de constater qu'on m'avait assigné un boy, un jeune Philippin qui, pour cinq pesos par semaine, nettoierait mes quartiers, se chargerait de mon linge, cirerait mes bottes, etc. Tous les engagés disposaient de boys, c'étaient même des Philippins qui poussaient la popote roulante à l'Ordinaire. Tout cela me parut fort britannique, de fidèles domestiques indiens à la peau mate et tout le tremblement, même si les boys s'avéraient les rois de l'impro en matière de marché noir, presque plus occidentaux qu'orientaux. Tetrick m'introduisit auprès du commandant de la compagnie, le capitaine Harry Saunders, et de son adjoint, le lieutenant Dottlinger. C'est tout juste si le lieutenant émit un grognement en me serrant la pince, me donnant d'emblée l'impression qu'il se fichait de moi comme de l'an quarante, avant même que nous ayons fait connaissance. Ma rencontre avec le capitaine Saunders fut un peu moins expéditive.

Le capitaine Harry, ainsi qu'il aimait se faire appeler, était originaire de Brunswick, en Géorgie, et l'ambition de sa vie consistait à revenir avec la poitrine ferblantée, peu importe de quelle manière, puis de radiner au bercail pour prendre sa retraite, et devenir un républicain. Tout cela, au même titre que le «u» ajouté dans son nom, étant destiné à prouver qu'il était bien plus qu'un fils de cul-terreux qui s'était hissé jusqu'à l'Université grâce à une bourse pour le football, plus qu'un gosse débarqué avec comme seul bagage une seule paire de pompes, et des tennis qui plus est. En dépit de toutes ses simagrées, c'était un ours jovial que le zèle n'étouffait pas, et dont la seule faute tenait en la nature si peu sophistiquée de ses aspirations. Il avait tendance à parler des «hommes» avec une majuscule, mais c'était un type facile à vivre, prêt à vous accueillir à bras ouverts, dont le sourire disait qu'il aimait vraiment tous les individus de la terre. À l'exception de sa femme. Et du lieutenant Dottlinger. Le capitaine Harry semblait se réjouir de ma compagnie, essentiellement pour deux raisons : d'une part parce que j'étais un gars du Sud, d'autre part parce que j'étais un «*collegeman*», j'avais fréquenté l'Université.

«Une maîtrise, hein? articula-t-il plusieurs fois. Qu'en dites-vous, sergent Tetrick? On aurait bigrement besoin de plus de sous-officiers ayant fréquenté les bancs de l'Université, dans ce bataillon. On dirait qu'ils ont plus d'atomes crochus avec les gars. C'était en quoi?

— Pardon, mon Capitaine?

— Votre diplôme?

— Études soviétiques, mon Capitaine.

— Ça alors. Je suis prêt à parier que vous êtes le seul sergent dans toute l'armée à être diplômé en russe... de quoi s'agissait-il exactement? Histoire?

— Oui, mon Capitaine.»

Le capitaine Harry revint à la charge sur le sujet de mes études, jusqu'à ce que je me morde les doigts d'y avoir fait allusion dans mon dossier d'entrée. Il y avait quelque douloureuse ironie à se voir confronter à sa propre vanité, à s'entendre poser la question, pourquoi avoir rempilé, alors que j'étais titulaire d'un diplôme. «Lorsqu'un type se fait cocufier par le Mouvement des droits de l'homme, autrement dit par un idéal, et pas par un homme, rien de ce qu'il peut faire ensuite ne doit surprendre», me suis-je souvent dit. Mais cette confidence, je me la gardai pour moi. Personne d'autre n'y eut droit. Pas plus le capitaine Harry qu'un autre.

Ils me souhaitèrent bonne chance, je les en remerciai, puis je pris congé en me reposant une fois de plus la question : «Pourquoi?» comme je n'avais cessé de me la poser tout au long de mes deux mois de classe et de mes six mois à Fort Carlton. Mais je ne trouvai toujours pas de réponse, à croire qu'il était préférable de ne pas en trouver. Ce que je trouvai, en revanche, ce fut la pluie, qui crépitait au hasard dans la caserne, et le temps… le temps dont le cliquetis scandait le passé, comme une jeune putain blafarde, qui fait claquer son chewing-gum derrière des lèvres trop brillantes, infatigable, imperturbable, ingrate, désespérément désirable.

Le 721ᵉ était logé dans un unique bâtiment en béton à un étage. Le rez-de-chaussée était occupé par le mess, le foyer, la salle des rapports et le magasin de ravitaillement, ainsi que par les quartiers des sergents-chefs, du fourrier et du gérant du mess. Au premier, il y avait cinquante-deux chambres individuelles, réparties de part et d'autre d'un long couloir. Dans chaque chambre, le mur qui donnait sur l'extérieur était en aluminium, et était percé d'une lucarne que l'on pouvait ouvrir à sa guise, tandis que la cloison intérieure était en bois. Les carrées étaient plutôt spacieuses, et, hormis leur traditionnel dépouillement, elles ne correspondaient guère aux clichés militaires. Aucune étagère murale ni aucun casier en ferraille ne venaient trancher dans le décor. On y trouvait en revanche deux grands placards, une table en fer gris, deux chaises de bureau, et un pieu vaste comme les trois quarts d'un lit grandeur nature.

Mon paddock était installé à côté de la lucarne, tout en long, de manière à bénéficier du moindre souffle de vent. C'était la première fois que je voyais ces nouveaux pieux au format plus généreux. En temps normal, seul l'*Air Force* y avait droit. Je me suis délesté de mon barda, j'ai envoyé promener mes chaussures, je me suis découvert du lourd uniforme de laine verte dans lequel j'étais resté emmailloté pendant deux misérables journées, durant tout le vol depuis la Californie, et je me suis allongé sur le pieu. Non pas sur un de ces chiffons en coton que l'armée qualifie de matelas, mais sur une mousse en caoutchouc confortable, susceptible d'accueillir ma carcasse rompue. Eh ouais, sergent Tetrick, me dis-je, tout en me grattant un pied avec l'autre, c'est une drôle de bande. Ce qu'il me faut maintenant, c'est une piscine et un rayon de soleil, si je veux vraiment ressembler aux baroudeurs des affiches de recrutement. Dans l'espoir que le soleil donne signe de vie (il n'avait pas arrêté de pleuvoir depuis que j'avais posé le pied à terre), j'ouvris un des carreaux. La pluie tombait encore lourdement, mais on apercevait néanmoins un petit bâtiment, de l'autre côté de la route. Je ne l'avais pas remarqué au moment où j'avais couru de la jeep à la caserne, mais elle était bel et bien là, ma piscine. Pas tout à fait la mienne, certes, mais à ma disposition quand ça me chanterait. OK, j'ai pensé, au premier rayon de soleil, je vais faire trempette. Il n'y eut point de rayon de soleil, si bien que je défis mon barda, je me douchai, m'endormis et loupai la tambouille du soir.

Je me réveillai après le coucher du soleil. La pluie s'était métamorphosée en une brume qui s'enroulait en boules crépues autour des lampadaires de la rue. Ma montre s'était arrêtée. Je perçus au travers du mur le clic-clac d'un tourne-disque, puis je distinguai vaguement les premières mesures du *Boléro*. Le hall était vide, tranquille et solennel, comme si tout le monde avait fichu le camp. Je tambourinai à la porte. « Oui », fit une voix, j'entrai.

Un jeune gars drôlement bronzé, seulement vêtu d'un short, était assis sur un des paddocks, le dos appuyé contre le mur, un carnet posé sur les genoux. Il avait un de ces corps lisses et musclés qui font rêver dix millions de petits garçons, chaque matin, au petit déjeuner, au moment où ils ingurgitent leurs céréales, sa peau avait la couleur du pudding au caramel, ses dents d'un blanc éclatant scintillaient au détour de son sourire vif, et sa jambe gauche était maculée de cicatrices. Une brûlure, sans aucun doute ; la peau était plissée, dans des teintes marron qui évoquaient du bacon frit panaché de traînées blanc cassé. (Un été, un seau de goudron avait été renversé sur sa jambe, du toit d'un supermarché en construction, à Laramie, dans le Wyoming.) Une difformité magnétique, qui attirait curieusement l'œil, appelait un regard insistant, voire une tape interrogatrice du doigt, comme pour vérifier si, telle de la guimauve grillée, l'extérieur croustillant allait révéler un noyau moelleux, collant et blanc. Le reste du corps était parfait, comme pour compenser la guibolle.

« Sept heures et demie, répondit-il aimablement comme je lui demandais l'heure. C'est vous le remplaçant du sergent Darly ? » J'acquiesçai d'un signe de tête. Il marqua un temps d'arrêt, puis il eut l'initiative d'un geste heureux : il se leva, et me tendit la main en disant : « Tom Novotny.

— Jake Krummel », dis-je à mon tour, même si « Jake » sonnait bizarrement dans ma bouche, ça faisait si longtemps que j'étais « Slag ». Jamais Jake, toujours Slag. Je n'avais plus la confiance en moi suffisante — plus probablement s'agissait-il de vanité — pour me présenter sous cet audacieux surnom. (Tout cela n'était d'ailleurs qu'une simple question de temps. Puisque je dévoilais ma véritable identité dès la première biture.)

Il m'offrit une clope, sacrifiant au rituel des allumettes et du paquet, comme s'il eût été tout jeune fumeur, alors qu'il fumait depuis des années. Certainement se rendait-il compte à quel point une cigarette pouvait jurer au milieu de sa trombine qui respirait tant la santé. Nous nous assîmes l'un en face de l'autre sur un pieu, nous livrant aux civilités d'usage entre deux inconnus, tandis que le volume sonore gagnait petit à petit.

Novotny se dirigea vers le seul élément singulier de tout le mobilier, une armoire en acajou, qui lui arrivait à la poitrine, et il baissa le son. L'armoire était taillée dans un superbe acajou philippin; des scènes de jungle étaient sculptées sur chaque surface plane, qui, lorsqu'on y regardait de plus près, n'étaient autres que des scènes de copulation à deux, trois ou plus, dans différentes formes et à différents stades de — « rapports » n'est pas assez fort; « parties de jambes en l'air » trop cru pour de la sculpture d'art; « accouplement » est trop limité; je choisis le terme adéquat — « cohabitation », car toutes ces silhouettes cohabitaient pour toujours sur la surface boisée. Mieux valait en rire : une chaîne stéréo capable d'assumer les 33 tours, les 45, les 78 tours, la radio AM et FM au même titre que les cauchemars freudiens.

« Hé, c'est à toi tout ça ? lui demandai-je.

— Non. C'est à Morning. En fait, c'est même pas ma piaule, ici. J'y viens seulement pour écrire des lettres à ma douce, me confia Tom. Elle aime bien la musique classique. »

Délicate intention, me dis-je en caressant le bois. Au-dessus, trois étagères étaient remplies de livres de poche, disposés peut-être de manière trop soignée, un classement trop strict par sujet et par auteur. Du Dostoïevski, bien sûr, mais pas de Tchekhov ni de Tolstoï. Sartre, mais pas Camus. Juste un poil à côté de ce que j'aurais choisi. Trop français, trop *black* et trop avant-gardiste à mon goût, mais les livres me donnaient néanmoins envie de faire connaissance avec leur propriétaire. « Comment il s'appelle, ce zigue ?

— Morning. Joe Morning.

— Il est dans mon groupe ?

— Ouais.

— Il lit beaucoup, on dirait.

— Ouais. Il dit aussi qu'il écrit des poèmes, mais j'en ai jamais vu la couleur. Il passe trop de temps en Ville pour se consacrer à quoi que ce soit d'autre.

— Dis-moi, et toi, tu es dans mon groupe ?

— Bien sûr.

— Tetrick m'a dit que vous étiez tous descendus en Ville.

— Pas moi. Je descends en Ville quand j'en ai marre de la base. Des fois, je reste à la base parce que j'en ai marre de la Ville. Y a plus rien de nouveau, là-bas. Pour un mec, y a pas trente-six façons de tirer son coup.

— Je me le demande », rétorquai-je, tout en effleurant une pucelle en bois, qui serrait entre ses jambes un petit truc poilu, un singe probablement, « quand on voit ça. Il y a peut-être du nouveau sous les couvertures ». Nous nous esclaffâmes avec cette légèreté qui indiquait que nous allions être amis.

Je fus ravi que Novotny ne semble pas mal à l'aise avec moi, qu'il ne me traite pas comme un sergent, même s'il était tacitement convenu entre nous que le moment viendrait où je serais amené à lui demander d'exécuter un ordre ou un autre qui ne lui plairait guère. S'il me témoignait quelque respect, il les exécuterait, et, contrairement à d'autres, ne me retirerait pas son amitié à cause des aléas temporels et géographiques qui avaient fait de moi son sergent. Les mois de classe que j'avais passés à Fort Carlton avaient été désagréables, car j'avais été chef de la cellule de commandement, un mauvais chef, trop à la coule au début, trop sévère ensuite, lorsque les gars avaient essayé de profiter de moi. De toute façon, sergent, ce n'était pas vraiment mon truc. Je n'étais qu'un bougre de réserviste, qui avait pris cette décision pour ne pas trop prendre ses distances avec l'enfer, et pour le pognon (et peut-être aussi parce que j'espérais ne pas manquer la prochaine guerre, comme j'avais loupé la Corée). Mon manque d'expérience, et mon obstination à adopter une démarche intellectuelle à propos de quelque chose qui ne l'était pas, m'ont causé pas mal d'ennuis. Il n'y a pas à raisonner, avec les ordres : il faut bien en donner et en recevoir, mais si on y réfléchit, tout cela ne rime pas à grand-chose. Si le choix m'était donné, je serais partisan d'une compréhension mutuelle, d'un respect pour la nécessité et la valeur de la discipline, mais voilà, des hommes qui défiaient Dieu ne risquaient pas de se plier à une quelconque discipline conceptuelle. Et néanmoins, aussi étrange que cela puisse paraître, mon côté givré allait trouver du répondant auprès des gars du 721ᵉ, parce qu'il y avait de la bonté en eux. Certes, il n'y avait pas en eux que de la bonté, j'imagine, mais il y en avait une dose suffisante. Comme Novotny : ces gars étaient bons, en dépit de leur éducation et de leur personnalité différente.

Comme notre conversation commençait à s'effilocher, je demandai à Tom s'il connaissait un endroit sur la base où je pourrais dîner.

« Disons qu'on graille correctement au Cercle des sous-off, dit-il, m'offrant une occasion de mettre les bouts.

— Oh non, pas de club pour ce soir.

— Les steaks sont plutôt bonnards au Restaurant Kelly.

— Où est-ce que ça se trouve ?

— Je vais y faire un tour, si vous voulez m'y accompagner.

— Entendu. Mais ta lettre ? Je peux attendre, si tu veux la terminer.

— Qu'elle aille se faire foutre, il a pouffé. De toute façon, elle aura bien trouvé un toquard à épouser avant que je refoute les pieds au pays. »

Il traversa le hall jusqu'à la cage d'escalier pour appeler un taxi, et, une fois encore, je fus frappé par le calme, le vent de désertion qui régnait, et, tandis que je déambulais entre ces chambres, le long de ces murs tout juste capables de retenir une risée, je me rendis compte qu'elles permettaient un soupçon de vie privée aux engagés, une fois n'est pas coutume. Les troufions étaient à l'abri derrière les cloisons — ils ne révélaient leur présence que par un rire ou une quinte de toux étouffée, un livre que le sommeil faisait tomber des mains, le bourdonnement d'une radio, ou bien un plumard grinçant sous un dormeur agité —, tout cela dans l'intimité, de l'autre côté de ces cloisons. Je ne me souvenais pas d'un seul instant passé seul à la caserne, lors de mon premier séjour, fût-ce dans les latrines.

« Vous avez la belle vie, ici, dis-je.

— Ça vaut tout de même pas la maison », remarqua Tom en s'engageant dans la cage d'escalier.

Le Restaurant Kelly correspondait exactement à ce à quoi on peut s'attendre dans un contexte militaire : c'eût été, dans n'importe quelle petite ville d'Amérique, l'endroit où l'on va bouffer faute de mieux, là où baptistes et méthodistes se retrouvent pour se plaindre du temps, s'adresser des compliments sur leurs tenues vestimentaires, et s'échanger des considérations pessimistes ; un hangar tout en formica rayé et abîmé, le mobilier en plastique lamentable, à ce détail près que le Restaurant Kelly servait de la bière japonaise en bouteilles d'un litre.

« Les steaks n'étaient pas trop mauvais, dis-je à Tom au moment où nous en arrivions à la quatrième ou la cinquième bouteille, mais le service laisse franchement à désirer.

— Des enculés, lâcha-t-il, et il grimaça un sourire tellement tordu que ses joues se retroussèrent comme deux petites balles de cuir. Des vrais carambouilleurs. Tu vas pour leur filer un pourboire, ils te font les poches au moment où tu sors le porte-monnaie. » Il brandit la grande bouteille verte : « Banzaï ! » Nous trinquâmes. « Sont barjots, ces petits Japs, dit-il, z'ont essayé de gagner la guerre. » Il hocha la tête, sans pour autant altérer son sourire. « Ils leur suffisait de distribuer gratuitement ce truc, et ils auraient pu défiler sur un tapis de types bourrés, de San Francisco à Cincinnati. Y'aurait pas de guerre, si les gens buvaient plus.

— Tout s'rait simplement plus cradingue. Hein ? dis-je à l'instant où un zigoto de l'*Air Force* et sa poulette passaient à côté de notre table. Et ce serait pas qu'un peu cradingue. » Le type se retourna, je lui lançai un sourire, et il poursuivit son chemin.

« Salope de sangsue, fit Novotny.

— Qui ?

— Saloperie de sangsue. C'est encore une gamine. Elle a seize piges, elle a déjà refilé la chtouille à trente-sept gars.

— Tu la connais ?

— Elle se pointe tout le temps à la piscine pour nous faire rugir. Enfin, maintenant, on ne rugit plus. Y'a que les aviateurs pour frayer avec les sangsues. C'est pas dans nos principes.

— Elle pourrait faire l'affaire. »

Novotny se redressa, son sourire disparut, il proféra sur un ton très solennel : « Je préfère encore être condamné à perpète que me cogner une sangsue. » Il s'interrompit, soudain plein d'attention, et me demanda : « Z'êtes pas condamné à perpète, si ?

— Perpète ?

— Z'en avez pris pour vingt balais ?

— Merde, j'en sais rien

— Nom d'un chien, qu'est-ce qui vous a pris de rempiler ?

— Merde, j'en sais rien. Ma femme m'a quitté et…

— Histoire de femme. Je m'en doutais, m'interrompit-il. Dès l'instant où j'ai posé l'œil sur vous, je m'en suis douté. Une histoire de femme. Vous savez que je suis le seul clampin à être resté aussi longtemps ici, sans avoir reçu de "*Cher John*", de lettre de rupture, de ma fiancée. C'est moi le dernier. Je les ai tous vus sombrer. Histoire de femme. Je les repère à une borne à la ronde. » Il a hoché la tête. « Ce qu'il vous faut, c'est une amourette à soixante-quinze centimes, mon gars.

— C'est donc si bon marché ? De toute façon, je n'ai pas encore de bulletin de sortie. » Le personnel fraîchement débarqué devait impérativement rester quinze jours sur la base avant de recevoir son premier bulletin de sortie.

« Non, non. Là c'est autre chose. On peut aller faire un tour au Club des aviateurs. Ça coûte trois ronds. Pas de parties de jambes en l'air, que de l'amour, du vrai, et on va guincher. C'est moi qui régale. »

Nous réglâmes l'addition, puis nous traversâmes à pied une nappe de brouillard flottant, en direction d'un bâtiment qui ressemblait à une grange métallique, et qui était le siège du Club des aviateurs. Nos voix et nos rires résonnaient dans la fraîcheur marécageuse de la nuit, l'écho les renvoyait distinctement le long des rues qui scintillaient dans la pénombre. Les halos flous des lampadaires tremblotaient au gré de la brise légère, les jeeps et les camions nous dépassaient en crissant poliment. Je me suis souvenu, souvenu, de ces vendredis soir à Seattle, Ell et moi rentrions à pied à la maison, après avoir dégusté hamburgers et bières dans un bar du quartier ; ces pluvieuses soirées vaporeuses, qui paraissaient danser autour de nos rires, nos rires isolés ou bien mêlés, que rien ne venait troubler, humides, froids et heureux comme lorsque nous étions gamins. Puis ensuite, éméchés, gigotant dans la buée de la douche, luisants et savonneux, nous ne pouvions jamais attendre, jamais.

Novotny dansa, il dansa furieusement avec sa partenaire-à-deux-sous, et au rythme où il faisait valser les palmiers en pots sur son passage, je m'attendais à ce que sa gambette mal en point prenne son envol, pour atterrir en plein sur le kiosque à musique ; mais elles tricotaient aussi bien l'une que l'autre. Bien assez robuste pour jouer au football, m'expliqua-t-il,

60

à quoi il ajouta que la saison allait bientôt commencer, et que tous ceux qui voulaient jouer n'avaient qu'à s'inscrire auprès de l'unité de l'Agence. Les trois unités de l'armée — l'Agence, l'ACAN et le 721e — montaient une équipe.

« Les aviateurs, on leur colle une vraie branlée à chaque fois », dit Novotny en s'asseyant tandis que la nana reprenait sa respiration — la mienne avait mis les bouts depuis longtemps, m'abandonnant à mon silence renfrogné. Novotny avait recouvré son sourire forcé, comme s'il n'avait pas l'intention de faire ici de vieux os. « J'ai horreur de ce putain d'endroit, n'empêche, il suffit qu'on ait une bonne équipe, comme l'année dernière — on a remporté le championnat de la base —, et c'est impec'. La saison de football se déroule très vite, bam bam bam, encore six mois et je rentre chez moi. Retour en ZI, en Zone intérieure, au Pays du Grand Supermarché. En avant les voitures de fonction multicolores et les casbahs en béton. Fini les IP, les îles Philippines, le GI se fait la belle. Je rentre à la civilisation. »

Sur tout le chemin du retour, il m'expliqua pourquoi j'adhérerais moi aussi bientôt au slogan JHCPE, soit Je Hais Ce Putain d'Endroit. À ce moment-là, je me demandais ce qu'il pouvait bien y avoir à haïr, et c'est seulement plus tard que je compris qu'il s'agissait du temps lui-même, le temps meurtrier, lent et inexorable, la fuite dans tout son ennui, le néant pur dans lequel est plongé le soldat en temps de paix, qui souffre non seulement de la contradiction entre les termes « soldat » et « paix », mais aussi de la contradiction inhérente au « temps » lui-même. Sur le coup, cependant, je ne prêtai pas attention à ce que Novotny me racontait : car j'avais mon propre ennemi, plus glauque et plus vaste encore que le temps — la mémoire, plus communément connue sous le nom d'histoire. À cette époque, je l'appelais mon ennemi, je la haïssais, comme les soldats romains qui ont crucifié le Christ devaient Le haïr. Le salut est haïssable : la mémoire de l'homme en est la preuve.

Non, je n'entendis pas la douleur poindre dans la voix de Novotny, la souffrance grinçante de ce qui n'a aucun sens. Je m'endormis, en pensant : Je suis sûr que même au paradis les soldats rouspètent... personne ne comprend la récompense de la vertu... ils ne voient que la punition qui sanctionne la culpabilité. Puis j'ai été emporté par des visions de jambe balafrée dansant seule dans le désert, une immense jambe de pierre, poursuivie par une fillette, mignonne, toute rose, mais lorsqu'elle l'attrapait enfin, ses mains devenaient soudain noires de pourriture, elles tombaient, tandis que la voix de mon père déclamait : « Je m'appelle Ozymandias, le roi du désespoir : / Toi qui es guerrier et roi, considère ce que j'ai accompli. » (Je rêve toujours de ce que j'ai lu, si ce n'est que mon esprit altère le tout, comme si c'était moi qui l'avais écrit. Quelle formidable prétention.)

Plus tard dans la même soirée, je rêvai à un matin de printemps à la maison, frisquet, doux et frais. Je marchais vers ma voiture, l'air suave me chatouillait la figure et me donnait la chair de poule, il saupoudrait ma peau d'une infinité piquetée, semant un frisson bref, parmi mes poils de bras décolorés par le soleil. Le froid piquant m'a excité, me poussant à pisser dans l'herbe grasse, là où l'on vidait l'eau de la machine à laver. Chaque chose était à sa place, le

ciel, grand ouvert, bleu, la longue course des pâtu-
rages d'un vert foncé, qui scintillaient dans la rosée,
la parcelle d'herbe épaisse et frisée, tout cela m'appartenait, cieux, champs et herbe, à moi, et moi,
alors jeune, roi du royaume de son cœur.

Le jet, arche dorée chatoyante dans l'herbe grasse,
roulait doucement, puis je fus moi aussi emporté
comme un fétu dans le flux, vers les sombres cheveux emmêlés. Tandis que je partais à la dérive,
l'herbe portait mon Ell, ma première, nue et verte
dans la nuit soudaine, remontant ses bras et ses
jambes étincelantes. Une fois tout cela envolé, je me
suis reposé en elle, deux amants sur la couverture en
patchwork étalée sur le siège arrière, ma voiture à
moitié dissimulée derrière un fourré bas, puis je l'ai
perdue, la clémence placide qui était la sienne sous
le ciel large de la nuit, mon Ell, ma respiration déchue
dans le creux de sa gorge. Mais, dans un murmure,
elle a évoqué quelque chose d'humide, de chaud et
de dangereux, les pièges à sperme, et je me suis
retiré en bondissant pour récupérer la capote, obnubilé après coup par l'envie clapotante d'aller pisser.
Les fines parois ont explosé, emportant, dans un flot,
la honte de mon débordement à travers les plaines
nocturnes de nos reins. Je pleurais, coupable de ce
qu'elle venait de voir... et je me suis réveillé en
pleurant, effrayé par la solitude qu'elle avait dû
connaître. *Pourquoi sinon devrait-elle m'aimer ?* me
demandai-je dans un demi-rêve, tout en rampant
hors de mon lit moite.

J'enlevai les draps, je retournai le matelas, et je
pris une douche. Une fois revenu dans ma chambre,
je fumai une cigarette, appuyé au mur. *Je me
demande si John Wayne a déjà fait pipi au lit ?* Le

sourire qui illumina mon visage ne chassa guère plus d'une seconde mon humeur maussade.

Ah, Krummel, espèce de connard timbré. Qu'est-ce que tu fabriques ici ? *Venu pour te marrer. Tu rêves de devenir un guerrier ? Moi j'ai plutôt l'impression que t'as fait pipi au lit et que t'es en train de pleurnicher.* Qu'est-ce que je peux faire d'autre ? *Tu aurais pu faire ce que tu voulais.* Je voulais être tout à la fois. Je n'arrivais pas à me décider. J'ai toujours eu un métro de retard. *Eh bien maintenant tu apprends ce que vaut un choix limité.* Non, j'ai tout simplement fait les mauvais choix. *Alors du coup tu attends la guerre comme un cinglé. Pourquoi ne déclares-tu pas ta propre guerre ? Ta propre histoire, tu la connais. Il ne te faut rien d'autre.* Quoi que je dise, tu vas rétorquer que j'ai les jetons, et c'est vrai. Je ne peux être autre chose que ce que je suis. *Et ton histoire, ta mémoire comme tu l'appelles, dicte ce que tu dois être ?* Oui. *Espèce de cinglé, tu marches sans but, hors du temps, nulle part, et tu te rappelles les guerres qui n'ont jamais eu lieu, les héros qui ne sont jamais morts...* Je ne pouvais m'empêcher de rêver à des temps meilleurs, à l'honneur, à l'héroïsme et à la vertu. Y a-t-il un ailleurs où je puisse trouver cela ? On m'a dit que c'est là qu'ils se trouvaient, projetés dans les feus de la bataille. Ils ont peut-être raison, d'une certaine manière ils ne comprennent pas. *Peut-être que t'es cinglé ?* Peut-être.

J'observai la pluie qui suçotait les volutes de fumée bleue, la pluie funèbre, étouffante de lourdeur, sombre, des gouttes luisantes qui dégringolaient sur terre, sur terre mais aussi plus loin, qui sait dans quel autre lointain.

Le lendemain matin, le sergent Tetrick me convia à une visite commentée de la base aérienne de Clark, dans les Philippines. La base se situe sur la plaine centrale de Luzon, dans la province de Pampanga, non loin de la ville d'Angeles. Elle est bordée à l'ouest par la rivière Bambam, qui contourne une rangée de collines fortement envahies par la jungle, et elle est bordée à l'est par l'autoroute Manille-Baguio. Clark est l'une des bases les plus importantes d'Extrême-Orient. Elle offre des pistes d'atterrissage et du ravitaillement à un certain nombre de chasseurs à réaction et de bombardiers qui protègent l'Asie du Sud-Est de la Chine, ou bien défendent les intérêts économiques de l'Amérique, ou bien nous protègent contre les Eskimos, tout est ensuite question de politique et de mémoire. La base, à son tour, est protégée. Une barrière barbelée antiouragans circonscrit la base entière. Ladite barrière, comme tout matériel important de la base, est également étroitement protégée par les commandos de l'Air — les AP —, la gendarmerie des Philippines et les Pygmées négritos. Les AP patrouillent le périmètre au volant de jeeps et de camions 3/4 t., armés de fusils automatiques Browning, de fusils sous-marins, de carabines, de fusils rayés, de flingues de chasse, de pistolets et de bergers allemands, des chiens de police méchants. Les AP tirent à vue, ils omettent souvent les coups de semonce, et il leur arrive assez souvent de tuer, et pas seulement les voleurs et les espions, des chiens d'une grande valeur y passent, et puis ils se dégomment entre eux à l'occasion. Lorsqu'un AP descend un intrus philippin, celui-ci passe illico en cour martiale, il est déclaré coupable, écope d'une amende d'un dollar, d'une cartouche de ses cigarettes favorites, offerte par un major se répandant en excuses, puis il est renvoyé au pays par le premier avion. La gendarmerie philippine, en tant que corps indigène, ne s'embarrasse pas d'une telle procédure. Il leur est tout simplement demandé de rembourser toute cartouche de munitions n'ayant pas atteint sa cible humaine. Ils manquent rarement leur cible ; les munitions coûtent cher. Les Négritos, d'authentiques Pygmées, vivent pour la plupart sur les collines, à l'exception d'un petit groupe résidant dans des cabanes en carton, en tôle ou en bois, à proximité de la barrière située derrière la base. Ils sont réputés pour l'amour sans restriction qu'ils vouent aux Américains, pour leur haine viscérale des Philippins et des Japonais, et pour leur action contre l'armée impériale du Japon au cours de la Seconde Guerre mondiale. Leur ruse favorite, partant du fait qu'ils sont bons traqueurs et bons chasseurs, consistait à effectuer des descentes dans les casernes des Japs, à découper la tête d'un soldat sur deux, à la poser en évidence sur sa poitrine, de manière à ce que ses collègues s'en aperçoivent dès le lendemain matin. En général, c'est la caserne entière qui ne s'en remettait pas : ceux qui ne s'étaient pas envolés pour le grand sommeil éternel ne retrouvaient plus jamais le sommeil. En dépit de leurs procédés épouvantables, les Pygmées sont des gens joyeux, dans leurs uniformes gris, leurs insignes argentés, leurs pieds nus poussiéreux, et leurs cheveux en broussailles que le ruban intérieur du casque ne dissimule qu'à moitié, la figure barrée de sourires deux fois trop larges pour des hommes ne mesurant qu'un mètre quarante. Ils s'acquittent de leurs tâches dans un excellent état d'esprit, et avec une grande efficacité.

Néanmoins, la base se fait chaparder chaque mois l'équivalent de 140 000 dollars en matériel. En une seule nuit, mille huit cents crosses en fer ont été dérobées dans un cimetière militaire pour être refondues. Une autre nuit, cinq camions 2 t. 5 et six jeeps ont été subtilisés au Matériel, et ont été conduits pardessus cette haute barrière si bien gardée à l'aide de planches. Une autre fois encore, un faucheur, qui avait de l'imagination, a dérobé un uniforme de pompier, puis le camion de pompier qui allait avec. Il s'est tiré de la caserne à grand renfort de sirènes et de gyrophares, et a parcouru les huit kilomètres qui le séparaient de l'entrée principale, escorté par les AP qui bloquaient la circulation pour lui.

Tetrick soulignait qu'il fallait s'y attendre, dès l'instant où l'armée autorisait les pilotes et les rampants à devenir ce qu'il appelait l'« Air Farce » — tout à fait injustement, j'en suis sûr.

« Il suffirait de trois mammies soufflant dans des capotes pour prendre d'assaut cette base. »

Si la base, comme nous nous étions accordés à le dire, ne continuait d'exister que parce que les baluchonneurs laissaient quelque chose pour la fois suivante, personne cependant ne semblait terrorisé par le danger. L'atmosphère était calme, rien à signaler dans les sept piscines, ni au centre commercial, au Cercle des officiers, des sous-off' ou au Club des aviateurs, pas plus dans le bureau du vétérinaire que sur le terrain de golf (où Tetrick venait, tous les mardis et tous les jeudis, griller la couenne dégarnie de son crâne, réussissant le tour de force d'être pinté avant le seizième tee). Les secteurs résidentiels étaient aussi calmes et lisses que s'ils étaient situés à Indianapolis, et que le Viêt-nam se trouvait sur la face cachée de la lune. L'ordre régnait partout, les gazons, juste à la bonne hauteur, les haies et les arbres taillés au cordeau, les trottoirs propres, nulle pagaïe sur les bas-côtés. Tandis que Tetrick me faisait faire le tour de la base, les images d'un campus géant de Californie du Sud me revenaient en mémoire. «Je ne sais pas ce qu'on fout ici, répéta Tetrick en roulant vers l'entrée principale, mais ce n'est pas ce que j'appelle servir dans l'armée.»

À quelque huit cents mètres de l'entrée, à l'instant où je commençais à distinguer le poste de sécurité à travers la brume de chaleur, Tetrick bifurqua sur une route transversale qui descendait sur la gauche, en direction de bâtiments imposants situés à l'écart. «Centre d'échange. C'est ici qu'ils gardent l'oseille», dit-il, faisant référence aux bons militaires de paiement, les BMP, l'oseille, ou le Drôle d'Argent comme on l'appelait, utilisé à la place des billets verts, eu égard à l'économie philippine. «Quand ce qu'il reste des Huk[1] ne les volent pas. Ils ont empoché 60 000 dollars, il y a trois ans. Ils se repointeront quand il seront à sec.» Il s'est engagé encore à gauche, à environ huit cents mètres du Centre, sur une route en gravier qui menait à un bâtiment carré sans fenêtre. Il s'est garé à côté des doubles barrières antiouragans, coiffées, comme par défi, d'un fil de fer barbelé.

«Nous y voilà, dit Tetrick comme si c'était effectivement le cas. Le Central opérationnel provisoire

---

1. Les Huk, dénomination courante des Hukbulahap, «armée populaire antijaponaise».

du 721ᵉ détachement des transmissions. » Il tira un badge de sa poche de chemise, et m'en remit un à titre provisoire. Arrivé à la porte, il fit signe au gardien posté sur le toit du bâtiment, puis introduisit son badge dans la fente d'une boîte noire, située à hauteur de la taille, qui jouxtait la porte d'accès. « Vérification du badge. Si c'est bon, une lumière s'allume ici, et la porte s'ouvre. » Une sonnerie retentit, Tetrick ouvrit la porte. « La seconde ne peut s'ouvrir tant que la première n'a pas été refermée. » Une seconde sonnerie, et nous nous retrouvâmes dans l'enceinte. Comme il fallait s'y attendre, l'herbe était impeccable, les trottoirs bordés de haies à hauteur des chevilles, et un jardinier au chapeau de paille mou glissa un regard en douce, l'œil rieur, arc-bouté sur une binette. Je levai les yeux vers ce système de sécurité fort complexe, vers le jardinier, puis vers Tetrick.

« Ne le laissez pas vous ennuyer, ricana-t-il. De toute façon, les mômes en Ville en savent plus que nous sur ce qui se trame ici. » Il ouvrit la porte métallique en introduisant son badge dans une autre fente, puis me conduisit vers le murmure électronique, au cœur du secret. Je remarquai que, derrière moi, le vieil homme nous avait fort civilement tourné le dos.

Après cette visite avec Tetrick, je décidai de me la couler douce pour le reste de l'après-midi, de nager et de me prélasser au soleil. J'avais presque la piscine pour moi tout seul; je la partageais avec une femme oisive entre deux âges qui était assise au bord de l'eau, trois enfants bruyants, un maître nageur aux poils dorés, et deux gonfleurs d'hélices. La femme relevait l'une après l'autre ses jambes hors de l'eau, luttant contre les minuscules tourbillons chlorés qui aspiraient ses chairs flasques. Elle était assise sous la chaise haute du maître nageur, elle discutait avec le blondinet poilu. On aurait dit qu'elle essayait de mater à la dérobée son maillot de bain haut perché, et que lui, de son côté, ne se privait pas pour en faire autant, mais je n'osai poursuivre mes supputations. Les marmots, eux, cognaient : ils se cognaient les uns sur les autres, cognaient dans l'eau douce du petit bassin, ils me cognèrent dessus à deux reprises, avec des jouets en caoutchouc, et pour couronner le tout sur leur mère, pour qu'enfin elle leur accorde toute son attention. Ils finirent par se défouler sur ses épaules passives, jacassant et frictionnant la chair dont ils étaient la chair. Madame Pot-de-Colle haussait les épaules, riait, et jouait de sa chevelure à la manière d'une starlette, envoyant promener ses rejetons comme un chien en colère s'ébroue, pour se sécher des gouttes d'eau crasseuses, puis elle se retourna vers le blondinet poilu, lui décochant un sourire qui remonta le long de ses jambes minces. Les deux aviateurs ne faisaient pas de vague. Le premier, déjà très bronzé, passa l'après-midi entier à s'oindre de crème et de lait de bronzage pour bébé, tandis que l'autre se tapait vingt longueurs de bassin en crawl, au rythme d'une respiration tous les huit battements, se reposait pendant exactement cinq minutes, puis retournait à la baille.

Juché sur ma serviette de bain, je communiquai avec la large plaine ouverte, saluant le mont Arayat, ce volcan endormi sur son séant, comme un autel planté dans le lointain, mémoire en ruine d'anciens feux sacrificiels, le sommet du cône s'effritait telle une mâchoire aux dents gâtées, comme des hordes de la jungle ravageant les pentes usées, le poing au creux de la main, leur clameur s'élevant au-dessus d'eux. On dit que les bandits Huk et les chasseurs de têtes se partageaient ce géant éloigné à l'abri de ce tronc touffu qui s'offrait à l'homme, et à la découpe qu'il impose au temps.

À cinq heures, il se mit à pleuvoir pendant onze minutes, de lourdes gouttes crépitèrent soudain ; à cinq heures et demie, le soleil disparut derrière une masse de nuages pourpres, qui s'éleva langoureusement, puis s'enroula dans un ciel rose, torsadé comme un coquillage. Je m'arrêtai pour admirer le coucher du soleil, le pourpre tirait vers le noir, le rose se coulait en pourpre tandis que je m'en revenais de la piscine, grillé, affamé et fourbu.

Après un repas englouti dans le silence, j'étalai mon uniforme, je lus un peu, puis je piquai un roupillon, jusqu'à ce que des rires, des bribes de conversation et des tintements de bouteilles viennent me chatouiller les tympans et me tirent de ma torpeur. N'étant pas vraiment du genre à me coller de la cire dans les oreilles ni à m'enchaîner à un mât, j'enfilai mon pantalon, et je furetai dans le hall jusqu'à la porte ouverte de la chambre de Novotny. Comme je passais devant, il m'invita à boire une bière. Je hochai la tête, lui dis que c'était d'accord, mais je continuai jusqu'aux latrines.

En entrant, je faillis trébucher sur quelqu'un qui rampait vers les urinoirs. L'odeur qu'il dégageait et cette dégaine caractéristique du type qui a trop dormi, c'était sans doute ça la Ville, me dis-je. Malgré la crasse, les lunettes et la barbe de trois jours, c'était un jeune mec aux traits fins, d'une vingtaine d'années, plutôt beau gosse, grand et musclé, mais son visage négligé pendouillait comme une mauvaise odeur au-dessus de ses vêtements souillés. Je me proposai de lui donner un coup de main. Il me dévisagea un instant, comme s'il savait qui j'étais, puis ma présence parut l'ennuyer au plus haut point.

« Je suis Marduke le mandrill, c'est moi qui joue de la mandoline avec mes mandibules, chérie, et ça va impec », fit-il en exhibant sa main droite pour me montrer ses jointures enflées et sanguinolentes. Sa voix, tout comme sa trombine, ne collait pas avec le reste : ses mots étaient énoncés avec précaution, ils s'assemblaient comme des briques destinées à l'élaboration d'une Tour philosophique, c'était indéniable. « Sauf ma mandibule gauche, mec, continua-t-il, tout en examinant sa main droite d'une moue pincée, je crois bien que je vais boiter. Je suis estropié, tu sais, un estropié à la con, et dans l'armée américaine les béquilles et autres tares n'ont pas leur place. Navré pour le dérangement, mec, je crois bien que je vais boitiller jusqu'à chez moi », conclut-il en rampant sous les lavabos vers le fin fond des latrines, en chantant « *We shall overcome* ».

Il avait l'air heureux et inoffensif (il avait une grande faculté à avoir l'air), alors je le laissai se débrouiller tout seul. À l'instant où je me détournais de lui, je l'entendis hurler : « Vaincre ! Qui est-ce qui parle d'exterminer ? Eh bien, c'est Vaincre ! Cachalots de la terre entière, unissez-vous ! Nous vaincrons ! » Puis des rires mêlés à des gargouillis spasmodiques de vomi. Puis : « Et l'ange du Seigneur plongea sa faucille dans la terre, et il rassembla les raisins de la terre, puis les porta dans les grandes presses à vin de la colère de Dieu. » Je hochai la tête, et sur ces entrefaites, je repris le chemin de la chambre de Novotny.

Si, à la suite de cette rencontre dans les latrines, je pouvais encore me poser quelques questions quant à la stabilité de mes hommes, la piaule de Novotny acheva définitivement de me fournir une réponse. Ils étaient tous cinglés, sans exception. Ils appelaient ça « être en train de devenir asiatique ». Six ou sept poivrots — aucun ne tenait debout, ce qui ne facilitait pas le décompte — agglutinés dans la pièce, comme une cage surpeuplée de singes sous-alimentés. Ils dégoisaient, se bidonnaient et hurlaient de leurs voix éreintées, haut perchées, piochant des bouteilles marron de bière japonaise dans un sac hermétique rempli de glaçons, les vidant à coup de rapides rasades égoïstes, comme s'ils craignaient qu'on ne les leur vole avant qu'ils les finissent. J'acceptai de bon cœur la bière qu'on m'offrait, et je m'installai sur le paddock à côté de Novotny.

« Y a un poivrot en train de ramper dans les latrines, dis-je.

— Faut pas se casser la nénette pour lui. C'est Morning, ça lui arrive parfois de se mettre minable. C'est lui notre chargé de travaux pratiques, et aussi notre Casse-Burnes. » Il avalait la fin de chaque mot du même petit sourire pincé que la veille.

« En fait, il a dit que tout allait bien. À part sa mandibule gauche, dis-je en montrant ma paluche droite.

— J'en ai rien à branler de savoir comment il l'appelle, hurla un gars plutôt râblé, se mettant tout de go à danser devant moi. Vraiment rien à branler, tant qu'il continue à castagner les gonfleurs d'hélices. Castagne-les, castagne ! » dit-il en frappant du poing dans sa main ouverte, ignorant la bière qu'il tenait à la main. De la mousse lui gicla dans ses sourcils de jais, et de la bière dégoulina le long de ses joues. « M'a tiré des griffes de cet aviateur-là. Le type était sur mon dos, il vous l'a fait valser comme une mouche. Crac ! Boum ! » Nouveau jet de bière. « L'allait m'étriper, mon gonze, expliqua-t-il, écartant son col de son cou maigre pour nous faire apprécier une demi-douzaine d'éraflures teintées de sang.

— L'aviateur essayait de lui élargir le trou du cul avec une bouteille de rhum, m'expliqua Novotny avec désinvolture. Là-dessus, Morning lui est tombé sur le paletot... Les commandos de l'Air peuvent pas piger ce genre d'emmerdes.

— Le sergent Krummel, ajouta Novotny en me montrant du pouce.

— Cagle, mon gonze, fit le petit en me tendant une petite main poilue.

— Caglemongonze ? demandai-je en lui serrant la main.

— Cagle tout court », rectifia-t-il, tandis que tout son visage fin se laissait happer par la fumée de son cigare. Il poursuivit sa danse, comme une poupée sur un fil, une jambe par ici, un bras par là, et pendant tout ce temps sa petite moustache se tortillait et frétillait, comme si elle tentait de ramper par-dessus sa lèvre supérieure pour accéder à sa bouche. « Boum ! il hurla en exécutant une pirouette à l'autre bout de la pièce. Castagne ! Du vent, les gonfleurs d'hélices, du vent ! »

J'eus droit à la rétrospective des trois jours écoulés, les nouvelles baises chez machin ou chez truc, les disputes, la plantade de Levenson dans la rivière — on me montra du doigt celui qui rêvassait à poil dans son coin, arborant une nudité nonchalante —, encore un baston, Franklin qui était passé sous le nez d'une môme qui avait la chtouille, et qui avait évité de morfler une fois de plus, quelle perm' bonnarde ç'avait été. L'allégresse gagnant un point à chaque bière supplémentaire. Mais ce qu'ils exigeaient dépassait ce que trois jours peuvent offrir : la vie, l'amour et le bonheur.

Au bout de deux bières, je retournai voir si Morning tenait le choc. Il était assis sur le rebord de la douche, appuyé contre la paroi, se frappant la tête contre le carreau, tout en chantant, mais la chansonnette était entonnée trop doucement pour que je l'entende.

« Hé, t'as besoin d'un coup de main ? » lui demandai-je. Il y allait plutôt fort, avec sa tête contre le carreau.

Il s'interrompit, mais continua de chanter. Il soupira, puis leva les yeux calmement. Il avait l'air claqué, hagard. Je réalisai à cet instant précis qu'il n'était certainement pas aussi bourré qu'il voulait me faire croire, mais plus qu'il ne le croyait.

« Je ne voulais pas le tuer, mon frangin, tu sais », dit-il d'une voix tranquille, normale, une voix qui aurait pu faire de la pub à la radio pour les blazers d'une confrérie estudiantine. « Je ne voulais pas. » Il avait pleuré.

« Je comprends, vieux, j'te crois », fis-je en l'aidant à se traîner jusqu'à un lavabo. Je lui aspergeai la tête d'eau froide pendant quelques minutes, avant qu'il puisse se redresser et admirer sa trombine dans la glace. Il dévisagea son reflet, essuya ses lunettes, et dit : « Quand j'étais gamin, je restais allongé au lit, après qu'ils m'avaient obligé à éteindre la lumière, je restais allongé et je faisais des grimaces dans le noir, jusqu'à ce que je tombe sur celle qui me paraissait être la bonne. Puis je courais jusqu'à la salle de bains, et j'allumais la lumière pour la voir dans la glace. » Il s'arrêta, remit ses lunettes — des lunettes de l'armée pourvues de montures transparentes, qui auraient dû sembler déplacées sur sa figure, mais qui lui conféraient une espèce de dignité hébétée de savant — et il posa son regard sur moi. « Ces temps-ci, je reviens la nuit pour m'assurer que je n'ai pas de grimace qui me colle à la gueule, je viens juste vérifier. » Il s'essuya les mains, jeta un dernier coup d'œil dans la glace, les traits relâchés, puis il sortit lentement.

Une fois revenu dans la chambre de Novotny, une autre bière à la main, je rapportai l'histoire de Morning qui aurait tué son frère.

« Il en a pas de frangin. Il est schlass, c'est tout.

— Morning, c'est mon pote, carillonna Cagle, mais ça lui arrive parfois d'être qu'un putain de poivrot à la con.

— Qu'est-ce que t'en sais ? lui demanda Novotny à travers son sourire oblique.

— Où est-ce que tu veux en venir, bordel, avec ton "qu'est-ce que t'en sais" ? tout en singeant la diction hachée de Novotny et son sourire de traviole. J'le connais depuis les classes, voilà ce que j'en sais.

— Foutaises, remarqua calmement Novotny, défiant l'univers.

— Qu'est-ce que tu veux dire par là, "foutaises" ! ? relança Cagle d'une voix criarde et aiguë, et il frappa du pied. Hein ?

— T'as jamais réussi à le voir schlass sans l'être toi-même, espèce de p'tit saligaud poilu, alors comment est-ce que tu peux savoir à quel point il se met minable. Tant qu'on cause de poivrot à la con, qui est-ce qu'a niqué le juke-box, et qui est-ce qui est interdit au Tango parce qu'il n'a pas réglé ses bières ? et bordel de pute, qui est-ce que les AP ont retrouvé sous la baraque d'un Philip' à trois plombes du mat ?

— Jamais vu une bonne femme si répugnante. Elle avait beau être sa femme, j'arrivais pas à croire que ce zigoto allait se la cogner. J'pouvais pas louper ça, expliqua Cagle que le souvenir faisait sourire. Y a pas eu de plainte de déposée, alors allez vous faire foutre, le Navajo, toi et ton poney.

— T'avise pas d'approcher ma femme, espèce d'empaffé », souffla Novotny en riant, puis il se tourna vers moi. « Demandez au Cafard, dit-il, en montrant Cagle du doigt, combien de fois il est tombé sur sa tête à la con, et combien de fois il s'est amoché l'arcade sourcilière. À chaque fois que quelque chose tombe par terre, tout le monde se lève et dit : "OK, où est-ce qu'il vient encore de se ramasser, maintenant, ce couillon de coléoptère ? Va encore falloir qu'on le ramène pour qu'il se fasse recoller l'arcade." »

— V'là quelqu'un qui sait sûrement ce que c'est qu'une belle balafre », en indiquant la demi-lune qui décorait ma joue sur dix centimètres. Il me montra le croisillon de minuscules cicatrices blanches enfouies dans ses sourcils. « Et à propos de…

— On devrait faire une collecte pour acheter un casque de choc au Cafard à chaque fois qu'il se met à picoler », m'interrompit Novotny.

L'heure tournait, et, en tant que chef de groupe, je commençais à ressentir quelque responsabilité, pour que tout le monde aille se coucher et se repose un peu avant 6 heures 45. Comment dois-je m'y prendre pour jouer les sergents, je demandai à ma bouteille.

La version autoritaire : «Bien, messieurs, l'heure fatidique de six heures ne sonnera que bien assez tôt!» La supplication trop affectueuse : «OK, les mecs, on va peut-être en rester là, d'ac? On va taper un p'tit roupillon réparateur, voyez ce que je veux dire, ha, ha.» Ou bien la version : c'est-pas-que-ça-me-fasse-plaisir-les-gars-mais-il-est-p'têt-l'heure-d'aller-à-la-ronfle. À moins de simplement se lever et de s'étirer, de se tresser les moustaches, et d'ordonner : «Fini de déconner.» Finalement, au moment où j'avais décidé de leur ficher la paix, estimant que c'était leurs oignons, le rassemblement se défit aussi simplement et naturellement que je pouvais l'espérer. L'allégresse qui avait duré trois jours s'achevait, maintenant commençait le pensum qui allait durer six jours. Les lettres qu'ils avaient voulu écrire, le sommeil en retard qu'ils avaient prévu de récupérer, les résolutions prises, telles que : C'est la dernière virée en Ville, tout cela n'était plus que rendez-vous manqués. La fatigue étouffa leurs «Bonne nuit, têtes de nœuds», jeta une nappe de brouillard sur leurs yeux rougis, et les emmitoufla comme une vieille couverture défraîchie.

De mon pieu, alors que je fumais une dernière cigarette et que la brise me caressait délicatement, j'entendis le tourne-disque de Morning, à travers le couloir. Une voix féminine très aiguë qui tournoyait légèrement autour d'une guitare, et qui, dans la nuit, semblait minuscule.

2.

OPÉRATIONS

La mission qui incombait au 721ᵉ était une sorte de contre-espionnage, il s'agissait de faire de l'écoute pour le compte de l'armée philippine, sur ses propres transmissions. Ils nous fournissaient des horaires et des fréquences de transmission dans certaines zones, et notre rôle consistait à enregistrer les messages — retranscrire les groupes de mots codés en morse à la machine à écrire (le « moulin ») et recueillir les voix sur bande — afin que les Philippins aient un moyen de vérifier les entorses aux règles de sécurité que pouvaient commettre individuellement leurs opérateurs. Ces manquements ne représentaient rien de plus dramatique que de fournir des renseignements à l'ennemi (inexistant, de toute manière), c'est bien souvent un opérateur (Op) qui transmettait un petit bonjour à un autre Op, au moment où il prenait son service, ou bien lorsqu'il avait terminé, ou encore un message diffusé en clair, alors qu'il aurait dû être codé. Tout cela était censé constituer un procédé infaillible pour vérifier le bon fonctionnement de leur système de communications — si ce n'est que tout ce qu'on peut prouver contre un dingue est rarement d'une grande utilité contre un homme astucieux.

Joe Morning était quelqu'un d'astucieux. S'il pensait être en position d'enregistrer une faute, il se débrouillait pour perdre le signal juste au bon moment. Il disait n'éprouver aucun désir de punir quelque malchanceux troufion d'une autre armée, qui gagnait encore moins que lui. Sitôt la nouveauté de ce turbin émoussée, j'eus tendance à être de son avis, même s'il ne procédait jamais ouvertement ; dès que je découvris son petit micmac, je restai planté sur ses talons. J'imagine que c'était tout à son honneur qu'il l'admette, sans jusqu'à ce jour avoir été accusé.

Je découvris dès le premier après-midi son cinoche concernant le brouillage radio et le manquement aux dispositifs de sécurité. J'étais en train de vérifier les relevés, je classais les carbones utiles, et je disposais les originaux dans l'attaché-case que l'officier philippin viendrait récupérer à 15 heures 30. Je remarquai que l'ensemble des relevés étaient satisfaisants à l'exception de celui de Morning, qui était constellé de mentions telles que ((((((BROUILLE-BROUILLE-BROUILLE)))))) (((QSA NÉANT QSA NÉANT))) ((ICI PLUS RIEN — QSK 5 × 5)). J'ai épié la transmission qui était programmée sur la console spéciale, et l'Op avait beau avoir une manière de pianoter inhabituelle, il parlait tellement fort que c'était comme s'il était installé juste à côté. La retranscription de Morning était lacunaire. Je me dis que ce n'était peut-être pas le plus doué des Ops morse, mais, plus tard dans l'après-midi, je le vis dactylographier avec deux doigts le contenu d'un message radio de propagande communiste chinoise (Com Chi), rédigeant un texte dans un espagnol limpide, au rythme de 35 mots à la minute. Il avait effectué la retranscription sans la moindre erreur, et quasiment sans effort ; c'était donc un Op compétent. Seul Novotny, à la limite, était peut-être meilleur. Morning resta branché sur la Com Chi pendant encore quelques minutes, débordant sur l'horaire de la retransmission suivante (Hor). Quand il eut terminé, je fis une remarque concernant la qualité de la retranscription qu'il avait effectuée plus tôt, la même journée, j'espérais ainsi qu'il comprendrait que j'avais pigé son micmac.

« Eh bien, c'est que, sergent Krummel, je les ai suivis du début à la fin, pour cet Hor, dit-il, en montrant du doigt la retranscription que je tenais à la main, la femme du premier attend un bébé alors l'autre, qui, lui, a déjà six marmots, lui disait de ne pas s'en faire. Ils parlaient en décodé, mais je trouvais que c'était pas chouette de planter un type parce qu'il est tout simplement heureux que sa femme attende un bébé. Ce serait pas plus mal s'il y avait un peu plus de types comme lui, qui s'occupent de leur femme. » (Il avait cette faculté de ne jamais sonner faux — sans jamais se montrer trop pressant, mais seulement en se montrant sûr de lui, persuadé de détenir la vérité.) Ça me plaisait qu'il se soit confessé avant même d'être accusé, mais il me plongeait dans une position délicate, soit je fermais les yeux sur son bricolage, soit j'en voulais aux futurs pères.

« OK, Morning, n'empêche que tu vas faire gaffe à ce genre de magouille, ou alors y a pas qu'un papa qui va se faire planter. » Il venait déjà de m'attirer sur un terrain glissant. « Je n'aime pas faire de vagues, et je n'aime pas les remous, or avec ce genre d'emmerdes, les eaux deviennent vite houleuses, et ça sent la marée.» À qui voulais-je faire avaler ces couleuvres ? Il m'avait harponné. Et je ne savais pas encore à quel point.

«Entendu. Je suis vraiment navré, répondit-il en toute franchise, mais ce gars avait l'air tellement excité, il avait l'air de se faire tellement de bile, que je ne pouvais décemment pas lui foutre la tête sous l'eau.» Morning s'est fendu d'un sourire, et je me suis alors souvenu de l'urgence frémissante avec laquelle il avait pianoté au moment où je l'avais placé sur écoute, et je comprenais maintenant cette flopée de points et de tirets qu'il avait si frénétiquement envoyé promener, et je me suis moi aussi fendu d'un sourire.

«Bon Dieu, il a mis huit ans pour devenir caporal, et avec le gamin, il va encore lui falloir plus d'argent», dit Morning maintenant rasséréné, car il savait que je n'irais pas lui chercher des noises. Il parlait d'une voix amicale ; c'est à moi qu'il parlait, pas à mes galons.

«Je croyais qu'ils parlaient des gamins ?

— Ouais, cette fois-ci, mais je les connaissais déjà. Il a un coup de paluche tellement bizarre que je sais toujours quand c'est lui qui bosse. Je me souviens quand il est passé caporal. Là aussi il s'est exprimé en décodé. Pourtant ce n'est pas dans ses habitudes. C'est vraiment un bon Op, Sergent.

— Fais-moi penser à confier ce réseau à quelqu'un qui ne soit pas de la famille, Morning. Bordel.

— On le transfère le mois prochain sur un réseau de morse automatique.» Morning ne pouvait se séparer de son large sourire, et il savait que moi non plus.

«Eh bien, bordel de merde, je suppose que lui et ses ennuis familiaux vont manquer aux Bons Samaritains que vous êtes, maugréai-je à l'attention du groupe dans son ensemble. Je vais me renseigner pour savoir si l'aumônier n'a pas besoin d'un coup de main. Ou alors je vous laisserai peut-être ouvrir un foyer pour femmes abandonnées, pendant votre temps libre.

— Il nous faut quelque chose de motivant, dans ce putain de trou, grommela Novotny, et je dois bien reconnaître que les mères abandonnées, ce serait vraiment au poil. » Quelques gloussements s'ensuivirent, puis ils se remirent tous au taf, sans trop savoir si avec moi ce serait du lard ou du cochon. Il n'est jamais aisé de faire confiance au type qui vous donne des ordres.

« Sergent Krummel, excusez-moi pour les ennuis causés. Mais on se fait tellement chier dans ce bled, alors ça passe mieux quand on se dit qu'à l'autre bout, c'est un pote. Je ne tire aucune fierté de mon jeu aux mouchards et au petit rapporteur, reprit Morning. Mais je vous présente mes excuses.

— Oublie cet incident. Mais ne va pas me raconter la prochaine fois que tu couvres un espion chinois parce que sa maman est malade. Je ne veux pas de ces salades.

— Si je ne vous le dis pas, comment le saurez-vous ?

— Je ne veux pas le savoir. C'est tout. »

Il n'y eut plus jamais de vagues. Morning fut maintenu dans les réseaux les plus élevés, où une plus grande attention est requise de la part des Ops, tandis que, sur les réseaux dits d'entraînement, les erreurs étaient fréquentes, et la fiabilité des Ops laissait à désirer. Ce problème avait beau se poser régulièrement, Morning avait le chic pour systématiquement m'impliquer dans ses magouilles. Plus jamais, dis-je en retournant à mon bureau. Plus jamais. Mais je retenais déjà ma respiration, en attendant les déferlantes. (Morning aurait dit que c'était autant de ma faute que de la sienne si j'étais impliqué, ce qui était vrai. Ma faute, c'était lui. Mais j'ai réglé cette histoire une fois pour toutes au Viêt-nam.)

La section opérationnelle de notre bâtiment était répartie dans une seule salle du rez-de-chaussée, l'essentiel de la place étant occupé par les appareils électroniques et les pupitres ; restait une surface réduite pour le bureau du chef de groupe, la machine à café et le râtelier d'armes. Les officiers du détachement, contrairement aux officiers de compagnie, un major, deux capitaines et quatre lieutenants, disposaient de bureaux situés en sous-sol, pour quelque raison inexpliquée, auxquels on accédait par une cage d'escalier extérieure. Ils n'occupaient ces trous que pendant la journée, et ne se mêlaient à l'activité véritablement opérationnelle que lorsqu'une difficulté spécifique apparaissait. Je compris rapidement que le travail au rez-de-chaussée pouvait se dérouler sans que les « Taupes Pensantes », comme on les appelait, viennent y mettre leur grain de sel. Notre tranquillité était encore accrue par un dispositif d'avertissement que Quinn, le mécano de l'unité, avait installé dans le système de ventilation. Dès qu'un badge était introduit dans la fente principale qui ouvrait les portes de devant, le compresseur était agité d'une timide quinte de toux. Grâce à ce système de prévention, les gars se montraient d'une décontraction étonnante, pour des engagés évoluant à si faible distance des officiers. Ma seule vraie fonction consistait à m'assurer que les relevés étaient effectivement retranscrits au cours de ces sessions à la con, le reste du temps passait en jeux sur les mots codés et autres occupations de tire-au-cul. Je mis rapidement les choses au point : « Tout Op que je surprends à louper une transmission se verra retirer son bulletin de sortie pendant sept jours, y a-t-il des questions ? » Je confisquai tous les bulletins de sortie, à l'exception de celui de Quinn, au cours des deux premiers jours, puis je les signai pour la perm' de trois jours comme si de rien n'était. Les gars pigèrent, sauf que dorénavant ce n'était plus mes gars.

Le groupe et moi, ça collait plutôt bien au début — et ce, d'ailleurs, plus grâce à eux que grâce à moi. Ils formaient une bonne équipe. Seuls Quinn et Peterson n'avaient pas fréquenté la fac, ce qui aurait pu sembler étonnant pour l'armée dans son ensemble, mais cela correspondait à la moyenne du 721e. Il n'y avait parmi eux aucun appelé dont l'armée aurait bouleversé la vie, tous s'étaient engagés, sans doute parce que leurs vies roulaient déjà sur les jantes. Mais seul Collins avait terminé la fac ; les autres s'étaient virés ou s'étaient fait virer. Ils étaient tous parfaitement capables — et d'ailleurs ils ne s'en privaient pas — de provoquer Dieu sait quelle pagaïe en Ville, mais il n'y avait que Franklin pour mettre de la mauvaise volonté au cours des opérations. C'était un gamin malheureux, qui avait intégré le MIT grâce à une bourse en maths, puis s'était fait renvoyer pour avoir fait pipi dans la salle de réception, le jour de la fête des mères. Il n'avait jamais posé de vrai problème, car il trouvait une certaine élégance, il était bien le seul, au fait que j'avais rempilé : un bon gros doigt dressé à la face du monde. Ça, ça lui plaisait bien.

À ce moment-là, on faisait du bon boulot ensemble, le groupe et moi, rien à voir avec ce qui allait se passer par la suite, lorsque dix costauds arpenteraient les rues en chantant : « C'est nous les pillards de Krummel / C'est nous les violeurs de la nuit / On est des crades, des enfoirés / Plutôt tirer son coup qu'aller bastonner ! » C'était du propre.

Aussi étonnant que cela puisse paraître, c'est par le truchement de Franklin, et non pas par l'un de mes premiers amis, Novotny, Cagle ou Morning, que le groupe et moi avons été unis. Le septième soir de mon premier service de nuit, Franklin se pointa au boulot, rond comme une queue de pelle. Rien d'inhabituel à cela. En fait, la moitié des gars se pointaient un peu bourrés, lorsque nous étions de nuit. Franklin était en mauvais termes avec sa famille depuis qu'il leur avait envoyé une lettre comme quoi il s'était fait choper pour outrage public à la pudeur — il avait pissé en pleine rue, ce qui n'avait rien d'exceptionnel, sauf que lui s'était soulagé sur des jeeps des commandos de l'Air — et il était amoureux d'une serveuse philippine qui, elle, n'arrondissait pas les fins de mois en batifolant dans les piaules, une nana charmante, et il n'arrivait pas à croire qu'elle en pinçait pour lui. Lui qui avait de l'acné, une peau blanchâtre, et des cheveux blonds gras et filandreux. Le diable incarné sous les traits d'un délinquant juvénile. Ses parents avaient répondu à son honnête confession — il les suppliait de le comprendre — en lui renvoyant une « *Cher John* », une lettre lui intimant de ne plus remettre les pieds à la maison, plus jamais. Franklin avait dix-neuf ans et il y croyait. La première chose qu'il entreprit fut de séduire la fille, d'abord le coup de la cigarette, puis un verre, puis une balade pour la raccompagner chez elle. Après ça, il se cogna une biture d'une semaine, mais, jusqu'à cette nuit-là, il ne m'avait jamais posé problème.

Il s'évanouit. Je l'aperçus qui posait sa tête contre le moulin, alors je le secouai afin qu'il ne loupe pas la transmission suivante. Le fauteuil pivotant roula vers le mur, le faisant couler à mes pieds dans un bruit sourd, que je perçus à travers mes bottes. Cagle se retourna et dit : « Bordel de merde, Franklin ! J'te l'ai pas dit une fois, j'te l'ai dit mille fois d'arrêter de tourner tout seul à l'antigel. » Il m'aida à l'allonger entre le mur et la console, puis il se chargea de la feuille de transmission de Franklin.

Morning, trop heureux de trouver des circonstances atténuantes, nous rejoignit. « Vous allez le coffrer, Krummel ? S'il y en a un qui a écopé d'un jeu pourri au moment de la distribution des cartes, c'est bien ce pauvre empaffé.

— Morning, je m'en tape de savoir que vous allez tous vous mettre à pioncer. Pour toujours. » Je laissai Franklin en écraser. Plusieurs plaisanteries de mauvais goût fusèrent, censées détendre l'atmosphère, puis chacun retourna à son poste.

Aux alentours de 4 heures, Cagle débula de la trappe percée dans le toit, hurlant qu'une jeep empruntait notre route. C'est le lieutenant Dottlinger qui était l'officier de permanence. S'il ne tuait pas Franklin sur-le-champ, il le collerait au trou, et se ferait une joie de le charger méchamment. En tant que chef, responsable de tout ce beau monde, je ne savais que décider. Tous les gars me regardaient. Tout dépendait de ma décision. J'essayai de ne pas trop réfléchir, j'attrapai Franklin par le colback, et je le tirai jusqu'à l'échelle. Morning me donna un coup de main pour le hisser sur le toit. Cagle laissa entrer le lieutenant Dottlinger, puis descendit l'échelle derrière nous, et reprit son poste comme si de rien n'était.

L'irruption de Dottlinger fut saluée par un « Oh, non ! » soupiré par le compresseur. Par deux fois, il avait été refusé au grade de capitaine, et lorsqu'une fois de plus, les listes avaient été divulguées sans que son nom y figure, il s'était retourné vers son premier grade de sergent, qui avait été le sien lorsqu'il s'était engagé, et qu'il n'avait, au demeurant, pas vraiment décroché, mais qui était une sorte de promotion sans effort, offerte à la sortie de l'École militaire. Être officier le ravissait au plus haut point, il était toujours en quête d'une occasion de faire du zèle.

« Sergent Krummel, prononça-t-il en me retournant mon salut, comment se fait-il que ces hommes ne portent pas l'uniforme ? » Plusieurs des gars s'étaient effectivement allégés de leurs treillis.

— « C'est le règlement au cours des opérations, mon Lieutenant. Pendant le service de nuit, les hommes sont autorisés à enlever leurs chemises, tant qu'ils restent à l'intérieur du bâtiment.

— Pas tant que je serai l'officier de permanence, sergent Krummel.

— Mes excuses, mon Lieutenant. Je l'ignorais. Messieurs, remettez vos chemises. Et que les rabats de vos poches soient boutonnés. » Le lieutenant Dottlinger n'avait pas apprécié mon laïus sur les poches. C'est à lui qu'incombait ce type de remarques. Il trouvait suspect que j'aie pu terminer mes études à l'Université. Lui n'était pas allé jusque-là.

Morning était complètement absorbé par son travail de retranscription, il m'avait bel et bien entendu, mais il n'avait pas daigné s'interrompre pour enfiler sa chemise.

« Cet homme n'a toujours pas son uniforme, sergent Krummel.

— Il est occupé à retranscrire, mon Lieutenant.

— J'exige qu'il enfile sa chemise sur-le-champ, sergent.

— À vos ordres, mon Lieutenant. » J'ai fait signe à Novotny pour qu'il prenne la relève. Il a branché ses casques d'écouteur sur le pupitre de Morning, puis a pris la suite à la fin d'une ligne, tandis que Morning se coulait hors de la chaise.

« Ahhh, il a marmonné tout en s'étirant les muscles du dos comme s'il n'avait pas arrêté pendant des heures, alors que ça ne faisait que quelques secondes. Oh! lieutenant Dottlinger. Comment ça va, ce soir? Ou je devrais plutôt dire ce matin. Ça fait une paye qu'on vous a pas vu, mon Lieutenant. » Pas la moindre trace d'insolence dans sa voix. Rien qui ne valait que Dottlinger lui cherche des crosses.

« Morning, en uniforme.

— Mon Lieutenant?

— Votre chemise. Mettez-la.

— Mon Lieutenant, on nous a autorisés à enlever nos chemises pendant le service de nuit.

— Je ne tolérerai aucune excuse, soldat. Mettez votre uniforme. » Dottlinger était passé au rouge.

« Suis-je en état d'arrestation, mon Lieutenant? Je ne comprends pas. Vous avez reçu un coup de fil de chez moi, mon Lieutenant? Dites-le-moi.

— Quoi? Ne faites pas l'imbécile. Remettez votre chemise — sur-le-champ!

— Ça fait une minute que vous me terrorisez,

mon Lieutenant. J'étais persuadé que c'était une mauvaise nouvelle.» Morning fit mine de s'éloigner.

«Morning! remettez votre chemise!

— Oui, mon Lieutenant, tout de suite. Mais ça fait une heure que je n'arrête pas de retranscrire et je... euh, faut que j'aille aux toilettes, mon Lieutenant.

— Sur-le-champ!

— À vos ordres, mon Lieutenant!» Morning enfila une manche à tâtons, il enfila le mauvais bras, puis il boutonna dimanche avec mardi, puis dimanche avec vendredi, le tout en sautant d'une jambe sur l'autre. Tout en défaisant son pantalon, il hurla: «Bordel de merde!» puis se précipita aux toilettes, le pan de sa chemise flottant au vent, le pantalon en accordéon. Il piqua le sprint du gars qui tâche de bloquer le ballon entre ses genoux. Il ne portait pas de caleçon, et les gars pouffèrent à la vue de son derche tout blanc qui sautillait. Il réapparut quelques instants plus tard, soulagé, et il soupira: «Je vous présente mes excuses, mon Lieutenant. Mais je ne pouvais vraiment pas attendre une seconde de plus.»

La tronche de Dottlinger devint écarlate, il fit claquer son stylo-bille dans sa main, comme s'il s'agissait d'une badine qui lui brûlait les doigts. «Soldat, comment se fait-il que vous ne portiez pas de caleçon?» s'exclama-t-il. Levenson, notre Juif rouquin à la figure tachée de son, surgit de derrière le Central, il couina comme une fouine, ricana de sa voix haut perchée, puis détala à l'instant où Dottlinger se retournait.

«Mon Lieutenant? demanda Morning.

— L'Armée se plie en quatre pour vous fournir des sous-vêtements ainsi qu'une solde pour que vous puissiez vous vêtir, alors pourquoi ne portez-vous pas de caleçon ?» Il brandit son stylo vers Morning. «Vous n'en avez pas, soldat ?

— Si, mon Lieutenant. Si, mon Lieutenant, j'en ai.

— Alors, pourquoi est-ce que vous ne le portez pas ?

— J'en porte toujours pour les inspections, mon Lieutenant. Toujours.

— Je m'en fous des inspections. Pourquoi est-ce que vous ne portez pas de caleçon présentement ?

— C'est assez personnel, mon Lieutenant. Je préférerais ne pas avoir à en discuter devant tout le monde, si vous n'y voyez pas d'inconvénient, mon Lieutenant.» En temps normal, Dottlinger aurait compris cet accès de pudeur, mais pas maintenant.

«Je ne veux pas en entendre parler, de ce que vous préféreriez et de ce que vous ne préféreriez pas — j'exige seulement de savoir, soldat !»

Morning opina du chef et marmonna quelque chose.

«Articulez !

— Ils rentrent… dans la…» Il réussit même à piquer un fard. «Dans la raie du…» Il feignit d'être submergé par la honte. «La raie…» Plus un bruit.

Dottlinger poussa un soupir, et, l'espace d'un instant, je le vis ordonnant à tout le monde de baisser son pantalon pour vérifier où on en était question caleçon. «Morning, faites en sorte que je ne vous surprenne plus jamais sans caleçon.» Levenson ricana. On pouvait lire à son visage que Dottlinger était résolu à coincer Morning. «Vous trouvez ça marrant, Levenson ?

— Oui, mon Lieutenant.»

Dottlinger fit mine d'ouvrir la bouche, il s'interrompit comme pour dire : « Qu'est-ce qu'on peut tirer d'un tocard maboul qui passe son temps assis à poil au beau milieu de la caserne ? » Il était bien conscient de s'être fait mener en bateau, une vraie croisière. Il avait la tronche de quatre heures du mat'. Sa figure trahissait le gamin qui, pendant des années, avait toujours été choisi en dernier pour jouer au ballon, celui des voleurs qui se faisait toujours épingler en premier, celui des gendarmes qui n'attrapait jamais personne, le gamin qui n'assurait jamais un cachou, toujours à la traîne. Il s'attarda un peu, il inspecta le bâtiment, s'obstinant à déceler une trace de poussière ou de saleté dans des locaux lavés à grande eau et inspectés trois fois par jour. Il remonta des bureaux de l'étage inférieur, et me fit remarquer : « Je crois que la surface sous le bureau du major a besoin d'un coup de chiffon et d'une dose de cire, sergent Krummel, tout particulièrement à l'endroit où il pose ses pieds. Si vous vouliez bien vous en charger, sergent Krummel… », dit-il en s'acheminant vers la porte.

Va donc, espèce de petit joueur, me dis-je, le quart d'heure de compassion est terminé. « À vos ordres, mon Lieutenant, j'envoie sur-le-champ le gus qu'est corvée de chiottes. »

Il s'est retourné. « J'aimerais autant que vous ne fassiez pas référence au préposé au nettoyage en ces termes, sergent Krummel. On n'est pas dans l'armée de grand-papa, ici. Nous savons tous que les jurons ne servent qu'à stigmatiser une déficience du vocabulaire, or je ne crois pas qu'un homme titulaire d'une maîtrise souffre particulièrement de ce genre de problème, est-ce que je me trompe, sergent Krummel ?

— Nullement, mon Lieutenant. Pas particulièrement de ce genre de problème.

— Eh bien, bonne nuit, sergent. Ah, et n'oubliez pas le bureau du major.

— Entendu, mon Lieutenant. Le bureau du major. À vos ordres, mon Lieutenant. »

À peine la lourde porte claquait-elle derrière Dottlinger que Cagle sautait de sa chaise, grimpait tout en haut de l'échelle aussi prestement qu'une guenon, et redescendait Franklin par la trappe. Il était encore dans les vapes. Novotny le cala dans le fond d'une chaise, et l'aspergea d'eau froide jusqu'à ce qu'il reprenne ses esprits. Il revint à lui, et les premières paroles qu'il prononça furent : « Niquez-les, bordel de merde, niquez-les », puis il mit le cap vers les latrines d'un pas chaloupé. Il radina en meilleure forme, les yeux gonflés mais en face des trous, un sourire ballot apparaissait sur sa binette.

« Nom d'un chien, il est quatre heures et demie », marmotta-t-il en s'étirant. Il se massa la nuque, et il découvrit quelques gravillons. « Holà, mais d'où estce que ça vient, ça ? » Novotny l'affranchit. « Ho, les gars, vous avez fait ça pour moi ? Nom d'un chien… » Il commença à prononcer quelque chose d'intelligent, puis s'interrompit. « Nom d'un chien. Merci… Merci. » Abasourdi, il fondit en larmes. « On m'avait jamais… » Il balbutia, il s'assit par terre, puis recoiffa ses écouteurs.

Je repris le pilotage des opérations, je remis la main sur le journal de bord, je dégotai de la cire, le balai et un chiffon. Je m'escrimai pendant une heure à faire luire le sol aux pieds du major, à grand renfort de cire et d'huile de coude, jusqu'à ce que le carreau étincelle avec autant de force et d'éclat que ma colère.

Quand je remontai, tout était propre et lustré à l'exception du sol, Franklin attendait le balai et le chiffon. « Excusez-moi, sergent, dit-il en me débarrassant de mes ustensiles. Je vous promets que si ça se reproduit un jour, je me porterai volontaire. Promis. Et merci.

— Te fais pas de bile, vieux. Ça ne se reproduira pas », lui répondis-je en admirant la chambre immaculée. *Dis donc, Krummel, on dirait que t'es dans les embrouilles ?* Autant dans les embrouilles qu'il y a de loustics dans ce groupe. Les choses avaient changé, c'était plus facile, plus décontracté, comme une famille ; maintenant que j'avais fait rentrer Franklin au sein du groupe en le tirant par le colback, j'y avais moi-même posé les deux pieds. On savait tous où on avait posé les pieds, pour le meilleur comme pour le pire : dans le même sabot.

Joe Morning et moi fûmes d'emblée copains. C'était certainement aussi simple que deux types qui aiment bien l'allure de l'autre, ou bien aussi complexe que de recouvrir la haine d'une couche d'amour. D'une certaine manière, on se ressemblait, lui et moi, suffisamment en tout cas pour qu'en Ville on nous prenne pour des frangins, à l'exception de nos couleurs de peau — Joe avait le teint clair, et moi la peau mate — et de la forme du nez — le mien était recourbé et crochu comme le péché, tandis que le sien était droit comme une flèche. J'arborais une féroce moustache qui retombait sur les côtés, et Morning de petites lunettes d'érudit. On tapait tous les deux au-dessus du mètre quatre-vingts, mais je pesais quinze kilos de plus que ses quatre-vingt-dix-huit kilos, et je suppose que c'est notre taille qui nous poussa l'un vers l'autre.

94

«Vous avez déjà joué au football, sergent Krummel ?» me demanda-t-il à l'occasion de son quatrième voyage vers la machine à café, lors de ma première matinée de travail. Je compris tout de suite qu'il avait envie de discuter, qu'il voulait entamer une conversation, mais comme il n'ajoutait pas un mot, j'attendis.

«J'en ai fait un peu, à la fac.

— Où ça ?»

Je le lui dis. Il avait entendu parler de ce petit établissement au sud du Texas. Ils avaient failli entrer à la Ligue inter-universitaire, deux ans auparavant.

«C'est dans cette équipe-là que vous avez joué ? me demanda-t-il.

— Non. À cette époque-là, j'étais déjà à l'université de l'État de Washington.» Il me posa ensuite l'inévitable question concernant ma présence à l'armée, puis me servit un bref historique à son sujet. (À vrai dire, personne n'avait jamais à lui tirer les vers du nez. Morning ne se faisait jamais prier pour tout raconter, ce qui est une excellente manière de mentir.)

Il était né à Spartanburg, en Caroline du Sud, mais il avait passé ses dix premières années à Phoenix, avant de revenir à Spartanburg jusqu'à la fin de ses études secondaires. Il avait ensuite fréquenté une grande université du Sud, en tant qu'ailier-côté fermé spécialisé en comptabilité, jusqu'à ce qu'il change d'option au second semestre, choisissant Biture et Philosophie, disciplines dans lesquelles il excella jusqu'à se faire mettre à la porte, en seconde année. Puis il fit la navette entre Phoenix, où il jouait du folk dans un bar, et le Sud, où il chantait dans les manifs, jusqu'à ce qu'un juge de l'Alabama l'inculpe pour agression, à la demande expresse de

Maman Morning — toujours selon ses dires — et lui laisse le choix entre trois ans de prison ou bien l'armée. Morning avait perdu toute notion de résistance passive. Entre deux maux, il choisit le pire, s'engagea dans l'armée, et, au bout de neuf mois à Fort Carlton, débarqua au 721e. (Son laïus sur le juge de l'Alabama n'était qu'un demi-mensonge, et Joe Morning narrait l'histoire avec une telle conviction, et une telle capacité à rire de ses propres déboires, que tout le monde, à commencer par moi, se prenait au jeu. Il n'y a que Quinn à ne pas s'être montré crédule, mais lui, il était complètement à la masse. J'ai beau connaître aujourd'hui la vérité, je persiste néanmoins à dire que Morning nous avait raconté une histoire épatante.)

Dès le début, Morning se montra amène et chaleureux à mon égard, comme il l'était avec à peu près tout le monde, bien que les premiers jours je n'aie pas bien su moi-même comment m'y prendre avec lui. Bien entendu, il avait une sainte horreur de l'univers, du système capitaliste, du fourvoiement de la démocratie américaine, de l'esclavage dans l'armée, des Philippines, de la Base de Clark et du 721e ; mais pas nécessairement dans cet ordre, car il était d'humeur changeante. Néanmoins, je ne crois pas qu'il haïssait un seul homme. Il était capable de déblatérer pendant des heures contre les gens du Sud, mais il était le premier à prendre la défense de Collins, le sudiste de notre unité, contre le premier venu. Lorsqu'en revanche il s'adressait au Sud en général, c'est en ces termes qu'il s'exprimait : « La Liberté tout de suite ! J'encule votre "Comprenez nos problèmes à nous" ! » Même topo avec les Philippins : il voyait en eux une brochette de voleurs et de faux-culs. Mais il ne manquait jamais l'occasion de risquer la cour martiale pour un seconde pompe philippin qu'il ne connaissait ni d'Ève ni d'Adam. Morning avait une horreur non moins sainte des chrétiens, et plus particulièrement des catholiques, mais il défendait les catholiques quand on les accusait d'avoir maintenu l'enseignement dans l'état dans lequel il était au Moyen Âge; sans compter qu'il connaissait la Bible sur le bout des doigts, mieux que quiconque, bien qu'il cachât cette connaissance, et qu'il n'en citât des versets que pour jurer, lorsqu'il était bourré au point d'en devenir timbré. Ses amis ne savaient jamais vraiment à quoi s'en tenir avec lui, mais ils savaient que Joe Morning était prêt à aller leur décrocher la lune, et que bien rarement il leur demanderait quoi que ce soit en retour. S'il venait à demander un service, il s'y prenait avec une telle timidité qu'on ne pouvait rien lui refuser. De plus, il se montrait réfléchi de manière générale, bienveillant, pardonnant facilement les actions irréfléchies ou mauvaises de ses amis. Il pouvait être cruel, lunatique, mais il endurait les tempêtes avec un humour discret empreint d'une ironie qui prenait le pas sur l'amertume. En temps normal un alcoolo fini, mais un gars heureux, même s'il lui arrivait environ une fois par mois de perdre les pédales, de se comporter en bête sauvage pendant toute la nuit, de pleurer, de bastonner et de hurler, de se frapper la tête par terre jusqu'à ce que plus personne ne sache qui il était, ou ce qu'il était…

Voilà qui était Joe Morning, Joseph Jabez Morning, suspendu entre ciel et lune, un type des grandes marées. Comme tous les types qui n'ont pas de racine, qui n'ont ni point de mire ni patience, c'était un révolutionnaire, non pas un rebelle, mais bien un révolutionnaire, un destructeur, quelqu'un qui visait tout ou rien pour tous. (Ce serait plus facile, tellement plus facile, cette histoire que je rapporte, si Joe Morning avait été un être mauvais, quelqu'un de diabolique, mais il était bon, et dans sa vertu aveugle, il m'a conduit vers des excès affreux, et même au meurtre, allant finalement jusqu'à me transmettre la pierre de la révolution, vengeresse, et brûlante.)

Le matin où nous sauvâmes Franklin, il vint me voir et me demanda : « Sergent Krummel, le groupe descend en Ville aujourd'hui, pour une "tournante", si vous voulez vous joindre à nous. » Les tournantes étaient l'apanage des gars, et les chefs de groupes n'étaient admis que si les gars le demandaient.

« Merci. Ce serait avec plaisir. »

3.

EN VILLE

Le temps que je finisse de manger et que je retourne dans ma chambre, tous les gars du groupe étaient là, ils avaient tous quitté leur uniforme et s'étaient réunis dans ma chambre.

«Qu'est-ce qui se passe? Y a pas le feu, je vais d'abord prendre une douche, dis-je d'une voix traînante.

— Une douche! hurlèrent-ils en chœur. Vous êtes quoi, le révérend de service? On ne se douche pas avant de descendre en Ville!»

Je m'inclinai devant cette écrasante majorité, et fouillai dans le placard à la recherche d'un pantalon.

«Vous êtes quoi? Vous allez retrouver votre douce, c'est ça? On ne met pas de pantalon pour aller en Ville.» Ils étaient tous en vêtements de Ville, c'est-à-dire que, du caleçon aux savates, ils ne portaient que des vêtements susceptibles d'être déchirés, volés, roulés dans la merde, ils s'en battaient l'œil. J'essayai un Levi's.

«Vous êtes quoi, un jeune homme moderne, c'est ça? Pas de Levi's, pas de blue-jean en dehors de la base!»

Je choisis un autre futal marron clair, un polo, et

une paire de Wellington couleur peau de chamois, et je déposai le tout sur la table. «Bien, dehors messieurs, fis-je en ouvrant la porte. Vous allez m'attendre à la salle des rapports, je vous y rejoins dans une minute. Dès l'instant que j'aurai posé une pêche, que je me serai douché et rasé.»

Ils ronchonnèrent, mais déguerpirent et je les rejoignis finalement en bas au foyer, où ils jouaient au billard et aux galets.

«Vous êtes ravissant, comme ça, sergent, mais à l'heure qu'il est, tout va être pris, en Ville.» Il était 7 heures 45.

«J'ai entendu dire que vous descendiez en Ville», intervint Tetrick de derrière son bureau. Il me tendit les titres de permission pour les trois jours. «Assurez-vous bien qu'ils inscrivent leurs noms sur le registre des sorties.» Il avait le visage blafard et bouffi des lendemains de biture, il m'adressa néanmoins un sourire. «Ils prendront bien soin de vous, jusqu'à ce que vous puissiez prendre soin d'eux. Enfin j'espère. Mais faites attention à vous. Le capitaine Saunders rentre au pays pendant six semaines, c'est donc le lieutenant Dottlinger qui commandera la compagnie pendant cette période. Lui, il n'aime pas trop les zigotos qui font des virées en Ville. Alors tenez-vous à carreau.

«Et vous, les gars, arrangez-vous pour qu'il ne rencontre pas l'amour de sa vie», brama Tetrick tandis qu'on s'éloignait.

Le lieutenant Dottlinger apparut, son brassard d'officier de jour froissait encore les manches de sa chemise, pendant qu'on faisait le pied de grue dehors, en attendant que les taxis nous emmènent jusqu'à la sortie. Il répondit à nos brefs saluts en effleurant la visière de son couvre-chef de la pointe du stylo-bille, l'œil sinistre et glauque comme une bille de soufre.

La ville d'Angeles avait beau traîner une réputation de version du paradis en modèle réduit, elle n'en était pas moins un ramassis de huttes en bambou, de constructions en bois aux toits en tôle, les rues étaient poussiéreuses, les égouts à ciel ouvert, et elle faisait étalage de soixante-quinze ou quatre-vingts troquets. Pas tout à fait aussi moderne qu'une ville de la frontière mexicaine, à quoi d'ailleurs elle ressemblait beaucoup, et moins crasseuse que les bidonvilles d'une métropole. D'une certaine manière, les rues avaient toujours un air de fête, il y avait du monde, les chiens et les porcs y gambadaient en toute liberté, sans passages cloutés ni feux de signalisation. J'aimais bien l'allure des gens. Ils étaient plus propres que ce que j'avais pu imaginer, et n'avaient pas le regard vorace et cupide des citoyens de Columbus en Géorgie, de Fayetteville en Caroline du Nord ou de Kileen dans le Texas.

Nos taxis nous laissèrent au centre Ville, à l'intersection de cinq rues. Trois kiosques étaient répartis sur la *plaza*, trois parmi une demi-douzaine de kiosques clos. Les autres, une centaine, disséminés dans toute la Ville semblait-il, étaient dépourvus de murs. On m'expliqua que les kiosques étaient réservés aux buveurs première catégorie, car les serveuses se montraient d'une gentillesse indécente, alors que leur regard n'aurait même pas croisé celui d'un Américain dans la rue. Les tapineuses se trouvaient dans les bars ou à l'intérieur, dans les claques. Le groupe deux, le mien, se retrouvait habituellement au Plaza.

Nous débarquâmes en file indienne dans une salle étroite et haute de plafond, et nous nous tassâmes autour d'un bar en fer à cheval tout en longueur, sur des tabourets en bambou rigide. Les stores vénitiens nous protégeaient du soleil matinal qui tentait de s'immiscer par deux écoutilles, une large et une plus réduite, et trois ventilateurs de l'époque édouardienne brassaient l'air au-dessus du bar, ils sifflaient et crépitaient dans l'air comme de grosses mouches paresseuses. Niché dans le mur du fond, un énorme système de chrome et de plastique commandait le tout, babillant d'un air satisfait, tout en surveillant ses enfants tout fous.

«Une tournante, mama-san, lança Morning à l'attention de la tenancière du Plaza, une femme de forte carrure entre deux âges.

— Aaiiieeee, gloussa-t-elle en enlevant ses lunettes. La commande, vous faites à Chew Chi.» Elle remit ses lunettes comme pour se protéger, au moment où le groupe deux prenait place.

«Trop tôt», fit une fille au visage ciselé comme un cœur. Son sourire dévoilait une incisive dont le contour était aurifié, dessinant un petit cœur blanc sur la dent. Secondée par deux autres nanas, elle nous servit à chacun une *San Miguel* épaisse et fraîche dans des timbales aussi lourdes que des armes offensives ou des ancres de bateau — et on ne croyait pas si bien dire. Les bières furent copieusement servies, et Morning tira alors une morceau de papier froissé de sa poche, et commença sa lecture :

«Entendu que ce monde, nous ne l'avons point conçu, et qu'il est empli de dangers que nous refusons de comprendre, nous, groupe deux, pour les trois jours à venir, décidons de nous retirer de la course à l'armement, de la course à l'espace et de la race humaine ; et en tant qu'acolytes complices et noceurs invétérés, nous levons humblement nos verres en signe de défiance, courbons honteusement la tête et ici, solennellement, jurons (ou affirmons) de nous abreuver jusqu'à ce que la lune tombe des cieux, tombe des cieux sur nos têtes, et que nous — on peut toujours rêver — on retombe sur nos culs.

« Accordé ?

— Yahou !

— Je vais maintenant procéder à la tournante, je nommerai le bienheureux comme le mécréant.

— Thomas Earl Novotny, déclama Morning.

— Yahou », gronda Novotny, puis il se redressa, et déversa la bière dans le fond de sa gorge.

(Novotny le cow-boy haïssait tant l'armée, que quand il était passé sous-off, il avait encore préféré quitter son uniforme plutôt que grailler au mess. Mais c'était un bon soldat. Peut-être seulement n'appréciait-il pas que quelqu'un lui dicte ce qu'il avait à faire.)

« John Christopher Cagle. » Il s'étouffa à mi-parcours, mais termina son verre.

(Cagle le singe, le danseur vif comme l'éclair. Son père était aumônier, un major dans l'armée de l'air qui, d'après Cagle, croyait que Dieu était une combinaison du général Eisenhower et de la General Motors. « Notre Super-Vendeur de Bagnoles d'Occase Qui Êtes aux Cieux », chantait souvent Cagle. Il s'était fait lourder de l'université de l'Indiana en quatrième année, pour avoir essayé d'accéder à des documents pornographiques de l'institut Kinsey pour la recherche sur le sexe, et avait depuis lors tout foiré. Dans la compagnie, on avait depuis fort longtemps baissé les bras, du moment qu'il ne blessait personne d'autre que lui, lui et ses propres sourcils. Son heure de gloire avait sonné à son retour de trente jours de perm' au Japon. Il était descendu de l'avion, engoncé dans un uniforme de troufion japonais, arborant un sabre de samouraï et un bouc du plus bel effet. Mais personne ne put jamais savoir comment il s'y était pris pour s'embarquer dans le coucou.)

«Doyle Quinn.

— Ha! hurla Quinn. Les choses sérieuses vont maintenant commencer», et il liquida sa bière.

(Quinn. Sa régulière, Dottie, la pute aux jambes arquées, en pinçait pour lui, elle était allée jusqu'à lui planquer ses grolles pour qu'il lui reste fidèle, mais jamais elle ne parvint à le tenir en laisse, et tenta de se suicider en sautant du premier étage d'une hutte, c'est ainsi qu'elle devint Dottie-la-Pute-aux-Jambes-Arquées. Rien de tout cela ne parvint à émouvoir Quinn. C'était un Irlandais de la Ville, un finaud au poil sombre, un dur à cuire qui se foutait pas mal de savoir si le soleil se lèverait le lendemain. Au cours d'une bagarre, une fausse dent avait morflé, ne laissant dans sa bouche que la racine en métal gris, que Quinn se fichait comme d'une guigne de faire soigner. Né dans la rue au milieu de la dèche et des révoltes raciales, il vous décochait un rire empreint d'une tonalité rocailleuse et moqueuse qui semblait dire : «Moi, la mouise, je l'ai vue sous toutes les coutures, et ça m'en touche une sans remuer l'autre, alors est-ce que oui ou non on s'en rejette un derrière la cravate?»)

«David Douglas Franklin.

— Ha!» s'ébroua-t-il en grondant comme son idole, Quinn.

(Ses parents étaient persuadés d'avoir ramené le mauvais bébé de la maternité, et, remplis de honte, n'en avaient jamais eu d'autre. M. Franklin père était réparateur de machines à écrire, la maman était caissière dans un restaurant de Bristol, dans le Connecticut, et leur fils avait un QI qui crevait le plafond. Ils l'empêchèrent de lire avant l'âge de quatre ans, en planquant à la hâte le *Reader's Digest*. Ils croyaient que le bambin voulait déchirer les pages. Lorsque des amis venaient jouer au bridge, ils le cloîtraient dans la pièce du fond, car c'était toujours lui qui gagnait. Et c'est seulement quand ils furent assurés que ce n'était pas un illuminé, qu'ils le montrèrent à tout le voisinage. Il survola le programme de huit ans d'études en l'espace de deux années, puis manqua quatre ans parce qu'il cessa d'aller en cours ; il lui fallut encore deux ans pour s'adapter à l'école qu'on le força à fréquenter, mais il finit par terminer sa scolarité dans sa classe d'origine, ce qui, somme toute, était ce qu'il souhaitait. Le meilleur souvenir qu'il garde de son père, c'est quand celui-ci allongea une praline au psychiatre qui suggérait que le gosse avait peut-être des problèmes familiaux. Je me souviens avoir une fois entendu Franklin dire : « À choisir, je préférerais encore être nœud-nœud qu'avoir de l'acné. »)

Morning termina l'appel, et tout le monde éclusa. Y compris Samuel Lloyd Levenson, le Juif à la tête de fouine, le rouquin au visage criblé de taches de rousseur qui ne cessait de ricaner, et se baladait toujours à poil dans la caserne. Y compris William Frank Collins qu'on appelait Mary, les cheveux en brosse, le garçonnet typiquement *made in America* au nez retroussé, un ségrégationniste tiédasse, professeur de biologie, mari et père originaire de Floride. Carl Milton Peterson, notre môme, mieux connu sous le nom de la Goule Grise en raison de son visage fin aux traits peu marqués, fils de Bemidji, propriétaire d'une station-service dans le Minnesota. Richard Dale Haddad, qui, sous ses airs juifs, avait un nom arabe et se disait espagnol, emberlificoteur de première et roi de la magouille, qui, tel le jeune cadre dynamique moyen, perdait ses cheveux à l'âge de vingt-trois ans. Puis c'est moi que Morning appela, après quoi il cita son propre nom, et quand son verre fut vide, me passa la liste ; à mon tour je fis l'appel et nous bûmes, et tous nous fîmes l'appel jusqu'à ce que plus personne ne réponde.

Le soleil de midi était haut dans le ciel : Cagle, Morning, Novotny, Quinn accompagnés d'un uni-jambiste guitariste, qui se prétendait vétéran de la guerre d'Espagne, et d'un coiffeur homosexuel philippin, Toni, paré de sa panoplie de travelo, et de moi-même, prétendant à présent être le dernier survivant de l'attaque apache à Fort Dodge, dans l'Iowa. Mes acolytes trônaient à la tête de sections de cadavres de bouteilles en pleines manœuvres, alors que je ne parvenais même pas à faire mettre en rang mon piètre contingent débraillé. Les autres enfoirés m'ont volé mes bouteilles pour m'émasculer, me dis-je, mais j'étais incapable de lancer une nouvelle offensive. J'avais beau lever le coude de plus en plus vite, je prenais du retard et, alors que je piquais du nez dans le fond de la bouteille, les autres me semblaient bien trop à jeun pour qu'on puisse leur faire confiance. Je ne crois pas m'en être trop mal sorti, car j'étais finalement confronté aux durs des durs du groupe, aux « irréductibles de la Ville ». La *San Miguel* tape à peu près dans les quinze pour cent d'alcool, et il me fallut un certain délai d'acclimatation.

Si cela pouvait me consoler, je n'étais pas le seul murgé. Peterson dégringola de son tabouret à 10 heures 15. Novotny lui prit son argent et le traîna jusqu'à une *calesa*. Dehors, il trouva Collins qui dégobillait en pleine rue, du coup il les expédia tous les deux dans l'appartement du groupe pour qu'ils aillent se reposer. Levenson démarra sur les chapeaux de roues vers le Factory pour se cogner une petite friandise à trois pesos, talonné de près par Franklin. Haddad s'était emporté contre mama-san, car elle refusait de le laisser exécuter un autre flamenco, comme il l'avait fait à la tournante précédente, alors lui aussi tira sa révérence, tapant dans ses mains en hurlant « *olé* » à tue-tête.

Le reste d'entre nous procéda au décompte des bouteilles, régla, et prit congé de Morning et de ses deux compères philippins. À l'instant où je me glissai dans la lumière du soleil, la chaleur et l'éclat m'assenèrent un coup de massue. C'était la lumière d'un jour qui jamais ne serait nuit. Rien ne pourrait jamais faire disparaître cet embrasement dans le ciel, pas plus la main de Dieu que le simple mouvement de la Terre tournant sur elle-même. Nous déambulâmes dans la rue, au beau milieu de la rue, en nous frayant un chemin à travers une mer de poussières d'or.

« Sergent Slag, fit Quinn, vous avez l'air quelque peu ivre.

— Erreur, mon garçon. Ce sont ces aspérités qui jalonnent la grand-route, qui me font adopter cette étrange et curieuse démarche. Les aspérités, petit garnement. »

Il se fendit la pipe, il en barrissait presque, ses dents rayonnaient comme des étincelles, et il me gratifia d'une tape dans le dos.

« En garde, fieffé gredin. »

Il se bidonna de nouveau. « Vous êtes pas trop mauvais pour un mecton qu'a traîné ses putains de guêtres à la fac. Z'allez p'têt' être reçu, cette fois-ci.

— Et vous de même, Votre Grâce, me semblez être un gentilhomme ardent et bouillant de tout votre cœur. »

Nous prîmes la tangente quelque part à un coin de rue. Et c'est le monde qui m'apparut. Une vieille femme ratatinée, dont les cheveux grisonnants étaient noués en un chignon, était installée derrière ses deux paniers, sur le bord du trottoir. Elle était assise sur ses talons, immobile, et tirait sur une cigarette noircie, comme s'il y avait le feu dans sa bouche, avalant des bouffées de fumée à chaque respiration. Un des paniers contenait des *baluts*, ces œufs de canard tout juste éclos, qui font le régal des Philippins, l'autre des épis de maïs grillés à la braise.

« Gente damoiselle, ne nous sommes-nous point rencontrés quelque part. Newport peut-être ? À moins que ce ne fût Saratoga ? » J'étais en pleins pourparlers lorsque Novotny me rejoignit.

« Oh non, pas elle, mec. Elle est usée jusqu'à la corde. » La vieille femme n'avait pas bronché. De la fumée s'échappait à chaque respiration de son nez fin tanné.

« Hein, mais elle est si belle. Tu ne vois donc pas ? La détermination qu'on peut lire sur ce visage, ces rides délicates que le temps a sculptées de la pointe

108

de son couteau. La dignité de l'âge… "Il sert de peu que, roi sans emploi, / Auprès de cet âtre silencieux, parmi ces rocs stériles, / Marié à une épouse âgée…"

« Tu achètes *balut*, me demanda-t-elle soudain en levant la tête, le regard filou.

— Oui, M'man, car ils vivront, ceux qui se bousculent. Oui. » Je payai deux fois le prix, et m'en allai en compagnie de Novotny, tenant bien au chaud, au creux de ma main, cet œuf qui ne demandait qu'à être jeté.

« Vous êtes rétamé ? me demanda-t-il.

— Moi ?

— Qu'est-ce que vous comptez en faire ? Vous n'allez tout de même pas le bouffer, hein ? poursuivit-il alors que je commençais à jongler avec.

— Il faut bien un jour ou l'autre perdre sa fleur », répondis-je en l'envoyant de plus en plus haut. L'œuf explosa dans ma main, un fluide chaud et filandreux me dégoulina entre les doigts. Je pressai mes doigts entre eux, le jus s'écrasa dans la rue, et s'enroba d'une fine pellicule de poussière. Dans ma main, les morceaux de coquille révélèrent les plumes jaunâtres, feutrées d'un caneton mort-né. J'envoyai promener la coquille. Le corps me resta dans la paume, telle la victime d'un naufrage. J'abandonnai ce salmigondis dans le caniveau, et m'essuyai les mains sur mon pantalon.

« Non, mais ça rime à quoi tout ça ? me demanda Novotny.

— Hein ? C'était une expression symbolique du nihilisme inhérent à toute recherche humaine du plaisir, liée au paradoxe que le plaisir, en tant qu'il est la base du conservatisme, est l'ennemi du nihilisme.

— Des conneries.

— Absolument. »

On retrouva la trace des autres au Keyhole, dans la pénombre de ce bar paisible où étaient disposées quelques chaises longues pourvues de coussins. J'en choisis une dans laquelle je m'installai, et bus encore deux pleines gorgées de bière avant de m'évanouir.

Je m'éveillai le visage à terre. Le bouton d'un matelas miteux en coton rugueux me mordait la pommette. C'est en me roulant sur moi-même que je m'aperçus dans une glace de grandes dimensions accrochée à un angle au-dessus du lit étroit. La glace me renvoyait également l'image d'une fille nue de petite taille, assise de dos sur une chaise disposée à côté du lit.

« Hé, fit-elle en souriant, maintenant tu te réveilles, hein ? Bon. Bientôt y aller. Bien que toi réveilles maintenant.

— Qui es-tu ? » J'avais mal au crâne et je me sentais encore à vingt milles d'altitude.

« AT.

— Hein ?

— AT. Affectation Temporaire. Ici chamb' de Até. Meilleure paise de la Ville. Toi regarder dans le portefeuille. »

Ce que je fis, m'attendant à ce que tout mon argent se soit volatilisé. Il ne manquait que dix pesos et j'y trouvai un message plié. « Cher Branleur de Jeune Homme Moderne : l'article CABR 117-32 interdit expressément de dormir dans les rues, les bars ou les latrines de la Ville. Il y avait une petite sauterie à l'appartement, ce qui fait qu'on n'a pu vous y accueillir pour la nuit. J'ai pris votre argent. On a payé pour la chambre. L'Alka-Seltzer, c'est

110

pour l'estomac et la tête, AT est pour votre âme. Dès que vous serez prêt, elle vous indiquera comment se rendre à l'appartement. Quelle belle matinée, n'est-ce pas ?»

Je relevai la tête. AT était debout près du lit, elle tenait le sachet à hauteur de son pubis glabre, comme une offrande. On retrouvait dans son sourire la même expression que dans son regard qui semblait dire : «qu'est-ce que ça peut bien foutre», elle avait un corps jeune et mince ; mais elle n'était pas séduisante, pas même jolie ni mignonne. Je me demandai si Morning n'était pas en train de me jouer un vilain tour. Moi, pieuter avec cette môme, à l'évidence plombée de maladies transmissibles. Ouhaou, même ses pieds étaient crades. Aucun vêtement en vue, hormis une robe bleue souillée qui pendouillait sur la poignée de la porte comme un vulgaire torchon. Pas non plus de chaussures à l'horizon.

«Tu aimes bien AT, oui ?

— Oui, mais l'Alka-Seltzer aussi, j'aime bien.» Je descendis du lit, je lui pris le sachet des mains, et chaloupai jusqu'à l'évier. C'était une petite chambre carrée, dont le mobilier se composait d'un lit, d'une chaise, d'un évier et d'une glace. L'unique fenêtre sans volet était fermée, et donnait sur un mur lézardé, couvert de plantes grimpantes. Cette chambre au mobilier rudimentaire était conçue pour l'action. J'engloutis le cachet effervescent, me débarbouillai, et regagnai le lit pour enfiler mes bottes.

«On paise maintenant ? fit-elle, posant sa main frêle sur ma chemise. Joe Morning dit AT n'a pas cœur en or, mais elle a chagatte en argent.» Elle glissa sa main sous ma chemise, et la maintint immobile sur mon ventre. Elle avait l'air si minus-

111

cule, si douloureusement enfantine. Je me tenais sur mes gardes, au cas où l'idée lui viendrait de me sauter au paf, prêt à réagir avec la même vigueur que pour protéger mon portefeuille, mais elle ne fit pas un geste. Juste cette main minuscule toute chaude posée sur mon bide. « On paise maintenant ? » Ce n'était pas une question de temps qu'elle évoquait, non, il s'agissait d'elle, de moi et de l'univers. Elle me déshabilla, puis me poussa sur le lit en gloussant, elle me retourna comme une crêpe à l'instant où je rebondissais, et se jucha à califourchon sur mon dos. Pendant plusieurs minutes, toute frémissante, elle frotta son ventre contre mon postérieur, tout en me massant la nuque et les épaules, chuchotant de petits baisers en travers de mon dos. Elle resta ainsi jusqu'à ce qu'un filet de sueur apparaisse entre nous. À chacune de mes tentatives pour me retourner, elle me mordit — elle ne mordillait pas pour me taquiner, non, elle mordait franco —, puis se remit à l'ouvrage.

Elle me retourna enfin, s'étendit dos contre ma poitrine et se remit à l'œuvre. Elle plaça mes mains sur ses seins minuscules, et s'arrangea pour les maintenir en place et s'y frotter jusqu'à en frissonner. Elle coinça ma queue entre ses jambes. Cette fois-ci, la transpiration apparut plus rapidement, et elle se mit alors à glisser, a gémir, à se trémousser, elle me serra plus fort entre ses jambes. Son corps paraissait tout petit à côté du mien, et dans la glace, elle ne représentait qu'une touche sombre délicieusement perdue au milieu de mon immensité blanche. Mes mains ressemblaient à deux méduses blanchies par l'eau, accrochées à sa poitrine.

Elle finit par se retourner à son tour, et se propulsa

littéralement contre moi, son corps ricocha contre le mien, elle colla sa bouche à la mienne, entrouvrant mes lèvres de la pointe de sa langue, tandis que ses mains minuscules maintenaient nos visages l'un contre l'autre. Je sentais sa fourche pressante sur mon ventre, mais elle n'était pas assez grande pour boucler la boucle. Elle déclencha une pluie de baisers sur ma figure et mes oreilles, crépitante et chaude comme un bon grain d'été. Sa tête rampa lentement le long de ma poitrine, sa croupe tâtonna, trouva enfin, et elle me prit comme un cadeau, et me berça avec délicatesse. Elle se redressa, se cala en arrière, et, les mains sur ma poitrine, se montra aussi passionnée que généreuse.

Elle imprima un mouvement lent et léger pour commencer, un rythme gracieux, puis plus rapide. Elle ferma tout d'abord les yeux, puis découvrit une rangée de dents blanches, elle accéléra le mouvement, ses mains dérapaient sur ma poitrine. Elle activa encore la cadence, ses doigts de pieds se plantèrent dans le matelas, elle me chevauchait en donnant de brèves secousses. Elle me prit par la nuque, attira mon visage jusqu'à elle, ses seins m'assenèrent des petites gifles brûlantes. Mon corps s'arc-bouta en un anneau de chair qui l'encerclait, alors que tel un minuscule maillon manquant elle bouclait la boucle — et trépignait comme un cœur de coureur. Je compris ce qu'ils voulaient dire par « argent », c'était du vif-argent qui filait, ce bras bandé gonflé d'espoir, et c'est alors qu'entraîné dans son sillage, tout mon sang afflua à mes pieds, puis explosa dans les douloureuses cheminées qu'étaient mes jambes.

Je restai allongé, en proie à une sensation de vide, conscient seulement des spasmes avides qui la traversaient, me demandant si elle feignait l'orgasme. (Au cours des mois qui suivirent, je compris qu'elle jouissait à chaque fois, et qu'il en serait toujours ainsi. Elle aimait s'envoyer en l'air. Elle n'était pas obsédée, ça ne la rendait pas folle, tout simplement elle aimait bien. Ce qui l'obsédait, c'étaient les films. Elle pleurait toujours à la fin, elle pensait que c'était ce que les GI attendaient. Je n'ai jamais entendu personne s'en plaindre, encore que, maintenant que j'y repense... Peut être en savait-elle plus que ce qu'on voulait bien imaginer.)

Je m'éveillai à l'instant où elle descendait du lit. Elle avait les yeux gonflés, mais elle souriait comme une enfant au jour de son anniversaire.

«Moi à cheval sur dessus, dit-elle, parce que... parce que toi trop... gros.» Elle voulait dire trop lourd. «Et aussi pour que tu voies dans la glace.»

J'avais le dos douloureux, il était presque à vif, et j'avais encore mal à la tête, mais ça faisait longtemps que je ne m'étais pas senti aussi bien. J'avais oublié à quel point l'amour sans complication pouvait être agréable.

«J'ai oublié de regarder», dis-je depuis le lit, l'observant poser un pied contre le mur — et se soulager la vessie dans l'évier. J'éclatai de rire.

«Tu devrais regarder, dit-elle quand elle eut fini. Chambre coûte cinquante centavos en plus pour glace.» Elle se retourna. «Pourquoi toi rire?

— Parce que tu es très belle.

— Tu me fais marcher.

— Non. Jamais.

— AT pas jolie.

— Non. Mais tu es très belle.

— Tu veux dire quoi?

— Très belle comme Dieu, comme un ange.

— La honte, fit-elle, mais elle sourit.

— Et je te promets de regarder dans la glace, la prochaine fois. » Elle pouffa.

Pendant que je m'habillais, un orage d'après-midi balaya le soleil d'un soudain rideau de pluie. J'ouvris les volets, et fumai en attendant. Puis ce furent de lourdes gouttes plus espacées, qui s'écrasaient contre le vert pimpant du lierre, et enfin un roulement de tonnerre qui retentit comme une ovation après un spectacle réussi, après quoi AT et moi partîmes.

Le monde scintillait, reluisant de propreté sous les rayons obliques du soleil. Tels des rires, des éclaboussures fusaient des flaques d'eau miroitantes semées dans les rues de bronze, où les poneys des calesas flânaient, alors que de jeunes mendiants s'émerveillaient de la boue qui leur chatouillait les doigts de pieds, et que de jeunes vendeuses de chewing-gums et de fleurs désapprouvaient tout cela, depuis l'ombre des pas de porte. Ils respiraient le bonheur, si facilement impressionnés par un orage passager. Même AT se mit à glousser, elle dansa autour de moi, et éclaboussa mon pantalon qui n'avait plus rien à craindre.

« Hé, mec, comment se fait-il que tu n'arrives que maintenant ? » me demanda Morning, quand AT et moi les rencontrâmes — lui, Novotny, Quinn et Cagle — sur le chemin de l'appartement.

« Lui dormi longtemps, répondit AT pour moi.

— Pas trop longtemps quand même, je suis sûr, avec cette petite Indienne dans les parages », s'esclaffa Novotny en riant. Quinn bascula sa tête en arrière, roula des yeux, et grogna de furieux rires en direction des nuages gris qui faisaient la course dans le ciel. Cagle se fendit d'un sourire ensommeillé, puis ferma les yeux et s'appuya contre le mur.

« Ouais, dis-je. Et merci, au fait. Je crois que ça risque encore de m'arriver, de tomber dans les pommes…

— Ça c'est sûr, interrompit Quinn.

— … ne serait-ce que pour mieux m'éveiller à la vie.

— Elle, c'est autre chose, fit Morning en lui passant la main dans le dos puis sur ses fesses qui semblaient faire la moue. C'est du métal d'une grande pureté, de l'argent pur. » AT s'esclaffa, puis se cambra au contact de sa main, elle ronronna et inclina la tête. Morning lui proposa une bière.

« Je rentre maison, Joe. Nettoyer maison, dit-elle. Au revoir, monsieur Moustache », me lança-t-elle en frottant son arrière-train contre ma cuisse. Elle me tira le bout de la moustache. « Toi chatouiller minou parfois, hein ? » Elle ricana et se coula dans la rue.

« OK, et où crèche cette fillette ? demandai-je. Juste pour savoir, au cas où vous ne seriez pas là, les gars, la prochaine fois que je, euh, tombe dans les pommes.

— Elle garde notre appartement, dit Morning. On l'a achetée.

— Comme un vulgaire aspirateur ?

— Non, mec, comme une bonne. » Morning expliqua qu'elle était une fille de *calesa*, une pute de la classe la plus basse, et que Haddad l'avait tirée, un soir, qu'il avait réalisé à quel point c'était une mine d'or, et qu'il avait convaincu le reste du groupe de l'acheter au mac à qui elle appartenait. Haddad participa à la moitié du financement au lieu de dix pour cent, persuada AT, puis l'installa comme bonne à tout faire dans l'appartement que le groupe louait déjà en Ville. Le groupe lui fournit de quoi se nourrir, se vêtir plus de l'argent. À charge pour elle de maintenir l'appartement dans un bon état de propreté, et tous les membres du groupe qui n'avaient pas la chtouille pouvaient disposer d'elle, à condition qu'elle ne soit pas au cinéma. Personne ne lui avait jamais fait rater un film. Cagle s'y était risqué une fois, et s'était vu privé de dessert pendant un mois.

« Ça marche comme sur des roulettes, fit Morning. Vous voulez faire partie du club ? Ça fait un endroit pour dormir, se doucher et se raser pendant les perm'. Ce n'est pas le grand luxe — six lits, un canapé, une douche et une cuisine rikiki qui est le domaine de AT.

— Combien ?

— Dix biftons par mois payables à Haddad. C'est lui qui se charge des dispositions à prendre et des comptes, du change de l'argent, trois pour un, pesos contre dollars, il s'occupe de votre argent et de l'entretien de la turne, paye les factures puis il verse le restant à l'orphelinat, pour l'équipe de basket et pour acheter des livres.

— Tu me bourres le mou, rétorquai-je.

— Il est amoureux de l'une des profs : mais elle ne veut rien avoir à faire avec lui parce qu'il est dans le bizness. Elle est persuadée qu'il représente une menace pour l'économie, qu'il n'est qu'un Méchant Affreux Juif Américain[1]. Mais elle le laisse entraîner

1. *The Ugly American* : roman à succès où l'on rapporte les faits d'Américains imbus de leur personne convainquant des Asiatiques de la nécessité de faire échouer l'idéologie communiste.

117

l'équipe de basket, et elle achète des livres avec l'argent qu'il lui verse…

— Mais grands dieux, c'est bien tout ce qu'il lui donne, claironna Quinn en se cabrant puis il disparut illico, et ses dents étincelaient dans sa bouche tout sourire comme un diamant de cynisme.

— On fait une foutue brochette de philanthropes, clama Novotny.

— Un pacson de foutus dingos, dis-je en assenant une claque sur les épaules de Morning. Faites un peu de place, bonne mère, en v'là un de plus.

— Y a cinq gars du groupe quatre qui utilisent aussi cet endroit, ajouta Morning. Mais ils ont perm' quand on est sur la base, alors on ne les a pas dans les pattes. » Il marqua une pause, attendant que je réagisse.

« Et alors ?

— Il y a un nègre parmi eux

— Et alors ?

— Je me disais juste qu'il valait mieux que vous le sachiez.

— T'en fais pas pour ça, Morning, dis-je.

— Je voulais juste éviter les pépins.

— Toi ? Arrête donc. Les pépins, avec toi, on les voit arriver par pichets de quatre litres, Morning.

— N'empêche que ça se passe pas si mal, mec. Allons nous taper un gorgeon.

— Plutôt deux, sinon ça va faire un peu juste.

— Vous me faites marrer, nom de Dieu, fit Quinn dans un sourire espiègle. Vous qui êtes du genre à vous écrouler après deux ou trois bibines. »

Nous larguâmes les amarres le sourire aux lèvres, laissant Cagle vautré contre le mur. Pendant tout ce temps, il n'avait pas bougé le petit doigt de pied. Morning revint sur ses pas pour le réveiller.

« Ce trouduc est capable de pioncer n'importe où », dit Novotny.

À l'instant où Morning s'apprêtait à l'empoigner par les épaules, Cagle sursauta en hurlant, brandissant tel un sabre une verge noueuse. Morning esquissa un saut en arrière, bras et jambes écartés, dans la position de l'araignée, il hurla « Salopard ! », puis bondit en avant, comme s'il ne pouvait plus se contrôler physiquement. Cagle esquiva l'attaque de Morning, fondit sur lui comme un escrimeur, et le toucha en plein cœur.

« Touché, lâcha-t-il dans un petit rire suffisant. Quelle sorte d'espion êtes-vous donc, Agent Monday Morning. On se fait surprendre par le chat qui dort ? Ha ! Je vous rétrograde en Troisième Div'. »

Morning était sous le choc.

« Un jour je te tuerai, Cagle. » Il n'était pas en colère, mais il avait eu une sacrée frousse. Sous ses airs calmes et pleins de sang-froid, Morning était quelqu'un d'extrêmement nerveux. Il était toujours sur le qui-vive, mais il ne le laissait jamais paraître, sauf quand il était pris au dépourvu, comme par la feinte de Cagle, par exemple.

Mais jamais deux fois le même coup, nous expliquait Novotny, alors que nous prenions une jeep pour aller nous taper un steak à l'Esquire. Depuis les classes, Cagle n'avait cessé de foutre les jetons à Morning, à commencer par cette première nuit de bivouac pendant laquelle Cagle s'était infiltré dans la tente de Morning. Morning en avait plié ses piquets de tente, et avait parcouru dix mètres dans son sac de couchage, avant que Cagle ne parvienne à le calmer. Une autre fois, ils avaient déjà débarqué aux Philippines, Cagle s'était planqué sous le pieu de Morning, et il avait attendu que l'autre s'endorme, avant de le prendre à la gorge et de serrer. Morning s'était étouffé, s'était raidi, puis n'avait plus bougé pendant plusieurs minutes jusqu'à ce que Cagle sorte finalement de sa planque, allume la lumière, et trouve Morning les yeux grands ouverts, blanc comme un linge, qui haletait si fort que tout le paddock en était ébranlé, le pouls tellement affolé que ses mains tremblaient sur sa poitrine. Il fallut que Cagle l'asperge d'eau froide pour qu'il revienne à lui.

Je me demandai à quoi Morning avait bien pu penser pendant ce temps, puis je réalisai qu'il n'avait pensé à rien. On l'avait éteint, comme placé sur la position « mort ». Il faudrait un jour que je lui pose des questions à ce sujet, me dis-je. Il était assis à l'avant de la jeep, aux côtés du conducteur, apparemment décontracté, à fumer et à regarder la route, alors que nous sortions de la Ville à toute blinde. Des huttes défilaient comme un mur clignotant, la fumée que soufflait Morning me fouettait la figure. Le temps qu'on arrive à l'Esquire, à mi-parcours entre la base et la Ville, il semblait avoir recouvré son calme, et riait à la perspective d'un steak saignant et d'une bière.

Plus tard dans la soirée, une fois de plus pintés, Novotny et moi titubions en riant sur le chemin qui menait à l'appartement, et que je n'avais toujours pas vu, sur une route que je ne connaissais pas. Il était presque minuit, et la rue était en pleine ébullition : certains rentraient à la maison après le travail, des types de l'*Air Force* retournaient à la base, ou bien allaient se planquer jusqu'à six heures le lende-

main matin, sans compter les Philippins qui semblaient flâner dans les rues à toute heure. J'étais en
train de raconter un truc à Novotny, je ne sais plus
quoi, mais lorsque je me retournai, il s'était éclipsé.
En un caprice imprévisible, la nuit faiblement éclairée avait absorbé son visage, gommé ses dents luisantes comme un masque parcheminé. Je revins sur
mes pas pour le retrouver, et c'est ainsi que je perdis
mon chemin. J'arrivais à voir le halo d'alcool dans
lequel flottaient mes méninges, mais j'étais incapable de me souvenir de ce que j'avais déjà vu. La
circulation accrue des jeeps et des taxis qui rentraient à la base m'obligea à me fondre dans la foule,
sur le bas-côté de la route, mais je ne vis rien qui me
fût familier, puis je me rendis compte que, de toute
façon, je ne savais pas où se trouvait le fameux
appartement. Le temps que je décide de faire signe à
une jeep pour rentrer à la base, tous les véhicules
avaient disparu. Zap. La rue qui tanguait quelques
instants auparavant était maintenant déserte, à l'exception de quelques traînards qui se hâtaient vers les
bas-fonds, et d'une ribambelle de putains qui s'étiraient après une autre nuit de labeur. Une vieille
femme posa sa main de carton frémissante sur mon
bras, et sa voix, hésitante comme un air de flûte, me
parla. Je crus tout d'abord qu'elle mendiait, et je
hochai la tête. Ses doigts raides se montrèrent pres-
sants au contact de mon coude, je compris alors
qu'elle avait quelque chose à vendre. Ce n'est pas à
moi qu'on fait ce coup-là, vieille sorcière, songeai-
je. «Pas riche, moi Américain moyen à la peau
blanche.» Je la laissai pourtant me conduire dans
une allée, elle me guidait à travers une obscurité
hérissée d'obstacles, elle me fit franchir une zone en

friche qui menaçait à chaque pas de se dérober sur mon passage, et, alors que nous entrions dans un petit chaudron obscur qui faisait office de chambre, je me dis qu'au moins, ce serait un lieu sûr pour passer la nuit.

(Mais on n'est jamais à l'abri pendant le sommeil : car toujours résonne l'écho de la mort.)

Ses chairs étaient consentantes, et, sous moi, je les laissai accomplir leur tâche, j'ajoutai mon poids à la liste de tous ceux dont elle ne se souviendrait jamais et qui avaient nourri sa peau gaufrée. Tandis que je la besognais, j'entendis indistinctement des rats qui rongeaient les chevrons, j'entendis le grincement de leurs dents dans le bois, et leurs voix suraiguës qui couinaient au-dessus de nous. Pourquoi, me demandai-je, et je répondais par des notions abstraites, telles que «respect des contrats faits en toute bonne foi», et «sois poli avec les vieilles dames et les enfants» et ces autres règles qui, je croyais, régissaient ma vie. Mais je devais déjà me douter que ces règles me trahissaient, que le monde ordonné s'était évaporé en même temps que mon mariage et ma carrière toute tracée s'étaient brisés (ce que ces mots peuvent sonner faux, maintenant). Ou peut-être en même temps que la rupture de l'hymen de ma mère. Ou peut-être, Dieu seul le sait, plus tôt encore. À cette époque, je ne savais rien de la guerre et de la poésie. Je croyais encore dans le salut — et j'étais venu chercher ici un ordre et implorer une grâce salvatrice, alors que mon château s'écroulait dans les mers tumultueuses, et que je fourrageais sous moi, dans ce trou, avec ce drôle de doigt, ce doigt rebelle qui, en dessous de moi, était bien vivant, aïe, et qui même s'en donnait à cœur joie. Je copulai avec ces chairs sombres, ce soir-là, et elle supporta mes rêves, ma magie et mon espoir, mes rêves infestés de tempêtes, ma vengeance magique et mon espoir, et je n'ai plus jamais, jamais embrassé son visage ridé.

Cagle était rond comme une bourrique. Il marchait en ligne droite sur le trottoir, mais il était à moitié tourné vers la route, flottant dans le grand vent comme un Piper Cub. Morning était d'une humeur massacrante, il ne cessait de pester en repensant aux quatorze verres qu'il avait dû offrir aux dames du Hub. Au bout de trois jours en Ville, toute la peau de mon corps était éreintée, et je formulais déjà ces traditionnelles résolutions, comme quoi plus jamais je n'y remettrais les pieds. Nous nous dirigeâmes vers la rue principale, à la recherche d'une jeep pour nous ramener à la base. Nous passions devant un antre infâme connu sous le nom de Chez Mutt & Jeff, lorsque trois ventilos firent une sortie fracassante. Le premier, qui était le plus costaud, parlait aux deux autres et bouscula Cagle. Cagle recula de deux pas, puis fonça à la charge avant même que l'aviateur ait pu réagir. Celui-ci écarta Cagle d'un coup de coude, grommela : « F'rais mieux de regarder où tu fous les pieds », et poursuivit son chemin.

Morning le rattrapa sans un mot, empoigna l'aviateur par les épaules, le retourna et l'envoya valser sur ses deux collègues.

« Si tu veux envoyer quelqu'un dans les roses, tête de nœud, c'est à moi que tu t'adresses, lui lança Morning, dont la voix tremblait de colère comme une flamme que le vent fait vaciller. Fais gaffe, mec. »

L'aviateur se faisait ouvertement agresser, il était sensiblement plus baraqué que Morning et se sentait très probablement dans son droit. Lui et ses deux potes chargèrent à l'instant où je rappliquais pour faire la paix. J'essayai de la ramener en expliquant que ça ne servait à rien de se bagarrer, mais un des deux était déjà en train de me décocher un direct à la figure. J'eus juste le temps de me protéger et d'esquiver, j'empoignai le premier et l'envoyai valdinguer contre l'autre. Lorsqu'il me sauta dessus à nouveau, je reculai et lui délivrai un coup de saton dans le buffet. Il tituba en marche arrière dans la rue, jusqu'à poser une fesse dans la première flaque d'eau pour reprendre sa respiration. Je m'enquis auprès de l'autre zigoto, savoir s'il avait encore besoin de mes services, mais on était d'accord sur ce point, une autre intervention de ma part n'était pas souhaitée.

«Restons-en là, avant que la AP ne rapplique.» Aucune objection non plus sur ce point.

Laissant libre cours à sa colère, Morning se livrait à un véritable match de boxe. Il avait acculé l'autre gus contre le mur, et, tout en se déplaçant de l'avant et de l'arrière, il frictionnait les oreilles de l'aviateur en lui servant un cocktail de claques et de coups de poing. Morning se tenait de profil en une posture presque classique, la mâchoire en retrait, le poing droit en défense à hauteur du visage. Les gifles retentissaient, aussi arrogantes que bruyantes. Morning jouait avec le type, allant jusqu'à lui laisser un peu de répit avant de l'envoyer à nouveau valser contre le mur, le cueillant à coups de mornifles, mais sans jamais l'amocher trop méchamment, de sorte qu'il puisse abandonner la partie avec un semblant d'honneur.

Je m'interposai entre eux, les séparai, et les tins à distance l'un de l'autre. La poitrine de Morning

124

tremblait tellement au contact de ma main que je me demandai s'il n'allait pas s'en prendre à moi. C'est l'autre qui s'en chargea. Ce n'était rien de plus qu'un soufflet donné à l'aveuglette par un gamin estourbi et dans les vapes, qui tente de lutter contre un nid de frelons, mais il effleura la partie sensible de mon nez, là où deux fois déjà il avait été cassé. Je l'envoyai se vomir contre le mur, je le calai en position assise d'une manchette dans la théière, suivie de deux crochets du droit sous le plexus, puis l'assaisonnai d'une beigne de l'avant-bras en pleine citrouille pour qu'il ne pique pas du nez. Il s'agenouilla au pied du mur, se tenant la tête dans les mains. Je me retournai — Morning était tout sourire. Le ventilo qui ne s'était pas mêlé à l'échauffourée s'occupait de son acolyte qui marchait et reprenait sa respiration.

«Bah mon gars, t'es fortiche, t'as réussi à interrompre le combat, ricana-t-il. T'es un putain de vrai conciliateur, toi.

— Je suis désolé…» commençai-je à lui dire, mais je me rendis compte qu'il ne pigeait rien, qu'il ne tenait d'ailleurs pas à piger quoi que ce soit, et que du reste il avait probablement bien raison. Il avait seulement fallu qu'il prenne la parole pour masquer sa culpabilité de ne pas avoir aidé ses acolytes.

«Je m'en… Je m'en souviendrai de ta putain de face de rat», hurla l'autre, alors que Morning et moi allions retrouver Cagle, patiemment adossé à un mur. «On te rechopera un de ces soirs, espèce de raclure. Dans une ruelle bien sombre, quand tu seras tout seul, Duschnock!» Je pivotai sur mes talons et m'avançai dans leur direction, tout en me disant, dix-huit mois, ça va faire longuet.

« Écoute, vieux, on va être réglo. T'as levé la main sur moi avant même que j'aie eu le temps de te dire bonjour. T'as commis une erreur, c'est tout. T'aurais mieux fait de ne pas t'en mêler, vieux, comme ton poteau. Alors tu vas fermer ton clapet avant de commettre deux bourdes la même soirée, entendu ? La prochaine fois qu'on se rencontre, les gars, je vous offre une bière. Et vous direz à l'autre ahuri de regarder où il fout les pieds la prochaine fois, d'ac ? D'ac ?

— D'ac », répondirent-ils en chœur.

Je rejoignis Morning et Cagle. Morning se fendait calmement la poire.

« C'est bon, les mecs, vous avez fini ? marmonna Cagle.

— Leur compte est bon ? » demanda Morning au moment où on faisait signe à une jeep. Il était à nouveau parfaitement décontracté.

« Ils ne vont peut-être pas nous couper la route.

— J'leur pisse à la raie.

— Y'en a pas deux comme toi pour la résistance passive, Morning.

— C'est grâce à ça que je suis encore là. Je me suis fait chambrer par des bouseux aussi longtemps que j'ai pu tenir, jusqu'à ce qu'un matin de gueule de bois, l'un d'eux me crache au visage, alors que je déjeunais au comptoir dans un resto de Birmingham. Alors là, je lui ai chauffé son cul de péquenot. » Il tira de la partie gauche de sa bouche un appareil dentaire sur lequel étaient montées quatre dents, et me le montra. « Mais il avait des aminches gentlemen qui m'ont coincé. Bordel, j'avais oublié de retirer ce satané truc, murmura-t-il, et il le remit à sa place. Un jour, je me mangerai un pruneau dans le bide, et je m'écroulerai sur ma dent en plastique, s'esclaffa-t-il. Vous me voyez en train d'avaler un morcif aussi monstrueux que celui de Quinn?»

Nous roulions maintenant sur l'autoroute, bercés par le sifflement calme des pneus, le vent frais et les lumières de la Ville qui s'estompaient, et la rixe nous semblait maintenant bien loin. Nous passions devant le Cloud 9, lorsque éclatèrent soudain des éclats de rire sauvages, des éclats de rire qui semblaient se moquer de mes pensées.

«Vous m'avez l'air pas mal assaisonné, vous aussi, dit-il.

— Je manque d'entraînement, Morning, et je compte bien continuer sur ma lancée. La prochaine fois que tu asticotes un gus seulement parce qu'une gisquette t'a bassiné, ne compte pas sur moi.

— Des conneries, dit-il en souriant, il s'étira les bras et fit craquer ses articulations. Alors comme ça une gisquette m'avait bassiné. Et vous, quelle est votre excuse?

— Avec un type comme toi dans mon groupe, mes galons valent moins qu'une lame de rasoir rouillée.

— C'est pas moi, mec. Je ne suis vraiment pas du genre à faire des vagues.» Il largua sa cigarette par-dessus bord, une trace incandescente fila en un éclair, puis embrasa la route comme la mèche d'un pétard. Il se frotta énergiquement les mains, savourant la chaleur que la violence avait fait affluer. En même temps que je l'observais, je surpris ma main gauche à cajoler mon poing droit, ce poing peu enclin à oublier le craquement sonore qui avait retenti dans les côtes du ventilo. Demain matin, le poignet me ferait mal, mais pas trop. Pas plus que les mains de Morning.

4.

LA CASERNE

L'exhortation de Tetrick à y aller mollo avec le lieutenant Dottlinger tant qu'il était à la tête de la compagnie ne se révéla que trop judicieuse. Au cours des jours qui suivirent ma longue introduction aux rites initiatiques de la Ville, un léger incident — quatre caisses de bouteilles cassées — déclencha les événements ultérieurement répertoriés sous le nom du Grand Mystère de la Bouteille de Coca, ou bien : Slag Krummel Le Cavalier Branquignol Remet Ça Sur le Tapis.

C'était un mercredi ou un mardi matin — sans le point de repère du week-end comme période de repos, nous ne distinguions que rarement les différents jours de la semaine. Chaque matin, le premier souci du lieutenant Dottlinger consistait à inspecter le foyer. Il se livrait au décompte des queues, des boules de billard et des palets, examinait le feutre des tables en quête de nouvelles éraflures et autres égratignures, et vérifiait que le distributeur de Coca était approvisionné. Ces tâches étaient expressément de son ressort dans la mesure où le matériel avait été acheté avec l'argent de la Coopé de la compagnie, et que le distributeur en était une concession. Tout semblait baigner dans l'huile jusqu'à ce qu'un morceau de verre vienne craquer sous sa chaussure briquée, comme polie à force de salive. Il le ramassa et se rendit compte qu'il s'agissait d'un anneau en verre provenant d'un goulot de bouteille. Il connaissait l'astuce : deux bouteilles fixées l'une à l'autre, on tire brusquement, et l'un des deux anneaux de verre, voire les deux, casse net. Tout d'abord il n'en vit qu'un seul, mais quand il fouilla dans la poubelle du boy, il découvrit une douzaine de ces anneaux en verre. Il remarqua par la même occasion qu'il y avait des centaines de mégots, malgré ses instructions formelles pour qu'on éteigne nos clopes sur le palier du foyer. Il inspecta les quatre caisses de bouteilles vides. À l'exception d'une seule, elles avaient toutes été cassées. Dottlinger prit la poubelle, et déversa le contenu en un joli tas devant le distributeur de Coca qui bourdonnait en toute innocence. Il chassa le boy, ferma à clé la double porte qui donnait sur le passage découvert, débrancha le distributeur de Coca, qui rota deux fois comme un bidasse dans les rangs, descendit les volets des deux fenêtres, éteignit la lumière, puis ferma la porte d'accès à la salle des rapports.

Il confisqua le casier des titres de permission qui se trouvait sur le bureau du sergent-chef, et le rangea dans son propre bureau qu'il fermait systématiquement à clé. Après quoi il appela la *Criminal Investigation Division*.

L'officier du CID était un capitaine nègre d'un gabarit imposant dans son uniforme bouffant et dont le couvre-chef à pression style 1930 criait : « Flicard ! » Il hocha la tête pendant que le lieutenant Dottlinger lui expliquait la situation et lui présentait les pièces à conviction, mais il ne prononça pas un mot. Devant l'insistance de Dottlinger, le type du CID épousseta une caisse. Il y avait plus de deux cents empreintes digitales, allant des plus lisibles aux moins nettes. Lorsque le lieutenant Dottlinger demanda qu'on relève les empreintes, l'officier du CID fit non de la tête et répondit : « Lieutenant, ce ne sont que des bouteilles de Coca. En cas de trahison, voire en cas de meurtre, il se pourrait que je sois capable de relever une dizaine de milliers d'empreintes sur ces bouteilles, mais des bouteilles de Coca… je suis navré. » Il haussa les épaules et prit congé. Tetrick entendit le lieutenant Dottlinger marmonner : « Salopard de flic nègre. Comment espérer leur faire comprendre la valeur de la propriété ? »

Un peu avant midi, un avis était collé au tableau d'activité. Tant que le briseur de bouteilles ne se serait pas dénoncé, plus aucun titre de permission ne serait délivré.

La punition collective est théoriquement contraire au règlement de discipline générale, mais comme l'autorisation de quitter la base était un privilège plus qu'un droit, il pouvait être suspendu sans raison spécifique.

La plupart des gars furent tout d'abord terriblement furieux, mais ils se calmèrent rapidement, pensant tout comme le lieutenant Dottlinger que le coupable se dénoncerait. Pendant cette première période, ils trouvèrent presque revigorant de ne pas pouvoir descendre en Ville. Ils pouvaient sortir au Club des aviateurs, au Silver Wing Service Club, jouer au bowling, fréquenter la salle de sports ou la bibliothèque. Un nouveau genre de fêtes se développa au fond des larges fossés antitempêtes situés à

130

la périphérie du secteur de la compagnie, que l'on s'empressa de baptiser les « Soirées Champagne dans le Fossé ». Le *Mumm* était bon marché au Club et n'était pas décompté de la ration d'alcool. Les fossés étaient tapissés d'une couche de béton, ils faisaient environ un mètre cinquante de profondeur et avaient la forme d'un trapèze à l'envers. Un homme pouvait s'asseoir dans le fond, s'adosser, boire du *Mumm* dans des coupes de cristal, et espérer qu'il ne pleuvrait pas s'il venait à comater. Un soir, un gamin du groupe un se cassa les deux bras en essayant de battre un record de saut en longueur par-dessus le fossé, ce qui toutefois n'entacha en rien le succès de ces fêtes.

Tout cela dura une, deux, trois semaines, mais personne ne se manifesta. Je remarquai que même Morning, qui avait été un des râleurs les plus virulents, semblait s'être résigné à tirer un trait sur ces virées en Ville. Au bout de la quatrième semaine, notre seul espoir était que le capitaine Saunders revienne. Tetrick avait cessé d'essayer de persuader Dottlinger, et il se consacrait au golf trois après-midi par semaine, arrivant cuité au dixième tee. Les gars étaient tranquilles, mais ils rongeaient leur frein. Tout comme Morning, ils avaient cessé d'aborder le sujet. À la piscine, ils s'attroupaient sans la moindre honte autour des nanas déjà maquées ; celles qui, lors de quelque soirée arrosée, s'étaient promises à un homme pour éviter d'avoir à se salir les mains sur un des autres mecs pot de colle. Même Novotny hurlait du haut du plongeoir, il faisait le beau sous leurs yeux, les laissant admirer son corps hâlé et le plaindre pour sa jambe malheureuse. Un soir, il avait emmené une nana de dix-huit ans au cinéma, mais le groupe deux lui avait tendu une embuscade et l'avait

131

expulsé du ciné. « Il y a tout simplement des trucs qu'un homme n'entreprend pas », grommela Cagle quand Novotny vint se plaindre à lui.

Il y avait dans chaque piaule un exemplaire de *Play-boy* placé sous haute surveillance. On respectait les portes fermées en frappant avant d'entrer, et aux latrines, les gars prenaient leur tour de rôle eu égard aux lecteurs de *Play-boy*. Toutes les semences qui jusque-là avaient été envoyées dans le bide des putes s'écoulaient maintenant en des trous plus grands et plus humides, au point que c'était un miracle que les canalisations ne s'obstruent pas ni ne tombent enceintes.

Pendant cette période, je tâchai de me trouver des occupations, je donnai un coup de main au sergent de l'Agence qui allait entraîner l'équipe de football en mettant au point des phases de jeu et des plans tactiques. Il m'avait demandé de prendre en main l'escouade attaquante et également de jouer sur le terrain. Tetrick et moi tentâmes deux virées en Ville. Les deux fois, nous échouâmes au ciné à mater de vieux films, à la suite de quoi nous fûmes rongés de remords pendant les deux jours suivants. Aussi singulier que ça puisse paraître, je traversai une période de veine inouïe, comme je n'en avais pas connu depuis des mois. Je gagnai plus de sept cent cinquante dollars au poker, en quatre nuits au Cercle des sousoff, je me rendis ensuite à Manille en compagnie de Tetrick, et empochai trois mille pesos en jouant au craps au Key Club, tandis qu'un gros Philippin placide en crachait dix mille au bassinet grâce à mes treize coups gagnants consécutifs. Mais je n'avais toujours pas assez de pognon pour obtenir des titres de permission pour les hommes.

132

Puis la nouvelle circula que le capitaine Saunders serait absent pour un mois supplémentaire après sa récré. Soit encore six semaines à endurer sans virée en Ville, ce qui, pour les hommes, n'était pas supportable. Être soldat est une chose — vivre dans un univers d'exercices d'ordre serré, d'entraînement physique tous les matins, d'entretien du matériel, suivre des cours — mais c'en est une autre d'être employé de bureau, de changer les rubans de machine à écrire ou de nettoyer les claviers. Être soldat vous confère un sentiment d'accomplissement, et peu importe si vous pensez que cette notion est complètement crétine : en dépit de tout ce qu'ils peuvent vous faire endurer, vous survivrez. En tant qu'employé de bureau, vous vous cognez les mêmes crétineries, les mêmes injustices que celles qui empoisonnent le soldat, mais vous n'en tirez pas la même fierté. C'est le même problème qui mine les hommes qui travaillent à la chaîne ou les ronds-de-cuir lorsqu'ils découvrent que leur vie est aussi dénuée de sens que leur travail. Ils se mettent à biberonner, s'inscrivent dans des clubs, des cercles ou des loges, deviennent coach sportif, se mettent à fréquenter une maîtresse — bref, ils font tout pour oublier ce qu'ils sont vraiment. Les gars du 721e avaient la Ville pour remplir cette fonction. Oh, bien sûr, certains parmi eux mettaient à profit leur séjour aux Philippines pour potasser des livres en bibliothèque, s'offraient des raids photo et des parties de chasse au papillon, mais la plupart avaient besoin de la Ville. Voilà à quoi servait la Ville. Et le lieutenant Dottlinger l'avait supprimée. Si bien que ce qui devait arriver arriva. (Ou du moins j'aime à me convaincre que c'était inéluctable.)

Si Morning était venu m'exposer son idée au tout début, je l'aurais immédiatement interrompu, mais il fut suffisamment astucieux pour ne se pointer que vers la fin, quand il ne manquait plus qu'une étincelle pour mettre le feu aux poudres, quand il était trop tard pour l'arrêter dans son élan.

Il entra dans ma chambre la veille de la dénonciation collective, un sourire fendu jusqu'aux oreilles, en proie à une vive excitation, il faisait craquer ses doigts et remontait ses lunettes sur son nez. « Ça y est, on va le coincer, dit-il en ouvrant ma porte sans frapper.

— Qui ?

— Doigt-de-pute-de-mes-deux, mec. Le lieutenant Gros Derche Dottlinger. On va l'épingler au mur ce zibouiboui minable. On va le prendre au mot.

— Qu'est-ce ? Qui ?

— Ils sont tous avec moi, mec, du premier au dernier. » Il dansa la sarabande, comme pris d'une envie urgente.

« Attends deux secondes. Calme le jeu. Assieds-toi et dis-moi qui est avec qui et où. »

Il prit la chaise qui se trouvait devant le pieu, s'assit dessus à califourchon, et dit : « Le bonhomme a donné comme consigne, "pas de titre de permission jusqu'à ce que le coupable se soit dénoncé". D'accord ? D'accord. Demain il va se dénoncer.

— Tu sais qui c'est ?

— Non, mais ça ne change rien.

— Vous avez élu un sauveur à sacrifier ? » fis-je en me gondolant. J'étais curieux de savoir de qui il s'agissait.

« Non. » Il sourit et se frotta les cuisses comme s'il détenait quelque secret grandiose. « Demain matin à

134

7 heures, on commence par le groupe de jour, juste avant qu'ils aillent au turbin, puis on termine par le groupe de nuit, tous les engagés de la section opérationnelle vont aller voir le commandant d'unité et se dénoncer...

— Ne m'en dis pas plus. Pas un mot de plus.

— Qu'est-ce que vous voulez dire ? Il est cuit, cet empaffé de fils de pute. On va l'envoyer au tapis, mec.

— Ne m'en dis pas plus. Nom de Dieu, Morning, dis-je en sautant du pieu. Ce genre de connerie, c'est de la mutinerie, ou de l'incitation à la mutinerie ou de la conspiration en vue d'une mutinerie ou quelque chose d'approchant. Je ne me souviens plus du terme, mais je sais que c'est un terme usité à Leavenworth[1]. Tu ne le sais pas, ça ? Bordel, ne m'en dis pas plus. Je ne veux pas le savoir. Je ne peux pas. Fous le camp d'ici. Sur-le-champ !

— Qu'est-ce qui vous arrive ? Il n'a pas le droit de toucher au moindre de nos cheveux. Il n'aura pas les tripes de faire passer toute l'unité en cour martiale, et il ne pourra pas me coincer, à moins que quelqu'un me balance.

— Morning, t'as rien pigé, il va bien y avoir quelqu'un pour tout foutre en l'air. Même au sein d'un petit groupe, un truc comme ça ne marcherait pas, alors quarante types, tu parles. Ils vont vous coller au trou, mes chérubins, pour toujours.

— S'il y en a un qui lâche le morceau, il passe à la casserole ! » Il fit craquer bruyamment ses articulations, et je sus qu'il n'hésiterait pas. Sa voix ne laissait pas place au doute. « Du reste, ça n'ira jamais

1. Prison militaire de haute sécurité, dans le Kansas.

aussi loin. Dottlinger explosera littéralement, il frappera un appelé ou bien il aura une attaque cardiaque ou un truc dans le genre. Je passe en premier, or vous savez à quel point il me hait et il n'a pas assez de cervelle pour imaginer que c'est moi qui ai eu le cran de fomenter cette histoire et de passer le premier. Il est persuadé que je suis timbré.

— Et si tu es le seul à qui il s'en prend ?

— Qu'est-ce que ça peut foutre ? Moi je n'ai qu'un galon à perdre pour mon pays.

— Et qu'est-ce qui va se passer si…, maugréai-je, levant les bras dans cette direction qui indique à la fois le paradis et l'enfer. Est-ce que les autres chefs de groupes sont au courant ?

— Il n'était même pas question que vous en soyez informé. Mais je me suis dit que ça vous intéresserait.

— Comme c'est gentil. Je ne suis pas au courant. Je ne te connais pas. Vire ton cul d'ici ! » Je pris la cigarette qu'il me tendait. « À Leavenworth, ils ont même un magazine littéraire, mais il n'y a pas de femmes, pas de bière, et il y a plein de murs. Ça ne va pas t'emballer là-bas.

— Ça va marcher. Qu'est-ce qui vous flanque la trouille ? Ça va marcher.

— Ne m'en dis pas plus. Je ne veux pas que ça réussisse. J'espère que vous ne récupérerez jamais vos titres de permissions. Jamais. T'es timbré. J'espère qu'ils vont te boucler une bonne fois pour toutes. Nom de Dieu, quelle panade. Ne faites pas ça. Ne faites pas ça.

— Quoi ! hurla-t-il. Alors on devrait laisser cette moitié de connard de paysan de l'Arkansas nous faire cette crasse, il faut qu'on riposte, mec, et tout de suite ! Quel type d'hommes sommes-nous, si nous le laissons nous faire ça sans riposter ?

— Tu n'as qu'à écrire à ton député. Demander un aumônier. Poser une pêche en plein vol. Mais ne t'avise pas de combattre l'armée. Ne t'en avise pas.

— On a déjà essayé ça. Un gars dont le parrain est sénateur lui a écrit. Vous savez ce qu'il lui a répondu ? "Ça fait partie du métier d'homme, fils, d'apprendre que nous devons tous souffrir des méfaits de quelques individus malavisés. Où j'étais à l'armée, dans la *vieille armée*, il m'a fallu attendre deux ans avant d'entendre parler de permission, puis encore six autres mois avant d'en obtenir une. Ne la ramène pas, fils, tu n'en deviendras qu'un homme meilleur." Alors qu'est-ce que vous dites de ça ? Génial, hein. Et l'aumônier m'a dit de prier pour être fort. Moi ! Merde, ils s'en balancent. Ils sont de l'autre côté. Ils le seront toujours. » Il se releva et se mit comme moi à faire les cent pas dans la chambre. « Vous n'êtes pourtant pas un de ces sergents biscornus qui prend l'armée pour sa maman. Vous êtes capable de comprendre qu'il faut qu'on agisse ainsi. Cagle commence à avoir la paume qui pèle, la nuit, Novotny pousse des gueulantes à propos de lettres de rupture, et Franklin se fait la belle avec un titre de permission et une carte d'identité achetés à un ventilo. Il faut qu'on fasse quelque chose. Vous ne voulez pas savoir. Vous ne voulez rien savoir… — il haussa les épaules — … alors vous ne voulez rien savoir. OK. Mais ne me dites pas de ne pas faire ça.

— Ne faites pas ça.

— Ah, merde, Krummel, ce qui est en jeu dépasse la simple question des titres de permission. Putain, c'est une question de principes, de dignité.

On n'est pas des animaux. On a des droits. On est des êtres humains, des vivants, nous respirons, pensons, et il faut que cette tête de nœud comprenne qu'il ne peut pas continuer avec ses conneries du dix-neuvième siècle à la capitaine Bligh. Nom de Dieu pour qui se prend-il ? Où s'arrêtera-t-il ? Les chambres à gaz ou…

— Joe, rassieds-toi, l'interrompis-je. Joe, tu n'as aucun droit civique. Tu n'en as pas un seul. Alors ce n'est pas la peine de t'emporter. C'est ton titre de permission qu'il a confisqué, pas ton chibre. Vous êtes en train de monter toute cette histoire en épingle. Comme disait ce sénateur, il y a vingt ans personne ne se serait soucié de ça, parce qu'un titre de perm', on en voyait la couleur deux fois par an — et tout ton bricolage va t'exploser à la figure. Il n'y a pas de dignité : les simples soldats n'y ont pas droit. Il n'est nullement question de principes. Tu es à l'armée, et en plus tu te trompes. Tu t'es engagé, tu as prêté serment, tu as signé un contrat comme quoi tu te retirais de la race humaine pour trois ans, et ce n'est pas parce que soudain ça coince aux encoignures que tu as le droit de rompre ce contrat. Si c'est de la dignité que tu veux, il y a de la dignité à se montrer responsable, en ne prenant pas ces serments à la légère. Tant que vous tenez le coup, c'est le lieutenant Dottlinger qui se trompe. Si vous mettez à exécution votre idée, c'est vous qui vous trompez. Vous êtes dans l'armée, ils ont votre autorisation pour vous faire endurer absolument tout, à part vous couper les valseuses. Ils peuvent exiger votre vie pour le seul motif qu'un crétin en a décidé ainsi. On ne vous demande pas d'aimer ça, on ne vous demande pas d'y croire, ni même d'essayer de comprendre que les armées sont organisées

138

de la sorte, tout simplement parce qu'il ne peut en être autrement, mais il faut faire ce qu'on vous dit de faire. Ou payer pour ça.» Je poussai un soupir. Sa figure s'était fermée presque avant que je commence mon laïus.

«C'est pas cher, à ce prix-là. Je payerai. Ils me prendront peut-être un jour ma vie, mais bordel je suis sûr que je ne leur en ferai pas cadeau, pas plus que de ma dignité. Tu crois que j'irai me battre, s'ils envoient des troupes au Viêt-nam ? Foutre non. Vous pouvez bien lécher le cul de ce connard, mais pas moi, fit-il, puis il se releva.

— OK. Tu sais ce que tu vas faire — alors fous le camp d'ici. Tu ne veux rien entendre de mes conseils, alors décampe.» J'avais eu peur qu'il ne m'écoute pas, mais ce n'était pas ça. Il y croyait, ce qui était admirable mais attristant. Il arrivait trop tard pour prendre part à l'une des grandes révolutions violentes, il fallait maintenant qu'il se consume dans sa propre folie.

«Je suis venu parce que je pensais que vous pourriez comprendre, pas pour vous demander conseil.

— Et peut-être aussi pour fanfaronner un brin ? Mais je comprends. C'est ce qui me fait peur. Il y a une bonne probabilité pour qu'il n'arrive rien à personne sauf à toi. Je serais navré de voir ça, mais ça peut aussi bien arriver maintenant que plus tard. Tu finiras un jour au gnouf ou tu finiras bien par crever, de toute manière. Ce pourrait aussi bien être maintenant. Mais d'autres gars te suivent dans la mouise, des gars qui ne savent pas vraiment ce qu'ils font ou ce qu'ils doivent faire.

— Vous tremblez à l'idée de perdre vos galons ?» Il me dévisagea pendant quelques instants comme s'il venait de découvrir le pot aux roses, mais il se dit que non.

«Il y a peut-être un peu de ça. Je n'ai pas rempilé pour me les voir retirer dans des conditions comme celles-ci. Pour l'instant, ils pèsent lourd sur mon bras, mais j'apprécie l'argent, ce que je peux m'offrir avec. Or c'est à *mon* bras qu'ils sont accrochés.» Je pris place dans la chaise qu'il venait de libérer.

«Non mais vous êtes quoi — à vendre?» Il s'affala sur le pieu.

«Jusqu'à ce qu'on me fasse une offre meilleure. Je me bats pour le plus offrant.

— Des conneries, fit-il dans un sourire. C'est ce que vous croyez.

— Ça revient au même.

— OK, dit-il en se relevant. Ils feront peut-être de moi le rédac' chef du magazine de Leavenworth, et je pourrai faire publier mes poèmes merdiques.

— Conneries. Même toi tu n'as pas mauvais goût à ce point-là.» Ce fut à mon tour de sourire.

«Souhaitez-moi bonne chance, dit-il en se dirigeant nonchalamment vers la porte.

— Tu ne me demandes pas si je ne m'en vais pas te dénoncer?

— Bien sûr que non. Vous aussi, vous êtes un révolutionnaire. Je ne vous ai pas encore convaincu, c'est tout», dit-il, il sourit et disparut. Je pris pour un compliment qu'il ait confiance en moi, qu'il soit persuadé que je tiendrais ma langue, or il n'y a pas individu plus facile à convaincre que moi, mais j'aurais préféré qu'il m'épargne ce fardeau.

Il n'y avait que la personnalité, la voix et le culot de Joe Morning pour convaincre autant d'hommes d'une telle folie, et, qui plus est, pour la mener à bonne fin. Et il le fit. Il parla en privé à chaque engagé de la section opérationnelle, puis revint à la charge en leur envoyant d'autres types déjà gagnés à sa cause. J'appris de Novotny que Morning avait tout d'abord suggéré l'idée, très tard dans la nuit, au cours d'une fête dans le fossé, mais il en avait juste glissé un mot. Puis il en reparla le lendemain, alors que tout le monde avait oublié, à l'arrière des camions qui nous conduisaient au boulot, puis à nouveau sur le trajet du retour. Il persuada Novotny à la suite d'une longue discussion qui dura jusqu'à une heure tardive, ce soir-là. Quinn et Franklin se demandèrent pourquoi ils n'avaient pas pensé plus tôt à cette idée géniale. Cagle était toujours prêt à foncer. Il fut aisé de convaincre le reste du groupe. Une fois le groupe conquis, il se mit facilement leurs amis des autres groupes dans la poche, puis leurs potes, et enfin toute la satanée compagnie. Le fait qu'ils n'en vinrent à l'intimidation physique qu'avec deux gars donne une idée de l'état d'esprit de la compagnie. Ne pas divulguer le secret fut un jeu d'enfant, puisque, de par leur travail, les hommes savaient ce que c'était d'observer des consignes de sécurité.

Tout cela était magnifique et drôle, je trouvais l'idée sensationnelle et je la craignais à la fois, je restai néanmoins dans ma chambre et dormis au moment où ils mirent leur plan à exécution.

Je fus réveillé en sursaut par le porte-voix du lieutenant Dottlinger. Son engin était tellement bruyant que je ne perçus pas ce qu'il braillait, j'exécutai une sortie en caleçon, songeant pour moitié à Pearl Harbor et pour moitié à une exécution publique. Le lieutenant Dottlinger se tenait de mon côté du couloir, annonçant calmement : « Rassemblement de la compagnie dans quinze minutes ! » Il avait compris ce qui se tramait quand il avait ouvert la porte et qu'il avait aperçu les gars qui faisaient la queue, mais il n'avait rien dit. Il avait accordé l'autorisation de le rencontrer sans passer par l'adjudant-chef Tetrick à quiconque détiendrait la moindre information concernant le bris des bouteilles de Coca. Il les fit tous entrer, posa des questions au sujet des bouteilles, rédigea des notes et prit les noms. Dehors, Tetrick faisait la course entre le début et la fin de la queue, les mains sur sa tête chauve luisante de transpiration, suppliant les hommes de tout arrêter et de déguerpir avant de se faire tuer. Cela lui rappelait un tas de têtes abandonnées par les Japonais qu'il avait vu en Birmanie. Mais le lieutenant Dottlinger se montrait calme et maître de lui, bien que cette maîtrise de soi fût certainement l'expression du stade final de l'hystérie. Il renvoya sans sourciller les hommes dans leurs quartiers à la fin de chaque interview. Les hommes qui se situaient vers la fin de la queue étaient aussi intimidés qu'il est possible de l'être par son attitude imperturbable. Nombreux étaient ceux qui auraient pu quitter le rang, mais Morning l'intrépide, Joe Morning le renard, avait placé des hommes en qui il avait totale confiance entre ceux dont il doutait ; et il savait pertinemment lesquels étaient lesquels. Mais c'était compter sans la colère du lieutenant Dottlinger qui peu à peu prenait forme. C'est fou le nombre de types dont le sort a dépendu de l'humeur matinale d'un autre type. C'est lorsque je vis le lieutenant Dottlinger dans le couloir, qui plaisantait dans le mégaphone comme l'animateur d'un jeu télévisé programmé en milieu de journée, que je compris que le plan de Morning avait échoué. J'enfilai mon uniforme en me demandant ce qui allait se passer ; j'aurais dû me demander qui allait payer les pots cassés. Au moment où le lieutenant m'avait aperçu dans le couloir, il avait souri, hoché la tête et dit : « Bonjour sergent Krummel. » S'il avait alors seulement pu se douter.

Cela faisait une heure que la compagnie était rassemblée sur le terrain de volley-ball, entre la caserne et les fossés d'irrigation, quand le lieutenant Dottlinger apparut. Il avait la démarche hautaine et arrogante de Brando dans *La chevauchée sauvage*, seules bougeaient ses jambes, le reste du corps au-dessus de la taille restait immobile. Ah, quel pauvre type. Un instant, je pensai qu'il allait lui aussi se mettre à marmonner, mais, pour augmenter encore l'effet, il avait ajouté à son accent sudiste une touche d'accent anglais. Il accueillit le « So-ôôl-dats aahaha mon comman-dement fixe ! » d'un salut effectué avec une langueur gracieuse. L'envie me prit de rire. Mais c'eût été un gloussement nerveux. J'étais, au même titre que tout le reste de la compagnie, confronté à cette terrifiante version de la frousse qui ne surgit que lorsque vous êtes en face d'un dingue. Ce n'est pas tant l'appréhension de subir quelque attaque physique que le fait d'être en face de quelque chose qui n'a plus rien d'humain. Vous ne savez pas ce que c'est, mais ça vous est égal, car vous voyez ce que ce n'est pas, et tout ce qui vous reste à faire, c'est de vous enfuir en courant, courir jusqu'à balayer la folie des régions les plus profondes de votre mémoire ; mais à peine vous êtes-vous mis à courir que vous commencez à comprendre que la nuit viendra, imprévisible, où ce visage tourmenté surgira en rêve, véreux, et vous vous éveillerez, oh grands dieux, vous appellerez en hurlant le nom du Sauveur que vous aviez oublié, et vous hurlerez à nouveau, parce que ce visage, c'est le vôtre. S'il avait empoigné un fusil et descendu tout le premier rang, ou s'il avait tiré une rose de sa chemise et l'avait humée, aucun de nous n'aurait froncé les sourcils.

«Bien», commença-t-il en se pavanant devant la première ligne de la compagnie, les mains confortablement jointes dans le dos. Pour une fois, il avait renoncé au stylo-bille qui lui servait de badine. «Il semblerait, soldats, qu'on soit en présence d'une petite mutinerie. Ou tout du moins d'une conspiration en vue d'une mutinerie, soldats, ce qui impose des mesures punitives — non moins sévères. Ce n'est qu'une supposition, mais je pourrais probablement vous envoyer derrière les barreaux, tous autant que vous êtes, jusqu'à la fin de vos jours.» Il se retourna, s'interrompit et réfléchit. Ce n'était pas une journée particulièrement chaude, pourtant de vastes taches de transpiration rampaient sous les bras du lieutenant Dottlinger, tels des stigmates cancéreux. Il n'était plus aussi effrayant, maintenant. Il commençait à perdre un peu de son ascendant, il se voyait maintenant obligé de jouer son propre rôle. Il avait consacré trop de temps à écrire son discours. «Mais ce n'est pas ce que je vais faire, continua-t-il. Du moins pas immédiatement. Je suis persuadé que la plupart d'entre vous n'envisageaient pas de provoquer un tel désordre, ni d'essuyer une si lourde punition. Vos meneurs vous ont certainement menti également sur ce point — vous vous étonnez que je sache qu'il y avait des meneurs. Ne vous en étonnez pas, ne vous en étonnez pas. Ça coulait de source. Oui, je suis sûr qu'il y avait des meneurs, peut-être même un seul organisateur. » Il s'interrompit puis ajouta : « Et j'aimerais l'envoyer derrière les barreaux. Ça, j'y tiens vraiment. Lui, je le veux. » Il pouvait maintenant à peine se contrôler.

« Mais je vais laisser passer ça. Je vais le laisser passer, fit-il en grimaçant soudain un rire théâtral forcé. Oui, je vais même aller jusque-là. Pour vous montrer quel officier beau joueur et honnête je suis. Oui, je vais même oublier que cette petite anicroche a eu lieu, et je vais égarer le nom des hommes. Oui.

« Mais je veux, ça je le veux, et j'aurai le nom de celui-qui-a-cassé-les… bouteilles. » Il reprit une profonde inspiration avant de poursuivre : « J'ai mon idée sur la question, je ne serais pas étonné que ce soit le même individu qui soit à l'origine de cette petite manifestation puérile. » Derrière moi, Morning poussa un grognement de colère. « Ce même manque de respect pleurnichard pour l'autorité s'applique aussi à l'équipement et est l'apanage des mêmes enfants qui ont grandi loin de Dieu, sont trop allés à l'école et n'ont pas reçu assez de fessées.

« Tant que cet homme qui a cassé les quatre caisses de bouteilles de Coca, les quatre-vingt-seize bouteilles, ne se sera pas dénoncé, vous ne sortirez pas de l'enceinte de la compagnie et des opérations, et de vos quartiers si vous ne travaillez, mangez ou ne prenez pas la relève », fit-il soudain, très autoritaire. Un grondement général s'éleva. Morning pesta de nouveau, cette fois-ci comme un phacochère frustré qui s'apprêtait à charger.

« Repos ! grogna Tetrick.

— Le groupe de jour prendra la relève du groupe de nuit après la tambouille de midi, puis rattrapera le temps perdu en allant travailler demain matin à 4 heures. » Joli geste. Du coup, le groupe de jour partait en perm', et c'est le mien qui allait rattraper le temps perdu.

Ce n'était pas une bonne nouvelle, mais ça n'avait rien non plus de désastreux. C'est alors que j'entendis un autre grognement qui émanait de Morning, une exhalaison de fureur, et il commença à dire : « Mon Lieutenant, je… » Mais je le pris de vitesse :

« Mon Lieutenant, je demande la permission de m'adresser au commandant de la compagnie, claironnai-je. » S'il parvenait à coincer Morning, Dottlinger ne tiendrait pas sa parole au sujet de la suspension des mesures à prendre pour la mutinerie. Pourquoi Morning n'avait-il pas compris cela, c'était pour moi un mystère.

« Très certainement, sergent Krummel. »

J'eus le temps d'évoquer intérieurement des visions horribles en marchant vers lui, mais je n'avais plus peur. Je ne savais tout simplement pas ce que j'allais lui raconter.

« Pourrais-je vous parler en privé, mon Lieutenant ? » lui demandai-je après l'avoir salué. La zone de sa chemise assombrie par la sueur s'était étendue, il était pâle, mais ses yeux brûlaient d'un feu encore assez cuisant pour accepter de donner un entretien de plus. Il informa Tetrick que les hommes pouvaient abandonner leur position de repos réglementaire. Je lui emboîtai le pas en direction de la caserne.

« Je vous écoute, sergent Krummel.

— Mon Lieutenant. Mon Lieutenant, je sais que

ce n'est pas de mon ressort, mais les événements de ce matin imposent des mesures inhabituelles.

— Ce sont assurément des événements inhabituels.

— Oui, mon Lieutenant.

— Eh bien, sergent, que vouliez-vous me dire? s'enquit-il après plusieurs secondes de silence.

— Eh bien, mon Lieutenant, c'est à propos de l'interdiction de quitter l'enceinte de la compagnie.

— Avez-vous quoi que ce soit à redire à ce sujet?

— Eh bien, mon Lieutenant, ah, je m'inquiète pour la qualité du travail aux opérations. La tension qui règne a déjà ralenti sensiblement notre rythme, et cette mesure encore plus sévère, mon Lieutenant, risque de le ralentir encore. L'officier de liaison philippin a déjà menacé d'en référer au major si le travail ne s'améliorait pas. (Premier mensonge.) Et les hommes sont déjà terriblement à cran, mon Lieutenant. J'irais jusqu'à dire qu'ils sont tendus comme c'est pas possible, sauf votre respect, mon Lieutenant. » Je me mis à ricaner comme une collégienne prude. J'étais prêt à n'importe quoi.

« Je pense que les hommes sont capables de freiner leur appétit physique, sergent. Et de toute façon, ce genre de pratique n'est que trop courante dans cette compagnie. Quant à la qualité du travail, envoyez-les-moi si cela ne s'améliore pas. Cette unité se ramollit. Il faut leur serrer la vis, et je veillerai à ce qu'on la leur serre.

— Bien sûr, mon Lieutenant, je suis d'accord. (Second mensonge.) Mais les hommes ont le sentiment que si celui qui a cassé les bouteilles… (Nom d'un chien, me dis-je, tout ce cirque a vraiment lieu à cause de quelques malheureuses bouteilles)… fait partie de la compagnie, mon Lieutenant, alors il

147

s'est dénoncé, peu importe si cette logique est idiote, ou dans quelle mesure on joue sur les mots, c'est en tout cas le sentiment qu'ont les hommes, mon Lieutenant, et…

— Alors ainsi, ils croient m'intimider

— Je vous prie de m'excuser, mon Lieutenant, mais ce n'est pas dans leur intention, j'en suis certain. (Troisième mensonge.) Ils sont à bout, c'est tout, mon Lieutenant, et j'ai peur, mon Lieutenant, que nous ayons à craindre une vraie mutinerie. J'en ai vu une en Corée, mon Lieutenant, et c'était moche. (Quatrième mensonge.) Chacun a écopé d'un avertissement dans son dossier, mon Lieutenant. »

Il hocha la tête. Il voyait bien lequel des deux menaçait l'autre, et il n'aimait pas du tout ça. Il médita un instant, puis, lentement, un sourire apparut sur ses lèvres, comme s'il savait quelque chose.

« Vous avez tout à fait raison, sergent, une vraie mutinerie serait un désastre. Mais je ne vois pas de quelle manière revenir sur ma parole, qu'en pensez-vous ?

— Mon Lieutenant ?

— C'est que tout le monde ne s'est pas dénoncé.

— Mon Lieutenant ?

— Vous, sergent Krummel, vous ne vous êtes pas dénoncé. Vous auriez très bien pu commettre ce forfait, pour autant que je sache. Il sourit à nouveau, d'un sourire qui disait "Je vous ai coincé Monsieur le Diplômé de la Fac".

— J'aimerais vous faire un aveu, mon Lieutenant. C'est moi, mon Lieutenant, qui ai cassé les bouteilles de Coca au foyer (Cinquième mensonge). Je m'engage à rembourser la Coopé de la compagnie, mon Lieutenant, et je plaide coupable pour toutes les accusations que vous pourrez formuler contre moi concernant la destruction des bouteilles, mon Lieutenant.

— Étiez-vous ivre, sergent ? » Oh, comme il aimait ça.

« Non, mon Lieutenant.

— Alors pourquoi l'avez-vous fait ? demanda-t-il d'un ton paternel des plus réussis.

— Perte momentanée de recul, mon Lieutenant. Le distributeur a accepté ma pièce, mais a refusé de délivrer un Coca, et comme le distributeur était incassable, je me suis vengé sur d'innocentes bouteilles, mon Lieutenant.

— Tout cela suggère que vous pourriez être mentalement déséquilibré, sergent. » Comme il aurait aimé que j'abonde dans son sens.

« Non, pas du tout, mon Lieutenant. Comme tout bon soldat, mon Lieutenant, je suis rapide à la détente, et j'ai un sens de la justice très prononcé, qui, sous la direction d'officiers compétents, peut être une formidable arme de combat, mon Lieutenant. »

L'espace d'un instant, il avait oublié avec qui il jouait. « Bien… Bien, il ne s'agit pas là de combat. Rejoignez votre groupe, et venez au rapport une fois le rassemblement terminé.

— Entendu, mon Lieutenant. » Je lui adressai un rapide salut, fis volte-face et regagnai le rang.

Le lieutenant Dottlinger se tourna vers Tetrick, lui ordonna de faire rompre les rangs, et de les informer que toutes les mesures énoncées précédemment étaient levées, et que le casier contenant les titres de permission allait être immédiatement réouvert. L'accès au foyer serait rétabli dès qu'il aurait retrouvé son état de propreté habituel. Les gars venaient d'entendre les paroles du lieutenant, et lançaient déjà des hourras lorsque Tetrick leur demanda de rompre les rangs. La plupart se précipitèrent dans la caserne pour se mettre en tenue de Ville, mais peu nombreux furent ceux qui s'arrêtèrent pour me poser les questions restées sans réponses.

J'expliquai à Tetrick ce que je venais de faire, et j'allai au rapport. Tetrick m'assura que Dottlinger n'oserait pas prendre de mesure plus draconienne que celles stipulées dans l'Article 15 intitulé punition dans la compagnie. Tetrick semblait se résigner à ce qu'il y en ait un qui passe à la casserole pour le salut de tous, et ne semblait pas particulièrement se formaliser à l'idée que ça tombe précisément sur moi. Toute son attitude semblait dire ceci : «C'est ce qui pouvait nous arriver de mieux.»

«Au diable, dis-je. J'embrasserai peut-être le cul de cet enfoiré et je le laisserai m'expulser comme une tantouse, mais je peux aussi bien lui éclater sa tronche de raie, et lui laisser m'enlever mes galons pour les artiches qu'il aura perdues.

— Si tu t'y mets, pousse une gueulante, de façon à ce que s'il te frappe en premier tu aies un témoin», rit Tetrick.

Mais j'avais déjà envisagé pis : qu'il ignore ma déposition, me laisse partir, puis prenne un engagé au hasard et lui tombe dessus en prétendant que c'est moi qui avais lâché le morceau ; dans le cas où le gars n'obtempérerait pas, il imposerait à nouveau les restrictions à toute la compagnie. Sur le moment, je fus surpris moi-même de voir que je haïssais tant Dottlinger, et plus encore en réalisant que je n'étais pas outre mesure inquiété par la perspective de perdre mes galons, alors que je me faisais du souci

150

pour mes gars. Lorsque j'avais rempilé à Seattle, j'avais dit que plus jamais Dieu ne pourrait lier mon sort à quelque chose ou à quelqu'un ; tout ce que je souhaitais, c'était être un imbécile heureux, bourré les jours de la paye. Là où Dieu ne s'était pas aventuré, Morning avait réussi.

Comme Tetrick l'avait prévu, Dottlinger m'infligea une punition pour l'exemple : deux heures de corvées par jour pendant quinze jours. Une heure à briquer le foyer, et une heure à défiler devant la caserne, chargé de mon paquetage complet et de la literie. « À compter de maintenant », avait-il dit. Il ouvrit le foyer jusqu'alors fermé à clé, me fit remonter les stores ; il jubilait tandis que je nettoyais le sol avec une balayette.

Si bien que, pendant quinze jours, personne ne m'adressa la parole de peur que je ne leur arrache les roubignoles. Toute cette mascarade était on ne peut plus publique, entre mes marches au pas au grand jour, et mes séances accroupi à astiquer le foyer comme une nouvelle recrue. Dans un moment de particulière faiblesse, Tetrick avait lâché : « Dis-lui d'aller se faire mettre. Il n'a rien de tangible sur quoi s'appuyer. Le règlement lui interdit de lever le petit doigt sur toi.

— Pour quelqu'un qui n'a rien sur quoi s'appuyer, il m'écrase plutôt salement les arpions », répondis-je — n'empêche que j'envisageai sa suggestion avec plus de sérieux que je ne l'aurais admis.

J'étais sur le point de décider que tout cela ne valait pas le coup, quand survint le seul point positif de cette période. Ce gamin du groupe un sortit de la caserne au moment où le soleil se déversait comme de la lave dans mon treillis, et c'est à cet instant, ténébreux tant le soleil vous aveugle, qu'il dit : « Regardez le petit soldat de fer. Il marche au pas, marche au pas, on dirait qu'il est presque humain. » Je ne crois pas qu'il ait eu l'intention que je l'entende, mais je l'entendis. Et je n'étais certainement pas le seul. Du premier étage au-dessus de la porte, une voix invisible grogna tel le courroux de Jéhovah : « Ferme ta grande gueule, tête de con ! » Le gamin avait sursauté, regardé autour de lui, puis s'était réfugié dans la caserne, se demandant peut-être si ce n'était pas Dieu qui s'était adressé à lui.

Je rayonnai. J'exultai. Je me sentis héroïque et non pas crétin, pour une fois. (Je n'éprouve aucune honte : il y en a d'autres, et des meilleurs que moi, à qui la fierté a fait perdre les pédales.) Quelqu'un avait compris.

« Ah ! qu'elle est douce cette voix que j'entends au-dessus de moi », fis-je, mais seul un rire étouffé me répondit.

Le temps que ma corvée s'achève, cette brève euphorie m'avait abandonné sous le soleil. Le soleil n'était presque plus dans le ciel, c'était le ciel. De l'horizon au zénith, les cieux brûlaient en mon honneur, et dans ma poitrine, mon dos et ma tête. Et dans la lumière accablante se dissolurent toutes les choses qui me paraissaient claires. Les couleurs s'estompèrent en de pâles imitations d'elles-mêmes avant de se réduire en poussière.

J'avais rempilé pour être seul, pour retrouver la simplicité, et je n'avais rencontré que les ennuis, et je découvris, avec ces ennuis, que j'allais devoir m'abîmer jusqu'à redevenir celui que j'avais été, celui que j'allais être, celui que j'avais toujours essayé de ne pas être.

Je suis un fils aîné issu d'une lignée de fils aînés, le moment final d'une fière descendance de tueurs professionnels, de guerriers, des hommes forts dont la seule vertu réside en leur sens de l'honneur. Mais ce jour-là j'étais encore quelque peu dans l'erreur, je croyais encore qu'étant soldat je serais un guerrier. Une infime et maléfique partie de moi agonisait, cette partie qui voulait accorder de l'importance au grade, à la sécurité et au privilège, et avec la mort de l'ordre survint la naissance de quelque chose de monstrueux en moi, ah, mais si beau. J'entendis l'appel du sang, et malgré les lunes et les lunes qui devaient s'écouler avant que j'y réponde, son chant avait embrasé mon cœur glacé et ordonné, et la haine naquit en moi sous la course arrondie du soleil, et je me mis à vivre.

Première parenthèse historique

En montagne, certaines journées n'ont rien à voir avec le soleil, ce sont des journées pleines, délicieuses, qui s'étirent en longueur. D'épaisses brumes humides glissent en nappes, emmitouflant les sommets et les vallées dans un éternel deuil gris et embrumé. Le brouillard limite la vue, mais améliore la perspective (je suppose que c'est à ça que servent les limites), et bien que tout ce que je puisse distinguer se résume à deux pins qui s'égouttent et un oiseau, à l'occasion, c'est le Monde que j'arrive à entendre en de telles journées. Ce qui ne m'empêche pas de regarder par la fenêtre ; je ne désespère peut-être pas d'apercevoir un bruit. Par moi-même, bien entendu ; vous savez combien j'ai les médicaments et autres drogues en horreur. Mais les bruits, ces tonalités nettes et coupantes… elles traversent les couvertures. Je suis persuadé (quel dommage, a dit Abigail, à moins qu'elle n'ait dit « quel potage » ; son élocution laisse à désirer) que si je n'arrive pas à entendre le tic-tac des montres au poignet des golfeurs, c'est uniquement à cause du tintamarre de leurs battements de cœur quand ils passent à grandes enjambées sous ma fenêtre. C'est de l'autre côté de ces fenêtres que je suis encore vivant. Elles représentent, au même titre que le lieutenant Abigail, une ouverture sur la vie, puisque le capitaine Gallard ne m'a pas adressé la parole depuis l'incident avec Hewitt. Mais j'ai eu beau contempler assidûment ce qui se passait à la fenêtre, je n'ai pas vu Gallard s'avancer à pas de loup, absorbé que j'étais dans la lecture du *Stars and Stripes* du dimanche.

« Peut-être le présent est-il capturé en ces pages mollassonnes, fils, mais, à travers cette brume ténue, grise et hors du temps, ce sont le passé et le futur qu'on peut palper », a claironné une voix à la fenêtre. J'ai levé les yeux, mais je n'ai pu apercevoir qu'une casquette de golf, et je me suis demandé qui donc osait faire des farces à un malade. J'aurais dû m'en douter : ce ne pouvait être qu'un médecin.

La voix a resurgi quelques minutes plus tard, déformée, en provenance du fond du couloir. « Oui, le passé, mon pauvre ami, ce satané passé qui s'enfuit. » Gallard a fait son entrée, vêtu d'un short froissé et d'un polo, chaussé d'espadrilles et coiffé d'une casquette de golf. Il n'avait l'air qu'à moitié heureux, comme si, en bon golfeur, il venait de réaliser un « trou en un » sans témoin ; un sourire assoupi retroussait sa peau flasque au-dessus de sa mâchoire. Il donnait l'impression de toujours faire bon emploi de son visage : quelle que soit l'expression qu'il affichait : cela pouvait aller du large sourire à la mine renfrognée, et quelle que soit l'intensité de son émotion, sa trombine semblait adopter les traits adéquats.

« Merde, nom de Dieu. J'ai cru que j'avais une apparition, j'ai dit.

— Mais c'est bien une apparition, c'en est une, il

a gloussé dans un sourire plus large encore. Puis-je entrer ?

— Je vous en prie, bel esprit. J'aime autant avoir un œil sur vous, plutôt que de vous savoir en train de cavaler dans le brouillard, toujours susceptible de me flanquer une frousse de tous les diables », ai-je répondu en repliant le journal. Pour cet usage, les pages étaient incontestablement mollassonnes.

« Cette frousse de tous les diables, je viens ici la chercher, et non vous la flanquer. Celui qui a tué doit payer.

— Et alors vous venez pour le premier versement, c'est ça ?

— Arrêtez de lire ces fariboles, a-t-il dit en tripotant la grande bouteille thermos qu'il tenait dans son dos. Vous pensez que ça ne suffit pas d'avoir fait don à l'armée de votre vie, de votre membre et de votre dignité ? Du coup, vous vous sentez encore obligé de vous polluer l'esprit avec leur version de l'actualité. Il m'a retiré le journal des mains et l'a balancé à la poubelle.

— OK. Qu'est-ce qui me vaut votre visite, outre votre souci de compléter votre collection de journaux pour la Grande-Bretagne ? »

Il m'a expliqué qu'il ne se foulerait pas la rate pour les Rosbifs, vu leur valse-hésitation à engager leurs troupes dans la Seconde Guerre mondiale.

« Excusez-moi, l'interrompis-je, mais qu'est-ce que vous manigunciez dans les brumes ?

— C'est que, il a commencé, il s'est interrompu pour aller fermer la porte. Je devais jouer au golf avec le commandant de la base, mais comme vous pouvez le voir, le brouillard n'en a pas voulu ainsi. J'ai donc traîné au Club, où j'ai éclusé une douzaine de vodkas-martinis en sa compagnie. Comme il m'a donné des nouvelles encourageantes à votre sujet, j'ai pensé que ça vous plairait d'être au courant. Voilà pourquoi je suis venu. De toute manière, j'ai horreur du golf. J'ai apporté de quoi se rincer la dalle, à condition que vous me promettiez de ne pas repiquer une de vos crises de timbré. » Il ouvrit le thermos et remplit deux petits verres. « À la vôtre.

— À la vôtre.

— Ça devrait vous faire un peu plus plaisir que ça, tout de même. » Il avait presque l'air en colère, et sa nouvelle casquette a décollé direction la poubelle, où elle a rejoint le journal.

« Ah oui, et pourquoi donc ?

— Parce que nos supérieurs ont décidé de ne pas vous envoyer au trou.

— Et pourquoi donc ?

— Pourquoi ? Eh bien, essentiellement parce que j'ai réussi à tous les convaincre, du lieutenant Hewitt jusqu'au commandant de la base en passant par un gus de l'*Air Police* furax, qu'il fallait passer l'éponge car votre comportement était un symptôme post-combat, bref vous pouvez imaginer le genre de jargon.

« Il n'y a pas encore eu suffisamment de victimes au Viêt-nam pour qu'on badine avec ça, or comme l'un de ceux qu'on hébergeait a avalé son extrait de naissance dans des circonstances douteuses — un médecin ivre, la mauvaise piqûre, vous pigez le topo. Si bien que tout le monde ici éprouve un zeste de mauvaise conscience, qui s'évaporera rapidement, je n'en doute pas…

— Je vous en remercie. Qui est-ce, celui qui est mort ?

— Pas quelqu'un que vous connaissiez. — C'est

158

toujours quelqu'un que personne ne connaissait.» Gallard marqua une pause ; ses épaules et son torse, habituellement gonflés comme un coq dopé à l'hélium, ont paru se creuser sur eux-mêmes, aspirés en un soupir, tel un temple basculant dans les flots. «Il ne faisait pas partie de votre unité. Fidèles à leurs traditionnels soucis de sécurité, ils ont eu la judicieuse idée de disséminer les blessés de votre unité dans tout le Pacifique, comme des enfants naturels. J'ai même entendu dire que trois types se sont retrouvés dans un hôpital anglais à Singapour ou je ne sais plus où. Mesures de sécurité, oui.

— Ces enfoirés ont fait savoir à mon paternel que j'avais été blessé dans un accident d'avion.

— L'officier de sécurité ne vous a pas encore rendu visite pour vous faire jurer de fermer votre clapet ; c'est la raison pour laquelle vous disposez d'une chambre individuelle. Réduire les contacts avec le personnel non autorisé. Nom d'un chien. Tout l'Extrême-Orient est maintenant au courant.» Il poussa un autre soupir. «Il m'a néanmoins fallu conclure un marché.

— Quoi ? À quel sujet ?

— Votre passage en cour martiale. Dès qu'on vous aura jugé apte à reprendre du service, comme si cela avait toujours été le cas, vous...

— Serez renvoyé par bateau au Viêt-nam ? l'ai-je interrompu.

— Ne faites pas l'andouille. Bien sûr que non. Un certificat médical sera établi, je le signerai ; vous sortirez avec une invalidité de vingt-cinq pour cent que vous perdrez à la première visite médicale. Vous serez donc libre à la sortie, comme toujours, je suppose.»

Je me suis esclaffé.

« Qu'y a-t-il de si comique ? » Son visage s'est éclairé un instant.

« Je vous raconterai, un de ces jours.

— Non, je vous en supplie. »

Je ne savais trop comment réagir ; devais-je le remercier ou le maudire ? Je ne savais même pas ce que je devais penser de lui. Tout cela lui tenait à cœur, pour ne pas dire que ça confinait à la fascination... Quelle est la phrase fameuse de Marlowe ? « La fascination pour l'horreur — vous savez. » Je comprenais ça, je le concevais aisément. Un étrange rapport nous unissait, une relation de médecin à patient, le rapport du sauveur au guerrier, d'officier à soldat. Mais jamais je ne lui ai donné du « Mon Capitaine » ; et ce, non pas au nom de notre amitié, mais parce que c'était inconcevable. Sa gentillesse innée, sa curiosité, sa sensibilité le happaient hors de sa carcasse d'officier, hors de l'uniforme, faisaient de lui un homme, un homme à qui je pouvais m'adresser en disant : « Si on s'en rejetait un derrière la cravate ? » Un homme capable de répondre : « Je suis navré, je n'avais pas remarqué que vous étiez à sec. »

Tandis qu'il remplissait mon verre, je lui ai demandé : « Pourquoi ?

— Il est rare que les hommes sachent pourquoi ils agissent », a-t-il répondu, puis il est resté un instant suspendu à ses réflexions. Il semblait toujours savoir ce que j'avais en tête.

« Peut-être est-ce parce que j'exècre l'idée d'envoyer quelqu'un à Leavenworth.

— Ce n'est pas une raison valable.

— Non, il faut croire que non. » Il a posé son

verre, a fourragé dans ses cheveux, puis a poursuivi dans un ricanement nerveux : «Ce n'est même pas non plus mon vrai motif. »

J'ai attendu. J'avais tout mon temps.

«On pourrait dire que j'ai fait ça parce que je rêvais à vous quand j'étais môme. Ou plutôt, pour être plus précis, j'en faisais des cauchemars. » Alors qu'il se calait au fond de sa chaise en nouant ses mains derrière la nuque, une série de demi-sourires et de mimiques ont modelé sa figure.

«Je suppose que je devrais plus ou moins me sentir flatté, mais je ne vois foutre pas ce que vous voulez dire.

— Oh, pas vraiment vous. C'est un truc assez drôle, une longue histoire. Vous voyez, j'ai ce penchant… ha ! j'ai… j'avais cette attirance pour les avions de la Première Guerre mondiale, quand j'étais gamin. J'ai dû construire une trentaine ou une quarantaine de maquettes — il a fallu que je m'y reprenne à dix fois avant d'arriver à en faire voler une ; mais j'ai fini par y arriver. Mon avion a volé à la perfection. Pendant presque quatre cents mètres au-dessus de la route qui menait chez un voisin avant de négocier un atterrissage parfait. J'ai couru pendant toute la durée du vol. Bon Dieu, ce que j'ai couru. Mais l'atterrissage, comme je l'ai dit, s'est parfaitement déroulé… dans un enclos de porcs, évidemment, et ces salopards de porcs l'ont piétiné, l'ont mâchouillé et ont tout bouffé, jusqu'aux élastiques. » Il a souri rêveusement ; il m'avait oublié. «Dieu seul sait pourquoi. Ils aimaient peut-être le goût de la colle, ou peut-être refusaient-ils qu'on se serve de leur enclos comme piste d'atterrissage. Qui sait, bordel ? N'empêche qu'ils l'ont boulotté, jusqu'au dernier morceau, et pendant tout ce temps, je pleurais et je leur jetais des mottes de terre, mais ils se contentaient de remuer leurs gros postérieurs suffisants. J'ai couru à la maison et je me suis plaint auprès de ma mère en pleurant que ce n'était pas juste, à quoi elle a répondu que Dieu n'avait jamais promis que la vie serait juste, mais qu'Il aurait pitié. Eh ben, moi, j'ai dit bon vent à Celui qui n'était pas réglo, et ce fut la fin.

« Où en étais-je ? Ah oui. En dépit de Dieu au ciel, et des porcs sur terre, j'ai continué à construire des avions, je testais des variantes par rapport aux plans de *Popular Mechanics*, j'ai même dessiné moi-même quelques maquettes, m'a-t-il confié avec fierté. Et lorsque je me suis blessé la main, ce dont j'ai le plus souffert, c'était de ne plus pouvoir assembler mes maquettes. Et puis j'avais tellement ça dans la peau, ça m'obnubilait tellement que j'ai commencé à en rêver. Toutes les nuits. À chaque fois que je fermais les yeux, je me retrouvais dans l'air bleu et froid au-dessus de la France, pilotant un Camel. Oh la vache, j'étais un joyeux casse-cou. Des éclaboussures de graisse étalées çà et là me donnaient une dégaine théâtrale, je portais un blouson de cuir usé. Mais pas de foulard. Même à l'époque je n'avais pas mauvais goût à ce point-là. » Il s'est esclaffé, s'est enfilé une rasade, peut-être a-t-il alors rêvé d'un vent fulminant, d'un arc-en-ciel qui encerclait l'ombre de son zinc, de son zinc qui sautait, courait, puis sautait encore les haies.

« Bien entendu, dès l'âge de treize ans j'étais l'as des as ; mais un nuage noir planait toujours dans le ciel de mes rêves. Peut-être avais-je appris quelque chose des porcs. Le nuage ne se montrait pas systématiquement, mais bien assez souvent, et toujours à l'improviste, bon Dieu. Je l'avais baptisé le Baron Noir de Beyrouth, pour des raisons que j'ai depuis bien longtemps oubliées, mais je crois qu'il s'appelait le Baron de Rumplested ou un truc dans ce goût-là. Il jaillissait toujours dans le ciel alors que je venais d'abattre six Fokkers et bam! je piquais du nez en un de ces rêves horribles, puis je m'éveillais couvert de sueurs froides. Pas de bataille, ni de duel entre deux avions de chasse, bam! tout simplement, et je piquais du nez. Il ne s'embarrassait jamais de subtilités ou de prouesses tactiques, il fondait sur moi en piqué et me lâchait sa purée. Une fois, mes armes s'étaient enrayées, et il a eu le culot de m'asperger de bains parasiticides, et, pendant que j'essayais de m'essuyer les yeux, il a largué le réservoir de vingt kilos sur mon aile droite, et me l'a brisée.

«Nom d'un chien, qu'est-ce que j'ai pu lui en vouloir. Qu'est-ce que j'ai été heureux, quand j'ai échangé les avions contre des femmes, et que ces rêves se sont achevés. Mais je n'ai jamais oublié ce visage, ce nez crochu, et cette moustache diabolique qui retombait au-dessus de la commissure de ses lèvres. C'était un Allemand au teint mat, un Germain asiatique, pas du tout le type chaleureux de l'Allemand nordique hâlé. Sa figure ressemblait au son du mot "Hun", et ses yeux ne cessaient d'évoquer la Forêt-Noire, même si j'ai appris par la suite qu'elle se situait en Allemagne de l'Ouest. Plus tard encore, lorsque je découvris qu'il n'y avait rien d'autre derrière tout ça, que de la bêtise, du maléfice et de la cruauté dépourvue d'honneur, son visage a incarné cette nature primitive et sombre, ce sang des ténèbres qui palpite, qui embrume la croisée des chemins où la beauté rencontre le mal, et… » Il s'est interrompu ; il a peut-être voulu reprendre son souffle à la croisée des chemins, puis il a poursuivi, persuadé de connaître la route.

« Je crois bien m'être éloigné. Mais je n'avais plus évoqué ce rêve depuis la guerre, je n'y avais même pas pensé, j'étais content d'avoir oublié… jusqu'à ce que je vous aperçoive rouler vos yeux de dingue, et que vous me dévisagiez comme si l'ennemi c'était moi, et je me suis dit que je vous connaissais. C'est alors que j'ai réalisé que vous étiez le fils du baron — non, le baron en personne, alors j'ai… Bordel, qu'est-ce qui vous fait marrer ? m'a-t-il demandé à moitié en colère. Qu'est-ce qu'il y a de si bidonnant ? »

Je le lui ai raconté.

Il était une fois (oui, il était une fois, car ce qui suit aussi, tout comme l'histoire, est un conte de fées, et encore plus comme l'histoire, fonde sa véracité non pas sur les faits mais sur la croyance, car oui, moi je crois), non loin de la jonction des frontières de l'Allemagne de l'Est, de l'Allemagne de l'Ouest et de la Tchécoslovaquie, là où les anciennes frontières de la Bavière, de la Bohême et de la Saxe se mêlèrent de la même manière inextricable qui jadis mêla politique, religion et guerre, il était une fois donc un petit village du nom de Krummel. Ce village était au service d'un monastère dont on ignore le nom (du moins aussi loin que remontent les journaux des premiers d'entre nous), qui brassait une petite quantité de bière particulièrement épaisse, décrite comme étant aussi bonne et aussi épaisse que le pain noir. Le village, niché dans une vallée retirée à laquelle on ne pouvait accéder que par une seule route qui se terminait en cul-de-sac, n'existait que pour faire pousser l'orge, le houblon et les autres ingrédients nécessaires à la brasserie. Le monastère, et par suite le village entier, appartenait apparemment à un vieil abbé résidant à Hof, mais cela faisait bien longtemps que le vieil homme n'avait plus parcouru le long trajet escarpé qui courait entre les collines farouches jusqu'à Krummel, si bien qu'au cours de la période qui me concerne le plus directement la discipline au sein du monastère s'était quelque peu assouplie. En fait ce qui différenciait un moine d'un villageois était l'endroit où il travaillait, aux champs ou bien à la fabrique de bière. Comme vous pourriez vous y attendre, Krummel jouissait d'un paisible isolement que les visiteurs du monde ne venaient presque jamais troubler.

Cependant, c'est au cours des premières années du XIIe siècle qu'un visiteur se présenta ; un certain Jacob Slagsted, qui conduisait une roulotte tenant autant du chariot de camelot que de la carriole du guérisseur, et vendait ses tours de force et de magie, ses herbes nauséabondes (mais efficaces), ses connaissances pratiques et plusieurs denrées rares. Ce Slagsted semble avoir été un véritable géant, néanmoins suffisamment agile pour réaliser ses propres tours de sorcellerie. Fait plus impressionnant encore, il savait lire. Il prétendait être quelque mercenaire à la retraite, et les ragots qu'on rapportait dans le village n'étaient peut-être pas erronés, qui clamaient : «Retraité peut-être, mais reconverti en bandit de grand chemin.» Il y avait même ceux qui prétendaient que Slagsted tentait d'échapper à la fois aux autorités et à sa propre joyeuse bande de détrousseurs.

Il profita pendant plusieurs semaines de l'hospitalité des moines, dépensant plus en bière que ce que son menu commerce ne lui rapportait, au point que son séjour fut à l'origine d'un mini essor économique. Quand Jacob reprit enfin la route, nombreux furent les visages attristés parmi les moines, les villageois et leurs femmes. Ce n'était pas un colporteur ordinaire, et on ne fut pas prêt de l'oublier, les souches qu'il brisait sur sa tête, les alouettes et les pinsons qu'il faisait apparaître, et les lectures passionnantes qu'il tirait de sa grande Bible en latin, le grand exemplaire en parchemin qu'il tenait dans un buffet de camphre sculpté, conçu assurément pour un duc ou un Turc païen. Non, on n'était pas près de l'oublier. Pas plus que lui, je suppose, n'oublia ce village isolé, la paisible vallée et la bière délicieuse, puisqu'il y revint cinq ans plus tard.

Par un beau matin d'hiver, les villageois découvrirent son chariot; bien que blessé, son cheval sans harnais, aux flancs irisés d'écume gelée, tenait encore sur ses pattes. Slagsted était recroquevillé à l'avant de la carriole, un large écusson rouge de sang séché décorait sa poitrine. Les moines, en tant que moines et en dépit de leur religion, se montrèrent d'une grande gentillesse à son égard, et le portèrent jusqu'au monastère, le revigorèrent à coups de brandy, et hochèrent la tête en l'écoutant raconter qu'il avait été attaqué par des bandits de grand chemin, détroussé, et qu'il s'était livré à un vaillant combat, en dépit d'une répartition des forces très nettement en sa défaveur. Si certains purent douter de son récit, aucun ne doutait qu'il mourrait avant le lever du jour, et c'est à un mourant qu'ils offrirent leur hospitalité et prodiguèrent leurs soins. Mais ce sacré diable ne voulait pas laisser filer son fantôme. Maintenant qu'il avait mis la main sur le village, il ne voulait plus le quitter. Il resta pendant l'interminable hiver, se rendant utile en se livrant à de menues tâches, confectionnant des fûts de bière et racontant des histoires tout en rafistolant poteries et étains pour les *hausfrauen* du village. Oh, les guerres païennes auxquelles il avait survécu; les combats, les pillages… Mais lorsque vint le printemps, Slagsted entreprit des promenades de plus en plus fréquentes, arpentant les champs boueux ou recouverts de chaume, le dédale des collines à la lisière du vallon; il lui arriva même de disparaître plusieurs jours en forêt. Quand il réapparaissait et qu'on lui demandait où il avait été, c'est tout juste s'il concédait un grave sourire serein en guise de réponse. Quoi qu'il en soit, peu importe comment ces phénomènes arrivent, la rumeur courut que Slagsted, homme d'origine incertaine, parlant le bas-allemand, le haut-allemand, la langue de Bohême et d'autres langues inconnues, avait été surpris au cours de ses promenades à converser avec la Vierge.

Puis vint le jour le plus frais du printemps, l'aube piquait le ciel comme un fard rougeoyant, l'air était limpide comme de l'eau de roche, et Jacob Slagsted se tenait sur une proche colline, sa silhouette se détachait sur l'horizon enflammé, immobile et ténébreux, il tendait les bras au ciel.

Ce furent les gens du village qui le remarquèrent en premier, puis ils affranchirent les moines, et tous se réunirent au pied de la colline, observant un silence mêlé de crainte. Jacob garda la même posture pendant des heures, sembla-t-il, tandis que les moines et les villageois l'observaient. Puis dans un mouvement prompt, comme pour échapper à la vigilance des spectateurs, Jacob se jeta à terre ; au-dessus de lui s'éleva alors une forme blanchâtre embrumée et vacillante, un fin nuage de brouillard surgi dans un matin sans brouillard, une blancheur virginale et translucide. Jacob resta couché au sommet de la colline, jusqu'à ce que la forme soit emportée par la brise, puis il s'agenouilla pour prier, sa voix grave résonna dans la vallée, scandée dans une langue inconnue. Quand il en eut terminé, il redescendit la colline d'un pas nonchalant, entra dans les ordres le jour même, après une cérémonie extraordinaire, et s'engagea sur-le-champ dans les rituels quotidiens du jeûne, de la prière, du port de la bure et de la flagellation. Une telle piété n'avait pas été observée depuis de nombreuses années ; certains des moines les plus âgés en vinrent même à pleurer. Ah, il y eut ceux qui doutèrent, qui prétendirent que le miracle de Jacob n'était qu'un artifice de son cru, réalisé avec une volute de gaze, un peu de fumée et la complicité du vent ; mais il y aura toujours ceux qui doutent.

Personne toutefois ne pouvait nier la dévotion de Jacob, sa piété, ni, pour autant qu'on le sache, son amour de la prière et du jeûne. Lorsque la vérité se répandit, Jacob se révéla rapidement ennuyeux pour les autres moines — y compris ceux qui avaient versé une larme ou deux — sur la question de leurs vœux de pauvreté, de chasteté et de sobriété, qu'ils respectaient avec tant de légèreté. Pis encore, ce Jacob-s'en-va-t-en-guerre se révéla un véritable trouble-fête avec ses interminables sermons contre ceux de ses frères qui avaient une femme, cette catégorie comprenant en fait tous ceux qui étaient encore suffisamment jeunes.

«La chasteté, la chasteté emplit l'âme de pureté, de pureté», chantait-il la nuit d'une voix basse qui s'infiltrait dans chaque cellule abritant le péché.

« Ah, il peut parler de chasteté, lui qui a déjà possédé la moitié de toutes les traînées païennes de ce monde », se plaignait l'un des frères.

Frère Jacob causa tant d'ennuis au père supérieur à propos du relâchement des mœurs à l'intérieur et à l'extérieur de l'enceinte du monastère qu'un beau matin, le malheureux quitta sa chaire et s'en retourna à Hof pour vivre avec sa sœur mariée, abandonnant son poste aux mains du frère Jacob.

Cet événement inaugura une période nouvelle de quiétude. Les chefs spirituels de la brasserie arpentèrent collines et forêt, on les voyait régulièrement marcher devant frère Jacob d'un pas lent, les mains jointes en signe de dévotion, la tête courbée, suivis par un petit homme qui n'avait qu'un œil et portait un anneau à l'oreille. Les rumeurs circulèrent à nouveau, si ce n'est qu'elles colportaient maintenant que frère Jacob s'était entretenu avec Satan et non avec la Vierge, et que le frère dévot négociait pour son salut (celui du diable). Mais tout resta paisible, et les rumeurs moururent d'une mort bien méritée. (C'est à cette époque que Jacob se glissa jusqu'à Hof avec la dîme annuelle qu'il devait remettre à l'abbé, relâcha une douzaine de pigeons de sa manche, et profita de la confusion pour faucher les annales du monastère. Dans l'année, le village tomba dans l'oubli — peu nombreux, de toute façon, étaient ceux qui savaient où il se situait —, hormis quelques intrépides buveurs de bière qui, momentanément, relevèrent leur regard larmoyant au-dessus de leur bedaine, rotèrent et se lamentèrent pour leur bière.

Jacob s'organisa néanmoins pour affréter la bière au Nord jusqu'à Dresde pour Jean George, électeur de Saxe.)

La discipline s'étiola ; frère Jacob se mit à boire plus et à prêcher moins, il prit une femme — bien au-dessus de ce qu'il méritait, souffla-t-on. Puis la Réforme fit irruption à Krummel, le soir d'ivresse pluvieux où Jacob Slagsted, l'espion protestant et révolutionnaire, conduisit les bons frères dehors sous la pluie, armé d'une immense épée qu'il avait cachée dans sa carriole maintenant grignotée par la rouille. Les frères durent rester dehors, blottis les uns contre les autres sous la pluie, dans le vent froid, jusqu'à ce qu'ils se convertissent. Jacob fit l'impasse sur le baptême, clamant que les propres larmes de joie que Dieu versait étaient bien suffisantes pour les disciples de Luther. La brasserie fut réquisitionnée au nom de la bonne marche du commerce ; Jacob avait bien prévu son coup, il avait recruté en secret certains des jeunes frères, si bien qu'il mena son opération à bien en ne faisant couler que très peu de sang, et encore moins de sueur.

La Réforme causa quelques légers clapotis sur l'étang placide de Krummel ; Jacob et l'homme qui-n'avait-qu'un œil, qui était apparu dans le silence dès le lendemain, prirent la tête de la brasserie, les frères devinrent alors des ouvriers, et les paysans continuèrent à travailler dans les champs, comme ils l'avaient toujours fait. Au cours d'une gigantesque cérémonie, il prononça le mariage collectif de tous les frères et de leurs pécheresses épouses. La vie était calme ; il faisait bon vivre. Les anciennes blessures de Jacob ne lui faisaient plus aussi mal, et les ventes de bière à Jean George empêchèrent Jacob d'assécher les cuves de Krummel et de ruiner le village. Oh, des percepteurs peu perspicaces étaient à l'occasion envoyés au village par l'abbé; ceux qui ne se convertissaient pas à la boisson et à la belle vie étaient rituellement enterrés dans la forêt par les soins de Jacob. Mais un autre se présenta, escorté de cinq hommes en armes, et il fut moins facile de s'en débarrasser. Jacob, l'homme-qui-n'avait-qu'un-œil, et les compagnons de Jacob qui avaient trouvé un abri au village commencèrent à initier les jeunes du village aux plaisirs variés du combat. Paysans et ouvriers de la brasserie se piquèrent au jeu de la lance et du mousquet, et prirent en embuscade plusieurs groupes de percepteurs, leur infligeant de cuisantes défaites; si certains étaient directement dépêchés par l'abbé, d'autres venaient d'un duché en Bohême, qui avait commis l'erreur de confondre Krummel avec un autre village récalcitrant. Mais l'un dans l'autre, ce furent de paisibles années au cours desquelles Jacob donna naissancc à quatre fils qui survécurent, Johann, Georg, Bernard et Hugo.

Pourtant, l'Europe n'était pas paisible; le Saint Empire romain germanique engendrait autant de guerres que d'enfants de soldats bâtards en terres étrangères. En 1618, les deux nouveaux lieutenants catholiques au service de l'archiduc Ferdinand de Styrie, roi de Bohême, empereur du Saint Empire romain germanique, se firent attaquer par une clique protestante à Prague. La clique les défenestra en criant : « Et maintenant priez Marie pour votre salut ! » Quand ils regardèrent par la fenêtre, ils virent les deux bons catholiques s'en tirer sans dommage.

Deux années plus tard, lorsqu'au cours d'un voyage à Dresde, Jacob entendit parler de cette histoire, il nota ceci dans son carnet de bord : « Elle l'a fait, mon Dieu, elle l'a fait. » Il se mit à boire sérieusement avant le petit déjeuner, et à le déplorer. Une fois de plus, il se remit à arpenter seul les collines.

Tandis que Jacob broyait du noir, l'Europe tremblait dans les soubresauts des débuts de la guerre de Trente Ans, et ce fut peu de temps avant que le double fléau de la guerre et de la peste prenne l'homme dans un étau, que Jacob eut la preuve de l'intervention de la Sainte Vierge sur terre. À la bataille de Neiber, les Margraves de Baden levèrent les forces protestantes contre les catholiques, les Espagnols de Cordoba et les Bavarois de Tilly. L'armée de la Réforme avait presque remporté la bataille lorsque au-dessus des lignes protestantes apparut la Vierge Marie. Les catholiques, âmes pieuses s'il en fut, se regroupèrent, se reformèrent et chargèrent, brisant les lignes protestantes animés du courage que leur dévotion décuplait. (Un dépôt d'armes avait explosé dans l'arrière-garde protestante, déclenchant une colonne de feu et de fumée, qu'une âme inconnue repéra — ce qui, je suppose, prouve seulement qu'en dépit de toutes les fameuses académies militaires et de leurs stratèges diplômés, les batailles, et peut-être même les guerres, se concoctent avec la même délicieuse absurdité que la poésie.) Lorsque Jacob eut vent du miracle, il se mit à pleurer (il reste encore des traces de ses larmes sur les pages de son journal) ; il pleura pendant des jours dans les collines, rampant autant qu'il marchait, suivi d'un petit gars portant un tonnelet de bière.

Alors que l'âme de Jacob le tourmentait, ses fils, qui savaient comme les fils le savent toujours que la guerre viendrait jusqu'à eux, intensifièrent l'entraînement de la milice armée du village. À l'été 1625, Krummel possédait une équipe redoutable d'une quarantaine d'hommes qui, estimait-il, pouvaient interdire à n'importe quelle troupe de pillards l'accès à la vallée — mais, faut-il le préciser? pas à Jacob Slagsted. Au cours de ce même été, lors d'un voyage en Saxe, avec la seconde production de bière, il entendit dire que les Danois étaient entrés dans le conflit. Bon an mal an, Jacob n'avait pas été à jeun depuis sept ans, et même si plusieurs éléments portent à croire qu'il ne savait pas qui étaient les Danois, il les haïssait, et décida de lancer ses forces dans l'autre camp, du côté catholique, du côté de la Vierge Marie.

Il engagea donc sa petite troupe joyeuse, parée pour la guerre, copieusement approvisionnée en pain et en bière, plus effrayée à l'idée d'affronter Jacob que les Danois, quels qu'aient été ceux-ci. Ainsi les conquérants luthériens de Krummel rejoignirent-ils les armées catholiques de l'empereur, et tandis qu'ils s'avançaient par erreur en direction du Sud, ils se joignirent à l'armée de mercenaires de Wallenstein, le duc de Friedland.

Le duc fut certainement attiré par ce géant aussi ivre que fou, car c'est lui en personne qui signa le contrat avec Jacob pour l'engagement des quarante hommes. Jacob et ses fils effectuèrent un brillant parcours sous la tutelle de Wallenstein, et furent tous nommés officiers en avril 1626, suite à la bataille contre Mansfeld où ils s'illustrèrent à Dessau sur l'Elbe. À l'automne de la même année, Jacob commandait une compagnie qui fut détachée du corps armé de Wallenstein, toujours à la poursuite de Mansfeld, pour se joindre à Tilly contre le roi Christian IV et ses Danois. La haine de Jacob pour les Danois n'avait en rien été émoussée par une année de combats. À la bataille de Lutter, en Basse-Saxe, Jacob mena une charge contre l'armée du roi, tua le cheval de Christian, et si la lame ne s'était pas fichée dans le crâne d'un adjudant danois, il aurait également tué le roi. Suite à quoi Jacob fut immédiatement promu commandant en second sous les ordres du lieutenant de Wallenstein, Hans George von Arvim, et avança à ses côtés en 1627 jusqu'à Brandebourg, passa l'hiver dans le Jutland, puis participa à l'attaque de Stralsund en Poméranie, qui se solda par une défaite. Pendant la première heure de la bataille, le cheval de Bernard fut effrayé par la détonation d'un mousquet catholique, et piétina Bernard jusqu'à ce que mort s'ensuive. Jacob n'en déplora pas moins le retrait des Danois ; il implora la Vierge Marie, mais à l'évidence, elle préférait le climat plus doux et les pâtures plus vertes du Sud, et ses prières se perdirent dans le morne vent du Nord.

Trois des fils survécurent. Les combats s'espacèrent dans le temps ; ce n'était plus que des interventions rares et sans conséquence décisive. En août 1630, ils accompagnèrent Wallenstein, qui avait démissionné, jusqu'au Friedland en tant que membres de la garde personnelle du duc. Alors qu'il se reposait en Friedland, le duc fit don à Jacob des terres de la vallée de Krummel, et le nomma comte Jacob Slagsted de Krummel. Mais Jacob ne céda pas : il mentit sur la localisation exacte de la vallée. Grâce à cette trêve, Jacob eut la chance d'échapper au pillage et à la mise à feu de Magdebourg, la Cité de la Vierge, et à la défaite des troupes impériales de Tilly face aux Suédois à Breitenfeld.

Après deux ans de trêve, les Slagsted se mirent en marche pour rejoindre Maximilien de Bavière. Au cours de cette marche, Georg fut frappé par la peste et mourut dans un fossé boueux grouillant de rats. Jacob prit un sacré coup de vieux ; la seule note gaie dans son journal, après la mort de Georg, consiste en une remarque au sujet de la mort du roi Gustave Adolphe à la bataille de Lutzen : «*Ja, sehr gut.*» La note suivante est datée du 25 février 1634, le lendemain de l'assassinat de Wallenstein par les mercenaires anglais à Eger : «*Schade, schade. Ich werde nach Hause weidergehen.*» Puis ce fut le long voyage pour rentrer à la maison, le retour à Krummel après une absence de neuf ans, à travers des champs semés de graines infertiles, fauchés par le chagrin, ce fut la traversée de villes habitées par des regards vides et le cortège ininterrompu des morts vivants à travers un pays dévasté, déchiré, usé — la guerre n'avait pas épargné Krummel, le paysage de guerre ne s'interrompit donc pas, il continua au-delà de ce que l'esprit humain pouvait concevoir. Jacob ferma la route d'accès à la vallée, dans l'espoir de sauver quelque chose, il referma son cœur et s'enferma dans une pièce avec la Bible jusqu'à ce que ses yeux l'abandonnent et qu'il relâche le fantôme qu'il avait retenu avec tant de fermeté, l'esprit guerrier. Il fit de son mieux pour mener une vie tranquille dans le vieux monastère, brassant un peu de bière, demandant à Johann de lui lire la Bible, et, à défaut d'être tout à fait heureux, témoigna néanmoins de quelque satisfaction à vieillir en paix.

Mais la guerre resta dans les cœurs de ses fils qui, portés par la vigueur de leur jeunesse, estimèrent que les travaux agricoles ne comblaient guère leurs aspirations. Jacob fit don de sa Bible en cuir à Johann, le journal et le coffre en camphre revinrent à Hugo quand lui et Hugo partirent pour la France combattre les Espagnols en 1636. (On ne sait rien de plus concernant Jacob ni Krummel ; ses fils spirituels et charnels ne revinrent jamais. Le village cessa alors d'exister, plus aucun registre n'a été retrouvé, pas le moindre signe ni la moindre trace, même si mon père, au cours d'une permission de six semaines en 1945, a retrouvé plusieurs vallées, au creux desquelles le village aurait pu avoir existé. Dieu interdit que la tombe de Jacob fût mêlée aux caprices administratifs d'une autre Allemagne à nouveau écartelée.)

Quant aux fils — vers 1640 Johann se trouvait à la tête d'une armée de trois cents hommes d'élite parfaitement entraînés. Ils disposaient de provisions, et avaient l'interdiction formelle de ravager ou piller les pays amis. Ils étaient bien payés, et contrairement à d'autres troupes de mercenaires tels que les lansquenets germains, ils étaient armés pour la guerre et non pour la parade : une tunique robuste, une épaisse cuirasse, des bottes découpées dans un cuir russe imperméable, et un casque sur mesure dépourvu d'ornementation. Les trois cents cavaliers n'avaient rien de commun avec les cavaleries de l'époque : ils étaient aptes à combattre autant au sol qu'à cheval. En Espagne, les trois cents soldats tinrent tête à un millier d'Espagnols, les firent battre en retraite à trois reprises, puis contre-attaquèrent et les poursuivirent jusqu'au fin fond de la nuit. Mais surtout, l'armée de Slagsted de Krummel présentait l'avantage d'être réglo : ils signaient des contrats « à terme », ce qui signifiait qu'ils ne risquaient en aucun cas de changer de camp au beau milieu d'une bataille.

Cette armée rétribuée, en raison de sa taille compacte, survécut à la métamorphose des armées de mercenaires en armées nationales, au cours du dix-septième siècle et d'une partie du dix-huitième siècle, et servit en tant que garde personnelle pour toute organisation politique susceptible de s'offrir leurs services. Les descendants de Jacob Slagsted contrôlèrent l'armée, en limitèrent la taille à trois cents, maintinrent l'alphabétisation en dehors des circuits militaires académiques, épousèrent des femmes aussi ravissantes que chevalines, et vers 1776, ce même sang versé sur les champs de bataille, qui coulait dans les veines de leur progéniture, s'était répandu dans toute l'Europe : mêlé au sang irlandais, hollandais, polonais, hongrois, finlandais, suédois, juif, alsacien, prussien et grec, au moins. Mais en 1781, les Slagsted-Krummel, comme on les appelait, partirent pour le Nouveau Monde, et comme tous ceux qui débarquèrent en Amérique, ils perdirent tout en arrivant.

Ils se présentèrent à Boston pour découvrir que la guerre était terminée. Le vaisseau qui abritait hommes et armes fut saisi par les autorités, et placé sous la surveillance d'un bateau de guerre. Si l'on voulait bien s'en référer à la générosité de leurs pots-de-vin, les frères Johann et Otto étaient incontestablement de vrais gentlemen, de sorte qu'on les laissa débarquer. Johann partit à cheval à Philadelphie pour obtenir l'ordre de levée d'écrou, alors qu'Otto joua et but tout l'argent dans les pubs des quais de Boston. Quand Johann revint avec l'ordre de levée d'écrou, deux colonialistes habiles en avaient un autre contre lui et firent main basse sur le clan Krummel en guise de gage. Johann échangea son cheval contre le coffre de la famille, signa les documents qu'on lui soumettait, puis lui et Otto partirent à cheval vers le Sud, se doutant, je suppose, de ce qui allait arriver. Lorsque les colonialistes essayèrent de mettre la main sur leurs nouveaux domestiques, les hommes — qui ne s'étaient pas séparés de leurs armes car personne n'avait osé les leur réclamer — massacrèrent les Américains, envoyèrent le rafiot qui les surveillait par le fond, et partirent vers une mer introuvable, se glissant ultérieurement à terre pour grossir le nombre des chenapans et des gredins que comptait déjà l'Amérique. Otto réussit à intégrer une milice en Virginie, mais Johann, fatigué d'Otto et des armées, poursuivit son périple vers le Sud et l'Ouest.

En 1830, la lignée des Slagsted-Krummel semblait menacée, puisqu'il n'y avait plus qu'un seul survivant mâle, un certain Joseph qui possédait un ranch dans le sud du Texas, en bordure de la Nueces River. Il y était arrivé alors qu'il était encore jeune homme, en compagnie d'un groupe de colons irlandais conduits par John Mullen, mais il quitta le camp de San Patricio pour vivre seul à une dizaine de miles en amont de la rivière, avec sa Bible, sa bouteille et son flingue pour seule compagnie. Il lui arrivait de commercer avec les occasionnelles bandes d'Apaches-Lipan, car ceux-ci le croyaient fou (les sauvages ont toujours pensé que les fous en savent trop pour qu'on les tue). Joseph rejoignit les Irlandais pour une assez longue période, au cours de la Guerre d'Indépendance du Texas à l'occasion de l'attaque de Fort Lipantitlan — qui contrôlait un gué sur la Nueces —, en même temps qu'une kyrielle de volontaires irlandais sous l'autorité du capitaine Ira Westover en 1835. En 42, il se battit aux côtés de cent quatre-vingt-douze hommes sous les ordres du général James Dix pour défendre, avec succès, le fort retranché contre presque un millier de Mexicains dirigés par le général Antonio Canales. (Ce fut une espèce de Fort Alamo à l'envers, si ce n'est que ce furent les pochetrons qui remportèrent cette bataille.) Joseph perdit une oreille pendant les combats et le reste de ses sens, si l'on en croit les Irlandais de San Patricio.

Il regagna sa cabane pour y vivre dans la plus grande solitude, sa solitude étant essentiellement due à ce vieux réflexe qui consistait à tirer à vue sans raison apparente sur tous les visiteurs potentiels, jusqu'au jour où il surprit un Comanche en train de massacrer une des vaches de son troupeau. L'Indien était trapu et bas sur pattes, et au moment où il prenait appui sur l'animal, Joseph lui tira entre les épaules, comme il l'aurait fait avec un cerf. Au moment où il découpait le scalp de sa victime (un homme seul avait toujours besoin des meilleures médications), la femme du Comanche surgit d'un petit ravin, brandissant un fin couteau à dépecer. Joseph la mit KO d'un coup de crosse de carabine, puis termina ce qu'il avait commencé avec l'Indien. En se retournant, il remarqua que la femme avait trébuché sur une bûche, sa jupe était retroussée, dévoilant ses fesses nues. Elles étaient brunes, sales, grosses, mais c'était un cul, or Joseph, comme je l'ai déjà mentionné, vivait seul. (Comme pour le scalp, il prit ce qu'il pouvait.) Il la prit de la manière la plus simple et la plus évidente.

Quand Face-de-Cheval s'éveilla, un drôle de bon-homme qui n'avait qu'une oreille et qui bredouillait bizarrement la dévisageait comme un étalon, ses dents glissaient le long de son cou graisseux, et elle en conclut tout naturellement que l'esprit de son mari avait migré vers le corps de l'homme blanc. Aucun Visage Pâle ne connaissait le secret de l'amour comanche — après la bataille bien sûr, car avant, cela dépossède le guerrier de sa force. Lorsque le rapprochement prit fin, Face-de-Cheval retourna dans son camp, qui avait été attaqué et déplacé vers le Sud par les rangers, et rejoignit sa tribu. La nuit suivante, la tribu dormit sur une île de la Nueces, et Face-de-Cheval devint mon arrière-arrière-arrière-grand-mère. Une fois encore, les Slagsted-Krummel étaient destinés à monter à cheval.

Personne n'a jamais accusé directement le vieux Joseph d'avoir été un Comanchero, mais certains se demandèrent pourquoi seulement trois parmi ses huit fils en bonne santé participèrent à la guerre de Séces-sion, et pourquoi il y avait des ennuis avec les Comanches dans le Sud, alors qu'il n'y en avait jamais eu auparavant. Parmi les métis qui partirent combattre pour Jeff Davis, le coton, les esclaves et l'économie, un seul en revint, Frédéric, que dans la tribu on appelait Nez. Un d'eux se fit tuer à Elkhorn Tavern (les Ventres Bleus l'appelèrent Corniche-de-Petit-Pois, parce qu'ils l'emportèrent) et l'autre déserta et se rendit en Floride. Lorsque Nez, mon arrière-arrière-grand-père, fut enterré, c'était l'homme le plus riche de tous les environs de la rivière. Les us et coutumes des Blancs imposaient qu'il soit enterré, mais dans le cercueil, ses cheveux étaient encore tres-sés en nattes, et ses mains, jointes conformément au signe de paix des chrétiens, maintenaient en fait secrètement sur sa poitrine un scalp blond arraché dans l'Alabama au cours d'un raid contre les chemins de fer. Seuls furent conservés le ranch, la famille et la Bible.

Mon grand-père intégra l'armée canadienne en 1915, et la seule image qu'il m'ait laissée de cette guerre de fêlés dans la boue remonte au jour où, sortant d'une tranchée en rampant, il se rendit compte qu'il avait plongé son bras jusqu'au coude dans un cadavre en état de putréfaction. Au bout de deux mois seulement, il dit ne même plus avoir eu de haut-le-cœur. (Nous n'avons pas eu de représentant pour la Guerre hispano-américaine : les Slagsted-Krummel qui étaient susceptibles d'y aller refusèrent de grossir le rang des *Rough Riders* à San Antone, parce que leur nom était vraiment trop con.) Mon grand-père fut aussi celui qui changea le nom de famille, il laissa tomber le trait d'union, et utilisa Slagsted comme second prénom pour les garçons. Mais à part mon père, personne n'a suivi cette tradition.

Mon père avait trente et un ans quand la Seconde Guerre mondiale fut déclarée, mais il passa au travers des mailles de l'incorporation. Il s'engagea néanmoins. L'armée, bien évidemment, essaya de faire de lui un cuistot, mais il était mauvais cuisinier et devint simple fantassin. Il combattit en Afrique et en France sans décrocher de médaille, mais non sans honneur, ça, j'en suis certain, et rentra avec pour seul commentaire que ç'avait été moche. Mais moi je sais ce qu'il voulait dire. Je savais malgré son silence, je comprenais pourquoi il était parti, pourquoi il n'en disait pas plus et comment il était revenu.

Je connaissais aussi toute l'histoire de notre

famille, parce que, comme vous l'avez remarqué, chez les Krummel on est plutôt bavard, et je suis parti à l'armée pour la première fois en juin 1953. La trêve était signée le mois suivant. Mon paternel m'avait obligé à terminer mes études, ce qui m'avait fait louper ma guerre.

« Et maintenant, il nous faut choisir entre des guéguerres où on se bat à coups de paquets piégés, de pamphlets ou le suicide... bref, des guerres d'usure, j'ai dit à Gallard en terminant mon récit, mon "histoire". Sans doute peut-on même y glaner quelque honneur. Mais je me fais du mouron. On se bat pour des idéaux, au nom de la Liberté avec un L majuscule, et au nom de la liberté, et ce sont les types les plus crades que l'homme ait jamais connus. J'ai confiance dans la cupidité, dans la passion, dans la convoitise, mais nom d'un chien ! pas dans les politiciens. »

Gallard s'est levé pour prendre congé. Une immense tristesse a effleuré son visage, a assombri ses yeux, a figé ses traits. « Pourquoi m'avez-vous raconté tout ça ? Je vous connais, vous savez. Je vous ai vu assassiner des femmes et des enfants pour le plaisir, comme un imbécile, juste pour vous amuser bêtement. Pourquoi m'avoir raconté ? » Il commençait à comprendre le rôle qu'il tenait dans mon univers, et il n'était pas sûr d'apprécier ; mais il avait voulu savoir. « Pourquoi moi ? » Il s'est retourné, ses épaules tremblaient. « Vous puez la mort, Krummel, le meurtre malsain et la mort et...

— N'en faites pas trop, mec. L'histoire ne fait que commencer, docteur ; que commencer, on est encore très loin de la fin. »

Il disparut précipitamment, sans un mot. Je savais

qu'il reviendrait. Vous trouvez que ce n'est pas juste de me servir ainsi de lui ? À qui d'autre pouvais-je parler ? Qui d'autre m'aurait écouté ? Il n'y a que ceux dont la frousse est assez profonde qui sont assez gonflés d'orgueil pour pouvoir m'accepter en leur âme ; m'accepter à la dérobée et en hésitant, certes, mais c'est une vraie naissance.

(Tout n'est pourtant pas que ténèbres. Une lettre est arrivée aujourd'hui. Cagle et Novotny sont vivants, et non pas clamsés comme je le croyais. Cagle a perdu un bras, et Novotny est sourd, mais ils sont bien vivants et sont déjà de retour aux États-Unis, ils attendent d'être réformés pour ouvrir un bar à Fresno avec leur prime d'invalidité. Cagle écrit : « Regarde, mon pote, j'applaudis d'une main (pas de jeu de mots là-dessous, la chtouille [1] n'existe pas aux USA). » Novotny écrit : « Ça fait plaisir de ne plus entendre ce petit enfoiré. » Les salauds, ils me manquent.)

1. En anglais, jeu sur le mot *Clap* signifiant à la fois chaude-pisse et applaudir.

5.

NOTES RASSEMBLÉES
EN VUE D'UN RÉCIT INACHEVÉ

Qu'on appelle ça de l'histoire, de la mémoire ou que sais-je encore, mon désir insensé de trafiquer le passé pose certains problèmes de relativité. Ce serait tellement plus facile si, comme les romanciers le font souvent croire, je m'exprimais de la voix objective, originelle et juste de Dieu, mais ce n'est pas le cas. Pas plus que je ne suis capable, contrairement à grand nombre de confesseurs, d'agir comme si je m'étais légèrement déplacé vers quelque point suspendu dans l'espace en plein vide, certainement grâce à la compréhension fondamentale et à la perception extralucide que j'aurais de mes péchés, ne croisant que des satellites ici ou là, un peu de poussière cosmique et Dieu, un point où je reposerais en paix et d'où je raconterais mes aventures aussi nombreuses que variées. Mais, encore hélas, ce n'est pas le cas. Car, voyez-vous, je suis encore entravé à ce lit, immobilisé dans mon plâtre, suspendu à mes poulies, le ciel au-dessus de Baguio est toujours d'un bleu sexuel, l'herbe est toujours d'un vert sensuel, Abigail Light est toujours adorable, adorable, et le docteur Gallard se fait du mouron. La vie ne cesse de faire irruption. Cela je ne le nierai jamais, comme tant d'autres l'ont fait, bien qu'à part cette présente intrusion je n'y reviendrai guère. Je ne vois pas pourquoi vous pourriez en faire abstraction et pas moi, puisque c'est à ce moment précis — à un moment inscrit dans le temps de l'écriture du récit et non au sein du récit, ce temps étant bien différent du temps des événements racontés — que Gallard m'a apporté ces feuilles de papier jaune et cette vieille machine à écrire, qui semble aussi menaçante au-dessus de mon lit qu'un grand orgue de cathédrale. Gallard me les a apportées sans un mot d'explication, mais nous avons tous les deux compris où il voulait en venir, ce qu'il en attendait.

Il se trouve que j'ai été intrigué par l'idée d'une confession mécanique, et j'ai commencé à élaborer ma théorie esthétique avant de me mettre à écrire, passage obligé des grands écrivains, dit-on. J'ai rapidement découvert que l'histoire était plus intéressante que l'art, et j'ai donc formulé à la place ma Théorie de l'Histoire dite du «Buisson de Myrtilles», qui consiste à dire que Martin Luther King a autant contribué à la Réforme et à la guerre de Trente Ans que Martin Luther. Vous allez peut-être vous désespérer à l'idée qu'il n'y a rien ni personne à la barre du grand navire qu'est le cosmos, qu'il n'y a ni barre ni navire, mais il est plus malin d'en rire (et vous êtes probablement un petit malin si vous n'avez pas attendu pour vous fendre la pipe). Vous allez sans doute me passer un savon pour avoir concocté des plaisanteries tirées par les cheveux ; ayez alors plutôt l'obligeance de bien vouloir déverser votre fiel ailleurs.

Si, comme on dit, l'écrivain se doit de trouver un ordre dans le chaos, l'historien, lui, doit imposer le chaos partout où il trouve de l'ordre.

Ceci n'est peut-être qu'une réaction personnelle liée au fait que je n'ai jamais découvert qui avait brisé ces satanées bouteilles de Coca, et tout simplement j'hésite dans mon récit, car j'ai horreur de poursuivre en laissant derrière moi cet espèce de fil lâche sanguinolent. Si cela vous ennuie, dites-vous que si j'ai procédé ainsi c'est parce que j'ai été puni pour cela et que je dois certainement me sentir coupable. Rien de ce qui mérite le détour n'est jamais facile à obtenir.

Alors, allez-y, désespérez-vous ! car l'histoire n'est pas un fil qu'on peut impunément trancher, ni une ficelle qu'il suffirait de tirer, ni un filin qu'on pourrait bien proprement rouler en pelote. Bouffez vos myrtilles, mais gardez le papier hygiénique tout près à portée de main.

Mon humeur revêche dut déteindre sur les hommes, et plus particulièrement sur Morning, qui agit comme si je lui avais volé la vedette, comme si je lui avais dérobé ses éclairs et ses pleurs. Au cours des semaines qui précédèrent la saison de football et qui suivirent mon châtiment, il me fut bien difficile de lutter contre le sentiment de dégoût qui menaçait de m'envahir la figure. Il y eut plusieurs scènes plutôt moches. Novotny finit par recevoir sa *Cher John*, une lettre de rupture de sa petite amie du Wyoming. Il resta malade et pinté pendant un sacré bout de temps — pendant un cycle de jour, une perm' entière et tout un cycle d'après-midi —, et encore la perm' suivante, lui et Morning en vinrent presque aux mains, à l'appartement, comme cela arrivait régulièrement ; c'était au sujet de la présence de Toni, cette fois-ci, l'ami tantouse de Morning. Comme tout le monde, Morning compatissait avec lui. Pauvre Toni, à moitié harnaché en travelo, cheveux courts, maquillé, talons hauts et blue-jean, les ongles faits et un polo de sport, toujours à l'affût d'une occasion de séduire Novotny, et Novotny, toujours prêt à descendre l'autre s'il levait le petit doigt, et Morning dans tout ça, qui semblait attendre la goutte d'eau qui ferait déborder le vase. J'eus souvent le sentiment que Morning était impatient d'assister à cette double humiliation, ce qui affirmerait sa supériorité (pas sa peur?). On s'est chamaillé à ce sujet, lui et moi, car vu mon humeur, je n'y suis pas allé avec des pincettes; et puis on s'est également crêpé le chignon à propos de Quinn qui voulait rester en Ville et manquer le boulot sans autorisation. Morning prétendait que c'était Quinn que ça regardait, n'empêche que j'en ai fait mon affaire personnelle. Après, ce fut Dottlinger qui mit en branle sa campagne pour coincer Morning, lequel Morning n'était que trop ravi à l'idée d'être le martyr de ce genre d'injustice. Quant à moi... avec mon nez crochu tramant toujours là où il ne faut pas, toujours prêt à me glisser entre le tronc et la cognée...

Un soir, alors que j'entamais un cycle de nuit, je trouvai Tetrick qui m'attendait au mess. Pendant que je mangeais, il m'annonça que Dottlinger savait que c'était Morning qui avait organisé la Grande Mutinerie des Bouteilles de Coca.

«Comment le savez-vous?» lui demandai-je. Ça pourrait mal tourner, me suis-je dit. Le capitaine Saunders n'était toujours pas rentré des États-Unis.

«Je le sais, c'est tout. Mais le lieutenant ne va rien tenter pour l'instant. Il attend. Assurez-vous que Morning ne fasse pas de faux pas, pas le moindre faux pas, dit Tetrick.

— Comment ça ?

— C'est vous qui me posez la question ? s'étonna-t-il en hochant la tête au-dessus de son gobelet de café. C'est vous qui me demandez ça ? Ces gamins me poussent à boire. Vous connaissez Hendricks, un blondinet du groupe quatre ?

— Possible, oui. Pourquoi ?

— Il est au gnouf — excusez-moi, aux arrêts, grogna Tetrick.

— Comment cela se fait-il ?

— Comment cela se fait-il ? C'est un prince charmant. Voilà comment ça se fait. Les filles en Ville ne sont pas assez bien pour lui. Non, lui, il lui faut une femme de capitaine. Il s'est fait pincer la main dans le sac, alors elle a hurlé au viol comme elles le font toujours quand un engagé se fait choper entre leurs cuisses. Elle hurle au viol au beau milieu de son lit, et Hendricks se fait la malle en se scratchant à travers la fenêtre, ses fringues à la main. C'est déjà suffisamment grave de s'échapper en courant, mais là-dessus, l'*Air Police* lui met la main dessus derrière le Théâtre Kelly, et que fait-il ? Il sort un canif, eh oui ! et blesse deux AP, ce qui est déjà suffisamment grave, mais à ce moment-là, alors qu'il peut encore déguerpir, que fait-il ? Il grimpe en haut d'un pylône téléphonique. Ils sont obligés d'abattre le pylône pour lui tomber dessus. Rusé, le môme. Maintenant, au mieux, il en prend pour cinq ans et une libération sans certificat de bonne conduite avec mention défavorable. Vous parlez d'un prince charmant. » Tetrick n'aurait pu avoir l'air plus contrarié, il était ridé jusqu'à la racine des cheveux, à croire que c'est lui qui allait plier les gaules pour Leavenworth.

Hendricks, je voyais qui c'était. Un petit gars tranquille du Kansas qui travaillait à mi-temps aux écuries, le genre de môme qui préférait les chevaux aux hommes. «Oh, la vache, je ne le croyais pas du genre à morfler, lui. Il a un moyen de s'en sortir?»

Tetrick me décocha un regard sarcastique, mais il s'interrompit, ricana à part lui et me confia: «Puisqu'on en est aux types qui ont l'air de ne pas y toucher. Écoutez donc, mais gardez ça pour vous; et je vous en prie, ne me causez pas plus d'ennuis. Devinez qui fricote avec la femme du sergent Reid?» Reid était le chef du groupe un, la trentaine pâle et mince, un type qui avait plus l'allure d'un vendeur de godasses que d'un bidasse.

«Qui ça, fis-je, Dottlinger?» C'était une mauvaise plaisanterie.

«Absolument, M'sieur le Fortiche.

— Vous me faites tourner en bourrique.

— J'aimerais bien. Reid ne sait pas encore qui c'est, mais il sait. Elle a toujours eu le détonateur tout près du pétard. Son dernier officier de commandement l'a muté pour se débarrasser d'elle. Je le ferai renvoyer dès le retour de Saunders, mais vous me voyez solliciter un entretien auprès du lieutenant et lui raconter: "Cette salope, vous voyez, bah à cause de vous, faut que je la renvoie au bercail." Tetrick se fendit d'un sourire, mais il me sembla que ce n'était qu'une réaction de défense.

— Écoutez, dis-je, la prochaine fois que vous en avez d'autres, des bonnes nouvelles, faites-m'en part.

— Dites seulement à Morning de faire gaffe.» Le sourire de Tetrick disparut en un éclair. «S'il fait des vagues, ça va chauffer pour son matricule. Il

189

n'aura même pas à attendre que le lieutenant trouve un motif pour savoir à quelle sauce se le farcir.

— Ça, ça lui pend au nez. »

Je laissai Tetrick en pourparlers avec son mauvais café et ses ennuis ; j'avais les miens ; il m'en avait créé dès le premier jour que j'avais posé le pied aux îles Philippines. Sur le chemin, je fus tenté d'aller raconter à Morning que Dottlinger était au courant, mais avec son tempérament, j'avais peur qu'il ne prenne cet avertissement comme un excellent prétexte pour passer à l'offensive contre l'ennemi, et je crois aussi que j'avais personnellement un peu les jetons, vu mon tempérament, d'être tenté de l'encourager dans ce sens.

Deux soirs plus tard, j'étais officier de jour, et le groupe se rendit sans moi au service de nuit. La plupart d'entre eux se pointèrent plus qu'un peu beurrés à la tambouille de minuit, mais c'était Novotny, en tant qu'assistant du chef de groupe, qui remplirait mes fonctions, et je lui faisais confiance pour que le travail se déroule correctement. Ils se présentèrent à l'heure au parc des véhicules, et je m'en retournai tranquillement en salle des rapports où je retrouvai le roman que Morning m'avait collé de force entre les mains, *Le Vagabond*, que je lus jusqu'à ce que le téléphone sonne, environ trois quarts d'heure après minuit. Le sergent comptable de compagnie vint m'annoncer : « C'est le sergent Reid. » Et ce fut à mon tour de jouer les vagabonds.

« Nom de Dieu qu'est-ce qu'il me veut ?

— Il a rien dit.

— Reid ? lançai-je dans le combiné.

— Sergent Krummel ? » fit-il. Il m'appelait toujours « Sergent Krummel » par courtoisie militaire. « Euh, c'est qu'on attend la relève, nous. »

Pas de répit pour ceux qui sont las, fus-je tenté de répondre, tant sa voix était fanée. « Pourquoi ? Ils ne sont pas arrivés ? D'où m'appelez-vous ? Qu'est-ce que ? » Le flot de mes questions lui cloua le bec. J'entendis un soupir à l'autre bout du fil.

« Euh, où est votre groupe ? Ils ne sont toujours pas là, et euh, ça fait, euh, une heure qu'ils devraient être là. Euh, mes gars, euh, ne sont pas contents. » De lui-même, il ne se serait jamais plaint, il serait resté à son pupitre à turbiner pour l'éternité, jetant de temps à autre un regard coupable à la pendule suspendue au mur, sachant pertinemment que si lui se plaignait, une fois de plus, on brandirait le bâton dans sa direction. La résignation qui filtrait à travers sa voix semblait dire : *Oui, je sais que ma femme se fait tirer à droite à gauche, mais ne sont-elles pas toutes comme ça ?*

Je lui certifiai que mon groupe avait quitté l'Ordinaire à l'heure, lui certifiai aussi qu'il s'agissait certainement d'une panne de camion ou d'un incident de ce type, et je lui promis de m'en assurer immédiatement. Je raccrochai au milieu de l'un de ses « euh » ; il ne pouvait y avoir ni répit ni relève pour un type comme Reid.

Le gardien de nuit du parc de véhicules, une espèce de taré de l'Alabama, avait refusé au groupe de prendre deux jeeps pour remplacer un camion, qui oui, certes il faut bien l'avouer, était quelque peu endommagé, tout cela parce que le règlement spécifiait qu'on ne pouvait affecter plus d'un « véhicculeuh pareuh groupe ». « Ils m'ont un peu pompé le jonc, mec, et aloreuh je leur ai dit de carrer leurs mignons petits derches de Nordisteuh dans un taxi et de me lâcher le grappillon.

— Merci infiniment.

— C'est le règlement», dit-il en adressant un signe au métal luisant vert perlé de rosée, à l'asphalte ténébreux, à la toile détendue, aux projecteurs si vite engloutis dans l'air opaque et humide.

« S'il s'ensuit le moindre pépin, soldat, je peux te dire qu'avant demain midi tu te seras fait secouer les puces », dis-je en savourant un instant la lueur d'étonnement qui traversait cette tête-de-nœud, que rien n'aurait pu faire surgir avec plus d'éclat. « Ferme-la et trouve-moi une jeep au plus vite, fis-je tandis qu'il bredouillait une réponse. Et que ça saute. » La hiérarchie offre certains privilèges, mais rares sont les privilégiés qui ont le rang.

Je retrouvai le groupe à moins de deux kilomètres de la porte d'entrée, ils déambulaient en troupeau, et je les crus tout d'abord à la recherche d'un taxi, jusqu'à ce que j'aperçoive la caisse de bière sur l'épaule de Morning, et les bouteilles qui étincelaient dans toutes les mains. Franklin faisait gazouiller fauvette tout en marchant, et les autres essayaient de rester hors de portée ; Quinn avait une bière dans chaque main, et buvait alternativement de l'une et de l'autre avec une précision toute militaire. Je me garai derrière eux, leurs visages et leurs mains se crispèrent et ils tâchèrent un instant de dissimuler leurs bibines ; Quinn me vit descendre de la jeep, il me sourit et lança à Morning : « Hé, Morning, dégoupille donc une cannette pour ce brave vieux Krummel.

— Vous jetez les bières dans le fossé et vous formez les rangs », dis-je.

Ils se sont tous marrés et se sont approchés, Morning arrivait avec une bière pour moi.

« Vous jetez les bières dans le fossé et vous formez les rangs », répétai-je. Les sourires se figèrent. « Et immédiatement ! » Ils se regroupèrent. « J'ai dit immédiatement ! » Collins s'accroupit pour caler délicatement sa bière par terre sans en renverser. « Jette-la dans le fossé. » Il obéit. Morning envoya promener la bière qu'il s'apprêtait à m'offrir, ses yeux me lancèrent des « qu'est-ce que c'est que cette mascarade », mais il était trop enragé pour pouvoir prononcer un mot. « En rangs.

— Bordel, z'allez pas nous péter une durite, Krummel ?

— Le sergent Krummel au Soldat de Première Classe Morning », dis-je en le délestant de la caisse de bière à moitié vide, et en l'envoyant valser dans le fossé. Sa voix fut une fois de plus étouffée par la colère, et tandis qu'il restait ainsi silencieux, les autres se mirent en formation autour de cette silhouette immobile.

« Garde-à-vous ! » ordonnai-je, et c'est un vieil instinct qui les poussa à se dresser au garde-à-vous, traîner des pieds pour s'aligner parfaitement et adopter des postures plus rigides. Morning se tenait encore à un angle, à moitié accroupi comme si la colère lui nouait les tripes, le courroux lui vrillait la figure, il restait bouche bée, le sourcil interrogateur, l'œil furieux, tout le corps empourpré par la frustration, ouaté par la douleur. Je lui ordonnai de mieux se tenir. Il obéit, et la rage durcit son corps jusqu'à le pétrifier, il fut alors parcouru d'un frémissement, qui fut comme le premier signe avant-coureur d'un tremblement de terre. Il se mit à balbutier, ses lèvres tremblotèrent, il expulsa un jet de salive ; je lui ordonnai de fermer son clapet avant même qu'un mot ne franchisse le seuil de sa bouche.

« Alignement à droite, droite ! » Les vieux réflexes resurgirent après un instant de perplexité. Morning ne dit pas un mot, il avait la figure crispée comme un poing ; ni l'écrasement des pouces, ni les échardes de bambou sous les ongles, ni le supplice du chevalet n'auraient pu lui faire dire merde — mais ce jour-là, je réussis cet exploit.

« Je ne sais pas au juste, Messieurs, à quel type de petite sauterie vous vous livrez, mais je vous informe, Messieurs, que tout ceci est terminé.

— Merde.

— Un mot de plus, Morning, lui sifflai-je à la gueule, ne serait-ce qu'un grognement, et je te règle ton compte. » Avant qu'il ait le temps de me tester, je criai : « En avant marche. Au pas redoublé » et il fut alors piégé avec les autres, entraîné cahin-caha sur la route. « Novotny, tu sors du rang et tu donnes la cadence à ces jeannettes. » Je regrimpai dans la jeep et je les suivis tandis qu'ils couraient sur le parcours de trois kilomètres qui menait aux opérations. Tout le monde dégobilla, et Haddad dut être pour moitié tiré et pour moitié porté entre Quinn et Collins. Leurs dos étaient le reflet de la honte qu'on pouvait lire sur leurs visages ; sauf Morning. Ils étaient conscients de quelque chose, sauf Morning. Non pas tant qu'ils reconnaissaient leur erreur, car elle était minime, mais ils avaient brisé la confiance que nous avions établie, ils m'avaient forcé à jouer les pète-sec (plutôt péteux que sec, soit dit en passant). La confiance brisée, la foi souillée, ce dont nous avions tous honte. Sauf Morning, dont la colère disait assez la culpabilité qu'il portait comme un fardeau. Nous savions tous deux qui était l'instigateur de cette nouvelle « Incartade à la bière », et je me demandais s'il n'avait pas cherché à provoquer cette confrontation depuis toujours. Sa rage s'épanouissait si merveilleusement lorsqu'il était coupable ; il se laissait aller à sa colère, peut-être parce que lorsqu'il avait quelque chose d'extérieur à haïr, le démon fantôme aux contours imprécis qu'il haïssait en lui le laissait en paix, et les deux moitiés se haïssaient, non pas selon une progression arithmétique telle qu'un plus un, mais selon une courbe géométrique, comme de la dynamite s'ajoute à de la dynamite, si bien qu'en définitive il était obligé d'exploser. Après cette course, la honte pèserait sur les épaules des autres, mais à la première plaisanterie, au premier rire, on serait de nouveau sur la même longueur d'onde. Je me demandais néanmoins s'il n'allait pas falloir que Morning et moi en venions aux mains pour que se dissipe ce sentiment de culpabilité. Je me dis que ce serait peut-être le plus simple (et parfois, lorsque mes douleurs de dos viennent chatouiller ma culpabilité, je me dis que cela eût été certainement la meilleure solution). Sa culpabilité, ma honte soulagées dans une rafale aveugle de poings, et après coup, les visages meurtris, des sourires dévoilant des lèvres en sang, et une amitié cimentée — à condition seulement que le combat se soldât par un match nul, car aucun de nous deux n'aurait pu tolérer de s'incliner face à l'autre —, sa culpabilité, ma honte soulagées. (De peur qu'on ne pense que je me suis trop inquiété à propos de ce que j'avais à faire, je tiens ici à mentionner que, de nous deux, j'avais hérité de la tâche la plus aisée. *Moi*, j'étais dans la jeep, tandis que *lui* se débattait dans le fossé. Le vingtième siècle ne m'a pas tout à fait convaincu que la douleur physique est plus facile à supporter que la douleur mentale. Pas tout à fait. Gardez cela à l'esprit.)

Je hélai deux taxis, et les envoyai aux Ops où ils attendaient ; les chauffeurs se fendirent la pêche en voyant tout ce petit monde que je ramenais dans le périmètre, qui haletait et gerbait ses tripes. Reid vint m'accueillir à l'entrée, à grands coups de questions pâlichonnes et d'objections plaintives, mais je lui clouai le bec en lui promettant qu'il rattraperait deux fois le temps perdu au cours des deux nuits à venir, et que tout rentrait maintenant dans l'ordre. C'est ce tout qu'il voulait entendre : que tout rentrait dans l'ordre. Avait-il un instant suspecté que c'est l'amant de sa femme qui avait concocté ce stratagème ? Sa trombine donnait la réponse : *C'est toujours comme ça, non ?*

Je lui confiai qu'il serait de fort bon aloi que cette tête-de-nœud de Dottlinger n'ait pas vent de ce contretemps. Il hésita avant de répondre, et j'eus envie de lui cracher la vérité en pleine gueule. Mais ça l'inquiétait vraiment de savoir qui allait régler la course des taxis. Si bien que je m'en chargeai sur-le-champ. Puis je retournai chercher Morning avant de ressortir.

Il se détourna de moi, se dirigea vers la barrière, la colère faisait encore trembler ses mains : « Très bien, alors qu'est-ce que vous voulez ? me demanda-t-il comme je ne posais pas de question.

— Ce que je veux ? Et toi, qu'est-ce que toi tu veux ? Un exploit comme celui-là — nom d'un chien, Morning.

— Bon d'accord, mec, j'ai tout foiré. Et alors ? Ça ne vous est jamais arrivé de commettre une erreur ? C'est le genre de merde qui ne vous est jamais arrivé ? Faut-il toujours que vous alliez trop loin ?

— Quoi ?

— Je ne sais pas, dit-il en pivotant sur ses talons en même temps que la balise de repérage de la tour de contrôle pirouettait. Z'êtes allé trop loin, c'est tout.

— C'est toi qui me forces à jouer les sergents : mais ce n'est pas une excuse. On patauge tous dans la même panade.

— Mais c'est foutrement pas une excuse, c'est la raison. Vous pouvez pas… » Il observa quelques instants de silence, se retourna du côté du grillage, ses doigts s'agrippèrent au fil de fer, il regarda dans le vide comme un… enfant abandonné ? comme un animal en cage ?… plutôt comme un type ne sachant trop s'il voulait entrer ou sortir, ou même un type ne sachant distinguer le dedans du dehors. « Je suis vanné, mec, c'est tout. J'ai l'impression d'avoir neuf cents ans. C'est la goutte d'eau qui fait déborder le vase, l'armée, la Ville, ce boulot crétin ; ça fait trop, des fois. Je rêve parfois d'aller me coucher et de m'endormir pour toujours et ne plus avoir à me coltiner le monde. Si ce n'est que je suis incapable de marcher droit. Je ne suis même pas capable de maintenir le cap en direction de l'enfer. » Il s'est interrompu ; j'ai attendu.

« C'est drôle. Vous savez, je pensais à un truc, aujourd'hui. À propos des problèmes. Avant j'étais bon en maths », vous savez, dit-il sur le même ton que la première fois que je l'avais surpris à parler devant la glace, d'un air détaché, commentant son âme comme s'il s'agissait de formules à retrouver pour résoudre le problème. «Vraiment un crack en maths. J'aurais dû poursuivre dans cette voie, les maths, la physique, des études d'ingénieur ou un truc dans le genre. C'est en tout cas ce qu'on me disait toujours, et c'est certainement ce que j'aurais choisi si je ne m'étais pas mis dans le crâne de me spécialiser en compta, juste pour contrarier ma matouse. Nom de Dieu, elle avait la sale habitude de se foutre de la gueule de mon père parce qu'il était comptable. Un zéro, qu'elle l'appelait. C'est classique, hein? C'en est barbant à force d'être classique.

«Mais il y a une autre raison pour laquelle je n'ai pas insisté en maths. C'est que je ne pigeais pas… je n'arrivais pas à… j'arrivais à résoudre les problèmes, putain, je m'y prenais vraiment comme un chef pour trouver les solutions. Et je ne parle pas seulement de faire correspondre les données avec les formules toutes faites. Quand j'ai commencé l'arithmétique, à l'école primaire, la prof nous a donné un exercice, une histoire d'échelle qu'il fallait faire passer dans un couloir, c'était juste pour qu'on se rende compte de ce que c'était. Et j'ai résolu le problème sans calcul. Elle n'y croyait pas. Elle m'aimait bien parce que j'étais le meilleur élève de la classe, mais il y a un moment où j'ai réalisé qu'elle se disait que quelque chose clochait, après quoi plus jamais je n'ai été dans ses petits papiers. N'empêche, j'avais résolu le foutu problème, nom de Dieu, je l'avais résolu, exactement comme je résolus ensuite les autres, mais le fait est — et il en a toujours été ainsi — que je ne savais pas comment je m'y prenais pour trouver la solution. Je ne comprenais pas pourquoi mon esprit fonctionnait de la sorte. Personne d'autre n'arrivait à s'en sortir, mais moi j'y arrivais facilement, sans savoir pourquoi ni comment. J'y arrivais, vous voyez, mais impossible de piger par quel moyen, et ça m'a presque rendu cinglé, mec.

«C'est comme quand j'ai commencé l'école. J'étais capable de lire avant d'arriver à l'école primaire, et je savais que personne d'autre n'en était capable, si bien que quand cette vieille peau s'est mise à sortir ses fiches cartonnées avec ces conneries de lettres de l'alphabet, j'ai levé la main pour demander : "Où sont les livres ?" Toute la classe s'est bidonnée et a ricané, et mademoiselle Minder, une croulante qui avait horreur des marmots — elle avait certainement de bonnes raisons —, m'a collé dans les mains un manuel de lecture de CM1, et m'a demandé de faire la lecture, alors j'ai fait la lecture, et arrivé en bas d'une page, j'ai dit : "Où sont les livres difficiles, parce que celui-là, ce n'est qu'un manuel de CM1." Toute la classe a éclaté de rire, et mademoiselle Minder en a presque chialé, tellement que cette histoire la rendait dingue, et je me suis dit que c'était dans la poche, que j'allais être le chef de la bande. Mais je me suis rapidement rendu compte que personne ne m'aimait parce que moi je savais lire, et pas eux, et qu'ils voyaient d'un sale œil que j'aie toujours des bonnes notes. Si bien que pendant les huit années qui ont suivi, j'ai été le morpion le plus cradingue et le plus benêt de toute l'école. Exprès.» Il s'interrompit au moment où quatre avions à réaction vrombissaient en se déplaçant sur la piste comme de gros canards sauvages.

«J'ai toujours eu des ennuis à cause de mon ciboulot. Tant que j'étais au lycée, je ne m'en suis pas inquiété ; ça me suffisait d'être capable de réussir les interros. C'était comme au football : l'entraîneur s'évertuait à m'inculquer la bonne technique pour lancer le ballon, il essayait de corriger mon geste, mais bordel je n'y arrivais qu'à ma façon. À la fin, ils m'ont laissé dans mon coin, et ils me laissaient lancer ce putain de ballon. Et puis là aussi, ça m'a turlupiné. Quelque part, ce n'était pas moi qui lançais le ballon, c'était quelqu'un d'autre. Ou c'était plutôt comme si j'avais eu une machine dans la tronche qui concoctait les trajectoires, dosait l'effort et le vecteur force, armait mon coude et déclenchait les muscles. Je me sentais toujours étranger à ce processus.

— Non, l'interrompis-je en acceptant la cigarette qu'il me tendait, le processus c'est toi.

— Oh, c'est du baratin ça, ça vaut pas un cachou. Je n'y participe pas si je n'ai pas l'impression d'y participer, hein, c'est ça ? Pas d'ac.

« Ensuite, reprit-il avant de s'arrêter pour allumer sa cigarette — la lueur de l'allumette lui enflamma le visage, aussi incandescente que la langue de feu des avions à réaction qui passaient au-dessus de nos têtes —, ensuite, à Carlton, j'ai découvert un truc, la Méthode Forte, articula-t-il dans un rire qui ressemblait à un grognement. Quand j'étais à Madison, j'étais avec cette nana, une chouette nana, et c'est là que j'ai commencé à tester la Méthode Forte. Cette môme était extra, mais elle me cassait les bonbons avec ses sales manies. J'étais à peu près tout le temps schlass, et, pour des raisons qui m'échappent toujours, je passais mon temps à la pousser dans ses retranchements. Peut-être parce qu'elle me rendait heureux, ou peut-être qu'il n'y avait pas de raison.

Mais je me foutais en rogne, infernal, et je la réduisais en petits morceaux. Je me foutais de son Église, de ses vendredis sans viande — tiens, v'là un morceau de barbaque en ce vendredi, je lui faisais —, de sa famille, de ses amis, et ensuite je la tringlais et je la faisais chialer, puis je me moquais de ses larmes hypocrites, comme je les appelais. » Il projeta sa cigarette d'une chiquenaude au-dessus de la barrière, puis retourna se tapir dans l'ombre, à proximité des bâtiments.

« Mais elle était folle de moi, mec, elle s'accrochait, Dieu seul sait pourquoi. Elle tenait bon. Jusqu'à cette soirée vraiment moche où j'étais brindezingué, aveugle, con, aveuglé jusqu'au vide total, vautré par terre dans son appartement, je me cognais la tête contre le carrelage, tendant l'oreille à la musique qui venait du bar d'en dessous. Je me suis ouvert le crâne, je me suis mis à pisser le sang partout, et je me suis mis à briser les meubles et tout ce qui me tombait sous la main. Mais ça allait encore ; je ne voulais pas arrêter de me cogner la tête contre les murs, elle ne pouvait pas m'en empêcher, et tout cela n'a cessé que lorsque j'ai bu jusqu'à m'évanouir. » Il alluma une autre cigarette. La brève lueur révéla un visage aussi vanné que sa voix.

« Et puis le lendemain matin, elle m'a annoncé d'une voix très calme et très claire que j'avais dépassé les bornes. "Tu as dépassé les bornes, Joe, elle m'a dit. Tu te méprises trop. Ou bien je vais me retrouver à l'abandon le jour où ta tête et ton cœur fonctionneront en même temps, ou bien je vais me faire écorcher à mort dans la bataille. Tout cela va trop loin", m'a-t-elle dit.

« L'idée de la perdre m'était insupportable, dit-il

en levant les yeux vers moi, alors j'y suis allé de mon discours à la con en lui balançant qu'elle avait la frousse de vivre, et qu'elle était trop ignorante pour crever, ce qui contenait une part de vérité suffisante pour vraiment la blesser — on aurait dit que j'avais également l'intuition des points faibles chez les autres —, mais j'ai en quelque sorte compris quelque chose à mon sujet, j'ai compris pourquoi je m'étais cogné la calebasse contre les murs. Parce que je la haïssais, purement et simplement, et en dépit de mes tentatives nouvelles pour devenir un intello, je haïssais ma tronche car elle ne faisait pas partie de moi. J'ai toujours eu l'impression que c'était la tête de quelqu'un d'autre à côté de la mienne, et je ne pigeais pas, et j'avais horreur de ça. Elle non plus n'a pas compris, mais elle en savait assez pour foutre le camp. Bien assez. » Ses paroles restèrent un instant en suspension, et un moteur d'avion que l'on réglait emplit le silence d'un grondement discordant qui semblait s'élever de la nuit. Quelque chose était tapi dans la pénombre, un animal, une bête en rogne contre la nuit, la gueule bavante de désir, rugissante, happant l'obscurité.

« Alors, bordel, à quoi vous attendiez-vous ? demanda-t-il soudain, en secouant la tête.

— Il était dans mes intentions de te foutre une bonne raclée. Mais il faut croire que... Il faut croire que non. On ferait mieux de rentrer avant de se faire repérer, avec le boucan qu'on fait. Tiens-toi à carreau. Le lieutenant Dottlinger t'a dans le collimateur, il sait que tu es l'instigateur de la mutinerie. »

Morning s'apprêtait à dire quelque chose, puis il changea d'avis et lâcha : « Ne vous faites pas de mouron pour moi. S'il veut vraiment me coincer, il se pourrait que je le laisse me torpiller.» Une punaise des rizières rampait le long du trottoir, une bestiole volante grosse comme un pouce qui ressemblait à un cafard translucide, étourdie à force de se cogner au mur sous les projecteurs. D'un coup de pied, Morning la métamorphosa en une tache marron.

«Il est plus malin que tu le penses, il se sent acculé, et il est prêt à te faire mal, Joe. Il sait comment s'y prendre, même si c'est le seul truc qu'il sache faire, fis-je en m'arrêtant devant la porte.

— Vous devriez le savoir, dit-il en souriant comme Novotny. On ne peut pas me faire de mal, mec. On ne peut plus.

— Effectivement, pas tant que tu continueras à m'envoyer à l'abattoir à ta place», dis-je en souriant à mon tour.

Une fois à l'intérieur, je lançai à la ronde que si un des gars désirait se rendre aux latrines, il n'avait qu'à m'appeler, puisque aucun n'était capable de faire pipi sans s'en mettre partout. Ils s'esclaffèrent, des doigts furent brandis, la vertu de ma mère en prit pour son grade, et le courant fut rétabli entre nous. Je demandai à Novotny de faire disparaître toute pièce à conviction trahissant la présence de bières.

«Hé, je euh… je… articula-t-il.

— La prochaine fois que vous vous lancez dans une opération de manœuvre rapprochée, faites-moi signe. Je m'en occuperai.

— Ne nous accordez pas de traitement de faveur», fit Morning au moment où je sortais.

L'affaire était close pour l'instant, et je goûtais la paisible fraîcheur de la nuit en rebroussant chemin.

Mais, mon Dieu, l'affaire n'est jamais close. Le doigt de Dieu n'est jamais satisfait, il ne cesse de se déplacer, de réécrire la vie, s'attachant à pousser une scène jusqu'au bout, jusqu'à ce que même Lui soit obligé de hurler : « Mon Dieu, cela ne se terminera donc jamais ? » alors même que son doigt continue à se déplacer.

« Où en sont-ils ? » me hurla Tetrick en entrant dans la salle des rapports le lendemain matin. Sa figure jaunâtre était éclaboussée de taches rougeâtres de frustration. « Vous vous foutez de moi ou quoi ? Dites-moi que je me trompe. Faites-les tous venir ici, Krummel, et sur-le-champ. Je veux tous les voir ici, immédiatement. » Malgré un écheveau de cris et de bras volant en tous sens, je parvins à l'attirer dans le bureau de Saunders. « Je ne veux pas entendre ce que vous allez me dire, d'emblée c'est non ! Je veux que cette bande de crétins vienne tout de suite.

— Non, répondis-je.

— Comment ça, non ?

— C'est mon groupe. C'est vous qui l'avez dit. J'en ai la responsabilité. Si vous voulez les épingler, vous n'avez qu'à m'épingler moi.

— À vous écouter, je ferais mieux de m'épingler moi-même. Comment ont-ils pu faire une chose pareille ? Le lieutenant va tous nous étriper, dit-il.

— Il ne le saura pas.

— Mais il est au courant de tout ce qui se passe. Il a un système d'espionnage plus perfectionné que celui de la CIA. Nom d'un chien, gronda-t-il en frottant sa tête luisante. Non mais qu'est-ce que ce sera ensuite ? Non, ne me dites rien. Je ne le supporterai pas.

— Ensuite, c'est la saison de football. Plus que trois semaines, après quoi toute cette colère engrangée trouvera un autre dérivatif. » J'avais l'impression qu'il était de mon rôle de le réconforter, peut-être devais-je lui tapoter les épaules, car ses troupes lui tenaient réellement à cœur. Je n'avais encore jamais vu quelqu'un de la trempe de Tetrick.

« Football, hein ? Vous allez peut-être tous vous faire zigouiller, oui. » Il se mut aussi vite que sa jambe le lui permettait. Je lui emboîtai le pas. Dottlinger se tenait dans l'encadrement de la porte, attendant que quelqu'un lance « Garde-à-vous ! ». Dottlinger lâcha « Repos » avec son habituelle arrogance qui semblait signifier précisément le contraire : « Ne vous relâchez pas une seconde. » Il haussa un sourcil, comme s'il était désireux de savoir ce que nous pouvions bien fabriquer dans le bureau de Saunders, mais il ne posa pas la question ; il avait d'autres chats à fouetter ; c'était à lui d'entrer dans la pièce.

Personne ne sut jamais vraiment ce qui lui mit la puce à l'oreille, n'empêche que Dottlinger se jeta à l'eau et, le même jour, convoqua dans son bureau un soldat de première classe du parc de véhicules, un technicien du groupe quatre et Morning, pour les informer qu'un conseil d'officiers allait être constitué pour savoir s'ils devaient être exclus pour conduite immorale. Les deux autres étaient de vrais fouteurs de merde — le soldat de première classe prenait son pied en dérouillant des putes, et le technicien s'était systématiquement fait pincer par les commandos AP à chacune de ses virées en Ville — tandis que les seuls péchés de Morning consistaient à avoir ramené trois fois la chaude-pisse à l'hosto.

Aux Philippines, presque personne n'échappait à la chtouille ; je crois que le taux officiel était de soixante pour cent, mais ce chiffre ne tenait pas

205

compte de ceux qui étaient répertoriés comme hommes mariés — avec ou sans femme — et qui étaient fidèles, ni des cas traités par les médecins en Ville, ce qui plaçait le chiffre réel à peu près à quatre-vingts pour cent pour les engagés célibataires. À part Collins et moi, tout le groupe avait été la proie des gonos. Collins faisait preuve d'une fidélité tout à fait raisonnable vis-à-vis de sa femme, et d'une méticulosité extraordinaire pour faire en sorte d'éviter la blenno, enfilant deux capotes l'une sur l'autre, ne trombinant que le jeudi après-midi, quand les filles avaient reçu le résultat de leurs tests gynéco, ne se trimballant jamais sans un tube de savon antiseptique et une kyrielle de mesures équivalentes qui semblaient ôter tout le plaisir, ce qui en définitive était peut-être l'objectif recherché. Moi, j'avais déjà été vacciné par une lycéenne de seize ans à Atlanta, en Géorgie au cours d'une perm' de trois jours en 1953, si bien que j'étais en quelque sorte un peu plus prudent que les autres. Franklin était passé six fois à la casserole ; il s'enorgueillissait d'une encoche de plus que Quinn qui culminait à cinq. Mais comme tous les autres, ils allaient voir le médecin en Ville pour obtenir leur pénicilline, si bien que l'hôpital n'en sut jamais rien. Morning néanmoins ne cessait de rabâcher qu'il ne voulait pas prendre de risque avec un truc aussi bath que ses bijoux de famille ; pas question de se laisser administrer des piqûres Biactol Spécial Peaux Sensibles qu'on faisait passer pour de la pénicilline. Si bien qu'il est allé les trois fois à l'hosto, la dernière fois remontant environ à un mois. L'hôpital rédigeait toujours un rapport de routine pour le troisième cas à l'attention des commandants de compagnie, mais de manière générale, les seules suites consistaient en quelques conseils paternellement proférés. La politique dans ce domaine avait bien changé par rapport à l'époque où on se faisait coincer illico quand on revenait plombé ; en fait, des centaines d'affiches invitaient les troupes à venir en observation à l'hôpital et promettaient qu'aucune mesure disciplinaire ne serait prise. Il n'en reste pas moins que, d'un point de vue purement technique, une réforme avec mention spéciale de mauvaise conduite était une sanction administrative, et Dottlinger avait donc trouvé le moyen de coincer Morning.

Le raisonnement de Dottlinger était le suivant : en tant que (bon) p'tit gars issu de la petite bourgeoisie du Sud, Morning ne devait manquer de se sentir coupable pour avoir contracté la chtouille, et il avait certainement gobé l'idée communément répandue en Amérique — dans les écoles, les facs et les boîtes — comme quoi on mesure la réussite d'un homme au nombre de papelards qu'il a récoltés, et qu'un mauvais papier de réforme, tout comme un casier judiciaire, hanteront la vie d'un homme jusqu'à sa tombe (alors qu'en réalité, personne ne viendra vous demander votre attestation).

Au début, Morning sembla ne pas y accorder d'importance, comme s'il comprenait ce petit jeu, et ne voulait pas se donner la peine d'y jouer. Il but la bouteille rituelle de VO, puis noua le ruban jaune et noir du goulot à sa boutonnière, qui faisait de lui un « libérab' ». Il se pavanait à la ronde tout en se bidonnant et en faisant le beau. « Je suis *short*[1], tout petit, il me reste tellement peu de temps à tirer que je

_____

1. Allusion au statut de *Short-timer* : engagé pour deux ans.

pourrais pieuter dans une boîte d'aloufs, j'suis telle-ment *short* que quand je loufe, je me ramasse du sable dans les mirettes, j'suis si petit, reste si peu de temps à tirer. » Mais j'ai été le témoin d'une scène peut-être encore plus révélatrice de son état d'esprit, qui se déroula un soir au cours de la perm' qui sui-vit, en salle de musculation.

(Oui, je fais de la musculation, des haltères, vous comprenez ? J'ai gardé ce secret bien assez long-temps. En fait, j'aime bien et je suis plutôt snob sur ce sujet. Je n'aime pas les gens aux bras faméliques qui trouvent que c'est ennuyeux ; je n'aime pas les minets dont les bras flottent et ondulent comme des serpents dans un sac ; je n'aime pas les malabars qui estiment que la plus belle prouesse qu'un homme puisse réaliser consiste à soulever des poids de deux cents kilos ; mais je dois reconnaître en même temps avoir adopté à un moment où un autre toutes ces positions, et je crois pouvoir affirmer que mon approche est unique, bien supérieure aux autres, sans doute est-ce même la seule attitude valable. Je considère que soulever des poids est une activité magnifique, un art tout en courbes et en cercles, tout en arcs gracieux, une symétrie délicate qui permet d'atteindre un calme hypnotique dans la répétition, une satisfaction empreinte de puissance lorsque la peau ne semble plus assez grande pour le muscle.)

J'avais quasiment terminé ma séance, mon corps m'avait procuré une réelle satisfaction, une satisfac-tion telle que j'avais décidé de passer ma perm' au calme, loin de la Ville, lorsqu'à travers les lucarnes j'aperçus Morning qui descendait d'un taxi. L'éclai-rage de la salle de musculation était la seule lumière de tout le premier étage, si bien que son regard fut naturellement attiré, mais il ne put pas m'apercevoir à cause de la moustiquaire. Ce qui ne l'empêcha pas de crier à mon attention : « Allez, Krummel, espèce de grosse barrique de bière, hi-hisse, donnez-vous du mal, espèce de crétin vertueux au muscle bandé et au cerveau de fourmi.

— Mais voilà l'Homme qu'a vu l'Homme, en personne », rétorquai-je.

Il entra quelques instants plus tard, plus fourbu que bituré, les traits tirés et le visage bruni par le soleil, mais ses yeux chatoyaient comme des bijoux en verre. Le nœud de son ruban de « libérab' » était défait, il pendouillait comme une banderole sous la pluie.

Craignant le pire, je lui demandai ce qui l'amenait.

« J'suis vanné, c'est tout, me répondit-il en me mentant une fois de plus, tout en frottant sa barbe de trois jours. Je me suis fait suer... toute la journée assis sur une balançoire. À baratiner, baratiner avec une gentille petite fille.

— C'est ton nouveau truc, grognai-je en entamant ma première série de *squats*.

— Non, mec, vraiment, c'est une petite fille. La fillette de Dottie-Jambes-de-Cow-Boy. Je suis allé faire un tour là-bas avec Quinn pour piquer quelques disques pour... pour que Dottie puisse... Bref, il fallait qu'il la tire en premier, alors j'étais chargé d'accompagner la petite dehors à la balançoire, vous savez, une de ces balançoires en bois comme autrefois. » Il s'assit lourdement sur le bord d'un matelas, puis s'affala sur le dos, recouvrant ses yeux de son avant-bras. « Ce qui fait que j'ai passé toute la matinée à m'enfiler des *bennies* et à descendre de la bibine pendant que Quinn n'en glandait pas une.

Puis lui et Dottie sont partis pour aller vendre la came, et ils m'ont demandé de rester avec la môme, mais déjà à ce moment-là je ne l'aurais quittée pour rien au monde. Géniale cette môme, y avait un max de *bennies*, et elle a couru au magasin *sari-sari* pour acheter des bières. Elle nous a préparé un déjeuner de fête. Un repas somptueux. C'était la première fois que je remarquais à quel point la nourriture peut être belle. Des tomates de la taille d'un pouce, de minuscules pointes rouges ; du riz blanc, blanc comme le soleil ; de fins morceaux de poisson cru, des *churds* ou des *chaps* ou un nom comme ça, de minuscules diables gris ; et ces bananes naines grandioses, on aurait dit qu'elles hésitaient entre le vert et le jaune. Hé mec, je suis tombé sur des bananes siamoises, vous savez, deux bananes dans la même peau. Elle m'a dit que si on les mangeait tous les deux, on se marierait, je lui ai dit qu'elle n'avait pas intérêt à m'épouser, que je ne valais pas le coup, et elle m'a répondu qu'elle ne voulait pas m'épouser parce que j'étais trop triste. C'est pas génial, ça, mec ? Oh la vache, quel bout de chou. Elle a neuf ans, mec, et elle en sait plus sur la vie qu'Aristote, Platon, saint Augustin et votre empaffé d'Edward Burke plongés tous ensemble dans la baignoire d'Archimède, s'esclaffa-t-il en s'asseyant. Hé mec, est-ce que vous vous êtes déjà rendu compte à quel point vous avez l'air cruche quand vous faites vos *squats*. Z'avez l'air du gonze le plus constipé du monde », fit-il dans un nouveau rire.

Je terminai ma série puis rangeai les haltères. « Vas-y, continue. Donc tu as Aristote, Platon, saint Augustin et mon empaffé d'Edmund Burke dans la baignoire d'Archimède qui chantent "Je Largue

Pour l'Éternité des Bulles qui Puent dans ma Baignoire".

— Non, mec, Platon ne tolère pas qu'on chante. Aristote n'est pas en train de chanter, c'est pas ça le plan ; il est juste assis là à lâcher des perlouses et à croquer dans les bulles au moment où elles remontent à la surface, et ils appellent ça une catharsis. Une putain de catharsis ! Augustin essaye de dissimuler son braquemart, Edmund Burke jette un œil torve sur ce spectacle, en espérant lui aussi choper la gaule, chanta-t-il, et Archimède se fait la malle avec une danseuse du ventre de Bayonne, dans le New Jersey, parce qu'elle lui a promis de lui apprendre le secret sur les vrilles, la gravité et les vices d'Archimède.

— Faudrait peut-être que t'arrêtes de biberonner, dis-je.

— Je ferais peut-être mieux de biberonner un peu plus, répondit-il. Surtout en compagnie d'adorables fillettes. "Joe Morning, qu'elle m'a dit au moment où je m'en allais, comment ça se fait que les GI sont tout le temps soûls ?" Je crois que je suis amoureux d'elle.

— Voyons voyons, Soldat de Première Classe Morning, nous avons pris note de l'intérêt que vous portiez aux plus jeunes représentantes du sexe faible », fis-je en imitant la voix sèche geignarde de Dottlinger. Reprenant ma voix normale, je lui demandai : « Combien de paquets de chewing-gum t'a-t-elle vendus ? » La môme de Dottie était une des artistes de l'arnaque les plus performantes au sein de la horde des vendeuses de fleurs et de chewing-gums aux pieds nus et aux cheveux en bataille, qui hantaient les bars qu'il vente ou qu'il pleuve, et qui vous rappelaient sans cesse la pauvreté et le besoin, tiraillant votre manche en pleurnichant : « Tu m'achètes des chewing-gums, Joe ? »

Morning observa une seconde de silence, puis m'envoya : « Vous croyez en que dalle, vous, hein ? Eh ben allez vous faire mettre, espèce de cynique au cœur d'or.

« Ne me cassez pas les bonbons, mecton. Je ne passerai pas en conseil, un point c'est tout. Ils ne me feront rien dire sur cette gamine de douze ans à l'hôtel Chew Chi — du moins c'est elle qui a dit qu'elle avait douze ans, non ? » La nuit que j'avais passée dans ce trou à rats lugubre avec la vieille bonne femme — ma première nuit en Ville — au cours de laquelle j'avais replongé dans mon passé, Morning, lui, avait demandé une partenaire jeune et tendre, qu'il avait obtenue, et il s'était réveillé le lendemain matin face à une moucheronne de douze balais, vêtue d'une robe de fête en papier crépon, sur laquelle étaient maladroitement collés des cœurs.

« J'étais beurré.

— C'est maintenant que tu es beurré. Ne viens pas chialer dans mes basques parce que Dottlinger veut te remonter les bretelles. C'est toi qui t'es fourré tout seul dans cette mouise, dis-je. (Il avait le don de me taper sur le système, tout comme j'avais le don de lui taper sur le système.) Tu ne m'as pas dit combien elle t'avait refilé de paquets de chewing-gums. »

Un sourire assoupi papillota autour de ses yeux, tandis qu'il s'employait à vider les poches du futal ample bleu clair qu'il portait en Ville. « J'les z'ai pas encore comptés », fit-il dans un sourire. Vingt-six petits emballages vert brillant de *Doublemint*. « Ça valait le coup, je suis amoureux d'elle. Je crois que je suis amoureux d'elle.

— Moi je crois que tu ferais mieux d'aller au pieu.

— Non, M'sieur. La Benzédrine et le sexe ne font pas bon ménage.

— Au pieu pour dormir.

— J'arrive pas à pioncer ; j'suis trop vanné. » Il effleura son ruban du bout du doigt. « Il me reste trop peu de temps pour que je pionce ; ce serait un coup à manquer l'avion.

— Ne t'en fais pas pour ça. Tu peux éviter cette embrouille, dis-je, et facilement.

— Foutaises, mec, vous devriez lire les instructions que Doigt-de-Pute a données à la commission : "Le sujet peut faire montre de traits d'intelligence superficiels, d'une certaine facilité d'expression, ainsi que de tentatives pour user d'un verbiage philosophique en vue de justifier son comportement immoral, mais le Conseil devra garder à l'esprit que le bien de la Compagnie doit primer sur quelque vague idéal concernant le Bien-de-l'homme, justifiant plusieurs types d'actes immoraux, habituellement sexuels, tout en se fondant sur des principes prétendument supérieurs. Le Conseil ne doit pas oublier que l'immoralité reste l'immoralité." Nom de Dieu, comme ça lui a plu de me lire ça. Je pense que c'est pour moi qu'il a écrit ça. De Dieu, il est timbré. C'est pas moi qu'il va foutre à la porte de l'armée "pour le bien de la Compagnie", c'est tout le vingtième siècle. Morning Joseph J., inapte à servir Dieu et son Pays en raison d'une personnalité lubrique et luxurieuse, révélée de manière on ne peut plus légitime par trois points, premièrement la maladie maligne que constitue la gonorrhée, deuxième-

213

ment l'Article 15 du code pénal de la Compagnie, pour s'être fait arrêter en dehors des limites autorisées dans l'un des antres de la prostitution les plus réputés de toutes les Philippines, pour ne pas dire du monde entier, nu et, on peut le supposer, s'étant livré à des rapports charnels avec des femmes de petite vertu, et troisièmement pour avoir fréquenté assidûment un revendeur au marché noir de renom, homosexuel avoué et cætera, et cætera, et cætera.

— Il a vraiment dit tout ça ?

— Non, mais il va le faire. Ça le démange, mais il n'est pas capable d'articuler ces mots. » Il se releva, marcha jusqu'à la moustiquaire, laissant derrière lui des traces de pieds sales en travers du matelas. « Il va réussir à me choper, comme vous l'avez dit, il y arrivera d'une façon ou d'une autre. Qu'est-ce qu'on en a à branler, en définitive ? On ne peut pas me faire de mal.

— Tu peux passer à travers les mailles. Je témoignerai, Tetrick aussi, peut-être même que le capitaine Harry s'y mettra, si on le pousse un peu.

— Non, je n'ai même pas envie d'essayer, mec, je suis vanné. Je vous l'ai déjà dit. Je veux me virer de ce putain de pays crado et con et de cette connerie d'armée. Je rentre en Amérique. » Il appuya son front contre la moustiquaire. « J'vais rester un peu au bercail, puis après je retourne à Phoenix, peut-être reprendre des cours…

— Mais pas comme ça, nom d'une pipe. » Je pris un haltère et commençai à faire des enroulés d'un bras. « On peut passer à travers les mailles.

— … Mississippi peut-être. J'ai un pote qui est là-bas », continua-t-il à marmonner, mais je cessai de lui prêter attention.

214

« Ellen est dans le Mississippi », murmurai-je d'un ton absent. Le Mississippi allait une fois de plus exiger de moi son tribut, semblait-il. D'abord Ellen et Ron Fowlers, maintenant Joe Morning, songeai-je. Puis une drôle d'image me vint en tête, Joe et Ellen ensemble au lit. D'une certaine façon je savais que si leurs chemins se croisaient, or au Mississippi ils ne pouvaient pas se manquer, elle se le taperait avec toute cette ardeur magnifique, religieuse, rebelle, qu'elle avait jadis déployée pour moi. Après de longues soirées à discuter, il fallait qu'elle me possède, et elle me possédait, elle me chevauchait et déclenchait sa charge soudaine. Encore maintenant, une haleine de cigarette mêlée à un goût de bière bon marché, des lèvres sèches, une langue ferme, la brûlante, brûlante haleine d'une femme qui me parle tout près et intensément… Je regrettai soudain de ne pas l'avoir accompagnée dans le Mississippi cet été-là ; mais en fait, non — aime-moi, m'avait-elle dit, épouse ma cause — non, avais-je répondu. Mais cette figure pâle et brûlante, cette bouche pâle qui s'écrasait sur la mienne comme un chat ensommeillé…

« Hein ? » fis-je quand Morning me donna un coup de coude. Mon bras était resté bandé sans que j'y prête attention, les muscles durs, tendus, devenus douloureux. « Quoi ?

— Allez donc prendre une douche », marmonnat-il en se glissant à nouveau dans la pénombre, vous schlinguez.

Il est revenu pendant que je prenais ma douche, nous discutâmes mais il paraissait résigné, il refusait d'affronter Dottlinger. (Force est de reconnaître ceci : les victimes tombées au champ d'honneur connaîtront peut-être une gloire posthume ; tandis que celui qui est vaincu sans combattre n'est pas vaincu du tout.) Nous nous rendîmes ensuite au service postal pour casser une graine. Des éclairs ricochaient à travers les nuages qui s'enroulaient autour du mont Arayat, tels de silencieux coups de projecteurs, témoins de l'orage qui s'éloignait. Les chemins, les rues, l'herbe chatoyaient d'humidité dans le brouillard, ce brouillard qui semblait tissé de boules d'une lumière ténue en suspension dans la fraîcheur de la nuit, comme un avant-goût délicat de la pleine saison des pluies. En dépit de la pluie qui menaçait, de l'orage qui hésitait, nous marchâmes d'un pas plutôt lent, évoquant nos foyers, ces nanas jadis pelotées qu'on connaissait alors, les amis à moitié oubliés, les virées qui s'écrivent avec un grand C comme cuite, les matches de football. Une fois de plus, Morning évoqua la fille de Madison. Ses traits tirés semblaient traduire la nostalgie que sa voix exprimait :

« Oh la vache, mec, il y a des fois où elle me manque. Des soirs comme celui-ci, quand je suis au paddock parfois, à l'aube, au moment où la lumière est douce, quand l'air… il y a des fois où j'ai l'impression que je ne vais pas pouvoir tenir le coup, fit-il en hochant la tête. Mais, nom d'un chien, je la traiterais encore probablement pareil. Merde. Vous savez ce que j'ai fait, une fois. J'avais un coup dans l'aile, comme toujours, on s'était bagarrés, comme d'habitude, mais on s'était à moitié réconciliés et on faisait l'amour sur le canapé, sous les larmes et les récriminations, et elle a murmuré quelque chose de désespéré à propos de l'amour — faut dire qu'on avait prom… je lui avais fait promettre de ne jamais prononcer "amour" — et toute ma colère est revenue d'un coup, je me suis retiré, je me suis assis sur le

216

bord du canapé, et je me suis branlé. Elle s'est remise à pleurer, à geindre en me demandant "pourquoi ? pourquoi ?" avec cette espèce d'accent larmoyant triste à mourir. Je lui ai dit pourquoi, ce sacré vieux Joe Morning lui a dit pourquoi : "C'est moins compliqué que de te sauter, salope." C'est-y pas mignon, ça ? Vous savez, je me demande comment elle a fait pour attendre si longtemps avant de me larguer. » Il releva les yeux, prenant tout son temps, me sembla-t-il avant de poursuivre. Comme je n'ajoutai rien, il parut gêné par l'aveu qu'il venait de me faire, il pressa le pas.

« Certains de mes meilleurs amis sont de parfaits enfoirés », dis-je en le rattrapant.

Il sourit, me gratifia d'un coup de coude dans le bras, puis avoua :

« Ouais. Parmi les miens aussi, je compte de vrais enfoirés. »

Après avoir dîné de hamburgers à la sciure de bois, nous retournâmes à la caserne et bûmes au goulot une bouteille de *Dewar's* qu'il avait mise de côté pour le marché noir, nous planquâmes la bouteille dans la fontaine, avant de partir en quête d'une bonne bière pour faire passer le whisky, mais le temps que nous émergions, un petit jour morne et gris flottait dans l'aube, et c'est avec du scotch que nous fîmes passer le scoth, avec du whisky que nous fîmes passer nos rêves, et avec nos rires que nous fîmes passer les larmes.

À midi, Novotny trouva Morning en train de roupiller sous ma table, la tête calée contre *L'Iliade*, dans la traduction de Latimore qu'Ellen m'avait offerte comme cadeau de Noël, lors de notre troisième année de mariage. Un tel oreiller m'eût certainement mieux convenu, mais j'étais trop occupé à monter la garde, blotti dans un coin, embarqué dans un sommeil sans rêve, berçant comme un soldat mort la bouteille vide dans mes bras.

Le lendemain, je restai au lit pour choyer ma gueule de bois ; quant à Morning, il était sur le pont avant trois heures, et avait mis le cap sur la Ville. Novotny, Quinn et Cagle le rapatrièrent juste avant le couvre-feu. Il était tombé dans les pommes chez Lenny, et c'est lorsqu'ils essayèrent de le remonter à l'étage qu'il était devenu complètement barjot. Il avait un bras sur les épaules respectives de Novotny et de Quinn, et il leur cogna la tête l'un contre l'autre, se retourna et enjamba Cagle au pas de course. Le temps qu'ils reviennent à eux et qu'ils sortent, Morning s'était fait la malle, mais ils entendirent des cris qui provenaient du Keyhole, et se précipitèrent dans cette direction. En entrant au pas de course, Morning avait fait sauter la porte de ses gonds et avait hurlé : « Je vais me farcir un ventilo. » Quand les autres débarquèrent sur place, Morning pourchassait l'aviateur le plus gringalet du monde autour d'une table. Ils parvinrent à le ceinturer et à le faire sortir au moment où une jeep de la AP se pointait. Par chance, Novotny connaissait l'un des flics, et le persuada de les laisser le ramener à la base.

Ses cris et ses hurlements me tirèrent de mon sommeil au moment où ils essayaient de le faire sortir du taxi. Novotny et Quinn employèrent finalement les grands moyens, s'asseyant sur son dos, tandis que Cagle lui liait les mains dans le dos ; Cagle était en train de le bâillonner avec un mouchoir cradingue, au moment où je descendis. Une pluie ininterrompue dégringolait en biais au travers des faisceaux des lampadaires, lorsque nous harponnâmes Morning. Était-ce la pluie, était-ce l'alcool ? sa figure semblait avoir été débarbouillée de son masque. Je me penchai pour l'agripper aux épaules, quand j'aperçus un éclair stupéfiant dans son regard, une lueur sauvage dans ses yeux injectés de sang, qui trahissait du dégoût, une haine infiniment mauvaise ; l'œil égaré, égaré, de saint Jean de l'Apocalypse qui projetait toute la colère et l'amertume de Dieu contre le fruit de l'homme, une haine grandiose et sanguinaire pour assainir le monde dans le feu et le sang.

> « … Et l'Ange jeta sa faucille sur la terre,
> il vendangea la vigne de la terre
> et jeta la vendange dans la grande cuve
> de la colère de Dieu… »

Combien de fois avais-je entendu Morning rétamé déclamer ce verset insensé sur un ton à moitié sérieux, à n'en pas douter ? Enragé, il maudissait la terre entière, et je faillis le laisser tomber quand il me décocha cette haine embrasée en pleine figure. J'aurais très bien pu le laisser choir, mais son regard s'éteignit d'un coup, comme un grand portail qui se referme, un épais battant de fer qui roule dans sa glissière au-dessus d'une brèche ouverte dans la terre, qui scelle la fissure apparue dans l'écorce terrestre, cette fêlure plongeant tout au fond des ténèbres, dans le feu des ténèbres éternelles.

À l'étage, nous le propulsâmes au milieu des sanitaires, et nous déclenchâmes les douches froides. Il resta allongé sans broncher, les yeux fermés. Le boucan qu'il avait fait avait attiré les curieux, mais Morning resta immobile sous l'eau crépitante, si bien que même les plus curieux finirent par regagner leurs quartiers. La ceinture en cuir se détendit, si bien qu'il put se libérer les mains. Il se plaça en position assise, dénoua les liens qui lui entravaient les pieds, mais ne toucha pas au bâillon. Toujours assis, les yeux obstrués par les ruisseaux qui lui dégringolaient dessus, il ôta ses chaussures en faisant preuve d'une grande rigueur, ses doigts agiles dénouant les lacets comme si l'eau n'entravait en rien cette manœuvre. En un éclair, il nous visa avec ses tatanes. La première, détrempée, lui échappa des mains et partit se mourir au plafond ; l'autre atteignit Cagle en plein tibia. Tandis que Cagle dansait la sarabande sur un pied, nous éclatâmes de rire, puis fîmes à nouveau silence, réalisant que le silence, la cascade de silence, n'avait pas encore été interrompu depuis le début. Jusqu'alors, pas un mot n'avait été prononcé.

Morning profita de nos rires pour se livrer à un petit spectacle de son cru. Il se dressa à quatre pattes, et, tout en pataugeant et dérapant, il se lança dans une parodie de strip-tease. Il continua pendant de longues minutes, jusqu'à n'être plus vêtu que du slip kangourou qu'il portait pour la Ville et du bâillon qui lui pressait le visage comme un fil de fer grillagé s'enfonçant dans le tronc d'un arbre vivant. Mais il n'en resta pas là, il boucha la grille d'écoulement avec son slip, tomba par terre, arracha le bâillon et se mit à hurler : « Bande d'enculés ! Bande d'enculés ! » jusqu'à ce qu'on l'expédie dans son pieu, qu'on l'attache avec force ceintures et lacets, qu'on le bâillonne à nouveau, avant de le laisser à ses combats et à ses rêves.

Alors que nous regagnions nos piaules, Novotny commenta : « Tout simplement cinglé. Il y a des fois où il est tout simplement cinglé. D'une fois sur l'autre, quand il est éméché, il peut être impec' ou bien devenir encore plus cinglé qu'un coyote empoisonné. Un soir, je l'ai vu traverser le mur de l'appartement d'une nana à Madison, juste parce qu'elle avait ses ragnagnas, et qu'elle ne voulait pas lui céder. Cinglé. J'y pige que dalle. » Il rentra dans sa chambre, son large dos plissé exprimait sa perplexité et son malaise. Sentiments que je partageais. Qui pouvait se targuer de connaître Joe Morning ? Certainement pas moi.

De mon lit, j'entendis ses dents grincer, elles crissaient à travers le bâillon ; son paddock couinait au contact du sol de béton glacial ; chacun de ses sursauts lui mordait les chairs et ne laissait filtrer que sa voix en sourdine, muette, et pourtant si persuasive dans la nuit.

Je m'éveillai en me demandant pourquoi il faisait encore nuit, puis je pris conscience du silence. Plus par réflexe que dans une intention précise, je me levai pour jeter un coup d'œil du côté de la chambre de Morning, et je l'aperçus enroulé dans une couverture, qui se dirigeait lentement vers la cage d'escalier. Je m'habillai à la hâte et le pris en chasse, jurant à part moi, mais surtout intrigué plutôt deux fois qu'une (à croire que j'ai passé ma vie entière à pister Morning, à courir sur ses traces ; les deux bouffons d'un vaudeville, lui le Magicien, moi le Grand Méchant, fort néanmoins de plus d'un tour dans mon sac, tournant à jamais sur un circuit en boucle). Je le retrouvai dans un des fossés situés à la périphérie du

221

secteur de la compagnie. La pluie s'était transformée en une bruinasse qui voletait doucement depuis les nuages gris caillés qui flottaient à la dérive, à quelque trois mètres au-dessus de la caserne.

«Vous venez à ma rescousse, c'est ça? me demanda-t-il alors que j'étais au-dessus de lui, en retrait.

— Tu t'es fait la malle pour que je te suive, c'est ça? Ça va aller? lui demandai-je en descendant dans le fossé pour le rejoindre.

— Moi, ça va toujours. Ou en tout cas ça pourrait aller si vous cessiez d'être constamment sur mes basques, comme une vieille fille qui s'inquiète pour ma vertu.

— Je fais partie de l'organisation d'espionnage de Dottlinger», dis-je en m'asseyant, mais il ne broncha pas, et son silence planait aussi bas au-dessus de nos têtes que les nuages. Fidèle à la grande tradition fraternelle et virile américaine, je lui offris une cigarette, comme je l'aurais fait avec un soldat blessé, mais la pluie éteignit mon allumette, et il l'envoya dans le décor. Nous restâmes assis sans broncher au milieu des brumes impassibles avant qu'il ne prenne la parole :

«Vous savez, dit-il, ça m'arrive environ tous les six mois, depuis à peu près cinq ans. Je me transforme en alcoolo fou furieux. Et je ne sais jamais ce qui déclenche la crise, je ne sais jamais pourquoi.

«Il n'en a pas toujours été ainsi. Je me souviens de ma première cuite. C'était là-bas, en Géorgie. À proximité d'un lac. Vous savez, un de ces endroits tristounets où se ruent les lycéens, parce qu'on y trouve, paraît-il, des millions de nanas, ce qui est souvent vrai, mais elles sont aussi effarouchées et crétines que vous, si bien que les parties de jambes en l'air n'ont jamais lieu. Sauf cette fois-là. Une minette qui s'appelait Diane, une chouette nana blonde, mignonne, qui s'appelait Diane. Je me souviens que nous avons dansé, dansé sur deux chansons cet été-là, euh, «*Love is a Many Splendored Thing*», et un truc qui s'intitulait, attendez, ouais, «*Gumdrop*». On a dansé comme si on était faits l'un pour l'autre et ce genre de balivernes. C'était la première fois que je goûtais aux délices d'un amour estival, mec, et ça me tournait la tête et ça me rendait benêt. J'ai chopé une telle trique à danser avec elle et à me blottir contre sa joue, que j'ai bien cru que j'allais dégoupiller sur place. De longs cheveux blonds, épais et bouclés…

— C'était l'époque où les gisquettes avaient les cheveux bouclés ?

— Ouais, il y a de ça un millier d'années. Ça faisait un peu comme la crème au lait, je suppose. Vous savez, onctueuse, bien épaisse, et qui ondulait quand elle bougeait la tête. J'étais amoureux, mec.

« Puis le moment est venu de regagner mes pénates. Mais moi je suis resté quand les gars avec qui j'étais venu ont mis les bouts. J'ai dormi dans les buissons, je me suis baigné dans le lac, j'ai récupéré des bouteilles de jus de fruits à droite à gauche, j'ai glané de quoi grailler au hasard des rencontres, et pendant tout ce temps, j'avais une bouteille de *Four Roses* dans ma besace d'écolier buissonnier, qui ne demandait qu'à être engloutie, je la gardais pour la dernière soirée, le dernier atout que je planquais dans ma manche. Et pendant tout ce temps, je ne l'ai jamais entendue parler de ce Smokey, qui venait de là où elle habitait. Puis il s'est ramené, un type balèze revenu du service au volant d'une Ford 1932, en *Levi's* et bottes de combat. Et c'est là qu'est intervenu le vieux Joe Morning, toujours prêt à dégainer du haut de sa selle, avant même d'avoir retiré le pied des étriers. Nom d'un chien, vous savez quoi, elle est allée jusqu'à me le présenter. Elle lui a raconté que c'était moi le gentil garçon qui avait dansé avec elle — elle n'a tout de même pas évoqué nos galipettes dans les fourrés, et il était tellement balèze, la vache, que ça ne me chiffonnait pas particulièrement. Alors il m'a remercié, il a dit que j'étais un chouette gars, puis ils ont mis le cap en direction d'un bar à bière, à l'extérieur du parc, The Rendez-Vous ça s'appelait, un rade où l'alcool et le stupre faisaient bon ménage et où ils ont fricoté vilain.

« C'en était fini de Diane. Mais j'avais encore le *Four Roses*, et j'étais toujours aussi excité qu'un bouc en rut. Si bien que j'ai entamé une nouvelle campagne, je me suis lancé dans une unique escarmouche — j'ai aperçu une nénette que je croyais vaguement connaître, je l'ai invitée à danser, elle a refusé ; je me souvenais qu'elle avait déjà décliné mon invitation une année auparavant — alors j'ai foncé à l'endroit où j'avais planqué ma besace, je suis allé m'asseoir au bord du lac, à la lueur romantique d'un clair de lune à la Doris Day de mes deux, et j'ai bu, m'apitoyant sur mon sort, à écouter la musique et les rires qui filtraient du pavillon. Je me suis jeté la moitié de la boutanche derrière la cravate, ce qui était plus qu'il n'en fallait, j'ai allumé une tige, j'ai zigzagué tout en ricanant, me remettant à filer bon train — un train d'enfer, je courais presque, mec — pour remonter le flanc de coteau. Je planais à quinze milles, mec, j'étais remonté à mort et méchant. Putain, c'était génial. Je ne suis pas près de l'oublier. C'est en quelque sorte la terre entière que je ressentais sous mes mocassins. Vous savez comment on se sent dans ces cas-là, à moitié en dehors des rouages de l'univers et à moitié comme une pièce de puzzle emboîtée de force sur un mauvais emplacement, comme si c'était le monde qui vous jouait un mauvais tour, se payait votre tête. Eh bien, je ne me sentais plus du tout dans cet état, j'étais partie intégrante du lac, de la lune et de l'herbe qui poussait sous mes pieds, de cette colline qui partait à la rencontre des étoiles, de ceux qui dansaient au-dessus, des projecteurs et de la musique ; et les projecteurs éclairaient avec plus de brio, la musique me semblait plus forte, plus déchaînée, et j'étais en chaleur au point de me faire lacérer à coups de griffes. Je crois qu'on pourrait dire que pour la première fois de ma vie j'ai été cool.

« Bordel, je suis retourné voir la poulette qui m'avait jeté deux années de suite, sauf que cette fois je ne lui ai pas demandé son avis, je l'ai épinglée et je l'ai emmenée danser avant qu'elle ait pu dire ouf. Elle ne pouvait pas me dire non pendant toute la soirée ; évidemment, j'ai pipoté un max, je lui ai dit que je bourlinguais à travers l'Amérique, que j'étais en route pour le Mexique, où j'étais guitariste dans un boxon. Le whisky faisait son effet ; je n'avais pas compris que c'était à moi d'en boire ; moi, je croyais que c'était la nana qui devait siroter. Ce fut à nouveau le coup de foudre. Elle m'a collé aux basques pendant plusieurs jours, elle payait mes repas, elle m'envahissait de ses mains avides jusqu'à ce que je sois finalement obligé de me tirer en douce pour rentrer au bercail.

« D'habitude, c'est comme ça que ça se passe. Ça me fait du bien d'être cuité. Mettez-moi un flipper entre les mains quand je suis à jeun, je tilte à tous les coups, mais dès que j'ai du vent dans les voiles, j'entre en action, me voilà entièrement absorbé par les targettes et les boules en acier. Prenez une bagnole, c'est pareil. Une conversation : je parle mieux avec un verre dans le nez, je sais mieux de quoi je parle. Je ne fais qu'un avec moi-même, je suis dans le match. Comme maintenant… » Il s'interrompit. « Oui, comme maintenant. » Il ne pipa mot pendant un moment, il tenait sa langue comme quelqu'un qui vient seulement de se rendre compte de ce qu'il a dit. Je tentai ma chance avec une autre cigarette, elle s'alluma cette fois-ci, nous l'abritâmes au creux de nos mains comme une pierre précieuse jusqu'à ce qu'il ne reste plus qu'un mégot, avec lequel nous en allumâmes une autre. Des volutes plombées nous encerclèrent, aussi froides et humides que l'air ambiant. Morning se recroquevilla au-dessus de la cigarette, enroulé dans une cascade de couvertures, tel un guérisseur comanche, sa bouille prise dans le flot, comme une amulette décharnée portée par son âme, écartant autant les mauvais présages que les bons. Je me laissai aller contre le ciment livide, le visage baigné dans la brume grise et la fumée.

« Ouais, c'est formidable d'être bourré de cette manière. Formidable, dit-il. Mais il y a aussi l'autre versant, comme ce soir. C'est comme une tempête ou quelque chose d'approchant.

« La première cuite dans ce style remonte au lycée. J'étais en terminale, me semble-t-il. Ouais, c'était le dimanche où on a perdu en finale du championnat de l'État. Un des matches où j'ai le mieux joué ; j'ai parcouru soixante-quinze yards à la dernière minute de jeu, puis j'ai laissé tomber ce satané ballon sur la ligne des trois yards, il n'y avait personne à mes côtés, j'ai simplement laissé tomber ce satané ballon, et on a perdu 10 à 7. Ceux de l'équipe qui picolaient sont allés noyer leur chagrin dans un bois à l'extérieur de la ville. On avait apporté deux tonnelets — ce qui faisait plus de bière que ce que nous étions capables d'ingurgiter en une année — à l'arrière d'un pick-up, et lorsque la nuit est tombée, j'étais vraiment dépouillé. J'avais eu le temps de gerber sur mes fringues, je m'étais battu aux poings contre mon meilleur pote, et je m'étais déjà évanoui deux fois. Et avant même qu'il fasse nuit, s'il vous plaît. Un poivrot qui sait se tenir en société.

« Et puis des espèces de pétasses se sont pointées. Deux grosses dondons, qui étaient les terreurs locales, des pouffiasses du Sud qui se faisaient tringler à la chaîne, et une maigrichonne qui voulait faire comme les autres. Les deux boulottes, ils leur ont bourré la gueule en premier, puis ils se sont occupés de la maigrichonne ensuite, ils l'ont mise à poil à l'arrière du pick-up, où elle était censée faire son entrée en société sur un vieux matelas, pendant que tout le monde materait le spectacle. Mais ça, pas question, elle a dit, le reste elle voulait bien, mais pas ça ; pas de spectateurs, elle a dit. C'est en gros le dernier truc dont je me souvienne : elle assise à l'arrière du pick-up, les deux mains attachées à hauteur de l'entrejambe, ses bébés-tétons encadrés par ses bras maigrichons, fredonnant "ouin-hein, ouin-hein, ouin-hein", comme un petit môme qui fait tout pour mériter ses coups de martinet.

227

« C'est après ça que j'ai perdu trace des événements, faut croire que j'ai eu une espèce de grand vide, mais je n'ai pas tourné de l'œil. Ce sont les autres qui m'ont raconté, ils m'ont raconté ce que j'ai fait. Pareil que ce soir. Je ne saurai pas tant que vous ne m'aurez pas raconté. Bref, tout le monde a essayé de la convaincre qu'il fallait qu'il y ait des spectateurs. Vous savez ce que c'est, quand les poivrots ont une idée fixe, le reste du monde peut bien aller en enfer. On a donc discutaillé avec elle jusqu'à ce qu'il fasse nuit, puis on a allumé un feu de joie, mais elle a continué à faire non de la tête, cachant sa trombine derrière ses longs cheveux filasse. Tout le monde a finalement abandonné la partie, et, à part celui qui était numéro un sur la liste, ils sont tous partis par la route, puis ont radiné en courant sur le bas-côté, et se sont tapis dans les bosquets, à côté du pick-up. Le premier gus, un amant de première dans la grande lignée des clébards, n'a pas réussi à avoir la trique. Il est resté planté là à la lueur du feu, à s'en prendre à sa biroute et à jurer et — ça y est, je me souviens de son nom, Rita Whitehead — et Rita n'arrêtait pas de dire, "Qu'est-ce qui va pas, qu'est-ce qui va pas" et il répondait, "chut ferme-la, chut ferme-la". On ne voyait de Rita qu'un pied nu qui dépassait du pick-up, avec un bracelet de cheville acheté dans une tirette à cent balles, ourlé d'une trace verte sur la peau, là où le plaqué avait déteint, et des ongles vernis mal taillés. Nos éclats de rire expulsèrent l'amant-de-première de la scène. Nom de Dieu, comment s'appelait-il ? Dick quelque chose, Wilber, Willard, un truc dans ce goût-là. Venaient ensuite deux gros paysans puceaux, mais ils envoyèrent la purée avant même d'entrer dans le vif du sujet, et restèrent donc puceaux.

« Le suivant dit qu'il n'avait pas trop le temps parce que sa maman l'attendait pour se rendre avec lui à l'Église baptiste. Vu la tournure que prenaient les événements, c'était bien parti pour que la gonzesse ne se fasse jamais effeuiller la marguerite. Monte alors Joseph Morning Le Sauveur, fin rétamé, qui hurle à la ronde et se défringue, promettant à cette pauvrette une belle tranche dorée à point. Moi aussi, question amant-de-première, je me posais un peu là, et j'ai donc décidé de l'échauffer à la main, en vue d'une partie de tagada-tsoin-tsoin, mais elle était tellement pintée que plus rien n'avait d'importance, si bien que j'ai commencé à la besogner. Du moins jusqu'à ce qu'elle se mette à dégobiller. Je la ramonais et elle continuait à dégobiller comme un sac troué de bouffe pour poulets. Elle ne voulait pas se calmer, ce qui m'a rendu furax, m'ont-ils raconté, et je me suis retiré. C'est là que j'ai aperçu le sang. J'en étais couvert du bide aux genoux, j'en avais partout sur les mains. Tout le monde se gondolait, et j'ai cru qu'ils m'avaient fait un mauvaise blague, j'ai retiré ce qui me restait de nippes, et je me suis mis à nettoyer le sang à la bière et à l'en asperger en déclamant des versets du Lévitique dont je me souvenais : "Quand une femme est atteinte d'un écoulement, que du sang s'écoule de ses organes, elle est pour sept jours dans son indisposition, et quiconque la touche est impur jusqu'au soir. Tout ce sur quoi elle s'est couchée en étant indisposée est impur, et tout ce sur quoi elle s'est assise est impur. Quiconque touche son lit doit laver ses vêtements, se laver à l'eau, et il est impur jusqu'au soir !" Ensuite, m'ont-ils rapporté, j'ai hurlé le dernier verset en lui maintenant la tête sous le robinet : "Si, au moment où un homme couche avec elle, le sang de son indisposition s'écoule sur lui, l'homme est impur pour sept jours, tout lit où il couche est impur !" Eh ben, mon colon, moi je n'étais pas indisposé pour clamer ce dernier verset, je tenais une cuite carabinée, et tous les autres ont commencé à dérailler à cause de moi, s'aspergeant mutuellement de bière, etc. » Il s'interrompit — pour réfléchir ? Pour se souvenir ?

Pendant ce court laps de temps, je remarquai que la pluie avait cessé. Morning était maintenant assis les bras sur les genoux, la couverture en guise de couvre-chef, la lueur d'une cigarette pendue à la commissure de ses lèvres, éclairant la moitié d'un visage certainement aussi mince et cerné qu'avait dû l'être celui de Rita, prise au piège à l'arrière d'un pick-up entre les griffes d'un enragé. La pénombre masquait l'autre moitié de son visage, comme s'il eût été un lépreux désireux de cacher ses plaies aux yeux du SEIGNEUR son Dieu. Il poursuivit d'une voix lente et mesurée.

« On a ligoté Rita à un plaqueminier à côté du feu, et on a dansé tout autour en hurlant et en se bidonnant — tous m'avaient rejoint, personne ne tenta de s'interposer — et on a nettoyé son sang à la bière de nos mains rudes. Mais je n'en suis pas resté là, m'ont-ils dit, j'ai attrapé les deux grosses dondons, je les ai obligées à se déshabiller en gueulant comme un prêtre nègre parce qu'elles portaient des pantalons. "Une femme ne portera pas des vêtements d'homme ; un homme ne s'habillera pas avec un manteau de femme, car quiconque agit ainsi est une abomination pour le SEIGNEUR ton Dieu !"

« Deutéronome 22 : 5, dit-il en m'adressant un

sourire triste, je me souviens toujours des meilleurs passages.

« Ensuite, je ne sais plus comment on s'est tous retrouvés à poil, à laver les gisquettes, à leur faire claquer les miches, à les frotter jusqu'à ce qu'elles se mettent à chialer. Puis mon meilleur pote, celui avec lequel je m'étais castagné, a essayé de s'envoyer une des grosses dondons debout. Du fin fond de ma mémoire, je devais plus ou moins me souvenir qu'il avait perdu une burne quand il était bébé. Il m'avait fait promettre de n'en parler à personne ; il avait la frousse qu'on se moque de lui. Oui, tu peux compter sur moi, lui avais-je certainement répondu alors. On l'a ligoté à l'arbre avec les autres pécheurs en chantant le Deutéronome 23 : 4 : "L'homme mutilé par écrasement et l'homme à la verge coupée n'entreront pas dans l'assemblée du SEIGNEUR." La mémoire photographique, mes profs disaient que c'était un vrai miracle. Il a été plus difficile de lui lier pieds et poings, mais en s'y mettant à neuf, on a réussi à en venir à bout.

« J'ai repris connaissance à peu près deux heures plus tard, lorsqu'il s'est remis à pleuvoir, et dans les braises rougissantes, j'ai vu — eh bien, disons — une vraie abomination. Sept sortes de sodomie d'un coup. La scène que j'avais sous les yeux ravale mon meuble stéréo au rang de bien prude pièce victorienne. Les frangins paysans avaient finalement perdu leur pucelage, d'une certaine manière, et mon meilleur pote, du même coup, avait perdu ses plus belles illusions à propos du fermier américain propre aux dents blanches. À peine l'avais-je libéré de ses liens, à l'arrière du pick-up, où j'avais réussi à le traîner, que nous nous livrions à une nouvelle bagarre, et je l'ai laissé me fouetter. Mais rien n'y fit. Il s'est toujours comporté avec moi comme si c'est moi qui avais commis cet acte à la place des péquenots. Quoi qu'il en soit, il ne m'a jamais plus adressé la parole.

« L'histoire pourrait être plus croustillante si je racontais qu'il s'était tué après cette aventure, ou qu'il s'était enfui en courant, mais il est actuellement agent d'assurances à Charleston, et si vous lui reparliez de cette nuit, je suis sûr que lui non plus ne se souviendrait de rien.

« D'une manière ou d'une autre, on a tous fini par regagner nos pénates sans trop être esquintés, mais il m'a fallu un sacré bout de temps avant de croire ce qu'ils disaient que j'avais fait. J'ai essayé d'inviter Rita, un soir, pour essayer un peu de me faire pardonner, mais elle m'a dit d'aller me faire enculer, "... ou plutôt par mon meilleur copain, hein ?". Nom de nom, quelle soirée. C'était trop. Et depuis, il y en a eu une demi-douzaine de cet acabit. » Il s'interrompit, hocha la tête, puis la posa sur ses bras.

« Tu ne te rappelles jamais rien ? »

Il leva la tête, me jeta un rapide coup d'œil, comme si l'idée même l'écœurait, puis il appuya à nouveau son front dans la position précédente en murmurant quelque chose.

« Quoi ?

— J'ai dit : "Évidemment que je me souviens", espèce de pauvre tache.

— Ouais, fis-je.

— À chaque fois. Bordel, je me souviens même plus facilement quand je suis rond. Je me rappelle tout. Je ne peux pas m'arrêter. Je me souviens de ces gros nénés succulents, humectés de bière, puant la bière. Je me suis excité dans la chair, puis j'ai attaqué l'os, Rita la maigrichonne, et j'ai vu ce que ces lourdauds de péquenots faisaient à Jack. Et je les ai encouragés. Je savais très bien ce que je faisais, mais je ne pouvais pas m'en empêcher. À croire que je n'avais pas vraiment envie qu'ils s'arrêtent. Après coup, j'ai toujours fait croire que je ne me souvenais de rien. De honte, je suppose. Merde, je ne sais pas ce qui cloche chez moi. » Il avait l'air au bord des larmes. Je ne voulais pas le voir pleurnicher.

« Joe, tu ne sais pas ce que ça signifie, être bourré ? demandai-je. Tu ne sais donc pas ?

— Quoi ? fit-il à moitié furibard à cause sans doute de la question.

— Être bourré signifie perdre le contrôle. La bonne facette de l'homme sort parfois de la cage, mais parfois c'est la mauvaise, mec. Tu ne savais donc pas ça ? » essayai-je d'expliquer pour l'apaiser, mais il aurait fallu trop de temps pour le convaincre de sa culpabilité, de son irrévocable culpabilité. Et pourtant nous baratinâmes jusqu'au petit jour, jusqu'au petit matin gris barbouillé de brumes et de brouillards ; je pouvais encore sentir de la tristesse en scrutant en profondeur ses yeux rougis. Je compris en un éclair, tandis que le soleil massacrait les nappes de brume... et, malgré lui, malgré moi, je me résolus à le sauver.

Ce matin, je n'avais d'autre solution que de manipuler mon monde. J'essayai d'abord Tetrick.

« Non, fit-il, lorsque je lui demandai d'intercéder en faveur de Morning auprès de Dottlinger. Non, vous n'allez pas non plus vous y mettre ! Après le tour de force de l'autre soir, après hier soir — ouais, j'ai entendu parler d'hier soir — il met le feu à son propre bûcher.

— C'est peut-être justement pour ça qu'on devrait lui venir en aide.

— Il y a soixante-quinze autres gars à qui je dois venir en aide, des gars qui ne passent pas leur temps à chercher les embrouilles. Vous, vous avez neuf autres gars dont vous devez vous occuper, et Morning va bien finir par déteindre sur eux un de ces quatre matins. Je suis navré qu'il parte dans cette direction, mais je ne suis pas navré de le voir déguerpir. Il n'a attiré que des ennuis depuis le début. Le premier soir qu'il avait intégré la compagnie, je vais en Ville, je le croise chez Esting, il se fend d'un large sourire et me dit : "Salut, Chef", comme si je ne lui avais pas spécifié le matin même qu'il n'avait pas le droit de se rendre en Ville avant quinze jours. Je ne sais toujours pas comment il s'est débrouillé pour quitter la base. Même moi, j'ai passé mes quinze premiers jours sur la base avant d'obtenir mon titre de permission. Mais lui non. Le règlement, c'est pour les autres, pas pour lui. Il ne me manquera pas. Et à vous non plus. Il vous a déjà fait boire la tasse une fois. Ça se reproduira. Il ne mérite pas qu'on fasse d'effort ; il vous tirera dans le dos. Il ne le mérite pas. » Tetrick ponctua son « il ne le mérite pas » d'une gifle sur son crâne dégarni, et il tapa du pied sous le bureau. « Ahh ! gronda-t-il. Cette maudite pluie est en train de me tuer le pied.

— Je vais peut-être tout simplement rendre visite à Dottlinger et lui rentrer dans le lard.

— N'y mettez pas votre grain de sel, c'est moi qui vous le demande. Je n'ai pas besoin de ça. Le sergent Reid n'est pas venu travailler ce matin non plus. Ce qui fait déjà deux fois dans la même semaine. Encore une, et je me retrouve encore une fois avec l'officier des opérations sur le paletot.

— Je ne peux pas laisser faire. Il faut que j'intervienne. Tout cela est truqué.

— Maintenant vous aussi vous exprimez comme lui. Laissez-le donc tranquille. Ne provoquez pas de vagues autour de vous. Il ne le mérite pas.

— Peut-être que non.

— Quoi ?

— Rien. Rien. À plus tard. »

Je pris congé avec, comme on dit, une idée qui me germait derrière la tête, même si le germe se révéla finalement être plutôt une tumeur, un virus qui s'abattit tel un fléau sur nos demeures respectives.

Je m'en suis tiré pour trente dollars (parce que je n'ai pas pu mettre la main sur dix cartouches de Salems, la cigarette menthol qui partait le plus vite au marché noir) et un après-midi fastidieux à écouter Dominic frapper de sa jambe de bois les planches du Plaza Bar, et déblatérer sur ses expériences au cours de la Guerre civile espagnole. Il raconta un récit pittoresque sur l'arrivée de la révolution dans sa petite ville : les membres de la *guardia civil* qui se faisaient exécuter agenouillés contre un mur, les fascistes dérouillés par une horde de poivrots au sommet d'une colline, un prêtre rencontrant la faucheuse à coups de faucille. Mais il radotait, il m'avait déjà servi tout cela auparavant. Je payai le prix, et reçus en échange la promesse avinée de Dominic, qui en tant que membre valeureux de la *revolucion*, m'assurait sur l'âme de sa jambe enterrée dans la tombe d'un Espagnol inconnu qu'il allait promptement passer à l'action, et me ferait parvenir des preuves par l'intermédiaire de mon boy.

Je n'eus aucune nouvelle pendant une semaine. Morning garda ses distances avec moi, et lorsque nous étions obligés de travailler ensemble, il évitait de m'adresser la parole, sentant, je suppose, qu'il n'avait déjà que trop parlé. Ça faisait drôle de le voir ainsi. Lui qui était animé d'un besoin compulsif de se confesser, et s'épanchait souvent sur la nécessité d'une honnêteté totale dans les relations humaines, l'amour, l'amitié, etc., il reprenait ses distances après s'être livré à ce genre de confidences qui, prétendait-il, nous rapprochaient les uns des autres. Mais l'enveloppe en papier Kraft apparut finalement, froissée sous mon oreiller, et je me hâtai d'éparpiller les clichés 21 × 29,7 sur mon pieu, oscillant entre trouille et excitation.

On y était : Le sergent Reid et son épouse famélique au lit. Dominic, quel sacré crétin à jambe de bois ! Reid avait son allure habituelle, comme s'il ne savait pas exactement ce qui se tramait, mais quant à elle, elle dévisageait son mari, la tête inclinée à la manière d'un setter femelle, comme si elle se demandait, comme si elle essayait de se souvenir qui était celui, cette fois-ci, avec qui elle venait de faire zizi-panpan, ou peut-être se demandait-elle ce que son mari pouvait bien fabriquer dans son propre paddock. Le papier brillant lui donnait une mine maussade et cauteleuse. Une moue tout allongée, certainement le genre de traits qu'on n'oublie pas, tout comme la Rita Whitehead de Morning. Une ossature frêle typiquement écossaise ou irlandaise, une carcasse osseuse fragile comme on en rencontre tant dans le Sud (à croire que la pauvreté est titulaire de son propre gène), les cheveux emmêlés en boucles inextricables, des seins de petite taille avec de longs tétons presque filandreux — je ne voyais pas trop ce que Dottlinger pouvait lui trouver, pas plus, bien sûr, que je ne pouvais me figurer ce qu'elle pouvait bien lui trouver ; hormis peut-être quelque attirance congénitale pour les saligauds.

Les trois autres photos montraient un peu plus d'imagination et de diligence de la part de Dominic. J'en fus malade. Dottlinger et la femme de Reid étaient verrouillés l'un à l'autre dans la plus compromettante des postures, connue sous la référence 69. J'avais déjà visionné des scènes prohibées ou des bandes porno, mais toujours soûl, et maintenant je comprenais pourquoi. L'amour est intime, et peu importent les motifs ou les méthodes, l'amour mérite de rester dans cette intimité. Je repensai à la confusion dans laquelle Reid avait dû être plongé en se faisant surprendre dans son propre lit par des maîtres chanteurs, et ce n'était déjà pas bien reluisant, mais d'une certaine manière la posture de Dottlinger dévoilait une blessure plus tendre. J'admirai qu'il puisse faire preuve d'autant de tripes et d'imagination dans sa façon d'aimer ainsi une femme (parce que ça demande de l'imagination et des tripes pour un p'tit gars du Sud : le terme « *cock-sucker* », mot à mot « suceur ou suceuse de bite », qui est assurément à travers l'Amérique un terme très vilain, ne fait pas référence, dans le Sud, à la fellation, mais, d'un point de vue linguistique si j'ose dire, au cunnilingus). Puis surgit cette terrible pensée : et s'ils étaient vraiment amoureux l'un de l'autre, unis par le vrai Grand Amour ? et là-dessus, Dominic, dépêché par moi, s'introduisant avec son pied plat en travers de leur amour. Moi-même intervenant du côté du diable... j'en déchirai presque les photos. Je réduisis en miettes celle où Reid apparaissait en toute candeur, et je fis de même du négatif, mais j'étais maître chanteur, et j'avais une mission, et disons que je souhaitais « le plus grand bien pour le plus grand nombre », et chemin faisant, je me dis comme ce doit être souvent le cas dans ce type d'affaire : « N'acculons pas le rat dans un coin, laissons-lui un peu d'espace pour pouvoir négocier. » J'envisageai d'exiger sa démission contre les négatifs, puis de piloter à vue à partir de là… Et c'est alors que je me mis à pouffer, j'étouffai un ricanement, puis j'éructai avant de franchement éclater d'un rire féroce. J'opérai un repli stratégique dans ma piaule et, me bidonnant comme ça ne m'était pas arrivé depuis des mois, je mis le feu aux tirages papiers, aux négatifs et à l'enveloppe. (Non sans avoir préalablement reluqué, il me faut bien l'admettre, les photos dont je me moquai avec autant de tendresse que de délice.) C'est le feu, le rire et un grain de folie qui m'évitèrent (à moi ainsi qu'à Morning) de devenir un fou et un martyr.

Je me rendis au bureau du grand prévôt et rencontrai un brillant juriste fraîchement sorti de Dartmouth, qui effectuait son service armé d'un sourire en coin et d'un talent étonnant pour faire avorter les tentatives de passage en cour martiale. Je lui expliquai, non sans quelque légère exagération, le triste sort de Morning, et dans l'heure qui suivit, il appelait Dottlinger, citait quelque charabia de juriste en latin (je crois avoir surpris le terme *Illegitimi Non Carborundum* ; j'espère), et Dottlinger abandonna l'idée dans son ensemble le jour même. (Je permis à Morning de passer à travers les mailles du filet, mais aussi, accessoirement, à deux crétins de plus sur terre. Un des deux échoua néanmoins à Leavenworth, mais l'autre fila doux. Deux sur les trois étaient capables de remplacer au pied levé n'importe quel gus de seconde division.) Morning se la joua « tristesse feinte », moi plutôt « humilité feinte » ; mais il daigna à nouveau m'adresser la parole.

Les entraînements de football commençaient la semaine suivante, le capitaine Saunders revint celle d'après, et nous pataugeâmes jusqu'aux genoux dans les derniers sursauts de la saison des pluies, enivrés par la perspective de la défense groupée, des placages collectifs et de la bouillasse.

Tout cela me semble important, maintenant, ainsi que tant d'autres choses... une saison de football grandiose, une équipe invaincue, avec Morning comme *quarterback* et moi qui gambadais en défense pour couvrir la ligne arrière. Une saison épatante, vraiment, une période formidable, mais je ne suis pas sûr que cela signifie grand-chose pour vous. On s'est pointé pour le dernier match avec un petit coup dans l'aile — nous avions remporté le championnat de la base au cours du match précédent. Les passes de Morning semblaient hésitantes et se mouraient lamentablement comme des canards qui viennent de se faire dégommer, tandis que mes instructions en défense étaient au mieux inintelligibles et, plus souvent, embrouillaient tout le monde. Tout au long du dernier quart-temps, nous alternâmes entre une bonne équipe A et une piètre équipe B. Face à l'équipe B, le *quaterback* de l'équipe adverse, dégoûté, quitta le terrain. Mais tout cela n'avait aucune importance. Il y avait toujours quelqu'un à la réception pour les passes tordues de Morning — les porteurs de civière, je suppose ; il n'y avait pas à se fouler en défense, vu que l'équipe adverse n'arrivait pas à garder le ballon et ne pouvait donc pas se déplacer. Le *quaterback* écœuré a trébuché en sortant du terrain ; à la réception, ses coéquipiers ont laissé filer sept passes en terrain mort pendant la première mi-temps. Aucune de nos tentatives n'échouait. J'ai même réussi un *touch down* sur un plongeon de deux yards, que Morning transforma. C'était la première fois, et ce fut vraiment sensass, si ce n'est que je me suis viandé en plein sur le poteau, brisant mon protège-épaules et me fracturant au passage la clavicule.

Tant et si bien que j'ai fêté la nouvelle année 1962 à Baguio, dans le plâtre. Je n'aurais jamais dû laisser l'initiative de la phase de jeu à Morning. J'étais obligé de boire de la main gauche. Morning avait dégoté un bar, le New Hollywood Star Bar. C'était un endroit, *un vrai*, ce qui signifie qu'il n'y avait pas de glacière pour la bière, que personne ne mettait d'argent dans le juke-box, mais qu'il suffisait de remonter la vitre et de choisir la chanson qu'on voulait, et que les autres clients étaient des communistes, des étudiants, des employés des mines d'or qui représentaient l'aile ouvrière et progressiste du parti. Morning jouait les Trotsky auprès de leurs Staline et Mao, et ils appréciaient beaucoup. Personne ne m'adressa jamais la parole parce que Morning leur avait une fois raconté, alors que j'étais parti aux toilettes, que j'étais major. Morning trouva également l'amour de sa vie au New Hollywood Star Bar. La fille était *pour de vrai*, elle aussi, c'était une Benguet trapue et courte sur pattes ; elle était jeune, agréablement grassouillette, elle avait un visage carré, des mains carrées, des doigts carrés et surtout (comme Morning me le rabâcha soixante-douze fois

ce soir-là) des ongles sales. Il se voyait coucher avec
elle dans une minuscule hutte au milieu de la jungle,
se lavant à l'eau de pluie, se laissant déborder par
son corps musculeux. Mais elle ne le suivit pas dès
le premier soir, elle s'était soigné les ongles le
second soir et exigeait des cocktails et voulait se
faire inviter au Club aux frais de la princesse. Le
premier soir, elle avait bu de la bière dans de lourdes
chopes, elle avait picolé comme un homme aux
ongles cradingues. Le second soir, la discussion
avec les communistes fut plus animée et dura plus
longtemps, et je craignis que nous n'ayons à nous
bagarrer pour sortir, mais rien de tel n'arriva. Plus
tard, au Club, autour d'une boutanche de *Dewar's*, il
insista pour que je lui parle de ma femme. Il insista
à sa manière pressante et arrogante de poivrot; il
serra le poing, sauf le majeur, qu'il dressa avec le
pouce. «Faut que vous parliez, Krummel. Il le faut.»
Il maintint son geste jusqu'à ce que je le menace de
lui faire une tête au carré, fût-ce avec un bras en ban-
doulière. Il s'inclina finalement, néanmoins, et me
laissa tranquille. Le lendemain, il s'en prit à Cagle
(qui était un golfeur incomparablement meilleur) sur
le terrain de golf, et Cagle répondit d'un coup de
drive numéro quatre. Morning resta un instant interdit, puis dévala le *fairway*, talonné à deux marches
près par Cagle, lui-même talonné à deux marches
près par Novotny, me plantant seul avec mes éclats
de rire sur le tee en compagnie de trois caddies inter-
loqués qui n'avaient rien manqué de la scène.
Novotny rattrapa Cagle, le désarma, et tandis qu'il
était assis sur lui, Morning lui présentait ses plus
plates excuses, avec une telle humilité que Cagle se
fendit la pipe, et le temps qu'ils remontent, nous

étions à nouveau les meilleurs amis du monde. Ils continuèrent jusqu'au dix-huitième trou sous la pluie, tandis que je m'évertuais à protéger mon plâtre de la saucée, convaincus tous autant que nous étions d'être les quatre mecs vivants les plus géniaux que la terre avait jamais connus. Nous festoyâmes ensuite de faux-filets de cinq centimètres d'épaisseur, bûmes du cognac dans nos piaules, jusqu'à pleurnicher lamentablement, stupidement bourrés, tout en étant les plus heureux au monde ; aveuglément bourrés et paumés. Nous nous rendîmes à pied jusqu'à la limite de la falaise, face au Club, dans une nuit humide et ventée, observant les lumières dans la vallée, admirant les nuages si proches au-dessus de nous. Trempés, exposés au vent, nous avions presque froid, c'était notre premier frisson depuis des mois, et nous le savourions, réchauffés comme nous l'étions par le cognac ; mais déjà, dans la pluie faiblissante, le vent soufflait les relents de la saison sèche et chaude, un soupçon de poussière ; un zeste de peur.

Il y a tant à dire, tant à dire…

6.

LE RAID

Le matin où les Huks essayèrent de dévaliser le
Central, mon groupe terminait un cycle de nuit. Les
six nuits m'avaient paru des mois. Il avait fait trop
chaud, cela avait duré trop longtemps. Le travail
avait tout perdu de sa magie. Même la Ville était
devenue monotone. Une fournaise étouffante, poussiéreuse, sèche. Le crottin frais que les poneys des
calesa lourdaient sur la route déclenchaient de
minuscules tempêtes de poussière, et séchaient avant
même de pouvoir empester. Cinq mois avaient passé
depuis que Dottlinger avait essayé de nous priver de
sorties en Ville, mais maintenant, nous lui aurions
concédé cela de bonne grâce.

À 2 heures, j'appelais le service postal dans l'espoir que du courrier était arrivé de Travis par le vol
de 1 heure, mais il n'y avait rien. Je croisai un
camion qui zigzaguait d'un bord à l'autre de la
route, piloté par Cagle, qui précisément se rendait au
service postal — le zigzag automobile étant au
demeurant répertorié sur ma liste des activités qui
permettaient de supporter la vie au sein du groupe.
J'arpentai plusieurs fois la pièce, inspectant les
retranscriptions, espérant presque que Morning me

243

chercherait des crosses, insinuerait un jeu de mots, ou tenterait quelque chose pour faire passer le temps. Tous les gars discutaillaient de la virée de trois jours à la plage de Dagupan qui était prévue pour la prochaine perm', ils n'avaient que ça à la bouche depuis une semaine, et je ne voulais plus en entendre parler. Je retournai à mon pupitre et remplis le registre de bord de 3 heures — je glissai une ou deux inepties dans le but de déclencher l'hilarité du lecteur, sachant pourtant que personne ne mettait jamais son nez dans ce maudit registre. La pièce et tout ce qu'il y avait à l'intérieur semblaient virer au gris. Le matériel, les pupitres, les sièges, les consoles étaient déjà de couleur grisâtre, quant aux treillis d'un vert passé ils auraient tout aussi bien pu, sous un éclairage différent, apparaître gris, et les murs crème avaient une touche grisée. Les mêmes baratins, les mêmes visages. Sans fenêtre, comment savoir s'il faisait jour ou nuit dehors ? J'aurais très bien pu être pris au piège depuis des mois, voire des années, dans ce bâtiment qui consistait en une pièce unique carrée, et ne m'être rendu compte de rien. Le même travail, le même non-travail.

Je m'assis et caressai l'idée d'avoir à nouveau à jouer au soldat — ce qui d'habitude ne me venait jamais à l'esprit. J'aurais presque ressenti un brin d'excitation à l'idée d'astiquer mes pompes, ou de me faire passer une inspection générale à moi-même. Mais je disposais d'un boy pour ce genre d'excentricité, et je n'avais de toute façon aucune bonne raison de m'y consacrer. Pas plus que les trois doigts de ma main droite n'étaient maculés comme ceux des cireurs de pompe noirs, les *boys* de ma ville natale. (Des *boys* ? Pour un garçon, Old Luke ne comptabilisait pourtant pas moins de soixante piges quand j'en avais dix. S'il m'entendait déblatérer de la sorte, Morning se retournerait dans sa tombe.) Fini, le plaisir d'avoir un pieu au carré, ou la joie de me tenir bien droit dans ma seyante armure kaki. Mais comme la plupart des gars, j'étais tombé dans la facilité d'une vie facile. Le luxe, c'est comme la sieste du dimanche après-midi : « Oh je comptais juste, euh… » et puis on se retrouve dans le cirage pour une heure ou deux, et on se réveille à chaque fois avec un goût pâteux dans la bouche. Mais voilà, le dimanche suivant arrive, et on remet ça encore une fois, que ce soit vous ou moi. Qu'on te retire ton boy, Krummel, et tu vas te mettre à chialer comme une madeleine. Sans compter que le métier de soldat est un métier réservé aux brutes et aux bestiaux qui ne pigent rien à rien, tandis que toi, Krummel, tu es un type cultivé, raisonnable, intelligent et…

Un visage apparut devant moi. Ouf, enfin de la distraction ! songeai-je. Qui cela pouvait-il donc être d'autre que Peterson, qui nous revenait avec un conte de fées, une histoire de nouvelle nana rencontrée au Skylight, une chouette blonde, une vraie-de-vraie, qui répondait au gentil sobriquet de Gloria, une ancienne vedette de cinéma de Manille. Il envisageait de se mettre à la colle avec elle vu que selon lui c'était la plus belle créature que dix-huit années avaient jamais façonnée. Dix-huit ou dix-neuf ?

« C'est ça, Pete, je l'ai tronchée une fois. Elle se décolore les cheveux, elle se tartine de fond de teint pour masquer ses cicatrices vérolées, et elle a déjà turluté un gonze dans un film de cul. Une nana adorable », lui criai-je par-dessus le ronron électronique et le chuintement de ce climatiseur à la noix. Les bavardages s'interrompirent, les têtes se tournèrent. Peterson, le plus misérable des fils de Pierre, se renfrogna légèrement et s'adressa à son sympathique chef de groupe : « Oh, la vache. Moi qui croyais que c'était une chic fille, mon Sergeo », fit-il avant d'être recouvert soudain sous mes yeux d'une fine couche de poussière. Je m'éjectai illico hors de mon siège et grimpai à l'échelle jusqu'au toit, avant d'avoir trop de poussière dans les yeux. « Oh, la vache », entendis-je dans mon dos.

Une fois rétabli sur le toit, je claquai la trappe sur le carré de lumière bruyant. Novotny, qui était posté à la lisière du toit, quitta son poste pour se retourner. Je lui fis signe de reprendre sa position, et il s'accouda au muret qui bordait le toit à hauteur de la taille. Le périmètre était aussi illuminé qu'un supermarché, copieusement éclairé par de nouveaux projecteurs fixés aux poteaux de la barrière et aux quatre coins du bâtiment. Tapi dans l'ombre carrée du toit, on jouissait d'un relatif sentiment de sécurité, on pouvait s'y promener en toute quiétude, voir le monde sans être vu ; le silence n'était brisé que par le crissement d'un gravillon véhiculé par les chaussures, et qui dérapait sur la surface goudronnée du toit, ou bien le choc mat d'un insecte qui avait rendez-vous avec son destin, en l'occurrence le mur de brique situé sous les projecteurs, lesquels projecteurs avaient tendance à attirer toutes les bestioles volantes. Autrement dit, un nid de pie spacieux et plaisant, mais ne permettant pas de se livrer à un espionnage de haute voltige — l'espionnage, c'était à l'étage en dessous. Les barrières, les entrées, les camions garés et cinquante mètres d'herbe *cogon*. On surprenait à l'occasion un porc qui déboulait sur l'andain dégagé de part et d'autre de la barrière, tandis que là où la végétation n'avait pas été rasée, les herbes ondulaient, plus hautes que les espoirs les plus insensés qu'un homme puisse nourrir, et tout ce que vous pouviez apercevoir n'était que spectre issu de votre propre imagination. Une tache d'obscurité gribouillée au milieu d'un périmètre de lumière, lui-même situé dans une pénombre infinie, elle-même engloutie dans un trou au fond de la mer. Au loin sur la droite, les lampadaires de l'entrée principale, à gauche, ceux du Central, et derrière, les balises lumineuses colorées qui dansaient sur les pistes d'atterrissage balayées régulièrement par l'infatigable projecteur giratoire qui trouait la nuit et pivotait dans le ciel comme un bâton. Mais ce n'étaient que des points lumineux, des pointillés froids et lointains dénués de cette chaleur que dispensent les étoiles. La nuit maussade n'était guère plus réjouissante que le jour ininterrompu qui régnait en dessous. Et même le silence retenait une sorte de murmure grumeleux, et je marchai pour le plaisir d'entendre le bruit de mes bottes, et je rompis le silence pour le plaisir d'entendre le son de ma voix : «Novotny, tu n'aurais pas une cigarette ? »

Il opina du chef et en éparpilla plusieurs par terre. «Prenez-en plusieurs», s'exclama-t-il. Je vis les lueurs qui se miraient sur ses joues, ses joues qui je le savais étaient retroussées en un sourire.

«Merci.

— Z'êtes de mauvais poil, cette nuit, demanda-t-il comme on ramassait à tâtons les cigarettes tombées par terre. Vous n'avez pas cessé de ronchonner depuis que vous avez posé le pied sur l'échelle.

— Il se pourrait que je sois moi aussi en train de

"devenir asiatique" comme la flopée de canailles que vous êtes tous. Qui sait?

— Je vous l'avais dit, ici c'est pas comme à la maison.

— Dis donc, tu me l'as déjà dit, ou je me trompe? N'empêche que Pete semble ne pas partager ce point de vue, lui.

— Hein?

— Pete est tombé amoureux d'une nouvelle gisquette au Skyview Tu sais qui c'est? Il dit qu'elle a les cheveux blonds.

— Ah ouais, grogna-t-il. Elle a les cheveux blonds mais elle n'a pas les tétons bien roses. Elle fait l'affaire dans le noir, mais en plein jour elle est pas vraiment ragoûtante.» Nous nous relevâmes et nous penchâmes au-dessus du muret.

« Il raconte qu'il a envie de se mettre à la colle avec elle, annonçai-je en envoyant d'une chiquenaude ma cigarette auréolée d'une nuée d'insectes sur le trottoir, en dessous de nous. J'espère seulement qu'il n'est pas en train de se fourrer dans de beaux draps.»

Je fus soudain interrompu par une explosion et une pétarade de fusil automatique qui éclata du côté de l'entrée principale. On aperçut les phares avant de plusieurs véhicules qui arrivaient en trombe, ainsi que des langues de feu crachées par des armes automatiques accompagnées de leur crépitement caractéristique.

« Hou là, qu'est-ce qui se passe? demanda calmement Novotny en m'agrippant le bras.

— Je n'en sais rien, mais tu ferais mieux de charger ta pétoire», répondis-je en me dirigeant vers la trappe.

Ce n'est que plus tard que j'appris que six jeeps

de Huks avaient forcé l'entrée principale, des brigands armés jusqu'aux dents, du canon 20 mm qu'ils avaient piqué sur un zinc jusqu'au Nambu léger calibre 25 abandonné par les Japonais, plus une jolie collection de .50 et de .30 montés sur socle pivotant. Et ils savaient comment s'en servir. Ils avaient pénétré au sein du périmètre par l'entrée principale sans même rétrograder, ils avaient renversé six soldats de l'*Air Police,* deux gardes philippins plus un cuistot arrivé en avance ; ils avaient défoncé la cahute du poste de garde, une jeep et un camion, et avaient poursuivi leur route. Mais nous ne sûmes tout cela que bien plus tard.

Je plongeai à terre en ordonnant : « Éteignez tout ! Éteignez tout ! Levenson ! Appelle le bureau de gestion de projet, et essaie de savoir ce qui se passe à l'entrée principale. » Je résolus une bonne soixantaine de questions en n'y apportant aucune réponse, puis en suscitai au moins autant lorsque je déverrouillai le râtelier et le dépôt de munitions. « Vous prenez tous un fusil, des munitions, et vous montez sur le toit ! » Ils me dévisagèrent tous, la figure barrée d'une seule question : la guerre ? Puis le même accablement envahit toutes ces paires d'yeux, lorsqu'ils envisagèrent la pensée qui s'imposait maintenant, conformément à ce qu'on leur avait promis depuis leur naissance : la Bombe ? *Oh ce n'est pas possible*, disaient ces visages, *Oh ce n'est pas possible. On n'a pas été prévenu. On n'est pas prêt. Il y a encore tant de trucs à faire.* Nous sommes tous restés figés pendant une longue, longue seconde, impavides au milieu du bourdonnement métallique et du crissement de notre matériel soudain inutilisé, qui semblait se demander pourquoi il ne nous avait pas alertés, à l'écoute maintenant des tubes silencieux, luisants et cachottiers dans l'espoir d'y glaner quelque hypothétique indice. Je me dis que tout allait marcher comme sur des roulettes. Ils étaient juste abasourdis de voir que le dépôt de munitions avait été ouvert. Aucun d'eux n'avait encore jamais vu le casier ouvert. Le râtelier, ça pouvait encore aller, ils avaient même l'habitude d'y avoir accès au gré des inspections et des alertes ; tandis que les vraies munitions étaient réservées au champ de tir, ou aux sentinelles postées sur le toit, qui avaient pour consigne d'observer la plus grande prudence, ne fût-ce que pour éviter la cour martiale, pour avoir accidentellement tiré une seule cartouche, comme c'était arrivé à ce vieux Johnson. Mais c'était maintenant différent. Était-ce la frousse, le frisson ou simplement l'imprévu, il n'empêche qu'ils étaient attentifs, silencieux et impavides. Mais comme tous les moments intenses où l'on se sent emporté par les événements, celui-ci fut aussi suprême en intensité qu'il fut court en durée ; il prit fin lorsque j'envoyai dinguer un chargeur de M-1 dans le bide de Morning en m'écriant : « Sur le toit ! Secouez-vous ! Secouez-vous ! Allez, secouez-vous ! Cagle, les projecteurs d'extérieur. Secouez-vous ! »

Ils se secouèrent effectivement.

J'empoignai un fusil, des cartouches, et me ruai sur l'échelle en hurlant à Levenson de rappeler le bureau de gestion de projet. « Occupé ! Occupé ! Occupé ! » me cria-t-il en guise de réponse, sa voix était aussi haut perchée et irritée que les messages qu'il recevait. Une fois sur le toit, une vague de folie déferla sur le groupe, chacun s'escrimant à charger son fusil, à scruter alentour, à tourner en rond et à se cogner dans le voisin. Une rangée de phares avait déjà quitté la route principale et se dirigeait dans notre direction. J'arrivais à peine à focaliser mon attention sur mes gars : le fusil que j'avais dans les mains me suppliait de faire feu. Une autre jeep suivait cette première rangée à distance, distance que j'estimai par la suite comme étant la marge de sécurité nécessaire, de nuit, augmentée d'une centaine de mètres, pour être hors d'atteinte d'un calibre 50 installé à l'arrière d'un véhicule lancé à pleine vitesse. Par deux fois, deux phares traversèrent la pelouse depuis les pistes d'atterrissage situées derrière nous, et d'autres encore arrivaient en longeant la barrière à proximité du Central. On était apparemment attaqué de toutes parts ; sur le coup, je ne fis pas le rapprochement avec le Central situé quelque part à l'est, non loin de notre position, et qui faisait office de dépôt d'argent ; il n'en reste pas moins que cette peur panique de se faire attaquer fut plus efficace que mes cris et mes exhortations pour que les gars restent en place. Peterson était encore planté au beau milieu du toit, perdu, tenant un M-1 dans une main, une carabine dans l'autre, ce qui l'embarrassait doublement, car il était clair qu'il n'aurait pas la présence d'esprit de lâcher une arme pour attraper l'autre à deux mains. Novotny le conduisit jusqu'au mur et le fit asseoir à l'abri. Collins, Quinn et Morning étaient agenouillés derrière le muret, et pointaient leurs armes dans la direction générale des phares qui se rapprochaient rapidement. Levenson surgit par la trappe et brailla : « Un hold-up ! Un hold-up ! Les Huks font un hold-up ! » Il gloussa et se précipita à l'abri du mur, tout en chargeant un fusil. Une des jeeps de la patrouille de la base traversa le faisceau de nos projecteurs, un AP penché en rappel de chaque côté du véhicule, vociférant et tirant à vue sur les jeeps situées à un millier de mètres, l'un avec un revolver de .38, l'autre avec un fusil. Ils s'amusaient comme des petits fous. Une fois encore, mon flingue me suppliait de faire feu.

Les projecteurs s'éteignirent soudain, les lueurs s'évanouirent en quelques instants et les phares s'approchèrent, de même que les langues de feu des pétoires en provenance de l'obscurité aveuglante. «Vous savez où il était Moïse, quand on a éteint les lumières?» interrogea Morning. Je ne pouvais maintenant plus le voir, mais je me souvenais de sa posture, quelques instants plus tôt, alerte, conservant son sang-froid. «Il était à la cave en pan de chemise», se répondit-il à lui-même. Il avait l'air rond comme une queue de pelle, mais je savais qu'il ne l'était pas. Une question floue m'avait turlupiné depuis longtemps, et il avait fallu que je le voie à l'action derrière le muret pour ne plus avoir à me la poser. Mais maintenant, tandis que les phares et les salves se rapprochaient comme une bourrasque avance, j'avais la conviction qu'il se battrait.

Cagle s'approcha et, tout en éteignant le peu de lumière qui restait, me lança :

«Eh, Slag-mon-chou, c'est bien gentil mais vous ne m'avez même pas mis un flingue de côté.

— Les petits couillons n'en ont pas besoin, murmura Novotny à mes côtés.

— Et maintenant qu'est-ce qui se passe?» demandèrent-ils tous d'une manière ou d'une autre — sauf Morning.

Que pouvais-je leur répondre? Moi dont les doigts tremblotaient sur la crosse en bois, moi dont les tripes tressaillaient, moi dont le sang bouillonnait tel un tonnerre…

« Et merde. Dégommez-les, ces saligauds. »

Il n'y eut pas de hourras, mais ils écoutèrent attentivement mon petit numéro digne d'Hollywood, comme quoi ils ne tireraient pas tant que je n'aurais pas donné le signal, et qu'ils ne devraient lâcher que des salves courtes ; je ressortis au passage une vieille vanne signée Jimmy Cagney dans je ne sais plus lequel de ses films, à savoir qu'il n'était pas recommandé de zigouiller un des rats putrides de l'*Air Police* par erreur. Je ne récoltai aucun rire en retour. Un grognement de la part de Quinn, quelques frottements de pieds nerveux, une ou deux claques destinées aux insectes, une toux étouffée et une prière, après quoi tout le monde se tint tranquille, observant la course-poursuite des phares.

Je patientai jusqu'à ce que la ligne s'approche à une distance que je jugeai suffisante, et j'ajustai alors mon fusil sur le rebord du mur. C'est seulement ensuite que je me demandai comment Pete avait bien pu réussir à escalader l'échelle avec deux flingues sur les bras, puis je m'en voulus de ne pas avoir donné la consigne de ne pas réagir tant que l'ennemi ne se trouvait pas à moins de trois cents mètres. J'avais les phares vaporeux de la première jeep en plein dans ma ligne de mire, mais j'attendis encore avant de brailler : « Feu ! »

Le claquement des culasses détona comme une véritable explosion entre mes mains, bruyant, trop bruyant, et le recul me propulsa en arrière avec autant de violence qu'un coup de poing assené par surprise. C'est toute la couleur de la nuit qui en fut changée. Le toit protégé d'un muret, qui jusqu'alors

253

nous avait paru être un endroit abrité et sûr, se métamorphosa en une plate-forme nue et terrifiante,
comme si quelque innommable partie de moi avait
été parachutée loin au cœur des combats, franchis-
sant la limite entre un ici bien protégé et un là-bas
incroyablement exposé au danger. Cela ne se déroula
pas comme je l'avais imaginé. Ce n'était pas facile
de tirer sur des hommes, ou en direction des bruits et
de la lumière qui trahissaient leur position. Jamais je
n'avais pensé qu'il pût en être autrement — mais
c'était tellement effrayant, comme si j'avais franchi
l'espace et le temps pour me planter là-bas, stupide
et apeuré, et que je me tirais dessus. Je me sentais
engourdi, mais chaque cellule de mon corps était en
feu, en feu.

Les autres durent aussi ressentir ce choc. Novotny
et Quinn n'avaient brûlé qu'une ou deux cartouches,
Collins une ou deux de plus, et Cagle avait déchiré
la nuit en vidant tout le chargeur au point d'enrayer
du même coup sa carabine. Quant à Morning, il
ouvrait le feu à intervalles réguliers, chaloupant avec
le recul, puis reprenant sa position première, ce
rythme n'étant interrompu que par le tintement d'un
chargeur éjecté quand la dernière cartouche était
épuisée, et le cliquetis puis le claquement lorsqu'il
en chargeait un autre.

Je me focalisai à nouveau sur les jeeps, craignant
qu'elles ne se soient éloignées, mais elles s'étaient à
peine déplacées. Je me remis à tirer, à tirer à nouveau, et plus je pressais la détente, plus mon geste
devenait harmonieux, et plus je me sentais détendu.
L'arme fut bientôt plus légère qu'une baguette
magique, et se mut comme par magie en suivant la
jeep de tête, le recul avait disparu, et je sus, je le sus,

je le sus, que mes balles atteignaient la jeep, et je continuai à faire feu. Nous étions là en train de canarder, à hurler et à rire, perdus.

Soudain, les faisceaux de nombreux véhicules qui bringuebalaient dans l'herbe éclaboussèrent la nuit de toutes parts, comme si des centaines de chasseurs géants équipés de lampes-torches accouraient de partout. Plusieurs jeeps avaient été interceptées en pleine course, et se consumaient comme de radieux feux de joie. Au moment où les Huks franchissaient la route de graviers qui menait aux Ops, la première jeep dérapa en travers, la seconde jeep la percuta et la renversa au milieu de la route, si bien qu'elle roula pendant quelques instants avec en guise de roues ses propres passagers. La troisième qui arrivait accrocha la roue arrière de la seconde, comme pour pivoter autour, et les deux finirent par se vomir dans le fossé d'en face, à proximité de là où la première se consumait déjà. Les trois qui restaient filèrent en quatrième vitesse hors de la route, exécutèrent un demi-tour dans un étroit nuage de poussière, puis repartirent vers leur direction initiale. Un camion qui suivait tous feux éteints les percuta, et quitta la route. Les autres véhicules s'éparpillèrent comme des cailles effarouchées, tâchant de s'envoler le plus vite possible hors de portée des chasseurs.

Bilan, une hors d'état de nuire, deux bloquées dans leur élan, trois en déroute, tandis que, dans notre camp, on se relevait pour se congratuler, pour bramer de joie et tirer en l'air tout en se réjouissant du spectacle offert par le tas de jeeps accidentées. Nous n'avions essuyé qu'un tir peu nourri : un ou deux claquements de basse avaient sifflé au-dessus de nos têtes, mais qui pouvait dire à qui ils étaient destinés, et même d'où ils avaient été tirés ? Les Huks étaient maintenant aux prises avec l'*Air Police* qui disposait de huit ou dix jeeps, de camions, ainsi que de deux véhicules blindés anti-émeutes, ce qui ne les empêcha pas de concentrer un instant le feu dans notre direction. Cela ne dura pas, mais ils réussirent quand même à atteindre la façade du bâtiment avec des balles de .50. L'édifice trembla comme un pain d'épice quand les balles vinrent s'écraser dans les parpaings. Un éclat de brique — à moins que ce ne fût un projectile qui ricochait — arracha le M-l des mains de Quinn, mais sur le toit, rien ni personne d'autre ne fut touché. Quinn proféra un chapelet de jurons, puis rampa à la poursuite de son arme. Les cris de victoire connurent une sensible baisse d'intensité, et l'idée de rester debout fut totalement évacuée. Un grognement ponctué d'un gargouillis provint de derrière Novotny, suivi par la voix de Cagle qui exprimait la surprise : « J'avais pas réalisé à quel point j'avais les jetons. J'avais pas réalisé. »

Plusieurs salves cisaillèrent la nuit à une certaine distance des jeeps qui avaient été fauchées, puis plus rien, dès l'instant que les deux véhicules anti-émeutes lancèrent leurs grenades de gaz lacrymogène. Les pétarades cessèrent petit à petit, et trois hommes sortirent du nuage de gaz en courant. Deux d'entre eux avaient les mains sur la figure, mais l'un d'eux tenait une arme. Un nouveau tir de mitraillette se déclencha, court et concis, jusqu'à ce que celui qui était armé soit animé de soubresauts qui le transportèrent dans le fossé, de l'autre côté de la route. Morning fut encore habité de son mouvement de balancier jusqu'à ce que son chargeur soit vide. Le tintement qui marqua la chute de la dernière cartouche me fit l'effet d'un signe de ponctuation trop ténu pour clore tout ce vacarme.

Mais bien évidemment, la nuit n'était pas terminée. Un craquement sourd retentit en provenance de la barrière, derrière nous. Je courus jusqu'au muret. Une jeep avait heurté le bord de la barrière et se trouvait maintenant suspendue au barbelé par sa roue arrière droite, comme un chiot qui lève la patte pour faire pipi.

« Qui va là ? hurlai-je.

— Pourquoi ne rallumez-vous donc pas vos projecteurs ? me répondit une voix lasse.

— On n'avait pas envie qu'un balourd de ventilo comme vous nous prenne pour cible, rétorqua Cagle d'un air sarcastique.

— Tout cela n'a plus d'importance, fis-je. Tout est maintenant terminé.

— Et mee-erde, lâcha une voix de derrière les phares éclatés, et merde. » Deux gus de l'*Air Police* s'extirpèrent du véhicule par le côté conducteur. « Sagouins de rampants qui se planquent dans le noir comme un putain de troupeau de nègres.

— Dites donc, les mecs, vous croyez p'têt pas qu'vous auriez tout intérêt à jouer un peu moins les marioles, et à ne pas traiter comme ça quelqu'un qui a une pétoire braquée en plein sur vos petites fesses toutes roses, chantonna Morning. N'oubliez pas que dans le noir vous n'arriverez pas à mater mon derche. » Les gonfleurs d'hélice ne se firent pas prier.

Je fis cesser rires et bavardage avant que tout le monde s'y mette. « Cagle, tu files en bas, et tu rallumes les projecteurs. Novotny et Quinn, vous restez ici. Vous repérez tout individu qui se trouverait dans l'herbe. Vous ne tirez pas, mais vous lancez un avertissement à haute voix, pour que je puisse savoir. Collins, Levenson, Haddad, vous prenez par le centre du périmètre, un du côté de la jeep, un près de l'entrée et l'autre y va à pied. » La lumière fut rétablie ; la plupart des feux qui s'étaient déclenchés autour des jeeps étaient maîtrisés, et des phares empruntaient maintenant la route qui menait jusqu'à nous. Tout tendait à revenir à la normale, jusqu'à ce que la jeep se gare en catastrophe derrière notre camion ; le lieutenant Dottlinger en sortit d'un bond, courut vers la porte d'accès en criant : « Ouvrez ! » comme s'il était encore exposé aux tirs.

« De tous les corniauds de la terre… » grommela Morning d'un air songeur.

« Vous n'avez pas présenté votre badge, mon Lieutenant », répondis-je, non sans être absolument d'accord avec Morning. J'avais oublié que Dottlinger était l'officier de jour, mais j'aurais dû le savoir.

« Je ne l'ai pas. C'est vous, Krummel ? Qu'est-ce que vous fabriquez perché sur le toit ? Vous faites du tourisme ?

— Non, mon Lieutenant. Tout le groupe est là-haut. » Et voilà, me dis-je, c'est reparti pour un tour, la théorie du buisson de myrtilles à la fiente de poulet.

« Mais qu'est-ce que vous fabriquez ? » Il scruta avec plus d'insistance dans la direction des projecteurs, un regard confus de poulet. « Ces armes sont-elles chargées, sergent ?

— Oui, mon Lieutenant.

— Avez-vous tiré ? Est-ce que vous avez tiré ? Il faut que je le sache. Je dois faire mon rapport.

— Oui, mon Lieutenant.

— Qui vous a donné l'autorisation d'ouvrir le

dépôt de munitions ? Qui vous a donné l'ordre d'ouvrir le feu ? Dites-moi qui, sergent Krummel !

— Excellente question », murmurai-je. Levenson s'esclaffa.

« De quoi s'agit-il, sergent ? Quoi qu'il en soit, coupez ces satanés projecteurs, ordonna-t-il en se protégeant les yeux de la main.

— Il doit être vachement contrarié, souffla Morning, il a dit un gros mot.

— On nous a tiré dessus, mon Lieutenant. J'ai pensé qu'en cas d'extrême urgence, j'étais autorisé à prendre cette initiative. Je n'arrivais à joindre ni le major, ni le capitaine Saunders, ni vous, alors j'en ai moi-même pris la responsabilité.

— Oh ! » fit-il en se tiraillant l'oreille, ce qui était le signe d'une profonde réflexion. « Très bien, dit-il, à l'évidence déçu. Je pense qu'on doit pouvoir trouver un point du règlement pour vous couvrir dans le rapport. Ouvrez donc la porte d'accès.

— C'est que, mon Lieutenant, je ne peux pas déverrouiller la porte tant que vous n'aurez pas introduit votre badge dans la fente.

— Je viens de vous le dire, je ne l'ai pas sur moi. Je n'ai pas eu le temps de m'en munir.

— Je vais donc être obligé de descendre pour vous ouvrir. » J'avais le sang glacé d'avoir eu à lui mentir en affirmant qu'on s'était fait canarder, je me voyais passer du stade viril à celui de petit garçon à la braguette ouverte. Or cela ne s'imposait pas vraiment. J'avais prétendu ne plus guère me soucier de mes galons. Sur cet Arbre, ce pommier, c'est de la culpabilité qu'il devait y avoir, et non pas de la connaissance — à moins que tout cela ne revienne au même. Prenez deux hommes, enfilez-leur un uniforme, collez des barrettes à l'un des deux, et automatiquement, l'autre va se sentir coupable. Ras-le-bol de l'armée selon ce type, songeai-je, ras-le-bol.

« Bien, ceux que j'ai placés comme gardes, déployez-vous, les autres vous pouvez disposer, tous les rigolos qui restent, allez ouste, en bas, tout le monde descend. Déchargez vos armes avant de vous suspendre à l'échelle. Je n'ai pas envie que vous vous fassiez sauter votre propre postérieur tout tendre.

— On va vous couvrir, Slag », dit Haddad, en me tapotant l'épaule. Il sentait bien que si je me faisais encadrer, c'est tout le groupe qui se retrouverait dans la panade. « Jusqu'au bout.

— Contente-toi de déguerpir, espèce de commerçant. Allez, déguerpis. »

Un vrai chambard régnait en bas. Les consoles des six radios à trois mille dollars avaient été endommagées, et se réduisaient maintenant à un écheveau de fils, de plastique et de verre. Deux machines à écrire avaient été touchées ; elles gisaient par terre comme des brindilles brisées. Un siège pivotant avait été soufflé sur un pupitre dont les tiroirs béaient. Notre codeur, qui n'était rien de moins qu'une machine à soixante mille dollars, avait dans la bataille gagné un œil, mais s'était du même coup fait enfler d'un rectum de la taille d'un ballon de basket.

« Quatorze poulets et une grenade à main », entonna Cagle comme pour marquer la cadence. Tout sourire, Levenson assomma une machine à écrire de son poing fermé, mais le moulin se contenta d'inscrire un E pour toute réponse. Planté au milieu des radios, Haddad gloussait comme une vieille bonne femme devant un étalage de fruits, lorgnant sur une tomate pourrie qu'elle pourrait obtenir gratis. Je poussai les trois qui étaient de garde à l'extérieur, allégeai les autres de leurs pétoires, leur fis débrancher tout le matériel avant qu'on écope d'un incendie, et rangeai en quatrième vitesse tout ce qui pouvait l'être.

« Hé, Cagle, dis-je avec le plus grand naturel, si Dottlinger pose la question, c'est eux qui ont commencé à nous canarder, d'accord ?

— Va te faire enculer, Slag-Chéri. Pas question que je raconte des bobards pour qu'un type qui a signé pour perpète s'en tire fesse propre », me répondit-il sans s'arrêter de balayer.

Que serait-on sans ses potes, me demandais-je en sortant. Ils évitent qu'on se prenne trop au sérieux, sans eux on aurait tendance à monter en épingle de petits événements sans importance…

Mais voilà, il y a aussi les lieutenants Dottlinger, qui, eux, font une montagne d'une taupinière. Il se plaignit de ma lenteur, puis refusa finalement d'entrer. Il voulait se rendre compte par lui-même du grabuge occasionné par les Huks, et suggérait également que je l'accompagne avec un autre homme et des armes. Je retournai donc à l'intérieur et revins, fort de Morning et de deux carabines.

« Est-ce que Doigt-de-Pute est vraiment furax ? demanda Morning.

— Qu'est-ce qu'on en a à cirer ?

— Vous, vous en avez quelque chose à cirer. Comme tous les militaires de carrière à perpète. » Une expression impassible, figée se lisait sur son visage.

« C'est certainement pas aussi vrai que tu veux bien le croire. Sans compter que, pour l'instant, il est bien trop curieux pour être furax. Il veut se trouver aux premières loges pour découvrir le carnage, se

rincer l'œil un bon coup avant d'aller clamer haut et
fort sur les toits…

— Et c'est à nous de le protéger contre les petits
emmerdeurs qui ont passé l'arme à gauche. Où est-
ce qu'il était quand les lumières se sont éteintes?

— Je n'en sais rien. Il ne fréquente pourtant pas
le Cercle des officiers.

— J'ai encore entendu parler de cette histoire
avec la femme de Reid, quel couillon!

— Estime-toi heureux que Saunders n'ait pas été
là. Parce que alors là, le groupe deux montait carré-
ment à l'abordage contre ces jeeps.

— J'ai bien cru que vous étiez sur le point d'en
faire autant.» Il ne souriait pas.

«Hein?

— Une occasion comme celle-là, vous l'avez
attendue combien de temps?

— Pas plus longtemps que toi, Morning.

— Foutaises», marmonna-t-il de sa voix exténuée, et nous emboîtâmes le pas à Dottlinger en
direction des phares concentrés en bouquet.

Mais la mauvaise humeur de Morning ne put
assombrir mon sourire. La carabine me paraissait
incroyablement légère, comme un jouet n'ayant pas
encore terminé sa croissance. Je sentais mon corps
fourbu, durci comme après une séance de musculation, robuste. Pour cette nuit, plus rien ne pouvait
venir assombrir le ciel, ni Dottlinger le fouineur, ni la
mauvaise humeur de Morning, ni le mensonge que
j'avais proféré plus tôt. Rien de tout cela, pas plus
qu'une bonne dose de frousse malsaine et graisseuse.
L'ennemi s'était dressé au-dessus de l'obscurité, il
était resté bien droit et m'avait mis au défi, et s'il y
avait assurément mis le prix, ce n'était semblait-il

que pour avoir l'honneur de se tenir ainsi face à moi. J'avais eu les jetons mais j'étais passé à l'action ; or, comme toujours, l'action transcende l'émotion. La moralité — pas plus que la mortalité — n'importait guère, seul comptait l'acte, le devoir, simple et clair. Sinon, je n'aurais pas pu effectuer de choix. Des centaines de trajectoires qui couraient dans le temps avaient convergé dans cette nuit déchirée par les éclairs et la mitraille, et j'étais l'une de ces trajectoires. Certaines cessèrent, d'autres esquivèrent l'impact, d'autres encore auraient pu éviter l'accident ; mais la mienne fut appelée à perdurer. Moi aussi je me redressai à mon tour et lançai alors un défi, maintenant et pour toujours. L'air frais de la nuit me bénissait le visage, et quoique de nombreuses gorges eussent été cette nuit-là prises de haut-le-cœur, ce ne fut pas le cas de la mienne. L'air que je respirais était celui de la victoire, tandis que je foulais du pied le gravier, m'avançant vers le cercle éclairé baigné de fumée.

On se pressait dans toutes les directions : des aides-soignants pansaient les plaies, regroupaient les morts ; des photographes mitraillaient la scène sous différents angles ; un prêtre à la figure pâle mais brûlante d'ardeur bénissait alliés comme ennemis. Un capitaine de l'*Air Force,* de grande taille, s'approcha en souriant de Dottlinger, lui tendant une poignée de main agrémentée de félicitations.

«Lieutenant, je suis venu vous féliciter, vous et vos hommes, pour votre aide survenue à point nommé. Vos hommes ont immobilisé la première jeep, celle équipée d'un canon», proclama-t-il en serrant la main d'un Dottlinger qui tombait des nues.

Si moi j'étais peut-être timbré, ce capitaine était un illuminé. Ce qui avait été mon salut, peu importe par quel pervers concours de circonstances, prenait maintenant dans sa bouche des accents de concours de golf. C'est la face du monde entier que sa voix, une voix emplie de fierté, souillait maintenant.

« Je vous prie de m'excuser, Capitaine, mais tout le mérite revient au sergent Krummel ici présent. » Je fus étonné qu'il ne mente pas. C'est ensuite seulement qu'il y alla de son mensonge : « J'allais chercher le courrier.

— Eh bien, il me semble qu'on vous doit une fière chandelle, sergent, merci », rayonna-t-il.

« Faudrait p'têt' pas non plus oublier de remercier Dieu dans l'histoire », me murmura Morning à l'oreille.

« Inutile de faire mention du grand nombre de vies que vous avez permis de sauver, sergent. »

« D'sauver ou d'prendre », insista le murmure.

« On leur a vraiment brisé les reins, cette fois-ci, poursuivit le capitaine. Trois jeeps et dix hommes ici, une autre jeep et quatre hommes à l'entrée, sourit-il. Quoi qu'il en soit, nous étions sur nos gardes, nous les attendions.

— Je vous demande pardon, Capitaine ?

— C'était un piège, répondit-il aussi promptement que fièrement. Ils nous ont cependant pris de vitesse. » Sa mine se renfrogna légèrement : « Ils ont emprunté l'entrée au lieu de tenter une percée à travers la barrière comme nous l'avions supposé. On leur a bel et bien brisé les reins. »

« Qui a pris au piège qui ? » chuchota Morning. Puis je l'entendis qui s'éloignait. Je regardai autour de moi, sans pouvoir lui donner de réponse.

264

Le capitaine disserta sur le problème communiste en Asie, Dottlinger acquiesça, mais avant qu'ils aient pu résoudre ledit problème, Tetrick et le capitaine Saunders, fraîchement revenu des États-Unis, fendaient l'attroupement, et s'approchaient, habillés en civil. Ils avaient une allure de citadins. Le capitaine Harry souriait, comme ravi par le concept général de l'humanité, alors que Tetrick faisait la moue, comme tracassé précisément par ce même concept.

« Y a-t-il des blessés parmi vos hommes ? » me demanda-t-il dès qu'il m'aperçut. Je fis non de la tête, ce qui ne chassa pas la moue de sa figure.

« Tout le monde va bien ? demanda le capitaine Harry. On dirait que les hommes ont eu droit à un peu d'action, ce soir. » Son corps imposant dansa avec un balancement d'épaules, puis il me décocha un sourire, et me tapota les épaules comme si j'étais son frangin.

« Ils y ont effectivement eu droit, mon Capitaine.

— Eh bien, nom de Dieu, c'est très bien. Vous êtes une bonne équipe, le groupe deux, et je savais que vous réagiriez selon les exigences de la situation. » Dottlinger renonça à attirer l'attention sur lui, et prit la mouche : « N'empêche que nom de nom ce que j'aurais aimé être là. On leur serait tombé dessus, et on les aurait cloués sur place. Oh ! que oui.

— Le sergent Krummel a fait du très bon boulot, Harry. Du sacré bon boulot », renchérit le capitaine de l'*Air Force*. Morning avait déjà pris ses distances, mais je l'entendis néanmoins marmotter : « Ouais, c'est ça, ouais. »

« Mon Capitaine, lançai-je sautant sur l'occasion tant qu'il se souvenait encore de moi, vous n'avez pas vraiment besoin de mes hommes, demain, n'est-ce pas ?

— Pourquoi me demandez-vous cela ? » C'en était fini, nous n'étions plus les valeureux complices d'armes que nous étions encore quelques instants auparavant, nos relations étaient redevenues celles d'un officier supérieur s'adressant à un sergent qui la ramène un peu trop.

« Eh bien, c'est que, mon Capitaine, ils ont un voyage prévu depuis plus d'un mois, et je déplorerais qu'ils le manquent, or comme ils ont tous fait du tellement bon boulot ce soir et qu'ils avaient prévu de partir demain matin.

— Oh ! Eh bien, je ne sais pas…

— Allez Fred, intervint le capitaine, levez un peu le pied. Vous savez bien qu'on slice la balle quand on se raidit trop. » Il rit en lui assenant une tape dans le dos.

« Très bien. Allez-y donc. Vous avez bien mérité un peu de repos. Et merci encore, sergent.

— C'est moi qui vous remercie, mon Capitaine. » Je pris congé après avoir remercié le capitaine Harry et réconforté Tetrick, et je rejoignis Morning. Mon ivresse s'évaporait maintenant, et je n'avais plus qu'une envie, me prélasser le lendemain à la plage pour oublier… ou me souvenir.

Je retrouvai Morning agenouillé dans le fossé, observant des débris, une jeep désossée et un corps à moitié nu ventre à terre. Des blessures ouvertes lui jalonnaient le dos comme des roses noires, dont certaines avaient éclos en un pétale de cartilages et de tendons. Emporté dans la même poésie de mort, il ne différait guère de la jeep carbonisée. Morning était tout seul. La meute n'avait pas encore découvert ce corps.

« C'est peut-être pour ça que l'homme a inventé Dieu, dit-il comme je m'approchais. Ils ont vu des morts, et ont compris que les morts n'étaient plus des hommes. Il leur fallait quelque chose de l'homme qu'ils ne puissent tuer, quelque chose de saint chez l'homme vivant, un endroit où l'homme mort pourrait se retirer, quelque chose qui ne pourrait mourir. » Morning m'avait attendu.

« Tu ne vas pique-niquer ici, Joe.

— Un homme a besoin de savoir quel enfer il a provoqué.

— Ce n'est pas en bouffant son foie que tu le sauras. Ni en bouffant le tien.

— Espèce d'enfoiré de petit cachottier. Vous avez réponse à tout, vous, hein ? » Il se redressa. Il pleurait. Pas de sanglots, juste des larmes. Nous nous rappelions tous deux qui avait tiré les dernières balles.

« Tout ce que je connais, ce sont les questions à ne pas poser, dis-je.

— Vous êtes un rusé, vous attendez qu'on ait levé la main sur vous avant de cogner, c'est ça, hein ? Vous prenez tous les coups sur vos épaules. Mais vous ne manquez jamais votre cible. Espèce de salopard. » Il parlait d'une voix paisible et lugubre. Je n'avais qu'une chose à faire, attendre.

« Allez, rentrons aux Ops.

— Merde, soupira-t-il. Merde. »

Aucun de nous deux ne prit la parole, il me suivit à travers l'herbe épaisse jusqu'aux lumières de notre bâtiment. L'atmosphère était chaude et lourde, comme suspendue au-dessus de l'herbe, les insectes tourbillonnaient autour de nos jambes, nous encerclant et montant jusqu'à nos visages. Nos pieds se prenaient dans les racines résistantes, nous perdions l'équilibre et maudissions la touffeur, les insectes, l'herbe qui nous démangeait jusqu'aux yeux, et l'obscurité. Puis ce fut à la lumière que nous nous en prîmes, lorsqu'elle nous aveugla.

7.

DAGUPAN

Avant sept heures et demie du matin, le groupe deux se tassa dans le bus de l'*Air Force,* au volant duquel était installé un conducteur philippin dont les services avaient été loués pour l'occasion. En sortant de la caserne, j'eus droit à toutes les huées et à toutes les railleries imaginables pour avoir eu l'extravagance de suggérer un petit déjeuner, puis j'essuyai un nouveau tollé lorsque je renvoyai la moitié d'entre eux en salle des rapports pour leur faire signer le registre des sorties. Lorsqu'ils réapparurent enfin, je leur emboîtai le pas à bord, puis trimbalai nonchalamment ma carcasse jusqu'au fond de l'allée centrale, là où étaient entreposés les vivres, la poubelle remplie de bière glacée, les quatre caisses de bière et les six caisses de chianti et le vin du Rhin, puis je m'affalai finalement entre Morning et Novotny, sur la banquette arrière.

«Non mais, pour qui est-ce que vous vous prenez? Le singe de service? ricana Cagle en tirant sur un cigare monumental.

— Hé, ho! Non mais et toi tu te prends pour qui? Un pet coincé?

— Ah, vous êtes bien tous pareils, vous autres les

putains de Juifs, me rétorqua-t-il, en m'envoyant sa fumée dans la figure, suffit qu'y ait une fuite de gaz et...

— Comment ça on est "tous pareils"? Mais pas du tout, minauda Levenson en brandissant un poing tout mou par-dessus son siège au moment où le car se mettait en marche.

— Pas un seul Juif n'a accepté de se tenirrr unter le même toit qu'un Slagsted-Krummel en vingt-cinq générations.

— Espèce de nazi, lâcha Morning. Gary Cooper est une pédale.

— Et Genet alors?»

Et cætera.

C'était une matinée superbe. Il flottait encore dans l'air une senteur de rosée, et un souffle rafraîchissant apaisait la fatigue liée aux événements de la nuit précédente. Tous les visages rayonnaient, hâlés, éclairés et heureux, et le bus était empli du gazouillement de nos voix. Même l'acné de Franklin semblait se résorber. Personne n'avait fait allusion au raid jusqu'à ce que Pete s'extirpe de son coaltar juste assez longtemps pour articuler : «Maintenant que j'y r'pense, quelqu'un aurait pu se faire descendre, la nuit dernière. On n'aurait pas été sur le toit. Maintenant que j'y r'pense.»

Personne n'ouvrit plus la bouche jusqu'à ce qu'on arrive à l'entrée principale. Des menuisiers philippins s'affairaient déjà autour des deux tas de planches qui, jusqu'à la veille, constituaient la guérite et le poste de garde. Plusieurs cercles noirs béants permettaient de localiser l'endroit où les véhicules avaient pris feu. Les types de l'*Air Police*, qui montèrent dans le bus pour inspecter les titres de permission et fouiller dans les bagages à la recherche d'éventuelles denrées pour le marché noir, firent preuve de calme et de méthode, nous épargnant les sempiternelles plaisanteries de GI, ne fouillant d'ailleurs guère avec autant de diligence que lesdits GI. Leurs visages exprimaient tout le chagrin causé par la perte de leurs amis ; nos trombines, en revanche, trahissaient la culpabilité de ceux qui sortent pour s'amuser.

Au sein du groupe, chacun avait droit à la bouteille réglementaire de *Dewar's*, à la cartouche réglementaire de *Chesterfields* et à son havresac de permission. Une vingtaine de disques classiques neufs étaient dissimulés dans un nouveau tourne-disque portable. Les contrôleurs n'étaient pas dupes, ils savaient pertinemment que ces marchandises étaient destinées au marché noir, mais ils n'y pouvaient pas grand-chose. Les AP étaient en effet tenus de laisser passer les marchandises, car seule la vente était passible d'une amende, et personne, à part les enfants et les givrés, ne se faisait piquer sur le vif au cours de la transaction. Les rois de la magouille, à commencer par Haddad, versaient une obole copieuse à certains types de l'*Air Police*, si bien qu'eux non plus ne se faisaient jamais surprendre la main dans le sac. En descendant du bus, un des AP renversa un paquet de vivres. Morning sauta en douceur, mais lui laissa le soin de le ramasser. Le protocole pour sortir de la base n'était jamais particulièrement agréable, et nous étions maintenant tous ravis de tracer sur l'autoroute en direction de Tarlac.

À peine avions-nous dépassé les baraquements misérables de Dau que le chauffeur s'enfila sur un chemin poussiéreux qui menait à un bosquet de bananiers.

« Où va-t-il ? demandai-je.

— Rencontrer le gonze, répondit Novotny.

— Quel gonze ?

— Le gonze pour la thune. »

Le bus s'arrêta à côté d'une jeep dans laquelle se trouvaient deux gars. Des paquets de cigarettes surgirent comme par enchantement des chaussettes et des chemises. Les quatre caisses de vivres situées sur le dessus furent immolées, révélant du tabac et non de la nourriture. Des cartouches de cigarettes fleurirent de sous les sièges, de sous le capot et de derrière un faux mur coupe-feu. On fêtait le Joyeux Noël du marché noir, et tout le monde gicla hors du bus pour faire du troc avec le « gonze de la thune », sauf Haddad et moi. Une fois les transactions terminées, Morning fit la collecte pour les dépenses du car, les frais de chauffeur et la bière, puis tout en brandissant gaiement la liasse de pesos, poussa un « Alléluia » et distribua les bières.

Au nord de Tarlac, le car tourna à gauche en direction du golfe de Lingayen, et nous croisâmes de jeunes garçons pieds nus qui gardaient des kérabaus vautrés dans les fossés, tels des tertres de bitume oubliés. Grillé par le soleil, l'air avait définitivement oublié la clémence du matin, et nous filions maintenant à la rencontre de brumes transparentes et miroitantes, qui s'enfuyaient plus loin lorsqu'on croyait les atteindre. Le bord métallique des fenêtres nous brûlait le bras lorsqu'on l'appuyait pour tenter de recueillir un peu de vent frais, et des filets de sueur s'écoulaient en rivières affolées le long de nos côtes. La bière et l'épuisement nous faisaient oublier un instant la fenêtre cuisante, et nous reposions alors le bras sans guère y prêter attention, avant de le retirer brusquement en proférant un chapelet de jurons. La bière avait beau être glacée et nous piquer la gorge, elle n'était jamais assez glacée. La voix de Novotny, éraillée par l'ivresse, grésillait dans cette étuve comme un insecte ; toute proche puis soudain lointaine dans la torpeur.

« Finalement, ça s'est plutôt bien passé, hier soir. Une fois la première frousse dissipée, ça s'est bien passé. » Il rebondissait confortablement sur son siège, décontracté et souple, agité au gré des cahotements du car bringuebalant, comme en proie au mouvement circulaire incessant d'un gyroscope. Dans sa bouteille, c'est à peine si la bière était agitée de remous ; n'empêche que nous, nous n'en étions pas moins occupés à essuyer la mousse qui nous giclait à la figure.

« Si ça se trouve, ce qu'il nous faut, c'est une ou deux bonnes guerres pendant la période de Noël.

— Tu ne dirais sans doute pas ça, si l'un d'entre nous y était passé, grogna Morning de l'autre côté de l'allée centrale. Du coup, ça nous aurait peut-être moins fait marrer, hein ?

— Tu parles, les bonnes guerres, ça n'existe plus, dis-je. Pas depuis qu'on a inventé le canon, et que les avions dégomment les troupes au sol. C'est fini tout ça. Maintenant qu'il y a la bombe. Comment un homme peut-il apprécier une "bonne guerre", s'il sait qu'il y a un risque qu'un quelconque abruti, qui croit à toutes ces histoires, appuie sur le bouton et ratiboise tout le paysage. Ça n'a plus de sens, maintenant.

— Mon cul, oui. Tout cela n'a de toute façon jamais eu aucun sens. C'est stupide, la guerre. C'est

273

ce que l'homme peut s'infliger de plus abominable à lui-même, dit Morning en se relevant.

— Je n'en suis pas si sûr. On dirait qu'une petite guerre par-ci par-là insuffle du caractère à un peuple. Il n'y a que pendant les guerres que les populations ont l'occasion de se comporter en tant que peuple, et même si cela joue sur peu de chose, il me semble que ce n'est pas dénué d'intérêt.

— Vous racontez tous les mêmes sornettes, s'esclaffa Franklin, vous les militaires de carrière — c'est tout ce que vous attendez, une guerre. » Un éclat de rire général s'ensuivit.

« Bon, alors, à quoi sert un soldat selon toi ? À repeindre les chiottes, à remplir des dossiers ? Vous savez tous parfaitement à quel point vous avez horreur de jouer les laquais…

— Et peut-être aussi qu'on aurait horreur de jouer les assassins, m'interrompit Morning. Il n'y a rien de pire qu'un tueur mercenaire, rien, or un soldat ce n'est rien d'autre. Moi j'ai l'impression que les soldats ne sont rien d'autre que des ballots, incapables d'apprécier la vie, continua-t-il en agitant le majeur et l'index sous mes yeux comme pour pincer du vide, si bien que le seul truc dont ils puissent rêver, c'est d'une mort héroïque de Viking. Peu importe ce qu'ils ont réalisé ou n'ont pas réalisé tout au long de leur putain de vie, c'est d'un seul coup auréolé de gloire dès l'instant qu'ils ont calenché au combat. Mais enfin, Krummel, vous les avez pourtant vus, ce sont soit des poivrots soit des fanatiques religieux, ceux qui se morfondent en attendant la guerre. Donnez-leur l'occasion et le pouvoir, et ils la feront, leur guerre. Un jour viendra, lorsque l'Amérique sera fasciste, où ils l'auront, leur guerre, et ils brûleront 70 millions de Noirs américains dès qu'ils commenceront à entrevoir la défaite. Les soldats, ah, des boy-scouts frustrés et des homosexuels latents.

— S'il en est ainsi, Morning, c'est parce que des types comme toi sont passés par là ; à force d'y croire, à force de croire que les hommes doivent se battre non pas pour le pouvoir, l'argent ou pour la luxure, mais pour des idées ou des dieux, ce qui revient au même. La guerre est dans la nature humaine. C'est dans la nature de l'homme de vouloir améliorer son sort, et s'il veut vraiment quelque chose, il ira jusqu'à tuer pour obtenir ce qu'il convoite. Cela me paraît plus raisonnable que de se battre pour défendre des idées. Les peuples ont autrefois reconnu un chef dans le guerrier, mais vous, vous croyez maintenant que le guerrier ne peut être qu'un dingue ou une brute, et comme des types comme vous ont toujours leur clapet grand ouvert, vous arrivez même à le convaincre qu'il est…

— Citez-moi un autre animal capable de tuer les siens et qui ne soit ni dingue ni brutal ! » m'interrompit Morning. Franklin avait commencé une plaisanterie, mais il cessa immédiatement quand il aperçut la rage qui envahissait la figure de Morning.

« Quiconque surprenant l'un des siens, y compris son frère, en train d'empiéter sur son territoire, ou d'essayer de lui voler sa nourriture ou son compagnon. À la différence près que les animaux ne croient pas en ce qui est bien ou mal ni en la capitulation sans condition. L'homme après tout n'est censé être qu'un animal évolué — ce sont des gens comme toi qui ont tout fait pour l'en convaincre —, alors on peut supposer que sa sensibilité est exacerbée, lorsqu'on empiète sur son territoire, si bien qu'il tue quand il estime avoir été offensé. J'en sais rien... il y a bon nombre de choses que j'ignore et que j'apprendrai certainement à la guerre. Combien de romanciers estiment que la guerre fut le point culminant de leur vie ? Combien...

— Et combien trouvent que c'est la fin de leur vie ?

— Les gens meurent aussi dans les accidents de voitures.

— Ça aussi, je suis contre.

— Enfin, Morning, l'homme a toujours été obsédé par le meurtre. Et si le meurtre apportait une réponse à certaines questions ? Peut-être qu'à tuer on gagne en sainteté. C'est peut-être un moyen de découvrir le mystère de Dieu.

— Moi j'ai plutôt l'impression que *c'est vous* qui êtes obsédé par le meurtre, dit-il en brandissant à nouveau avec pédanterie son majeur et son pouce. Avec votre mentalité de petit-bourgeois puritains, vous confondez baise et meurtre. » Il éclata d'un rire rude. « Hé mec, tuer son prochain, ce n'est pas bien. Vous le comprenez pas, ça ?

— Bien sûr que non, je ne comprends pas pourquoi. Tout le monde me dit que c'est mal, mais personne ne me dit pourquoi.

— Mais merde, ça va de soi.

— Mon cul, ça va de soi. Toute ma vie j'ai lu des récits à la gloire du meurtre. Et qu'est-ce que tu fais des millions de bandes dessinées et de films de série B que je me suis enfilés ? Comme tous les gamins. Comme chacun d'entre nous. J'ai appris que c'était juste et beau de tuer l'ennemi...

— Mais c'étaient des...

— Nom d'un chien, bien sûr que tu as raison, c'étaient des bobards. Alors trois fois "bravo", nom d'un chien. Tout le monde pratique le mensonge par ignorance, alors comment vais-je m'y prendre moi pour choisir entre des mensonges ?

— Comme je disais, j'ai appris qu'on pouvait tuer les méchants, m'écriai-je pour calmer le jeu, voire qu'il était noble de les tuer lorsqu'on faisait preuve d'honneur et de dignité. Et puis des zigotos comme toi se pointent pour me raconter que les méchants, ça n'existe pas ; qu'il n'y a pas d'un côté des chapeaux noirs et d'un autre des chapeaux blancs, mais seulement des gris qui se sont égarés. Mais vous vous y êtes mal pris, vous vous êtes moqués des bons au lieu d'essayer de me faire comprendre les méchants. Vous vous êtes moqués d'eux, or la morale occidentale est totalement dépourvue d'humour, et c'est à cause de vous que j'ai penché encore plus du côté des méchants. Vous avez colporté des âneries telles qu'un gangster vaut mieux qu'un prêcheur qui nage dans la magouille, parce que le gangster est plus honnête. D'accord, alors après ça, venez me dire que c'est mal de tuer son prochain.

— D'accord, Maman-poule, je vais te dire un truc : c'est pas bien de tuer son prochain, et la guerre c'est une véritable saloperie diabolique ! termina-t-il dans un cri.

— Tu aurais tué des Allemands pendant la guerre ?

— Bien sûr…

— Parce qu'ils avaient foi dans le mal ? demandai-je.

— Bien sûr… mais je me serais rendu compte que c'était…

— N'empêche que, cette fois, c'est l'Amérique qui a foi dans le mal ?

— Exactement.

— Mais dans les années quarante, on croyait au diable tout autant, voire plus, que maintenant, mais tu aurais descendu les boches plutôt que les Américains, et…

— D'accord, cria-t-il, mais je me serais rendu compte que je me trompais, et je me serais acquitté d'une tâche pénible, j'aurais fait mon boulot, un boulot nécessaire mais désagréable.

— Non mais te rends-tu compte de ce que tu es en train de raconter, Morning ? C'est toi qui te fiches de l'homme, maintenant. Tu ne peux pas tuer des hommes comme s'il s'agissait d'un simple boulot. Quelle insulte à toute la race humaine. Il faut du romantisme, que diantre, ce doit être l'apothéose d'une histoire d'amour, ce doit être un acte d'amour, et non pas un devoir. » J'écartai les bras et baissai d'un ton : « L'homme ne convoite pas seulement du "Vin, des Femmes et des Chansons", il convoite aussi la guerre, nom d'un chien ! Et jusqu'à ce que vous interveniez, vous autres, Romains chrétiens pétris de morale, les hommes avaient suffisamment de bon sens pour vénérer des dieux qui appréciaient le vin, la guerre et les femmes et ils chantaient avec nous autres frêles mortels. Alors que maintenant nous sommes des êtres civilisés, romains et chrétiens — même vous qui vous prétendez athées vous êtes chrétiens —, une nation de petits commerçants, de menuisiers et de bibliothécaires ; esclaves au nom de la liberté. Et merde ! C'est la mort qui définit la vie…

— Vous n'arrivez pas à ôter de votre saloperie de carcasse crânienne que la guerre n'est pas ce que vous croyez. Ce n'est pas beau ; c'est dégueulasse,

278

c'est horrible et dégueulasse, c'est douloureux, glacé, misérable. L'homme est du côté de la vie, pas de la mort !

— Qu'est-ce que t'en sais ?

— Je le sais.

— D'accord, et moi je sais que c'est la plus belle chose qui existe dans ce maudit monde civilisé. C'est une chose simple et claire, la guerre, c'est un feu qui marque un homme au fer rouge, et si ce doit être douloureux, qu'à cela ne tienne, nom de Dieu, les hommes aiment être marqués en profondeur dans leurs cœurs débordant de péchés ! Ils adorent ça ! Et toi comme les autres, Joe Morning. Te voilà en train de pleurnicher, mais tu as adoré tirer sur ces pauvres bougres, la nuit dernière. »

Il s'est immobilisé, a englouti précipitamment une gorgée de bière. Je lui écrasais les arpions, j'appuyais trop fort, trop fort. « Vous voulez dire que vous aimez ça, fit-il en agitant à nouveau ses doigts comme une pince. C'étaient de pauvres bougres comme vous et moi.

— Je ne sais pas encore... mais je vais bien finir par le savoir. Il faut bien que je finisse par le savoir.

— Oh, espèce de fils de pute, z'êtes siphonné », dit-il, puis il s'interrompit, inspira profondément et enfonça le clou : « Z'êtes complètement siphonné.

— Ne fais pas l'imbécile, dis-je incontinent, prêt à sourire et à passer l'éponge.

— Vous causez trop, tous les deux, fredonna Novotny d'une voix traînante.

— Vous allez arrêter de prendre ça de haut, espèce de fils de pute ! » Sur ce, il se leva, et écarta les bras de son corps comme pour étaler une lourde houppelande.

279

«Du calme, laisse tomber.

— Allez vous faire enculer!

— Voilà une attitude bien intolérante de la part de notre Progressiste blanc au grand cœur, dis-je.

— Mon gaillard, vous jouez les soldats cultivés dans la grande tradition des guerriers éclairés, prêts à défendre l'homme contre ses ennemis, mec, mais quand on en vient aux faits, vous n'êtes rien de plus qu'une brute impotente, égarée, à la recherche de ses burnes au milieu du champ de bataille!

— Mais non, mon pote! Mes burnes sont bien accrochées, pour le meilleur comme pour le pire», lui répondis-je en hurlant, maintenant debout. «Alors essaie donc d'en croquer un bout, ou bien ferme ton clapet avant que je me foute en rogne!

— Voilà l'illustration parfaite de la façon dont les gars comme vous procèdent. S'il n'y a pas matière à se bastonner, à tirer son coup ou à picoler, ça ne vaut rien, articula-t-il dans mon dos tandis que j'arpentais le couloir. Z'êtes tous des enculés fous à lier.

— Je ne sais pas ce que je suis, mais je sais au moins que j'évite la masturbation intellectuelle, moi», lui rétorquai-je par-dessus mon épaule en arrivant à l'avant du bus, où je m'ouvris une autre canette.

Je sentais la colère me visser le ventre, âpre et rude, aussi pure et bouillonnante qu'avant un combat. Morning n'aurait pas hésité à m'affronter, mais moi, l'aurais-je combattu? J'avais beau me convaincre que c'était au nom de l'amitié que je me retenais, mais en mon for intérieur, je me traitais de couard, m'accusant comme d'habitude de saisir le premier prétexte pour tourner le dos au combat. Quand il vous tient à cœur de ne pas passer pour un poltron, il est toujours difficile de se convaincre que les raisons évoquées ne sont pas des rationalisations destinées à sauver l'opinion que vous avez de vous-même. Un poker s'organisa dans le fond du bus, comme se déclenche une toux gênée, je sifflai ma bière et ravalai ma rancœur. La frousse consiste à *détaler* dans ses retranchements, tandis que la bravoure consiste à *s'étaler* en fonçant de l'avant : il n'y a là aucune abstraction. Oui, c'est bien ça.

Le car traversa une zone de jungle, où une végétation sombre et luxuriante l'estampilla au passage, en vrillant çà et là des feuilles qui restèrent fixées au véhicule, comme les éclaboussures d'une bouteille jetée par un vagabond dans quelque mer lointaine. Des villages peu nombreux se blottissaient contre le miroitement de cette autoroute qui traversait la vaste étendue sauvage en pourfendant le mur compact des arbres.

Ce pays, je le connaissais. Les deux invasions japonaise et américaine avaient emprunté cette route qui partait des plages du golfe de Lingayen. Les stigmates de ces invasions s'étaient depuis longtemps consumés dans l'inextricable masse de verdure composée de ces innombrables plantes grimpantes qui s'entortillaient partout. On surprenait des indices témoignant des violences d'autrefois, lorsqu'on découvrait par hasard une pièce de métal rouillée non identifiée, ou lorsqu'on prononçait les noms de codes dont même les plages, comme *Blue Beach*, étaient affublées. Le temps donc guérissait les blessures sans grand effort, mais ce jour-là, en cette journée incandescente, les fantômes à jamais inguérissables s'adressèrent à moi, ils me sermonnèrent et je fus gagné à leur cause sanglante. Entendis-je le cri d'un singe, frêle dans les rafales du vent ? Ou était-ce le hurlement interminable d'un homme pris au piège sous les mortiers qui explosaient au-dessus de sa tête, dans les arbres — un cri perçant dont l'écho retentissait dans les grottes du temps ? Le bus s'arrêta sur un pont, et un objet brilla au-dessus des eaux brunes. Une bouteille jetée dans le ruisseau ? Ou une main aspirée à jamais dans le remous, pour la « dernière fois », la millionième « dernière fois », les doigts encore crispés non point pour implorer, mais en guise de défiance ? Je connaissais cela, je connaissais cela. Le passé, l'histoire, la mémoire m'avaient toujours attendu comme un spectre. Ma mémoire ignorait les chaînons du temps. J'avais foulé les sols paisibles de la Bataille de Pittsburgh, alors que des hommes en haillons tombaient à chaque pas. J'avais marché sous le soleil d'Elkorn Tavern alors que les canons se parlaient et se répondaient, tandis que les hommes pleuraient, leurs visages maculés de sang. J'étais resté sans faire un geste à Upper Brazos, tandis que six Comanches scalpaient un fermier, sa femme et son enfant, puis remontaient calmement sur leurs chevaux — ivres, sanguinolents, laissant l'un des leurs sur le carreau —, retournant vers les Staked Plains. Oui, j'ai vu, et à jamais je verrai les fantômes d'hommes à l'agonie, et c'est en les voyant que je compris, malgré les protestations de ceux-là même qui tombaient, que c'était héroïque, que c'était peut-être ce qu'il y avait de plus noble.

Je voulais hurler cela à la face d'un monde indifférent et peureux, qui, au nom de l'Utopie, avait oublié le Walhalla. Ou peut-être voulais-je seulement le prononcer une seule fois pour moi-même, afin de m'assurer que je croyais encore. Je n'en restai pas moins silencieux dans le fracas du bus, me croyant fou, moi le rêveur dont les visions étaient les cauchemars de l'humanité ; moi qui combattais non point pour la paix mais pour la guerre éternelle. Je ne pouvais m'arrêter : je ne pouvais oublier tout ce que j'avais vu, et je me rappelais ce que je n'avais pas vu. Pour moi, les deux armées de Sibérie piétinaient encore dans la neige, encerclant les Allemands non loin de Stalingrad. Il n'y avait pas de bande-son correspondant à ces images, mais j'avais entendu leurs hourras. Des Sibériens aux visages aplatis, égarés à quinze mille kilomètres de chez eux, qui combattaient pour des Russes qu'ils n'aimaient pas, des Allemands dont ils ne savaient rien, car il était juste, pour un homme, de mourir ainsi, de résister et non de détaler, de se battre jusqu'à la mort s'il le fallait. Mais la victoire n'est pas la seule facette de la guerre. Je me rappelais aussi les visages tristes des Allemands — affamés depuis des semaines, périssant dans le froid depuis plus longtemps encore — engourdis par leur captivité, s'apprêtant à pousser plus loin encore leur marche, 107 800 hommes au départ attendant plus longtemps encore jusqu'à ce qu'il n'en reste plus que 6 000 pour rebrousser chemin. Mais les perdants ne différaient guère des vainqueurs, qui poursuivaient leur défilé vers le froid, vers les combats, la puanteur et les épreuves. J'ai vu et je me suis souvenu, et que Dieu me pardonne, j'ai jugé qu'il n'existait rien de plus noble.

Mais cela remonte à fort longtemps, lorsque je chevauchais en direction de la mer, lorsque j'avais encore honte d'être un guerrier.

J'ai dormi par intermittence jusqu'à ce qu'on arrive dans la ville de Dagupan, ravi cette fois-ci de ne plus rêver ; le bus fit néanmoins une halte en ville, de manière qu'on se réapprovisionne en bière, en glace et en pain frais dans une petite boulangerie que Morning connaissait. Je n'avais nul besoin de quitter le car ; j'attendis donc dans la chaleur à observer la ville, les bâtiments en bois aux toits en tôle ondulée, constellés d'enseignes de boissons non alcoolisées ; les passants qui traînaient les pieds dans des sandales ou des sabots de bois, et qui jamais ne semblaient pénétrer dans aucune des habitations. La plupart desdites habitations n'étaient recouvertes d'aucune couche de peinture, mais le bois refusait de laisser croire qu'il n'était point entretenu — certainement de par sa nature robuste ou bien en raison des averses qui rinçaient tout à grande eau. Ce peuple arborait une peau qui semblait être le produit d'un bronzage intérieur, comme si leur chair était constituée de terre colorée, et leurs os semblaient teintés avec autant de délicatesse que les clés en ivoire de quelque antique piano. On retrouvait également la poussière brune que l'on trouve partout où l'homme passe le balai, mais ce n'était pas de la crasse. La crasse n'est descendue sur terre que lorsque le dieu du progrès du vingtième siècle a réussi à se vendre aux déshérités en se faisant passer pour le Salut, ce qui eut pour conséquence sur la société ancienne de tuer ce qu'elle avait de meilleur en même temps que ce qu'elle avait de pire. Si j'avais posé la question suivante à cet adolescent philippin planté à côté du bus avec un transistor collé à l'oreille : « Est-ce cela, le progrès ? Ces objets te volent ta dignité, ils te coûtent ta fierté », il m'aurait certainement répondu : « Ouais, mec, cause toujours, ouais c'est ça ! » Je ne lui ai pas posé de question ; et personne n'est venu m'en poser.

Les autres sont revenus de leurs commissions, et le bus a parcouru la dizaine de kilomètres qui nous séparaient de la plage. Nous nous arrêtâmes face à un pavillon imposant sur lequel on pouvait lire l'inscription «CHEZ JOHN» fraîchement tracée au pinceau ; du haut du promontoire faiblement surélevé sur lequel il était juché, le pavillon était flanqué de cocotiers aux courbes gracieuses, et dominait la plage et l'estuaire. Morning salua le gros Philippin avec empressement, John, aucun doute possible, avec cette familiarité authentique que l'on doit à un type-qui-sait-dénicher-les-*vrais*-endroits. John qui avait certainement lui aussi mal lu Hemingway lui retourna la politesse comme un vrai bon vieux pote de toujours. John était de ces obèses qui n'arrivent pas à s'habituer à leur physique, comme s'ils ressassaient avec nostalgie le bon temps de leur sveltesse envolée. Il était également de la jaquette flottante, et outre le petit café qu'il tenait, ainsi que le magasin *sari-sari* et quelques tables placées de manière à bénéficier d'un relatif courant d'air, il avait installé dans son pavillon sept ou huit *Billy Boys*, des tapettes plus ou moins attifées pour le grand jeu. Morning me présenta comme étant le sergent Krummel, chef du groupe, tant et si bien que John me donna du « Chef » jusqu'à la fin du séjour. Mais il n'était pas aussi repoussant que mes remarques à son sujet pourraient laisser penser. Ses yeux s'unissaient dans un mince sourire duquel se dégageait un peu de chaleur, il refusa néanmoins de me serrer la

main par déférence pour son sexe, comme pour signifier : « Dites donc, c'est que j'ai mes gars, moi ! » Il
nous présenta ses garçons : Violette, Rose, Magno-
lia, etc. Son établissement n'était pas aussi ringard
que ce que Morning m'avait laissé entendre.

Le groupe loua la plus grande des *nipa huts* de la
plage, quant à moi, toujours aussi puéril, je choisis
une hutte de taille plus modeste pour moi tout seul.
Je tenais à garder mes distances vis-à-vis de Morning. Le bus s'avança de deux cents mètres jusqu'aux huttes, mais la plupart des gars terminèrent
ce dernier tronçon à pied. Je restai en retrait pour me
régaler de l'un de ces crabes bouillis dont Morning
m'avait tant parlé.

Le pavillon surplombait un bourbier alimenté par
la marée, relié à l'estuaire par un filet dont l'eau montait à la cheville. L'herbe rase qui ourlait l'orée de la
plage était parsemée d'une dizaine de *nipa huts* réparties de part et d'autre de l'eau tiède. La plus spacieuse
était la dernière sur la droite, la mienne se trouvait
juste à côté, séparée de la mer par une centaine de
mètres de la plus charmante plage qui puisse exister
au monde. Des bras d'un blanc étincelant embrassaient l'étendue plane et miroitante de la mer, sur la
droite depuis les brumes montagneuses qui s'éten-
daient au loin, puis à gauche, de l'autre côté de l'estuaire, jusqu'à ce point tremblotant où la mer, le ciel
et le sable se fondaient dans une incandescence invisible. Les coloris pâles et néanmoins contrastés, le
chuintement ténu de la brise sur mon visage — tout
cela ne peut être qu'un miracle, songeai-je. Des voix
parvinrent à mes oreilles, des voix idiotes, à peine
perceptibles dans la touffeur, des intonations qui
s'élevaient d'un terrain de jeu du passé.

Quinn, l'enfant du bitume et des ruelles, avait ôté ses chaussures et guinchait sur le sable brûlant et compact, pourchassant un troupeau d'oies domestiques en bordure du bourbier. Pete, qui n'avait pas totalement oublié la ferme de son grand-père dans le Michigan, lui hurla un avertissement tardif. Le jars avait déjà redressé son long cou gris, il avait déployé ses ailes bien haut derrière la tête, et se précipitait en direction d'un Quinn qui se bidonnait. Quinn plongea, saisit une patte au vol, mais se ramassa un coup de bec rouge et dur, qui l'atteignit à la cheville, alors que le jars prenait du recul, se ressaisissait et fonçait de nouveau à la charge. Quinn essaya de s'en prendre à l'autre patte, et tout à son étonnement éthylique, s'écroula par terre, la bouche béante, laissant échapper une plainte inaudible, couverte par des rires qui n'étaient pas les siens. Peter fit déguerpir l'animal à l'aide d'un bâton, qu'il dut ensuite reprendre des mains de Quinn, un Quinn qui vociférait maintenant des bribes de phrases incompréhensibles à propos d'une saloperie de piaf qu'il voulait étrangler.

Le jars, noble personnage s'il en fut, ignora superbement l'ennemi qui avait chu à terre, bomba son torse magnifique comme pour recevoir une médaille, puis d'un pas fier et mesuré reprit la tête de son troupeau de vierges dans la direction opposée.

Le lendemain, Quinn prétendit à grands cris que les contusions sur sa cheville provenaient du trajet en bus, et que tout ce qu'il avait cherché, ce n'étaient pas des noises mais un simple paquet de cibiches. Mais ses protestations ne lui furent d'aucun secours ; il fut rapidement baptisé « Le Tueur-d'Oies, fils de l'Œuf-de-l'Oie ». Ce patronyme se fondit dans la nuit des anecdotes de guerre embellies, dont on ne se souviendrait ultérieurement qu'à moitié, et qu'on raconterait ensuite aux siens sous une forme revisitée, allant du «Papa-Oie» à «La Grande-Oie-Grise». L'esprit du sobriquet survivrait cependant jusqu'aux lointains futurs, lorsqu'on se gratterait la tête grisonnante en essayant de se remémorer «le nom de ce dingue, celui qui s'était fait mordre par une oie».

Tout en observant Quinn et Pete qui s'éloignaient, j'élaborai la légende en attendant que mon crabe soit à point, m'appliquant à faire rouler ma canette de bière fraîche sur mon front, admirant les étroites pirogues de pêche qui glissaient sur une mer lisse comme le verre.

John m'apporta mon crabe quelques instants après que les combattants eurent quitté le terrain. Je lui expliquai que je n'avais encore jamais mangé de crabes et lui demandai s'il saurait m'expliquer comment les décortiquer. Il s'en montra singulièrement ravi. Je suppose que pour du crabe c'était bon, et je remarquai que cet animal, tout comme l'homme, porte sa carcasse à l'extérieur, et il résista au-delà de la mort à mes assauts effrontés. J'en finis avec les pinces, réglai à un maussade *Billy Boy* dont le mascara avait coulé au soleil, et retournai d'un pas nonchalant vers le bus. J'y pris mes affaires, le livre dont Morning m'avait recommandé la lecture et un panier rempli de bières. Puis, moi, seigneur du manoir — ainsi que je m'en convainquis —, je me retirai paisiblement dans mes appartements, heureux de pouvoir rêver à des victoires passées et à de futures conquêtes, ne regrettant pas un instant de ne pas pioncer avec les autres.

Morning me réveilla au moment le plus torride de l'après-midi.

« Hé, grosse bête, vous venez piquer une tête ? »

Ma nuque et mes épaules dégoulinaient de sueur, et le lit était détrempé. Je versai la bière à moitié bue à travers les interstices du sol en bambous tressés, refermai le roman sans prendre la peine de marquer les trois pages que j'avais lues, m'étirai paresseusement et me mis à transpirer de plus belle.

« Fait trop chaud, mon coco. »

Il agita deux chapeaux de coolies et deux bouteilles de vin, dont le socle en osier avait été enlevé, et m'expliqua que si on allait piquer une tête, c'était précisément parce qu'il faisait trop chaud. Au bout de quelques instants, je compris qu'il essayait de me présenter ses excuses, si bien que je roulai mon matelas de fortune et troquai mon short contre un maillot de bain tandis que Morning entonnait *Meadowlands*. Je lui emboîtai le pas sous le soleil de plomb, ce soleil qui emplissait le ciel comme un nuage de mauvais augure, se réfléchissant dans l'étendue de sable immaculée comme dans un cataphote. L'eau d'un bleu pâle semblait aplanie par l'atmosphère étouffante, comprimée au point de ne plus être qu'une feuille éblouissante, accusant par endroits quelques boursouflures qui venaient se mourir sans qu'on les remarque sur un doigt de sable cuisant, tels les timides battements d'un pouls fuyant. Morning et moi rejoignîmes les autres, nous nous assîmes dans l'eau de manière à nous immerger la nuque, jouissant d'une réelle fraîcheur à l'ombre de nos chapeaux, lestés que nous étions par les bouteilles de vin fixées à nos poignets. La fournaise étendait son emprise, nous avions épuisé nos réserves de vin et nous nous laissâmes alors porter à la dérive jusqu'à un léger tourbillon dans l'estuaire, créé par la marée haletante qui affluait comme un coureur à bout de souffle. Au bout d'une heure, en dépit de notre résistance, nos corps ressemblèrent à des miettes de pain humectées de vin et plongées dans une bassine. Novotny, Morning et moi partîmes à la recherche d'un village de pêche ombragé en amont de la rivière.

Nous trouvâmes finalement un peu d'ombre dans le pavillon du village où une réception de mariage battait son plein. Les Philippins qui nous avaient aperçus nous firent signe, ils pouffèrent et se moquèrent de nos épaules meurtries par le soleil et nous invitèrent à se joindre à eux pour écluser une bière. Participer à une réception de mariage en slip de bain, il fallait être dingo pour accepter, mais leur invitation était si chaleureuse, si spontanée, que nous nous sentîmes vraiment les bienvenus. Cela faisait bien longtemps qu'un étranger n'avait pas eu un mot gentil à notre intention, et ces gens de petite taille nous plongèrent dans l'embarras avec leur gaieté et leur accueil si empressé. On nous apporta des bières et des tranches grasses de porc braisé, du riz violet et du poulet frit, le tout pétillant de rires tel du champagne. Ils se montrèrent d'une politesse pleine d'humilité, baissant le volume du juke-box de location, pour mieux nous présenter les convives, mais s'ils nous prodiguèrent leurs rires, ils surent également se rire de nous, comme de vieux aminches qui se retrouvent. Un vieillard ratatiné se moqua de ma panse farcie de bière, qui avait enflé comme une tumeur depuis la saison de football, et je lui retournai sa politesse d'un geste, attirant l'attention sur son crâne d'œuf. Son visage se renfrogna en un masque strié d'une multitude de rides, puis un caquètement joyeux s'échappa de sa bouche édentée. Je serrai la pince aux deux familles maintenant unies, puis au jeune marié charmant ainsi qu'à sa timide dulcinée qui dissimulait son sourire en baissant les yeux. Je voguai encore une fois à travers la foule houleuse. Où que je me tourne, des sourires éclosaient comme des fleurs fixées dans l'instant par un photographe imaginaire ; des bourgeons bruns qui s'épanouissaient au soleil. J'entamai une discussion sur les cow-boys et les Indiens, avec un type qui se vantait de tout savoir sur le Texas, mais lorsque je lui révélai que j'étais à la fois cow-boy et indien, il rit et rit à s'en étrangler, jusqu'à ce que les larmes viennent iriser ses yeux. Je ne voyais pas ce qu'il y avait de si risible, mais je n'en partageai pas moins sa jubilation, et je me fendis la pipe sans doute encore plus fort que lui, au point de devoir m'asseoir par terre, tandis qu'il vagissait de plus belle, en proie lui aussi à une hilarité qui lui coupait la respiration. Nous finîmes tous les deux le cul par terre, à ricaner et à nous tenir par les épaules, jusqu'à ce que la dernière crise de rire se dissipe, après quoi nous nous séparâmes dans un sourire.

Je m'installai à une table pour reprendre mes esprits, m'assis à côté d'un Philippin à la crinière blanche. On lui donnait la cinquantaine, mais il avait le cheveu fourni et crépu, un visage rude, et un corps vigoureux et ferme. Il portait une chemise amidonnée à rayures bleu clair comme celle que mon père portait avant la guerre dans mes souvenirs, ainsi qu'un pantalon qui, à l'évidence, n'était que la moitié d'un complet deux pièces ; ses chaussures en

291

revanche étaient flambant neuves, d'un marron foncé presque métallique, il les posa sur le banc à côté de lui comme pour les exposer en vue de les vendre ou de les échanger. Ses pieds crasseux et cornés, élargis et endurcis par d'innombrables années passées à marcher pieds nus, étaient écartés en éventail sous la table, dans la poussière. Il opina poliment du chef, mais ne sourit pas plus qu'il ne parla. Il se concocta un cocktail à sa manière : une dose de *Black Dog Gin*, une dose de soda à l'orange et une dose de bière, le tout mélangé dans une lourde timbale. Il but lentement, voûté au-dessus de son godet, comme un type qu'une longue route sépare du prochain verre. Je l'observais, tout comme j'observais ses pieds repoussants qui griffaient la terre, tels des crapauds entêtés, puis je finis ma bière et m'en allai.

Je réapparus dix minutes plus tard, m'assis face à lui, et lui demandai dans un sourire : «Comment va Monsieur aujourd'hui?» Il avait posé ses chaussures sur la table.

«Très bien, je vous remercie», dit-il en relevant la tête. Sa voix était aussi âpre et usée que ses souliers. «Vous êtes dans l'armée?» s'enquit-il. Le timbre de sa voix était doux et grave, il s'exprimait dans un anglais tout à fait correct.

«Oui, Monsieur.

— C'est bien. Moi aussi j'ai été dans l'armée, autrefois, dit-il en replongeant son regard au fond de son verre. Cela remonte à bien longtemps, c'était pendant la Seconde Guerre mondiale. Les Japonais m'avaient confisqué ma scierie et j'ai rejoint le colonel Fergit dans le maquis à Mindanao. J'étais commandant.»

Je ne fus pas surpris : je n'avais pas encore rencontré un seul Philippin né avant la guerre, qui ne prétendît pas avoir appartenu à la résistance. (Mais aucun d'eux n'avait jamais entendu parler du mouvement de rébellion des Hukbalahap des années cinquante.) La tenancière d'un restaurant d'Angeles m'avait confié : « Ce sont tous des menteurs. Ils se cachent dans les collines et ils appellent ça de la résistance. Si c'étaient des femmes, ils sauraient ce que c'est que la résistance. »

Le vieil homme tira un portefeuille vétuste de sa poche, et me montra une photo de lui en compagnie de trois autres officiers philippins et du général Douglas MacArthur. D'autres morceaux de papier froissé furent tirés de la pochette en cuir : son diplôme d'université plié et partiellement effacé, qui attestait de sa spécialisation en génie civil ; des photos de sa femme et de ses enfants massacrés par les Japonais en 1943, et sa scierie, ainsi qu'une partie de son outillage ; ses ordres de mission et ses nombreuses citations ; une attestation de son appartenance à une société d'ingénierie datée du 2 juin 1936 ; un billet souillé d'un dollar, paraphé à l'encre rouge par tous les Américains du groupe ; un cliché à peine reconnaissable du postérieur de Betty Grable. C'est toute sa vie qu'il exposait là sous mes yeux, effacée, écornée, déchirée le long des pliures, dispersée comme le temps gâché autour de ses savates fringantes. D'une voix aussi émoussée qu'une jungle déchiquetée par les obus, posée à force d'avoir trop murmuré, il m'expliqua comment il s'était fait entourlouper pour sa paye tout au long des cinq années de combats, comment il s'était laissé dépouiller par des politiciens véreux et des Américains apathiques. C'est à moi qu'il expliquait cela, moi un Américain, mais le reproche et l'amertume prenaient un accent lointain et éraillé dans sa bouche.

« Ah ! soupira-t-il. Il y a si longtemps. Tout cela remonte à si longtemps. »

Nous comprenions tous les deux qu'il venait de me dire de manière détournée qu'il était un Huk, un membre de l'une de ces bandes peu nombreuses qui subsistaient encore, composées de bandits nomades sans aucune prétention politique autre que le brigandage. Je me demandai s'il avait fait partie du raid de la nuit précédente, si c'étaient ses collègues que nous avions tués.

Il refourra dans le portefeuille les fragments de temps qu'il avait capturés, puis me montra son mollet droit. Sa jambe était balafrée d'une blessure en pointillé de mitrailleuse. Une vieille cicatrice satinée, comme le miroir d'une douleur qu'on n'oublie pas, une douleur contenue par vingt années passées à courir, à se battre et à mourir, alors que tout cela devait être terminé (il fallait bien que ça le soit !). Je repensai au corps déchiqueté de la veille, aux blessures qui ne cicatrisent pas.

On bavarda jusqu'au crépuscule, on se sourit même encore deux fois, puis on se serra gravement la main, comme au-dessus du cercueil d'un ami commun. Il prit ses souliers étincelants sous le bras, et partit à pied dans le soleil couchant, en direction des montagnes, ses cheveux blancs ondulaient comme le drapeau d'une trêve oubliée, alors que le vent en provenance de la mer se levait, et que de minuscules champignons de poussière voltigeaient autour de ses doigts de pieds difformes.

Cette nuit et le jour suivant s'écoulèrent comme un torrent se précipite dans des rapides ; on slaloma entre les rochers en une cavalcade sautillante et fluide. Le coucher de soleil d'un jaune arrogant s'effilocha en un crépuscule aux délicats coloris de citron vert. Cette subtile glissade se teinta d'une pénombre tombée soudain, ne laissant plus qu'une lisière phosphorescente, comme si de minuscules animaux se débattaient dans un métal argenté liquide. Sous la surface des eaux sombres, des protozoaires luisaient dans nos yeux comme de minuscules lumières, puis, telles des voitures de course, s'engageaient dans le virage avant de disparaître. Je passai les longues heures insouciantes de la journée à observer le caméléon enfoui dans le chaume de mon toit, tout autant que lui m'observait de cette même indifférence paresseuse. Je m'endormis une fois dans la plus spacieuse des huttes, dans l'encadrement de la fenêtre, trop bituré pour marcher, me repaissant de la quiétude des bruits ensommeillés, et des rubans de lumière chatoyants qui se reflétaient sur le bourbier. Du pavillon situé de l'autre côté du chemin nous parvenaient les rires et les pleurs du juke-box, soufflés au-dessus de l'eau croupie, tandis que Quinn, Morning, Haddad et quelques autres dansaient en titubant avec les *Billy Boys*, jusqu'à ce que John éteigne les lumières. Un moustique vint bourdonner à mes oreilles puis un coup de vent du golfe le repoussa dans les terres. Je fus probablement aspergé à grande eau pendant mon sommeil, car mes vêtements étaient détrempés lorsque le matin pointa son nez. Je nageai dans le soleil levant, importunant l'espace d'une seconde le sommeil parfait de la mer, puis je me débarbouillai dans un puits creusé à même le sable,

et me sustentai d'un petit déjeuner à base de noix de
coco et de poisson cru, tout en regardant le soleil qui
grimpait dans le bleu matinal comme quelque escar-
got malicieux. Je me demandai à voix haute s'il
existait une seule bonne raison de quitter ce site.

Ce soir-là, on prit le bus pour se rendre en ville, et
on s'offrit une virée dans un bordel.

C'était une coquille de boue, de paille et de brique
à deux étages. La chaux s'écaillait en croûtes, pour
mieux dévoiler des couches plus anciennes et plus
feuilletées. Le rez-de-chaussée était ouvert, et occupé
par le mobilier habituel, tables branlantes, chaises en
bambou, le bar et le juke-box qui glougloutait. Au
fond de la pièce, un écheveau de piaules aux parois
de bambou s'escaladaient mutuellement jusqu'au
toit. Les cubes minuscules étaient empilés en toute
anarchie, chaque chambre ne semblant être reliée à
aucune autre ni aux murs extérieurs. Les couloirs,
les escaliers et les paliers disparaissaient à chaque
angle, comme si un expressionniste abstrait s'était
improvisé charpentier. Un zigoto bourré au dernier
degré aurait pu s'y promener jusqu'à recouvrer sa
sobriété, sans pour autant retrouver son chemin,
croisant une ribambelle de poules ricanantes tout au
long de son errance.

Les filles qui étaient sur place lorsqu'on débarqua
étaient du genre provincial, à savoir soit d'une jeunesse indécente, en pleine ascension sociale dans la
hiérarchie de la «bordelerie», soit absurdement
vieilles, ayant dégringolé au plus bas. Ce qui ne
sembla importuner personne dans le groupe à l'exception de Morning et moi (lui en raison de son puri-
tanisme romantique ou de son romantisme puritain,

et moi eu égard à mon… rang?), tant et si bien qu'ils se lancèrent tous dans une opération de séduction en gros. Cagle élut domicile sur le giron de la turfeuse la plus imposante de toutes les îles Philippines, lui interprétant un des tours de poupées ventriloques dont il avait le secret, pour le plus grand plaisir de la donzelle. Morning et moi filâmes vers le fond de la boutique, où une femme seule battait un jeu de cartes à la lumière crue d'une lampe sans abat-jour. Il était encore tôt, il n'y avait encore aucun client philippin.

« C'est bon, mec, me confia Morning, je suis partant pour celle-là.

— Pas de précipitation. Il se pourrait que ton bon vieux sergeo ait son mot à dire sur la question, jeune soldat. Voilà ton problème, fiston, t'es trop pressé. » Il s'esclaffa et nous nous approchâmes de la table.

Ses traits délicats trahissaient des origines espagnoles — un nez fin à la courbure parfaite, des lèvres minces arrondies — mais son corps était robuste, voire trapu et dense en dépit des quelque vingt-neuf ou trente années de vol qu'elle devait avoir. Lorsque par la suite elle se lèverait, elle apparaîtrait de plus petite taille que ce que nous avions initialement pensé. Elle n'était pas maquillée, et n'était vêtue que d'un simple jersey noir et d'un pantalon, elle ne portait pas de chaussures.

« Voyez-vous quelque inconvénient à ce qu'on se joigne à vous, gente dame? Peut-être pourrions-nous même vous offrir quelque chose à boire, déclama Morning sur ce ton décontracté et assuré dont il usait auprès des femmes.

— Je ne suis pas aussi jeune qu'autrefois, mais oui, asseyez-vous, je vous en prie », répondit-elle d'une voix aussi douce et lourde que sa poitrine. Nous nous assîmes, elle se lança dans une réussite, plaçant chaque carte avec les mêmes précautions et le même élan que s'il s'agissait des pièces d'un puzzle. Ses mouvements étaient empreints de patience et d'une dignité mélancolique, mais des rides enjouées naissaient au coin de ses yeux, et l'amorce d'un sourire ironique frôlait son visage comme le vent ride la surface d'un étang.

« Je suis le lieutenant Morning, commença Joe, et lui c'est…

— Le sergent Krummel, l'interrompis-je avant qu'il ne m'offre à nouveau une promotion au grade de major.

— Bonsoir », répondit-elle poliment sans pour autant interrompre sa réussite. Elle ne déclina pas son identité. Morning la lui demanda. « Mon nom est le nom que vous voudrez, rétorqua-t-elle. C'est mon job d'être celle que les hommes veulent. Leur petite amie, leur femme, leur mère, leur bataille, et j'ai même une fois été bonne sœur. Mais cela va coûter très cher, mon jeune ami, de découvrir mon nom, car je suis une bonne joueuse. Oh oui, très très cher. » Elle ne quitta pas ses cartes des yeux.

« Vous travaillez ici ? lui demanda Morning.

— Non », répondit-elle comme si elle ne tenait pas à s'épancher sur le sujet, mais après un bref silence, elle ajouta : « Je travaille à Manille, à la Caverne Dorée, mais je suis également propriétaire d'ici. Je viens ici pour me reposer… » Elle observa à nouveau quelques secondes de silence. « Mais, pour une belle somme, une somme inhabituelle, ou des émotions fortes, je dirai peut-être mon nom. Disons une semaine de la solde d'un lieutenant. » Elle détacha son regard de la table pour regarder Morning droit dans les yeux, ses longs cheveux détachés lui balayèrent le visage. J'entrevis des nuages montagneux qui traversaient l'horizon au crépuscule, une pluie nocturne fouettée par le vent, des mèches noires chatoyantes lovées sur un oreiller. Sa poitrine se balança timidement comme une première révérence exécutée par une enfant.

« Est-ce que cela vaut le coup ? demanda-t-il.

— Cela vaut-il jamais le coup ? Cela ne vaut-il donc jamais le coup ? Je connais un capitaine qui affirme que c'est encore meilleur, quelque chose comme — je n'ai pas le même accent que lui — "Tu débourseu les pésètes con, et tu ten'teu ta chan'ce con." »

Morning s'esclaffa, puis se leva pour aller chercher une bière.

« Oui merci, je boirais bien une bière, me répondit-elle lorsque je lui eus posé la question. Vous ne parlez pas beaucoup », remarqua-t-elle en me dévisageant au moment où Joe revenait.

« Ça m'évite les ennuis.

— Votre ami, il parle beaucoup lui.

— Oui beaucoup. Il baratine parfois aussi un peu. » Elle partit d'un rire doux et moqueur comme le couinement d'une trompette bouchée. « Tous les hommes nous mentent. Cela n'a pas d'importance. Je crois que je préfère les mensonges. Une fois, un marin m'a dit la vérité, il m'a dit qu'il préférait les hommes aux femmes, qu'il n'y pouvait rien. Et après cela, comme il n'y arrivait pas, il s'est tailladé le bras avec un tesson de bouteille. Oui, je crois que je préfère les mensonges.

— Il est mort ?

— Qui ? Oh, le marin. Non, là aussi il mentait. Mais il a sali quatre de mes robes et j'ai failli perdre mon job.

— La Caverne Dorée, c'est un endroit très réputé. J'en ai entendu parler, mais je n'y ai jamais mis les pieds.

— Il faut venir un jour. En semaine. Jamais le week-end. Mais ici aussi c'est réputé. Ce n'est pas aussi… comment diriez-vous ?

— Sélect ?

— Sélect, oui. Mais c'est un lieu hanté. » Elle suspendit sa partie de cartes, empoigna la bière qu'apportait Morning et poursuivit : « Il existe — je parle de l'établissement — depuis avant la guerre. C'est une des seules bâtisses que les Japs ont épargnées quand ils ont pilonné la ville. Un officier, un colonel je crois, s'en servait comme état-major général, ou quelque chose comme ça, et c'est lui qui dirigeait la ville. Il était costaud pour un Jap, taillé au moins comme vous, c'était un être mauvais. Il a tué plusieurs des miens, ici. Il les fusillait contre le mur, il tirait dans le ventre et les regardait mourir en riant, il buvait un verre tandis qu'ils perdaient tout leur sang. Certains disent qu'il y a des nuits très noires où on entend le rire et les cris. Ils prétendent que l'esprit mauvais est encore dans les murs. » Elle but à la bouteille. « Pendant trois ou quatre ans, du sang a remonté à la surface. Une fois, on lui a apporté une fillette capturée à l'église, mais lorsqu'il a essayé de la défoncer, elle lui a vomi dessus. On dit qu'il l'a tabassée et tabassée, puis lui a découpé un sein qu'il a mangé avant qu'elle meure de perdre trop de sang. Il était à l'étage, ivre mort, lorsque les Américains sont arrivés, si bien qu'il est resté là.

« Mon peuple est entré, ils ont mis la main sur lui et il y en a beaucoup qui voulaient le torturer, ils lui ont arraché un doigt, et ont commencé à lui en faire aval r un bout avant que le chef n'intervienne. Ils lui ont coupé la tête à la hache. Ils disaient que sa bouche riait encore lorsqu'elle heurta le sol. » Elle se releva et nous emmena jusqu'au bar, nous montra les trois profondes entailles dans le bois, puis nous fit tâter les trous des balles dans le mur.

« Un être diabolique, mauvais, soupira-t-elle en s'asseyant, un esprit mauvais ne meurt jamais. Ça, vous le savez. Les miens ont essayé de brûler cette maison, mais une tempête a éteint l'incendie.

« Un soir, environ trois mois plus tard, un vent a soufflé toutes les bougies au rez-de-chaussée et à l'étage. Et avant qu'on les rallume, une fillette a dévalé l'escalier à moitié nue en hurlant avec un de ses seins arraché. C'est la terreur qui l'a tuée, et on a eu beau chercher le sein partout, on ne l'a jamais trouvé, jamais.

« C'est pour ça qu'on n'éteint jamais les lumières, dit-elle en balayant tout autour d'elle d'un geste de la main. Jamais, et si un vent de mousson fait sauter le central électrique, de vilaines choses arrivent. Toujours de vilaines choses. » Elle souʀit en terminant l'histoire, comme si son dos éreinté en avait été énergiquement frotté. « C'est pour cela qu'on l'appelle "Le Boxon Hanté".

— C'est un joli conte, dis-je, magnifique.

— Mais ce n'est pas un conte. Vous n'avez qu'à demander aux filles. »

Je m'approchai de la mêlée des filles qui gloussaient, et posai la question à celle avec qui Novotny s'était acoquiné. Assise sur les genoux de Novotny, elle releva la tête, posa en toute hâte ses mains sur sa poitrine et susurra d'une voix enfantine : «Oh, vous ne devez pas parler de ça, car ça apporte malheur.»

Le monde autour de moi n'en continuait pas moins de tourner, les discussions, la musique, les danses, Cagle qui ululait, vautré sur le giron de la plus grasse des pépées, mais tout au fond de ma carcasse traversée de frissons glacés, cela faisait bien assez longtemps que le temps zigzaguait en moi, pour que la frousse de la fillette m'envahisse. Le fantôme était bien réel.

«Je crois que j'ai besoin d'une mousse, annonçai-je en retournant à notre table.

— Je vous l'avais dit, fit-elle.

— Joe, cette gamine a eu une frousse de tous les diables. Ça m'a autant flanqué les jetons que si j'avais rencontré le fantôme en personne.» J'avais depuis toujours éprouvé cette trouille silencieuse à l'idée de me retrouver face à un revenant. Non que je craignais que l'esprit me fît du mal, mais le fait de savoir que je pouvais me retrouver face à un fantôme me flanquait la plus paralysante des frousses. Je cherchais avec trop de persévérance pour ne pas un jour en apercevoir un.

«Et maintenant vous faites dans votre froc, ricana Morning. Krummel, mec, vous me tuez. Un héros frustré doublé d'un réac mystique. Mec, faut arrêter de débiter ces balivernes sur les fantômes.

— Mais les fantômes, fis-je, l'histoire est composée de fantômes.

— Arrêtez donc ces salades. Oubliez les corniauds qui sont clamsés, et occupez-vous plutôt de ceux qui sont bien vivants. Vous ne pouvez plus rien faire pour les macchab', mais sûr que vous pouvez fermer le clapet aux fantômes qui vous hantent. Regardez l'Allemagne. Hé, mec, il doit y avoir au moins trente mille revenants au mètre carré qui sont restés en rade, ne serait-ce que depuis la guerre de Trente Ans... »

Et c'est ainsi, en douceur et le plus naturellement du monde, que nous reprîmes notre dispute, passant en revue tous les champs de la connaissance humaine ; chacun d'entre nous s'efforçant, bien entendu, de faire impression sur la dame de noir vêtue, dont le nom nous était inconnu. Mais elle ne se piqua pas à ce jeu. Morning exprimait l'idée libérale communément admise selon laquelle un environnement meilleur rend les gens meilleurs.

« Ce sont les gens qui apportent la merde, dit-elle, et non pas le contraire. » Elle nous renvoya chacun dos à dos à nos philosophies, mettant au défi nos études, armée seulement de son expérience de la vie. Morning et moi avions beau nous targuer de huit années d'université à nous deux et d'une kyrielle de citations à moitié erronées, n'empêche qu'elle avait commencé sa vie comme tapineuse à l'âge de douze ans, et non contente de s'en être sortie, elle était encore capable d'en rire. C'était une créature sévère et mercenaire : dans sa collection de filles figuraient des pièces « à aimer », comme on dit « à vendre », et le seul or qu'elle plaquait sur son caractère rude était déposé à la banque de Manille. Elle riait néanmoins facilement, savait se montrer capricieuse, voire délurée. Elle avait payé pour pouvoir agir à sa guise, et tant qu'elle arriverait à honorer la note de cette denrée de luxe, elle comptait bien profiter de sa liberté. Si Morning et moi désirions son corps au tout début, c'est de son rire franc et moqueur que nous finîmes par tomber amoureux. Une nouvelle bouffée de chaleur empourpra le visage de Morning, et je savais que lui aussi appréciait la souffrance délicieuse que représentait une discussion avec une femme. Une partie de jambes en l'air, même du premier choix, se trouvait toujours, et à un prix abordable, dans les Philippines, mais, euh, un homme n'obtenait pas si aisément une conversation avec une femme intelligente, que ce soit par amour ou pour de l'argent. (Pourquoi nous adressa-t-elle la parole ? Elle affirma par la suite que c'est parce que nous nous étions comportés comme si nous savions tout sur tout, et elle avait été tentée de nous remettre à notre place, et aussi parce qu'elle n'avait jamais vu deux si bons amis se haïr à ce point.) Elle fut plus bavarde encore que Morning et moi, ce qui n'était pas rien. Elle haussa le ton, cogna sur la table, engloutit de copieuses lampées de bière, fit cesser une dispute interminable d'un geste de la main, et rit autant avec nous que de nous. Elle effleura une fois la joue de Morning qui en piqua un fard. Puis c'est à moi qu'elle s'en prit, lorsqu'elle me titilla la moustache en disant : « Vous n'êtes pas si méchant que ça, je crois que je pourrais m'occuper de vous. » Elle me rappela le goût des bonnes choses, et je crois bien que ça faisait un bail que je n'avais pas passé une soirée aussi gaie, je me sentais merveilleusement heureux, à mille lieues de toute violence — du moins jusqu'à ce que David fasse irruption.

Il se faisait appeler David, mais avant toute chose, c'est Teresita qu'il convoitait (elle nous avait dévoilé son nom pour pas un rond, entre deux rires). Il avait déjà couché avec elle, toujours pour de l'argent, mais jamais autant qu'il l'aurait souhaité. David devait avoir vingt-quatre ou vingt-cinq ans, il était assez élancé pour un Philippin, mesurait plus d'un mètre quatre-vingts, était svelte et bien bâti. Il arrivait à s'écarter de l'archétype du truand rital, en ayant fait l'impasse sur la fine moustache et les cheveux gominés en coiffant ses cheveux crépus en brosse, et, sans le *barong tagolog* qu'il portait, il aurait très bien pu passer pour un aviateur originaire de LA ou de San Antonio.

« Hé, les mecs, vous êtes en train de réchauffer ma poulette avant que je la fasse bouillir ? » lança-t-il en se présentant à notre table. Teresita fit les présentations, expliquant que David possédait, ou plutôt s'occupait de faire tourner, le seul claque respectable de Dagupan.

« Eh ouais, mec. Y'a juste à se la couler douce et à passer au tiroir-caisse.

— Tu distribues des exemplaires gratuits ce soir, c'est ça ? demanda Morning. À moins que ce soit l'*Happy Hour* et qu'on ait le droit de s'en taper deux pour le prix d'une, hein ?

— Hé, mec, tu te fous de moi. Faut toujours être sur ses gardes dans ce bizness. Pas vrai, ma poulette ? Or un p'tit coup de queue gratos, ça peut toujours laisser un mec sur le cul, et même si j'aime bien me prendre un petit coup par-derrière, la plupart du temps, j'fais ça à la papa-maman. » David nous parla de tous les Américains qu'il connaissait et avait aimés, il nous raconta qu'il avait travaillé comme jardinier sur la base de Subic Bay, juste après le lycée, pour perfectionner son anglais, que lui, contrairement aux autres Philippins, n'était pas ingrat, qu'il aimait vraiment les Américains, que c'était ça le vrai problème des îles Philippines, de ne pas suffisamment ressembler aux États-Unis d'Amérique, et qu'il finirait bien par s'expatrier là-bas un jour ou l'autre. Morning l'interrompit illico, et lui expliqua que l'Amérique n'était qu'une fosse à purin, que David y serait traité là-bas comme on y traite les Noirs, et que c'était dramatique d'avoir à subir la dictature de la bourgeoisie. Teresita se retira de la conversation, et commença une nouvelle réussite, tandis que je ne la quittais pas des yeux.

Morning et David remuèrent tout le fumier du mode de vie américain, puis complotèrent pour mettre au point une combine imparable au marché noir, qui allait les enrichir tous les deux comme Crésus (et torpillerait au passage l'économie philippine), puis ils envisagèrent de se griller un peu d'herbe, si David pouvait s'en procurer. Teresita perdit trois parties consécutives, et je m'enfilai deux bières quasiment sans reprendre ma respiration. En voyant David se désintéresser de mon cas et proférer des allusions désobligeantes à ma taille, je compris qu'il m'avait catalogué comme le crétin lourdingue. Je répondis à ses questions en grommelant des paroles confuses qui achevèrent de le conforter dans son jugement. Il ne m'était pas sympathique; il se montrait trop amical, trop *cool*, trop tout court. David estimait que le vrai prétendant était Morning. Il n'avait d'ailleurs sans doute pas tort, car à ce moment de la soirée, elle serait montée avec n'importe lequel des trois, tant elle s'ennuyait à cent sous de l'heure, comme une vieille chienne acculée dans un coin par une meute de chiots jappant, prête à en allaiter un pour ne plus être importunée par le reste de la meute.

Au moment où la conversation se tarissait pour

cause de manque de sujet de conversation évident, David suggéra que « nous, qui formions un groupe intelligent et de bonne constitution », tapions le carton ensemble. Il voulait jouer au poker, mais Teresita s'y opposa formellement. Le seul jeu que nous connaissions tous était le whist, mais personne ne se souvenait des règles, si bien que nous optâmes pour un « pouilleux », bien qu'il fallût expliquer les règles au seul individu au monde qui ne les connaissait pas, Morning. Teresita avait appris avec une fille de la Caverne ; David, oui, c'est la femme d'un lieutenant de la marine qui lui avait appris ; moi, c'était sur les genoux poilus de mon père que j'avais appris ce jeu.

Loin de moi l'idée de me vanter, il n'y a d'ailleurs vraiment pas de quoi en faire un plat, mais je suis redoutable, au pouilleux, et David passa rapidement à la moulinette. Oh, je donnai l'impression de ne pas y toucher, je fis un peu l'imbécile, dévoilant mon jeu, m'étonnant ostensiblement à chaque fois que je remportais le pli de David grâce à une reine de pique, le plantant au passage de treize points. « Rah rah rah, mon Davidou en sucre. On dirait bien qu'tu viens une fois de plus d'coincer la vieille enflure, rah rah. » Il pigea rapidement mon manège, mais perdit son sang-froid et mit fin à sa sale manie de ponctuer de « mec-mec-mec » toutes ses phrases, il commença à transpirer. À deux reprises, il chuchota quelque chose en *tagalog à* l'intention de Teresita, mais elle haussa seulement les épaules en guise de réponse, comme pour dire : « Peut-être bien que oui. Peut-être bien que non. » La seule fois où il réussit à me refiler sa reine, je ne pus que remarquer : « Cette fois-ci, mon Davidou en sucre, j'ai bien l'impression que ça va chauffer pour mon derche… » Après quoi je remportai tous les plis suivants, collant dans la foulée vingt-six points supplémentaires à son passif. « Bande d'enculés ! » hurla-t-il en frappant de son poing sur la table. Mais il se reprit immédiatement et expliqua dans un sourire trop prompt : « Oh non, pas vous, c'est à ces maudites cartes que je m'adresse. » Teresita faisait preuve d'un désintérêt total pour la partie, se comportant comme s'il s'agissait d'un jeu anodin, alors qu'elle savait pertinemment qu'au fin fond d'une impasse de la mystique masculine, c'est pour elle que nous jouions. Morning cessa de filer le grand amour avec David et le bâcha plus d'une fois. Ces deux jeux, l'un comme l'autre, lassèrent bien vite Teresita, mais pas assez vite cependant pour que David ne se sente pas humilié.

Elle s'éloigna en direction du bar pour se consacrer à quelque occupation superflue, exposant une fois de plus ses atours au plus offrant. Les enchères montaient d'elles-mêmes. « Toi qui es costaud, proposa David, qu'est-ce que tu dirais d'un bras de fer ? Moi je ne suis pas vraiment balèze, mais je te prends au bras de fer. » Je déclinai tout d'abord son offre, le fis poireauter plus longtemps que je ne l'avais initialement souhaité, mais comme il insistait et que Morning jetait de l'huile sur le feu, je finis par accepter.

David était noueux, il ne manquait ni de chair ni de muscle, et avait probablement aligné tous les gamins de son patelin le jour où il avait vu son premier bras de fer au cinéma ; mais voilà, je pesais au bas mot vingt ou vingt-cinq kilos de plus que lui. Beau joueur, j'eus l'honnêteté de me vanter calmement et en toute humilité de n'avoir perdu qu'une seule fois dans ma vie à une joute de ce genre, et encore était-ce face à un footballeur professionnel ;

mon fair-play m'empêcha néanmoins d'ajouter qu'il s'agissait d'un défenseur de la Ligue Canadienne. J'avais été tenu en échec et presque battu par des gus du gabarit de David, et je comprenais comment David s'y était pris pour terrasser Goliath : non seulement Dieu, mais ce satané monde chrétien dans son ensemble, se place toujours du côté du plus faible. On n'a jamais l'impression de jouer à la maison. Donc je me faisais du mouron. À chaque fois, dans ce genre de situation, je tente de me réconforter en me racontant que ce n'est pas parce que je me ferai battre que la terre va s'arrêter de tourner, ni que ma vie perdra son sens, ou que mes bijoux de famille vont tomber par terre. Je me suis donc toujours bercé de ces fariboles, sans jamais en croire un traître mot, mais ce soir-là à Dagupan, j'aurais dû me rendre compte que mon instinct ne m'avait jamais trahi.

J'étais prêt à affronter David, me dis-je, mais pas le surin qu'il avait dans sa main, un *balisong*, une lame qui se repliait dans le manche dont les deux côtés étaient tranchants, une sorte de cran d'arrêt primitif. David l'ouvrit lentement, comme s'il s'agissait d'un de ses vieux potes recroquevillé dans sa main, le posa sur la table, le fil dirigé vers le haut, puis il fit signe à ses deux collègues assis derrière, que personne n'avait vus entrer. Ils avaient quelque chose d'un gang de malfrats de Los Angeles, surtout lorsque l'un d'eux tira un autre *balisong* de sa poche.

« Histoire de donner un peu de piquant, mec, articula David dans un sourire de travers.

— Sans moi, mec, répondis-je. Moi je joue seulement avec des allumettes ou des grains de riz.

— Entendu, mec », fit-il en repliant son canif et

en commandant d'un geste de la main à ses troupes de prendre le large. Je remarquai que mes troupes s'étaient regroupées, et se demandaient à quoi bon faire tant de chichis pour un coup de tromblon. « C'était juste pour rigoler, mec. » Tu parles d'une rigolade.

Son coupe-papier m'avait collé les jetons au-delà de ce que j'aurais jamais voulu admettre, mais m'avait également rendu complètement barjot. L'arme était retournée dans la poche, mais son sourire arrogant brillait encore d'une lueur de défi, et son ombre planait encore au-dessus de la table, plate et tranchante comme une gifle qui résonne encore. Il redressa son avant-bras souple et puissant au-dessus de la table, puis l'ajusta d'un imperceptible mouvement qui prit des allures de danse hypnotique. Je l'imitai au son d'un murmure qui m'était soufflé à l'oreille : « Nique-les, Slag-mon-Chou », me scanda Haddad, tel un camelot prenant les paris en pleine rue. Je fis entrer mon bras hâlé dans la danse, il parut blafard au contact du sien.

« Mettons un peu de thunes en jeu, mec », proposa-t-il en faisant craquer ses articulations. Je refusai d'un signe de tête, sachant tout comme lui que celui qui perdrait n'aurait plus qu'à disparaître.

Nos deux mains se sont empoignées, les doigts séparés furent placés avec mille précautions, comme pour se figer selon quelque lien ancestral. Morning retint nos mains lorsque nos poignes s'emboîtèrent, puis il recula en criant : « C'est parti ! » Pas de mise en scène, pas de protocole, fini de jouer, je m'écrasai sur son bras comme pour l'éjecter de l'univers.

J'aurais dû m'en douter. Que valent la ruse et l'arrogance d'un sauvage face à la rage éclairée d'un homme civilisé? J'aurais dû m'en douter. Tout Américain blanc et gras du bide que j'étais, je n'en étais pas moins le garçon qui avait creusé dix mille trous pour installer des pylônes avant d'avoir atteint l'âge de dix-huit ans, qui avait trait un nombre deux fois plus important de vaches, et avait soulevé au cours des dix dernières années une quantité incalculable de poids, dans toutes les postures possibles et imaginables, afin de conserver cette vigueur initiale. Nourri aux œufs, engraissé au steak, élevé au pays du lait et des flocons d'avoine, devais-je m'étonner d'avoir écrasé sur une table la main d'un Philippin malingre, sans qu'un instant mon mouvement fût ralenti?

Avant que ne meure l'écho de la main de David sur le bois, je me sentais déjà idiot et même coupable dans la quiétude soudain revenue. Il étira lentement son bras, les yeux rivés sur le morceau de chair ensanglanté qui flottait au niveau de la seconde articulation. Il en avait perdu son élocution crâneuse, et dans un large sourire, il me dit avec un accent marqué : « On a joué à ton jeu, enculé, maintenant on va jouer au mien. »

Il se redressa, envoya valser sa chaise, fit basculer la table qui nous séparait, et ouvrit son *balisong* dont la lame jeta un éclair tourbillonnant et écœurant. La scène dans son ensemble me monta au cerveau avec une clarté et une évidence limpides, comme si, une fois encore, le temps suspendait son cours. Tout m'apparut en une vision fulgurante : la foule qui se fendait pour laisser place ; la figure effarée de Novotny ; Teresita qui lançait un signe de détresse à l'attention du serveur ; une vieille pute déjà en pleurs ; Morning perplexe. Toutes les attitudes aussi

311

distinctes et claires que si je les avais moi-même sculptées, comme si je les avais moi-même modelées pour les projeter ensuite dans le panorama de la foule atterrée. Une goutte de sueur s'arrêta dans sa course, comme suspendue au visage de David. Si j'avais pu retenir cette brèche dans le temps, Dieu sait quels astres enflammés j'aurais pu y découvrir, quelles nuits dans l'espace j'aurais pu entrevoir — sous l'emprise de la peur. Mais je n'aurais en définitive rien pu voir de tout cela, car, au moment même où David changea de position, je me levai aussi promptement que lui, et tandis que sa lame retenait un instant la lumière, ma chaise volait déjà dans sa direction.

Ah! pauvre David. Il aurait pu me découper en rondelles, mais la chance ne bascula pas en sa faveur. Le pied de chaise, quatre morceaux de bambou attachés les uns aux autres, passa à hauteur du bras qu'il brandissait et le frappa en pleine bouche. Il vacilla vers l'arrière, une ride de surprise apparut tout autour de ses yeux, comme si lui revenaient à la mémoire tous les films où des chaises sont brisées sur des dos vertueux, puis il s'écroula sur le côté, comme si le monde s'était mis à tourner trop vite pour ses jambes. Il s'écrasa au sol, puis s'accouda par terre, encore sous le choc. Lorsqu'il retira la main de devant sa bouche, un trou béant apparut, maculé de sang à l'endroit où plusieurs dents avaient été cassées à la base de la gencive. Une racine ratiboisée resplendissait avec optimisme, seule au milieu de sa mâchoire.

Cela aussi s'imprima comme une image parfaitement contrastée dans le coin de ma rétine, tandis que je m'échappais en courant, mais je n'avais pas compris ce que cela signifiait jusqu'à ce que je percute Morning de plein fouet, Morning qui se tenait sur mon chemin, immobile comme un rocher. Je fis volte-face, ne réfléchissant guère plus que quelques instants plus tôt, lors de ma course effrénée, et je bondis sur David qui essayait de se relever. Sa lame s'écorcha sur le sol cimenté dans un crissement de serpent à sonnette. Je lui assenai un coup de pied dans les côtes, puis lui fis lâcher son couteau en lui écrasant la main. J'entendis dans mon dos le bruit des pieds de table que Morning et Novotny arrachaient, après quoi ils acculèrent les acolytes de David dans un coin, sans se voir opposer la moindre résistance. David venait de se relever, j'eus juste le temps de cueillir son assaut en bloquant sa droite, puis je l'empoignai par le bras et le satellisai en direction du bar. Ce fut grâce à un tampon que formaient plusieurs badauds qu'il ne s'assomma pas contre le comptoir, si bien qu'il se redressa immédiatement. Mais pendant ce court laps de temps, le chant avait déjà retenti à mes oreilles, et je savais de quel côté mon cœur battait. Lorsqu'il fondit sur moi, je l'attendais.

Ai-je crié ? hurlé ? souffert ? J'ai vaincu.

Juché sur David, haletant, je ressentis un instinct tout droit surgi de mon enfance, l'instinct de poser le pied sur sa nuque courbée, et de réveiller la jungle en poussant mon cri, mais l'idée s'envola comme elle était venue, sans que je la mette à exécution, et j'éclatai d'un rire tonitruant.

Je volai auprès de Teresita, au contact velouté de sa main et du murmure de sa voix, m'enfuyant à l'opposé de la violence, auréolé de mon propre désir ardent. *C'est trop violent ici, on s'en va*, me dis-je, je l'attrapai par la main et nous fendîmes la foule, *car la violence appelle la violence*. Elle ne résista pas et empoigna ma main, ma main à nouveau vaillante.

Elle échappa un instant à mon étreinte dans la bousculade, mais avant que j'aie pu essayer de l'atteindre, c'est elle qui se précipitait vigoureusement contre moi, et je sentis sa poitrine gonflée frémir contre mon bras. Nous traversâmes le rez-de-chaussée au pas de course, en direction de la pénombre agitée des chambres, précédés par nos souffles haletants. Je poussai la première porte en bambou, fis irruption dans la piaule pour me rendre compte que le lit était déjà occupé. Cagle paradait comme un singe sur le dos d'un éléphant, perdu dans l'étendue de chair bouffie de sa partenaire agenouillée, qui faisait le dos rond comme si elle craignait que ses tonnes inertes ne se consument au contact de son amant. Agrippé à cette selle qui n'était conçue pour aucun cheval terrestre, il poursuivit son rodéo, ses bras poilus suspendus à d'énormes seins flasques, son maigre postérieur tout blanc qui clignotait dans les stries de lumière, au même rythme que le muscle qu'il pilotait, tandis que la géante consentante penchait sa tête au-dessus d'une bande dessinée dont elle feuilletait nonchalamment les pages.

Teresita et moi éclatâmes de rire, mais nous nous précipitâmes dans la chambre située au fond du couloir en pente, nos mains respectives volant en piqué sur la chair de l'autre comme des oiseaux affolés. Elle était déjà nue, me couvrant de baisers enflammés avant que j'aie eu le temps d'enlever mon pantalon ; je la pris donc ainsi, humide et frémissante, entravé par mon futal. Elle s'arc-bouta, décocha une ruade, s'arc-bouta à nouveau contre moi, se cabra comme une jument dans le box avant le rodéo, la chute de ses reins dessinait un vide qu'il me fallait remplir. Elle s'enflamma de plaisir, elle s'enflamma et fut parcourue de soubresauts avant de se retrouver à nouveau sur terre, puis dans ce vide que nos membres frêles hésitaient à explorer ; j'explosai à mon tour, déployant toute la force dont mon dos était capable, frétillant comme si j'enchaînais *drive* sur *drive*, j'explosai comme un enfant perdu dans une sombre caverne sans écho, j'explosai.

Puis nous nous laissâmes emporter dans une douce langueur, et nous roulâmes l'un contre l'autre, et non pas l'un sur l'autre, ses seins frissonnaient sur ma figure comme des larmes brûlantes, et nous nous envolâmes allégrement à travers les contreforts, en direction des montagnes enneigées, de la neige éblouissante qui se formait dans notre soleil. Tandis que nous courions, le temps coulait à nos côtés comme un oiseau effarouché qui voletait et se pressait, et la barbe poussait sur mon visage, et la boue séchée de la jungle durcit mes vêtements et la puanteur de la bataille se mêla à la succion régulière et lente des bottes dans la gadoue. Une ceinture de toile m'entourait la taille, et une gourde me retombait lourdement dans le dos, et je savais que mon arme était sous le lit, l'idée que mon fusil était à portée de la main m'effrayait, et c'est alors que s'interrompit le combat, à ce moment si précieux dans la peur, car je savais qu'il me faudrait un jour endosser le rôle du vaincu... Mais, pour le moment, je détenais l'harmonie de l'instant, et je m'y cramponnai en goûtant la première bouchée de neige, au moment où la chaleur glacée, oh! si glacée, jaillit pour devenir une pure re-création immaculée, aussi blanche et brûlante que les neiges que nous piétinions.

Mais une voix, voilée d'abord, puis un caquètement, se coulèrent dans l'inhabituelle pénombre, et je pus distinguer à la lueur pâle de la bougie une forme décapitée qui farfouillait dans le rideau. Je suis descendu en courant, oh j'ai couru depuis la neige, j'ai dévalé les collines, j'ai plongé à nouveau dans la jungle putride, et un cri amer a franchi ma bouche encore douloureuse, et je plongeai sur la forme de cet ennemi, je perdis l'équilibre, remontai mon pantalon puis assenai un autre coup.

La porte se fendilla, et j'empoignai cette silhouette. Arrimés l'un à l'autre, nous roulâmes sur le sol en pente du couloir, le sang bouillonnait dans mes tempes, nous culbutâmes dans les escaliers. Le choc de mon poing sur sa poitrine le projeta en arrière (je m'étais toujours dit que sa bouille n'était pas faite pour que je lui cogne dessus), et à la lueur de la bougie de Cagle, je découvris Joe Morning étalé les quatre fers en l'air comme un insecte écrasé contre un mur.

Je grommelai un bon millier de fois tout en me grattouillant généreusement l'entrejambe, pendant que Novotny m'expliquait que David s'était fait la belle, et qu'il avait éteint toutes les lumières. Le pic dru que j'avais atteint n'était même plus une taupinière, tout au plus une poignée de cendres au creux de ma main. Fondues, les neiges! Une débâcle qui s'était écoulée en de mystérieuses rivières souterraines glacées, qui ne redeviendraient plus jamais neige avant un autre long cycle épuisant.

Teresita nous rejoignit, son pantalon enfilé devant-derrière, un bout de chair marron clair clignant de l'œil à travers la fermeture Éclair fermée à la hâte, fournissant des explications aux policiers qui promirent de coller David derrière les barreaux jusqu'à ce que son père revienne. Apparemment c'est ainsi qu'ils procédaient à chaque fois que le paternel s'absentait.

Alors, blafard, encore éméché et courbatu, je rassemblai le groupe deux, les conduisis au car puis fis mes adieux à Teresita.

« Je suis navré. Putain, je suis navré.

— Oui. Moi aussi, dit-elle, autant que vous. Je serai demain à la plage et nous nous reverrons. » Elle m'effleura la figure de sa main satinée ; ses lèvres ressemblaient à de la peau sans chair au contact des miennes.

Tandis que le bus s'éloignait en cahotant du Boxon Hanté, Morning cria à mon intention :

« Ça chie, nom de Dieu, Krummel, vous avez failli me rompre le dos. Qui est-ce que vous avez cru que j'étais, le revenant Jap ? s'esclaffa-t-il.

— Ne t'en fais pas, Morning. T'as seulement fait foirer une pollution nocturne. »

Elle fut au rendez-vous le jour suivant, et ce fut si agréable de se promener le long de la plage dans le crépuscule paisible, de faire l'amour parmi les coquillages qui croustillaient comme des chuchotements. Elle caressa mes contusions et les embrassa Nous nageâmes nus, notre rire étincelait au-dessus de l'eau saupoudrée de soleil tandis que nous nous ébattions comme des enfants déchaînés. Ses mamelons lourds flottaient entre deux eaux comme des chiots dont les truffes mouillées venaient fouiner sur mon torse. Elle s'étendit sur la plage, me laissant nager au loin, et lorsque je regagnai la berge, la beauté m'arracha presque des pleurs : la noire crinière de ses cheveux étalée sur le sable éblouissant, une palette de bruns sur son corps moelleux, la patience azurée de la mer, le voile miroitant des nuages de pluie au-dessus des montagnes. J'étais l'homme nu venu de la mer, humblement accroupi au-dessus du paradis ensommeillé de la femme. Mais la fierté, non pas de la posséder, ni elle ni le monde, mais d'être simplement et follement un homme, me poussa à me relever et à contempler les montagnes vertes au-delà de la mer qui s'étendait à perte de vue... pour quoi, mon Dieu, pour quoi ?

Plus tard, nous observâmes le caméléon dans ma hutte, puis nous fîmes l'amour dans un bain de sueur glissante, puis nous nous baladâmes dans le sable qui se rafraîchissait, alors que d'immenses nuages s'entassaient à l'horizon. Lorsque nous prononçâmes nos adieux, nous savions que c'étaient bien des adieux et non un au revoir. (Même si, bien entendu, ce n'était qu'un au revoir.)

Pendant le trajet du retour à Clark, Morning me demanda où donc je m'étais tapi juste avant de lui rentrer dans le lard, la nuit précédente.

«Je cherchais les cabinets, maman», répondis-je. Sa figure était cachée par l'obscurité, mais il souriait.

8.

MANILLE

Ah ! si seulement la comédie n'était que divine.
Bien entendu, je sélectionne les éléments que je
vous rapporte, mais je dois aussi m'en tenir à la
vérité. Je serais ravi que vous reteniez l'image d'un
Slag Krummel dansant comme un païen, semant partout un fort remugle de révolte, de viol et de stupre,
ou peut-être celle d'un Jacob Krummel nu comme un
ver sur une plage immaculée, contemplant le péché
originel, tandis que sa belle est délicieusement endor-
mie. Mais non, évidemment, ce dont vous vous sou-
viendrez, c'est de ma voix soudain vulgaire dans la
pénombre, par la faute de Morning : T'as seulement
fait foirer une pollution nocturne.

Je caresse bien peu d'illusions ; même celles-là, il
me les dérobe.

N'empêche, nom de Dieu, c'est moi qui ai ici le
dernier mot (c'est d'ailleurs ce qui pourrait expliquer pourquoi j'ai voix au chapitre), et si vous per-
sévérez, espèce de canaille, or vous allez persévérer,
vous vous cognerez le souvenir d'un Krummel trébuchant dans la chambre, essoré par la baise la plus
grandiose du siècle, le pantalon en accordéon comme
un comédien burlesque, et là encore je stimulerai

votre mémoire, et fort judicieusement qui plus est. J'ai eu beau jouer les imbéciles heureux et les doux rêveurs, ce n'est tout de même pas moi qui, fin bituré, suis allé flirter avec la folie douce de l'autre côté du lagon en dansant avec de pitoyables tantouzes aux visages ruisselants de maquillage, telles des poupées bon marché abandonnées sous la pluie, non, c'était ce chenapan endiablé de Morning. Le diable prend tout particulièrement soin de Morning ; il était possédé par une épouvantable tentation auto-destructrice, autant morale que physique et sexuelle.

Je mentionne ceci pour que vous vous souveniez que c'est lui qui m'a interrompu. Comme nos associations d'idées sont farfelues, ô combien farfelues. On couche au sein d'un cercle d'individus restreint.

Abigail m'a embrassé ce matin et j'ai délicatement cajolé son sein minuscule, qui palpitait comme un poussin au creux de ma paume. Je tire sur mes sangles. Morning m'interrompt à nouveau. Je m'interromps. Le temps marque la rupture de l'espace, à moins que ce ne soit l'espace qui marque la rupture du temps.

Qu'est-ce que je peux devenir branquignole avec l'âge. Qu'est-ce que je peux devenir branquignole.

Après les péripéties de Dagupan, je fus pris d'une étrange inquiétude. Tout cela en un laps de temps si bref. Le raid, puis les charmes de Teresita, et maintenant les rumeurs comme quoi le 721e pourrait être envoyé au Viêt-nam, une rumeur qui persistait depuis des mois, et qu'on persistait à ignorer depuis des mois. Je me croyais paré, paré pour y croire, paré pour y aller, paré à tout. J'ai commencé à me tenir à l'écart du groupe, consacrant toutes mes perm' et ma solde à Manille. Mes économies furent bien vite dilapidées. Teresita était ravissante, élancée et douce, son corps était robuste sous sa peau veloutée, ses poils étaient soyeux et raides, et son amour me comblait autant qu'il me coûtait. Pour éviter une fois de plus tout engagement sérieux — c'est ce qui m'avait motivé lorsque j'avais décidé de rempiler —, j'insistais pour qu'elle accepte mon argent, et je tenais à lui faire avaler cette pilule amère. Quand mes fonds furent épuisés, je cessai mes virées à Manille. Je n'avais pas pris en compte les quelque sept cents billets accumulés au cours du séjour prolongé obligatoire sur la base. Je n'avais touché ni dépensé le moindre sou, et cette somme apparaissait au crédit de mon cahier de comptes. Des économies, certes, mais à quelles fins ? Morning n'avait cessé de me tanner pour que ce pactole nous serve de carte de visite afin qu'on se lance sur le marché noir. Avec mon capital et ses relations, et il me garantissait qu'on doublerait la mise dans le mois, mais je ne cédai pas. Je me voyais mal en tsar de l'arnaque, et qu'on n'y décèle aucun propos péjoratif à l'attention de Haddad. Je disposais d'un magot bien assez confortable pour ma nana, ma bedaine à bière et moi.

Haddad avait vraiment réalisé des prouesses au marché noir. Il s'y entendait ni mieux ni moins bien qu'un homme d'affaires américain moyen, à la différence près qu'il était certainement plus cultivé que la majorité d'entre eux. Lui n'était pas du genre à entourlouper ses potes ; sur un plan politique, c'était un libéral, même si, au plan économique, il s'apparentait plus à l'école dite de « l'achat à vos risques et périls » ; c'était le seul individu de ma connaissance à avoir lu Proust de A à Z. Ce qui, à mon sens, était certainement le secret de son âme. Il bossait dur, et estimait que gagner de l'argent était l'art vers lequel devait tendre la vie. Gagner du fric, qu'est-ce qu'il aimait ça, et ce n'était ni pour ce que l'argent permet d'acheter ni pour le pouvoir qu'on en tire, mais seulement pour le fric. En outre il faisait preuve d'imagination ; et ne m'entubait jamais. Si j'avais pu le convaincre de jouer le jeu du profit, de mettre de côté de quoi vivre et de replacer le reste sur le tapis pour le redistribuer, il m'aurait été d'une plus grande utilité. Mais il me rétorqua avec la plus grande gravité que le système d'imposition était tel que… bon, vous voyez ce que je veux dire. Mais il disposait librement de son argent, et lorsque son succès le propulsa propriétaire pour moitié d'un bar en ville, il décida d'organiser une pendaison de crémaillère réservée aux membres du groupe. C'était vraiment un bar épatant, un ancien foyer espagnol à un étage, pourvu d'une surface au sol de deux mille mètres carrés, et cette fête aurait dû être épatante… mais voilà, elle se déroula un Vendredi saint, le 12 avril 1963.

Le Vendredi saint, *Good Friday, Karfreitag*. Le jour du repentir, à la veille de la résurrection, le jour du jugement, l'épilogue de la vie. *Good Friday*, un « Bon Vendredi » ?

Il était 7 heures 30 lorsqu'on arriva en Ville, on venait de terminer un cycle de nuit, et à dix heures, on avait déjà du vent dans les voiles, et on partait en expé pour aller voir les flagellants. Le sang m'a toujours légèrement indisposé, mais j'avais le sentiment qu'il s'agissait d'un événement à ne pas manquer, ou était-ce Morning qui m'en avait convaincu ?

Ils se trouvaient aux confins de la Ville, dans un

quartier qui, du moins à notre connaissance, n'était affublé d'aucun nom. Ces flagellants, qui avaient élu domicile les autres années à Angeles, avaient tenu à revenir à la maison le Vendredi saint; ils étaient accompagnés de quelques fidèles de la fin de semaine. Ils avaient passé une année entière à traîner leur lourde croix de fer à travers l'île de Luzon, ainsi qu'en témoignait le durillon marron qui naissait sur leurs épaules, et descendait entre les omoplates. La douleur, le supplice spirituel et la charité de leurs frères comme seuls moyens de subsistance avaient absorbé la chair de leurs visages, gonflé les os dans leurs corps, et tacheté leurs yeux. Et c'est ici qu'ils déposaient maintenant leurs croix, non point sur une colline imposante et rase, mais parmi les *nipa huts* éparpillées, dans une rue aride et poussiéreuse seulement fréquentée par des chiens à l'abandon, des porcs fouissant partout, quelques poulets, observés seulement par une poignée de fervents, des curieux et une brochette de timbrés. Le Seigneur leur Père leur avait refusé jusqu'au moindre nuage qui eût pu les protéger de la touffeur sèche et brûlante du soleil, la moindre goutte de pluie, et le plus infime souffle de vent. Le ciel fut néanmoins lacéré toute la journée par les avions à réaction qui semaient leur tonnerre colérique derrière eux. Ils arrivèrent tous trois d'un pas lent — car effectivement ils n'étaient que trois, même si Morning affirma par la suite qu'ils étaient deux fois plus nombreux que l'année précédente —, séparément, refusant toute aide compatissante, ils s'arrêtèrent au bout du chemin qu'ils avaient creusé dans le sol. En rebroussant ce sentier on aurait été conduit à travers la plaine, sous le cagnard, au fin fond des jungles épaissies par la vapeur, là où le soleil venait sucer jusqu'à la moisissure des feuilles, puis des jungles à ces montagnes qui semblaient se souvenir des périodes de souffrance de la terre, et dont les brouillards rendaient les pentes plus impraticables encore. Ils sillonnaient des régions escarpées, croisaient des types aux dents limées et maculées de traces de métal, qui enterraient leurs morts en position assise dans des ruches d'argile, croisaient des missionnaires, qui exposaient à ces gens les souffrances de Jésus; mais ces types se riaient des pauvres diables qui trimbalaient un bois même pas bon pour la chauffe, et les massacraient parfois, ainsi que les missionnaires par la même occasion, sans pour autant se départir de leurs rires. Mais ceux qui étaient là s'en étaient sortis, et on aurait pu suivre à rebours leur itinéraire, sauf là où la mousson ou d'autres hommes avaient effacé leur trace. À peine étaient-ils arrivés qu'ils déposaient leur fardeau, et, le dos courbé par l'habitude, saisissaient branches et fouets, et commençaient à se donner pénitence, sans s'interrompre pour boire ou se restaurer, avec ce même calme et cette même patience dont ils avaient fait montre pour traîner leur croix; ils châtièrent cette chair qui était source de péchés jusqu'à ce que des zébrures, puis du sang, affleurent à la surface de leur peau. Un passant se joignit à eux jusqu'à ce que ses propres péchés soient aussi expurgés.

Au-dessus, des avions à réaction tonnaient dans le ciel.

«Hé, mec, regarde cette sérénité qu'on lit sur leurs visages», commenta Morning tandis que nous les observions, un panier rempli de bières à nos pieds, les yeux embués par la honte. «Je me demande si c'est la douleur qui les rend comme ça ou bien ce que la douleur leur procure ?

— La douleur qu'ils infligent ou qu'ils endurent ? » demandai-je, mais ma question resta sans réponse.

On les observa et picola jusqu'à atteindre une ébriété radieuse ; puis du sang vint éclabousser la poussière à nos pieds. Une goutte claire de la taille d'une tique vint se nicher sur mon bras, dans les poils blondis par le soleil. On décampa presque sans un mot. Le seul mot : Doux Jésus.

En attendant que commence la fête organisée par Haddad, on assista au Vendredi saint du petit-bourgeois : toute la souffrance du monde était subie par les statues. Un long défilé de christs en cire, en bois et en plastique, une douleur qui touche du bois, du sang en plastoc et des petits garçons en robes blanches. Les rues avaient beau être noires de monde, on n'entendait que le souffle des respirations, le crissement des pieds frottés par terre et le cliquetis des perles qui s'entrechoquaient, un silence qui exprimait plus la honte que la vénération. Quant aux trois autres, les givrés, oh ! que oui, encore dehors dans l'obscurité, ils croulaient sous les coups qu'ils s'infligeaient à eux-mêmes, tels des amas de chair pécheresse aux bras affaiblis mais néanmoins fermement déterminés, sirupeux à force de dégouliner de sang, ils flottaient dans un nuage de mouches qui se pressaient sur leurs plaies.

Si la noce de Haddad avait simplement clôturé le tout, c'eût été une apothéose idéale pour cette journée saugrenue. On se régala de mets concoctés par

Toni, la pédale mélancolique qui nous avait préparé de délicieux filets de poisson, de la bière, et avait aménagé la chambre à coucher de l'ancien patron, au premier étage, mais voilà, Haddad avait loué des putains lugubres et nues pour effectuer le service, seulement chaussées de talons hauts et gantées de blanc. Il avait prévu que la dernière étape prendrait la tournure d'une gigantesque partie de jambes en l'air au milieu des assiettes encore pleines de sauce persillée, mais les filles avaient tellement honte de se retrouver à poil, qu'elles en perdaient tout attrait sexuel — sans compter qu'avec la monnaie qu'il avait allongée, il y aurait eu de quoi les tirer une dizaine de fois dans le noir, et disposer d'encore assez de flouze pour rentrer dare-dare à la base. Ce qu'il avait initialement conçu comme un festin chevaleresque ressembla en définitive à une biture paisible et grave. Ce n'était pas seulement sa faute, j'en suis persuadé. La violence religieuse dont nous avions été les témoins nous tordait le visage, tel un miroir déformant à bon marché.

Toni se mit à papillonner autour de la table en quête de compliments, il nous tapotait les épaules de ses mains douces, implorant de sa voix exténuée une mention favorable. Force est de reconnaître qu'aucun d'entre nous ne se montra d'une politesse excessive. « Si t'aimes la merde, c'est pas mal, concéda Quinn. — Dans ce cas-là, tu devrais vachement aimer », poursuivit Morning et Quinn de répondre : « Je préfère encore bouffer de la merde que de la bite. » Et ils se levèrent en même temps. Avec ma prédilection pour les moments dramatiques, c'est l'instant que je choisis pour envoyer une canette entre les deux zigotos, qui explosa derrière eux, contre le mur. Je leur ordonnai de se rasseoir, et ils s'exécutèrent. Dieu seul sait pourquoi ; habituellement, j'étais incapable de leur faire faire quoi que ce soit. Ils crurent peut-être que j'étais capable de les dézinguer ; peut-être n'avaient-ils pas tort. Mais les vents soufflèrent à nouveau.

Toni aguicha Novotny une fois de trop, il lui effleura le bras avec un peu trop d'affection. Il se releva d'un bond, et lui assena une châtaigne avec un sourire si douloureusement satisfait qu'il était de mon devoir d'intervenir. Mais Morning fit le tour de la table en roulant des mécaniques, et l'espace d'un court instant, j'entrevis à leurs figures durcies, et dans leurs crânes, une avalanche de poings qui se profilait, des épaules qui jaillissaient et des bras bandés ; mais cela ne dura qu'un court instant, car je plongeai tout de go dans la mêlée, comme un arrière réalisant une percée. Morning s'écroula sur la table, vacilla, et la table s'écroula. Il se rétama au milieu des assiettes brisées, renversant les bouteilles et les verres par terre. Novotny avait trébuché sur le corps inerte de Toni, et s'était lui aussi étalé de tout son long. Je me retournai sur moi-même, empoignai la chaise en chêne sur laquelle Peterson était assis, et avisai la population dans un sourire :

« Les petits gars, vous restez par terre ou je vous éventre. L'un des deux ou les deux. Au choix. »

Novotny était prêt à coopérer ; il avait déjà honte de ce qui venait de se passer. Morning, moins coopérant, n'en éprouvait pas moins de honte ; il se releva, hocha la tête, esquissa vaguement un geste de la main puis sortit rapidement. Un filet de moutarde pendouillait à sa hanche, ses chaussures avaient été aspergées de bière, et une couronne de pommes de terre au four lui ébouriffait les cheveux. Une bien piètre sortie.

Je restai planté avec ma chaise toujours brandie, ressentant l'envie de démolir quelque chose, mais c'est avec une sobriété toute militaire que je reposai ladite chaise. «Bousillez-la», fit Haddad. J'envoyai valser la chaise à travers la porte-fenêtre qui donnait sur le petit balcon. Une déflagration charmante et grandiose éclata comme les portes, la chaise et le verre s'écrasaient dehors par terre. Lorsque je levai les yeux, Haddad avait le sourire aux lèvres.

«C'est remboursable? lui demandai-je.

— Cette saloperie de monde est remboursable, Krummel», me répondit-il en envoyant sa chaise en direction de la fenêtre ouverte. Elle s'emmêla dans les draps, mais il se précipita avec un sourire aussi large que s'il venait juste de réduire ses coûts de dix pour cent, se frottant les mains comme un prêteur sur gages juif, il déchira les rideaux, les roula en boule avec la chaise, puis fit valser le tout le plus loin possible. Les gars se trouvaient juste derrière lui.

En une ahurissante rafale de rires, le mobilier passa par la fenêtre en moins d'une minute : adieu table, chaises, nappe encore recouverte de mets et de vaisselle, un canapé de brocart, un sofa en rotin. Cela ne rimait à rien, mais quelle franche rigolade. Collins essaya de récupérer tous les couteaux qu'il pouvait, et tenta de les planter dans le papayer. Quinn s'évertua à transbahuter un Toni inerte, mais sur le moment, la raison l'emporta. On apprit plus tard qu'il l'avait roulé dans un tapis et l'avait juché en haut du papayer. La seule blessure qui s'ensuivit fut d'ordre sentimental. Suite à ce Vendredi saint, plus jamais il ne se joignit à notre équipe de joyeux lurons.

Lorsque la pièce fut enfin nue, entièrement nue à l'exception des filles qui s'étaient blotties contre un mur nu, et qui espéraient ne pas suivre le chemin du mobilier, c'est Quinn, me semble-t-il, qui commença à déchirer ses vêtements, les envoyant voltiger dans le vent nocturne. Le reste du groupe ne se fit pas prier pour l'imiter immédiatement. (C'est ma modestie naturelle qui m'incite à rapporter cette anecdote comme si je n'avais pas été de la partie.) En un clin d'œil, neuf soldats givrés posaient leur postérieur nu sur le carrelage et se mettaient à siroter des bières en compagnie de dix putes se sentant soudain bien plus à leur aise. On rit, on but, et de fil en aiguille… Le seul moment où l'attention de chacun fut attirée par ce qui se passait à côté, c'est lorsque Cagle lutina à même le sol une coquine d'un certain âge. Il la ramonait, elle glissait, il rampait à sa poursuite et la ramonait de plus belle, puis elle lui échappait à nouveau dans une glissade. Ils parcoururent ainsi deux fois le tour de la pièce avant qu'il ne parvienne à la cerner dans un coin, lui colle la tête contre une plinthe, et la besogne jusqu'à lui faire presque exploser la cervelle. Tous ceux qui étaient en pleine action observèrent une pause cigarette, pour ne rien perdre de cette pittoresque posture pornographique. Que nous nous empressâmes de baptiser « La Trombine du Cagle Rampant », ou bien « L'Art de s'Égratigner les Genoux en Tombant Amoureux ».

La mise à sac de la pièce nous avait lavé de toute haine, de toute peur et de toute prétention, nous laissant en tête à tête avec nos rires et notre nudité, ce qui était plus que suffisant pour garantir notre salut. Si l'on mourut dans la violence, c'est dans le rire qu'on ressuscita.

Une fois la soirée terminée, on retrouva Morning au rez-de-chaussée, échoué contre une colonne en plâtre, embrassant le témoin de jours plus fastes, une bouteille de rhum vissée à la main. Infirme, aveugle, voire même décanillé, suggéra quelqu'un. Son corps mou fut dissimulé à la vue de l'*Air Police* derrière un canapé, puis confortablement installé de manière à pouvoir picoler ferme, car il n'était en définitive pas très tard. Nous n'étions pas d'humeur maussade, mais nous ne cessions de biberonner. Nous comprenions que c'était un poison diabolique, qui conduisait à la folie plus d'une fois sur deux, mais c'était notre manière à nous de faire éclater le masque qui nous collait à la peau, et rien ne semblait plus approprié.

Mais d'autres vents se levaient…

Du côté du 9e ASA, le bureau de sécurité militaire, l'ambiance devait être sensiblement analogue. Les gars avaient prévu une tournante de la compagnie le samedi soir qui suivit le Vendredi saint. Non pas une tournante au sein des groupes, ce qui avait déjà causé bien assez d'ennuis (le genre d'occupation à couper les ailes aux piafs épinglés à l'uniforme du colonel, par exemple…), mais une tournante à l'échelon de toute la compagnie, soit plus de trois cents participants inscrits, qui s'étaient solennellement engagés à participer à la Tournante, à l'Émeute et au Désordre général. Les officiers de la compagnie, rusés comme les officiers savent souvent l'être, avaient eu vent de l'opération, et avaient décidé en secret de condamner l'accès au casier des titres de permission dès le samedi. Mais les autres renards reniflèrent l'odeur de la merde de clébard, tant et si bien que la tournante fut avancée au vendredi soir.

Aussi l'émeute de la nuit du Vendredi saint est-elle directement la conséquence des décisions de ces diables rusés d'officiers du 9e ASA, et plus indirectement de Joe Morning, innocent professionnel s'il en fut.

Comme quoi, vous voyez, d'autres combines se manigançaient...

Cagle, qui n'était qu'un simple engagé, taciturne mais néanmoins sournois, avait croisé par hasard une procession funéraire la semaine précédente, une cohorte silencieuse constituée de ceux qui portaient le cercueil, de ceux qui tenaient les candélabres ainsi que des gardes qui se chargeaient de la circulation, tandis que le défunt était exposé dans son cercueil capitonné de dentelle fine, contemplant le monde tel un gâteau d'anniversaire géant. Il se renseigna auprès d'un gars de métier qui arborait un candélabre, et apprit que le cercueil avait été loué à un fossoyeur, moyennant une contribution fort modeste si l'on considérait la beauté parfaitement immorale de cette boîte aux fioritures taillées dans le pin. Pour cette soirée, il loua donc le cercueil en catimini, puis s'en revint jusqu'à chez Haddad, tenant à la main une dizaine de bougies ; sans laisser poindre l'ombre d'un sourire, il déclara : « Il nous faut enterrer Joe Morning avant l'aube ; il nous faut enterrer nos morts avant qu'ils n'empestent. » On s'esclaffa niaisement, mais il nous imposa ardemment le silence en composant sur son visage une expression qu'il avait dérobée à l'assistant d'un fossoyeur de Kansas City. Et tandis que l'on disposait le corps dans le cercueil, que l'on hissait le cercueil sur nos épaules dans la lumière pâle, on respecta un silence de cortège funèbre.

Nous nous répartîmes ainsi : six pour porter le cercueil, Quinn, Franklin, Levenson, Collins, Haddad, Peterson ; deux pour régler la circulation, Novotny et Cagle ; et un pour marquer la cadence, Krummel ; plus le défunt que nous transportions, Morning ; les larmes aux yeux, la fierté illuminant nos visages biturés ; quant au reste, on s'en tapait le coquillard.

On défila au rythme cadencé d'un chant funèbre, tels des païens portant celui qui est tombé au bûcher funéraire, le cercueil oscillant en même temps que les épaules des porteurs, la dentelle et les bougies tremblotant dans la nuit. Il apparut l'espace d'un instant — peut-être plus que l'espace d'un instant, d'ailleurs — que nous étions aussi affligés que si Morning avait été réellement décédé, comme si nous comprenions qu'il avait été le meilleur d'entre nous, le damné et le meilleur. On défilait et portait le deuil de Joe Morning, solennels, sans un bruit, ivres, on lui rendait hommage. À chacun de nos pas mesurés, la terre s'effondrait, les larmes inondaient nos visages lointains, et tandis que les larmes labouraient la poussière de nos figures, nul ne nourrissait l'espoir d'une résurrection. Seul le Seigneur sait où nous aurions terminé cette nuit-là, tant nous étions affligés. Je menais le convoi de mon mieux, Cagle et Novotny immobilisaient taxis, jeeps et *calesa* à chaque coin de rue, nous pénétrions dans de sombres ruelles creusées d'ornières, situées hors de la zone autorisée, nous défilions devant des pageots où des couples se chamaillaient à l'abri d'une simple couverture, devant des bars où des jeux de cartes s'interrompaient, où des buveurs de bière suspendaient leur geste ; on filait dans — dans et à travers — les labyrinthes du marché, au milieu des carcasses de viandes suspendues à leurs crochets rouillés, là où le poisson du matin devenait ordure avant le soir, à travers l'obscurité, qui nous conduisit dans la lumière étincelante du kiosque de Chew Chi, jusqu'à ce qu'on se trouve pressés dans la cohue contre le mur aux côtés des gars du 9e ASA, qui semblaient eux aussi d'humeur parfaitement funèbre.

Ils s'engouffrèrent dans notre sillage, deux cent cinquante types au bas mot. J'établis la cadence comme à l'habitude, et le chant funèbre devint un grondement, un cri de colère, une crise de fou rire, un carnaval, la mort. Mes hommes chantaient, leur rancœur s'était dissipée :

> « C'est nous les pillards de Krummel.
> C'est nous les violeurs de la nuit.
> On est des crades, des enfoirés.
> Plutôt tirer son coup qu'aller bastonner. »

Les types de l'ASA entonnaient les paroles du vieux standard Western *She wore a yellow ribbon* :

> « Derrière la porte son père gardait une carabine.
> Il la gardait pendant l'été et le joli mois de mai.
> Et comme je demandais au père pourquoi la carabine,
> Il me dit : « C'est pour son amant qui est dans l'ASA. »

> ASA ! — Suce ! Suce !
> ASA ! — Suce ! Suce !
> Il dit : « C'est pour son amant
> Qui est dans l'ASA ! »
> Suce ! Suce !

Comme vous vous en souvenez peut-être, il y avait environ cinquante mille Philippins qui estimaient être chez eux, dans cette Ville, même si on avait tendance à l'oublier. Un samedi soir, ils n'auraient pas été surpris outre mesure, ils auraient été mécontents si cela s'était passé un soir en semaine, sans nous en vouloir vraiment ; mais un Vendredi saint, mec, ça les a rendus cinglés. L'état-major de la police, l'état-major de la base, ils nous tombèrent tous sur le paletot, à hurler à l'incident diplomatique, à proférer des appels courroucés et des menaces, à craindre que notre insouciance ne déclenche une guerre. Les téléphones étant hors service, l'*Air Police,* alertée par radio et leur service de renseignements, fit irruption dans l'effervescence de la Ville, et se plaça en formation dans le but incontestable de ne pas nous louper, cernant la place du marché avec une quarantaine de jeeps et six cents sirènes. Il me vint à l'esprit que je n'étais pas tout à fait à ma place, à la tête de cette cohue, mais il me vint également à l'esprit que ma place était finalement plus de ce côté que de celui de la loi, que je me sentais plus proche de mon groupe que de l'armée. Si bien que je donnai le seul ordre — ils affirment pendant les classes qu'il n'y en a qu'un — susceptible de disperser en moins de deux une compagnie en marche : ALERTE AU GAZ !

Les gars se dispersèrent, tels des rats s'enfonçant dans les ténèbres, et lorsque les représentants de la loi déboulèrent, ils ne rencontrèrent qu'un seul individu, Joe Morning l'innocent, endormi dans son cercueil. Les jeeps l'encerclèrent une première fois selon la technique des tribus comanches, puis poursuivirent les ombres qui s'évanouissaient, mais ce n'étaient que des ombres qui s'éclipsaient sous leurs phares. En tant que témoin oculaire, je suis ici en mesure d'affirmer formellement que tous les dégâts occasionnés ce soir-là furent le lot du convoi de jeeps en maraude — à l'exception toutefois des sensibilités religieuses que nous avons pu heurter et de la volée de tibias engloutis dans la nuit. D'après ce que j'ai pu entendre, il n'y a pas eu moins de quatre accidents. Un véhicule débonla après la bataille à l'angle d'un magasin *sari-sari*, emporta la paroi derrière laquelle Novotny et moi étions planqués. C'est tout l'angle qui fut arraché, la minuscule construction céda, et Cagle tomba du toit. À peine eut-il touché terre qu'il piquait un cent mètres, et le temps que la jeep rebrousse chemin, Cagle chantait déjà : « Ho, ho, ho. Tu ne peux pas m'attraper. Je suis l'Homme-Pain d'Épice ! », après quoi il franchit une barrière en un éclair et se volatilisa, plantant derrière lui un AP abasourdi qui le menaçait en pleine rue : « Plus un geste ou je tire — euh chef, je crois qu'il n'est plus là. »

Morning se portait aussi bien que chacun d'entre nous. Les AP le réveillèrent dans son cercueil, lui demandèrent ce qu'il pouvait bien foutre dans un cercueil, à quoi il répondit du tac au tac : « J'suis mort, espèces de corniauds. » Il fut arrêté pour comportement indigne d'un membre de l'armée américaine. « Ils m'ont collé aux arrêts pour avoir été mort, puis enlevé par une bande de vandales ? » demanda-t-il le lendemain à Dottlinger. (Le capitaine Saunders était à nouveau retourné aux États-Unis.) Dottlinger lui confisqua son titre de permission pour sept jours en formulant ce commentaire : « Mon Dieu, je ne sais pas ce qui se passe dans ce monde. Je ne sais vraiment pas. » Tout au long de ces sept jours sans perm', Morning devint un héros national. Sur toute la base, on entendait : « Hé, tu vois le gus, là. C'est lui qui était dans le cercueil ! »

Personne d'autre ne fut arrêté ni même poursuivi suite à notre marche funèbre. Aucun membre du noyau dur des spécialistes de la Ville ne pouvait se faire pincer par les AP, or nous étions tous des spécialistes de la Ville. Il y a une période que je n'ai pas abordée, une période qui précéda le raid des Huks, en partie parce qu'elle ne fut pas d'une importance capitale, et en partie parce que je ne suis pas particulièrement fier de mon attitude au cours de ces quelques semaines. Nous nous retrouvions tous après le couvre-feu, Cagle, Novotny, Morning, Quinn, Franklin et moi à boire de la bière au marché, défiant les AP de venir nous dénicher. Ils ne nous ont jamais touché un cheveu. En fait, l'authentique Homme-Pain d'Épice, c'est moi. J'avais besoin de décompresser, parfois. Dottlinger me fustigeait du regard, et Tetrick proclama : « Un beau jour, vous vous ferez tous descendre, les gars, et je me fendrai bien la poire. » Mais Morning m'avait appris comment jouer les innocents, et je mis en application cette notion nouvelle. Comme il se devait, c'est le gouvernement des États-Unis qui paya l'addition : les affaires étrangères s'avèrent des aventures aussi rocambolesques qu'onéreuses.

Entendu, nous avons profané un jour saint, nous avons insulté la religion d'un peuple, détérioré l'image des Américains à l'étranger, bon et alors ? Tout le monde nous haïssait déjà quand on est arrivés. On frayait avec les macs et les frangines parce que les familles philippines « bien comme il faut », et leurs filles, nous crachaient au visage dans la rue. Puisqu'on n'était pas officiers, on comptait pour des clopinettes, alors on balançait au monde entier : suce c'est du Belge ! Sucez, bonnes gens de Fayetteville en Caroline du Nord, de Kileen au Texas, d'Ayer dans le Massachusetts, de Columbus en Géorgie, de Colombia en Caroline du Sud, de Norfolk en Virginie, etc. Complète toi-même la liste, mon chou, moi j'ai foutu les pieds dans ces trous, et c'est pas jojo. Peut-être les soldats en général, et les Américains à l'étranger, méritent-ils qu'on les traite ainsi. Peut-être l'ont-ils bien mérité. Si ce n'est que les soldats de manière générale, et les Américains à l'étranger, ne sont pas pires que ceux à qui ils ont affaire, et la plupart du temps, ils ont affaire à des corniauds. Aucun de mes gars n'était un *Ugly American*[1], ni Morning, ni Novotny, ni Cagle, pas même Quinn. Quand on leur fit comprendre qu'ils devaient payer les pots cassés par tous les salopards qui s'étaient pointés avant eux, ils ont rétorqué : Brosse-toi le cul, Lulu. C'est pas nous qui l'avons construit, ce monde, mon petit chéri, alors on paye pas pour les bourdes des autres, on paye seulement pour les nôtres. Je sais bien que je parle comme Morning (c'est drôlement fortiche d'admettre un truc comme ça), n'empêche qu'il y a un paquet de gus sur terre qui devraient bouffer les pissenlits par la racine. Morning prétendait qu'Hitler avait eu la bonne idée mais les mauvais critères. Ma haine n'est pas aussi profonde que la sienne, j'ai assurément de bonnes raisons pour ça, mais je suis presque de son avis.

1. Voir note page 117.

Finalement, ce que nous avons mis en évidence ce soir-là — et je ne cherche aucune excuse en affirmant ce qui suit —, ce que nous avons affirmé, énoncé, hurlé, c'est que les hommes, à leur manière, refuseront parfois de s'intégrer au système. La provocation à laquelle nous nous sommes livrés cette nuit-là nous a permis de racheter un peu de notre individualité ; en proclamant avec Quinn : « Ils vous zigouilleront peut-être, bonne mère, mais ils ne vous boufferont pas ! » Sacré nom, cela, Morning ne l'a jamais appris. Il savait qu'ON finirait toujours par le bouffer vivant. Alors que moi, je sais qu'on ne me coincera pas vivant. Sacré nom, sacré nom, il me manque parfois. Parfois il me manque.

Mais la relève se fait toujours attendre.

Après Pâques, ce fut la dégringolade, comme on le répétait à tout bout de champ, sans trop savoir ce qu'on entendait par là. Je me suis mis à engraisser, la chaleur me rendait visqueux et gluant, je tétais bière sur bière tout en pleurnichant, cela n'avait pas d'importance. Idem pour ma situation financière, la dégringolade, la dégringolade. En désespoir de cause, je cumulai plusieurs perm' afin de passer une semaine en compagnie de Teresita à Dagupan, sur la plage, mais voilà, nous avons attrapé froid dès le deuxième jour, et j'ai gaspillé le plus clair de ma perm' dans des sueurs fébriles, des éternuements, un amour tiédasse, et des draps froissés et faisandés. Pour nous remettre d'aplomb, nous sommes retournés à Manille en train à air conditionné, et nous avons passé deux jours et deux nuits dans un hôtel de luxe. C'était plutôt agréable, mais le deuxième après-midi, j'ai refusé de donner le moindre sou de ma fortune, qui fondait comme une peau de chagrin, à un gamin en loques qui mendiait. On s'est alors stupidement chamaillé à ce sujet, et toute notre virée s'est achevée dans l'amertume.

Retour au boulot. Le système de climatisation tombe en panne ; le major s'arrache les cheveux ; le réparateur provoque un court-circuit de tout le Det, plongeant les Taupes Pensantes dans une rogne noire, en rogne contre moi jusqu'à ce que je me cogne réellement la cafetière contre un mur. À 16 heures 45, je quittais les lieux et transmettais le flambeau à l'infortuné sergent Reid. Il avait dévoilé le manège de son épouse, mais n'en avait pas pour autant découvert le bonheur, et il me fusillait du regard à chaque fois qu'on se croisait. Ce soir-là, la tambouille se résumait à du jambon. On nous servait du jambon, du jambon congelé, systématiquement ce même plat infect, dix-huit fois par semaine. On supportait ça dix-huit fois. Mais la dix-neuvième, on envoyait tout valser. « Vous vous êtes certainement trompés dans vos calculs, plaidait le sergent du mess. — Attention aux erreurs de calcul », lui répondis-je en lui tendant mon assiette. Je retournai dans mes quartiers, tandis que les boutons de ma chemise kaki s'efforçaient à grand-peine de contenir la bedaine gonflée de bière qui faisait le forcing. J'étais en nage, la transpiration ne dégoulinait pas, elle s'amoncelait par nappes comme une espèce de marée noire. Un Coca, me dis-je, je vais aller me chercher un Coca. Avais-je de la monnaie en poche ? Non, tout ce que j'avais sur moi, c'étaient les clés des portes laissées ouvertes derrière moi. Je devais bien disposer de dix centavos quelque part. Soit moins de vingt-cinq centimes. Il me fallut quinze bonnes minutes avant de tomber sur une vieille pièce, verdâtre à force d'avoir été utilisée à mauvais escient, ou pas utilisée du tout, dans une poche de l'un de mes pantalons de ville qui empestait comme le péché. Je filai jusqu'au foyer, comme un gamin à la poursuite d'un marchand de glace ambulant au cœur du mois d'août. Cette saloperie de distributeur (oh, maudit distributeur, tu t'es déjà placé en travers de mon chemin, me semble-t-il) engloutit mes dix centavos en silence, n'accusa nullement réception de ma monnaie, ne me servit nul Coca frais, ne me présenta nulle excuse, et qui plus est, refusa catégoriquement de me rendre ma pièce. Je lui cognai la gueule, à ce sagouin. Espèce de distributeur de mes deux. Je secouai les puces de cette machine caractérielle jusqu'à ce que Tetrick accoure de la salle des rapports.

« Qu'est-ce qui ne va pas ? » me demanda-t-il. Je ne l'avais encore jamais vu se faire de la bile à mon sujet.

« Vous ne pourriez pas m'avancer vingt sacs jusqu'à ce que je reçoive ma paye », sur quoi, sans un mot, il me tendit deux billets de dix.

Ce soir-là, c'est les gars du groupe qui m'ont ramené de la Ville. C'est le lendemain à midi que je retirai les sept cents dollars qui me restaient à la banque.

Morning et moi nous lançâmes donc dans le marché noir en grand style, assurant les arrières avec un capital confortable, et considérant la perspective de richesses considérables à venir. À la caserne, on rachetait aux troufions des cigarettes qui coûtaient sept pesos la cartouche, puis on s'échappait jusqu'à Manille à chaque perm', transbahutant les cartouches à l'arrière d'un Dodge 1948 de l'AP, et on refourguait les cartouches de *Chesterfields* et de *Salems* pour onze pesos. Cent cartouches, quatre cents pesos, entre 135 et 150 $ US selon le taux de change. On réussit également à écouler une vingtaine de disques stéréo qui rapportèrent également pas mal. Il y fallait arroser plusieurs types, ceux qui achetaient pour nous dans les autres unités, deux AP plus notre revendeur à Manille, mais on dégageait néanmoins une centaine de dollars par perm'. J'en dépensais habituellement la moitié sur place, tout comme Morning, mais j'en gardai sept cents en réserve. Ah, ce fut la belle vie... mais notre vie n'en fut guère simplifiée.

Krummel de plus en plus rondouillard, de plus en plus aigri, de plus en plus lugubre d'une semaine sur l'autre. Morning de plus en plus avide de violence, de changement, de quelque chose. Loin d'être le sanctuaire peinard que j'avais escompté, l'armée était devenue plus compliquée que la vie civile. Le marché noir et la picole, et puis l'amour aussi, enfin l'amour façon de parler, et les rumeurs sur le Viêt-nam qui circulaient à nouveau. Je me mis à espérer, puis me réprimandai moi-même, moi le militaire de carrière poivrot et ramolli du bulbe, qui attendais la guerre, n'empêche que je ne perdais pas espoir.

Au cours d'une perm' après un cycle de nuit, Morning et moi somnolions à moitié après toutes les canettes qu'on s'était envoyées derrière la cravate sur le chemin du retour. Il n'était pas encore midi, mais il régnait déjà un cagnard de tous les diables à l'extérieur de l'hôtel. J'attendais qu'il aille livrer le matos, les deux imposantes valoches qui l'attendaient entre les deux lits gigognes.

« Bon, tu t'occupes d'aller fourguer la came,

Joe ? » lui demandai-je, tout en me rendant bien compte que j'avais l'air d'un gangster égaré dans un navet de troisième ordre.

« Z'avez qu'à vous en occuper, mec. Ça cogne trop, dehors », me répondit-il. Il m'avait déjà fait le coup la semaine précédente. Je ne savais pas ce qui le turlupinait, et il ne voulait pas m'affranchir.

« Je ne sais pas où aller, moi. Tu le sais pertinemment, grommelai-je en fermant les yeux, goûtant la fraîcheur de l'air conditionné.

— Ouais, ouais, je sais, ronchonna-t-il. J'vais vous expliquer.

— C'est ta partie ça, tu te souviens de ce qu'on a convenu.

— Bof, pourquoi est-ce que vous vous remuez pas un peu le cul, espèce de gros patapouf, vous n'en branlez pas une, lâcha-t-il sur un ton qui n'était qu'à moitié celui de la plaisanterie. Tout ce que vous avez à foutre, c'est de picoler comme une éponge pendant toute la sainte journée. »

J'écarquillai les yeux. Il était assis sur son séant et regardait maintenant du côté de la fenêtre, m'exposant son dos maculé de sueur.

« Qu'est-ce qui t'arrive ?

— J'en ai ras le bol de me taper tout le turbin. De prendre tous les risques.

— Moi j'en ai ras le bol de te voir tergiverser à tout bout de champ. J'ai allongé le fric ; toi tu te charges des transactions ; c'est ce qu'on a convenu. » Je m'assis à mon tour pour ouvrir la dernière bière.

« Krummel, vous et vos… » Il se retourna et articula : « conneries de responsabilité.

« Et merde, faut pas vous faire chier, allez-y, sifflez la dernière canette, me cracha-t-il.

— Va bouffer ta merde », lui conseillai-je, et je m'éclipsai.

La Grotte Dorée, en dépit de son nom et de sa réputation, était un endroit plutôt ordinaire, une maison à un étage, dans un quartier résidentiel, dissimulée derrière un mur de stuc. Les alentours étaient gentillets, et un immense banian filtrait le bruit, si bien que les voisins n'étaient pas importunés ; le point d'orgue, toutefois, c'était les nénettes et la climatisation ; et c'est au demeurant ce qui justifiait les tarifs. L'établissement était tenu par un petit bonhomme taciturne, un prêtre défroqué, homosexuel, absorbé dans la rédaction d'un bouquin, qui, selon lui, conférerait une place au paradis à l'homosexuel, sinon aux côtés de Dieu, du moins en compagnie de quelqu'un de plus compatissant en la personne de Jésus-Christ. Je trinquais souvent avec lui en attendant que Terri en ait fini avec un client à l'étage. Il était d'un commerce agréable, ne forçant jamais à la dépense, et il tenait un bar et boxon de premier choix. Mais il n'avait toujours pas digéré que l'Église l'ait défroqué. Apparemment, il avait souvent utilisé le confessionnal à d'autres fins que la confession. Dans son établissement, il avait abattu toutes les cloisons du rez-de-chaussée, ce qui donnait à cette pièce basse de plafond l'intimité d'un « Chez-soi », et l'espace libre permettait d'évoluer aussi librement que dans une maison.

Lors de ce fameux après-midi qui se traînait en longueur, je m'humectai le gosier tout au long du trajet jusqu'à la Grotte Dorée, où je trouvai Terri assise à l'une des tables du fond, sirotant un verre en compagnie d'un petit gros dont la silhouette ne m'était pas inconnue. Elle se rendit compte que j'étais brindezingue, et son regard me supplia de ne pas faire de vieux os, si ce n'est que je n'étais pas particulièrement d'humeur à me faire rembarrer. Je dépassai leur table, puis rebroussai chemin subrepticement et lui caressai la nuque. Elle sourit, quelque peu effrayée ; son mecton se renfrogna, manifestement mal à l'aise, et je les saluai tous deux. Elle le présenta comme étant Mr. Alfredo Garcia, propriétaire de plusieurs bars et de volières à Pasay City, un secteur où une nuit en virée se soldait habituellement au petit matin par un réveil à poil en train de cracher son sang dans un caniveau, à moitié trucidé. C'était un type énorme, replet, dont les yeux semblaient vissés à l'arrière de la tête, et dont le sourire fuyant lui fendillait la bouille comme une fossette. Et dire que moi je me trouvais gras du bide ! Rien à voir avec lui.

« Garcia, fis-je, c'est un nom espagnol, n'est-ce pas ? Vous n'avez pourtant pas le type espagnol.

— Je sais que nous n'avons pas encore été présentés, commença-t-il en ignorant mon insulte, il n'empêche que je vous connais. » Sa voix évoquait un glouglou sulfureux remontant à la surface de la vase, ou bien comme une bouse de vache s'écrasant sur une caillasse brûlante, et son visage se contorsionna en un sourire admirable de fausseté.

« Ah ouais, fis-je tout en me dirigeant vers le comptoir en quête d'une mousse. Moi aussi je vous connais. Un conseil, la prochaine fois, évitez de parier contre les gagnants. » C'était le type que j'avais soulagé de quelques milliers de pesos au Key Club, lors de la restriction qui suivit la fameuse affaire des bouteilles de Coca. Terri m'emboîta le pas, commanda deux autres bières, et lorsqu'elle tourna le dos à Mr. Garcia, sur ses lèvres se formèrent les mots : « Non, mon chéri, je t'en prie. » Je fis comme si je n'avais rien entendu.

« Ce n'est pourtant pas dans mes habitudes, poursuivit-il. Et c'est pour ça que je suis riche aujourd'hui. Ce n'est pas dans mes habitudes. Mais si vous aviez tenté un tour supplémentaire... peut-être que.

— Eh oui, mais je me suis arrêté à ce moment-là. Le sage est celui qui sait se retirer au bon moment. Mieux vaut être sage que riche, dis-je en m'asseyant.

— Tout à fait, c'est exactement ce que je voulais dire, ricana-t-il. Les sages savent à quel moment ils vont perdre la partie. » Il tendit son bras par-dessus la table pour caresser le sein droit de Terri. « Eh oui. »

J'aurais dû le plomber, mais j'ajoutai seulement : « Ce n'est pas ce que j'ai dit.

— Comment se peut-il qu'un sergent mène un tel train de vie ? s'enquit-il, tandis que sa fossette se creusait à nouveau dans ses joues adipeuses. Le marché noir, peut-être ? J'ai maintenant quelques relations. Nous pourrions éliminer un intermédiaire. Les *Chesterfields* devraient pouvoir rapporter douze cinquante, peut-être treize pesos par cartouche. Cela mérite qu'on y réfléchisse.

— Elle, tu peux te la payer si tu veux, mon pote, mais moi je ne suis pas à vendre », lui envoyai-je d'un air méprisant. Terri tressaillit mais ne broncha pas.

« Je ne voulais pas...

— On sait tous les deux où tu voulais en venir. Ce que tu obtiens avec ton fric, moi on me l'offre par amour. » Ce qui n'était pas tout à fait vrai, mais aurait pu l'être.

« Celui qui est amoureux d'une putain coucherait avec sa mère », répliqua-t-il calmement.

Je supposais qu'il avait un flingue dans la poche arrière sous l'ample *barong tagalog* qu'il portait.

Une bouffée de chaleur grimpa de mes tripes jusqu'à la nuque, mais j'ajoutai seulement :

« Au moins celui qui couche avec sa mère en a-t-il une. Parce qu'on ne peut pas niquer une guenon puis appeler la progéniture Garcia. »

Il essaya de se redresser, mais je lui envoyai la table dans le gésier, puis la fis rouler sur lui, et lorsqu'il se libéra une main, et qu'il fouilla du côté de sa poche arrière, je lui décochai un coup de saton dans le bide. Il replia ses mains, mais, tout allongé sur le flanc qu'il était, il essaya à son tour de me donner des coups de pied. Je shootai à l'intérieur de sa cuisse, et comme il ramenait ses mains, je lui assenai deux coups de saton supplémentaires dans le bide, puis me penchai enfin pour récupérer son flingue. Il tenta un direct faiblard, mais je lui rectifiai l'intérieur du bras, et il abandonna la partie. Je m'emparai du vieux .38 automatique au manche nacré, le déverrouillai et l'armai. Terri recula et hurla plusieurs fois : « Non, ne fais pas ça. » Le flingue dans la main gauche, j'étais debout au-dessus de Garcia qui marmonnait jurons et menaces. Je lui délivrai un parpaing au-dessus de l'oreille. Sa mâchoire s'ouvrit lamentablement, mais l'envie de baratiner lui était passée, et il recouvra à nouveau sa position horizontale.

« Relève-toi, espèce de gros sac. Si tu continues à faire le mort je t'explose les boyaux, et après je n'aurai plus qu'à te lourder dans la baie. Juste là », dis-je en ponctuant mon laïus d'un nouveau coup de godillot dans sa carcasse. Un filet de mollards et de gerbe lui dégoulina à la commissure des lèvres. Il n'en menait plus large. «Bon, écoute, mon gros, je vais te laisser foutre le camp, maintenant. Mais je veux que tu te souviennes bien d'un truc.» Mon prêtre défroqué m'en avait suffisamment appris sur les petites frappes de Manille pour que je sache à quelle sauce le cuisiner. «Souviens-toi de Mr. Taruc au Yellow Bar. Rappelle-toi comment il cognait les soldats en pleine tronche avant de les faire gicler dans les caniveaux. Rappelle-toi bien ça. Tu vas te rappeler aussi le mois dernier quand on a défouraillé sur la jambe de Mr. Taruc avec une Thompson au moment où il sortait de son bar. Tu vas bien t'en souvenir de ça. Mais à ce moment-là, il n'avait pas encore été rectifié. Ce sont les deux cocktails molotov qui l'ont emporté. On t'a raconté comme il avait bien cramé, on t'a dit de quelles couleurs étaient les flammes, on t'a dit l'odeur qu'il dégageait? Moi je suis au courant, figure-toi, espèce de gros lard — lui aussi c'était un gros lard, arrête-moi si je me goure —, je suis au courant parce que c'est moi qui ai fait le coup. Fini maintenant, Mr. Taruc ne cogne plus les soldats en pleine tronche, vrai ou faux? Mon sergent et moi, on a réglé cette petite histoire. N'oublie pas que t'es qu'un gros lard et que tu brûlerais drôlement bien, toi aussi.» Et je continuai à concocter mon pot-pourri, en mélangeant un incident qui s'était réellement déroulé en Inde après la guerre, que Tetrick m'avait raconté, avec le récent décès du très regretté Mr. Taruc. Je pense qu'il finit par gober. Et pis que tout, je pense que Terri finit également par gober, elle qui me laissa le soin de réparer tout seul les dégâts que je venais d'occasionner.

« Pourquoi toi fais ça ? me demanda-t-elle dès que j'eus une bière entre les pognes. Pourquoi ? »

C'est alors que je lui crachai tout ce que j'avais sur le cœur : « Pourquoi ? Tu veux savoir pourquoi ? C'est à cause de ce climat foireux, à cause de l'armée, de ma vie qui branle dans le manche. Si tu veux me poser une question valable, demande-moi plutôt pourquoi je l'ai épargné. J'avais vraiment envie de l'aligner. J'avais envie d'éparpiller ses entrailles dégueulasses dans tout le bar. Mais je me suis retenu. Il y a des fois où je ne tourne pas rond. Des fois où la vie dépasse les bornes. Pourquoi ? Pourquoi ? J'en sais rien du tout. » Je m'adressai essentiellement à ma canette, puis m'enfilai une longue lampée bien fraîche.

« Tu parles comme Joe Morning, me fit-elle remarquer comme si elle se trouvait loin derrière moi. La plupart du temps, tu es *gentle man*, Jake, mais aujourd'hui tu as du meurtre dans ton cœur. Moi désolée pour toi. » Elle pleurait ; je n'avais pas besoin de me retourner pour le savoir. Je connaissais le son de ses pleurs. « Lui m'offrir mille pesos par mois pour vivre avec lui. Et j'y vais. Adieu. » Elle sortit à la suite de Garcia, mais s'arrêta à la porte : « Je peut-être empêcher lui de te faire tuer.

— Tu as trop regardé de films américains », lui répondis-je sans lever la tête.

Elle s'engouffra dans la lumière de l'après-midi, vêtue du même pantalon noir et du même jersey noir, ses pieds nus caressant l'herbe en douceur. Et je savais exactement comment ses seins clapotaient sous son jersey, je connaissais parfaitement l'odeur animale qu'elle dégageait, les muscles de chatte enrobés dans une peau satinée, comme lorsqu'elle m'avait vraiment désiré et m'avait enlacé de ses jambes, quand elle avait déclenché une pluie nocturne de baisers juste après avoir connu le plaisir. *Elle avait raison*, me dis-je, mais je ne pouvais m'empêcher de songer : *que se serait-il passé si j'avais laissé ce type me casser du sucre sur le dos ? Est-ce qu'elle serait restée ?* Tout cela n'avait plus guère d'importance. Nos sentiments étaient morts dans l'œuf, ils avaient émergé dans la violence et venaient d'être enterrés dans la haine, comment cela pouvait-il être de l'amour ? Une fois de plus, Krummel s'inclinait devant un minable. Bordel, comme tout cela pouvait être délicieusement désuet.

Je terminai ma bière et mis les bouts. Sur le chemin qui menait à l'hôtel, là-bas, face à cette baie nauséabonde, je ne rencontrai pas une seule goutte de pluie. Pas de pluie. Non, rien d'aussi clair et net qu'un bon grain.

Morning était encore dans la piaule, il tenait maintenant une bonne ourdée, tandis que les deux grosses valoches trônaient toujours pesamment au milieu de la turne, non plus comme un précieux butin, mais plutôt comme un piteux fardeau.

« Bouge ton cul, soldat. Allons refourguer quelques clopes.

— Il était temps que vous vous rameniez, duschnock », fit-il en descendant du pieu pour passer un coup de bigo à notre revendeur.

Le zèbre se pointa à notre rencontre dans une vieille Chevrolet. C'était un petit nerveux qui avait l'air pressé. La transaction s'effectuait habituellement dans un véhicule en marche, mais il nous annonça qu'il était trop tard pour ça, qu'il devait aller chercher le fric ailleurs, et il nous conduisit à Pasay City, se gara devant une bicoque de bois et de chaume, dans une ruelle crasseuse. Morning et moi apportâmes les valises jusqu'à la bicoque, tandis que notre type continuait son chemin, nous expliquant qu'il fallait qu'il aille chercher le fric. Une grande femme à la poitrine généreuse, moulée dans une robe rouge, nous accueillit à la porte, partit d'un rire enroué en apercevant les deux valises, nous pria ensuite de nous asseoir, puis sur le même ton qu'une maman américaine aurait pu demander à son enfant s'il désirait des biscuits et du lait, elle nous demanda si on avait envie qu'elle nous taille vite fait une petite pipe. Je déclinai son offre, mais Morning lui demanda combien elle prenait. Rien, répondit-elle, Service au client, et elle s'esclaffa à nouveau. «C'est chelou[1], dis-je, on laisse pisser», mais Morning enchaîna : «Mon boz[2]», puis il lui emboîta le pas jusqu'à la chambre, tandis que ses grosses jambes bruissaient dans le satin rouge de sa robe.

Il me raconta ultérieurement qu'une fois dans la chambre, elle l'avait rapidement déshabillé, avait déposé ses nippes sur un coffre au pied du lit, puis s'était déshabillée à son tour sans enlever son soutien-gorge, et s'était mise à l'ouvrage. Le corps de la fille l'empêchait de voir son pantalon, et il pense qu'une trappe s'est ouverte, ou un truc dans ce goût-là, et cent soixante pesos se sont volatilisés de son portefeuille, ne lui laissant plus, comme le veut la tradition des pickpockets philippins, que la somme suffisante pour retourner sur la base. Morning la pria

1. Équivalent français d'un métalangage de truands qu'emploient ici Krummel et Morning.
2. Cf. note précédente.

d'enlever son soutif, mais selon lui, elle pouffa en guise de réponse, et cracha contre le mur.

Au bout d'une dizaine de minutes, deux gars vêtus d'amples chemises de sport entrèrent par la porte principale. Je me relevai, paré à toute éventualité. Aucun des deux n'était notre revendeur, mais ils avaient tous les deux des dégaines de marlous à la petite semaine. La première idée qui me passa par la tête fut que Mr. Garcia allait avoir sa revanche (si c'était le cas, Morning aurait payé les pots que j'avais cassés, renversement de situation tout à fait inhabituel).

« Vous êtes hors limites, GI Joe, vous le savez, dit le plus jeune des deux d'une voix menaçante. Ça pourrait attirer ennuis à vous, GI Joe.

— Je suis ici chez un particulier, Dugland, et je m'appelle pas GI Joe, eh, mais nom de Dieu, vous êtes qui ? » répondis-je, sentant à nouveau une boule de feu et de colère qui se formait en moi. Le vieux se composa une moue dégoûtée de circonstance, puis tira de sa poche une carte froissée dans un étui en plastique, assez lentement néanmoins pour que j'aie le temps de penser que ce pouvait être un flingue.

« Services secrets de Pasay City », lâcha le jeunot, ce qui était un terme chic emprunté au Nouveau Monde pour dire brigade mondaine.

« Et moi je suis du Club Mickey Mouse de Spartanburg, rétorqua Morning dans l'encadrement de la porte en se passant la main dans les cheveux. Non mais qu'est-ce que c'est que cette embrouille ?

— Parle correctement, GI Joe », fit le jeunot, en exhibant à son tour sa carte, qui n'était qu'à peine en meilleur état que celle de son collègue. « On nous a signalé deux crétins de GI américains en dehors des limites autorisées. Ici mauvais endroit. Très mauvais. Les GI américains se perdent parfois. Parfois ils tombent et meurent. Parfois. » La menace ne pouvait être plus claire ; il regarda la valise une première fois, puis, en une mimique digne des films muets, tourna la tête une seconde fois pour mieux l'observer. « Ça vous appartient, ça, GI Joe ?

— Possible. Non mais qu'est-ce qui se passe, la flicaille ? » demanda Morning sur un ton calme qui trahissait maintenant de la colère. Puis il ajouta de son meilleur accent du Ku Klux Klan : « Vous tenez vraiment à agiter le bâton dans le nid de frelons ? », mais ils ne pigèrent pas.

« Si pas à vous, alors doit être à moi », dit le jeunot avec un sourire niais qui barrait sa tronche émaciée. Tout cela tournait au grotesque. Le vieux était costaud, il avait un peu un physique de flic, mais il était néanmoins de taille moyenne, dans les 1,75 m pour 75 kilos, et le jeunot était encore plus petit. Tout ce qui leur trottait dans le ciboulot, c'était de rabattre le caquet du 721e. J'ignorais s'ils avaient des pétoires ou des gars postés à l'extérieur. À mon avis, c'était soit l'un soit l'autre.

« Ça m'appartient, vieux. Tout ça m'appartient, dit lentement Morning tout en présentant son flanc gauche aux deux lardus.

— Alors il faut voir Capitaine », rétorqua le jeunot dans un sourire plus large encore, poussant le bouchon encore plus loin. « Vous voir Capitaine, oui ? » Mais ce n'était pas du tout une question.

« Comment ça ? intervint Morning. Comment ça ? »

Je jetai un regard alentour, mais il n'y avait en guise de mobilier qu'une table en bois riquiqui, un canapé en vinyle et un autel de pute, composé de saints en plastoc, de chandeliers en nickel et d'un Christ aux yeux bridés. Rien qu'un client déçu eût pu garder comme monnaie de sa pièce.

Le jeunot, qui souriait maintenant comme un Bouddha, releva tranquillement le pan de sa chemise constellée de motifs imprimés guillerets, dévoilant la crosse d'un .45 nickelé enfoui sous sa ceinture. «Viens l'enlever à moi, chéri, allez viens!» fit-il en mimant une danse de strip-teaseuse.

«Calmos, Joe, dis-je. Ils n'attendent qu'une chose, c'est de nous tirer dans le dos, pour pouvoir prétendre ensuite qu'on a refusé d'obtempérer. Reste face à eux, ferme-la et tout va bien se passer.

— Tu la fermes, Joe», répéta le jeunot en laissant retomber sa chemise sur le flingue, comme s'il avait voulu produire un geste d'une grande intensité dramatique. «Ici pas Californie. Pas plaisanter avec Autorités», dit-il sur un ton méprisant.

Morning semblait ne plus savoir sur quel pied danser, et pour la seconde fois le même jour, j'y allai de mon grain de sel: «T'es pas vraiment finaud, toi, hein? Ce joujou, tu l'as vachement mal rangé. Un mec un peu rapide a le temps de te briser la nuque avant que t'aies le temps de dégainer. Ton p'tit copain lui réglerait son compte, mais c'est pas ce qui te recollera la tête sur les épaules.

— Hé, mec, surenchérit Morning qui lui adressa à son tour un sourire. N'allez donc pas foutre les jetons à ce p'tit bonhomme; un faux mouvement, le coup part et il serait capable de se faire sauter les valseuses.»

Le jeunot sembla soudain paniquer, il se recroquevilla insensiblement sur lui-même, cependant que le plus vieux s'adressait à lui en espagnol: «Ça

suffit. Va à la voiture. C'est moi qui vais leur parler. »
Le jeunot n'avait pas l'air particulièrement enchanté,
mais il déguerpit. Au moment où il franchissait la
porte, je lui lançai : « *Sí muchacho. Tu padre lo dice*,
fous le camp. » Du tex-mex approximatif, mais il
pigea l'idée générale, et revint sur ses pas, cependant
qu'à nouveau le vieux lui intimait de sortir.

« Vous parlez espagnol ? me demanda-t-il.

— Non, mec », lui répondis-je.

Il s'adressa à Morning : « Les gars, vous ne
devriez pas lui parler comme ça. C'est un chouette
gamin. Seulement il est un peu impulsif. Il aime
vraiment bien les Américains. » Il s'exprimait dans
un anglais impeccable, sa voix semblait gentille de
nature. « Maintenant, si vous…

— Essaie pas de la jouer copain-copain avec
nous, mec, l'interrompit Morning. Des films, on en a
vu autant que toi.

— Votre ami est un trou du cul sacrément malin,
me confia-t-il sans prétendre maintenant à la moindre gentillesse. Faudrait lui apprendre à fermer sa
gueule.

— Un flic n'est jamais quelqu'un pour qui on
éprouve de la sympathie, répondis-je. Surtout un flic
pourri.

— En avant, ordonna-t-il en nous guidant vers la
porte. N'oubliez pas les cigarettes.

— Oh oh, c'est le petit merdaillon qui vous a
dévoilé que c'étaient des cigarettes, hein ? fit Morning
en soulevant une des valoches. Transmettez-lui un
petit coucou de ma part, ça ne vous ennuie pas, quand
vous lui verserez son argent de poche. Dites-lui que
j'ai un plan épatant pour la prochaine fois, d'ac ? Un
manteau de ciment, et hop direct dans la baie. »

On suivit le bourre silencieux dehors, puis dans une vieille jeep grise et rouillée, piquetée d'un bon millier de bosses. Le jeunot était assis au volant, tirant sur une clope allumée à la hâte, n'en profitant pas moins pour adopter des poses caricaturales. Il nous conduisit dans un dédale de ruelles sinueuses pendant une dizaine de minutes, s'arrêta un instant à un poste de police secours pour que le commissariat s'apprête à nous accueillir, puis se coltina tous les détours possibles avant d'arriver au commissariat. Morning et moi portions les valises que nous déposâmes sur un bureau, dans une pièce isolée du reste de la spacieuse salle en bois par des parois de verre, après quoi les roussins prirent nos noms, nos objets de valeur, nos ceintures et les lacets de Morning, avant de nous boucler dans une cage en bois située au centre de la grande salle, face au bureau aux parois de verre. Nul endroit pour poser l'arrière-train, le sol maculé de merde et de vomi, trop immonde pour qu'on s'assoie dessus, si bien qu'on resta debout à attendre, sans un mot, à observer l'autre occupant de la cage, un poivrot dépenaillé roulé en boule dans un coin, qui ne bougea pas d'un poil aussi longtemps qu'on resta dans la cage, si paisible que c'était peut-être déjà un macchabée qui ne tarderait pas à empester. On n'aurait pas rechigné sur une petite clope, mais les deux flics qui nous avaient coincés, secondés par cinq ou six collègues, s'employaient à détruire à la hâte toutes nos cigarettes, sur le bureau principal, à l'autre bout de la salle. Le bureau principal portait encore les marques de je ne sais quelle unité militaire américaine qui s'y était installée avant d'être rapatriée pour cause de surnombre. Je poussai une gueulante à propos des cigarettes, à laquelle un des guignols me répondit que je n'avais qu'à fumer mon doigt de pied, réponse dont la signification profonde m'échappa. Si c'était une insulte, ils n'obtinrent pas tout à fait l'effet escompté, vu qu'on fut pris d'une terrible crise de fou rire qui nous décontracta mieux qu'une cibiche. Morning poussa une seconde gueulante pour demander si ça convenait aussi de fumer son pouce, vu que son doigt de pied était vide, mais la plaisanterie leur passa par-dessus la tête.

Environ une heure plus tard, un grand type soigné vêtu d'un *barong tagalog* pénétra dans la pièce, coup de peigne minutieux, ongles soignés, fine moustache tirée au cordeau. Il opina du chef en passant devant nous, comme si nous étions de vieilles connaissances, s'adressa au type installé au bureau, puis piqua droit vers la cage de verre. Deux autres bourres arrivèrent, passèrent les menottes à Morning, et le conduisirent jusqu'au bureau. Pendant les cinq premières minutes, une discussion calme s'engagea, comme s'ils traitaient affaires, des mouvements posés, des hochements de tête entendus, puis Morning se mit à hurler non, non, non, c'est du moins ce qu'il me sembla, mais dans un langage plus fleuri. Il se redressa, et j'avais beau ne pas pouvoir l'entendre, je sais qu'il usait de sa plus belle voix pour tonner, «Conneries», excluant toute discussion. On lui passa à nouveau les menottes, non pas de force, mais fermement, puis on le fit sortir. Ils vinrent ensuite me chercher.

«Sergent Krummel, je crois que c'est cela, n'est-ce pas? commença-t-il en me tendant la main tandis qu'on m'enlevait mes menottes. Je suis le capitaine Mendoza, commandant en second des services secrets de Pasay City.»

Je ne lui serrai pas la pince.

« Qu'avez-vous fait de mon ami ?

— Nous l'avons seulement transféré dans une cellule externe. Il ne lui arrivera rien. Je ne tenais pas à ce qu'il, comment dirais-je, persiste à importuner les deux sergents qui vous ont amenés ici. » Son anglais était également très soigné, mais il avait l'air d'un agent d'assurances mettant le paquet pour essayer de me refiler une police plus coûteuse, ou d'un vendeur de Bible.

« Venons-en au fait, d'ac ? Quel est votre prix ? Ça va nous revenir à combien pour nous arracher de ce conte de fées ?

— Oh, tout le monde semble si pressé aujourd'hui. Mais il se fait tard, et j'ai, euh, comment dire, une dame qui m'attend. Donc vous avez raison, venons-en au fait. Si vous n'aviez pas énervé mes deux sergents, nous aurions pu trouver un terrain d'entente, j'aurais, euh, acheté vos cigarettes à un prix qui n'aurait représenté qu'une perte minime pour vous. Ça vous coûte sept sur la base, je vous en aurais offert sept. Vous n'auriez donc eu à votre charge que le manque à gagner et les frais, et vous vous seriez, comme on dit, enrichi de l'expérience. Une perte minime, oui, tout à fait, dit-il avant de s'interrompre pour m'offrir une cigarette que je ne pris pas.

— Une perte minime ? répétai-je. Du racke, vous voulez dire.

— Oh, quel vilain mot. Ce n'est pas ce à quoi je m'attendais de la part d'un individu cultivé, s'offusqua-t-il en allumant sa *Chesterfields*.

— Cultivé ?

— Oh oui, j'ai entendu parler de vous, sergent Krummel. Cela fait des années que je connais Teresita. Une femme charmante, comme on dit, oui, tout à fait. Cela fait déjà un certain temps que je suis au courant de votre petit commerce. J'ai également entendu parler de votre rencontre regrettable avec Mr. Garcia cet après-midi. C'est un porc, mais il peut se révéler dangereux, oui, tout à fait. J'ai comme on dit des oreilles qui traînent un peu partout, oui, et vous pourriez aussi bien qualifier cela de taxe, disons une taxe de luxe. Et la perte minime qui semble tant vous chagriner n'est rien comparée au prix qu'il vous faudra payer si vous m'obligez à décrocher le téléphone pour appeler l'adjudant de l'armée américaine. Il vous faudra certainement payer une amende, vous vous ferez choper, comme on dit, et il vous faudra certainement passer un certain temps aux arrêts, conclut-il en confectionnant un rond de fumée impeccable.

« Mais comme je le disais, s'empressa-t-il de poursuivre, c'était avant que vous vous montriez insolents avec mes hommes, sacrément insolents. Pour réparer cela, il va bien falloir que vous et votre ami fassiez un geste. Il va vous falloir partir en oubliant l'existence de ces paquets de cigarettes. Vous disposez certainement de réserves, et j'aurai bien besoin de cette marchandise pour, comme on dit, graisser quelques pattes ici et là. » On ne décelait pas la moindre trace d'ironie ni de menace dans sa voix, mais seulement un soupçon de mélancolie ; le P-DG d'une société apprenant que le P-DG d'une autre société vient d'essuyer un échec cuisant mais pas désastreux.

« Pas d'arrangement, vous a dit mon ami, n'est-ce pas ?

— C'est malheureusement ce qu'il m'a répondu.

C'est quelqu'un de si émotif.» Il ponctua à nouveau sa réplique d'un rond de fumée tout aussi réussi que le précédent.

« Alors dans ce cas-là, pas d'arrangement.

— Ne faites pas l'imbécile. Vous avez commis une erreur en utilisant les services de ce, comment dirais-je, branquignol comme revendeur. » Il farfouilla un moment dans sa paperasse, et finit par me tendre une carte, et me proposer une autre cigarette. Cette fois-ci, je ne refusai pas. « Mon adresse et mon numéro de téléphone. Je suis moi aussi un peu dans les affaires. Si vous tentez dorénavant une opération, contactez-moi. Si vous pouviez gonfler votre livraison hebdomadaire à disons trois cents cartouches, ferme, je peux monter jusqu'à onze et demi. Vous deviendrez riche. Je deviendrai plus riche encore. Mais il vous faut toutefois accepter cette perte minime. Le plus jeune de ces deux hommes dispose de relations, comment dirais-je, dans la politique. Une perte minime. Vous vous referez en un mois.

— Vous êtes allé raconter ces sornettes à mon ami ? lui demandai-je en soufflant entre nous un cerceau de fumée plutôt délabré.

— Oui », répondit-il en se levant. Il fit le tour du bureau, le pli de son pantalon tombait avec la raideur d'un fil à plomb, l'éclat de ses chaussures coûteuses était éblouissant. « Ainsi que d'autres choses. D'autres choses.

— Et il a encore dit non ?

— Affirmatif.

— Eh bien, c'est non. »

Il soupira puis remarqua : « Vous devez effectivement être de bons amis. L'argent ne peut pas acheter l'amitié, comme on dit. » Il remplit un bon de consigne pour les cigarettes. « Mais je pense que de votre point de vue, c'est une amitié qui va vous coûter cher. » Il tendit la main vers le combiné. « Bonne chance. Réfléchissez à notre petite discussion, même si l'argent ne peut pas acheter l'amitié.

— Faut croire que non », dis-je en sortant, les menottes à nouveau aux poings. On me conduisit à l'extérieur dans la même cellule que Morning.

« Vous aussi, il vous a baratiné avec ses histoires de devenir-riche-en-un-clin-d'œil ? me demanda-t-il du haut de la couche en bambou où il était perché, dans la pénombre.

— Bien sûr, répondis-je en m'asseyant, dès que les deux matons m'eurent retiré les menottes. Je lui ai dit que c'était une idée géniale. Je lui ai demandé de préciser.

— N'essayez pas de me faire tourner en bourrique, Krummel. Vous lui avez dit d'aller se brosser son petit cul d'arnaqueur. Exactement comme moi. » Ses paroles semblaient très proches de mon oreille, pourtant je n'arrivais toujours pas à le discerner ; mes yeux ne s'étaient pas encore adaptés à l'obscurité. « La mère poule des arnaqueurs.

— Depuis quand es-tu pénétré de ces satanées valeurs morales ? lui demandai-je.

— Ce qu'on trafique, nous, c'est de la roupie de sansonnet ; tandis que le trafic de ce sagouin, c'est pourri. C'est censé être un flic. Qu'est-ce qu'il en a à cirer qu'on fasse du bizness de branquignol, on traite avec des branquignols qui au moins se prennent pour ce qu'ils sont, comme notre charmant revendeur, mais cette mère poule sur son perchoir se croit moins foireuse. Depuis quand suis-je pénétré de ces satanées valeurs morales ? Et merde, mec,

depuis quand est-il pénétré de valeurs si pourries ?
Alors je lui ai dit de se brosser le cul », dit-il incontinent, avec une pointe de quelque chose qui n'était
ni de la peur ni de l'énervement, et qui rendait sa
voix aiguë et lasse, presque une complainte.

« Et pourquoi pas ? Pourquoi ne pas accepter cette
perte ? le questionnai-je.

— Pourquoi pas ? Parce que c'est la dernière fois
qu'on me fait avaler des couleuvres, qu'on me déva-
lise et qu'on me trame dans la merde. C'est la goutte
d'eau, mec. C'est fini, plus personne ne me collera
le couteau sous la gorge.

— Et qu'est-ce qui te fait croire que je n'ai pas
accepté ?

— Personne ne vous colle non plus le couteau
sous la gorge, répondit-il.

— Non, faut croire que non. Faut croire que non. »

L'adjudant nous libéra dans l'heure qui suivit.
Une demi-heure plus tard, nous étions assis à l'hôtel
autour d'une bouteille de *Dewar's* en provenance du
marché noir, achetée avec mon oseille, puisque
Morning venait seulement de se rendre compte
qu'on lui avait subtilisé son fric. J'étais complètement engourdi, mais vanné aussi, et j'avais l'impression que le scotch déboulait dans mes jambes et les
affaiblissait en scindant les cellules dont les muscles
étaient tissés. Il me semblait que j'aurais dû éprouver plus, quelque chose de plus, de la colère, de la
rage, de la honte, un sentiment lié à Teresita que
j'avais perdue, ainsi que mes galons, le même jour,
mais j'étais seulement vanné. La rage montait dans
les yeux de Morning qui se perdaient dans le vide,
moi j'étais seulement vanné.

361

(Le soir où Ell m'avait quitté pour rejoindre Ron Flowers chez lui, Ron et moi nous étions disputés pour savoir si nous irions dans le Mississippi pour ce projet, et il avait sorti le cran d'arrêt qu'il portait sur lui depuis l'âge de dix ans, dont il ne s'était jamais servi ; je l'avais traité de nègre, puis lui avais brisé le bras en disant : «On ne me mettra pas le couteau sous la gorge. » Elle s'était ensuite enfuie en disant : «Tu n'as pas besoin de moi, de toute façon. C'est toujours toi qui gagnes. Ce n'est jamais toi qui perds. Je ne peux plus supporter ça», tandis que je pleurais derrière elle, comme elle s'enfuyait, en lui répondant : «Moi qui croyais que c'était à ça que ça servait, un homme», et l'écho de ma voix se répercutait dans le couloir désormais vide, «un homme», et le passé m'a écrasé la figure comme un coup de botte, et la solitude m'a agrippé, ce n'était pas seulement Ell qui avait mis les bouts, c'est le monde entier qui me fuyait, et je m'écriai de plus belle dans le couloir maintenant désert : «Mais, chérie, je suis en train de perdre, cette fois-ci, je ne sais pas pourquoi, et les perdants sont en train de gagner, et nom d'un chien, chérie, je ne sais pas pourquoi», et j'ai chialé pendant un moment, tandis que des inquisiteurs enragés glissaient un œil à travers des portes entrouvertes, depuis la pénombre de l'encadrement de leurs portes, je me suis ensuite assis dans le salon et j'ai picolé ; j'étais tout simplement trop vanné pour entreprendre le moindre geste.)

Je ne quittai qu'une fois la table pour fourrer mon nez à la fenêtre, histoire de m'éloigner de la ventilation, mais je me retrouvai face à l'infection que dégageait l'étendue marine fétide, au grondement des rues, et à l'haleine putride d'un cabot fêlé, qui avait fendu la nuit pour se précipiter jusqu'à moi.

« On n'achète pas l'amitié avec de l'argent », expliquai-je au clébard en nage.

Après la première boutanche, on en commanda une seconde, bien que Morning fût déjà salement pété. Il n'avait pas décollé de la table, sauf pour aller pisser, et il lichait directement au goulot. Après mon épopée jusqu'à la fenêtre, j'étais resté aussi peinard que lui, et probablement tout aussi dézingué, si ce n'est que je restais silencieux, absorbé dans le dénombrement des pétales semés sur le papier peint fleuri, cependant que lui ne cessait de marmonner dans sa barbe ; ses murmures butinaient dans la pièce comme des abeilles, et ses mains papillonnaient autour de sa figure. Quand j'interrompais mon calcul, j'étais juste là, c'est tout. Abattu et transi, comme lorsqu'on vient de s'en manger un sérieux dans la mâchoire, pendant le laps de temps qui sépare la mornifle du néant, on flotte de par le monde, conscience déconnectée, décrochée par le plaisir ou la douleur, de l'éther qui se dissipe dans le vide, dérapant parmi les cieux striés de bandes de feu. Mais la voix de Morning, devenue grave, me tira de ma quiétude tourbillonnante et me rappela sur terre :

« Hé, mec, vous savez ce qu'elle m'a raconté, la mère poule ?

— Qui ? Quoi ? Non », fis-je en me dirigeant vers le lit, peut-être pour faire semblant de pioncer. Ça m'était égal de savoir ce que n'importe quelle mère poule avait pu raconter.

« Cet enfoiré d'arnaqueur, grogna-t-il, Dick Tracy l'empaffé.

— Non, répondis-je en rêvassant, les yeux clos.

— Non quoi ?

— Non, je sais pas ce qu'il a raconté, et je crois que je m'en bats l'œil.

— Ah ouais. Eh ben, il m'a dit que la nana de la baraque, c'était une tantouze. Quelle chierie. » Il claqua la table.

« Hein ?

— La nana. La mère poule est allée me raconter que c'est une pédale qui m'a brouté la tige. » Il gifla la table de plus belle.

« Qu'est-ce qu'on en a à foutre. "Pédale, avale." Et à la revoyure.

— Moi j'en ai quelque chose à foutre, voilà, dit-il en cognant cette fois-ci la table du poing. Moi j'en ai quelque chose à foutre, mais c'en n'était pas une. »

C'était une nana costaud, ce pouvait très bien être en réalité un homme. J'avais déjà rencontré des tapettes qui ressemblaient plus à des femmes qu'à des hommes, et tout ce que je désirais, c'était aller au pieu, alors je lui dis : « Possible. »

Je crus qu'il allait me coller une châtaigne, ce qui me tira de ma torpeur, mais il s'assit seulement à la table, cognant dessus jusqu'à ce que je le vire, hurlant FAUT TUER CET ENCULÉ, jusqu'à ce que je l'apaise en lui tendant la bouteille que le chasseur avait apportée entre-temps. Il chiala comme un veau jusqu'à ce que je lui demande ce qui clochait.

Je lui posai la question ; il lui fallut le reste de la nuit pour m'expliquer ; jamais je n'aurais dû lui poser la question.

Seconde parenthèse historique

Je dois me limiter à rapporter l'histoire que Joe Morning me raconta. Il pourrait y avoir quelque intérêt à tenter de recréer sa voix, si ce n'est qu'il était tellement rond ce soir-là qu'il l'avait perdue, sa voix, semblait-il, cette voix que je lui connaissais, cette tonalité intelligible et articulée qu'il était parvenu à conserver même lorsque l'ivresse l'avait écroulé par terre. Ce soir-là, il l'avait perdue. Il grommela, toussa, éclata de rire, peut-être même mentait-il. Ses mots se bousculèrent hors de sa tête en un flot confus, comme du vin s'écoule d'un pichet brisé. Il déblatéra son histoire en ne respectant aucun ordre, se répétant, sautant d'une période à l'autre, d'un lieu à un autre. Raconter son histoire, telle qu'elle me fut narrée, à quelqu'un qui contrairement à moi ne l'a pas connu, n'aboutirait qu'à créer une confusion plus considérable encore ; aussi vais-je prendre cette liberté d'historien qui consiste à relater cette histoire telle que je la connais. Cette méthode présente quelques inconvénients, je vous l'accorde ; ce pourrait être une technique aisée pour détourner l'histoire selon mes propres desseins, mais on n'échappe jamais complètement à cette tentation de détournement, alors je vous en prie, veuillez accepter ce qui suit comme vous acceptez Gibbon pour Rome, Carr pour l'Union soviétique, et Prescott pour la conquête du Mexique. De même donc, prêtez l'oreille à Krummel pour Joe Morning. Or comme il s'agit de ma vérité, et non de *la* vérité, ayez l'obligeance de l'avaler avec une pincée amère de sel dans votre bière.

Il se faisait appeler Linda Charles, et Joe Morning l'aperçut (lui, elle?) pour la première fois dans une boîte de nuit de San Francisco. Les autres types qui présentaient le spectacle étaient bons sur un plan professionnel, mais étaient à l'évidence des hommes, que trahissaient une démarche exagérée, une poignée de main trop ferme, une perruque décolorée rêche comme une tignasse de mannequin. Tandis que lorsque Linda Charles se déhancha pour venir chanter, avec ses longs cheveux blonds, de vrais cheveux et non pas une perruque, qui ondulaient devant et derrière ses épaules claires, ses longues jambes galbées qui dansaient au-dessous d'un simple fourreau de soie verte, une voix quelque part dans le club murmura derrière Morning, dans un effroi ivre mêlé de respect: «Mon Dieu, c'est pas un mec.» Linda Charles se fendit d'un sourire, d'un véritable sourire de femme, enchantée par la flatterie qu'elle venait d'entendre. Puis elle frappa dans ses mains, tapa de ses pieds délicats, et miaula une version bluesie de «*Saint James Infirmary*» d'une agréable voix de contralto. Elle joignait ses mains devant elle, remontait ses hauts talons verts, puis, d'un hochement de tête passionné, dégageait les mèches blondes qui retombaient sur son visage, en un ondoiement flamboyant, puis caressait ses épaules arrondies.

Morning ressentit une pointe d'excitation coupable lui picoter le ventre, ainsi probablement que la plupart des autres types présents. Ce qu'il fallait coûte que coûte s'interdire, c'était de tomber dans les pièges féminins, tendus par l'imitation d'une beauté féminine. Morning commença à se lever, mais il se montra suffisamment clairvoyant pour ne pas trahir cette impulsion, effrayé à l'idée que sa peur puisse le trahir, et il resta donc jusqu'à la fin.

Mais lorsqu'il ficha le camp, un parfum de frayeur lui colla aux basques, il se sentit alors submergé par sa culpabilité naturelle, et confondit probablement l'un et l'autre. Il avait tant été puni, qu'il devait bien être coupable de quelque chose. Peut-être justement de cela ? Qu'en savait-il ?

Au cours de sa seconde année d'université, Joe Morning était assis sur un pare-chocs de bagnole, devant le bâtiment de sa Fraternité, éméché, et contemplait, sans y prendre part, un « raid petite culotte » qu'effectuait une bande de garçons dans un dortoir de filles situé à proximité. Il pouvait d'autant plus se permettre de jouer l'observateur amusé que sa propre piaule en sous-sol abritait une allumeuse de ce même dortoir, ivre et nue à l'exception de ses souliers. Plus tôt dans la soirée, il avait persuadé ladite poulette, à grand renfort de boniments et de *Southern Comfort*, de s'introduire par sa fenêtre du rez-de-chaussée. Et maintenant, souriant aux anges juste après l'avoir baisée, il avait mis le nez dehors pour savoir d'où venait le boucan qu'il avait entendu.

N'empêche que lorsque la poulaille débarqua pour arrêter les agités, ce qu'une surveillante, armée seulement d'une bouteille de Coca, avait déjà réalisé, et pour faire cesser les encouragements en dentelle que brandissaient les minettes du premier étage, ils interpellèrent tous ceux qui se trouvaient sur place, y compris la surveillante courroucée, qui avait insulté un officier de police au moment où il montait au premier pour calmer ces gamines timbrées, et y compris ce badaud innocent, Joe Morning.

« Attends, mec, moi je ne suis pas dans le coup, se défendit-il auprès du roussin zélé qui essayait de l'emmener de force dans le fourgon. Moi je n'ai pas bougé, je suis resté assis depuis le début.

— Oh, je suis navré, mon garçon ; avec cette tignasse, je t'ai pris pour une fillette, se moqua le flic en reculant d'un pas. Allez, avance !

— Ta gueule, duchibre. J'te dis que je n'ai rien fait de mal.

— Hé si, et à l'instant même », lui répondit le flic comme Morning essayait de larguer les amarres. Il lui flanqua consciencieusement un coup de matraque dans le ventre, le colla contre le capot, lui tordit un bras dans le dos, et le conduisit jusqu'au panier à salade. Une fois sur les marches, Morning se débattit à peine, plus pour reprendre son souffle que pour résister, et fut à nouveau tabassé, mais réussit néanmoins à vomir sur la bouille adipeuse et rougeaude du poulet. Lequel poulet réagit en lui assenant un autre coup de gourdin en pleine nuque, puis l'immobilisa et lui martela les côtes jusqu'à ce qu'un de ses collègues intervienne.

Quand Morning reprit connaissance, il avait la figure écrasée contre un fin matelas à même le sol en ciment, ses mains douloureuses étaient liées par des menottes dans son dos, les pieds entravés à un anneau en fer scellé dans le mur, les côtes bleuies, constellées d'ecchymoses, le faisaient horriblement souffrir. La minuscule cellule n'était guère plus vaste que le matelas, et une lourde porte métallique, percée seulement d'une plaque en fer à glissière en guise de fenêtre, protégeait le monde de cet innocent badaud. Morning s'égosilla jusqu'à ce qu'un maton se déplace pour lui conseiller de la fermer, s'il voulait échapper au bâillon ou à pis, mais Morning lui fit valoir qu'il avait absolument besoin de se soulager, le *Southern Comfort* ne lui étant plus maintenant d'aucun *récomfort*, mais le maton lui expliqua qu'il devait prendre son mal en patience jusqu'à la période prévue à cet effet, le lendemain matin, et qu'il avait plutôt intérêt à ne pas pisser dans la cellule, car ce serait porter préjudice aux équipements municipaux, un tel forfait étant passible d'une peine de cent dollars minimum. Pendant que le balourd lui débitait ses fadaises, ce qui sembla durer interminablement, Morning eut la drôle impression d'être chauve, et c'est alors qu'il réalisa qu'on l'avait rasé. Il demanda pourquoi. On lui expliqua que la prison avait reçu du gouverneur le prix de la prison la mieux tenue, et qu'il n'était donc pas question qu'un beatnik gauchiste crado ramène des puces ou des poux. En refermant la lourde plaque à glissière, le lardu lui conseilla de pisser dans l'un de ses bouquins.

Morning, bien entendu, eut beau essayer, il ne put pas bloquer sa vessie plus longtemps, si bien qu'il passa le reste de la nuit vautré dans ses propres déjections et sa propre pestilence, maudissant le monde entier pour ces déjections et cette pestilence. Nom d'un chien, il en avait toujours été ainsi. Expulsé de l'école par la faute de quelqu'un d'autre qui fumait

369

dans les gogues ; fouetté à coups de martinet par sa mère à cause des mensonges du voisin d'en face ; choisi au hasard pour payer pour les péchés d'autrui, il se mit alors à frayer lui-même avec le péché, à cloper, à raconter des bobards à sa matouse, et il ne se fit désormais plus jamais pincer.

Le lendemain, il prit connaissance des chefs d'accusation : trouble sur la voie publique, refus d'obtempérer et, oui, non-respect des équipements municipaux. Morning plaida non coupable, et réclama les services d'un avocat, mais le juge de paix le déclara coupable sans même lever les yeux, jugea que sa requête était non valable, car, lui dit-il, dans cet État, il n'était pas autorisé à faire appel.

Morning s'apprêtait à rester à l'ombre pendant deux mois, bien qu'il disposât d'assez d'argent à la banque pour sortir, mais la ville appela sa mère. On préférait que la caution soit payée, semblait-il, plutôt qu'avoir entre les pattes le fiston Morning. Elle régla, et lorsqu'ils furent tous deux dans la rue, elle lui demanda : « Joe, Joe, mais qu'est-ce que ce *sera*, la prochaine fois ? Qu'est-ce que ce sera ? » Il décanilla sans un mot.

De retour dans sa turne, il trouva une note du secrétaire du doyen qui lui demandait de quitter l'école. Morning, encore crado et empuanti, se rua sur le coteau ombragé, paisible et agréable qui menait au bureau du doyen, lequel refusa de lui accorder un entretien, lui expliquant d'une voix précise, typique de l'université de Tidewater : « Vous n'êtes pas un de nos étudiants ; nos étudiants sont des gentlemen du Sud ; veuillez quitter mon bureau, je vous en prie.

— Les gentlemen du Sud sont bons à sucer de la bite », proclama-t-il en fichant le camp du bureau.

Il passa le reste de l'après-midi à s'humecter le gosier dans la fraîcheur de son sous-sol. Le président de la section locale de sa Fraternité envoya un bizuth pour aviser Monsieur Morning qu'il devait avoir l'obligeance de bien vouloir quitter sa chambre, mais Monsieur Morning renvoya ledit bizuth en lui demandant de transmettre au président qu'il n'avait qu'à descendre lui-même s'il espérait lui faire faire quoi que ce soit. Monsieur le Président ne daigna point se déplacer, mais en revanche il dépêcha le vice-président : Jack, le vieux pote de lycée de Morning, celui qui était passé à la casserole avec les deux paysans, le soir de la défaite en finale du championnat de football. Morning se tenait dans l'encadrement de la porte, le visage apaisé, paré pour la suite, posant comme s'il avait oublié toute cette haine accumulée, comme s'il était redevenu raisonnable et s'apprêtait à pardonner, à oublier ; il se tenait là, chaussé de mocassins, en pantalon gris et pull à col ras, car l'on avait beau être au printemps depuis déjà deux semaines, le froid de l'hiver sévissait encore dans le sous-sol de Morning.

« Joe, vieux, qu'est-ce qui t'arrive ? Dans quoi t'es-tu fourvoyé ? » Il suivait des cours de psychologie appliquée au monde des affaires. « Quand tu es arrivé ici, tu étais une vedette en football, tu étais un gars stable, droit, réglo. Puis tu as abandonné le football, cette discipline où tu excellais, en affirmant que c'était crétin, et tu as gâché toutes ces heures d'entraînement intensif. Crois-moi, vieux, si j'avais été aussi bon que toi, jamais je n'aurais abandonné. Mais toi tu as laissé tomber, tu as envoyé à la poubelle tout ce talent que Dieu t'avait donné. Puis tu as déménagé pour t'installer dans cette cave insalubre, tu as sombré dans cette pièce insalubre pour t'enfermer avec tous tes livres de bibliothèque qui respirent la pourriture, mais cet endroit pue comme un… bordel pour nègres », lâcha-t-il tandis que Morning laissait nonchalamment choir une petite culotte d'une propreté douteuse sur ses pieds. « Que ce soit ici ou aux soirées, tu ramènes des filles que ta mère ne serait certainement pas ravie de rencontrer. Sans compter que, jusqu'à aujourd'hui, tu n'étais pas allé chez le coiffeur depuis Dieu sait quand. Et puis tu fréquentes au Mickey tous ces enfoirés de gauchistes. Joe, je ne sais pas, je ne sais vraiment pas. Je sais que tu as un bon fond, mais si tu savais tout ce que les frères de la Fraternité racontent à ton sujet. Parfois ça me fait vraiment mal de les entendre. » Tout en pérorant, Jack avait délicatement enlevé d'une chaise les livres piquetés de moisissure et les vêtements sales. Il s'assit, joignit ses mains sur le devant de son genou, et déclara : « Et ceci plus que tout me fait de la peine, Joe. La section de la Fraternité a voté ton exclusion. Remarque, on ne peut guère t'exclure de la Fraternité sur le plan national. Je veux dire qu'une fois que tu es membre de la Fraternité, c'est pour la vie, comme lorsque tu as rejoint L'Église. En revanche, ils ont le droit de t'exclure de cette bâtisse. J'ai plaidé en ta faveur, mais dans un cas comme celui-ci, un membre du conseil ne compte que pour une voix. Ça me fait vraiment de la peine, Joe. Ça fait longtemps qu'on se connaît. Je ne sais pas.

— Morning viré dans la matinée, psalmodia-t-il. Dites à mes frérots gentils que j'serai d'retour avant qu'la lumière du jour n'enflamme leurs pommettes rougies. Jack, tu feras un jeune cadre absolument épatant, tu le sais, ça ?

— Joe, mon vieux, dans quoi t'es-tu fourvoyé ? »,
répéta Jack dont le visage et la voix trahissaient une
indulgence toute professionnelle. Il embobinait un
Morning qui tenait une cuite sévère.

Alors Morning tenta de lui répondre, allongé dans
les draps sales et emmêlés, les yeux dans le vide en
direction d'un poster collé au plafond bas, représentant un Lénine attentif, mais après avoir laissé passer
un moment, il contempla le visage niais et attristé de
Jack, il s'ébroua puis suggéra dans un sourire :
« Jack, ma poule, et si on causait un peu de toi. Dis-
moi, vieux, et chez toi, qu'est-ce qui cloche, hein
fiston ? Je sais comment tu t'es comporté quand les
paysans t'ont carré leur épis de maïs bien profond,
bon ça je m'en souviens très bien, mais ils m'ont
raconté que t'avais vachement aimé, que tu voulais
plus qu'ils s'arrêtent. C'est vrai que ton coturne
avait l'air un peu au bout du rouleau, ces temps-ci…

— Espèce de fils de pute, rétorqua Jack en se
relevant. Salopard, j'aurais dû te tuer, ce soir-là.

— Correct, ducon, vu que maintenant tu peux
plus. Maintenant qu'ils t'ont ramoné bien profond,
t'as plus les tripes pour ce genre d'exploit. »

Jack puisa tout au fond de lui pour proférer le
juron le plus infâme auquel il pouvait penser : « Sale
communiste. »

Morning se gondola comme une baleine, et des
éclats de rire sauvages et gais raccompagnèrent Jack
à la porte, traversèrent tout le sous-sol, le portèrent
jusqu'en haut des escaliers, et le poursuivirent sans
doute là où il se trouve actuellement. « Je préfère
encore passer pour un gaucho qu'être de la pédale,
Jack-de-mes-deux. » Il se tordit de rire jusqu'à ce
seuil, pour lui vite franchi, qui sépare le plaisir de la

douleur, lorsqu'il sentit des larmes dégouliner sur sa pogne salie, des sanglots qui lui raclaient la gorge, et une solitude démesurée qui creusait un trou en lui, un trou qu'il abreuva toute la nuit.

Le lendemain matin, au réveil, il réalisa, comme à chaque fois que le hasard l'exposait sans défense aux erreurs et aux flèches fatidiques de ce monde, qu'on avait joué vite et mal avec ses droits moraux, qu'ils avaient été bafoués par le truchement de représentants de second ordre des législations auxquelles il était soumis, tant fraternelles qu'académiques ou municipales. Tout ivre qu'il était, il allait s'employer à exiger réparation, même s'il devait s'avérer que lesdites réparations allaient lui coûter cher : il était né avec la poisse. Poisse ou pas, néanmoins, il se présenta au pied des marches de l'administration de l'université, à huit heures du matin, tiré à quatre épingles, rasé de près, portant le pantalon et le pull-over qui constituaient l'uniforme officiel de ses collègues du sexe masculin, chargé d'une lettre, sur laquelle on pouvait lire ces deux mots que Morning n'a cessé de répéter depuis : JE PROTESTE, ce qui essentiellement signifiait qu'il protestait contre le traitement que lui infligeait le monde.

Suite à d'autres protestations, l'administration avait adopté la meilleure défense qui soit : ils l'ignorèrent avec le flegme d'un père sourd aux caprices de son enfant en bas âge. L'administration ignorait dans le même temps les revendications de quatre Noirs qui se présentaient tous les matins en signe de protestation contre le règlement ségrégationniste de l'établissement. L'administration, qui décidément s'y entendait drôlement lorsqu'il s'agissait de fermer les yeux, ne prêtait guère attention aux quelque huit ou dix joueurs de l'équipe de football qui se présentaient tous les jours à dix heures pour cérémonieusement cracher sur les Noirs qui, s'ils levaient le petit doigt, se voyaient tabassés en silence sur le trottoir immaculé, ou bien traînés sur la pelouse admirablement entretenue, ou bien se faisaient rosser sur la haie taillée au cordeau. Mais ce matin allait différer des autres matins.

Au moment où le premier Noir tomba par terre, la grande gigue du nord de l'Alabama, qui avait porté le coup, reçut en plein dos les bottes de Joe Morning, qui lui atterrit littéralement dessus. Morning se métamorphosa en une boule de coudes et de pieds, et sa frénésie en une folie légitime ; sa force résida en l'effet de surprise et en la colère noble qui l'enflammait, et les infidèles tombèrent en vagues autour de lui, et s'il avait pu les éloigner de ses côtes encore meurtries, il leur aurait tenu tête jusqu'au crépuscule. Il leur fit payer néanmoins un prix si exorbitant pour sa défaite, qu'ils ne levèrent le petit doigt sur aucun des trois autres Noirs, et qu'à dater de ce jour, ils n'entravèrent plus aucune de leurs protestations pacifiques.

Ainsi, pour la seconde fois en trois jours, Morning reprit ses esprits après avoir subi une correction, saignant légèrement sur ce tapis qu'il connaissait, encore empuanti de ses propres déjections, à nouveau ligoté et enchaîné, mais sur le dos cette fois-ci. Ah, songea-t-il en se tâtant le menton, même les poils de ma barbe naissante poussent moins dru et plus doux, il sourit, puis effleura les points de suture rêches sur sa lèvre fendue. Sa colère noble avait apaisé son amertume. Il se sentit innocent et propre comme l'agneau, lavé dans son propre sang, mais innocent et propre, au point qu'il entonna des chants joyeux jusqu'à ce qu'on le relâche à cinq heures.

Une organisation pour les droits de l'homme avait payé la caution pour qu'il soit libéré sous condition, et un gus de Cornell à l'allure sympathique et au visage avenant le remercia pour sa ferveur et son amour, mais le réprimanda pour avoir eu recours à la violence, avant de lui offrir une bière. C'est en partie parce qu'il avait hâte d'annoncer la nouvelle à sa mère, en partie parce qu'il avait besoin d'une nouvelle piaule, mais surtout parce qu'il était enchanté par l'accent doucereux de ce copain chocolat, que Morning emménagea avec un Noir dans une pièce aux dimensions réduites, un abri situé dans la cave d'une église Noire. «C'est reparti pour les caves, s'exclama Morning, puis il ajouta en se bidonnant : à moi, toujours, les profondeurs de plus en plus ténébreuses.» Au début, il refusa, ne fût-ce que d'admettre, que la non-violence pût avoir la moindre facette positive ; son plan consistait à repousser les *Bluebellies* jusqu'au fin fond du Mississippi, puis de les faire défiler sous la menace jusqu'à la mer, en envoyant au bûcher des kyrielles de Blancs sur leur sillage. Mais Richard, son camarade Noir, lui refusa de participer aux chants tant qu'il n'admettrait pas, au moins sur un plan intellectuel, que, pour l'instant, la non-violence était la seule issue. Morning s'apprêtait donc à se faire cracher à la figure et à se faire traiter de *niggerlover*, d'antiségrégationniste, quand Richard l'envoya rendre visite à un type, dans le quartier est de Saint Louis, qui l'envoya à son tour, lui, sa guitare et son mécontentement, pour une tournée des campus du *Middle West*, dont le but était de collecter des fonds. Et Morning se retrouva donc à chanter avec son accent sudiste, travaillant et vivant grâce aux chèques que lui envoyait son père, plutôt que d'occasionner des dépenses à l'organisation, et il s'en sortit admirablement, à l'exception de quelques week-ends ou jours de la semaine, selon son humeur. C'est au cours de l'une de ces périodes où il broyait du noir, alors qu'il arpentait les collines embrumées de San Francisco, qu'il poussa la porte de cette boîte de nuit où chantait ce type qui se faisait appeler Linda Charles, et que pour la première fois il admit ressentir de la peur.

Mais il finit par oublier, car Joe Morning finit toujours par tout oublier, dans la chaleur de l'été qui suivit. Il défila à Birmingham, participa au *sit-in* de Tampa, chanta dans tout le sud du pays, chanta la paix, rongé pendant tout ce temps par son penchant pour la violence, talonné cependant à chacun de ses pas par Richard. Richard qui dut intervenir à Tampa quand un député famélique lui cracha du jus de chique, mais jamais il n'aurait pu seul retenir Morning. Morning retint une partie de lui-même et tint bon jusqu'à la fin de l'été.

L'automne venu, il émigra à Phoenix en compagnie d'une nana avec qui il avait travaillé, et il survécut grâce à elle et à sa guitare jusqu'en janvier, avant de rejoindre à nouveau l'association qui collectait des fonds. De passage à San Francisco, il s'abstint de franchir à nouveau le seuil de la boîte de nuit où il avait eu sa vision sublime, il s'en abstint jusqu'à prendre conscience d'une absence, et c'est alors qu'il y retourna, sobre, en nage, mais elle ne donnait pas de représentation ce soir-là. Soulagé, il resta toutefois pour l'exorciser (elle, lui) et se surprit à apprécier le spectacle. C'était *vraiment* amusant, et l'on s'y payait *réellement* la tête de l'hypocrite bourgeoisie américaine. Et à la fois vachement pro, commenta le type à la table d'à côté, qui prétendait avoir récemment quitté l'équipe des *Forty Niners* où il occupait le poste d'arrière défensif, et qui avait d'ailleurs bien le physique de l'emploi. « Ces mecs ne sont même pas des folles. Ce sont des acteurs qui ont besoin de gagner leur vie. Ce gonze-là, expliqua-t-il en montrant du doigt une strip-teaseuse élancée, il a six marmots à San Mateo. » Une fois le spectacle terminé, lui et Morning descendirent écluser quelques godets dans le quartier chinois, jusqu'à ce que le gros ours mal léché tente un plaquage maladroit sur la personne de Morning. Il lui décocha un direct en pleine face, mais le gars courba la tête, et Morning se brisa la main. Il s'enfuit comme un courant d'air, renversant les tabourets sur son passage, et réussit à s'en sortir sain et sauf, et fesse propre.

Le vieux médecin qui lui remit les os en place cette nuit-là se fendit d'une interminable conférence sur les vices de ce monde : « Le diable a de nombreux visages, mon fils, de nombreux visages. Sois toujours sur tes gardes. Ne le soumets pas à la tentation car sa force est celle de dix hommes », clamat-il tout en confectionnant le plâtre de ses mains blêmes accrochées à des bras faméliques, dont toutes les veines avaient explosé à cause des nombreux trous dont elles étaient criblées. « Ne le soumets pas à la tentation. Ça fera vingt-sept cinquante », annonça-t-il, mais Morning s'échappa de la salle des urgences en courant, porté par un ricanement diabolique, s'écriant : « Le diable a de nombreux visages, papa. » (Il attendit six mois avant d'envoyer finalement par la poste un chèque au vieux médecin, mais celui-ci le lui retourna immédiatement accompagné d'une note brève : « Fiston, je sais qu'avec le diable, l'addition est salée. Garde donc cet argent, tu en auras plus besoin que moi. »)

« Pourquoi faut-il tout le temps qu'il m'arrive des tuiles ? demanda Morning à Richard l'été suivant. Pourquoi moi ? » À quoi Richard répondit : « Des tuiles, mec, il nous en arrive tous, alors reste cool. » Mais voilà, « rester cool » n'était pas son attitude de prédilection, tant et si bien que Richard lui interdit de participer aux manifestations. Exaspéré, Morning rejoignit une organisation plus militante, et dès le premier *sit-in* de l'été, au comptoir d'une buvette à Birmingham, il tomba à bras raccourcis sur un gamin de dix-neuf ans qui lui demandait : « Passe-moi le sel, l'antiségrégationniste. » Les potes du gamin firent irruption, et Morning quitta le Mouvement des droits de l'homme de la même manière qu'il y était entré, à coups de pied et à coups de poing, en se livrant à une échauffourée de tous les diables.

Condamné pour coups et blessures, Morning en prit pour trois ans, mais sa mère, sa fidèle mère du Sud, avait un cousin (dans le Sud, on a des cousins partout) qui jouait au billard avec le juge. C'est ainsi qu'au lieu de s'en prendre pour trois ans, il écopa d'une interdiction de séjour dans l'État de l'Alabama. La peine fut donc suspendue, mais le dossier serait réouvert à sa première incartade en Alabama pour manifester contre quoi que ce soit.

Il réussit à contenir le mécontentement qu'il éprouvait contre la décision du juge jusqu'à ce qu'il fût dehors. Une fois de plus, il planta là sa mère sans un mot, récupéra sa guitare et un petit sac de voyage, puis, animé seulement par sa rage, il fila à pied du centre aux limites de la ville, avant de brandir son pouce en direction de Phoenix. Mais la rage se prête mal aux longs trajets en auto-stop : l'action se déroule trop lentement, et ni l'asphalte haletant sous un soleil de plomb ni l'ombre parcimonieuse des rares pins rachitiques ne protègent l'homme ou la bête courroucée contre les appels d'air secs et poussiéreux des semi-remorques qui défilent. Passé minuit — minuit l'heure du crime, certes, mais sûrement pas l'heure du chrome des bagnoles qui s'arrêtent pour embarquer l'auto-stoppeur, soit dit en passant — il se tenait à la croisée de routes solitaires, il y restait des heures durant, se précipitait d'un côté de la route à l'autre, d'une route à l'autre, à la rencontre des phares qui surgissaient à travers les pinèdes de l'est du Texas, souhaitant seulement que quelqu'un s'arrête pour l'emmener n'importe où, tandis que les semi continuaient de défiler devant lui dans un grondement de trains lancés à pleine vitesse. Les après-midi se déversaient ensuite comme de la lave incandescente sur les collines rocailleuses de l'ouest du Texas, et la seule ombre existante était celle que l'homme projetait, le visage rongé par l'épuisement, la poussière et les coups de soleil, jusqu'à ne même plus prêter attention à ces véhicules à la noix qui klaxonnaient avec arrogance, et lui projetaient du gravier sur ses pieds brûlants. Phoenix surgit enfin au-dessus des brumes de chaleur, aperçue de l'arrière d'une ramasseuse de coton pleine de Mexicains, le moment arrivait enfin de souffler un peu.

Quatre bières fraîches plus tard, à l'appartement

de sa nana, il glissa dans son premier long sommeil. Il dormit pendant des jours et des jours, treize pour être précis, ne quittant le lit que pour s'étirer et ingurgiter un verre d'eau tiède. Pas seulement dormir, expliqua-t-il, mais également rêver de sommeil et de rêves. Il se projeta des rêves comme l'on regarde des films, entrecoupés d'entractes pour se soulager la vessie, puis il retournait immédiatement à ses films — la guerre, l'honneur, l'amour, le passé, le futur —, poursuivant la projection jusqu'à ce que son cerveau semble ne plus pouvoir ingurgiter d'images, continuant comme un navet italien. Effrayée, la nana appela un docteur qui lui prescrivit tout simplement des calmants pour douze heures de profond sommeil, et donna comme consigne de le réveiller le lendemain matin avec un bon verre d'eau à la figure. Il revint à lui, toujours enflammé par cette même colère, mais la tête sur les épaules.

Pendant les deux mois qui suivirent, il se consacra à nouveau à la guitare et à la picole, après quoi il se contenta uniquement de jouer de la gratte. Il fut engagé dans un club qui faisait à l'occasion office de café-théâtre, Harps on the Willows, pour jouer quatre sets par soir, six soirs par semaine. Plus fidèle à l'instrument dont il jouait qu'à celui à côté duquel il dormait, c'est à peine s'il remarqua qu'elle était rentrée à Boston au volant de son petit bolide. Mais il se faisait remarquer, et il n'a jamais nié adorer cela. Les soirs de relâche, il jouait pour des rassemblements estudiantins, et anima également à l'occasion des soirées chez un professeur d'anglais. Il se laissa pousser la barbe pour parfaire la touche qu'il avait avec ses cheveux longs, et à Phoenix devint rapidement la coqueluche d'une certaine population nouveau-riche, pseudo-libérale et avide de culture. C'est dans la banlieue aisée, à Scottdale, qu'il se trouva nez à nez avec sa propre trouille, face au masque, Linda Charles.

La réception avait lieu dans une bicoque dont les bâtiments s'étalaient sur un hectare et demi de pelouse arrosée et parfaitement entretenue. Elle appartenait à un ingénieur, et était truffée de gadgets électriques; on appuyait sur un bouton et la chasse d'eau se déclenchait automatiquement, un autre bouton vous déroulait le papier, c'était chouette, il y avait une machine pour fabriquer les glaçons, une autre pour concocter vos boissons, et l'équipement stéréo était complet, du coude au trou du cul. Le sol était recouvert de tapis épais comme des peaux d'ours, et occupé par des gens en lutte contre leurs propres moyens de gagner de l'argent, du libéral bon teint au non-croyant par paresse, qui irait jusqu'à prononcer doucement *« fuck »,* afin de conférer une emphase particulière à son discours, tout en frappant non moins doucement son poing au creux de l'autre main, tandis que les femmes s'efforçaient de ne pas rougir. Morning débarqua donc parmi cette faune, lui dont les références n'étaient guère plus reluisantes que ses hôtes, chemise en peau de bête, maculée de taches de sueur qui n'étaient pas les siennes, bottes de cow-boy éraflées au pied, et Levi's râpés. Son répertoire commençait par quelques *protest songs* acidulés, quelques vieilles ballades anglaises (même avec cette vieille peau de « *Barbara Allen* », il était capable de m'arracher des larmes), puis il enchaînait avec des chants écossais braillards, quelques morceaux populaires comiques, puis les hymnes irlandais les plus paillards avant de faire chanter toute l'assemblée sur « *We Shall Overcome* », telle une espèce de majorette intellectuelle. Il connaissait parfaitement son public. Après son spectacle, ce fut l'heure du twist, pour les rombières et les gars coiffés en brosse, le moment était venu de flirter. Il reprit la guitare pour un second set, se mêla à l'assemblée en formulant quelques allusions bien senties au « Mouvement », puis encaissa les cinquante sacs que lui tendait son hôtesse (il l'avait tronchée quatre fois dans les toilettes avant de se faire engager). Il ne manquait néanmoins pas une occasion de faire les yeux doux à toutes les jolies femmes, et se gardait bien de pousser le bouchon plus loin. Car précisément, il connaissait son public.

Or, ce soir-là, le « Mouvement » était en pleine ébullition autour d'une amie personnelle de l'hôtesse, qui alternait humour osé et chansons, et qui n'était autre que la fameuse et très féminine Linda Charles.

Il se souvint d'elle (il ne pouvait s'empêcher de penser elle à la place de lui), et l'aperçut à l'autre bout de la pièce, très guindée dans une robe noire sans manche à col montant, assise sur un sofa, toute seule, car elle affolait les hommes ; quant aux femmes, jalouses ou ayant d'autres chats à fouetter, elles gardaient également leurs distances. L'hôtesse conduisit Morning jusqu'à Linda, fit les présentations, puis disparut. Morning lui serra la main en s'efforçant de ne pas trop se montrer à l'affût de la moindre trace de rudesse masculine, mais, n'ayant pu résister à cette tentation, n'en décela pas la moindre. Elle le salua d'une voix très douce, lui offrit de s'asseoir d'un geste de son bras laiteux et délicat. Comme

Morning hésitait, elle lui lança : «Oh et puis zut à la fin, j'ai peut-être des bijoux de famille, mais je ne mords pas.» Elle pouffa avec une conscience telle de sa propre vanité et de sa propre excentricité, avec une telle aisance, que Morning prit place, s'assit sur le siège d'à côté en sachant qu'il passerait pour un type coincé s'il se dérobait, et il s'installa donc sans se départir de ses grands yeux innocents.

«Vous êtes plutôt bon, commença-t-elle bille en tête, vous vous posez un peu là, question, comment dire : charlatanisme professionnel. Ne me faites pas croire que c'est sur le terrain que vous vous êtes forgé des pognes comme celles-là.

— Je vous demande pardon, répondit-il stupidement sans trop savoir quoi dire.

— Je vous demande pardon, répéta-t-elle d'une voix chantante pour se moquer de lui, penchant légèrement la tête de côté. Vous êtes vraiment un type tout ce qu'il y a de plus réglo, n'est-ce pas ?

— C'est seulement que je ne savais pas de quoi vous parliez.

— Vous êtes aussi bidon que moi. Ces vieilles nippes, ces taches de sueur, ce futal râpé et troué. Je suis prête à parier que vous prenez un bain tous les jours, et que vous préféreriez crever plutôt que d'avoir à porter un caleçon sale. Votre barbe aussi, elle est trop bien taillée», lâcha-t-elle en souriant comme s'ils étaient deux conspirateurs égarés dans la même intrigue. «Vous avez l'air aussi branché que Richard Nixon, mais ça suffit amplement pour que ces cucul-la-praline n'y voient que du feu. Votre père est certainement comptable, et votre mère fait partie de la chorale de l'église, et c'est là que vous avez appris à chanter, dans une chorale d'église à la noix.

— Ouais, vous avez raison, mais vous n'avez aucun mérite, vu que c'est l'autre vieille peau qui vous l'a raconté, répondit-il en montrant du pouce l'instigatrice de cette soirée.

— J'ai besoin de savoir avec qui je suis en compétition.

— Ah bon, vous aussi? demanda Morning, une moue d'étonnement peinte sur le visage.

— C'est le genre de connasse à dire "Je veux tout essayer dans ce monde, ne serait-ce qu'une fois avant de mourir", mais qui ne se rend pas compte qu'elle est mort-née. Moi aussi, bien entendu. Pourquoi croyez-vous que je sois là? Ne soyez pas coincé à vie.

— Eh bien, on en apprend à chaque minute, fit Morning en allumant une cigarette.

— Ah vraiment? ironisa-t-elle en se calant au fond du canapé et en fronçant un sourcil au-dessus d'une volute de fumée. Eh bien, dans ce cas, soyez un bon gars, et courez vite me chercher un verre.»

Morning fit mine de se relever, puis s'affala à nouveau et lui envoya: «Va te faire mettre, mon pote (mais c'était dit dans un large sourire).

— Garde donc ton énergie pour la vieille peau, répondit Linda en souriant. Je suppose que tu en apprends à chaque minute. Rentrons à Phoenix, et je t'offre un verre, histoire de faire passer le goût de ce punch bon marché que la vieille peau ose qualifier de gnôle.»

C'est alors que Morning remarqua qu'une quinzaine ou une vingtaine de trognes s'étaient tournées vers eux, qui se détournèrent aussitôt, en tâchant de dissimuler leurs coups d'œil et leurs sourires narquois derrière des tronches de merlans frits. «Quoi? demanda-t-il à Linda.

— Ne te fais pas de bile. Si tu as bien lu Kinsey ou Ellis, ou qui sais-je encore, tu dois savoir que les vrais travestis ne sont pas pédés. J'ai des problèmes, mec, mais pas celui-là. » Elle s'exprimait sans rudesse, sans essayer non plus d'en mettre plein la vue, et une fine ride verticale apparaissait entre ses grands yeux verts, qui lui conférait un air persécuté, disant combien les esprits obtus se méprenaient sur son compte. « En outre, poursuivit-elle avec l'ombre d'un sourire triste au coin des lèvres, ce sera tout bénef' pour toi. Tu pourras ajouter un bifton de plus à tes honoraires de, combien ? cinquante, ça c'est sûr.

— Ça c'est sûr, fit-il en écho. On met les voiles.

— Je sais que je suis ravissante, mais ce n'est pas mon genre, vraiment », affirma-t-elle, comme ses dents blanches pinçaient sa lèvre supérieure pour ne pas sourire.

Morning s'esclaffa, se redressa et lui tendit involontairement la main. Elle examina ladite main, la tête de côté comme un chiot interloqué, puis il examina la main à son tour, et ils ricanèrent de concert.

« Ça va aller, dit-elle. Il m'arrive parfois moi aussi d'oublier. » Elle se releva donc sans son aide, puis se dirigea vers la porte, en alignant des mouvements gracieux, coquets, fluides, une ondulation des hanches sans exagération mais terriblement féminine.

C'est qu'il s'entraîne, l'enfoiré, songea Morning, ah, la vache.

Une fois dehors, elle lui proposa de s'installer au volant de sa XK-E. Comme il sifflait d'admiration devant le spectacle de ce bolide bleu métallique dans lequel se mirait la lune, elle proclama : « Il y en a un paquet, des types qui sont ravis de débourser dix sacs pour rencontrer un travelo. De plus, ma mère m'a laissé environ deux cent cinquante mille dollars, paix à sa dépouille imbibée. »

Installé au volant, Morning évoqua la rixe avec la tantouse poids lourd, à San Francisco.

« Tu parles d'une pédale éblouissante, mon chou. Il ne manque jamais le carnaval pour pouvoir se déguiser. Tu parles d'une émeute. C'est Nounours en bas résille et talons hauts. Il en fait trop. »

Ils s'arrêtèrent dans un troquet de luxe, et burent plusieurs heures durant, assis au comptoir tapissé de cuir, sirotant lentement leurs scotchs, chacun attendant, semblait-il, que l'autre roule sous la table. Ils découvrirent qu'ils éprouvaient tous deux la même admiration pour Faulkner, Sartre, Gide, plus particulièrement *Les Faux-Monnayeurs*, puis se rendirent compte qu'ils étaient tous deux membres en mauvaise posture de la même Fraternité nationale.

« À propos de la Fraternité, j'ai un ami qui aimerait certainement faire ta connaissance », annonça Morning en pensant à Jack. Il éclata de rire avant de raconter de A à Z l'histoire de Jack.

Quand Linda le reconduisit chez lui, ils se bidonnaient comme deux vieux copains, prêts à tout se pardonner d'avance, et quand elle repartit, des pétarades s'échappèrent du pot, comme toujours, et Morning gloussa, tout à fait soulagé. Il avait bravé les ténèbres sous leurs formes les plus tentantes, car à défaut d'être autre chose, Linda Charles était une femme extrêmement séduisante, elle avait une grande bouche charmante, un sourire franc, le déhanchement et toutes les postures d'une femme, et qui plus est ce zeste mélodramatique dont usent les femmes pour briser le cœur des hommes. Et Morning avait bravé cela, il l'avait conquis, et, ce soir-là, le monde lui appartenait. Il glissa dans un sommeil sans rêve, s'éveilla sans ressentir la moindre culpabilité, puis en plein bâillement se rappela avoir oublié sa guitare à Scottsdale.

Il ne revit pas Linda avant presque une semaine, et lorsqu'il la rencontra, ne lui adressa pas la parole. Elle se rendit au Harps en compagnie d'une horde de ramollis du poignet aux voix de chochottes. Morning était au milieu d'un set quand elle lui adressa un signe de tête puis se retourna vers ses copines en s'esclaffant. Une autre fois, elle vint seule, broyant apparemment du noir, et Morning prit un verre en sa compagnie entre deux sets. Il lui sortit deux ou trois mauvaises plaisanteries qui la réconfortèrent, sembla-t-il, non pas parce qu'elles l'amusaient, mais parce que Morning se donnait toute cette peine. Elle lui rendit visite un après-midi à son appartement, arborant une mise en plis impeccable, portant une robe rouge étincelante, elle ressemblait à une pute de luxe, et lui demanda s'il voulait boire un drink ou deux avec elle avant de partir travailler. Ils retournèrent dans le bar où ils s'étaient rendus la première fois, s'assirent dans le fond, cette fois-ci, et, tels deux matelots, éclusèrent des scotchs en série. Au bout d'une heure, ils étaient déjà bien murgés.

« Tu sais, fit Morning le sourire aux lèvres, c'est bien le seul truc que tu fasses comme un mec.

— De quoi parles-tu ? demanda-t-elle sans paraître un seul instant ennuyée de ne rien exécuter comme un homme.

— Picoler. C'est le seul truc. Même quand tu te déplaces, on dirait une femme. Il y a des fois où je me demande si tu n'es pas une minette avec une drôle de lubie qui lui tourne dans la cafetière, et qui se plaît à raconter qu'elle est un mec.

— Non, mec, répondit-elle, si tu devais payer la note mensuelle d'hormones, alors tu saurais que je suis un homme. Mais je comprends ce que tu veux dire. J'aurais sans doute dû être une femme. Merde, il a fallu que je me fasse enlever une tumeur à la poitrine. On m'a retiré mon petit bout de téton. Mais comme ça… Des conneries, je suis incapable de soulever quoi que ce soit de plus lourd qu'un verre de bière, je ne peux pas m'exposer aux rayons du soleil, je ne peux même pas me soûler plus d'une ou deux fois par mois de peur que ma peau se redurcisse. » Elle s'interrompit, et suivit du bout de son ongle, verni à la perfection, le cercle mouillé laissé par son verre, puis elle releva la tête et esquissa un sourire qui, venant d'une femme, aurait pu disloquer le cœur d'un homme. « Être travelo, c'est être de traviole, la plupart du temps, tu comprends, c'est la mouise. »

Morning qui flottait dans les limbes alcoolisés, lui qui n'était pas ségrégationniste, plus effrayé néanmoins qu'il ne s'en doutait, se laissa apitoyer. « Mais enfin, mec, qu'est-ce qu'un gars comme toi fait dans un falzar comme celui-là ?

— Ce n'est pas pire que n'importe quel autre, dans cette saloperie de monde pourri, répondit-elle, une ombre de sourire sur les lèvres. Pas pire.

— Ouais, possible, acquiesça-t-il avant d'éclater de rire. Et oui, merde. »

Ils burent en silence pendant quelques minutes, tout en percevant la mélancolie de l'autre, mais ils firent à nouveau appel aux mots pour s'en prendre à la nuit qui tombait.

Elle se raconta ensuite : «Tant que je choisis mes amis avec précaution, ni trop coincés ni trop pédés, je mène une vie agréable. La seule chose», dit-elle avant de s'interrompre, elle plongea ses yeux directement dans ceux de Morning, «la seule chose c'est que cette situation est sans issue. J'ai rencontré deux minettes qui pensaient pouvoir se mettre à la colle avec moi, mais les deux ont fini par me demander d'arrêter de me travestir, et j'ai refusé. Il m'arrive même parfois de songer à une famille, mais je me demande alors ce qu'un marmot penserait, s'il apprenait tout cela. Je suis bien assez crapuleuse ; je n'éprouve aucune envie de transmettre cela. Et pour ce qui est du cul, j'en ai bien assez avec toutes ces gouines latentes ; je suis ravissante ; je suis heureuse.» Elle lui adressa un sourire professionnel qui disait son bonheur, un sourire cerné par ses yeux mélancoliques.

«C'est tout ce qui compte, mec», rétorqua Morning.

Ils continuèrent à licher, discutèrent encore, jusqu'à ce que Morning se rende compte qu'il avait laissé passer l'heure de son premier set. Trop pinté pour chanter, il appela son patron qui lui coupa immédiatement la parole : «Je sais que tu traînes ton cul dans le centre avec cette espèce de folle», à quoi Morning répondit : «Écoute mon petit père, mon cul est ici, le tien est là où il est, et tu peux te le brosser avec ma guitare», et il se bidonna comme une baleine. C'est ainsi qu'il perdit son boulot.

Lorsqu'il retourna s'asseoir, il s'aperçut qu'un type mielleux d'un certain âge, qui se prenait pour l'irrésistible tombeur de service, s'était installé à leur table, et sortait la totale pour séduire Linda. Morning prit place en face d'elle.

«Kansas City, proclama le grand explorateur. Dans la vente, directeur régional. Équipement électronique comptable.» Il décocha soudain une poignée de main offensive en direction de Morning tout en commentant : «Je me présente, Howard Tingle. Dans cette poigne, fiston, il y a de l'électricité», puis il pouffa avant de compresser la patte de Morning.

Morning tressaillit en feignant la douleur : «Eh ben, dis donc, l'autre, il va la lâcher cette main, oui ?

— Des types de ton âge, fiston, devraient garder la forme, s'écria-t-il en se tapotant le ventre. Regarde, c'est dur comme du roc, et même en dessous de la ceinture, ajouta-t-il dans un petit sourire satisfait. Deux fois par semaine, hand-ball à la maison. Quand je suis sur la route, natation dans les motels, et puis les sports nautiques, c'est pas toujours dans les piscines, hein ? Ah, ah, ah ! Vous les jeunes, vous ne devriez pas vous laisser aller comme ça.

— Ouais ouais mec, t'as raison, dès demain, je fais comme toi, je fais chier tout le monde, et j'me spécialise dans le déroulé de papier cul», répondit Morning, mais le représentant s'était déjà retourné du côté de Linda, et lui chuchotait à l'oreille.

Elle partit d'un grand rire, se plaça de profil de manière à lancer un clin d'œil à Morning, puis adressa au gugusse une petite tape dragueuse dans les côtes. Elle le mena en bateau pendant quasiment une heure, suivant verre après verre la cadence de Morning. Ils changèrent tous trois de bar, et se rendirent dans un établissement où Linda et le VRP pouvaient danser et se peloter dans les box. Le voyageur essaya de l'embrasser sur la piste de danse, mais Linda s'esquiva comme une lycéenne effarouchée, et elle le gronda d'un mouvement de l'index. Morning était bien obligé de se sourire à lui-même. Au bout d'une chanson, elle saisit au passage son sac à main, puis se déhancha incontinent vers les toilettes, ses hanches roulant sous la robe en satin rouge, puis elle susurra par-dessus son épaule à l'attention du représentant : « Et toi, vilain garçon, ne viens pas te rincer l'œil. »

« Oh, mon gars, oh, mon gars, tu parles d'un brin de fille », confia-t-il à Morning en s'asseyant face à lui. De la sueur perlait sur son front, qu'il essuya avec un mouchoir minable, de sa frimousse imbibée de whisky. « Dis donc, j'espère ne pas être en train de te sucrer ton plan, là, hein ? Ça c'est vraiment le genre de truc dont j'ai horreur, gloussa-t-il en déboutonnant le blazer bleu d'étudiant qu'il portait.

— Pas du tout, mec.

— Sacré brin de nana, hein ?

— Elle te montrera des trucs dont tu n'as jamais rêvé, mec.

— Et moi je vais lui montrer des trucs dont elle a toujours rêvé, rétorqua-t-il en flattant la protubérance qui se dressait entre ses cuisses.

— Vas-y, l'ami, fonce. »

Malgré la faible lumière que diffusait le juke-box, Morning remarqua l'épaisse couche de rouge à lèvres frais, qui brasillait comme une plaie sur la bouche de Linda, comme elle revenait à la table, son visage laissant poindre un sourire qui anticipait sur la suite.

« Allons danser », ordonna-t-elle.

Ils tanguaient langoureusement, très proches l'un de l'autre, et Morning vit Linda déposer une trace de rouge à lèvres parfaite sur le col du VRP, et le type essaya à nouveau d'atteindre la bouche de Linda. Elle l'évita, éclata de rire, attisa son ardeur jusqu'à la fin de la chanson, elle se détourna alors de lui, puis s'approcha vivement, saisit le visage du représentant entre ses mains, et lui donna un baiser long et brutal, les muscles de son cou ondulaient comme sa langue, puis le repoussa avant même qu'il ait pu ramener ses bras pour l'étreindre à son tour, et retourna s'asseoir à la table en ricanant. Morning ne répondit pas à son rictus ; il regarda ailleurs, puis, honteux, lui retourna un sourire désinvolte.

Le VRP restait sur la piste de danse, abasourdi, comme si le rouge sur ses lèvres provenait d'un coup de poing, mais il finit par regagner la table, une répugnante moue avide lui déformant la binette. Il coinça Linda dans un angle comme un cabot acculant une chienne, colla sa bouche à la sienne, comme si la vie elle-même en sortait, ses mains coururent le long des bras de Linda, puis rampèrent le long de ses jambes, remontèrent le long des bas au coloris sablé, en direction de la fissure ténébreuse. Morning devina ce qui allait se passer, il se précipita aux toilettes.

L'eau dont il s'aspergea et qui éclaboussait le lavabo ne l'empêcha pas d'entendre le haut-le-cœur furibond, le juron, le rire moqueur, et le tranchant « eh ben, mon gars, sur quoi viens-tu de mettre la main ? », la cavalcade rapide à travers la piste de danse, la main sur la poignée de porte.

Pourtant la bouille du commis voyageur n'exprimait pas la fureur, mais plutôt une sorte de confusion piteuse, lorsqu'il confia à Morning : « Putain de con, c'est un homme. T'étais au courant ? C'est un putain de mec.» Ses doigts agrippèrent la veste en jean de Morning. «Un homme. T'étais au courant?

— C'est bon, vieux, du calme, l'apaisa Morning, passant de la pitié au mépris, t'inquiète pas, moi je suis une femme.»

Il fallut une bonne seconde pour que l'emportement voyage du cerveau harassé et ébrieux du type jusqu'à sa trogne, puis une autre bonne seconde pour que le message soit communiqué à son bras. Mais l'endroit n'était guère spacieux, et son direct fougueux ne rencontra que le métal du distributeur de serviettes ; ses paroles néanmoins atteignirent leur destinataire :

«Espèce d'enculée de petite pédale.»

Le genou et le poing de Morning se déclenchèrent au même instant ; le genou ne trouva qu'une résistance flasque ; ses articulations, en revanche, laissèrent une traînée écarlate en travers du front blafard du bonhomme. Lequel s'écroula la tête dans la cuvette, la cafetière encadrée par la blancheur candide du mur : la bouche barbouillée, engourdie, grommelant vaguement ; les yeux aussi crispés que l'étaient ses poings quelques instants auparavant ; le rouge à lèvres admirable sur sa chemise immaculée, flamboyant tel un indice laissé délibérément par un monte-en-l'air intelligent et romantique, en souvenir de ses crimes. Du vomi gargouilla dans sa bouche déconfite, il hoqueta, tituba, puis fut traversé d'un rot nauséeux qui le mena au fin fond de la cuvette.

Une sorte de folie aveugle et de rage incontrôlable s'empara de Morning, et sans y penser, il lui écrasa le poing sur la joue et le cou, cinq, six, peut-être sept fois consécutives. La caboche rebondissait sur l'émail dans un fracas de bille rebondissant à l'intérieur d'une tasse, mais ne s'extirpait pas de la cuvette, et lorsque Morning prit congé, le type grommelait encore dans le sang, la pisse et le whisky; un gémissement ténu, à peine plus bruyant qu'un filet d'eau s'écoulant dans une pissotière, mais qui persistait néanmoins avec la même patience qu'un filet d'eau, résolu à laver les déjections de l'homme, avec la même futilité aussi. Linda avait déjà fait démarrer la Jag lorsque Morning sortit. Elle avait effacé le rouge à lèvres qui avait coulé, et avait dénoué ses cheveux. Sous le masque cosmétique, sa peau était saine et claire, et à la lumière des lampadaires, elle aurait pu passer pour une vierge de seize ans.

« Du grabuge ? demanda-t-elle.

— Du grabuge, répondit-il.

— Alors il vaudrait mieux faire un petit crochet par Tahoe. Je dispose d'un endroit où on peut se mettre au vert pendant un bout de temps. Y a-t-il quoi que ce soit dont tu ne veuilles te séparer ? » Sans donner l'impression de conduire vite, elle mena la voiture rapidement au bout de Indian School Road, puis s'engagea sur le Black Canyon Highway en direction de Flagstaff. « Y a-t-il quoi que ce soit dont tu ne veuilles te séparer ? » redemanda-t-elle en se garant sur l'accotement.

Une guitare, quelques disques, quelques livres, mais le propriétaire les aurait de toute façon confisqués pour les loyers impayés. « Il n'y a rien nulle part que je ne puisse abandonner. » Il ajouta après un silence : « Hé, ne me refais plus jamais des coups foireux comme celui-là. »

Elle tourna la tête vers lui, sa peau était douce, printanière, éclatante, depuis la fuite en catastrophe, et sa bouche rose débarbouillée articula : « Ah bon, et pourquoi pas, bordel ? » La fumée d'échappement se coulait dans leur sillage, comme un écho lancé sur la piste de sa propre source.

« Je ne sais pas. C'était un spectacle vraiment moche. Ce gonze ne valait pas un rond, mais ça ne m'a pas particulièrement fait plaisir de le dérouiller. » Il s'interdit de la regarder, mais il sentit ses cheveux lui effleurer le visage lorsqu'elle rejeta la tête en arrière.

« Dis-toi bien, mon chou, qu'à chaque marron que tu lui allongeais, c'était un coup de plus vers la liberté. Quand tous les merdeux de son acabit seront lourdés dans les égouts, les gens comme nous pourront commencer à vivre, et alors tout le monde pourra commencer à vivre... » Elle continua ainsi pendant plusieurs kilomètres, en dressant la liste de tous les travers des affairistes petits-bourgeois de l'Amérique, énonçant tout ce que Joe Morning avait tant répété les deux dernières années. Elle tira une bouteille de scotch de sous le siège, une plaquette de *bennies* de son sac à main, et lorsqu'ils s'arrêtèrent à New River pour l'essence, elle lui confia le volant. Quand ils arrivèrent à Flagstaff, ils étaient tous les deux déchirés et ultratendus, scandant des *protest songs*, alternant rires et pleurs. En flânant sur le bord de la nationale, ils hurlèrent *La Révolution est en route* à des Indiens beurrés et des Mexicains insomniaques. Sur un coup de tête, ils décidèrent de faire un crochet par le Grand Canyon, et frôlèrent à bride abattue des campeurs hautains et ensommeillés. Ils marquèrent une halte sur le circuit Sud, histoire de gambader sous la lune, ressentant du haut de leur délire speedé la petitesse infinitésimale de cette égratignure insignifiante de l'écorce terrestre. Linda entonnait des ballades de Joan Baez, et un écho lui revenait parfois, porté par le vent depuis le cœur du canyon. Ils s'en retournaient à la voiture quand elle s'immobilisa soudain ; elle dressa une main et s'exclama : « Joe Morning, tu es un chic type. »

Morning lui prit la main et déclama : « Toi aussi », mais les mots suivants restèrent coincés au fond de sa gorge : *qui ou quoi que tu sois.*

Cette nuit-là, ils foncèrent à travers le désert, à travers le roc et les terres brunies, à travers les mirages de chaleur qui s'éloignaient en direction des ombres et de la fraîcheur, de la fraîcheur bleutée de Tahoe.

Pendant les trois ou quatre premiers jours, Morning se fit du mouron à l'idée de partager une cabane avec Linda dans les parages de Meeks Bay, mais elle ne trahit pas le moindre intérêt sexuel vis-à-vis de Morning. Les journées s'écoulaient, délicieuses, du premier plongeon dans le lac au dernier verre de brandy après le dîner. Ils consacrèrent tous deux la majeure partie de leur temps à lire et dormir, ou bien à s'allonger dans les montagnes ensoleillées jusqu'à ce que le visage du commis voyageur s'évapore et cesse de hanter les rêveries de Morning. Au cours de la seconde semaine, une soirée eut lieu au bout de la plage, et Morning se trouva rapidement submergé par un flot de whisky et de femmes. Il se mouilla abondamment le gosier, ce soir-là, embrassa et s'envoya des milliers de nanas, sembla-t-il, et tandis qu'il cuvait, le lendemain, il rêva que l'une des souris avait été Linda, puis ce fut au tour du commis voyageur de l'embrasser, puis d'embrasser Linda, puis le commis et Linda s'agrippaient mutuellement le paquet, et Morning devenait de plus en plus furax jusqu'à ce qu'ils se retournent contre lui pour lui arracher ses nippes… et c'est à cet instant qu'il s'éveilla.

Il essaya de décoller sa tête de l'oreiller, mais un marteau de forgeron lui perforait le front. Il se laissa retomber en arrière, puis se roula hors du lit, les yeux papillonnants, en proie à un fou rire qui lui chatouillait le fond de la gorge. Il s'assit par terre, n'en interrompit pas pour autant son fou rire, puis grogna, se releva, et entama un brusque virage en direction de la salle de bains, la salle de bains qui se trouvait entre leurs deux chambres, et dont il avait toujours pris soin de bien fermer la porte à clé, de frapper avant d'entrer, si ce n'est que ce matin-là, lorsqu'il ouvrit la porte d'un mouvement sec, il ne pensait qu'à une chose, asperger d'eau sa margoulette douloureuse et en feu.

Linda se tenait devant la glace, ne trahissant aucun émoi, se pomponnant, à l'évidence pour quelque grande occasion. « Salut, mon chou, lança-t-elle en souriant, entre donc. »

Mais voilà, il n'était guère facile de se dire qu'il s'agissait bien de Linda. Elle avait tiré ses cheveux en arrière à l'aide d'un ruban de velours azur, et elle en avait presque terminé pour le visage, il ne restait plus qu'un faux cil qu'elle tenait dans sa main. Ce qui d'une certaine manière lui déséquilibrait la figure, qui n'en était pas moins un ravissant visage de femme ; ce charme tout féminin, toutefois, s'arrêtait à cette hauteur. Car en dessous s'étalait un torse glabre, dont aucun téton, même naissant, ne venait interrompre l'infinie platitude. On distinguait une caricature de mamelon masculin, et une balafre diagonale à la place de l'autre. La poitrine de Linda semblait lui adresser un clin d'œil conspirateur, et Morning fut repris d'un nouveau fou rire. Il baissa le regard sous la poitrine rase, jusqu'à la taille nue et il éclata alors d'un rire tonitruant. Une monumentale érection turgescente faisait incontestablement pencher la balance du côté d'une masculinité certaine, dressée comme un bras d'honneur au monde, comme pour affirmer : « Je ne sais pas ce qu'*il* fabrique là-haut, mais moi je suis un homme, nom de Dieu. » Morning se fendit la poire de plus belle.

« Dis donc, espèce de fils de pute de connard d'hétéro, tu vas arrêter de te boyauter, oui ? » hurla Linda, dont jamais la voix n'avait été aussi féminine. Et Morning n'arrêta pas. « Tais-toi ! hurla-t-elle. Tais-toi ! » Mais Morning ne pouvait s'empêcher de continuer à se gondoler.

Il s'en donna à cœur joie comme s'il ne s'était pas autant poilé depuis des années. Comme toujours chez Morning, il n'y avait bien sûr aucune méchanceté dans son rire. Il s'attendait même à ce que Linda se joigne à lui, mais elle claqua du pied et secoua la tête en adoptant une expression de sorcier affolé, et hurla : « Tais-toi ! Je vais te tuer ! Tais-toi ! » C'est alors qu'elle le gifla. Elle s'y prit à deux mains, fondant sur lui comme un roquet, sa fine bouche tordue en un rictus de haine. Morning sortit en titubant de la salle de bains, et s'affala en travers de son lit sans interrompre son fou rire, il roula par terre et sentit sa tête qui cognait contre la table de nuit, et tout en entendant une sorte de clapotis marin, perdit connaissance. Son dernier souvenir fut un pied blanchâtre, plutôt osseux, avec de minuscules ongles rouges, qui le frappait à la tête, mais il était incapable de se servir de ses mains pour se protéger.

Bien qu'il ne sût tout d'abord pas pourquoi, Morning eut le sentiment qu'il avait dormi longtemps, d'un sommeil qui lui avait ramolli la cervelle, un sommeil troublé également, qui le laissait comme ligoté, poisseux, empestant le bonbon au caramel. Il lui fallut du temps pour revenir à lui. Il resta longtemps dans un semi-coma, roula sur le ventre, se redressa sur les genoux, et pour la seconde fois en deux jours, bien qu'il crût sur le coup que c'était le même jour, il se dirigea au jugé vers la porte de la salle de bains. Il s'écroula pesamment au-dessus du lavabo, et dégobilla quelques gouttes d'un liquide clair, il se rinça la bouche, essaya de boire, mais l'eau fraîche reparcourut immédiatement le trajet en sens inverse, de l'estomac au lavabo. Il se rinça à nouveau la bouche. Puis il redressa la tête, non pas pour se regarder dans la glace, mais pour voir s'il était capable de relever la cafetière en position verticale, et dans le tain se réfléchissait le fantôme, le visage qui, après avoir traversé les océans le hanta jusqu'à l'armée, sa propre figure.

(On est tous confrontés un moment ou l'autre à des choses qu'on n'arrive pas à regarder en face ; j'ai moi aussi une image à laquelle j'ai tenté d'échapper. Imaginez un cheval de trait gargantuesque abattu par l'éclair au cours d'un effroyable orage, puis imaginez un petit garçon chevauchant un poney sans selle venu se rendre compte des dégâts, et se trouvant face à l'avant du cheval et à la tête, qui s'animent soudain sous ses yeux, bougent, grognent, tandis que sa monture apeurée s'enfuit au galop vers les zones marécageuses ; le garçon s'avance alors, armé d'un grosse branche de chêne, trop effrayé à l'idée de s'enfuir en courant, car on lui a toujours interdit de courir, il n'avait pas le droit de courir dans sa chambre ; il s'avance donc vers la carcasse qui tressaille, et abat son gourdin sur le garrot avec cette peur panique qu'on nomme courage. La carcasse s'agite de convulsions. Surgit alors une truie de trois cents livres qui s'était creusé une caverne en rongeant les chairs avariées, les entrailles et le sang coagulé, la truffe dégoulinante de charogne et de sang caillé. Le goret a émis un grognement blasé en retroussant son groin, paré à combattre pour défendre ses livres de barbaque. J'ai piqué un cent mètres ; elle m'a poursuivi, du moins en esprit. Mon grand-père évoquait les porcs qui fouissaient parmi les cadavres, entre les tranchées ; je ne pouvais vraiment pas supporter cette image.)

Dans la glace, il ne s'agissait pas tout à fait du visage de Morning. Sa barbe soigneusement taillée avait disparu, et le reste du visage par la même occasion, semblait-il. Une épaisse couche de fond de teint avait été étalée sur ses joues. Des yeux ahuris, aux contours dessinés en bleu foncé, battaient sous des faux cils en vison. Une longue perruque blonde, ébouriffée avec sensualité, lui tombait en cascade sur les épaules. La main qui palpait cette figure arborait des doigts aux ongles vernis rouge sang. Son corps prit conscience du bruissement d'une chemise de nuit en nylon blanc et d'un soutien-gorge rembourré de coton, qui lui pinçait les seins ; entre ses cuisses, il sentit le contact d'une petite culotte et des bas épousaient les formes de ses jambes. Les poils de ses jambes et de son torse avaient même été rasés.

Il se sécha méticuleusement la figure, puis arpenta la cabane à la recherche de Linda. Toutes ses affaires étaient encore sur place, mais elle n'était plus là. Il trouva sept photos Polaroïd couleurs le représentant aux divers stades de son habillage, mais la huitième manquait. Il fouilla parmi les sacs vides, et les boîtes qui jonchaient le sol, mais la photo était introuvable. Il trouva en revanche des tickets de caisse et des étiquettes de prix, et s'émerveilla posément du prix de la perversion. Il se rendit ensuite dans la cuisine pour se préparer un petit déjeuner.

Après le petit déjeuner, il remarqua que son rouge à lèvres avait perdu de son éclat. Il pénétra dans la chambre de Linda pour s'en repasser une couche, puis alluma la télé, s'ouvrit une bouteille de Champagne et porta un toast à sa santé. «Ah bon? Et pourquoi pas, bordel?»

«Eh bien oui, pourquoi pas?» répétai-je en écho comme l'aube s'insinuait à travers les fenêtres de l'hôtel, puis je m'esclaffai.

«Qu'est-ce qui vous fait marrer comme ça? me demanda-t-il. Il n'y avait rien de risible.

— Et pourquoi est-ce que je ne me fendrais pas la pipe? Vous étiez rétamés; les gens bourrés aiment bien se livrer à des jeux. En rire, c'est considérer que ce n'est pas si grave, sinon, c'est que tu as des problèmes, lui répondis-je.

— Je n'arrive pas à rire de ça. J'ai encore les jetons.» En un lent mouvement, il posa sa tête sur la table.

«Peur d'être une pédale?

— De quoi d'autre?

— Arrête tes conneries, pense à autre chose. On

s'est servi de toi, tu es tombé dans le panneau, puis tu as joué à un jeu de gamin pour te remettre de tes émotions. Un point c'est tout.

— Trois jours de suite, c'est pas un jeu. J'ai passé trois jours en travelo.

— Trois jours, trois mois. Ça revient au même. Écoute, si tu étais une tantouse, je veux dire que si tu étais plus tantouse que nous autres, tu aurais craqué depuis bien longtemps.

— Vous pensez qu'inconsciemment je savais que la nana de ce soir était une lopette, c'est ça ? grommela-t-il dans ses bras croisés.

— Nom d'un chien, change de disque. Tu veux être une tapette, très bien, sois une tapette. Mais cesse de turlupiner le monde entier pour ça, fis-je en me relevant et en me frottant la figure.

— Krummel, toujours la réponse facile.

— Mais c'est facile, bon sang. Dis seulement ce que tu veux faire, et arrange-toi pour le faire. » Sur ces belles paroles, je marchai jusqu'à la fenêtre. La baie de Manille avait l'air gorgée de boue, ce matin.

« C'est peut-être facile pour vous, mais pas pour les gens qui éprouvent des sentiments, les gens sensibles.

— Comme c'est mignon, ça mon gars. Tu es simplement trop sensible pour vivre. Saute donc par cette fenêtre à la noix. Tu excuseras la métaphore, Morning, n'empêche qu'il t'arrive d'être vraiment casse-bonbons.

— Ce n'est pas de ma faute si la seule sensibilité que vous éprouviez tourne autour des bonbons, fit-il en relevant la tête. Vous pourriez très bien être celui que j'ai dézingué dans les chiottes.

— Ouais, "c'est dur de haut en bas", hein… » Je

me retirai dans la salle de bains pour prendre une douche, et lorsque j'en sortis, il avait disparu. « Que Dieu protège les innocents », implorai-je dans la chambre vide. Je pris le premier bus pour Angeles, sachant pertinemment que, la prochaine fois que je verrais Morning, il me haïrait à nouveau. J'en savais trop sur son compte. Il en avait toujours été ainsi.

9.

PRÉPARATION

Autant vous prévenir tout de suite. Encore trois jours, et je suis libéré de ce détestable écheveau de poulies. Pour recouvrer ce dont le guerrier ne peut se passer : la mobilité, sous la forme d'une chaise roulante.

Une chaise roulante, espèce de dingue, a clamé Gallard, et non pas un char, ni un tank, ni un canasson de guerre, simplement une chaise roulante.

On fait ce qu'on peut.

« Pas d'alcool, a-t-il ordonné, et pas de bagarres avec les infirmières. Compris ?

— Moi, je pige toujours.

— Vous ne pigez jamais rien, il a rétorqué. Vous ne conduirez pas votre engin de mort jusqu'à la falaise.

— Quel engin de mort ? » a demandé Abigail en entrant dans la piaule où c'était déjà la cohue, un large sourire radieux éclairant son visage, les mains dans le dos.

« Méfiez-vous de lui, a proféré Gallard en manière d'accueil.

— Oui, méfiez-vous de moi, jeune damoiselle. Je vais marcher comme sur des roulettes.

— Pour rouler jusqu'en enfer, il a ajouté.

— C'est là que j'habite.

— Le destin de l'homme ? il a demandé.

— Destinée est un terme plus joli.

— Le destin c'est la mort. La destinée, c'est la vie. Vous confondez les deux, il a répliqué.

— C'est Dieu qui a commis la confusion, pas moi.

— De quoi êtes-vous en train de discutailler tous les deux ? a demandé Abigail.

— De rien, a répondu Gallard, une fois de plus, la braguette de Krummel est ouverte, et il exhibe son instinct de mort.» Il a souri, mais il n'a pas pu me regarder droit dans les yeux.

«Impossible. Vous avez tout entravé avec vos plâtres et vos poulies.

— J'aimerais bien que ce soit vrai, il a fait en sortant. J'ai encore d'autres crétins à rafistoler, de la chair à canon à refaçonner.»

Abigail s'est tournée vers moi, son sourcil blond froncé par une question qu'elle avait la frousse de poser. Elle a fait apparaître une rose d'un rosé pâle qu'elle dissimulait dans son dos. «Une offrande, sire, elle a soufflé en se fendant d'une révérence.

— Épineuse, j'ai remarqué. S'agit-il d'un avertissement ?

— D'une promesse.

— Je vous en remercie, ai-je répondu en lui prenant la main.

— Encore trois jours, mon suzerain, et je vous ferai rouler jusqu'en mon manoir.» Elle a baisé ma main. «Dans trois jours. Mais pour l'heure, je dois me hâter de préparer une autre chambre pour un chevalier lui aussi revenu des croisades, un chevalier estropié de retour de Terre Sainte.» Elle m'a à nouveau baisé la main et m'a mordu la base du pouce. « Trois jours…

— Hé ! l'ai-je rappelée comme elle passait la porte. Vous êtes aussi givrée que moi, vous.

— Oui, a-t-elle répondu dans l'encadrement de la porte. Et ne me dites pas que vous n'adorez pas ça. » Sur ces belles paroles, elle a disparu.

Dans trois jours, libre, libre, libéré du lit et de mon fardeau ; j'aurai achevé ma confession, mon conte sera terminé, et le jugement pourra être rendu. Je serai heureux, je crois, d'en avoir fini. J'en souris rien que d'y songer…

Cependant, un cri transperce le couloir tandis que j'écris cela, suspendant un instant ma main au-dessus de la machine. Puis des mots déformés par la douleur et les médicaments : « Je vous en prie, mon Dieu, laissez-moi mourir. » Puis une porte se ferme et les pleurs sont étouffés.

Ma culpabilité me paraît tellement insignifiante comparée à ces pleurs. Moi, je ne porte que la culpabilité de Joe Morning, tandis que c'est toute la culpabilité du monde qu'exprime cette voix.

Alors que j'écris ces pages, je me rends compte que je l'aime à la fois plus et moins au fur et à mesure que je discerne les masques derrière lesquels il se donnait tant de peine à se cacher. Mes mains sont maintenant lourdes, sa voix me chuchote à l'oreille : « … trop, trop .. ». Puis je perçois un autre écho : « Ces temps-ci, je reviens la nuit pour m'assurer que je n'ai pas de grimace qui me colle à la gueule, je viens juste vérifier. » La frousse des masques, lorsqu'on ne sait jamais quelle figure va apparaître dans votre propre glace, et pour Morning, tomber sur une frimousse de femme, là où il avait l'habitude de trouver la sienne. Comment as-tu réussi à le supporter, Joe, comment ? Pourquoi as-tu laissé tout cela advenir, et une fois que cela a eu lieu, pourquoi as-tu laissé cet incident prendre de telles proportions ? Le Mal hante le monde, Joe, et il ne faut pas jouer avec. Tu l'as si souvent approché, tu as tant subi et manié le Mal, toi l'authentique innocent qui se croyait innocent et croyait le monde coupable. Tu m'as demandé : « Vous voyez donc le mal en toute chose, ou bien n'en êtes-vous que le reflet ? » Et c'est à ton fantôme que je fournis maintenant la réponse : « Les deux, comme tous les hommes, toi y compris. » Je me souviens maintenant de quelque chose que j'avais oublié. Tu m'as dit que ce qu'il y avait de plus terrifiant, dans ce portrait de femme qui te dévisageait dans le miroir, c'était qu'il s'agissait encore bel et bien de toi. Tu avais raison, mais l'explication que tu as fournie était erronée. Tu as été terrifié au plus profond de toi-même, parce que tu t'es rendu compte que tout le monde avait toujours vu au travers de tes masques. Toute cette peine en vain. Pourquoi s'être infligé du chagrin ? Dans un monde où ils sont si nombreux, ceux qui veulent en donner. Mon Dieu, il y a des fois où je pense être celui qui t'en a donné le plus, et d'autres fois où j'estime t'avoir évité le pire de tous les chagrins, et il y a des fois encore où je ne sais plus.

Et cet écho, à nouveau : « Trop, trop. » Mais j'ai l'impression que c'est ma voix que j'entends. Oui, il me faut l'admettre. Trop, trop. J'ai dit cela, moi, Jacob Slagsted Krummel, guerrier parfois, clown souvent. C'est trop, trop.

Mais il me reste mon devoir… Et pas grand-chose

d'autre, bordel. Et j'irai jusqu'à le répéter avec toi :
ET PAS GRAND-CHOSE D'AUTRE, BORDEL ! Mais
ta voix était plus amère, et je me suis contenté de me
marrer, me bidonner, et me voilà maintenant sur le
point de remettre ça. Alors va te faire mettre ! Mon
devoir me libère ; et toi, dans quelles illusions es-tu
enchaîné ?

À mon retour à la base après la perm' ratée à
Manille, quatre nouvelles m'attendaient. Le capitaine
Saunders était revenu de son second voyage inexpli-
qué aux États-Unis. Novotny était passé spécialiste
de catégorie 5 (c'est-à-dire la même paye qu'un sergent normal, mais sans le grade) et j'étais promu suppléant S/Sgt (sergent-chef suppléant ; le grade sans la
paye, évidemment). Quant à la quatrième nouvelle, il
fallut attendre jusqu'au lendemain.

Je convainquis Novotny, ou plutôt Cagle s'en
chargea, de se rendre au Cercle des sous-off pour
fêter ces heureuses nouvelles autour d'un bon steak
et de quelques verres. Cagle réussit à le convaincre
avec cet argument : « Ça coule de source, en tant que
spécialiste de catégorie 5, te voilà en route pour ce
putain de cercle des militaires de carrière, espèce de
putain de militaire de carrière. — Mais qui te parle
de carrière militaire ? Je t'emmerde. Je vais où je
veux. » On prit donc congé, et c'est là-bas que le
capitaine Saunders nous rejoignit.

Il demanda à Novotny de payer sa tournée, puis
paya les deux suivantes. Il évoqua ma bedaine gorgée de mousse, la lettre de rupture qu'avait reçue
Novotny, puis, alors qu'on discutait de l'Affaire des
Bouteilles de Coca, il me demanda : « Pourquoi vous
êtes-vous dénoncé comme bouc ? » Mais il n'a pas

précisé ce qu'il entendait par là, le bouc émissaire, le martyr, ou celui de Judas, le traître.

«Pour éviter que Morning soit envoyé à Leaven-worth, répondit Novotny à ma place, me surprenant par sa culture générale.

— Ce doit être un ami très proche», remarqua Saunders.

Je répondis à son accusation par un silence et une tournée supplémentaire, et je gardai le silence lorsqu'il aborda la question des cigarettes et la note de l'adjudant de Manille en souffrance sur son bureau. Il pensait pouvoir recourir à l'article 15 du règlement des délits au sein de la compagnie, et nous éviter ainsi la cour martiale, et ce pour la simple raison qu'il n'avait ni le temps ni l'énergie de réunir un conseil. Je restai une fois de plus le bec cloué. «Comment ça, pas le temps?» demanda Novotny, mais Saunders refusa de lui fournir une réponse. Il me demanda de convoquer Morning juste après le rassemblement de la compagnie à 13 heures.

«Pour quelle raison allons-nous procéder à un rassemblement de la compagnie? m'enquis-je.

— Quel rassemblement?» me répondit-il.

On parvint rapidement à être assez beurrés pour en oublier le privilège du rang et nos différences de grades. Saunders était un drôle d'officier, mi-bouffon mi-alcoolo, et pourtant (avec toutes mes excuses auprès des gens concernés, plus particulièrement Joe Morning) il était le genre de type qui aurait clamé en Géorgie: «Ses nègres, il sait les conduire sacrément bien, parce qu'il est lui aussi à moitié nègre.» Il traitait Novotny comme un fils, et moi comme un jeune frangin, avec cette espèce de respect et de confiance familiale auxquels on ne pouvait pas résister. Ce soir-

410

là, on l'aurait suivi en enfer, comme on dit, mais pas nécessairement le lendemain. Il nous ramena à la caserne dans sa MGB. Alors qu'il repartait en rugissant, Novotny proféra : « Il se pourrait que je le suive en enfer, et que je me tape le chemin du retour avec lui, cow-boy, n'empêche qu'on ne me reprendra plus à monter dans sa bagnole. Plus jamais. »

Le lendemain matin, au travail, j'annonçai à Morning que le capitaine Saunders désirait nous recevoir. Il ne répondit pas, se comportant comme s'il était en plein exercice de retranscription. J'ajoutai qu'il ferait certainement jouer l'article 15, parce qu'il y avait anguille sous roche. Les quatre nouvelles camionnettes-radio pimpantes garées sur le parking n'avaient échappé à personne, on les avait vues, et on avait compris qu'elles signifiaient le Viêt-nam.

Il se tourna vers moi, enleva ses écouteurs, et prononça sur le ton méprisant du type qui veut passer pour un méchant : « Qu'est-ce que c'est bath de connaître des gens importants, sergent Krummel, d'avoir des amis haut placés, des amis pour qui on compte vraiment.

— Je te demande simplement d'être présent dans le bureau du capitaine Saunders à 14 heures 30. »

Au moment où je m'éloignais, Novotny ajouta son grain de sel : « C'est bath d'avoir des amis, hein ? » Morning entendit, mais agit comme s'il n'avait rien entendu ; je ne pouvais guère me montrer encore moins bavard.

Le rassemblement de la compagnie de 13 heures, pour des raisons de sécurité nationale, se tint dans la grande salle du mess. Les assistants aux cuisines philippins furent éconduits sur le terrain de volley-ball, on ferma les lucarnes, et des gardes armés furent postés à chaque issue. Le tableau noir installé derrière Saunders annonçait en lettres de petite taille mais néanmoins explicites : TOP SECRET. On nous rappela verbalement ce que cela signifiait, puis il commença.

Pour le 721e détachement de transmission, il s'agissait ni plus ni moins du Viêt-nam, si ce n'est que nous devenions, simple changement de dénomination, le 1945e détachement d'instruction des transmissions (à titre provisoire). Notre affectation dans la République des Philippines prenait fin, et des opérateurs philippins prenaient le relais, des Ops que nous formerions, cet enseignement constituant un stage préparatoire, en attendant de former des Ops sud-vietnamiens. Cette période commencerait une fois que le détachement mobile serait installé au Viêt-nam. Là encore, la situation n'était pas si simple.

En raison du danger politique que représente le fait de s'appuyer entièrement sur sa propre armée dans un pays où l'armée se trouve sans cesse à différents stades de la révolte contre son propre gouvernement, Diem avait exigé que notre opération se déroule avec le maximum de sécurité. « Nous ne jouerons en aucun cas le rôle d'arme stratégique à la botte de la police politique », avait proclamé Saunders, mais personne n'avait formulé une telle suggestion. Pour des raisons de sécurité nationale, c'est-à-dire vietnamienne, sud-vietnamienne, notre Det devrait s'établir non pas à Saigon, où de charmantes nanas en *au dais* défilaient, mais au sud des régions montagneuses centrales, à l'ouest, sud-ouest de Nha Trang, dans les contreforts des montagnes

Lang Bian, hors des pattes autant des généraux viêt-congs que de la horde des Sud-Vietnamiens. Il était également convenu que nous voyagerions à travers le Viêt-nam en vêtements civils, mais nos vieux uniformes nous attendraient au nouveau camp.

L'essentiel de la défense du périmètre serait assuré par trois compagnies de «milices provinciales» (accompagnées de leurs familles), mais en raison de leur manque d'entraînement, de leur faible équipement en armes, etc. (le «etc.» faisant certainement allusion au patriotisme, supposais-je), il nous faudrait toutefois nous tenir sur nos gardes, et être parés pour assurer notre propre défense. On allait donc faire appel à nos services, une fois n'est pas coutume, autant comme employés de bureau que comme soldats.

Les opérations que nous menions depuis le début s'achevaient ce jour même; et commençait illico une période d'entraînement intensif qui durerait un mois. Entraînement aux techniques de combat, le matin, et l'après-midi, travail dans les nouvelles camionnettes, enseignement aux Ops philippins, écoute de bandes enregistrées sud-vietnamiennes, et apprentissage de nouveaux codes de transmission.

«Souvenez-vous bien de ceci, messieurs, avait souligné Saunders, bien que nous ne soyons que des conseillers dans cette guerre non guerrière, nous sommes en droit de riposter en cas d'attaque, or si nous ne sommes prêts ni mentalement ni physiquement à une telle riposte, un grand nombre d'entre vous vont rester sur le carreau. Si vous voulez rester en vie : soyez prêts.» S'il s'attendait à une salve d'applaudissements digne d'Hollywood, son visage ne trahit néanmoins aucune déception de ne pas en

413

récolter. « Et je me chargerai personnellement de vous botter l'arrière-train, et de prendre des noms pour m'assurer que vous donnez le maximum pour être prêts. » Il adressa un sourire à l'attention des Taupes Pensantes, qui, pour une fois, avaient mis le nez dehors, mais ils ne lui rendirent pas son sourire. Il faut dire qu'ils ne faisaient pas partie du voyage au Viêt-nam, ni sur la Colline 527, ce qui est tout ce que j'ai vu du Viêt-nam.

Commentaires lorsqu'on rompit les rangs :

Novotny : Navré, vieux, mais je suis trop près de la quille pour vous accompagner.

Cagle : Réengage-toi, imbécile.

Quinn : C'est le branle-bas de combat, ce soir. On va aller fourrer quelques culs, hein, Frankie ?

Franklin : Je suis fait pour l'amour, moi, pas pour la guerre. J'ai été décoré pour avoir été blessé au combat, moi, ma chtouille en atteste.

Haddad : Mon Dieu, partir va me coûter une fortune, une fortune, mon Dieu.

Peterson : Oh, la vache…

Levenson et Collins : … (Rien, parce que, tout comme Novotny, il leur restait moins d'un mois avant d'être libérés.)

Morning : Saloperie d'Amérique, une fois de plus sur le pont pour défendre les intérêts de la General Motors et de la Compagnie des Téléphones AT & T. Il n'y a décidément qu'un pas pour passer des commérages à l'espionnage politique.

Quinn : J'ai un briquet et de l'essence sur moi, pauvre mère, alors n'hésite pas à me faire signe si t'envisages un geste en signe de protestation.

Peterson : Oh, la vache…

Krummel : Fermez-la, bande d'abrutis.

Morning : Quinn, t'es complètement azimuté, complètement.

Haddad : Je me demande si l'aumônier est capable de comprendre la situation dans laquelle je me retrouve.

Krummel : Fermez-la.

Quinn : Je n'ai pas les jetons, je ne suis pas gauchiste, et je ne suis pas azimuté au point de ne pas pouvoir te flanquer une bonne rouste, Morning.

Cagle : Gardez donc vos coliques verbeuses pour l'ennemi, les mecs.

Quelqu'un : Oh merde, et qui est-ce qui en a quoi que ce soit à branler ?

Krummel : (en chuchotant) Moi.

Morning : Moi, enculé de ta mère. Putain de merde, j'y vais pas.

Quelqu'un : Eh, merde.

Dans son bureau, enflammé par sa conférence sur la guerre, Saunders se montra moins amical que la veille au soir. On eut droit à une fastidieuse conférence sur les méfaits du marché noir. Risque de porter un grave préjudice à l'économie philippine ; risque de se retrouver en fort mauvaise compagnie, de se faire rosser, détrousser, voire occire ; risque aussi d'être châtié selon les lois de l'armée locale. Mais nous pouvions nous estimer heureux, et il nous permettait d'accepter le verdict de l'article 15. Je m'empressai de répondre par l'affirmative, mais Morning, tout aussi vif, répondit par la négative.

Interloqué un instant, puis franchement en colère, Saunders opina du chef, puis stipula : « Merde, Morning, regagnez vos quartiers. Aux arrêts jusqu'à nouvel ordre. » Quand Morning eut pris congé,

Saunders se tourna vers moi : «Qu'est-ce qui ne va pas avec ce môme? Je n'ai aucune envie de réunir un conseil de guerre seulement pour lui. Pas maintenant. Nom d'un chien. Qu'est-ce qui cloche chez ce môme?

— J'ai cru comprendre que sa mère se posait la même question.

— Pouvez-vous le faire changer d'avis, me demanda-t-il dans un sourire. Lui parler?» Il tourna son siège de manière à étendre les jambes.

«Non, mon Capitaine.

— Vous ne pouvez pas, ou vous ne voulez pas?

— Ça revient au même, me semble-t-il.»

Sa nuque se plissa, puis s'empourpra. «Le major va l'assaisonner, l'assaisonnement total, vinaigre, huile, sel, moutarde, elle ne pourra même plus lui monter au nez, après ça, marmonna-t-il dans sa barbe.

— Oui, mon Capitaine.»

Nous restâmes ainsi, lui, dégoulinant de transpiration entre ses épaules comme une coulée de sang, moi, figé dans cette caricature de «au repos», au repos, tu parles!, partageant un même fardeau que nous étions incapables de nommer, si je me sentais au repos, c'était tout au plus pour reconnaître en silence ce sentiment que nous partagions. Il se retourna, cramoisi, et ordonna : «Foutez-moi le camp d'ici, Krummel. J'ai une cour martiale à constituer. En sortant, dites au sergent Tetrick d'entrer.»

Je m'exécutai.

«Vous feriez mieux de laisser ce môme dans sa propre bouse, me confia ultérieurement Tetrick. Ici, tout ce qu'il peut faire, c'est vous attirer des ennuis, là-bas, il peut vous faire tuer.

— Nan.»

«Pourquoi? lui demandais-je dans sa chambre. Pourquoi, nom de Dieu?

— Ils ne peuvent pas me faire mal, mec.

— Mais ils n'essaient pas», répondis-je en claquant la porte derrière moi.

(Je voulais lui dire tant de choses… *D'accord, ils ne peuvent pas te faire de mal ; mais ils n'en ont pas besoin. Le monde n'est pas injuste, tout simplement il s'en tape. Tu te balades de-ci de-là en t'attendant à rencontrer de l'injustice, mon pote, tu finis par la trouver. Ce n'est pas parce qu'un type se trouve de l'autre côté qu'il est ton ennemi. Tu comprends cela avec les communistes, mais tu n'accordes pas cet effort de compréhension à tes amis. Tu ne peux pas ajuster le monde à ta mesure, c'est à toi de t'ajuster, et tu te feras broyer sinon. Cela aussi tu le sais déjà. Je ne te demande pas d'arrêter le combat ; montre-toi seulement raisonnable dans ta manière de combattre.* Mais je me doute bien que je n'ai en aucun cas le droit de lui demander de se montrer raisonnable ; je ne l'ai moi-même non plus jamais été. Voilà ce que j'aurais dû lui dire : *D'accord mec, tu es en tort, en tort, en tort, mais je suis à tes côtés car tu es le seul à épouser cette cause.* Mais je ne pouvais pas dire cela ; je ne pouvais pas le faire, ni continuer à le faire jusqu'à la fin des temps. Et, de grâce, ne me démolissez pas pour cet astucieux cliché.)

Sept jours plus tard, il comparaissait devant une cour martiale sommaire, inculpé pour possession de cigarettes en quantité supérieure à ce qui est autorisé au terme de l'article 295-13 du règlement de la base de Clark. Son visage exprimait un calme et une impassibilité que seule la colère peut expliquer, un masque doux et enragé. Je me rappelai le soir où il avait corrigé un aviateur, le cognant contre le mur et le giflant jusqu'à ce qu'il perde connaissance. Dans la pièce (qui n'était autre que — quel étonnant concours de circonstances — le bureau du lieutenant Dottlinger), il se retrouva avec nos cigarettes, le plus jeune des deux flics de Pasay City, et un major très, mais alors très anxieux (je n'ai jamais vraiment réussi à m'imaginer le topo). L'anxiété du major et le manque de finesse du flic rendirent Morning deux fois plus impassible. Il avait eu beau prétendre que depuis le début il avait un plan en tête, je pense qu'il ne savait pas comment il allait s'y prendre, jusqu'à ce qu'il se trouve en face de la figure cramoisie du major, face à ces mains tremblotantes, un major dont le pouls frémissait jusque dans les veinules qui serpentaient sur son tarin couperosé. Je crois cela dur comme fer, comme tout ce que j'ai toujours cru à son sujet. Or ceci est important, car j'en ai tiré ma plus grande leçon sur la guérilla : faire montre de l'absurdité la plus démesurée lorsqu'on s'attaque à l'establishment.

Le major procéda à la lecture des chefs d'accusation, et des attendus d'une voix hachée, puis demanda à Morning ce qu'il plaidait. Morning marqua un temps d'arrêt   je le sais parce que, posté au foyer comme un abruti, j'écoutais à l'aide d'un verre appliqué contre la paroi — puis, de cette voix qu'il semblait réserver aux grandes occasions, il déclara paisiblement, avec une sorte de contentement, d'arrogance et d'innocence : « Oh, pas coupable, Votre Honneur. Pas du tout coupable. »

(C'est à peine si je pus retenir un éclat de rire,

418

c'est sûr, il avait lui aussi découvert ce que j'avais compris à propos de notre arrestation.)

Le major poursuivit tant bien que mal, énonçant les preuves confondantes devant un Morning bardé de son sourire impertinent.

«Qu'est-ce qui vous fait tant rire, soldat, s'enquit le major. Qu'y a-t-il de si risible?

— N'a-t-on pas le droit de sourire lorsqu'on est au repos, Votre Honneur?

— Garde-à-vous!» siffla le major.

Lorsque son exposé fut terminé, le major demanda à Morning de quelles pièces à conviction il disposait pour prouver son innocence.

«Oh, aucune pièce à conviction, Votre Honneur. Je ne suis tout simplement pas coupable, pas du tout coupable.»

(Je jure, je jure avoir entendu les paluches du major heurter le sol, tant cette affirmation l'avait laissé bras ballants.)

«Vous ne disposez... d'aucune... pièce à conviction, d'aucune preuve? répéta-t-il, et ses mots furent étouffés par les pognes qui couvraient son visage.

— Les innocents n'ont pas besoin de preuve, Votre Honneur, ils n'ont besoin d'aucune preuve.»

Après une interminable minute de silence, le major reprit comme s'il n'avait rien entendu, se contentant de lire au plus vite un texte qu'il avait rédigé au dos de la feuille d'accusation: coupable, etc.; rétrogradé au rang de soldat de seconde classe; amende de cinquante dollars; condamné aux arrêts de rigueur et aux travaux forcés pendant quinze jours; interdiction de quitter ses quartiers en attendant que les autorités avalisent la sentence.

« Oh merci, merci beaucoup, Votre Honneur », fit Morning d'une voix merveilleusement ennuyée.

Quand Morning quitta la salle des rapports, je sortis du foyer à sa rencontre. Le major était encore assis au bureau. Je demandai l'autorisation de m'adresser à lui, et avant qu'il ait pu refuser, lui fis savoir que je disposais d'éléments concernant la procédure de jugement du soldat de première classe Morning, une déposition d'un avocat de Dartmouth, selon lesquels les preuves retenues contre le soldat de première classe Morning avaient été obtenues par des méthodes illégales.

« Fichez le camp, sergent, qui que vous soyez, me répondit-il, aussi hébété que si le verdict lui était tombé dessus. Je vous demande de ficher le camp d'ici.

— Mais major, mon intervention est pertinente. Les autorités…

— Déguerpissez ! » m'interrompit-il.

Je déguerpis, mais envoyai la déposition illico par la poste pour Okinawa, où il s'avéra qu'elle était justifiée. Je découvris par la suite la réponse du colonel en fouinant dans les rapports. Comme je le savais déjà, les conclusions de la cour martiale furent cassées. Une note manuscrite personnelle avait été ajoutée en bas, signifiant qu'effectivement le colon ne savait pas ce qui pouvait bien se passer là-bas, mais si une autre cour martiale aussi foireuse que celle-là avait lieu, il prendrait l'avion pour se rendre compte par lui-même de la situation. Immédiatement après, le major obtint un mois de repos pour raisons de santé.

(Ah, Joe Morning, Joe Morning, quelle équipe nous faisions, quelle équipe nous aurions pu faire.

J'aurais pu te sauver contre toi-même, il t'aurait suffi de me donner un petit coup de main, mais tu ne m'as jamais concédé le moindre coup de pouce. Lorsque la cassation du jugement fut officiellement prononcée, il fallut encore que tu viennes grogner dans ma piaule, je te revois hurlant que tu voulais que je cesse d'être tout le temps sur ton dos, puis ivre mort, tu courus t'écrouler sur ton pieu pour un autre grand sommeil. Je t'accordai deux jours, puis, un pichet d'eau froide en pleine tronche, puis je te fis courir toute la journée, jusqu'à ce que ta langue pende comme celle d'un clébard, et tu n'avais pas un seul mot à ajouter, tu courus jusqu'à ce que du sang dégouline dans tes chaussures de tes genoux égratignés, à la suite des chutes que tu avais faites plutôt que d'abandonner. Je te l'ai déjà dit : « Je m'appelle sergent Krummel. Mon arrière-arrière-grand-père était à moitié comanche, il fut enterré avec un scalp blond entre les mains, et je vais me taper le tien, soldat. Tu trouves que j'ai été sur ton dos, fils, eh bien, je vais te montrer, gamin, ce que ça signifie. Je vais te fournir de quoi vraiment pleurer. » Mais il ne pleura pas, bien sûr. Il était comme ça. En revanche, je l'ai fait suer, oh que oui !)

On commença donc à se préparer. Ce n'était pas si mal. Je découvris pourquoi j'avais été promu, en dépit de l'anicroche à Manille. Tetrick m'avait nommé sous-officier chargé de l'entraînement, ce qui signifiait que je serais également responsable de la défense de l'enceinte lorsque le nouveau camp serait établi. Lorsque je lui demandai pourquoi, voici ce qu'il me répondit : « Je peux vous faire confiance s'il s'agit de se battre. Vos tripes, elles, ne sont pas allées à l'école. Vous êtes parfois une andouille, mais vous vous battrez. — Qu'est-ce que vous en savez? — Parce que je suis passé par là. — Allons-nous devoir nous battre? — Vous savez à quel point ce mouvement de troupes est gardé secret. Au point que les filles du Keyhole envisagent de remplir des formulaires d'incorporation pour Saigon! Si ça se sait ici, ça se sait déjà là-bas. Les Viêtcongs sont forts. En deux coups de cuiller à pot, ils vous transformeront ces gamins en vieilles grandmères. Tout ce qu'on peut souhaiter, c'est les submerger la première fois par notre puissance de feu, sinon ils ne nous louperont pas la seconde fois. Faites-leur comprendre. Ils ne m'écoutent plus. Préparez-les. Préparez-les. Faites-le au moins pour moi. » Il semblait déjà en deuil; lorsque je remonte dans mes souvenirs, il me semble que c'est la première fois qu'il a eu l'air vieux. Je le crus; je m'efforçai donc de les préparer.

La même tristesse qui avait teinté la voix de Tetrick fut perceptible chez les soldats. Morning m'appelait maintenant Sergent Krummel, et saisissait la moindre occasion pour se montrer le moins coopératif possible, mais le cœur n'y était pas. Novotny rempila, expliquant un soir au Keyhole : « Je ne peux pas laisser l'autre petit couillon y aller tout scul. » Et Cagle partit pleurer dans un coin où personne ne pouvait le voir en murmurant : « Espèce de cow-boy à la con. » Collins et Levenson prirent leur avion pour rentrer au pays, l'affliction leur tordait le visage, comme si jamais ils ne pourraient se pardonner d'avoir manqué leur guerre, mais nous étions nous aussi affligés, et nous leur pardonnâmes; toutes nos espérances les accompagnaient.

(Le sud du Wyoming au printemps, les collines vertes qui roulent à perte de vue, les senteurs de l'herbe fraîchement poussée, aussi aiguisée que le froid mordant de l'hiver encore tapi dans le vent, et les poulains qui viennent juste de naître, qui gambadent comme des adolescentes sous un ciel de cobalt. La pluie sur les briques brûlantes de Brooklyn en été, trente-cinq verres de whisky avalés cul sec dans un bar vieillot et lugubre, face aux bâtiments de la marine, les filles de Jersey qui sentent bon le chewing-gum *Juicy Fruit* et le talc *Johnson*. Des visages diaphanes, des mains qui empoignent des cheveux blonds, des visages qui rayonnent autant à l'évocation de la politique que de l'amour, et dont l'haleine parle de bière âpre et de cigarettes défraîchies, leurs yeux sourient au son de la guitare. Des chênes noueux sur les berges de la *Nueces River*, et la tourte à la cerise de ma mère, et mes frères dingos aussi innocents que des chiots. Les Levi's, les chemises blanches de cow-boy, les bottes artisanales, les Stetson à quarante dollars éparpillés à l'arrière du pick-up, lorsqu'on est en route le samedi soir pour le bal des Anciens Combattants, de la bière *Lone Star*, des filles aux jambes élancées qui s'appellent Regan, Bell, Marybeth et Jackie… toutes nos espérances s'envolaient pour le pays sur un C-124 argenté. Nous étions en deuil.)

En même temps que l'affliction apparut une sorte d'allégresse sauvage. Peut-être ne s'agissait-il que du conditionnement physique, ou était-ce le fait de tirer un trait sur l'ennuyeux principe des trois-huit qui régissait l'emploi du temps des groupes, ou bien simplement l'idée d'un changement de décor ? N'empêche qu'à 6 heures, il y avait presque une centaine de binettes bronzées et radieuses qui se tendaient vers moi à chaque fois que je grimpais sur la plate-forme pour diriger la séance d'entraînement.

Des exercices, huit kilomètres de course à pied, puis le reste de la matinée étant consacré à l'apprentissage de nouvelles façons de rendre l'âme. Tetrick multiplia les conférences sur les objets piégés, essaya de nous enseigner à réaliser les nôtres dans l'espoir que nous comprendrions la psychologie qui se profilait derrière les *Portillons Malais*, les *Lances Punji*, les pièges au sol et les cadavres systématiquement minés. Deux sergents des forces spéciales furent envoyés d'Okinawa pour nous enseigner un pot-pourri de karaté, de judo et de baston de comptoir qu'on leur avait enseigné. Comme un nombre restreint de soldats s'en rendirent vite compte, ces cours ne feraient pas d'un gars moyen un surhomme, mais le but était de nous rappeler que, toute référence à John Wayne mise à part, nos coudes, genoux, pieds et dents étaient des armes aussi épatantes que le signe de croix.

Il fallut étrenner une nouvelle cargaison de M-14, car notre artillerie habituelle consistait en de vétustes M-l, des carabines de 30, il y avait même de vieilles pétoires. Pour des raisons d'ordre sentimental, Tetrick ne voulut pas se séparer de la sienne, et quelques officiers préféraient garder leurs carabines légères. On eut droit également à quatre mitrailleuses M-60, un approvisionnement conséquent en mines Claymore, cinq mortiers 81 mm et deux 60 mm, mais on ne fut même pas capable de nous trouver un des nouveaux lance-grenades M-79. Quelqu'un à Okinawa nous en promettait sans cesse, mais ils n'arrivèrent jamais. En même temps que l'équipement nouveau débarqua de la chair nouvelle pour former des groupes de quinze gars, des mômes dont j'appris à peine les noms. Novotny était maintenant à la tête de mon ancien groupe, et je restai quant à moi en tête à tête avec les clichés sur la solitude de celui qui commande. On ne peut pas tout avoir, Krummel.

Par un bel après-midi au champ de tir, mon ancien groupe s'exerçait au M-14 en semi-automatique, sur des cibles-silhouettes mobiles situées à trente et soixante-dix mètres. Les silhouettes restaient en l'air pendant moins de deux secondes. Morning était en position de tir, et j'étais au tableau de bord, le laissant tirer jusqu'à ce qu'il manque la cible. Il en avait descendu treize consécutives au moment où Tetrick fit son apparition. Il en dégomma six de plus à la suite ; comme un jeune malfrat insolent dans un mauvais western, il faisait preuve d'une lenteur consciencieuse et arrogante jusqu'à ce que les cibles se dressent, puis, dans un soudain mouvement coulé des bras, du pied et du fusil, il se montrait soudain preste et vif. Tetrick me demanda d'en faire surgir deux d'un coup, une à trente mètres sur la droite, l'autre à cinquante mètres sur la gauche. Morning ne sursauta même pas, mais il visa d'abord celle de droite, puis tira une balle qui atterrit au pied de la seconde, mais abattit néanmoins la cible grâce au ricochet.

« Ce n'est pas trop mal, lui cria Tetrick. Mais quand ce sera pour de vrai, vise d'abord sur le plus proche. »

Morning lui répondit « d'accord » avec un tel sarcasme que je sus qu'il préférerait se faire tuer plutôt que de suivre les instructions de Tetrick.

Tetrick ôta sa casquette de manœuvres puis, d'un

geste de la main, ramena en arrière une des rares mèches qui lui restaient en grommelant : « Ce sont des mômes comme lui qui m'ont fait perdre tous les cheveux, Krummel. Et me voilà maintenant chauve. Merde, je commence à me faire vieux. » Il annonça qu'il venait de recevoir une cargaison de nouveaux AR-15 que les forces spéciales avaient utilisés au Viêt-nam, ainsi qu'une demi-douzaine de fusils de chasse. « Lequel choisissez-vous ? » me demanda-t-il au moment où Morning se relevait.

« Prenez-en un de chaque, Sergent Krummel, intervint Morning. Oh, la vache, ces bonnes vieilles balles d'AR-15 valent mieux qu'une balle dumdum. Oh, la vache, vous savez que ça ressort d'un type avec cinquante pour cent de ses os, sang et chair — non, je crois qu'on appelle ça de la gélatine semi-liquide, à l'armée. Et vous connaissez les performances d'un fusil de chasse à vingt mètres, n'est-ce pas, mon Sergeo ? La vache, allons, un pour chaque main.

— Morning, Morning, Morning, l'interrompis-je, mais qu'est-ce que je vais faire de toi ? Qu'est-ce que je vais faire de toi ? lui redemandai-je après l'avoir fait mettre au garde-à-vous.

— Des pompes ? suggéra Tetrick en trahissant un intérêt tout professionnel pour la question.

— Il en a déjà fait deux cents aujourd'hui, rétorquai-je.

— Faites-lui faire de la course à pied !

— Huit kilomètres de plus ?

— Il est certain que le temps qu'on arrive là-bas, il tiendra une sacrée forme, s'esclaffa Tetrick. Eh bien, occupez-vous de lui. Et c'est vous qui vous en chargez ; pas moi », ajouta-t-il en s'éloignant d'un pas traînant.

Je me retournai vers Morning, dont le visage était aussi peu expressif que le mien. «Soldat de première classe Morning, je veux un trou de six pieds de long, de six pieds de large, et surtout de six pieds de profondeur. Tu trouveras dans le camion de quoi creuser, et bien assez de terre à l'endroit où tu te trouves présentement. Exécution.» Il se mit à exécution auréolé d'un halo de haine pure.

Je retournai sur le champ de tir à 22 heures. Morning était assis sur un tas de terre, il fumait une cigarette et contemplait les étoiles comme par une belle nuit de croisière en mer.

«Quelle nuit magnifique, Sergent Krummel.» Mais son corps était avachi dans la lumière crue de mes phares.

«Tu m'as creusé un joli trou, soldat?

— Ohé, arrêtez un peu de jouer ce rôle à la con, Krummel, vous commencez à me casser les bonbons.» Une rage soudaine s'élevait en tourbillon avec la fumée de cigarette, et on sentait presque une pointe d'excuse dans sa voix éreintée.

«Rebouche-le.

— Allez vous faire enfiler.

— Rebouche-le. Et sur-le-champ.

— Vous ne me ferez pas rompre. Vous n'êtes même pas capable de me faire fléchir, dit-il en brandissant sa pelle comme un club de golf. Vous n'êtes même pas capable de m'atteindre.

— Ça, je le sais. Tu rebouches ce trou ou tiens-toi prêt pour un an au trou.

— Vous plaisantez.

— Tu veux vérifier, mon gars? Je t'éventre. Rebouche-le.»

Il hésita, puis commença à envoyer mollement de

427

la terre dans le trou. Je me tins au-dessus de lui pendant tout le temps.

« Voilà, soupira-t-il en envoyant la dernière pelletée.

— Voilà quoi ?

— Voilà, Sergent.

— Bien. Est-ce que tu veux que je te raccompagne en camion à la caserne, soldat de première classe ?

— Pas avec vous, Sergent. Pas avec vous. »

Je le fis rentrer à la caserne au pas redoublé. Il ferma son bec pendant tout le trajet, mais il ne pouvait clore son visage.

« Tu peux me haïr tant que tu le souhaites, soldat, mais boucle-la. À force de te montrer plus borné que le dernier des abrutis, tu vas finir par crever, mais je ne veux pas que tu contamines qui que ce soit d'autre. Tant que tu t'écrases, tu es le seul à être blessé. Mais Franklin et Peterson et ces mômes qui viennent d'arriver ? Tu veux qu'ils se fassent buter pour ne pas avoir obéi aux ordres au nom de grands principes ? Réponds-moi, soldat.

— J'en sais rien, ça c'est une certitude, Sergent.

— Ouais, t'en sais rien, ça c'est une certitude. Repos ! »

Que pouvais-je faire de lui ? Se serait-il comporté différemment si nous avions échangé nos rôles ? Le pouvoir corrompt-il, pas seulement moralement mais aussi mentalement ? Et pas seulement le puissant mais aussi le faible ? Je ne ressentais pourtant pas la corruption qui rampait jusqu'au tréfonds de mon âme. Tout ce que je ressentais, c'était une responsabilité, de l'épuisement et un désir désespéré de combattre pour le fric et d'envoyer le gouvernement au diable.

Puis vint le moment d'y aller.

On s'envola de nuit pour Saigon, on nous déchargea dans un hangar vide avec tout le matériel, y compris les quatre camionnettes. Pendant vingt-quatre heures, on erra dans nos vêtements civils bon marché fournis par le gouvernement, on se nourrit de rations froides de manœuvre, on dormit sur des sacs empilés, et des récipients de vingt litres faisaient office de latrines, pendant que Saunders s'escrimait à retrouver les camions qui devaient nous emmener sur le nouveau camp. Nos tribulations ne faisaient que commencer.

Quand les camions arrivèrent, on les fit entrer d'un côté du hangar pour les faire ressortir chargés de l'autre côté. Ce fut ensuite aux camionnettes de démarrer, mais sur les quatre, deux refusèrent de se mettre en marche, si bien qu'on passa six heures supplémentaires sans nos sacs de soldats sur lesquels s'allonger, privés de ces vivres sur lesquels on aimait tant cracher, mais on disposait toujours de ces réservoirs suintants pour couler nos bronzes, et d'un jerrycan d'eau tiède qui avait absorbé toute la puanteur de nos corps, semblait-il, ainsi que l'amertume des gars qui n'arrêtaient pas de pester.

Vint à nouveau le moment d'y aller.

On nous entassa dans des camions remplis de sacs de sable, puis les bâches furent ficelées, et on se retrouva enfermés dans notre propre puanteur. Je devais affecter les sous-offs dans les différents camions, avec ordre de ne pas descendre des camions, et je montai moi-même dans le camion de mon ancien groupe. Je remarquai que le camion qui roulait en tête de convoi poussait devant lui un lourd chargement, qui me fit penser au chasse-pierres à l'avant des locomotives du Far West. Un démineur, songeai-je, mais je gardai mes suppositions pour moi. Les bavardages, des propos morbides, avaient repris parmi les types installés sur les sacs de sable, à même le plancher, et les soldats de la compagnie de l'ARVN, l'armée de la République du Viêt-nam, qui se déplaçaient dans des véhicules blindés. Mais comme d'habitude, mourir ne serait pas la tâche la plus ardue.

Les gars réunis par groupes de soixante, dans la chaleur étouffante, dans le sable, baignant dans la fétidité ambiante agrémentée par l'odeur de goudron de la toile de bâche, autant dire que ça ne valait pas une partie de campagne par un beau dimanche après-midi. Les arrêts pipi étaient rares, et nous mangions de plus en plus de rations froides et buvions de cette eau au goût de ferraille et de poussière, dont le nettoyage remontait à la semaine d'avant. Voyage peu confortable mais sans incident, qui dura toute la nuit, puis la journée suivante jusqu'au soir. Les gars dormaient par intermittence d'un sommeil agité, essayant de trouver une position adéquate sur les sacs de sable, s'appuyant sur les arceaux du camion ou les uns sur les autres. Quand le soleil s'insinua à l'intérieur par les interstices dans la bâche, certains essayèrent de jouer aux cartes, mais la poussière due au sable et les doigts gluants de sueur effacèrent les numéros et les couleurs du jeu. D'autres essayèrent de lire, mais les yeux cerclés de crasse n'arrivaient guère à suivre les mots qui bondissaient et tressautaient. La plupart restaient assis en silence, dans la crasse de leur corps, dans la noirceur de leurs pensées, s'interrogeant sur l'utilisation des sacs de sable, impatients de tenir une arme dans leurs mains. Nous jurions tous, amèrement, sans plaisanter, à tout propos, jusqu'à ce que les jurons fassent partie de la musique de l'expédition, au même titre que les bruits mécaniques du camion qui cahotait. Même endormis, nous maudissions chaque bosse, chaque ornière ; chaque nid-de-poule réveillait une cohorte d'épithètes qui s'enfuyaient de bouches somnolentes qui ne remarquaient même plus les mots qui en franchissaient les lèvres.

Mais au moment où le chasse-pierres heurta une mine, quand le convoi s'arrêta en provoquant un véritable tintamarre, personne ne broncha. Une respiration unique aspira tout l'air du camion, sembla-t-il, et on suffoqua comme des types à l'agonie. Un des gars lâcha une perlouse, un autre rota. On entendit des ventres ronchonner, des tripes se contracter et grogner en guise de protestation.

On entendit des déflagrations provenant de mitraillettes à l'avant, puis une pétarade régulière comme des détonations de jouets, puis à nouveau le silence. Les gars tentèrent de passer devant moi pour s'extirper du camion, Franklin en tête, clamant son envie de pisser. Je le repoussai dans la cohue qui s'était formée derrière lui, et m'obstinai à pousser jusqu'à ce qu'ils se retrouvent tous par terre, la figure collée aux sacs de sable. L'angoisse se dégagea au-dessus de leurs corps amassés comme un nuage, mais je les obligeai à ne pas bouger, tandis que je glissai la tête sous la bâche et rampai dehors. À l'intérieur, Franklin grommela en essayant de retenir sa vessie, et quand Quinn lui hurla de ne pas lui pisser dessus, personne n'éclata de rire, pas même Quinn.

La route, une piste à travers la jungle, était grisâtre dans la lueur que diffusait une lune aussi imposante et lumineuse qu'une lampe torche. *Personne ne tend jamais d'embuscade par lune claire*, songeai-je, ne supposant pas un instant que ceux qui allaient s'y employer ne s'y prendraient pas comme je me l'imaginais. Des murmures filtrés par les bâches emplissaient l'espace, semblait-il, entre les camions qui dessinaient des taches sombres. Des voix sans corps étaient balayées par un vent fantomatique, elles virevoltaient jusqu'à ressembler à ma propre voix s'éloignant de moi à la dérive. L'angoisse me soûla un instant, or je savais que le meilleur moyen de lutter consistait à entreprendre quelque chose, mais il n'y avait rien à entreprendre hormis retenir ma vessie, rester calme, et prendre mon mal en patience. Quelqu'un courait dans ma direction, s'arrêtant à chaque camion, et des chuchotements effrayés découpèrent la nuit comme des cris d'alarme proférés par des insectes géants. Tetrick arriva à pas feutrés comme un vieux flic à la poursuite d'un jeune pickpocket, un flic néanmoins fermement résolu à ne pas laisser filer le pickpocket. Je me redressai, chuchotai l'ordre de ne pas quitter le camion, je descendis à sa rencontre et immédiatement je me sentis mieux.

« Que se passe-t-il ? m'enquis je sur un ton plus posé que ce à quoi je m'attendais.

— Rien, répondit-il. Seulement une mine. Pas de réels dégâts, mais il va falloir environ une demi-heure pour que le camion puisse redémarrer.

— Qui a tiré ?

— Des doigts impatients. Deux escouades de l'ARVN se sont tombé dessus. Un mort, quatre blessés, et ils peuvent s'estimer heureux, avec ça. Bandes de crétins. Que les soldats en profitent pour pisser, sinon, ils vont finir par se pisser dessus. Dites-leur bien, pour l'amour de Dieu, de ne pas quitter la route, il se pourrait que les fossés soient minés. » À peine avait-il fini sa phrase que deux escouades de l'ARVN défilaient au pas de course dans les fossés, en direction de l'arrière du convoi.

« Faut croire que non, commentai-je en apercevant une piste blanchâtre qui s'enfonçait dans la forêt. Je crois aussi qu'on a de la chance.

— Quoi qu'il en soit, faites en sorte qu'ils ne quittent pas la route. On se retrouve ensuite au camion à munitions — le premier devant la camionnette — et, à propos, n'oubliez pas votre pétoire. D'accord ? » Puis il s'éclipsa en courant sans attendre la réponse, son pied claquait sur la route sèche.

« Bien, vous êtes toujours là, les vieilles filles, dis-je en délaçant la bâche, dégrafez vos culottes bouffantes et sortez faire votre petit pipi. Le danger est partout, alors vous ne quittez pas la route. Novotny, tu t'assures que personne ne s'écarte. — Sergent Krummel, entendis-je tandis que je m'éloignais en trottinant, Quinn a essayé de me violer au moment où je baissais ma culotte, c'était la voix tonitruante et grave de Franklin, qui exprimait tout son soulagement. — Et je m'en s'rais po privé, répondit Quinn, puis il ajouta avant d'éclater d'un rire gras : si seulement t'avais po tremblé comme une vierge de douze berges. — Fermez-la », hurlai-je par-dessus mon épaule, n'espérant pas un instant qu'ils m'obéiraient.

En revenant, je tâchai de paraître à l'aise, tenant l'Armalite par la poignée comme une valise, quatre grenades grossissaient les fines poches de mes fringues de civil, et deux chargeurs étaient fixés à mes poches arrière, comme des bouteilles de whisky bon marché. Bien entendu, Morning nous gratifia d'un commentaire : « Maman Krummel revient protéger sa couvée », s'exclama-t-il, et je lui éclatai de rire au nez. Il s'attendait à des pompes, à un bon coup de pied au derche et grommela : « Ce n'était pas censé faire rire. — Ah oui, c'est bien ce que je pensais. » On parla et on fuma en toute quiétude ; notre bavardage, comme celui des autres camions, était paisible, calme, détendu, mais notre babil bon enfant ne put couvrir le cri d'aboi qui éclata du côté de la forêt, sur la droite. Plus un mot ne fut prononcé, puis tout le monde se mit d'un coup à jacasser, mais le ronron métallique provoqué par une salve tirée d'une Armalite rétablit le silence. J'envoyai Cagle se renseigner auprès de Tetrick, Morning pour qu'il aille chercher une lampe torche dans la cabine du camion, les gars dans le fossé d'en face, puis confiai deux grenades à Novotny.

Les dents de Quinn étincelèrent sous la lune, lorsqu'il souffla : « Frankie. Frankie ? T'en es où, espèce de gros dégueulasse ? »

Un des nouveaux expliqua qu'il l'avait vu s'éloigner sur le chemin qu'éclairait la lune. Je remis à Quinn la troisième grenade, à Morning la quatrième lorsqu'il réapparut avec la torche.

« Gardez vos distances. Cinq mètres, ordonnai-je, Quinn en premier. Aucune lumière pour l'instant. Morning derrière moi. On y va. » Sur ce, je m'enfonçai parallèlement au chemin.

Maintenant que je progressais entre les masses sombres de végétation, le sentier me parut deux fois plus lumineux, et je suivis les empreintes floues laissées dans la poussière par des chaussures neuves, puis la piste en forme de serpentin tremblotant qu'il avait laissée en pissant pendant sa promenade. La sente obliquait sur la gauche, je franchis le coude avec mille précautions, je n'eus pas besoin de la lampe de Morning pour voir.

Le *Portillon Malais*, c'est ainsi qu'ils appellent ça, un pieu taillé dans du bambou, attaché à un arbre situé au-dessus d'un chemin, un bambou taillé à son extrémité en trois ou quatre pieux acérés de trente centimètres, puis courbé jusqu'à ne plus être visible du chemin, et arrimé à un autre arbre et un fil raccordé à un explosif. Franklin n'avait pas eu le temps de terminer, et de l'urine tombait encore goutte à goutte dans la flaque noire qui s'étendait à ses pieds, là où il s'était agenouillé, son visage gris tourné dans ma direction, un bras ramené sur le ventre, les pointes des épieux ressortant dans son dos à cinq centimètres au-dessus de la ceinture. Ses yeux étaient encore écarquillés et vivants quand je l'aperçus, mais, avant que j'aie eu le temps de réagir, ils restèrent grands ouverts, puis devinrent livides et morts. Un spasme musculaire déclencha un sourire, des gargouillis et des borborygmes provenant du relâchement de ses boyaux tournèrent en dérision la prière que sa bouche avait essayé de prononcer, mais sur son visage, ses yeux étaient morts. «Doux Jésus, chuchota doucement Morning juste derrière moi.

— J'lui avais dit de ne pas quitter la route. J'lui avais dit… J'lui avais dit… J'lui… » répéta Novotny bouleversé. Quinn laissa tomber ses grenades et prit ses jambes à son cou. Au moment où il passait à ma hauteur, je le bloquai d'un coup de crosse dans le

435

ventre, qui fut plus dur que ce que j'avais escompté, mais mes muscles étaient emportés par une sorte de rage, et je n'aurais pas été étonné si je m'étais mis à faire feu sur le corps de Franklin qui nous offensait. Quinn s'écroula sur ses genoux et vomit.

« Ramenez-le, ordonnai-je d'une voix que je ne me souvenais pas avoir été aussi glaciale. Ramenez-le ce sagouin », répétai-je en tapant sur l'épaule de Morning et poussant Novotny. Leurs yeux fixèrent Franklin puis se retournèrent vers moi, puis ils trébuchèrent vers lui. « Non, bande d'enfoirés, non ! Quinn ! Quinn ! Ramenez-le. Ramenez ce sagouin. »

« Qui ? me demandèrent-ils comme deux hiboux surpris par la lumière du jour.

— Quinn, répétai-je une fois de plus. Ramenez-le. Que quelqu'un s'assoie sur lui. Rapportez-moi un poncho et un rouleau de fil électrique. Et que ça saute, vous deux, que ça saute ! Exécution ! » Je les poussai jusqu'à ce qu'ils déguerpissent, les maudis en différentes langues, ils remontèrent enfin la sente, Quinn pris en sandwich entre eux.

J'attendis à côté du corps de Franklin. Nom de Dieu, qu'est-ce qu'il schlinguait. Cette odeur fétide me faisait offense, ce halo pestilentiel épinglé contre un arbre. Il puait plus que tous les animaux que j'avais déjà évidés. Si je n'avais craint qu'il ne repose sur une mine, je l'aurais roué de coups de pied jusqu'à ce qu'il cesse d'émettre cette odeur fétide et nauséabonde. C'est ce que j'aurais fini par faire dans tous les cas, si Tetrick n'était pas accouru, suivi de deux sergents.

Il s'arrêta, débloqua le cran de sûreté de son flingue, puis déclara doucement : « Le sagouin. »

On resta planté là, à regarder et à se sentir coupable de regarder, jusqu'à ce que Novotny et Morning reviennent, l'un avec le fil de fer, l'autre avec le poncho. Je fis un nœud coulant et j'envoyai la boucle pardessus la tête de Franklin, autour de son cou.

« Pas le cou », intervint Morning, mais il n'ajouta rien.

On déroula le fil de fer jusqu'à la route, et l'on ordonna aux soldats de se coucher dans le fossé. Puis je m'employai à tirer sur le fil de fer, tremblant comme un garçonnet de neuf ans qui tire pour la première fois à la carabine, qui tressaille jusqu'à ce qu'il comprenne que c'est le fait de frissonner qui lui fait du mal et non pas la carabine. La seconde fois, je n'ai pas frémi.

Il ne se passa rien. Le fil sursauta dans ma direction comme un agile serpent noir. Chacun à sa manière sursauta.

« Il s'est détaché, expliqua Tetrick. À moins qu'il n'ait rompu. J'y vais.

— Je m'en occupe. »

J'arpentai à nouveau cette sente blanchâtre qui tranchait en plein dans l'obscurité, la lune étincelait toujours dans le ciel, les étoiles scintillaient comme à l'ordinaire, on entendait même les bruits les plus ténus de la jungle. Je m'appliquai à réaliser un nœud qui ne céderait pas, puis je m'éloignai.

Entassé avec les autres au fond du fossé, je tirai à nouveau. L'explosion se perdit dans les branches et les feuilles, mais une colonne de lumière grimpa dans le ciel, et la terre trembla sous nos pieds. Novotny et moi nous précipitâmes vers le corps, mais il n'en restait plus rien : une souche carbonisée, moins rude que le bois, mais qui parut moelleuse et caoutchouteuse lorsqu'on la roula dans le poncho, et on entendit le crissement du caoutchouc sur le caoutchouc. Une pluie chaude me dégoulina sur les mains, et il me faudrait attendre le lendemain pour me souvenir avoir pleuré.

« J'lui avais dit, j'lui avais dit de ne pas quitter la route », hoquetait Novotny, tandis que nous transportions ce fardeau trop léger pour un homme, trop lourd pour ce que c'était, si cela avait un nom.

« Tu lui as dit ; il n'a pas écouté ; maintenant oublie ça.

— Je ne sais pas comment je vais faire », articula-t-il en guise de réponse.

Les soldats, les officiers, les sous-offs, tous, et c'est là la première erreur, oublièrent tous les ordres formels qui interdisaient qu'on se regroupe, qu'on se presse les uns contre les autres, comme du bétail sous la pluie, à mâchonner et ruminer avec des lèvres pétries par la trouille.

« Vous ? » dit le capitaine Saunders à Tetrick. Saunders se tenait au milieu des soldats, mais ils s'écartèrent lorsqu'il prit la parole. Il se fondit à nouveau dans le groupe.

La calebasse de Tetrick luisait sous la lune, et ses mots se perdirent à moitié sous le visage qu'il baissait. « Je suis trop épuisé, répondit-il. Krummel, Krummel s'en chargera ! »

Je découvris le poncho et attendis que la vision se fixe dans les esprits de chacun, puis annonçai, pas trop fort, mais de façon à ce que tout le monde entende :

« Il ne reste plus grand-chose à renvoyer à maman, hein ? »

Tout le monde comprit de quoi il s'agissait : Maintenant, nous étions prêts.

10.

VIÊT-NAM

Au cours des dix heures qui suivirent, jusqu'à ce que le convoi atteigne la Colline 527, je restai assis dans l'obscurité suffocante du camion, content de l'obscurité, appréciant la chaleur de mon propre corps. Aucune des réactions ordinaires ne m'assaillirent, aucune des émotions auxquelles j'aurais pu m'attendre ; aucun vomissement, seulement ces larmes chaudes qui n'étaient guère plus réelles que la glycérine qu'on étale sur la joue des acteurs. Il y avait tout d'abord eu une rage froide, puis une sorte de folie calculée, et maintenant plus rien, plus rien au point que je fus heureux quand Morning, qui se souvenait m'avoir confié ses secrets, et me souhaitait à moi aussi les affres d'une secrète culpabilité, remarqua mon silence et me lança : «Bah, qu'est-ce qui se passe, Krummel ? Vous ne goûtez plus autant les délices de la guerre ? Le guerrier intello tombe malade en même temps que son estomac dilettante ? Faut pas tomber malade, mec, c'est votre guerre, là-bas, votre charmante guerre, incarnée dans ce bout de chair riquiqui. Eh oui, les gens crèvent au cours des guerres, espèce de toqué… »

Même à ce moment-là je me montrai incapable de

formuler la moindre repartie, d'éprouver la moindre étincelle de sentiment.

Oh, pourtant, j'en avais des choses à lui répondre : Non, Morning, c'est pas ma guerre, mon petit ami, c'est la tienne ; il n'a pas été tué au combat, il a été assassiné.

Mais ce n'étaient là que pensées vides de tout sentiment.

Évidemment, il fallait bien qu'il pleuve pendant nos deux premiers jours à la Colline 527, que les matelas gonflables soient percés, que les abris fuient, que les gars suent et puent dans leurs ponchos, ou s'exhibent à poil sous la pluie froide qui tombait dru, qu'ils soient la proie de la malaria, d'allergies ou du fongus. Évidemment il fallait bien que les bottes moisissent, que les repas soient froids, que des mottes de boue collantes se fixent sous nos pieds, rampent le long de nos jambes, se collent à nos doigts et nous obstruent les yeux. Évidemment il fallait bien que le sommeil ne vienne que par intermittence, il fallait monter la garde, que l'attente dérive en de longues heures interminables, et bien évidemment, on eut droit à deux jours et deux nuits de pluie sans interruption en pleine saison sèche. Et bien évidemment, il a fallu que le soleil se mette à briller. Et tout cela, il a fallu le supporter.

La Colline 527, tout comme sa sœur jumelle, la 538, se révélèrent non pas des éminences vertigineuses, mais des coteaux assez hauts, flanqués au milieu d'une immense clairière plane et herbeuse, grignotée par une forêt luxuriante. La 538 présentait une pente douce, qu'il était aisé de gravir de toutes parts, et la 527 était quasiment identique, à l'exception d'un sommet triangulaire plat, planté en plein milieu, comme un mamelon surréaliste. Les côtés de ce triangle presque équilatéral mesuraient une centaine de mètres. Une déclivité de quarante degrés séparait la surface plane du mamelon des pentes plus douces, en dessous. Lors des deux premiers jours, on installa une barrière de fil de fer tout autour de la pente la plus escarpée, qui nous sépara des deux compagnies de « milices provinciales », qui s'étaient déjà tapies dans des tranchées dessinant un vague cercle à une cinquantaine de mètres plus loin, en descendant. À l'extérieur des parapets constitués de barbelés, de boue et de sacs de sable, l'herbe et les rares buissons avaient été rasés sur une centaine de mètres. Des trois côtés de la clairière, à l'est, à l'ouest et au nord, c'était la jungle, alors que le côté dégagé s'ouvrait sur des collines rebondies et herbeuses. La jungle s'approchait jusqu'à quatre ou cinq cents mètres de l'enceinte, au nord et à l'est, mais, du côté ouest, elle ne se trouvait qu'à neuf cents ou mille mètres en raison de la Colline 538. Les antennes devaient être dressées sur la 538, après quoi nous minerions la butte dans son ensemble.

L'un dans l'autre, le site n'était pas mauvais. Le mamelon était suffisamment élevé pour qu'on puisse faire feu sans pour autant canarder le rideau de protection de la milice vietnamienne. La milice avait dressé des clôtures efficaces à l'extérieur, et nous disposions de barbelés de dix mètres de large, deux grillages et quatre rangées de rouleaux de barbelés sous le sommet. (Le major américain fourbu, qui était chargé de conseiller le major vietnamien commandant la milice, fit savoir qu'il déplorait que des obstacles aient été installés entre nos deux forces. Le major vietnamien estimait qu'il s'agissait tout autant d'une insulte à leur patriotisme qu'une vilaine insinuation sur les capacités de ses hommes à combattre. Le capitaine Saunders lui montra ses ordres signés de l'amiral responsable des forces américaines dans le Pacifique, du commandant de la zone militaire, ainsi que de l'officier dont le major dépendait directement, la barrière fut donc maintenue, et on resta en vie.) On creusa une tranchée de plus d'un mètre de profondeur tout le long du grillage, à l'intérieur, en aménageant vingt-deux positions de tir sur chacun des côtés du triangle sommital, puis des bunkers abritant les mitrailleuses furent bâtis aux trois points du triangle ; une tranchée de jonction orientée nord-sud traversait le triangle de part en part, reliant le bunker du réservoir d'essence au bunker du dépôt d'armes, puis des fosses furent creusées pour les mortiers aux quatre coins du trapèze formé par la tranchée de jonction et celle située derrière le point Est. On érigea une tour de repérage au niveau du point médian de la tranchée de jonction, et on creusa et construisit en dessous un poste de commandement, qui ferait également office de poste de garde. Toutes les tranchées étaient creusées selon le tracé irrégulier d'une courbe, de manière à ce qu'un homme soit hors de portée d'une explosion de grenade en parcourant une demi-courbe. Quand on se fut acquitté de cette besogne, on commença à creuser des tranchées à travers l'enceinte, on enfouit des mines Claymore pour protéger l'accès septentrional, et une plate-forme d'atterrissage fut construite pour les hélicoptères, au sud-ouest de l'accès, en retrait du grillage externe.

Ces travaux, qui étaient loin de représenter la tota-

lité de ce que nous comptions réaliser, nous occupè-
rent pendant toute la première semaine, une semaine
laborieuse consacrée à creuser et remplir des sacs de
sable, à dormir sous les abris, à même le sol; une
semaine à se nourrir de rations froides et de services
de garde intensifs. Treize gars avaient bénéficié de
l'évacuation sanitaire par hélicoptère, dix pour cause
de fièvre et/ou de malaria, deux à la suite d'infec-
tions provoquées par des coups de pelle, plus un qui
n'avait pu supporter l'attente; mais on commençait
à se sentir en sécurité, comme si le dur labeur pouvait nous tenir hors de portée de la mort, comme si
l'agonie pouvait être supportée grâce à des tâches
physiques éprouvantes, mais le capitaine Saunders
ne nous quittait pas d'une semelle.

« Nous n'avons pas la prétention d'être inexpugnables, clamait-il, car ce serait une prétention
démesurée. Les VC — les Viêt-Congs — peuvent
s'emparer de ce camp à n'importe quel moment,
pourvu qu'ils soient prêts à y mettre le prix. Toute
l'astuce consiste non pas à être inexpugnables, mais
à leur faire payer le prix fort. »

Vous parlez d'une astuce, mais on s'était barri-
cadé, on s'était enterré, et on était à moitié prêt.

Le troisième jour de la seconde semaine, les gars
étaient encore occupés autour des tentes des escouades qui étaient pourvues de planchers en bois, à
monter un muret de protection en gadoue, haut de
quatre pieds, consolidé par deux épaisseurs de rondins, sur les trois pans ouverts, correspondant à la
moitié la plus basse du triangle; occupés aussi à
creuser des bunkers pour les munitions, l'essence et
une salle de radio qui ferait office de PC (de poste

443

de commandement) et de poste de garde. Quatre antennes rhombiques furent érigées sur la Colline 538, plus connue maintenant, bien entendu, sous la dénomination l'Autre Téton. Une escouade quitta le camp pour se rendre jusqu'à la lisière de la jungle, avec pour mission de couper des rondins et des troncs pour la palissade et les toitures des bunkers. J'avais constitué des escouades préposées à la coupe de bois, d'autres à l'installation des antennes, puis j'avais fini de dresser le tableau des gardes sur le périmètre : deux gars pour chaque M-60, deux gars pour l'accès Ouest, un garde volant sur chacun des trois pans, et un gars posté sur la tour de repérage jour et nuit.

Comme j'en avais marre de la paperasse, je sortis de ma tente pour inspecter les postes de garde, puis j'escaladai les barres en acier de la tour de repérage située au centre du périmètre. J'y restai un petit moment, et j'en profitai pour taxer une clope au môme de service. Moi qui justement essayais d'arrêter, autant pour des raisons d'hygiène que professionnelles. Morning se foutait de moi à ce sujet, tout comme il s'en donnait à cœur joie à propos de la montre que je portais au poignet, cadran contre la peau, et puis parce que mon .45 automatique ne me quittait jamais, et puis à propos de mes treillis de camouflage tigrés qui me servaient d'uniforme de jour, et puis de la baïonnette aiguisée comme une lame de rasoir, glissée dans son fourreau dans ma botte droite, et puis de mon harnais de combat, etc., etc. N'empêche qu'il ne parvenait guère à m'affecter. Pour être tout à fait franc, je me sentais au-dessus de ces émotions de second ordre, de même que je me sentais au-dessus des tourments constants dus

444

à la dysenterie, contractée dans l'air qu'on respirait, semblait-il, comme le reste du Det. Tel un Troyen qui défend ses murs, ou un pilote kamikaze, je me sentais à la fois jouir d'une veine de pendu et faire dans mon froc.

Comme je fumais, l'atmosphère me parut sensiblement plus torride, mais un souffle d'air matinal vint s'engouffrer sous la toiture en acier surchauffé, et je restai donc quelques instants supplémentaires. À l'intérieur du périmètre externe, des enfants jouaient, des femmes bavardaient, tandis que leurs soldats de pères ou de maris, assis à leurs postes ombragés, astiquaient leurs vieilles Springfields. Des colonnes de fumée âpre montaient des feux sur lesquels ils cuisaient leurs aliments, et des sons ondoyaient dans l'enceinte comme des odeurs de charbon de bois : un juron lointain accompagnant le grondement d'une pioche dans le terrain sec et rigide ; un grincement métallique en provenance de l'Autre Téton, où l'on ajustait chevilles et vis ; le choc sourd d'une hache juste après la chute d'un arbre, du côté des coupeurs de bois opérant à la lisière de la clairière. En dépit de toute cette activité, l'enceinte offrait un spectacle foncièrement paisible ; peut-être que le travail est une occupation paisible, quoi que l'on construise. Cela me rappelait L'Ouest américain, la construction de forts contre la nature hostile, les Indiens signataires de traités de paix, campant non loin des palissades ; les cavaliers, les bûcherons et les éclaireurs parcourant l'herbe brûlée des collines alentour. Et, planant au-dessus de tout cela, présidant à la moindre contraction de chaque muscle sur cette terre nouvelle, la confiance dans cette idée délirante que l'homme devrait hériter de la terre, tout ça parce qu'il arrose les marguerites avec son bâton pointu, parce qu'il pose sa prune dans des trous et recouvre le tout comme un chat de gouttière serein, et parce qu'il abat les arbres et les replante là où bon lui semble. Cette idée qu'avec nos bras bronzés et nos mains calleuses, notre audace et notre force, nous devrions être les maîtres, les héritiers, bravant les vents violents, qui pourraient nous emporter comme des fétus de paille à travers tout le pays ; pas un instant effrayés à l'idée que la terre puisse se fendre et se déchirer sous nos pieds, pour nous attirer en son noyau incandescent et moelleux ; pas effrayés non plus, pour finir, à l'idée que les aborigènes qui se trouvaient là avant nous puissent envisager de se dresser sur notre chemin, brandissant en désespoir de cause plumes, peintures, boucliers en peaux contre un Sharpes ou un Henry. Les seuls que nous ayons à craindre étant ceux qui se trouvent derrière nous, semble-t-il, la vague qui pousse dans notre dos, tout comme les Huns et les Vandales pressèrent les Visigoths contre les Romains, et les Romains à la mer. Mais nous savons qu'il n'y a plus personne derrière nous, nous savons que nous sommes les derniers, les derniers et les meilleurs d'entre les barbares, les conquérants, les longs couteaux, les fiers géants verts de l'histoire, qui mirent tout d'abord le pays à feu et à sang, puis arrivèrent avec les transistors et le dentifrice, ne cherchant même pas une herbe plus verte, ni même de l'action pour l'action, mais tout simplement des colombins égarés à travers les grands boyaux de l'histoire…

Mais voilà, je suis resté trop longtemps en haut de mon poste d'observation ; j'ai révélé ma position à l'ennemi. Alors que je descendais, Morning leva la

446

tête, et me lança depuis le bunker à munitions où il était terré : « À la recherche de ces satanés Peaux-Rouges, mon Sergent ?

— Et l'Ange du Seigneur plongera sa faux dans la grande vigne de la terre et apportera la paix aux païens, répondis-je.

— Cessez de me piquer mes répliques, Sergent, fit-il en brandissant la pioche, puis en la plongeant profondément dans la terre.

— Tu n'as qu'à arrêter de me piquer les miennes », lui envoyai-je en m'en allant.

Je récupérai l'Armalite et deux chargeurs dans ma tente, accrochai deux grenades à fragmentation à mon harnais de combat, puis rejoignis l'escouade chargée de couper des rondins, occupée à ébrancher les troncs tombés au sol. J'observai, discutai avec les gardes, et fumai ma seconde cigarette de la matinée. La forêt, bien qu'elle me parût moins épaisse que vue de l'enceinte, l'était suffisamment pour interdire au soleil d'y pénétrer au-delà d'une quinzaine de mètres, si bien que les gars avaient découpé les troncs situés tout à fait à la lisière. Ils les fendaient dans le sens de la longueur, puis les taillaient en bûches d'un mètre cinquante, s'y mettant à deux par bûche, et commençaient à les transporter en direction du camp, empruntant un sentier déjà tracé par les autres escouades à travers les herbes qui montaient à hauteur des hanches. Fermant la marche, je suivais une des jeunes recrues, un gamin du sud de l'Ohio qui haïssait l'armée avec une passion tout à fait remarquable, tout ça parce que le dentiste lui avait retiré la plupart de ses dents au cours des classes. Il estimait qu'à dix-neuf ans, il était trop jeune pour avoir de fausses dents, et comme il tenait à ce que tout le monde le sache, il pleurnichait un peu, faisait claquer ce qu'il lui restait de ratiches, puis se lamentait à nouveau. Son poteau qui marchait devant lui fit valoir que, de retour au pays, les minettes allaient adorer qu'il enlève son appareil dentaire et leur titille les tétons avec ses gencives. Et comme toutes les discussions militaires, qu'il s'agisse de politique, de religion, de guerre ou de fausses dents, le sujet dérapa rapidement vers l'incontournable point central : la baise. Le môme éclata de rire, à moitié convaincu, mais de telle manière qu'on se doutait qu'il tenterait sa chance avec la première nana qui lui dévoilerait un sein nu.

J'en gloussais encore quand le tireur embusqué fit feu. Avant que mon esprit ait enregistré le bruit du fusil derrière moi, ou le sifflement de la balle à proximité de mes oreilles, un trou apparut à cinq centimètres de la base de la colonne vertébrale, qui m'adressa un clin d'œil magique, au milieu d'un nuage de sang et de poussière, et les jambes du môme de devant vacillèrent. Mon esprit avait beau ne pas avoir enregistré, il était néanmoins en pleine action. Je plongeai et roulai dans les herbes hautes, à droite du sentier. Une autre balle effleura le haut de l'herbe, dont le ricochet éparpilla les poulets et les petits enfants qui jouaient sur le périmètre externe.

« Restez tous à terre ! » hurlai-je, mais ils ne m'avaient pas attendu et s'étaient déjà tous enterrés sous les racines. Les tireurs embusqués avaient maintenant cessé le feu. De deux choses l'une, songeai-je, ils avaient mis les bouts ou alors ils attendaient que nous trahissions notre position. Deux coups tirés par deux fusils différents : aucune arme automatique. Un coup tiré d'en haut, un coup tiré d'en bas : un type embusqué dans un arbre, et un au sol, et probablement un troisième qui les couvrait et qui n'avait pas encore tiré. Dieu merci, il y avait l'herbe. La protection qu'offraient les premières barrières se trouvait à trois cents mètres en gravissant la colline. Je disposais de vingt-cinq hommes, en me comptant, mais de cinq armes seulement. « Fumée ! ordonnai-je. Faites suivre ! »

Tandis que l'ordre était transmis d'un gars à l'autre en remontant la ligne invisible, je m'approchai le plus près possible du chemin. Le corps du gamin se détendait lentement, facilement, en douceur, comme s'il portait des œufs sur le dos. Quand il fut tout à fait allongé, il resta aussi immobile qu'une bûche abandonnée, les mains dégagées devant le visage. Il se mit à marmotter, à chuchoter des « Je vous en prie », mais il s'agissait presque d'une conversation banale, semblait-il, le ton était aussi détaché que s'il était en pleine discussion avec une fourmi se frayant un chemin sous lui. Un ruisselet de sang perlait de gouttes rougeâtres l'herbe piétinée, s'étirant langoureusement le long du sentier, tel un trait noir dans la poussière.

« Hé, susurrai-je. Viens, roule par ici, gamin. Roule-toi par ici. »

Un autre visage apparut entre les deux touffes d'herbe, de l'autre côté du layon. C'était le gosse qui ouvrait la marche, il rampait à découvert sur le chemin.

« Reste à l'abri », lui ordonnai-je, mais il continua.

« Harvey, s'exclama-t-il. Harvey, espèce de connard, je t'avais dit de marcher devant, enculé, j't'avais dit, j't'avais dit.

— Soldat, reste à l'abri, répétai-je. Nom d'un chien, reste à l'abri et ferme-la.

— Digs, Digs, articula calmement Harvey, Digs, j'crois bien qu'ils m'ont fait sauter les burnes. Pour sûr, j'crois qu'ils me les ont fait sauter. » Au fur et à mesure qu'il parlait, sa voix s'apaisait, semblait-il, mais son corps était agité de tremblements saccadés.

« Oh, Harvey, salopard, Harvey, reprit l'autre en s'étirant pour saisir la main de son camarade. » Soudain, son pouce s'envola dans une explosion de poussière, et tandis qu'il plongeait dans les herbes hautes, trois coups de feu brefs balayèrent la surface autour de sa position. Harvey fut agité d'un soubresaut plus fort, comme si, par vibration, il allait se fondre dans la terre.

« Roule par ici, répétai-je encore S'il te plaît, viens, roule par ici.

— Mon Sergeo ? Mon Sergeo, c'est vous ? marmonna-t-il, la tête au sol. Mon Sergeo, est-ce que vous voyez ma dent ? J'ai perdu ma dent. »

Son pote apparut une fois de plus à la lisière du sentier, plus près du sol, cette fois, me montrant sa main afin que je voie par moi-même le pouce dont la seconde phalange avait disparu. « Mon Sergeo, ils m'ont dégommé le pouce. Mon putain de pouce, et tac. Qu'est-ce que j'y peux, hein ?

— Bande de crétins, vous la fermez où je vous allume en pleine tête. Fermez-la. » Je réglai l'Armalite en position automatique, lâchai une rafale en aval, puis bondis en travers du chemin. J'atterris sur la dent de Harvey, ne pus m'empêcher de pouffer, écartai d'un coup de pied l'autre môme du bord du chemin, et comme il se roulait sur lui-même d'un côté, je replongeai de l'autre. Le tireur me poursuivit, les balles soulevèrent des nuages de poussière qui me fouettèrent le visage, puis me brûlèrent tandis que j'exécutai un roulé-boulé, jusqu'à ce que je réalise que le feu qui crépitait était dirigé sur moi. Le roulé-boulé se continua même après que la pétarade eut cessé, et lorsque enfin je m'immobilisai, mes mains n'attendirent pas pour courir partout sur mon corps à la recherche d'hypothétiques blessures, de sang, d'os, de cartilage, puis je hochai la tête comme pour hurler oui à ma propre figure d'imbé-cile, alors que le premier brouillard atteignait le bas de la déclivité.

Je rejoignis les deux blessés, j'enveloppai la main sanguinolente, et fourrai un T-shirt dans l'entre-jambe ensanglanté, puis les renvoyai à travers les charmantes volutes, accompagnés de deux autres gars. Je leur ordonnai de demander à Tetrick de me couvrir à coups de mortier et de rafales d'automa-tique à intervalles irréguliers; malgré leurs tronches furieuses, je les obligeai à me hurler une réponse. Les deux M-60 avaient cessé d'arroser dans les grandes largeurs, et s'étaient mis à cracher des salves courtes, rasantes, à l'orée de la forêt. Je tra-versai à nouveau le layon, attendis que les nuages de fumée soient plus épais et les tirs plus nourris, puis hurlai aux hommes d'y aller.

Les deux pétoires des VC se mirent en branle, l'une en hauteur à droite, l'autre au sol et à gauche, deux chargeurs par pétoire, mon esprit rationnel confirmant ce que mon instinct savait déjà, et j'étais sur le point d'identifier leurs positions quand une nouvelle rafale plongeante me colla à nouveau au sol. La fumée maintenant plus épaisse et les tirs ten-dus des M-60 clouèrent les deux tireurs embusqués, tandis que les hommes remontaient le coteau.

Je retournai quant à moi au plus épais de la fumée,

puis obliquai à gauche toute, sautai encore une fois par-dessus le sentier, par-dessus la bûche et la marque sanglante, puis rampai sur vingt-cinq mètres jusqu'à une cavité dissimulée derrière un bosquet, qui courait depuis le col jusqu'en bas, entre les deux buttes. Des buissons que nous avions prévu de raser dans les jours à venir. La légère déclivité n'offrait une protection que jusqu'à une certaine hauteur, après quoi le fossé devenait une sorte de lit de rivière asséché, et la végétation était trop enchevêtrée pour qu'on puisse progresser au travers. Mais tout en bas, je dénichai un passage d'une cinquantaine de centimètres sous les broussailles, qui me rappela le pays, les *mesquite* et les *arroyos*, larges comme une patte de chat, et je rampai jusqu'à ce que les nuages de fumée et les tirs s'interrompent. Je supposai que les deux gars avaient gagné du terrain, et je les attendis donc avant de donner mes instructions à Tetrick.

Je profitai de la pause pour reprendre ma respiration, me délestai de la ceinture à laquelle était arrimée la gourde et la trousse de premiers soins, changeai mes chargeurs, avalai une rapide goulée, puis versai un peu d'eau dans la poussière, de façon à obtenir un peu de boue, dont je m'enduisis le visage, les oreilles, la nuque et les mains, et j'attendis. Je crus bon de penser qu'en de telles circonstances, la patience serait une qualité première.

Lorsque les tirs éclatèrent à nouveau, je descendis le lit asséché, toujours aux aguets, tandis que les explosions et les échos de mortiers se succédaient. La sente tournait sur la gauche, puis immédiatement après sur la droite, conformément à mes souvenirs, et je m'engageai dans cette direction, toujours aux aguets. Si les deux types avaient été des cerfs, et que cette scène s'était déroulée dans un *arroyo* du Sud Texas, en pleine chaleur, j'aurais risqué un pas lent, puis un long coup d'œil, observé mon ombre en déplaçant insensiblement ma tête, et je les aurais repérés bien avant. Mais il s'agissait de gus armés de pétoires, pas de cerfs, et moi, j'étais affalé sur le bide, dans les broussailles, soulevant à chacune de mes respirations des petits diables empoussiérés sous mon menton, des gus armés de pétoires, et en pleine chasse qui plus est, et non pas des cerfs.

On ne s'attend jamais à apercevoir un cerf entier, on guette une oreille, une corne, une jambe repliée, un museau noiraud ou un œil vif qui se tourne pour vous dépister. Quand mon père m'a enseigné la chasse à l'affût, il ne me permit pas de tirer tant que je n'aurais pas repéré le cerf avant lui. Il suspendait son geste, s'efforçait de ne rien trahir, essayait de m'indiquer l'endroit précis, tandis que je plissais les yeux, et tentais de repérer une robe blanche là où il n'y avait que des taches grisâtres, puis il laissait la bête détaler. C'est comme ces drôles de dessins où, derrière un embrouillamini de lignes et d'ombres, se cache une vache ou une figure : dès l'instant où vous l'avez découvert, vous vous demandez comment vous avez bien pu la manquer. Le premier cerf que j'ai abattu, un mâle, je l'ai atteint en pleine gorge, tandis qu'il était allongé, et il ne s'est jamais relevé. Mais des hommes, jamais encore je n'en avais traqué. Le jeu était différent, mais j'ai toujours appris très vite.

Tout en bas de la butte, à trente mètres de l'orée, le lit asséché s'élargissait en une étendue sablonneuse. Je rampai dans l'ombre d'un buisson, puis jusqu'à un banc de sable d'une trentaine de centimètres de hauteur, et je m'allongeai sur le dos, les pieds couchés au sol. Patience, à nouveau. Laissons-les faire le premier pas pour s'échapper. Tetrick n'allait pas tarder à envoyer une patrouille, et il leur faudrait bientôt changer de planque. C'est en attendant que je les repérai : le gus dans l'arbre, facile, un pied pendait, minuscule, tout bronzé et sale, dans un bouquet de feuilles. Les feuilles voletaient au vent ; pas le panard ; à cinquante mètres sur ma droite. Plus difficile de débusquer celui qui était au sol, mais une fois que je savais où s'était posté celui qui était perché, je savais où chercher l'autre. Le morceau de tissu crasseux qui lui servait de bandeau retombait comme une étiquette terne au niveau du nœud ; c'est ce que je remarquai tout d'abord, puis ce fut l'œil sombre, en dessous. La touffe de broussailles où il était assis en tailleur s'étendait à une trentaine de mètres de la lisière de la forêt, et se situait à une vingtaine de mètres sur ma gauche. Ils étaient deux, j'étais tout seul. Ils étaient venus pour descendre deux gars en patrouille, puis s'évanouir dans l'épaisse jungle. Il aurait dû y en avoir un troisième en retrait pour les couvrir, mais l'imprudence n'est pas l'apanage des Américains.

Profitant d'une salve tirée de l'amont, je saisis une des grenades accrochée à mon harnais, la dégoupillai. J'attendis l'explosion de mortier suivante, réglai l'Armalite de la position automatique à la position manuelle, puis lâchai un instant la poignée, et balançai la grenade, lui faisant décrire un grand arc de cercle en direction de la touffe de broussailles, après quoi je déclenchai un double tir rasant sur les VC, tandis que la grenade était encore en l'air. J'eus encore le temps de m'appliquer à tirer quatre fois à soixante centimètres au-dessus du pied qui pendait dans l'arbre. Il répondit du tac au tac, sans précision, trop à gauche, et trop haut, alors que mes coups de feu le percutèrent tels des coups de hache en pleine poitrine, qui le firent choir de sa branche. Il culbuta de l'arbre avec le brio d'un cascadeur d'Hollywood.

La grenade avait explosé, et les éclats chantèrent à mes oreilles bien que je me fusse recroquevillé. Je roulai au sol, puis canardai encore deux fois en direction des fourrés, mais il n'y eut plus de réponse. La grenade avait défriché le hallier devant lui, et je l'aperçus donc, couché sur le dos, sa pétoire balayée au loin. Je me précipitai sur lui, en décrivant un demi-cercle, mais il n'était plus nécessaire de faire montre de prudence. La grenade avait dû le cueillir au moment où il se redressait et s'apprêtait à esquiver les deux balles qui lui étaient destinées. La guibole gauche avait sérieusement dégusté à hauteur de la hanche, les parties génitales n'étaient plus qu'un amas sanguinolent, tandis que le ventre était découpé de la ceinture au nombril. Son pyjama noir avait été emporté, et il se retrouvait nu dans la mort. Des intestins gris se vomissaient en tortillons hors de son ventre déchiré, des tortillons jalonnés d'estafilades d'où s'écoulait du riz en décomposition. Une odeur nauséabonde s'échappait des tripes qui se contractaient encore, comme si les rouages de la vie continuaient comme d'habitude. Il tourna de l'œil au moment où je m'approchais, et son souffle se mit à palpiter comme une aile d'oiseau. Je l'achevai d'une balle dans l'oreille, puis courus voir où en était l'autre.

Il était rétamé, quatre trous d'épingle alignés en

pleine poitrine ; pratiquement pas de sang sur le torse ; pratiquement plus de chair dans le dos. Une vieille pétoire dont la crosse était rafistolée avec du fil de fer gisait à côté du corps. Je l'achevai d'une balle dans l'oreille, puis gravis la colline à la rencontre de Tetrick qui, accompagné de dix hommes, accourait à pas feutrés.

(Je sais que vous préféreriez entendre parler de l'angoisse, de mes poumons qui s'étouffaient en quête d'une goulée d'air, du tressaillement qui s'empara de mes mains, à peine perceptible, mais qui néanmoins ne me quitta pas, des moulinets affolés qui emportèrent mon cerveau, et de la chiasse liquide qui dégoulinait le long de mes jambes. Cet aspect, vous le connaissez maintenant par cœur. Ce qui est fait est fait. Deux types ont crevé, deux autres ont survécu, peut-être. Il n'y a aucune logique à cela. Ni la trouille ni mes trémulations ne constituent une excuse ; l'action n'a rien à voir avec la raison ; ceux qui sont morts sont morts.)

« Z'auriez dû les laisser s'enfuir », s'exclama Tetrick en arrivant, il avait l'air froissé, son vieux flingue tremblotait, on lisait l'effroi sur son faciès. « N'empêche que vous avez fait du bon boulot, mon gars.

— Ouais, répondis-je en écho. Bien. Comment sont les blessés ?

— Ils devraient s'en sortir, les hélicoptères de l'évacuation sanitaire ne devraient plus tarder, expliqua-t-il en montrant du doigt un point noir qui s'approchait en bourdonnant au-dessus des collines.

— Bien », fis-je, puis je repris mon ascension à flanc de coteau, talonné par les gars qui transportaient les deux blessés.

Ils disposèrent les deux corps au pied de la tour de repérage, et il fallut que tout le monde vienne les observer, vienne s'ébahir devant les tripes au grand air de l'un, et la jambe en papier mâché de l'autre, vienne m'adresser une tape dans le dos, pour acclamer ma brillante performance. Rien à voir avec le retour d'une bonne chasse, le retour au bercail parmi les joueurs de cartes ivres, eux dont le seul gibier consistait en la paix que leurs femmes texanes au visage pincé étaient susceptibles de leur ficher, des types entre deux âges aux bouches flagorneuses et amères, aux yeux envieux, et dont les mains s'agrippaient à votre jeunesse.

« Qu'on les recouvre, demandai-je à Tetrick. Doux Jésus, qu'on les recouvre.

— Laissez-les donc s'habituer à cela », me répondit-il.

Morning, dont la voix me parvint de derrière, me répondit également : « Trop tard pour jouer les types sensibles. Reste plus grand-chose à renvoyer à maman, hein ? »

Je regagnai ma tente, m'allongeai, et me laissai lessiver par la peur. Lorsque Morning pénétra dans ma tente, mes convulsions commençaient seulement à prendre de drôles de proportions, elles étaient violentes, comme des spasmes fiévreux, les pieds de mon lit en claquaient contre le parquet en bois. Une hampe de la lumière solaire blanche et brûlante plongea à travers la toile entrouverte pour s'engouffrer dans la pénombre de ma tente, le ténébreux visage de Morning, auréolé d'un nuage de feu blanchi.

« On dit que c'est la première fois que ça vous fait ça. Mais vous en prendrez vite l'habitude », m'assena-t-il en entrant.

Je bondis hors du lit, enragé, vide de toute pensée. Sa chemise dans une main, la baïonnette dans l'autre, je le repoussai en direction de la porte, le fis trébucher, m'agenouillai sur sa poitrine, baïonnette contre sa gorge.

«Tu la mets en veilleuse, maintenant. Tu me laisses tout seul. J'aime bien zigouiller ces petits animaux puants. Je me suis convaincu que c'était sur toi que je tirais, et sur ton tendre cœur à la noix.» Je vociférai, lui crachai des postillons en pleine face, comme des grains de poussière en suspension dans le coup de couteau lumineux du rayon de soleil. Je le soulevai au-dessus du sol, l'expédiai hors de ma tente, le poursuivis, le poussai plus loin. Il perdit l'équilibre, se releva courroucé, fit mine de fondre à nouveau sur moi, mais je brandissais déjà la baïonnette à hauteur des hanches, et il s'immobilisa.

«Allez-y, enfoiré, vous faites dans votre froc, me lança-t-il. Si vous avez le cran de laisser tomber ce coupe-lard, je vous défonce la tête.

— Le jour où ça arrivera, gamin, tu crèveras. Mais je veux d'abord que tu saches ce que c'est que de tuer. Je tiens à ce qu'on soit à égalité; alors seulement on pourra étaler des poils et de la cervelle partout, et ensuite ce sera à ton tour.»

Il recula d'un pas, le visage vrillé comme si je l'avais blessé. «Ne vous inquiétez pas pour ça, me lança-t-il. Ne vous inquiétez pas.» Il fit volte-face, s'éloigna en secouant la tête, en demandant à Novotny qui était accouru avec d'autres gars: «Qu'est-ce qui lui arrive à ce gonze?»

La question n'appelait aucune réponse, mais Novotny rétorqua pourtant: «Qui se frotte au bison, se pique à ses cornes.»

458

Je regagnai ma tente. Les cigarettes de Morning étaient éparpillées sur le sol boueux. Il était venu pour m'en offrir une, oui, sa main s'était tendue pour m'en offrir une, et la douleur lui avait vrillé le visage, lorsqu'il s'en était allé. *Joe, Joe, tu ne peux pas pousser d'un côté, tirer de l'autre, continuer à déconner avec la vie, et seulement m'annoncer qu'on est quittes au moment où toi tu es prêt.* Je ne l'avais pas laissé s'excuser, et maintenant, il ne me donnerait plus l'occasion de prononcer mes excuses. Quelle tête de lard! S'il s'était maintenant représenté dans ma tente, je crois que je l'aurais tué. Entre nous, le jeu était maintenant terminé. Merde, merde, merde. J'étais allongé dans la pénombre, seul pour de bon, calme, résigné, ma colère s'était dissipée, ma frousse s'était dissipée. Je m'endormis.

Ce crétin de lieutenant Dottlinger apparut ensuite, aussi promptement que les ailes des avions à réaction qui passaient à cet instant dans le ciel.

Le premier jet fulmina au-dessus du périmètre comme un tonnerre, me tira du pieu sans pour autant me réveiller tout à fait. Comme je sortais de ma guitoune, un second me planta à terre, comme tous les autres, y compris la troisième victime du jour, à savoir le garde posté en haut de la tour, qui était passé par-dessus le garde-fou, et s'était cassé la jambe à la réception. Comme je me relevais en demandant : «Non mais qu'est-ce?», le premier jet repassa, trop vif pour être réel, les canons placés sur les ailes pilonnant à terre, semant des explosions poussiéreuses dans l'herbe. La jungle n'accusait jamais les coups qu'on lui portait, les coups de feu auraient très bien pu ne pas avoir été tirés. Puis le second jet repassa, canardant de cette même manière insensée. Ce fut à nouveau le tour du premier, qui enflamma au napalm la cime des arbres, puis encore le tour du second, puis les deux opérèrent un bref passage, et plongèrent depuis le sommet de la colline, un battement d'ailes, deux figures hâlées et des sourires étincelants, et hop, l'armée de l'air sud-vietnamienne avait déjà disparu, laissant derrière elle une victime américaine, un feu d'enfer et un capitaine Dottlinger quittant en courant le poste de commandement pour s'écrier : «Ça leur apprendra à ces petits salopards de communiss'. Ça leur apprendra.»

On entendit le capitaine Saunders qui grognait dans sa barbe : «Trois semaines, espèce d'imbécile heureux.» Trois semaines, soit le délai avant que soient divulguées les listes de promotion, sur lesquelles figurait le nom de Dottlinger dans la colonne des recalés, pour la troisième fois, il serait même rétrogradé au rang de sergent-chef et transféré dans une autre unité. «Trois semaines.»

L'herbe brûlait depuis le périmètre externe jusqu'à la forêt, et la jungle elle-même aurait pu prendre feu, si elle n'avait été si verte à la suite des pluies qui avaient empoisonné notre première semaine au Viêtnam. On perdit deux gars de plus, asphyxiés par les inhalations, en luttant contre le feu avec des couvertures mouillées ; il n'y avait rien à faire, hormis s'étouffer à cause de la fumée et des cendres herbeuses, s'efforcer pendant quatre heures de tenir les tentes hors de portée des flammes, jusqu'à ce que le feu régresse au pied des collines, surplombé par des panaches de fumée, flottant telle la bannière d'une armée victorieuse, en marche vers d'autres missions d'importance plus décisive.

460

Cette nuit-là, des étincelles pétillèrent tout autour de nous, et la toile de nos tentes dégageait de la chaleur directement sur nous, semblait-il, gorgée d'eau et de fumée. La plupart des soldats passèrent la nuit à la belle étoile, et les bavardages et les rires sur la journée allèrent bon train. Je me rendis là où je savais pouvoir être seul, ou presque, sur le pieu du bunker du poste de commandement, sous terre, assis à côté du radio silencieux qui était en surnombre, à proximité des tubes qui bourdonnaient et des loupiotes.

Vous vous étonnez peut-être que j'aie pu venir à bout de deux membres de l'une des guérillas probablement les plus efficaces au monde, moi qui, question expérience, étais un bleu, que j'aie pu non seulement leur faire face, mais les dézinguer, et m'en retourner sans la moindre blessure physique. Vous vous en étonnez peut-être, eh bien, pas moi. Lorsque j'ai tué mon premier cerf, celui dont je vous ai parlé, j'avais neuf ans. Les cerfs sont plus faciles à coincer que les hommes, certes, mais ce n'est pas dans la poche. Ils entendent avec leurs pieds, ont des yeux suffisamment évolués pour capter les mouvements les plus infimes, et un nez éduqué pour sentir l'ennemi. J'étais déjà un guerrier depuis longtemps, j'avais seulement besoin de trouver le jeu auquel je voulais jouer.

Je sais bien sûr que la chasse n'est plus du tout à la mode, de nos jours, etc., etc., et je serai le premier à admettre n'avoir jamais chassé pour me nourrir, pas plus d'ailleurs pour le sport, ni pour le sang, car l'odeur de cette substance poisseuse et tiède m'a toujours un peu donné la nausée, mais pour le rituel, le souvenir du temps où l'homme devait se montrer à la fois intelligent et fort, astucieux et vif, quand il devait marcher en silence, bref le souvenir. Or je m'en souviens parfaitement, et j'excellais dans ces disciplines…

Tout cela m'a forgé…

Souvenez-vous : Je suis issu d'un ranch laborieux, j'ai grandi en creusant des trous pour les piquets de barrière, en conduisant des tracteurs, en conduisant le troupeau, le plus souvent en jeep, mais parfois à cheval, je caracolais au volant des pick-up, les carabines et les fusils accrochés au râtelier, juste derrière, un .38 dans la boîte à gants, châtrant les bœufs et quelques porcs, tandis qu'ils protestaient contre la perte de leur virilité. Souvenez-vous que j'ai remporté mon premier combat au poing le jour où un môme s'est fichu de moi parce que je lisais un conte de fées dans le bus qui nous ramenait de l'école, que j'en ai remporté et perdu quelques-uns après celui-là, mais que jamais je n'ai abandonné, que la première fois que j'ai enfilé une tenue de football, je me suis senti à l'aise, et que je m'en suis plutôt bien tiré, que j'ai consacré toutes mes années de lycée à apprendre à estropier, à pousser autrui à abandonner, et je m'en suis plutôt pas mal tiré. Souvenez-vous : après la Corée, je me suis mis en tête de devenir professeur, de suivre des études, d'en faire profiter au passage la fille qui habitait dans ma rue, et que j'ai perdue, et il y a bien d'autres choses encore. J'avais tué, je m'étais bagarré et j'avais picolé dans les bordels mexicains, et à ceux qui venaient me traiter — à l'époque, plus maintenant — de «Bête, Monstre, Tueur», je répondais : «Consultez mes dossiers, regardez mes devoirs, mes bonnes notes, mes A, mes B.» Quant à ceux qui m'accusaient d'être un «intellectuel», j'étais à même de leur montrer mes trophées, la descente de lit en peau d'ours, qui datait de l'escapade au Canada qu'avait été ma lune de miel, la tête d'orignal et les bois si volumineux que mon père avait dû abattre une cloison pour les fixer dans le salon, face au mur couvert de livres, au-dessus du *Journal Krummel*, que j'avais fait venir par bateau de Washington. Et si cela ne suffisait pas, je pouvais leur montrer le dos de ma main couvert de leur sang. Mais ce passé est bel et bien passé ; je ne peux rien dire de plus pour l'instant. Il ne s'agit pas d'annoncer que je n'ai rien appris, mais que j'en sais trop peu.

Ne vous étonnez pas de ma jeunesse perturbée. J'étais passé maître en l'art des masques, bien avant Joe Morning.

Mais il y a encore bien d'autres choses : étriper un ours, couper en tranches l'épaisse peau de son ventre à l'aide d'un couteau aiguisé, glisser la lame sous la membrane, découper autour de l'anus et des parties génitales, fendre le diaphragme, remonter jusqu'à la cavité poitrinale, attraper l'œsophage et le larynx, couper à travers, puis tirer du haut, retirer les tripes à pleines mains, les poumons rosés, le cœur musculeux endommagé par une balle à tête plombée, l'intestin encore agité de soubresauts, nettoyer au moyen d'un linge vieux les côtes maculées de sang coagulé. Mais il ne faut pas en rester là. Dépecer la carcasse qui évoque tant celle d'un homme, en la suspendant au chevron de la grange, poivrer de manière à écarter les mouches, laisser refroidir avec le temps, puis se livrer au travail de charcuterie, scier les os, envelopper la viande dans du papier adéquat et ranger au congélateur, manger les quartiers arrière frits comme du poulet, faire rôtir les jarrets et faire fumer les oreilles, manger votre ours et le digérer, tout en sachant, pendant que vous mâchez, que c'est vous qui l'avez tué, et que c'est le sort que lui-même vous aurait fait subir, bien que pour des raisons animales plus valables, et en gâchant certainement moins la nourriture, et à ce stade vous n'en êtes qu'au tout début. Ce n'est pas si simple, loin de là, mais c'est un début.

Si les politiciens, les révolutionnaires, les réformateurs, les prêcheurs et les prêtres, les généraux, les Gold Star Mothers et les Filles de la Révolution américaine, les Vétérans des guerres étrangères et les Fils de la République, s'ils devaient dépouiller sur place, se lancer dans la boucherie, et bouffer tous les morts inutiles qu'ils ont commandés et obtenus par le truchement des guerriers, alors... Mon Dieu, le cours du bifteck prendrait une sacrée claque.

Vous excuserez la digression. À m'écouter, on croirait que j'affirme jouer au boucher avec plus de plaisir quand il s'agit d'animaux que quand il s'agit d'hommes. N'en croyez rien. Mais ne me plaignez pas non plus. Je suis peut-être à plat, mais je ne suis pas mort.

Vous *aurez l'obligeance* d'excuser la digression. Comme je vous l'ai dit, l'odeur du sang me donne un peu la nausée.

La fin de la semaine et la semaine suivante se déroulèrent dans la tension, mais l'emploi du temps n'en fut pas moins chargé. On termina l'aménagement du champ réservé aux antennes, puis on finit de le miner, et cette nuit-là, deux VC furent abattus, qui tentaient de cisailler les câbles. Les bunkers étaient recouverts de rondins et de sacs de sable en guise de toit, et d'étroits bunkers à munitions furent creusés dans les parois des fosses à mortier. Un système de toitures et de murs de terre assurait la protection du tout, à l'exception du dessus des camionnettes-radio, qui furent recouvertes de sacs de sable, afin d'être à l'abri des tirs de mortiers. Les générateurs et l'essence furent acheminés, ainsi qu'une section cuisine comprenant des cuistots, des fours, et donc des plats chauds. Les troupes commençaient à se sentir à la maison. Ils étaient hâlés, en bonne santé, la dernière goutte de *San Miguel* avait été éliminée, et ceux qui n'avaient pas le rhume des foins donnaient l'impression d'être fin prêts pour la chasse à l'ours armé d'une baguette de saule, du moins entre leurs va-et-vient aux latrines. Le Det avait creusé huit latrines, en avait déjà engorgé six, et avait consommé assez de papier hygiénique pour faire monter les cours des actions de la pâte à papier de 3 8/10 points à la bourse de New York.

Les opérations devaient commencer le lendemain à 16 heures, et c'est le matin du jour précédent qu'un hélicoptère Caribou surgit, chargé de tonnes de bière tiède. Saunders avait économisé nos rations de bière pour nous offrir une sorte de feu d'artifice. Dans le Det, tout le monde, à part moi, passa la journée entière à siroter de la *Schlitz* tiédasse, à vomir, et à se décalquer complètement la tête. Je dus interrompre sept querelles, dont aucune ne fit couler la moindre goutte de sang, et dus aider une bonne vingtaine de gars à se dépatouiller des barbelés dans lesquels ils avaient échoué, ce qui fit couler de copieuses quantités de sang. La fiesta continua après le coucher du

soleil, jusqu'à ce qu'ils puissent mettre de côté suffisamment de bière pour entretenir leur ébriété, alors
que je cavalais dans la nuit pour faire avaler de force
des tablettes de Benzédrine à des gardes assoupis et
malades, priant pour qu'ils ne s'entre-tuent pas,
inquiet au point de leur confisquer finalement les
chargeurs, convaincu que si les VC se pointaient ce
soir, on pourrait tout aussi bien leur résister à coups
de canettes de bière. Au cours de l'une de mes rondes,
j'entendis à un moment Saunders et Morning dans
l'une des latrines, qui évoquaient leur passé de football, se remémorant tous les matchs auxquels ils
avaient participé, qu'ils avaient vus ou dont ils
avaient entendu parler. Ils me tapaient vraiment sur
le système, ces deux-là. Qui étais-je donc pour estimer que je ne devais pas me soûler ? Pourquoi fal-
lait-il toujours que je me sente responsable ? Je fis
violemment irruption dans les latrines, hurlai à l'intention de Saunders qu'il pouvait s'occuper de son
propre satané Det, parce que moi, j'allais pioncer,
nom de Dieu. Tandis que je m'éloignais, je l'entendis dire à Morning : « Ce Krummel, il a vraiment
l'alcool mauvais, hein ? » Quel connard, me dis-je,
mais il valait mieux en sourire. Et le lendemain
matin à 6 heures, il était sur le pont, douché, rasé, et
me tendait une bouteille de *Dewar's* ; les bleus
étaient eux aussi sur le pont, plus prêts qu'ils ne le
seraient jamais pour ce qui allait leur arriver. J'éclu-
sai deux gorgées à la bouteille, et quand je me ral-
longeai sur ma couche, je me sentis plus serein que
je ne l'avais jamais été.

À 16 heures cet après-midi, j'organisai les gardes
de la nuit, le groupe un grimpait dans les camion-

nettes-radio pour son premier cycle, et le 721ᵉ Det reprenait donc les opérations. Approximativement à 3 heures 15, la première série de mortiers éclatait dans le périmètre extérieur, parmi les troupes miliciennes endormies, une femme se mit à hurler, l'attaque commença, et le 721ᵉ suspendit ses opérations.

Sensiblement au même moment que l'explosion de mortier, deux fusées de Bengale soufflèrent les barrières internes et externes, l'une du côté de l'accès Est, l'autre dans les parages du bunker de la M-60, à hauteur du point Est du triangle. Des VC avaient fait sauter les grillages internes avec la complicité de sympathisants au sein de la milice, environ une trentaine. Les tirs de mortiers étaient ininterrompus, pilonnant l'enceinte, tandis que des rafales serrées, tirées par de simples fusils et trois armes automatiques de l'orée de la forêt, harcelèrent le haut de la colline, à l'est et au nord. Les M-60 répondirent rapidement, bien que celle du sommet Est cessât presque aussitôt.

Je revins de l'accès Ouest où j'avais effectué ma ronde, courus jusqu'au bunker du poste de commandement, fis le tour de la tente du mess, une grenade à fragmentation explosa sur ma droite à trois mètres. La secousse me propulsa par la porte de derrière du mess. Je ne pensai qu'à une seule chose en trébuchant : Oh non, pas si tôt. Je m'écroulai au milieu des casseroles, des poêles et du cuistot qui piquait un roupillon, mais je n'entendis pas le bruit de ma chute. Je me relevai, donnai un coup de pied dans une casserole, un autre coup de pied au cuistot, puis sortis en courant, incapable d'entendre le bruit de mon propre rire. La stridence dans mes oreilles était un plaisir, comparée au fracas qui les assaillait quand la stridence s'interrompait. Rien de cassé, apparemment, mais j'avais perdu ma chemise. Je poursuivis ma course sans chemise.

Les gars grouillaient en tous sens, comme du bétail dans un orage traversé d'éclairs, deux, trois gus plongèrent en même temps dans une tranchée, des types perçaient leurs tentes en feu pour récupérer leurs casiers personnels, d'autres décampaient, encore empêtrés dans leurs moustiquaires, tandis que les mortiers pilonnaient le camp avec maintenant une plus grande régularité, imposant aux hommes de longs plongeons au sol. Des rafales éclataient autour de nous, souvent au-dessus de nos têtes, mais parfois, une explosion écarlate ou un trou noir épinglait l'un d'entre nous ; des étincelles scintillaient au-dessus de nos fosses à mortiers, qui se mettaient enfin à riposter, si bien que les salves de carabines se ralentirent. Je me frayai un chemin à travers les bras et les jambes nus, hurlant : « Alerte ! Déploiement des forces ! » mais personne ne m'entendait, semblait-il, personne ne sentait les coups de poing que je distribuais, personne ne me les retournait. Je m'arrêtai à ma tente pour récupérer ma mitraillette et deux cartouchières, puis courus au bunker du poste de commandement. Je me trouvais à cinq mètres du bunker au moment où notre M-60 se mit à lorgner vers moi, depuis la fosse située derrière l'emplacement Est. Je plongeai et roulai dans la tranchée de jonction parmi six soldats accroupis armés de grenades fumigènes. Je les secouai, me mis à brailler, leur assenai finalement des coups de pied, mais ils refusaient de réagir. Je projetai les grenades à leur place, de manière à ce que nous puissions bénéficier d'un peu de fumée sur une dizaine de mètres, et la M-60 commença à ralentir son rythme de tir. Lorsque je me dirigeai à nouveau vers le poste de commandement, les bidasses commençaient à envoyer des grenades tout seuls comme des grands, des fumigènes et des projectiles à fragmentation, mais la plupart des tirs étaient trop courts, et la M-60 répondit avec une hargneuse véhémence. Deux troufions furent touchés sous mes yeux. Le premier eut le bras droit mutilé après une explosion, son avant-bras accusait un angle cocasse ; quant au second, sa cervelle et des morceaux de crâne tombèrent en pluie sur mon dos. Je refoulai le macchabée hors de la tranchée, avant même qu'il cesse de donner des coups de pied, et traînai le second au poste de commandement. Un stand de premiers secours avait été dressé à la hâte, et je laissai donc mon client en compagnie du toubib au visage masqué.

Saunders, qui portait un treillis dans lequel assurément il avait dormi, se trouvait à l'autre extrémité, hurlant à l'intention des types de la fosse de mortier : « Éclairez le camp, nom d'un chien ! Éclairez ! En alternance ! Éclairez ! » Puis il vociféra à l'attention du garde posté en haut de la tour de repérage de se magner le cul, et de guider les tirs, nom d'un chien. Tetrick apparut derrière moi, en sous-vêtements et bottes de combat. Il m'effleura la joue, les épaules et les côtes, consulta ensuite ma main tachée de sang.

« Ce ne sont que des égratignures, diagnostiqua-t-il. Vous êtes en pleine forme. »

Et c'est vrai que, tant que je ne m'étais pas rendu compte que je saignais, j'avais été en pleine forme, mais la vue de sa main couverte de mon sang m'infligea un coup derrière les genoux, et ils se mirent à méchamment jouer des castagnettes, au point que c'est en chancelant que je suivis Tetrick qui se rendait auprès de Saunders.

« Allez me chercher des gars dans la tranchée de jonction, ordonna Saunders. J'ai besoin d'une couverture pour que les gars dans les camionnettes puissent nous rejoindre.

— Déjà fait, répondit Tetrick. J'ai fait en sorte que Barnes et Garcia les sortent des tranchées à coups de pied au cul », poursuivit-il, mais Saunders avait déjà l'oreille sur l'écouteur du téléphone.

« Ils déboulent par les tranchées. Des deux côtés, cria-t-il. Interceptez-les. D'après le repérage, il s'agit d'équipes de démolition. »

Tetrick me fit signe de foncer par la droite, puis me bouscula en repartant sur la gauche. Derrière nous, Saunders réclamait de l'éclairage à grands cris, le radio réclamait une fusée éclairante à grands cris et une intervention aérienne, quant aux blessés, ils imploraient pitié à grands cris. Saunders finit par obtenir de l'éclairage, mais aucun des autres vœux ne fut exaucé.

Au fond de la tranchée, j'aperçus les gars qui bondissaient et s'enfuyaient hors des camionnettes, dans la lueur pâle que projetaient les fusées éclairantes, et qui tentaient de rallier la tranchée. Mon ancien groupe était affecté en plein cycle de nuit. Cagle et Novotny se ruèrent littéralement vers moi, mais une explosion projeta Cagle à trois mètres sur la droite. Lorsqu'il atterrit, il n'interrompit pas son mouvement de course, mais il était poussé dans le dos, semblait-il, trois ou quatre tapes brèves, et des jets de sang sombre lui sillonnèrent la poitrine, je sus qu'il ne pouvait qu'être mort, mais, sur le coup, n'y songeai guère. Novotny se glissa dans la tranchée, comme un joueur de base-ball remportant à l'arraché la seconde base, tenant son fusil bien haut, mais je l'empoignai avant qu'il touche le sol, l'envoyai valser par terre derrière moi, puis lui fis franchir le mur qui entourait la camionnette la plus proche, où nous nous accroupîmes, tremblant, la bouche désespérément béante pour engloutir un peu d'oxygène, jusqu'à ce que trois VC équipés de suspensoirs et de détonateurs rampent dans la tranchée. Au moment où ils passaient à notre niveau, je donnai un coup d'épaule à Novotny, me délestai de l'Armalite pour saisir la mitraillette, puis me reculai de quelques pas. Trois coups brefs de chevrotine 00 les écrasèrent au sol. Deux coups supplémentaires dirigés vers les deux d'entre eux dont la tête était encore accrochée au reste du corps m'évitèrent d'avoir à m'assurer qu'ils ne constituaient plus aucun danger. Je me retournai et aperçus Novotny, toujours assis, qui m'observait comme un bébé phoque ébahi. L'empoignant à deux mains par sa veste de treillis, je le repoussai énergiquement dans la tranchée.

« Tire, crétin, tire. »

Il défouailla dans le fossé. Je le giflai. Il se retourna, en colère, puis fit volte-face et tira sur les corps jusqu'à ce que je le gifle à nouveau. Il me suivit lorsque je m'éloignai en courant, sautai par-dessus la tranchée, et me projetai dans la fosse du mortier.

Novotny me tomba directement dessus, et le peu d'air qui me restait fut happé par le boucan assourdissant qui retentit dans ma tête. Je me demandais vaguement s'il ne m'avait pas cassé quelques côtes. Mes côtes droites collaient aux poumons me semblait-il et, tout en vomissant mon dîner, j'enfournai les doigts dans ma bouche pour m'assurer que je ne saignais pas. Apparemment, aucune trace de sang. Je n'étais pourtant pas tout à fait assez exténué pour pioncer dans ma gerbe, si bien que je m'appuyai sur mes mains et mes genoux, et c'est précisément à cet instant que le sergent responsable du mortier me marcha sur la main. Je me redressai brutalement, et lui envoyai illico un ramponeau.

« Bordel, tirez-vous de ma pogne, m'exclamai-je.

— Bordel, tirez-vous de ma fosse, rétorqua-t-il.

— J'essaie d'organiser une couverture pour votre fosse, bordel.

— Eh bien, faites. Mais ne restez pas là à bayer aux corneilles, le doigt dans le cul. »

Souffrant, exténué, sanguinolent, à l'agonie assurément, je traînai Novotny derrière moi au milieu des tentes en flammes, et secouai les mômes hors de leurs trous. On finit je ne sais trop comment — enfin si, je sais comment : à grands coups de menaces, de poings et de pieds — par réunir dix gamins avec leurs fusils, et on les conduisit jusqu'au mur de protection de la fosse du mortier, les accueillant avec un coup de saton au derche à chaque fois qu'ils étaient tentés de s'asseoir, et je leur ordonnai de tirer dans l'axe de la tranchée. Notre effectif aurait dû s'élever à onze, mais il y en a un que j'alpaguai un peu trop énergiquement, si bien qu'il s'écroula sans connaissance. Il fut soufflé par une déflagration de mortier, au moment où je conduisais mon troupeau plus loin. Un des bestiaux dudit troupeau m'accusa de meurtre, jusqu'à ce que je menace de le trucider. Je disposais néanmoins de dix gars et en confiai le commandement à Novotny.

J'empruntai à nouveau la tranchée pour regagner le poste de commandement, enjambant un fatras de cadavres et de soldats morts de trouille. La fumée qui servait de couverture s'était dissipée, et leurs têtes se détachaient en ombres chinoises sur fond de tentes enflammées. Le feu automatique des M-60 leur fondit dessus comme une nuée de sauterelles, alors qu'ils étaient vautrés dans leurs trous, les vivants tirant dans le ciel nocturne. J'aperçus un VC occupé à bousiller les camionnettes-radio à coups de grenades. Ceux qui n'avaient pu se replier alors ne se replieraient plus jamais. Je lâchai cinq ou six rafales sur le VC, mais il se planqua derrière l'une des camionnettes, si bien que je pus poursuivre mon chemin jusqu'au poste de commandement.

Là, les choses étaient plus ordonnées, me sembla-t-il. L'intervention aérienne et les fusées éclairantes n'étaient plus qu'un vœu pieux, et les troupes vietnamiennes alliées avaient rejoint et consolidé leur périmètre au prix de pertes aussi lourdes qu'héroïques, mais les VC avaient à nouveau percé une brèche du côté de l'accès Ouest, et ils s'y seraient tous engouffrés si nos mortiers de 81 mm ne les avaient empêchés de se regrouper avant de donner la charge. Les pétarades en provenance de la lisière de la forêt, tout comme leurs mortiers, ralentirent la cadence, certainement faute de munitions. Il s'agissait maintenant de défendre ce qui nous restait, mais les VC étaient nombreux sur notre périmètre, et fermement décidés à contester le terrain que nous défendions.

« Il faut pourtant qu'on récupère cette mitrailleuse, me lança Saunders tandis que Tetrick me tendait trois grenades au phosphore.

— Bordel, vous êtes tous les deux sur votre petit nuage », rétorquai-je en rendant les grenades à Tetrick.

Avant qu'ils aient pu répondre, Dottlinger se redressa dans l'angle où il s'était jusqu'alors tenu assis : « Dites donc, Krummel, c'est un ordre, et vous avez sacrément intérêt à obéir. » Il avait pris le temps de revêtir son treillis impeccablement amidonné, avant de se rendre au poste de commandement, il avait slalomé entre les feux comme un général insensé, et il avait tenté de convaincre Saunders de lancer une contre-attaque offensive, mais Saunders l'avait obligé à s'asseoir dans le coin. Il était tout à fait remonté et présentable, mais il n'envisageait qu'une alternative : mener une contre-attaque offensive ou rester planté dans son coin. Saunders donnait l'impression de terminer une beuverie de trois jours ; Tetrick faisait penser à un gros dégueulasse en slip et tricot de corps, avec son linge jeté à la hâte sur son début de calvitie dont une balle avait entamé le cuir en ricochant ; il avait vraiment une allure de macchab' réchauffé.

« S'il use sa salive encore une fois, fit Saunders, tuez-le. Ceci est un ordre. » Dottlinger retourna dans son coin. « Cette mitrailleuse nous cause beaucoup de tort, Krummel. Prenez autant d'hommes qu'il vous faut. Je me charge de vous envoyer de la fumée.

— Trouvez-moi plutôt un char d'assaut, bordel, vous voulez bien ? Là, d'accord. Eh, merde, entendu, le vieux fêlé de Krummel s'en occupe. » Je déposai l'Armalite et la mitraillette par terre et sortis du poste de commandement. À cet instant, une explosion frappa l'un des pieds métalliques de la tour de repérage, et du plomb siffla à ma hauteur, pinça mon pantalon, mais passa à côté. Ou rebondit peut-être, je l'ignore ; je continuai.

Je chargeai Novotny de me couvrir jusqu'à la

tranchée, puis m'y glissai, comptant bien ne pas me faire descendre, je rampai, jurai dans ma barbe, bien que personne n'eût pu m'entendre si j'avais juré à haute voix, je rampai donc pendant des années, me sembla-t-il, avant d'atteindre les trois corps des VC qui appartenaient au commando de démolition, puis consacrai des mois à observer leurs dos nus, tandis que lumières et fracas me tambourinèrent à la tête, me matraquèrent les oreilles, m'écorchèrent les yeux, me martelèrent, les obus étaient propulsés, ils explosaient à quelques pas, les mortiers laissaient une collerette d'étincelles dans le ciel, les fusées éclairantes flamboyaient de mille feux, le feu me poursuivait par grands bonds, les balles traçantes hurlaient au-dessus des ombres ténébreuses, et comme je dépassai les latrines en rampant, des lambeaux de bâches enflammées se déposaient par nappes sur le sol, rougeoyant au ralenti, comme des feuilles d'automne vermillon et or. Mon esprit m'indiqua que le combat n'avait que trop duré, mon corps aussi, pourtant, ma montre démentit : tout avait commencé depuis moins d'une heure. Je l'envoyai au loin, puis plongeai moi-même à terre lorsqu'une rafale qui provenait de la mitrailleuse censée me couvrir s'engouffra dans la tranchée, éparpillant sur mon visage de la poussière et une frousse épaisse. La tête appuyée sur un bras ensanglanté, je m'endormis, certainement guère plus de quelques instants, mais assurément je m'endormis, et je rêvai d'une vieille tante de mon père qui avait une tronche de vautour, et prétendait que la faiblesse des soldats américains, c'était leur frousse. La frousse non pas de mourir, mais de se salir, et ils crevaient de ne pas ramper ventre à terre, non pas pour des raisons de fierté mais par souci de propreté, cette valeur qu'ils érigeaient en religion, et je me faufilai sous le feu, le ventre, les bottes et le menton creusant un sillon dans la mélasse, et je survécus.

Parvenu à la seconde camionnette-radio, je dégoupillai, puis lançai la grenade en chandelle au-dessus de la fosse à mortier, et de la mitrailleuse. Je gardai la seconde plus longtemps dans la main, quant à la troisième, elle explosa dans le vide au-dessus de l'enceinte, comme un cauchemar de Quatorze-Juillet. Je ne sentis ni l'odeur de chair brûlée, ni les cris des brûlés, mais la M-60 se mourut en une explosion toussotante.

Une tête surgit au-dessus du muret de protection, à hauteur de la première camionnette-radio, resta suffisamment longtemps pour m'apercevoir, puis disparut. Je rampai de l'avant, courus ensuite accroupi, et lorsqu'il roula au-dessus du muret pour se couler dans la tranchée, je me trouvais déjà derrière lui, rechargeant d'un mouvement brusque mon .45. Il m'entendit, se retourna, je fis feu à deux reprises, la première balle l'atteignit, mais la seconde ricocha sur la gâchette de sa pétoire. Sa main lâcha promptement la crosse, mais il fit pivoter son arme de l'autre main, et se précipita sur moi en hurlant, sa gueule n'était plus qu'une sombre caverne creusée sur sa figure, la canardière tournoyait au-dessus de sa tête comme une épée. Je défouraillai une nouvelle fois. Sa jambe gauche fut emportée vers l'arrière, comme tirée par une corde, mais même une fois à terre, il continua à ramper. Je tirai à nouveau et l'atteignis à la hanche et à l'épaule, puis cessai le feu. J'estimai que c'était bien suffisant (je parle de bruit et non pas de compassion), j'essayai donc de le dépasser au pas de course, mais sa main encore valide m'agrippa à la cheville, avec la vigueur d'un piège à ours. Je tentai énergiquement de me dégager, visai deux fois à la tête, manquai ma cible, puis visai deux fois le dos. Il poussa un râle, mais ne lâcha pas prise. Le canon cracha son dernier pruneau directement contre sa peau, la secousse m'arracha le flingue de la main, mais il ne lâcha pas ce qu'il tenait, or ce qu'il tenait, c'était le type le plus effrayé de la terre entière. Je plongeai la baïonnette dans sa nuque. Son emprise se relâcha, mais cette satanée baïonnette refusa de sortir. Comme le dernier des abrutis, je m'efforçai de récupérer la baïonnette, m'échappai en courant, revins sur mes pas pour tenter une nouvelle fois d'arracher la baïonnette, au moment où deux nouvelles têtes se risquaient au-dessus du muret. Une grenade explosa dans la tranchée, de l'autre côté du coude, derrière moi, mais la secousse n'eut pour effet que d'accélérer ma course, et c'est ainsi que je me retrouvai en un clin d'œil au poste de commandement à hurler à Saunders et à Tetrick : « Merde, oui. Bordel, merde. Ah ouais, putain, vous avez raison. » C'est tout juste s'ils opinèrent du chef, et ils m'ordonnèrent de regrouper le plus grand nombre de gars dans le fossé de jonction.

Le commandant VC disposait d'une soixantaine de gars à l'intérieur de notre enceinte, acculés une fois de plus par la milice. Il ne pouvait faire machine arrière, et n'envisagea même probablement jamais de battre en retraite, or s'il parvenait à prendre le triangle, la question était réglée. Il déplaça ses hommes hors de nos grillages, puis les mena sur la droite, derrière les camionnettes-radio, du côté du générateur et des guitounes réservées à la réparation du matériel. Les fusées éclairantes et l'aviation venaient juste d'arriver, et les tirs depuis l'orée de la forêt cessèrent presque complètement, si bien que les M-60 des points Nord et Sud-Est purent à nouveau couvrir les tranchées, ce qui impliquait que les VC devaient emprunter le centre du périmètre sans bénéficier de l'appui des M-60 qu'ils avaient capturées. Nous avions tenté d'installer en toute hâte une autre M-60 au milieu de la tranchée de jonction, mais trois grenadiers suicides avaient définitivement réduit cet effort à néant. De deux choses l'une : ou la trentaine de gars dans les tranchées tenaient encore sur leurs guiboles et nous résistions, ou nous ne résistions pas du tout. Si nous disposions de la puissance de feu, eux avaient les tripes.

Je partis à la recherche de Novotny, et trouvai son escouade regroupée contre le mur, quatre morts, six blessés, Novotny adossé à la paroi, une blessure grosse comme une gouttière noirâtre, comme lacée sur sa tempe. Le sergent qui m'avait marché sur la pogne annonça : « Crevé. Frappé de plein fouet. » Son oreille gauche avait été emportée, alors que l'autre côté de la tête, bien que maculé de sang, paraissait intact. Je pilotai ceux qui étaient encore capables de se déplacer jusqu'à la tranchée, ne pensant plus à rien d'autre qu'à sauver notre peau. Plus rien n'avait d'importance.

J'installai l'Armalite et la mitraillette sur la droite du poste de commandement. Les VC jouissaient maintenant d'un système de défense efficace, des grenades chinoises — elles aboient mais ne mordent pas — qui provenaient de derrière les générateurs, des gars embusqués derrière des sacs de sable, sur le dessus des autres camionnettes-radio. Mais nous utilisions nous aussi des grenades, nos mortiers de 81 mm commençaient à s'imposer sur le périmètre externe, côté accès Ouest. Maintenant, on les attendait.

Une vingtaine de gars investirent l'enceinte et se dispersèrent de toutes parts, certains rampaient, d'autres les couvraient en progressant à genoux. Leurs tuniques sombres et leurs sandales claquaient, les petits hommes surgis comme les chiens de l'enfer, comme un incendie de forêt, une couronne enflammée se répandant d'arbre en arbre, en une course dingue à la destruction. Ceux d'entre nous qui étaient prêts à se battre se redressaient maintenant, nous nous disions qu'au moins nous ne crèverions pas au fond de nos trous. Dix VC au moins s'écroulèrent à notre première sortie, mais d'autres ne cessaient d'arriver.

Au moment où ils apparurent à hauteur de la troisième camionnette-radio, une demi-douzaine de grenades explosèrent parmi eux. Ils chancelèrent, et pendant ce court laps de temps, une autre dizaine leur dégringola dessus, mais tous ne furent pas touchés, puisque certains continuaient à tirer, arme à la ceinture, ou bien se dirigèrent vers l'abri que constituaient les camionnettes. Ceux qui tentèrent une charge furent littéralement fauchés.

Armé de la mitraillette, j'en cueillis trois qui fonçaient par la gauche et se trouvaient à cinq mètres ; ils rejoignirent donc au tapis cinq de leurs collègues, et le front qu'ils formaient se vit ainsi démantelé. Un autre bondit à moins de deux mètres de moi, il venait de planter le soldat qui se tenait à mes côtés, puis encore un autre, jailli du ciel, me sembla-t-il, franchit la tranchée d'un bond. C'était l'ultime sursaut de leur charge. Je troquai la mitraillette contre l'Armalite, puis filai sur ma droite à la poursuite de ceux qui s'étaient enfuis derrière les camionnettes-radio. J'en touchai un premier en plein pied, au moment où il s'agenouillait, un second sous une pluie d'étincelles, alors qu'il plongeait tête et fusil en avant derrière la camionnette, et un troisième dans le dos au moment où il grimpait dans la camionnette.

Joe Morning sortit alors par la portière de la troisième camionnette, et plomba un VC agenouillé en pleine nuque. Puis il se précipita sur eux, dégainant comme un héros, pétoire à la ceinture, il en dégomma au moins trois de plus avant de se plier, manifestement touché à la taille, tel un serveur exécutant une courbette bourrue, il se replia sur lui-même, chuta et s'écroula à terre, immobile.

Joe Morning tombé, on prit rapidement le dessus. Les VC étaient battus, mais pas un seul ne se rendit. C'était terminé. Les avions repoussèrent les Viêt-congs jusqu'à la jungle, et les soldats restèrent en état d'alerte, mais c'était terminé.

Nous rassemblâmes nos blessés, laissant reposer les morts jusqu'au petit jour. Les pertes étaient lourdes ; le 721e avait cessé d'être opérationnel. Autant de morts que de façons de mourir. Les mortiers avaient causé les dégâts les plus considérables. Dottlinger fut le seul qu'il me fut donné de voir sans la moindre égratignure. (Je ne sous-entends pas ici qu'il soit resté planqué au poste de commandement ; pendant la charge, il était debout et défouraillait comme les autres, et continua même une fois la charge terminée, quand tout était fini.) Haddad se retrouva avec un trou noir en plein milieu de son crâne dégarni, et absolument aucune autre blessure, la balle s'était évaporée comme si on l'avait tirée du ciel, elle est enterrée avec lui. Un éclat d'obus de la taille d'une pièce de monnaie avait déchiqueté la joue de Quinn — d'un côté, puis avait emporté une quinzaine de chicots en ressortant de l'autre, mais toutefois pas sa dent malade — et, sous le choc, il s'était empalé sur un piquet de tente, et en perdit un œil. Hormis le talon qu'il se fit dégommer, Peterson s'en sortit bien. Cagle, Novotny, Morning, Haddad, Franklin, morts. (Si ce n'est que, vous savez comment je procède, je me suis fourvoyé. Cagle n'était pas mort, mais se trouvait à l'arrière de la guitoune des premiers soins, et je ne l'aperçus pas. Il perdit deux côtes et son bras droit, mais on put sauver son poumon avant qu'il flanche. Novotny non plus n'était pas mort, mais il était désormais sourd.) Tous les nouveaux du groupe se trouvaient encore dans les camionnettes, morts dans les camionnettes, là où ils étaient restés. C'était terminé.

J'avais pour mission d'inspecter les morts dans le camp VC, mais je me dirigeai vers la camionnette d'où Morning était sorti, Morning dont on déblayait précisément le corps (je savais qu'il était mort), puis entrai dans la camionnette. Huit types inextricablement emmêlés, trois qui m'étaient familiers, quatre nouvelles recrues dont je ne voulais pas connaître le nom, et un Viêt-cong, un homme de petite taille terriblement âgé assis dans le coin. On aurait dit le gus aux grenades que j'avais loupé, mais je ne l'aurais pas juré.

J'eus soudain une telle envie d'uriner que les larmes m'en montèrent aux yeux. Me tenant l'entrejambe, je sortis en toute hâte par la porte latérale, glissai sur le seuil dans du sang ou du café, mais n'en perdis pas l'équilibre pour autant, puis me précipitai vers les latrines qui se consumaient. Toute la bâche avait été rongée par les flammes, et le trône en bois fumait encore. Je n'arrivais pas à comprendre pourquoi il avait fallu que je me rende aux latrines pour me soulager, et je ne pus alors m'empêcher de ricaner. Un recueil d'essais de Huxley en format poche ainsi qu'une lampe torche fumaient également sur le siège. Nom d'un chien, Morning surpris aux gogues alors qu'il lisait à la lumière d'une lampe de poche, tandis que les Viets mettaient le camp à feu et à sang. Merde. N'empêche que lui aussi avait été fauché… Je retournai à la camionnette, ressentis cruellement sa perte et ressentis également la culpabilité qui me plantait ses minuscules griffes acérées.

J'étais perdu, éreinté, effrayé. Je m'assis à côté du vieux, à côté de ce vieillard malingre, cherchai une cigarette dans la poche de ma chemise que je ne portais plus depuis longtemps déjà, ou bien, non, que j'avais enlevée, je l'avais enlevée n'est-ce pas ? Je ne sais plus. Un des nouveaux, qui gisait mort, en avait dans sa chemise. Comment un nouveau peut-il être mort ? Non, non. Comment un mort peut-il être nouveau ? Je lui piquai son paquet. Il a arrêté de fumer, ça vaut mieux pour sa santé. Le vieillard refuse, ce n'est pas bon non plus pour sa santé. Fumer détériore l'odorat, or il est capable de renifler un Américain à cinq cents mètres à la ronde ; les Américains n'ont pas la même odeur que la terre, mais ils puent, grand Dieu. Je lui carrai néanmoins un clope dans le museau. Un geste de paix universel entre les hommes de la guerre, mais la tige ne resta pas allumée.

« Tiens voilà, papy », dis-je. Son petit nez épaté

était en compote, tout sanglant. «C'est pas un endroit pour recevoir une balle ça, papy, en plein dans le groin. Et à la poitrine aussi. Un, deux, trois, quatre, cinq, six, sept, et une dans le groin qui nous font huit. M'est avis que quelqu'un avait une dent contre toi, duvioque. Dis-moi, comment se fait-il qu'un vieux croûton comme toi soit mêlé à toute cette merde, hein?…

«Tu ne réponds pas, hein? Tu ne le sais peut-être pas. Mon Dieu, ce vieux Joe Morning le sait, lui. Enfin le savait. Les généraux, les hommes politiques, les capitaines d'industrie, ce sont eux qui veulent tous qu'on soit là, prétendait-il. Mais toi, tu aurais pu rester dans ta rizière, et moi j'aurais pu rester à la maison. À croire que tu n'étais pas fait pour cultiver le riz, et que je n'étais pas voué à une carrière universitaire. On est là parce qu'on a les jetons, grand-papa. Joe Morning n'y connaissait que dalle. C'est pour ça qu'il a cassé sa pipe. Toi Je ne sais pas pourquoi tu as lâché la rampe, mais lui, c'est pour cette raison. Il croyait savoir. Tu l'as déjà rencontré? Dommage, parce que maintenant, c'est ici qu'il repose, clamecé comme un corniaud, plus clamecé qu'un corniaud…»

Je m'endormis alors, berçant le vioque de mon bras droit, et je laissai libre cours à mes rêves pour lui confier tout ce que je savais de Joe Morning, tout ce que je savais.

Je m'éveillai dans une lumière blafarde, clignai de l'œil dans l'ombre, alors qu'une colonne d'air limpide s'engouffrait par la porte ouverte. On distinguait des voix qui provenaient de l'extérieur, Tetrick, Saunders, Dottlinger qui dressaient la liste des «Tués

Au Combat» et des dégâts, puis le vibrato grave des hélicoptères qui emportaient les derniers blessés. Les trois apparurent dans l'encadrement de la porte, et je fis mine de me relever, mais Dottlinger fit feu sur moi avant que j'aie pu me relever. Le corps du vieillard avait basculé devant moi et encaissa deux pruneaux de .30 qui m'étaient destinés, n'empêche qu'un baston me plaqua le bras droit contre le mur, et un autre fit claquer ma jambe droite contre le plancher en métal. Tout en tirant, Dottlinger réalisa qui j'étais, et laissa immédiatement tomber la carabine.

«Oh, je suis navré, s'excusa-t-il. C'est vous qui aviez la mitraillette, Krummel; vous recevrez une distinction… vous savez… la croix… décoré au champ de bataille… je ne…»

Tetrick et Saunders se tenaient chacun d'un côté de Dottlinger, les traits tirés par la fatigue. Tetrick poussa un cri d'épouvante. Saunders se retourna et assena un violent coup de chargeur à Dottlinger qui le propulsa dehors.

Engourdi, ivre de fatigue, mais ne ressentant encore aucune douleur, je repoussai le vieillard et crus pouvoir me lever pour saluer. Ce me semblait être le geste qui s'imposait, autrement dit, celui que Joe Morning aurait commis en cette circonstance. Je hurlai «Garde-à-vous!», les larmes m'obstruaient la gorge, mais je m'efforçai de tenir debout, l'os grinça dans ma jambe, et ce n'est pas la douleur mais ce bruit insupportable qui me fit perdre connaissance, de dégoût…

… Et je m'éveillai ici dans ce lit, résolu à dévoiler la vérité à quelqu'un. Tout cela conduisant donc à la vérité. Mais cela m'a pris trop de temps. Je me sens pris au piège de ma propre confession. Le tableau important, l'instant d'extrême vérité m'a filé entre les doigts, les touches de ma vieille machine claquaient comme des aiguilles à tricoter, tandis que je ne disposais d'aucune lame pour interrompre le fil.

Retourne en arrière, retourne en arrière, cher lecteur : « Puis il se précipita sur eux, dégainant, comme un héros, pétoire à la ceinture, il en dégomma au moins trois avant que je dirige mon viseur sur lui, juste au-dessus de la ceinture, et que je fasse sauter le bas de sa colonne vertébrale de trois salves brèves, et il exécuta une courbette bourrue, il se replia sur lui-même, chuta et s'écroula à terre, immobile. »

Nous y voilà. J'ai assassiné Joe Morning. J'ai tiré sur Cock Robin. Rah, rah, rah.

Mais vous vous en doutiez déjà, n'est-ce pas ? C'est bon. Le but ultime de toute confession consiste à déculpabiliser le confesseur, celui qui est coupable. On chuchote ses crimes au creux de l'oreille d'un confesseur, ou bien on les hurle à des amis, ou alors on les confie à une feuille de papier. Les assassins ont tendance à croire qu'ils sont poètes ; comme il doit être affligeant de découvrir qu'ils étaient poètes depuis le début. Ce n'était pas la culpabilité qui me faisait hésiter à avouer le meurtre de Joe Morning, c'était ma vanité. Quelle absurdité. Son meurtre sur le papier m'a plus affligé que l'acte réel. J'ai également envisagé la possibilité de lui laisser la vie sauve. J'avais une bonne raison de le tuer, il ne s'agissait point d'une fantaisie de ma part. Quelle chance qu'il soit mort, vous dites-vous. Quelle absurdité. Il n'est pas mort du tout.

Je sais depuis trois jours que la voix qui hurle dans le couloir appartient à mon ennemi et néanmoins ami Joseph Morning, mais dans l'élan de la confession, quand je me fus confié au papier, emporté, je me suis retrouvé dans la position des plus absurdes de celui qui confesse un meurtre qui n'a pas encore eu lieu. L'Art est tout aussi décevant que l'Histoire ; la Vie imite l'Art aussi souvent que l'Art imite la Vie. L'Histoire semble n'entretenir que des rapports bien ténus tant avec l'une qu'avec l'autre. Je ne peux vous présenter mes excuses pour avoir menti, puisque c'est seulement un accident temporel qui a empêché ma confession d'être aussi vraie que possible. Dois-je seulement confesser mon intention, ou dois-je admettre qu'il s'est produit une confusion grandeur nature, comme la vie ? L'Art, l'Histoire, la Vie : ce ne sont que de traîtres laquais. Ne m'en veuillez pas, je ne suis que leur pion, leur fou, enchaîné à ma machine.

Ces singes innombrables, quelque part, qui tapent sur les touches de leurs machines pour l'éternité, nous recréerons certainement un jour, Shakespeare, Tolstoï et moi, mais Dieu seul sait s'ils finiront un jour par écrire la vérité.

Je vous demande de bien vouloir ne pas désespérer, car l'histoire n'est pas du tout terminée.

11

ABIGAIL LIGHT

Il me faut bien reconnaître que cela m'a fait plaisir de le revoir, ce salaud. Après de longs mois dans un hôpital de Saigon, il se retrouvait alité, blême, comme une tortue géante, immobilisé des doigts de pieds à la poitrine dans un immense plâtre, plus maigre, et d'une certaine manière plus vieux aussi.

« Bouge-toi le cul, soldat, j'ai fait en pénétrant dans sa chambre sur mes roulettes.

— Krummel ? demanda-t-il, incapable de tourner la tête pour m'apercevoir.

— Joe, Joe, comment vas-tu ?

— Mal, mec. Vraiment mal. Je suis estropié. Je ne peux pas marcher, je ne peux pas bander, je ne peux rien faire », m'a-t-il annoncé tandis que des larmes apparaissaient au coin de son œil, de celui que j'apercevais.

« On va te rafistoler, ne t'inquiète pas. Oncle Sam te doit bien ça », me suis-je efforcé de plaisanter. Plutôt le savoir crevé que paralysé, j'ai pensé en mon for intérieur.

« Aucune chance, mec. Toutes les putains du roi et tous les valets du roi ne pourront jamais recoller

487

les morceaux de ce croulant de Joe Morning. » Il a émis un ricanement forcé.

« Arrête tes conneries. Ce type, Gallard, c'est un véritable magicien, mec. Par tous les diables, il a bien réussi à me ressouder la gambette, non ? Il est fortiche, il te recollera tous les morceaux.

— Mais il n'y a même plus de morceaux à recoller, Krummel. Plus rien. »

Plus rien non plus à ajouter, alors je me suis tu un moment. Morning a baratiné pour ne rien dire, et s'il m'avait vraiment dit quelque chose, je ne l'aurais pas écouté.

« Bon, eh bien je crois bien que je ne vais pas m'éterniser, fiston. J'ai rencard », ai-je annoncé, mais j'ai eu l'impression qu'il ne m'entendait pas.

« Krummel. J'ai besoin que vous me veniez en aide. Vous m'aiderez, n'est-ce pas ? Vous m'aiderez ?

— Bien sûr. Tu sais bien que je t'aiderai.

— Alors trouvez-moi… des somnifères ou quelque chose dans le genre.

— Pourquoi ?

— Pourquoi je vous le demande, selon vous ? Je n'arrive pas à supporter tout cela… c'est moche, mec… c'est pas pour moi… je vous en prie », puis il a perdu connaissance.

« Ah, nom de Dieu. Au diable, Morning. Va au diable. Tu es la petite mère la plus mélo de toute la terre. » Je me suis éloigné du lit. « Je vous en prie, Krummel, venez-moi en aide », me suis-je moqué. « Je vais succomber à la tentation, je vais succomber, nom de Dieu, si seulement tu n'étais pas un emmerdeur de première. Tu veux crever, eh bien, tu n'as qu'à pourrir sur place. Va au diable. » J'ai manœuvré ma chaise roulante, bousculé la table de nuit et renversé une carafe, puis j'ai franchi le seuil. « Va au diable. »

J'ai rencontré Abigail dans le couloir.

« Où étiez-vous donc ? m'a-t-elle demandé. Je croyais que nous avions rendez-vous. » Elle portait une jupe de tweed dans les tons marron, rouge et or, un pull-over marron clair dont elle avait retroussé les manches au-dessus des coudes et des mocassins. Elle était aussi charmante qu'une jeune étudiante intégrant une université mixte au début de l'automne. « Que se passe-t-il ?

— J'étais en train de perdre mon temps, j'ai répondu. J'ai fait tomber une carafe dans la chambre du soldat de première classe Morning. Cela ne vous ennuierait pas de ramasser les pots cassés pour moi ?

— Mais que fabriquiez-vous donc dans cette chambre ? Vous le connaissez ?

— Nous sommes de vieux potes. »

Elle est entrée dans la chambre de Morning, y est restée plus longtemps que nécessaire, et lorsqu'elle en est ressortie, son joli visage était constellé de rides qui trahissaient combien elle était préoccupée. Ses minuscules dents blanches mâchouillaient ses lèvres blêmes, et ses deux paluches étaient jointes comme si jamais personne ne lui avait tendu la main.

« Il pleure », m'a-t-elle confié en trottinant derrière la chaise roulante, car, pour l'instant, elle ne la poussait pas encore. « Il n'a pas voulu me répondre. Il pleure, c'est tout. Qu'est-ce que vous lui avez fait ?

— Je lui ai tiré dessus », ai-je répondu, mais elle n'écoutait pas.

« Pourquoi sanglote-t-il ?

— Qu'il aille au diable. Il aime bien chialer. Il adore ça. Laissez-le donc dans son coin. C'est un

sale garnement. Un conseil, tenez-vous à l'écart.»
Une fois de plus elle ne m'a pas écouté, mais elle a
poussé ma chaise dans le couloir. «Vous êtes charmante aujourd'hui, jeune damoiselle.

— Hum?»

J'ai bloqué les roues, j'ai repris la direction des
opérations.

«Écoutez-moi. Si nous sortons, venez-vous
entière, ou bien une moitié de vous va-t-elle rester
ici?»

Elle a pris ma pogne qui s'envolait en de grands
gestes, s'y est prise à deux mains pour l'immobili-
ser. «Je suis navrée, mais vous ne pouvez pas imaginer comme il avait l'air malheureux. On aurait dit
un mouflet dont le toutou vient juste de se faire écraser. Il m'a tellement émue.

— Ah ouais, j'ai grogné.

— Ouais quoi?

— Ouais rien.» Je me suis retourné et me suis
dirigé vers la porte.

«Entendu, Gros Ourson Bourru, m'a-t-elle susurré
en me rattrapant. La bonté n'est pas de ce monde,
mais ne tirez pas non plus trop sur la corde.» Elle
m'a aidé à franchir la porte.

On a traversé le terrain de golf, longé la falaise,
dépassé le Main Club en remontant la colline jusqu'au Clubhouse du dix-neuvième trou. J'ai ôté la
veste de mon pyjama bleu de convalescent, j'ai posé
la tête en arrière pour que le soleil vienne me caresser. J'ai gardé les yeux fermés jusqu'au petit bois
qui se trouvait derrière le Main Club, que traversait
une allée de gravillons de nouveau à flanc de coteau.

«Infirmière, où donc allons-nous? Thérapie physique à votre appartement?

490

— Taisez-vous donc, et laissez-moi pousser. »

Une fois au sommet de la corniche, on a débouché dans une clairière qui formait une cavité circulaire bordée par la corniche. Au centre, un théâtre grec avait été construit par un aviateur qui s'ennuyait, mais qui n'était néanmoins pas dépourvu d'imagination ; les blocs de pierre étaient mal dégrossis, si bien que le site évoquait quelque chose de plus païen, Stonehenge, peut-être. Les flancs de l'amphithéâtre progressaient par espaliers, des parterres de fleurs et de cailloux se succédaient, des rocs et des fleurs exotiques, une palette de roses sensuels, de pourpres luxuriants, de rouges et de bleus de velours, et des blancs d'une grande pureté. Abigail m'a conduit jusqu'en bas, puis s'est arrêtée.

« Dites donc, jeune homme, c'est que vous êtes plutôt du genre lourdaud. Je ne suis pas certaine de pouvoir vous faire sortir d'ici », m'a-t-elle annoncé en essuyant la sueur qui perlait sur son front, d'un geste de son avant-bras hâlé.

« Vous voulez dire qu'on est en rade ?

— Que vous êtes en rade ici, elle a corrigé, pas moi. » Sur ce, elle a éclaté de rire et s'est échappée en courant, elle a parcouru une fois le tour de la scène exiguë, puis s'est affalée dans l'herbe, a roulé sur le dos et s'est étirée. « N'est-ce pas superbe ?

— D'aussi mauvais goût qu'un arbre de Noël.

— Ce que vous pouvez être précieux. Admettez que la beauté vous submerge, que la couleur vous pétrifie, que le ciel vous enchante et que vous êtes fou amoureux de moi.

— C'est pas mal, ici, j'ai répondu dans un sourire.

— Arrêtez votre cinéma. Je suis sérieuse. » Elle

s'est redressée sur son séant, a glissé un bras sous elle, a retiré ses mocassins sans s'aider des mains, et a croisé les chevilles. «Vous refusez toujours d'admettre quoi que ce soit, a-t-elle ajouté, mais elle ne souriait plus. Avouez seulement que c'est superbe. Daignez au moins admettre cela.

— C'est entendu; si vous tenez à ce genre de conneries.

— C'est superbe. Admettez-le.

— Entendu. Donc voilà, c'est superbe ici. Voilà, vous êtes satisfaite? Ce n'est pas en multipliant les éloges qu'on rendra la scène plus belle encore.

— Je n'ai pas parlé de multiplier les éloges», a-t-elle corrigé en penchant sa tête sur le côté. (Je me serais coupé la jambe pour pouvoir baiser sa nuque à cet instant précis.) «Je vous ai seulement demandé d'être honnête, de ne pas faire de chichis, ni de cynisme, juste d'admettre l'évidence.

— Je vous saurais gré de bien vouloir changer de disque, madame. »

Elle a redressé la tête pour me dévisager, arborant une moue espiègle : «Je vous en prie.

— Non. »

Elle a baissé la tête, a regardé ailleurs, s'efforçant cette fois de dissimuler une moue authentique, elle est revenue à la charge d'une voix toute fluette : «Je vous en prie.

— Vous refusez de céder d'un pouce.

— Vous aussi.» Elle s'est levée, a tiré la couverture qui était calée derrière ma nuque, et l'a étalée par terre en faisant preuve d'une application toute chirurgicale. De ses mains d'infirmière, neutres, efficaces, elle m'a aidé à m'extirper de ma chaise, et à m'installer sur la couverture; puis elle s'est assise à son tour sur la chaise, a joint ses mains comme une enfant à la prière, et m'a demandé : « Qu'est-ce qui vous effraie ?

— Nom de Dieu, ai-je presque hurlé. Je n'ai jamais vu de ma vie un site aussi grandiose. Je suis sidéré, pétrifié, enchanté, tant de beauté m'assaille, la bête en moi se sent adoucie au contact sublime du ciel et du soleil, apaisée par les fleurs, terrassée par une telle démesure, etc. »

Elle a laissé passer une minute sans broncher, puis a joint les mains à nouveau : « Vous ne m'avez pas dit que vous m'aimiez. »

Je me suis mis à vociférer, je me demande bien d'ailleurs ce que j'ai pu lui raconter, mais elle a ricané dans ses mains, s'est relevée, a glissé contre mon flanc, m'a embrassé, puis a posé sa tête sur ma poitrine.

« Grande sotte », j'ai fait en la retenant contre moi. Mais j'ai laissé le silence peser trop longtemps.

« Jake, vous ne m'avez pas dit que vous m'aimez », a-t-elle soufflé contre mon torse.

J'ai attendu, soupiré avec familiarité, puis je lui ai annoncé : « Et je ne le dirai pas. L'amour, je n'y crois pas, mon chou. Je vous témoignerai de l'affection, du respect, je vous resterai fidèle jusqu'à la fin de mes jours, mais l'amour, je n'y crois pas. Je vous l'ai dit quand tout cela a commencé.

— Mais cela n'avait alors aucune importance, elle a chuchoté.

— Et pourquoi ? »

Elle s'est retournée en roulant sur elle-même, puis m'a avoué : « Parce que je ne vous aimais alors qu'un tout petit peu. Tandis que maintenant, j'aimerais que vous m'épousiez. » Elle s'est empourprée, puis s'est écartée, avant de s'allonger face sur la couverture.

J'en suis resté abasourdi. «Mais nom de Dieu, pourquoi?

— Je l'ai su dès que j'ai aperçu votre figure au soleil. Vous avez besoin de moi; et j'ai envie de vous. Je suis démobilisée dans six mois, je veux que vous m'épousiez.

— Calmez-vous un instant, vous voulez bien?»

Elle a fermé les yeux, et s'est appuyée sur mon dos pour observer la blancheur paisible des nuages qui s'effilochaient dans le bleu du ciel.

Dans sa jeunesse, Abigail avait été ce qu'on appelle communément une «allumeuse de première», bien que de mœurs moins légères que ce qu'on avait pu croire — non par vertu, mais faute de candidats à la hauteur, ce dont elle se riait maintenant. Elle admettait détenir le titre. Fille unique d'un proviseur de lycée jovial et gras comme une outre, et d'une prof d'anglais maigre et nerveuse, éprise d'histoires d'amour gothiques, Abigail grandit déchirée entre les idylles des châteaux du dix-huitième siècle et le bélier de la vertu du dix-neuvième. Selon elle, son esprit de jeune fille explosa à l'âge de quinze ans, et elle coucha avec une vingtaine ou plus de garçons avant d'avoir dix-huit ans — des étreintes arides et dénuées de sentiment, sur les banquettes arrière des bagnoles. Sa réputation la suivit comme une traînée de poudre sur les quarante kilomètres de la Route 6 entre Marengo et Iowa City, et l'affligeant schéma se répéta, elle réitéra ses erreurs du début, jusqu'à enfin tomber amoureuse. Un gars qui venait de quitter la Marine trois ans après la Corée, un poivrot de vingt-deux ans, qui sortait avec elle parce que sa co-turne était déjà prise, parce qu'il préférait picoler que s'envoyer en l'air, parce qu'elle appréciait les mêmes choses que lui, à savoir s'asseoir sur les bords de l'Iowa River avec une glacière pleine de cannettes. Il trouva que cette adorable minette timide n'était pas à la hauteur de sa réputation. Il but de moins en moins ; elle ne s'envoyait plus du tout en l'air ; l'amour.

Elle le lui dit ; il suggéra qu'ils devaient tous deux cesser de refouler le passé qui se dressait derrière elle. Trois mois de bonheur, puis en janvier, beurré, la couche de glace qui recouvrait le fleuve avait cédé sous son poids ; il fallut attendre le printemps avant de retrouver le corps.

Elle disait être revenue tous les week-ends, elle se garait à cet endroit, restait assise dans sa voiture au milieu de l'hiver de cristal, dans la neige d'un bleu gelé et le ciel pastel, à jurer, à jurer contre ses péchés et sa vertu tardive. Elle n'avait nulle coquille où se retirer, mais elle s'imposa dès lors la prudence. Il y eut un étudiant, deux pilotes, un dentiste, et il s'en fallut de peu que Gallard ne vienne grossir la liste, mais aucun n'avait réussi à établir une relation stable.

Quand elle m'a dit qu'il fallait que je l'épouse, je n'ai pas réussi à savoir si le nœud qui se formait dans mon estomac était de la trouille ou de l'amour. Il me semble maintenant que c'était de l'amour, mais sur le moment, je n'ai pas su. Il y avait trop de cordes détendues à mon arc, et je me suis dit que j'avais plutôt intérêt à les retendre au lieu d'en faire des nœuds. Et puis l'amour et tout ça, je n'y croyais pas.

« Êtes-vous capable de patienter et de ne pas tout précipiter ? lui ai-je demandé.

— Je n'attendrai pas éternellement, elle a répondu en regardant au ciel puis en s'approchant de moi, mais je peux patienter encore un peu.» Elle m'a embrassé, ses lèvres m'ont paru fraîches, mais en l'espace d'un instant, nous nous sommes enflammés.

«Arrêtez, le plâtre nous gêne.

— N'importe quoi», elle m'a répondu, et elle avait raison.

Ce soir-là, Gallard est rentré assez tard, alors que je procédais à des corrections au stylo sur le manuscrit. J'avais fini la veille au soir.

«Alors, c'est terminé? il m'a demandé.

— Pour l'instant.

— Puis-je y jeter un œil? C'est moi qui ai eu cette idée, vous vous en souvenez?

— Il y a tant de choses que vous ignorez, docteur, lui ai-je dit en retenant les pages contre mon torse.

— Vous êtes allé raconter à Morning que j'étais un magicien, que j'étais capable de le rappeler d'entre les morts. Ce qui prouve bien que, selon vous, j'en connais un rayon.

— Se relèvera-t-il d'entre les morts?

— La colonne vertébrale a été endommagée et pincée par balle, pour user de termes profanes, mais je remettrai cela d'aplomb. Il marchera quand il aura surmonté son sentiment de culpabilité. J'ai cru comprendre que vous y êtes allé aujourd'hui de votre grain de sable. De quoi est-il coupable?»

J'ai pouffé.

«Je croyais que vous étiez amis, tous les deux, il a ajouté d'un air de n'y rien comprendre.

— Joe Morning est coupable d'être coupable; il n'a rien fait d'autre.

— Ne jouez pas aux devinettes.

— C'est vous qui jouez aux devinettes, non ? Tenez, prenez donc ce fatras. Tout ce que je sais sur Morning est contenu dedans. » Je lui ai tendu le manuscrit. « J'hésite à vous le faire lire ; on en apprend aussi sur moi, et ce n'est pas folichon. Sachez seulement que je nierai qu'il s'agit de la vérité si vous intentez quoi que ce soit.

— Je ne comprends pas du tout.

— Vous verrez bien. »

C'était le premier jour de Joe Morning.

Gallard a emporté mon manuscrit, mes notes, journal, appelez cela comme vous voulez, puis est parti deux semaines à Hong Kong. Il avait confectionné à Morning un plâtre qui lui montait jusqu'au cou, et lui avait promis qu'il pourrait marcher au bout de deux semaines de repos total. En voyant l'état de mon plâtre, il m'a confisqué ma chaise roulante pour la quinzaine, et m'a promis également un plâtre plus petit et des béquilles dès son retour. Un jour de mobilité, un premier goût d'Abigail, et je me retrouvais à nouveau enchaîné. On m'a également transporté dans une salle commune (où je suis tenu de rester jusqu'au bout) si bien que le contact charnel avec Abigail n'est plus possible, nous ne pouvons plus maintenant que discuter ; l'essentiel de nos conversations concernait des messages que Morning m'adressait.

« Il m'a chargé de vous remercier, m'a-t-elle annoncé le lendemain.

— De rien, transmettez-lui », j'ai rétorqué en faisant glisser ma main sur le bord du lit pour saisir sa cuisse. Elle s'était arrangée pour qu'il y ait un lit vide de chaque côté. Rusée, cette nana.

« Mais il m'a aussi chargé de vous dire que vous seriez bien obligé un jour de le prendre au sérieux », elle a ajouté tout en s'écartant, en piquant un fard et en souriant. « Espèce de salopard en rut. Je vous ferai mettre aux arrêts.

— Ne leur tendez pas la perche. S'ils le peuvent, ils m'enfermeront pour toujours. »

Sous prétexte de retaper mon oreiller, elle m'a coincé la main entre son ventre et le lit. « À en croire le soldat de première classe Morning, c'est tout ce que vous méritez. Il vous dit moraliste réactionnaire de cœur, et prétend aussi que vous croyez aux revenants.

— Exact, j'ai répondu en la pinçant, mais je suis quand même un chic type. Chienne en chaleur, mon lieutenant.

— Ne m'en tenez pas rigueur, sergent. Le rang a ses privilèges. » Elle m'a gratifié d'une pichenette de ses ongles acérés dans les côtes. « Ses privilèges et ses responsabilités. À la bonne heure. » Elle a fait mine de s'en aller, mais m'a tendu une lettre. « Votre courrier. » J'ai reconnu l'écriture. « Votre douce amie se morfond au pays, sergent ?

— Mon, hum, ex-femme.

— Dites-lui qu'elle ne peut plus vous reprendre », elle a chuchoté, puis elle s'est éloignée.

« Hé !

— Oui ?

— Dites à Morning que je l'ai toujours pris au sérieux.

— Et à elle, dites-lui que moi aussi je vous prends, c'est sérieux », elle a fait en indiquant la missive d'un geste de la tête.

J'étais charmé par sa jalousie, mais son sens de la

possession me préoccupait, elle m'a néanmoins adressé un sourire discret en sortant.

J'ai attendu une bonne minute avant d'ouvrir la lettre, me prélassant dans la chaleur d'une femme pleine de bonté, puis je l'ai décachetée, prêt à essuyer un autre assaut en faisant montre de tolérance et d'ouverture d'esprit.

Cher Jake, commençait-elle. *Comme l'indique l'adresse de l'expéditeur, je suis pour quelque temps chez tes parents.* Je n'avais pas remarqué. *Je suis rentrée du Mississippi pour me reposer, et mon père ne voulait plus me voir à la maison. Après ce que je lui avais dit à la suite de notre divorce, je ne peux pas vraiment lui en vouloir. Je crois que je n'en veux plus à personne pour quoi que ce soit. Je ne m'en prends qu'à moi.*

Comme je viens de le dire, je suis rentrée du Mississippi pour me reposer. Je me sentais déjà vieille — sans enfant, bientôt 29 balais, on se sent vieille — au moment où j'ai perdu une partie de ma ferveur. (La politique est un tel panier de crabes, tu m'excuseras le cliché, c'est sordide, je ne pouvais pas supporter cela éternellement.) L'enseignement me convenait bien, à vrai dire, j'aimais même beaucoup. Des femmes de cinquante et soixante ans qui apprenaient à lire, et même un vieil homme de soixante-dix ans, assis juste en face de moi. Jake, c'était vraiment bien. Mais l'autre aspect, planifier froidement celui qui se ferait briser le crâne au cours de la manifestation non violente du week-end, puis qui y passerait le week-end suivant. Je suis restée en dehors de ces magouilles aussi longtemps que j'ai pu, mais Dick m'y a entraîné.

On a tenté de bloquer le bureau de l'état civil, on

a défilé devant le tribunal jusqu'à ce qu'ils nous chassent à coups d'aiguillons et de matraques. Jamais je n'aurais pensé qu'ils rosseraient aussi les femmes, n'empêche que c'est ce qui s'est produit. Je suis tombé à terre et j'ai roulé dans le caniveau, mais la jeune femme qui se tenait à côté de moi, une fille adorable de l'Ohio, a été frappée en pleine tempe. Ils lui ont fendu l'oreille en deux. Je l'ai accompagnée derrière le tribunal, j'ai essayé d'endiguer l'hémorragie, puis je suis allée chercher du secours.

Impossible de trouver de l'aide, personne, Blanc, Noir, personne. Tous hurlaient et cognaient. Personne.

Quand je suis revenue la chercher, deux Noirs la traînaient de l'autre côté de la rue vers une ruelle. J'ai d'abord cru qu'ils voulaient lui venir en aide, alors je les ai suivis, mais lorsque je suis arrivée sur place, ils étaient en train de la violer. Elle a repris ses esprits juste assez longtemps pour essayer de lutter, puis a sangloté qu'elle leur donnerait tout ce qu'ils voulaient, qu'elle les aimerait, mais pas maintenant, sa tête lui faisait vraiment trop mal, pas maintenant. Ils l'insultèrent, lui dirent qu'ils ne voulaient pas qu'elle leur donne n'importe quoi ; ce qu'ils voulaient, ils le prendraient par eux-mêmes ; c'est alors qu'un des deux s'est mis à la gifler pendant que l'autre était sur elle.

Je me suis précipitée dans la rue, j'ai empoigné trois types blancs, et je leur ai hurlé : « Les nègres sont en train de la violer, une fille blanche, ils la violent. » Les Blancs les ont empêchés de continuer, mais ils ont aussi tabassé les Noirs à tel point qu'il a fallu les hospitaliser. Dick a fait arrêter les Blancs pour agression, et tenta de faire valoir qu'ils avaient *attaqué des manifestants. La jeune femme de l'Ohio a refusé de témoigner, alors c'est moi qui ai fait la déposition, et les gars ont été relâchés. Dick m'a traité de salope et de traître, et j'ai sauté dans le premier bus pour rentrer à la maison.*

Je ne sais plus où j'en suis. Je t'en prie, écris-moi, je t'en prie, viens me voir dès ton retour. Je ne te demande pas de me pardonner, mais je t'en prie, écris-moi.

Elle continuait, demandait des nouvelles de ma jambe et des précisions sur l'accident d'avion, me racontait des anecdotes sur la maison, me souhaitait un prompt rétablissement et un retour à la maison le plus tôt possible.

Que voulez-vous ? Tous les bons souvenirs ont resurgi. Le baiser à perdre haleine après le match de football, enivrant, les après-midi d'été, sur les berges de la Nueces à regarder les écureuils et les piafs se disputer pour un gland vert au-dessus de nos têtes, la première fois qu'elle a lu Kafka, et son nez délicieusement retroussé par la perplexité quand elle m'a dit : « Je n'y comprends rien, mais j'aime bien. »… Que voulez-vous ?

« Répondez à sa lettre, m'a conseillé Abigail après l'avoir lue. Elle a l'air perdu. Je n'aime pas du tout ça, mais répondez-lui. » Elle a poursuivi sa visite aux autres blessés, le gamin qui avait sauté sur une mine, à qui il manquait deux jambes et un bras, les deux aveugles, celui qui n'avait plus de visage, les cinq truffés d'éclats d'obus, les trois timbrés qui avaient attrapé la malaria, celui qui était sujet à un virus fiévreux que personne n'arrivait à diagnostiquer, ceux à qui il manquait un membre, ou dont un membre était brisé, et puis moi. « Répondez-lui. Les hommes ne se rendent pas compte de ce qu'ils font aux femmes. Vous êtes tous des salauds. » Elle s'est composé un sourire, puis est passée au lit suivant.

J'ai écrit que perdre les pédales est une condition nécessaire pour grandir, pour voir mieux, pour vivre, car je dois confesser également avoir perdu les pédales. J'ai promis que je la reverrais en rentrant. Je lui ai dit que j'aimais une chic fille, et que j'envisageais de me remarier.

« Alors vous pouvez lui dire que vous m'aimez, mais vous ne pouvez pas me le dire en face, m'a fait remarquer Abigail après avoir lu ma lettre. Pourquoi ?

— C'est différent, voilà tout.

— Bien sûr, elle a ricané. De cette manière, vous ne prenez pas de risque. Vous êtes sûr qu'elle ne nourrira aucun espoir, et vous me menez par le bout du nez. » Elle a pris congé.

J'ai déchiré la lettre, et puis comme je ne savais pas quoi faire d'autre, j'ai récupéré tous les morceaux, et je l'ai recopiée.

La veille du retour de Gallard, Abigail m'a rejoint, tard dans la nuit, alors que je dormais. Au moment où je me suis réveillé, elle avait échoué sur mon torse, la bouche contre mon oreille, ses larmes dégoulinaient sur mon visage. Je l'ai serrée.

« Jake, elle a sangloté. Je suis navrée. Je suis dingue. J'ai envie de te recasser la jambe, pour te garder auprès de moi. Je t'aime. Je n'insisterai pas. »

Sa bouche contre la mienne était humide, pâteuse

à force de gin, brûlante, affamée ; ses dents me mordillaient la lèvre inférieure. Elle s'était rendue au Club en compagnie de l'un des jeunes docteurs, mais s'était échappée dans la nuit pour accourir jusqu'à l'hôpital.

« Et je suis ivre, elle a dit en s'asseyant.

— Ce n'est pas grave ; moi je dors…

— En train de faire des rêves épatants », elle a chuchoté. Elle s'est levée, a défroissé de ses mains la robe blanche de lin, l'a tirée le long de ses cuisses élancées qu'elle serrait. « Je vous en prie », a-t-elle susurré, puis a disparu soudain, fière et gracieuse, ses hanches se balançaient légèrement sous le coup de la chaleur et de l'alcool. « Je vous en prie. »

12.

GALLARD

Gallard est revenu de Hong Kong, a fait installer ma chaise roulante dans une pièce, a littéralement brisé l'ancien plâtre pour m'en confectionner un nouveau, puis m'a tendu une paire de béquilles en disant : « Vous êtes convoqué dans mon bureau, sergent Krummel. »

Au moment où je me suis relevé, j'ai senti mon cerveau qui flottait un peu, mes yeux n'ont pas su réaliser la mise au point, et mon premier pas chancelant a été quelque peu approximatif.

« Laissez-moi donc vous aider, pour commencer, a fait l'aide-soignant.

— Des clous, mecton, je contrôle la situation.

— Très bien, ramasse-toi sur le derche. Personne ne volera à ton secours.

— Si tu le dis », ai-je déclaré en sortant tant bien que mal de la pièce.

Il était assis dos à la porte, les pieds étendus sur une table de dactylo, et fumait un gigantesque cigare. Le nuage de fumée bleue tourbillonnait autour de sa tête comme s'il venait juste d'en sortir, et il a proféré ces paroles avec un calme forcé de potentat : « Fermez la porte, sergent Krummel. » J'ai obéi, puis me suis assis de l'autre côté du bureau, alors qu'il me tournait toujours le dos.

« Je ne vous ai pas demandé de vous asseoir, sergent », il a lâché, toujours face au mur.

Je n'ai pas répondu.

Il s'est retourné promptement, a pointé son cigare dans ma direction, l'extrémité mâchonnée et effilochée, puis a répété : « Je ne vous ai pas demandé de vous asseoir, sergent.

— Vous remarquerez que je ne vous l'ai pas non plus demandé. Vous devez avoir de la merde dans les oreilles, mec, vous n'allez pas me bassiner avec vos conneries de militaire. »

Il a regardé par terre, puis s'est composé un demi-sourire : « S'il y a de la merde dans mes oreilles, comme vous dites, c'est vous qui l'y avez fourrée, Krummel.

— Je crois me souvenir que c'était votre idée, vous l'avez dit vous-même.

— On commet tous des erreurs. Je ne sais pas si je dois vous dénoncer à l'*Air Police* ou vous emmener chez un psychiatre. De toute façon, l'un ou l'autre, c'est certain, mais lequel… Oh, ce n'est pas que ce ne soit pas bon, il a ajouté en fouillant dans son tiroir. J'ai beau ne pas y connaître grand-chose, je dois reconnaître que c'est bon, on doit même pouvoir appeler cela de l'art, tant qu'on parle de l'art pour l'art, si tant est que mon jargon soit correct. Mais c'est diabolique, Krummel, un charmant tissu de mensonges, et d'autant plus diabolique que c'est charmant. Vous êtes peut-être effectivement ainsi, mais vous ne faites pas partie de la race humaine. Dans ma vie, il n'y a qu'une seule occasion où j'ai ressenti une frousse aussi intense :

«La guerre m'avait attrapé alors que je sortais de Drake, on pourrait plutôt dire que c'est moi qui avais attrapé la guerre, et je me suis engagé en rêvant de voler dans les airs, mais je me suis retrouvé officier chargé du matériel médical. À la fin de la guerre, je me trouvais déjà à Okinawa alors qu'ils menaient à bien leurs missions d'extermination. Un convoi médical était tombé en rade au sommet d'une petite corniche, et je pus voir ce qui se passait dans la vallée située en contrebas, des Marines chassaient femmes et enfants à travers les champs de sucre, ils les descendaient à coups de fusil, se marraient, hurlaient, sautaient de joie. J'ai décompté sept femmes et dix-neuf enfants abattus, qu'on a laissés pourrir.

«Les gars de la patrouille se sont ensuite rendus en haut de la corniche pour voir s'ils pouvaient nous donner un coup de main pour nos camions. Ils étaient heureux, contents, épanouis, des gamins avec de nouveaux jouets, de nouvelles carabines, c'étaient les premières qu'ils voyaient et ils m'ont flanqué la trouille de ma vie.» Gallard a marqué un temps de repos, il a soufflé quelques volutes de son cigare délabré. «Et ceci, il a fait en indiquant du doigt le manuscrit, m'a inspiré le même sentiment.

«Non pas que ce ne soit pas bon, encore une fois, mais ce n'est pas vrai…

— J'ai tenu à ce que ce soit véridique, pas magnifique. Si c'est magnifique, il ne faut y voir qu'un accident de la vérité.

— Vous n'êtes qu'un foutu taré, Krummel.»

Il s'est embarqué dans un grand laïus sur l'exigence de vérité dans l'art.

«Hé, arrêtez vos salades, vous voulez bien. Tout ce que vous êtes en train de me raconter, c'est que vous avez rencontré un assassin, qu'il vous a paru digne d'intérêt, vous l'avez trouvé sympathique, et vous avez honte de cette partie de vous qui aime la violence autant que moi, or comme vous ne savez pas comment me renier, vous tentez de me faire ressentir de la culpabilité au sujet de quelque chose que j'ai exécuté honnêtement. L'astuce consiste à renier les actes mais jamais les individus. Facile. Les actes peuvent être diaboliques ; pas les gens. C'est Joe Morning qui me l'a appris, malgré lui d'ailleurs.

— Vous avez raison, bien sûr. Je voulais seulement voir à quel point votre âme était sordide, il a dit en souriant par-dessus la fumée.

— C'est exactement ce dont il s'agit.

— Il n'y a aucun espoir pour vous, Krummel. À propos d'espoir : on a enlevé le plâtre de Morning, mais il ne peut — ou ne veut — toujours pas marcher. Il dit qu'il éprouve des sensations mais ne contrôle rien…

— Sans déconner », l'ai-je interrompu en partant d'un grand rire.

Gallard a froncé les sourcils, perplexe ; puis a poursuivi :

« Je l'ai envoyé en consultation chez le psychiatre ce matin, mais Morning a refusé de lui adresser la parole. Le psy lui a dit : "Bien, soldat de première classe Morning, je vous parlerai jusqu'à ce que vous me parliez", à quoi Morning a répondu : "Eh bien, continuez, Major Psy. J'étais sur le point de faire glouglouter le poireau pour la première fois depuis environ deux mois, je suppose que vous avez certainement envie de prendre des notes à ce sujet", et il a continué à s'astiquer jusqu'à ce que le major psychiatre s'en aille. Lequel major refuse dorénavant de remettre les pieds dans la chambre de Morning, tant qu'il ne sera pas dans de meilleures dispositions, à quoi j'ai répondu : "Quand il sera dans de meilleures dispositions, il sera alors inutile de lui envoyer un psy." La plupart des psys sont des types corrects ; souvent débordés de travail mais corrects, mais ce clampin-là est un crétin fini. N'allez pas répéter ce que je viens de vous dire, il a gloussé, sinon je vous envoie en taule.

— Il remarchera ?

— Qui ? Morning ? Bien sûr. Ce môme est en bonne santé, et d'après ce que vous m'avez dit de lui, il devrait s'en sortir. Demandez donc à un aide-soignant de lui enfiler un treillis de convalescent, fourrez-le dans une chaise roulante et faites donc une virée jusqu'au centre de réadaptation pour écluser un *Seven-up*.

— Un *Seven-up* ?

— Vous direz au garçon que c'est moi qui vous envoie, il versera trois doigts de scotch dans la bouteille. Deux fois, mais pas plus.

— Scotch ? *Seven-up* ? Non, mais vous plaisantez.

— Si vous voulez vous montrer subversif, il vous faudra évidemment faire des sacrifices. » Il a souri et m'a chassé d'un geste de la main.

« Hé, j'ai fait en m'arrêtant dans l'encadrement de la porte. Je suis heureux que cela vous ait plu.

— Moi je ne suis pas sûr d'être heureux d'avoir apprécié. Filez maintenant, j'ai des soins à dispenser. »

Comme Morning et moi avancions cahin-caha sur le trottoir, le soleil a dégringolé sur nos visages comme une pluie d'or, l'herbe verdoyante a brûlé autour de nous, la verdure dans la forêt qui longeait le *fairway* était noire, et au-dessus de nos têtes, le ciel pétillait d'un bleu électrique. Morning s'est haussé au-dessus de sa chaise à la force des bras, et s'est exclamé :

« Un endroit comme celui-là, on envisagerait presque de s'y installer. C'est superbe.

— C'est pas mal.

— Krummel, vous êtes un fumier. Un fumier superbe, mais néanmoins un beau tas de fumier. » Il a éclaté de rire et a continué de rouler. « Vous savez, c'est marrant comme le fait d'être paralysé, d'être peut-être en train de crever, et même d'avoir franchement envie d'en finir m'ont clarifié les méninges. D'une certaine manière, on dirait que ma vie s'est décantée, mec. Je commence à voir de l'ordre derrière toutes ces conneries.

— Peut-être, lui ai-je répondu. Tu préconises le repos alité obligatoire pour le reste de l'humanité en attendant que tout se remette à marcher.

— Peut-être bien. Mais il reste un truc, quand même.

— Ouais ?

— J'avais oublié ce que c'est de se fendre la pêche. Quand Gallard m'a raconté que vous étiez ici, et par quoi vous étiez passé au début, je me suis dit : "Mec, si ça dégonfle la baudruche d'un type comme Krummel, alors il n'y a aucun espoir pour un gus comme moi." Et puis vous avez débarqué en auto tamponneuse dans ma turne comme un gros minou fêlé, avec votre fiel et vos balivernes, et vous souffriez pour mon âme, comme si vous étiez ma deuxième mère ou je ne sais pas quoi. Je ne sais pas, je me suis senti largué, et vous vous êtes mis à déambuler sur vos roulettes et à gronder comme un Lionel Barrymore ou un truc dans le genre, à grommeler dans votre barbe comme une vieille femme. Je ne sais pas, j'ai longtemps pleuré ce matin-là — Morning affligé pendant toute la matinée[1] — mais quand j'ai finalement réussi à me changer les idées, je me suis plus ou moins rappelé tous les ennuis dans lesquels je vous avais fourré, toutes les fois où vous m'avez sauvé la peau du cul ; même la séquence de mauvais goût avant le Viêt-nam m'a fait marrer, vous savez, ces kilomètres de course à pied, cette saloperie de trou que vous m'avez forcé à creuser, et les trente mille pompes — mes bras ont pris de telles proportions qu'il m'a fallu mettre au placard toutes mes chemises de treillis —, mais je me suis surtout rappelé le jour où vous avez dégommé les tireurs embusqués.

« Je ne sais pas, mec, ce jour-là, quand vous avez remonté la colline, j'ai vu un truc sur votre figure, quelque chose dont je ne m'étais jamais rendu compte. C'était peut-être de ma faute, car je ne vous voyais pas vraiment, mais vous y étiez pour quelque chose, à toujours agir comme si tout ce qui méritait d'être connu dans cette saloperie de monde, vous le connaissiez. Mais ce que j'ai aperçu sur votre visage, c'est que vous n'aviez guère plus de contrôle sur votre vie que j'en avais sur la mienne. Vous vous êtes contenté de faire ce que vous aviez à faire, ou je ne sais pas quoi, ce que quelque chose dans vos tripes vous ordonnait de faire. Comme moi, en fait. Cela ne vous plaisait pas de zigouiller ces gars, mais quelque chose en vous vous soufflait que c'était ce qu'il y avait à faire, et que c'était le bon moment ; et

---

1. En anglais : *Morning mourning all morning*, jeu de mots sur *morning*, matin, et *to mourn*, être affligé, porter le deuil.

même si c'était dégueulasse, c'est ce qu'il fallait faire au moment où il fallait le faire. Et vous savez quoi, mec, ce jour-là, j'ai ressenti quelque chose à votre égard. Pour la première fois depuis les crasses qui me sont tombées dessus avec la putain de pédale, j'ai ressenti ce que c'était que d'aimer un autre homme, et cela ne m'a pas semblé repoussant.

« Évidemment, tout ne s'est pas déroulé au mieux quand j'ai essayé de vous en faire part. Vous m'avez flanqué une trouille de tous les diables — mais vous vous souvenez, on avait les boyaux en compote —, j'ai cru alors que vous alliez me trucider. Après avoir recouvré mes esprits, je me suis dit que vous auriez eu raison de me buter, et je me suis alors demandé pourquoi vous aviez levé le petit doigt pour sauver ma couenne à de si nombreuses reprises. Et c'est alors que j'ai compris que c'est parce que vous n'aviez pas la pétoche que vous étiez vraiment mon ami…

— Il ne faut pas te sentir obligé de me raconter toutes ces fadaises, mec, j'ai fait en regardant ailleurs.

— Et si, et je ne m'en prive pas. Et le fameux soir où je suis sorti de la camionnette, je me disais : "Grand Dieu, c'est exactement ce que Krummel tenterait", et c'est ce que j'ai tenté.

— Ouais, eh bien, on ne peut pas dire que la vie soit vraiment simple.

— C'est bon, maintenant, il a dit en faisant tourner la chaise roulante sur elle-même, et en souriant comme un môme. Je suis prêt à vivre, mec. Pour une fois, j'y vois clair, et je me sens prêt à vivre. Vous pouvez me lâcher, vieux, à partir de maintenant, c'est en pente douce. » Sa voix ne trahissait aucune intonation fausse, ni vigueur feinte, elle exprimait seulement la jeunesse et la vie.

« Hé, le boiteux, bouge donc cette chaise, je lui ai demandé. Tu te dresses entre moi et ma bouteille. »

Alors qu'on se trouvait à peu près à mi-chemin du neuvième *fairway*, une balle de golf d'un blanc aveuglant a roulé sur l'herbe verdoyante comme un chiot rieur. Morning s'est approché, il l'a ramassée, puis l'a engloutie dans sa bouche comme un bonbon. Deux types élancés et une jeune femme hâlée lui ont crié depuis le *tee* de laisser cette satanée balle tranquille, mais Morning s'est contenté de regagner le trottoir, et de poursuivre son petit bonhomme de chemin vers le centre de réadaptation, derrière le neuvième *green*.

« Qu'est-ce qu'ils croient, que je vais la leur bouffer, leur balle de golf ? » il a marmonné en s'efforçant de ne pas éclater de rire.

Je ne sais pas comment j'ai moi aussi réussi à garder mon sérieux au moment où le trio nous a rejoints.

« Hé, a crié le jeune type qui avait envoyé la balle, qu'est-ce que vous fabriquez avec ma balle ? » L'autre type et la jeune femme élancée, blonde et bronzée, se tenaient derrière lui.

« Sergent Jacob Krummel, de l'armée des États-Unis, j'ai fait en le saluant. Monsieur, en quoi puis-je vous être utile ?

— Hein ? Eh bien, vous pourriez demander à votre copain de me rendre ma balle. C'était mon meilleur *drive* de la journée, zut alors. Qu'est-ce qui lui a pris de la ramasser ?

— Soldat de première classe Morning, monsieur », j'ai fait, et Morning a exécuté à son tour un salut. « Il est un peu dérangé, monsieur. C'est depuis qu'il a mangé tous les rats. Complètement dérangé, monsieur.

— Zut alors, mais qu'est-ce qui lui a pris de manger des rats ? » il a demandé. La fille a blêmi.

« C'étaient les rats, monsieur, ou alors nos propres collègues qui étaient morts. On est restés coincés, sans nourriture, sans eau, pendant dix jours. Nous sommes les deux seuls survivants. » J'ai fait semblant d'étouffer un reniflement attristé, mais, étrangement, de vraies larmes ont coulé sur ma joue.

« Vous débloquez. Rendez-moi ma balle, c'est tout ce que je vous demande. »

Sans se faire prier, Morning a retiré sa chemise. Il avait la poitrine et le ventre striés de petites lignes d'un rouge livide, là où les balles avaient labouré sa chair. Même l'intérieur de ses bras était marqué. À mon tour j'ai enlevé ma chemise, exhibant mon flanc et mon bras où un obus avait injecté de la poussière sous la peau, comme un tatouage représentant une explosion.

« Écoutez, je suis navré que vous ayez été blessés, il a fait, et son visage semblait ne pas démentir ses paroles, mais est-il possible s'il vous plaît que je récupère ma balle ? »

Morning a dégrafé son ceinturon, puis a craché la balle entre ses cuisses. « Trou en un, maman », s'est-il écrié, puis il a essayé de reprendre l'expression neutre du début, mais il n'a pu s'empêcher d'éclater de rire. Il a plongé les mains dans sa culotte en hurlant : « La voilà. Je l'ai. Ahhh. C'est la mauvaise. Ouaip. Houlà. » Il a tendu la balle au jeune homme en le mettant en garde : « Boire ou conduire, mec, il faut choisir.

— Non, mais qu'est-ce qui lui arrive, il a une araignée au plafond ou quoi ?

— Je vous l'ai expliqué, monsieur. Les rats, j'ai dit en lui adressant à nouveau un salut.

— Arrêtez de nous raconter des bourres, avec vos rats », il a fait en souriant. La jeune femme a éclaté de rire, et l'autre type a souri. « Et assurez-vous que cet énergumène ne s'approche pas trop près des *fairways*.

— Je suis fair-play, moi, ah ouais », a ajouté Morning entre deux ricanements.

Ils ont terminé ce trou puis nous ont rejoints sur le patio du centre de réadaptation, où nous avons siroté jusqu'au crépuscule. Gallard ne s'était pas trompé à propos des serveurs, mais il avait oublié de mentionner qu'ils n'étaient pas incorruptibles. Les deux types étaient pilotes sur un porte-avions, tous les deux amoureux de la jeune femme qui travaillait à l'ambassade américaine à Manille. Elle refusait autant les avances de l'un que de l'autre sous prétexte que les pilotes de porte-avions ne vivent pas suffisamment longtemps pour qu'on les aime. Mais nous avons passé un agréable moment, tels des étudiants, à venir à la rescousse du monde entier en levant le coude, à grands coups d'affirmations péremptoires, nous aimant tous les uns les autres d'une manière formidablement larmoyante. Au moment de partir, la jeune femme nous a embrassés, Morning et moi, en disant qu'elle pourrait tout à fait nous aimer parce que nous planions à vingt milles. On a échangé nos adresses, et on s'est promis de rester en contact, puis ils se sont engouffrés dans un taxi qui les a emmenés à l'Igloo où ils comptaient continuer à boire, tandis que Morning et moi reprenions le chemin de l'hôpital qui serpentait à travers les ténèbres.

Une fois dans la salle commune, la gaieté des instants précédents nous a paru honteuse au milieu de tous ces types tordus et abîmés, l'aveugle, le sourd et l'idiot. Il m'a semblé soudain que l'après-midi devenait irréel, comme tous les après-midi, tout comme ce devait sembler irréel pour les jeunes pilotes de venir se poser sur les minuscules pistes d'atterrissage des porte-avions, quand ils arrivaient à deux ou trois cents kilomètres à l'heure, que la sueur leur brûlait les yeux, que le caleçon leur remontait dans la raie, aspiré par l'appel d'air que déclenchait leur frayeur, et que la trouille leur vrillait la bouche. La mort ne peut pas comprendre la vie, et la vie le lui rend bien, or en avoir l'intuition fugitive dépasse parfois les forces de l'homme. J'ai pleuré dans mon lit, ce soir-là, l'alcool, Morning, la mort, Abigail, l'amour et moi.

Abigail et moi avons traversé avec ravissement les deux longues semaines qui ont suivi, découvrant nos corps et l'amour au cours des soirées fraîches. J'avais loué une chambre d'hôtel en ville, et on s'y est rendu tous les soirs pendant deux semaines. Le tertre doux et sucré de son ventre potelé, la dureté de ses hanches, sa cage thoracique aussi délicate que celle d'un oiseau, son buisson fauve et ses jambes qui s'entrouvraient… et elle n'a fait qu'une seule fois allusion au mariage. Je n'ai rien répondu, elle n'a pas insisté.

Morning se moquait d'elle, quand elle s'adonnait à ses petites manies domestiques autour de mon lit (Gallard avait fait installer Morning dans le lit à côté du mien), les yeux gonflés par le service de nuit, mais son visage étincelant comme une reinette. Il l'appelait Catherine et me surnommait Frederick

Henry, et disait qu'il était navré à l'idée qu'elle se suiciderait quand je me ferais la malle. La plaisanterie a fait long feu, et malgré l'après-midi où il avait englouti la balle de golf, Morning s'est enfoncé dans un silence lugubre. Il est sorti en ville tous les soirs, et à ses dires, picolait sec au New Hollywood Star Bar en compagnie d'étudiants communistes et d'employés des mines d'or au chômage. Les rares fois où il m'adressait la parole, ses yeux devenaient froids et humides, et on ne s'est plus jamais témoigné cette amitié que l'épisode de la balle de golf avait ressuscitée, plus de confidences, seulement des sourires supérieurs à longueur de journée.

Comme nous étions allongés nus dans ma chambre d'hôtel, par un dimanche après-midi somnolent, Abigail m'a demandé : « Que se passe-t-il avec Morning, depuis peu ? » Elle avait posé la tête sur son bras blanc et fin, tandis que l'autre pendait dans le vide, tenant une cigarette de marque philippine.

« Rien, j'ai répondu en embrassant son aisselle de granit.

— Ne fais pas ça. Je crois qu'il tire au flanc ; je pense qu'il est capable de marcher. » J'ai roulé entre ses jambes, me suis recourbé pour l'embrasser dans le cou, puis ma langue a glissé autour du téton de son minuscule sein gauche. « Et alors ?

— Ne fais pas ça, sois sérieux.

— Dieu sait si je suis sérieux, rappelle-moi ton nom, mon chou ! ai-je répondu en lui chatouillant la commissure des lèvres avec ma langue.

— Ne fais pas ça, elle a répété. Tu n'es jamais sérieux quand j'aimerais que tu le sois. Jamais. »

Sa bouche est restée molle comme je l'embrassais, elle a voulu porter la cigarette à sa bouche et

516

m'a brûlé le dos de la main. Je n'ai pourtant pas sursauté.

« Merde, pas ça », m'a-t-elle supplié. Elle s'est retournée, a attrapé ma main et a suçoté la plaie dans ma peau. « Pourquoi fais-tu cela ?

— Pourquoi je fais cela ?

— Oui », a-t-elle repris, une larme égarée est tombée sur ma main. « Tu m'aurais laissée te brûler jusqu'à ce que je te transperce la main. Tu es complètement timbré, Jake. »

J'ai posé la pointe de ma langue dans la larme souillée et salée.

« Ne fais pas ça. J'essaie de te parler. Oh, ce n'est pas vrai... Oh...

— Et ça, j'ai le droit ?

— Oh... oui », elle a susurré en se laissant retomber sur le traversin, puis elle a attiré mes lippes sur les siennes, « oh oui continue, ne t'arrête pas avant environ deux jours, dix mois et quinze ans.

— Dites-moi, douce dame, que diriez-vous de quelque chose de plus raisonnable, disons quarante-cinq minutes. » Elle s'est mise à gigoter.

« Fanfaron.

— Catin ! » Elle s'est remise à gigoter.

« Tu n'es jamais sérieux quand je veux que tu le sois.

— Pourtant j'essaie. »

Puis, un beau jour, Gallard a enlevé mon plâtre, m'a tendu une canne, m'a octroyé quinze jours de congé de convalescence, et nous a invités le soir même à boire un verre chez lui, Morning, Abigail et moi. Abigail et moi avions tous les deux prévu de profiter de mon congé pour partir à Hong Kong, mais son départ a été annulé au dernier moment. (Saloperie d'Armée, saloperie de Marine, saloperie d'Aviation, saloperie de *Marine Corps*.)

Gallard était installé en dehors de la base, derrière le Country Club ; c'était une bâtisse qui se dressait en bordure d'une falaise, comme un défi de gamin, une demeure charmante, avec un perron qui faisait tout le tour. Une promenade pleine de courbes à travers un jardin délibérément en pagaïe, qui conduisait de la route à la porte d'entrée ; deux domestiques philippines, menues comme des fleurs, sont venues répondre quand on a actionné les cloches thaï. Elles ont retenu la porte pendant qu'Abigail et moi essayions de manœuvrer avec la chaise de Morning pour gravir les marches du perron, puis nous ont conduits dans un couloir décoré d'armes *Negrito*, à travers un salon de pierre en contrebas, une salle à manger où se trouvaient une table et un buffet immenses en acajou, pour arriver enfin sur le perron qui se situait à l'arrière.

« Les maisons à étages et les chaises roulantes vont aussi bien ensemble que les patates et la bouse, j'ai déclaré en poussant Morning jusqu'au canapé en bambou.

— Bien sûr, c'est d'ailleurs la raison pour laquelle je ne suis pas venu vous accueillir à la porte, a fait Gallard depuis le canapé.

— J'espère que vous plaisantez », a dit Morning en apercevant Gallard. Il portait un pyjama de soie rouge. « Mon salaud, vous êtes sacrément indécent.

— Avec ces vêtements qui s'enroulent et se déroulent, c'est la croix et la bannière pour garder toutes les écoutilles fermées, a déclaré Gallard en baissant les yeux. Si j'ai bien compris, c'est le but recherché.

— Ce n'est pas ce que je voulais dire, mec, vous êtes resplendissant, a dit Morning. Servez-moi donc un verre, Fu Manchu, de quoi me requinquer.

— Je n'ai que du gin », il a fait en nous indiquant les sièges.

On s'est assis et on a bu tandis que le soleil disparaissait derrière les crêtes, de l'autre côté de la vallée, et l'obscurité est tombée sur nous comme un coup de poing vif ; le repas se composait de riz pourpre et de riz au curry, de porc rôti, de côtelettes sucrées et aigres, tandis que des phalènes aussi mastoc et blanches que nos paumes s'agitaient contre la moustiquaire et, tels des revenants en quête de chair fraîche, fusaient à la manière de psychopathes suicidaires. On buvait encore quand les minuscules et innombrables loupiotes de la vallée se sont éteintes, on a picolé et bavardé, essentiellement à propos des raisons pour lesquelles on était là, du manque d'ambition de Gallard, de la solitude d'Abigail, du manque de veine de Morning, de mon mariage, on a lichaillé et dégoisé comme si on était ensemble pour la dernière fois, comme tous les soldats du monde en pays étranger.

Je venais juste d'achever mon affligeante histoire d'amour, d'erreurs et de mariage, et j'étais complètement rétamé quand Abigail a ouvert le feu.

Elle m'a embrassé sur la joue en disant : « Mais ne t'inquiète pas, Jake mon chéri, on va tout faire pour que cela ne se reproduise pas.

— Vous feriez mieux de ne pas vous tenir trop près de cet immonde salaud, a soufflé Morning dans un sourire. Il est dangereux, madame, un clébard timbré.

— C'est exact, a surenchéri Gallard. Un tueur professionnel.

— Ouaip, j'ai grogné.

— Taisez-vous donc, a fredonné Abigail, il sait aimer, lui. »

Gallard s'est levé soudain, s'est approché de la moustiquaire, est revenu sur ses pas et a presque hurlé : « Bordel. Arrêtez donc vos fadaises à la mode des années 40. Femme, ceci n'est pas un putain de merde de film, ni une histoire romantique à la Hemingway. Oh, ouais, mademoiselle Cœur-Solitaire, il est votre blanc chevalier, mais c'est un putain d'assassin, et je le sais. » Il s'est adossé à un madrier. « Excusez-moi, il a fait doucement. Je suis désolé, mais c'est vrai.

— Tout à fait, a hoqueté Morning de sa chaise.

— Il sait aimer, a répété Abigail.

— D'accord, bien sûr, a repris Gallard en remplissant les verres. Supposons que vous arriviez à le persuader de vous épouser. Supposons. Il ne pourra pas rester à l'armée. Comment va-t-il gagner sa vie ?

— Il sera professeur d'université, l'a-t-elle interrompu.

— Vraiment ? » a rugi Gallard, en dirigeant son verre dans ma direction, et du gin a dégouliné sur la table à café en acajou. « Vraiment ?

— Doux Jésus, je n'en sais rien. Je n'y avais pas encore songé, mais cela me paraît peu probable.

— Bon, alors que reste-t-il ? Assassin ? Mercenaire ?

— Ouais ! a vociféré Morning, assercenaire ?

— Je n'en sais rien, ai-je marmonné. Il y a encore du travail en Afrique. Je n'en sais rien. Je suppose qu'il faut bien que j'entreprenne quelque chose. Tueur sur ordonnance, il paraît que ça rapporte bien.

— Qu'est-ce que je vous disais ? a crié Gallard en bousculant son siège par terre. Vous voyez ?

— Doux Jésus, a lâché Abigail en s'écartant de moi.

— Eh bien, pourquoi pas, au juste ?» Je me suis moi aussi mis à hausser le ton.

Du coup, ils m'ont tous les trois fait la morale, me sermonnant à propos du caractère sacré de la vie, la valeur de l'homme, la guerre comme péché, ils ont hurlé jusqu'à ce que ma tête bourdonne, jusqu'à ce que mes mains cherchent à me cacher le visage, jusqu'à ce que j'aie l'impression de vivre un cauchemar éveillé, jusqu'à ce qu'à mon tour je braille, STOP, je brise la table d'un coup de poing, j'envoie promener les morceaux, mette en pièces ma propre chemise, leur tienne tête, accroupi, poings serrés, ravalant mes sanglots au point que mes muscles ont commencé à frissonner.

«Vous voyez, a fait Gallard à Abigail en me montrant du doigt.

— Bande d'enfoirés, bande d'enfoirés, me suis-je défendu, oh, bande d'enfoirés. Ce sont des salopards comme vous qui viennent me parler de la mort, de la guerre, de l'agonie. Merde à la fin. Tout ce que vous me racontez, je le sais, je le sais depuis le jour de ma naissance. Le son de cette balle perdue qui a arraché les bijoux de famille de ce môme qui a claqué à dix centimètres de mon oreille qui était destinée à me faire sauter la citrouille ma calebasse mon sang mes tripes et ma vie je sais des tripes dégueulasses qui s'enroulent partout tous les soirs pendant mon sommeil pendant mes rêves des tripes lovées comme des serpents de merde qui me poursuivent jusqu'au dernier recoin dans mon pieu quel est ce sang qui transpire dans l'enceinte les mortiers tombent et font gerber de la chair comme des tomates pourries des cervelles frites par le plomb bouillant qui puent sur ma figure des yeux qui hantent mes nuits qui me demandent pourquoi le sang des gamins assommés par la mort Franklin morceau de barbaque merdique empuantie moi des wagons de bras et de jambes et de foies et des arpions et des doigts et des tronches et des tripes qui s'écroulent sur moi qui m'étouffent… » J'ai marqué une pause pour respirer et reprendre mes esprits. « C'est vous qui m'avez envoyé en Gaule avec les légions, puis qui m'avez demandé pourquoi je suis devenu hun, c'est vous qui m'avez engagé en Terre Sainte, et qui m'avez traité de païen lorsque j'ai oublié de rentrer. Combattre pour mon pays, pour mon foyer, me dites-vous, vas-y, gamin, massacre et puis oublie vite quand tout est terminé, hein, c'est ça ? Vous vous êtes servis de moi vous avez menti vous vous êtes servis de moi vous m'avez menti vous vous êtes servis de moi, vous mettez le monde à l'abri des gens comme moi, dites-vous, mais les gens de *votre* espèce sont tout juste bons à bouffer de la merde mon pote parce que vous êtes un assassin, que vous dites, et moi j'ai les mains propres et je suis blanc comme neige, et la vie humaine importe plus que tout à mes yeux, nom de Dieu de putain de merde, que vous dites, et vous n'êtes pas humain, retournez dans votre cage, les oiseaux ne chantent pas de mélodies guerrières cette année — à partir d'aujourd'hui, mon pote, je ne me bats plus pour vous mais pour moi, moi, moi, moi ! » Je suis sorti avant qu'ils puissent ajouter quoi que ce soit, j'avais dessoûlé.

Abigail m'a rejoint, car j'avais oublié ma canne.

« Excuse-moi, Jake. »

Je ne me suis pas arrêté.

« Jake, excuse-moi.

— Si tu ne retires pas immédiatement ta main de mon bras et si tu ne la boucles pas immédiatement, je te tue sur place. »

Elle s'est arrêtée, mais ses sanglots m'ont suivi le long de la route sombre.

J'étais soûl lorsque je suis monté à Clark dans l'avion en partance pour Hong Kong, le lendemain, et j'étais encore soûl douze jours plus tard quand je suis rentré, et côté grabuge, ce n'était pas terminé.

13.

JOE MORNING

Ce que personne n'a compris pendant mon séjour
à Hong Kong, pendant cette interminable beuverie
— ni les adorables petites putes chinoises qui
embrassaient mes blessures amères ni les barmen
kangourou qui m'offraient des tournées pour com-
mémorer l'horreur de la Malaisie —, c'est qu'en
dépit de la frousse, du dégoût et de la nausée, j'adorais le cauchemar ; j'adorais les cauchemars. Une
partie de moi les choyait, l'autre était épouvantée. Et
puis il y avait encore une autre partie qui observait le
conflit avec dégoût ; et une dernière se pintait et bai-
sait pour prouver qu'elle était concernée ; et cela ne
constitue pas tout à fait l'histoire. Bref on picole
aujourd'hui pour tenir le coup demain.

Pour cause de brouillard inhabituel pour la saison,
j'ai dû prendre un train d'Angeles à San Fernando,
puis de là, une limousine, cramponné à une bouteille
pendant tout le trajet. J'en ai acheté une autre en
débarquant au Main Club, puis je suis parti à la
recherche d'Abigail. Elle n'était pas chez elle, ni
dans la salle commune, et le lit de Morning était vide.
J'ai boitillé jusqu'au bureau de Gallard, j'ai attendu

en me mouillant le gosier qu'il puisse — ou daigne — me recevoir.

« Vous avez toujours une dent contre moi ? m'a-t-il demandé en entrant.

— Oh, oubliez ces conneries. Où est Abigail ?

— Je l'ignore. Je tiens à ce que vous sachiez que je suis navré.

— C'est bon, c'est bon.

— On dirait que vous ne comprenez pas, il m'a fait remarquer.

— Donnez-moi un peu de temps. Je réussirai à surmonter mes déboires.

— Je suis navré. Et je vais vous dire pourquoi. Elle qui ne voulait pas sortir avec moi, s'affichait avec…

— Laissez tomber, d'accord ? Oubliez ça, c'est terminé », je l'ai interrompu. J'ai fait mine de sortir de la pièce, mais je me suis arrêté à la porte. « Écoutez Gallard, je crois bien que je le pense vraiment.

— Je l'espère.

— Moi aussi », j'ai ajouté avant de m'en aller.

Le brouillard inhabituel pour la saison s'est épaissi pendant que je discutais avec Gallard. Un front Pacifique, clamait la dépêche ; la météorologie annoncée selon la terminologie belliqueuse. Un brouillard froid et lourd se lovait dans les coins, sur mon passage. J'ai emprunté la route, dépassé le dix-neuvième trou, et j'ai entendu dans le flou les golfeurs qui maudissaient le manque de visibilité, le temps, le « brouillard inhabituel pour la saison ». « *Kismet* », j'ai hurlé, et ma voix s'est perdue dans les vapeurs. Arrivé à hauteur du Main Club, je me suis tenu sous le drapeau humide et flasque, à picoler afin de voir à travers la brume qui ondulait sous moi. Derrière un muret de pierre, une falaise à pic plongeait dans la vallée que surplombait la demeure de Gallard. Seulement un mètre vers le haut, puis vingt-cinq mètres vers le bas, avant de heurter la première corniche, rebondir sur les arbres verts mouillés, rebondir, tomber, se gondoler encore à travers toute la vallée embrumée.

J'ai englouti quatre rasades au goulot avant de les localiser. J'ai remonté la colline à hauteur du Main Club, emprunté un chemin de gravier à travers les arbres, puis j'ai suivi la pente descendante au milieu des parterres de fleurs détrempées qui courbaient l'échine. Ils se trouvaient en bas, pétrifiés dans la brume, aussi immobiles que deux statues attendant mon retour depuis des années. Lui était allongé sur une couverture, appuyé sur un coude, elle était sur la scène en pierre, un bras replié devant elle.

« Comme c'est mignon, j'ai fait en m'arrêtant devant eux pour poser ma bouteille dans la chaise roulante.

— À quoi t'attendais-tu ? m'a-t-elle demandé sans presque remuer les lèvres.

— À ceci, je suppose. C'est pour cela que je suis venu. Je crois en la trahison.

— Il croit en des choses, lui, à l'amour par exemple, alors que tu ne crois en rien. Voilà la différence », m'a-t-elle assené, le visage encore pétrifié.

« L'important c'est que tu y croies. Pigé l'astuce ? Avoue la vérité, j'ai répondu. Tu préférerais te griffer le minou, disposer d'un homme comme d'un bon-à-tout-faire, avoir un contrat légal, un jouet… Tu uses de bonnes tactiques de jeu, mon chou, mais tu n'arrives pas à t'échapper avec la balle. Voilà, tu t'es trouvé un autre estropié. Assure-toi bien qu'il ne remarche pas ; viendra peut-être le jour où il aura envie de se relever. Et ça, tu ne le supporterais pas. Il faut que tu hérites des estropiés, des poivrots, des déserteurs, des assassins, des esclaves, des...» Je me suis soudain retrouvé assis sur mon postérieur. Le coup avait manqué la mâchoire, mais l'avant-bras m'avait envoyé au tapis.

«Vous ne lui causez pas sur ce ton», m'a lancé Morning. Il se tenait maintenant debout au-dessus de moi. «Debout, salopard, debout.»

Je me suis frotté les yeux et le visage, essayant de balayer le nuage alcoolisé dans lequel je flottais.

«Qu'est-ce que tu fabriques, Morning? Merde, mec, j'ai fait dans un sourire, mais tu peux marcher.

— Z'avez tout bon, je marche.

— Fichtre, mais c'est épatant. Pourquoi ne me l'as-tu pas dit avant?

— Vous venez vous bastonner ou vous faites la causette?»

J'ai jeté un bref coup d'œil du côté d'Abigail, ses yeux me suppliaient de ne pas me battre ; j'ai décliné l'invite de Morning.

«Alors fichez le camp d'ici.

— Jake, il avait le droit de dire tout ce qu'il vient de te dire, est intervenue Abigail. Je l'ai planté, l'autre soir. J'aurais dû attendre qu'il revienne. Maintenant restez-en là.

— Ouais, j'ai fait. On en reste là, on va boire un verre et tu me racontes comment il se peut que tu marches.

— Oh, je vous pisse tous les deux à la raie, a dit Morning en essayant de ne pas éclater de rire. Désolé pour le parpaing, Krummel, n'empêche que vous n'aviez pas à lui parler sur ce ton.

— C'est bon, j'ai fait. De toute façon tu m'as loupé. » Je me suis relevé, j'ai attrapé la bouteille. « Bois, c'est moi qui offre. »

On a terminé la bouteille à trois, puis Morning est remonté dans la chaise roulante, et on a pris un taxi pour descendre en ville au New Hollywood Star Bar, histoire de continuer à se rincer la dalle. L'endroit était plutôt exigu, et se composait d'un comptoir et d'un juke-box sur la gauche, et de cinq petites tables sur la droite. On s'est installé à une table qui se trouvait à côté du juke-box. Les quatre autres étaient occupées par de jeunes étudiants dont les bouilles rayonnaient d'ardeur révolutionnaire, et d'employés des mines d'or au chômage, aux trognes maussades, aux poings charnus et aux avant-bras noueux. Plusieurs d'entre eux se sont chaleureusement entretenus avec Morning alors que je le poussais sur sa chaise roulante, mais plus nombreux encore ont été ceux qui m'ont dévisagé d'un œil noir de haine.

« Salut, camarades », j'ai lancé à l'attention des plus renfrognés. Ils ont commencé à se lever de leurs chaises, mais Morning les a rassérénés d'un geste de la main : « Non non, il plaisante. Rien à craindre avec lui. C'est un ami à moi. » Puis, s'adressant à moi : « Ne vous moquez pas d'eux, Krummel. Ils prennent la politique très au sérieux.

— C'est chouette, j'ai fait. Allons plutôt quelque part où l'on prenne le lever de coude très au sérieux. » Mais Morning n'a pas relevé. Au visage d'Abigail, j'ai su qu'ils étaient déjà venus plusieurs fois dans ce rade.

On éclusait notre troisième ou quatrième mousse au moment où un des étudiants s'est approché du juke-box, qui venait juste de s'arrêter, a relevé la vitre, a tripatouillé à l'intérieur, et a programmé une demi-douzaine de morceaux. Aucun des serveurs n'a pris la peine de relever la tête. En retournant à sa place, il s'est arrêté au niveau de notre table, a salué Morning, puis s'est adressé à Abigail : « Comment ça va, ce soir, la pouffiasse américaine ? Il faut qu'ils s'y prennent à deux pour t'envoyer au ciel, ces pédés mous américains ? Il faudrait que tu passes à la maison, un de ces quat'. Je m'enfile toujours deux putes avant le petit déjeuner, jusqu'à ce qu'elles me supplient d'arrêter.

— Hé, le bridé, tu es bien grossier », lui ai-je fait remarquer en me relevant. Des chaises ont valsé derrière moi. Abigail et Morning m'ont retenu comme un seul homme, m'expliquant que ce type ne sous-entendait rien de spécial, qu'il était inoffensif, mais je ne me suis pas assis pour autant.

« Ce n'est pas contre moi que tu te bats, espèce de porc d'Américain, a fait le Philippin, c'est contre le parti.

— Sans blague, j'ai ricané. Tant pis, mec, mais moi j'ai Dieu de mon côté.

— Il n'y a pas de Dieu, espèce de porc capitaliste.

— Mon pauvre vieux, je suis dans le regret de t'annoncer que la première chose qu'apprend un révolutionnaire, c'est à s'écarter des clichés ?

— Eh bien, à toi de voir, il a fait, un sourire supérieur à la bouche.

— Morning, me suis-je exclamé en reprenant ma place. Tu dois être complètement timbré. Comment as-tu pu le laisser lui parler de la sorte ?

— Il ne sous-entendait rien de spécial, est intervenue Abigail.

— C'est seulement sa manière à lui de dire qu'il la trouve bien, a complété Morning.

— Vous pouvez me faire avaler toutes les couleuvres, j'ai fait, mais pas des trucs comme ça.»

Morning s'est déplacé jusqu'aux autres tables pour faire la paix, mais il est resté plus longtemps que la situation ne l'exigeait.

«Où veut-il en venir?» ai-je demandé à Abigail, mais la musique assourdissante m'a empêché d'entendre sa réponse. «Où?

— Je l'ignore, a-t-elle répondu en poussant sur sa voix. Il essaie de quitter l'armée, j'imagine. Je ne sais pas.

— Tu sais que, question impasse, il est pire que moi?

— Oui, elle a répondu. Tu avais peut-être raison il y a quelque temps. Je ne sais pas. Je suis désolée. J'ai toujours été trop exigeante; maintenant j'ai tout perdu. Excuse-moi.

— Moi aussi, je te prie de m'excuser, j'ai fait. J'avais prévu de te demander en mariage ce soir.

— Ne dis pas ça, elle a répondu.

— D'accord», j'ai fait, et on a bu à travers les tourbillons de cigarette et la musique. Avec le silence pour seul lien.

L'hôpital a traité mon dossier, puis un beau jour, je n'ai plus eu que deux semaines à tirer aux Philippines. J'étais tout seul; il n'y avait pas grand-chose en perspective, hormis picoler un peu plus le soir, boitiller autour des neuf trous du *green* le matin, et me consacrer à la musculation l'après-midi. Morning continuait de feindre la paralysie, Abigail l'amour, et moi l'indifférence. J'en étais maintenant à trois heures de musculation tous les après-midi, soulevant des poids comme un débardeur qui se tape des heures sup' ; la transpiration suintait de mes cellules musculaires, explosait, éclatait. Mon corps est rapidement redevenu ferme, solide, prêt ; je ne boitais plus. Au cours d'un bref séjour à Manille, je me suis fait faire un faux passeport suisse, j'ai obtenu un visa pour le Mexique et l'Afrique du Sud, et j'ai appelé mon père pour lui demander de vendre ma part du troupeau à Santa Gertrudis. Il ne m'a pas posé de question, mais m'a avoué qu'il déplorait cette décision. Je lui ai répondu que j'aurais aimé ne pas avoir à prendre une telle décision. Le nom sur mon passeport était Robert Jordon[1] ; c'était une plaisanterie ; ça n'a fait marrer personne.

Gallard nous a invités à venir boire chez lui, il a promis de se tenir à carreau à condition que je me tienne à carreau. Cette fois, Morning a réussi à ne pas être tout de suite bourré, et il s'est disputé avec Gallard au sujet des communistes chinois, tandis qu'Abigail se torchait méthodiquement, et que je réussissais à rester sobre tout en me ramassant une beurrée. Au moment où Gallard et Morning nous ont faussé compagnie pour se rendre au Main Club écluser une nouvelle bouteille de gin, de façon à poursuivre leur joute oratoire, Abigail a demandé pourquoi tout le monde l'ignorait. J'ai embrassé sa bouche langoureuse, en disant que ce n'était pas mon cas. Je l'ai baisée sur le canapé en bambou avant qu'elle ait le temps de protester, tandis que les domestiques se rinçaient l'œil, postés à l'angle du perron Abigail a décrété après coup que ce n'était pas très gentil. À quoi j'ai répondu que je n'étais pas non plus un boy-

1. Robert Jordon est le héros de *Pour qui sonne le glas*, d'Hemingway !

scout, si c'est ce qu'elle entendait par là. Après quoi je me suis cogné la servante philippine sur le carrelage de la cuisine, pendant qu'Abigail pleurait dans l'encadrement de la porte. Je n'ai reçu aucune médaille du mérite. Lorsque Morning et Gallard sont revenus, on était tous à poil dans le grand lit de Gallard, Abigail, moi et les deux bonnes. Morning avait beau devoir continuer à jouer les estropiés, on a tous mis la main à la pâte, et on a liché jusqu'à ce que le jour se lève, puis on a dormi jusqu'à cinq heures de l'après-midi. Au petit déjeuner, Abigail et Morning se sont disputés, et c'en était fini entre eux. En partant, elle m'a traité de salaud, et m'a jeté une assiette à la figure ; mais elle m'a manqué. Morning et Gallard ont continué à picoler, et j'ai suivi Abigail chez elle. Le lendemain, j'ai fait deux séances de musculation, une le matin, une l'après-midi.

Il ne me restait plus que quatre jours quand Morning m'a proposé de descendre en ville pour boire le pot d'adieu. J'ai attendu qu'on soit installés au New Hollywood Star Bar avant de lui demander pourquoi un pot d'adieu maintenant, alors qu'il me restait encore quatre jours.

« Il y a eu trop d'embrouilles entre nous, mec, il a dit, et trop de trucs bonnards, je tiens à fêter ça avant mon départ.

— Non, pas ton départ, j'ai fait en prenant une mousse, avant mon départ. »

Il a bu sans rien dire. Un des étudiants a relevé la vitre du juke-box, a programmé plusieurs morceaux, puis est retourné au comptoir. Marty Robbins interprétait « *El Paso* » sur un vieux disque rayé, qui à l'évidence datait de la fin des années cinquante.

Lorsqu'il a grommelé quelque chose à propos d'«*une douleur qui me brûle le flanc*», Morning a opiné du chef, mais il a gardé le silence.

Lorsque la chanson s'est terminée en mourant lentement, Morning a enfin pris la parole :

«Non, mec, c'est moi qui pars.» Il a commandé d'autres bières d'un geste de la main. Elles ont été servies à la température de la pièce, des couronnes blanches de mousse timide dégoulinaient par-dessus bord.

«Pourquoi ?

— Eh bien, je me suis dit que si je ne pouvais vous faire confiance, à vous, alors je ne pouvais faire confiance à personne.» Il a levé la tête, m'a regardé en face pour ajouter : «Je vais rejoindre les Huks.

— Moi aussi, j'ai enchaîné en essayant de sourire.

— Ne déconnez pas. C'est vrai.

— Oh, merde, Morning, arrête tes conneries.» Mais la nausée qui étreignait mes tripes me soufflait qu'il ne plaisantait pas.

«Je sais que vous estimez que le monde ne mérite pas d'être sauvé, mec, et quelque part, je partage ce point de vue, mais il faut que je fasse quelque chose. Il faut que j'essaie. Et c'est pour moi le seul moyen. Je ne peux pas rentrer, me farcir à nouveau les manif' pacifistes, et chanter la liberté, mec. Je ne peux pas inciter les gens à s'inscrire sur les listes électorales alors que je suis persuadé que les élections sont absolument dépourvues de sens. Je ne peux pas travailler dans les bidonvilles parce que j'ai envie de crier aux gens qu'il faut s'armer, mettre le pays à feu et à sang, foutre en l'air la Nouvelle Frontière et ramasser ce qu'on peut. Se munir de fusils et partir dans les collines. Mais le temps n'est pas encore venu pour cela. Il n'y a aucun espoir en Amérique, et je ne pense pas que cela soit mieux ici, mais c'est ce que je vais faire.

« Il va falloir user du feu pour que le monde recommence à zéro, mec. Il faut que les gens apprennent, il va falloir brûler la propriété, du sang coulera… c'est tout.

— La guerre pour la paix.

— Voilà qui ne vous ressemble guère. » Il avait arrêté d'essayer de me convaincre qu'il y allait, parce qu'il savait qu'il partait, et il avait cessé d'essayer de me convaincre qu'il avait raison, parce que cela lui était égal. « Et merde, mec, c'est vous qui m'avez appris la guerre, qui m'avez convaincu qu'il est juste d'agir selon ses convictions, eh bien voilà, c'est ce que je fais.

— Je ne t'ai jamais parlé de rejoindre les Huks.

— Ce n'était pas nécessaire », il a fait en retirant ses lunettes. Il les a lentement astiquées, puis me les a tendues. « Prenez-les. Je ne m'en sers que pour lire, et je tire un trait là-dessus, lire, parler, penser. J'en ai marre. Donnez-les à Gallard, et dites-lui que je suis désolé.

— Ne te tracasse pas, j'ai dit en engloutissant une gorgée, ils ne voudront probablement pas de toi.

— Ils m'ont déjà accepté. C'est marrant. Vous vous souvenez de ce petit vieux à qui vous aviez parlé au mariage, à Blue Beach. C'est un Huk. Il y a des fois où vous êtes sacrément perspicace, Krummel. Parfois. Quoi qu'il en soit, ils se serviront de moi comme bête de somme jusqu'à être convaincus, jusqu'à ce que je les convainque.

— Je n'en doute pas, ai-je soupiré, je me demande seulement combien de temps tu vas tenir le coup.

— Bien assez longtemps.

— Ouais. Réfléchis bien à ceci. Tu n'es pas un soldat, Morning. Tu es certainement un dur, tu es malin, mais tu n'y connais rien, tu n'as pas...

— J'en sais autant que vous en saviez, il m'a interrompu.

— Peut-être, ai-je souri. Merde, j'en sais rien. Ça me fait tout simplement mal de te voir partir.

— Il n'y a guère d'autres voies pour nous.

— Et ta famille ?

— Aucune importance, m'a-t-il répondu. Cela n'a strictement aucune importance. »

Je me suis levé, je suis allé aux toilettes en me demandant comment l'en empêcher, mais lorsque j'ai regagné notre table, il était parti, la drôle de chaise roulante était vide, ses lunettes scintillaient sur la table. Il n'y avait rien à dire. J'ai regretté un instant qu'il ne soit pas mort au Viêt-nam, tout en sachant que je ne le regrettais pas. Je me suis installé un instant dans la chaise roulante, j'ai posé ses lunettes sur mon nez, et j'ai bu dans son verre, mais ça ne collait pas, alors j'ai bu dans le mien.

Deux heures ont passé, peut-être trois, je n'ai pensé à rien, je n'ai rien dit, et j'ai très peu bu. Le Philippin, l'étudiant grossier, s'est approché de moi, et m'a lancé un « hello », d'une voix pas antipathique.

Je lui ai décoché un direct en pleine poire, et il est allé se ramasser dans les toilettes.

Je me suis assis, les discussions et la musique ont repris pendant environ une quinzaine de secondes, puis se sont tues. J'ai avalé une petite gorgée, et quand l'étudiant campé derrière moi m'a visé à la nuque, j'ai réussi à esquiver le coup, et je lui ai envoyé un coup de coude dans les côtes. On les a entendues craquer comme un arc qui se disloque. Il est resté allongé au sol, hors d'état de nuire, et je me suis replié vers le juke-box. Ils étaient sept, dont seulement deux mineurs, et s'avançaient tous vers moi, mais je n'ai pas attendu.

J'ai foncé sur le mineur le plus à portée de main, recevant au passage une copieuse demi-douzaine de coups sur la caboche et les épaules. J'ai rentré la tête dans les épaules, et je n'ai pas attendu. J'ai intercepté l'avoine du mineur d'un direct du gauche, et son pied avec mon genou, puis je l'ai assaisonné à la gorge. Comme il s'affaissait, une nuée m'est tombée sur le dos, mais je suis parti à la renverse, et me suis relevé, dos à la porte. L'autre mineur a foncé en premier, et je me suis mangé deux beignes au front avant de lui choper le bras, et de faire gicler le bonhomme par la porte. Il a atterri sur un capot de voiture (un taxi lui a écrasé le bras, et le chauffeur est allé se plaindre à la police).

À nouveau, les gus ont sauté sur mon dos et m'ont collé au mur, mais j'ai réussi à libérer un pied, et la pointe de ma chaussure a percuté un tibia, tandis que, d'un coup de tronche vers l'arrière, j'ai explosé un nez curieux, qui s'est mis à pisser comme une tomate, et j'ai réussi encore une fois à m'esquiver en roulant hors de la mêlée.

À coups de châtaignes et de saton, il m'ont immobilisé au milieu de la salle. Mon direct du droit n'a pas atteint son but, j'ai seulement heurté le dessus d'un crâne, mais j'ai néanmoins senti les os qui dégustaient. Un coup de tatane à l'intérieur d'une cuisse, une rotule manquée, et j'ai croulé sous leurs mains et leurs pompes. Je sais que je me suis retrouvé

536

au sol, et que je me suis redressé au moins deux fois, parce que je m'en souviens, puis il n'y a plus eu qu'une interminable obscurité, des lumières qui tournaient, des gnons puis l'obscurité. À un moment, accroupi contre le bar, j'ai senti du verre se briser sous mes mains, et sous mes genoux, et je me suis demandé pourquoi ça ne coupait pas. Un coup de pied m'a projeté la calebasse contre le comptoir, et le feu de la tornade noire s'est remis à souffler.

Je suis revenu à moi au moment où les sirènes approchaient, mais lorsque j'ai essayé de tenir sur mes pieds, la salle a penché dangereusement, je suis parti à la dérive à travers toute la pièce jusqu'à l'autre mur, puis le roulis m'a refoulé jusqu'au comptoir. Le bar était sens dessus dessous, le mobilier était saccagé, il y avait du sang, du verre, une dent étincelait dans une flaque de bière, une chaussure esseulée sous une table éreintée… J'ai fermé les mirettes, tout s'est remis à tournoyer, puis je les ai rouvertes. Je me suis tâté la figure : le nez, je ne sais par quel miracle, intact ; une bosse aussi grosse que le tarin à la joue droite ; les dents, robustes depuis toujours, répondaient encore présent, mais branlantes ; une autre bosse, la peau éclatée comme un miroir fendu. Les phalangines et phalangettes de la main droite retroussées à mi-chemin vers le poignet. Un bon centimètre de l'oreille gauche décollé de la tête. Sur les paumes et les genoux, des tranches de chair arrachées. Du sang partout. Dans la glace située derrière le comptoir, j'avais la dégaine du type qui vient de se faire saigner à mort, mais j'étais pourtant vivant, et capable de marcher.

Quand je suis passé derrière le comptoir, les deux

minettes ont dégagé en quatrième vitesse, et se sont envolées par la porte comme deux cailles farouches. Je me suis ouvert une cannette, j'ai avalé quelques gorgées, puis je me suis aspergé la trogne de bière. Pour je ne sais quelle raison, j'ai cherché Morning dans le bar, me suis demandé pourquoi il n'était pas là, puis pourquoi j'étais là, moi. Et c'est au moment où la police et les AP sont entrés que j'ai commencé à ressentir la douleur.

Gallard et Abigail ont crié et m'ont injurié en me soignant, mais je me suis borné à rester assis et à la fermer. J'ai seulement ouvert mon clapet pour demander à Gallard de m'assommer pour un bout de temps. Je ne leur ai rien dit à propos de Morning ; je ne savais rien de Morning.

Voilà.

Je leur ai parlé de Morning le lendemain après-midi, assis sur le perron de Gallard à contempler les ombres qui sautaient au-dessus des crêtes, s'engouffraient dans la vallée, par-dessus les crêtes dans le ciel, j'ai essayé simplement de leur parler de Morning, tandis que des phalènes aussi empâtées que des grumeaux de sucre en poudre, et un papillon aussi dodu que ma main enflée et bandée, et aussi noir que du sang séché, s'affrontaient à la lisière du jour et de la nuit ; trop tôt pour les phalènes, trop tard pour le papillon, phalènes blanchâtres, démons de la nuit, papillon noir comme le jour, et Joe Morning qui avait fichu le camp… peut-être que s'il avait su que c'était moi qui lui avais tiré dessus… mais peut-être que non, en fait.

Le 3 novembre 1963 au matin. En attendant mon avion à Clark, j'ai lu dans le *Stars & Stripes* que

Diem s'était fait renverser et assassiner par une junte de généraux vietnamiens. Que les loups se bouffent entre eux, me suis-je dit.

J'ai été le témoin d'une modeste cérémonie qui avait lieu autour d'un cercueil qu'on acheminait également vers Clark. Un aviateur hâlé tenait un drapeau, tandis qu'un autre tapotait des doigts alors que le monte-charge soulevait le cercueil. Un vent s'est mis à souffler violemment dans les montagnes, le drapeau a claqué dans le ciel bleu, et le vent a dérobé les notes mélancoliques qui s'échappaient du cor. J'ai pensé qu'il s'agissait d'une autre victime du Viêt-nam, mais j'ai appris qu'il s'était fait poignarder par sa douce avec une paire de ciseaux. J'ai donné à Abigail le baiser d'adieu, j'ai étreint Gallard, et j'ai envoyé promener les carreaux de Morning à la poubelle. Il y aura d'autres nuits, me suis-je dit en grimpant dans le zinc, mais il n'y aura maintenant plus de matins, il n'y aura que des après-midi ventés et des nuits…

Et je me suis donc envolé en direction de la maison, au-dessus de la mer, avec plus de raisons d'espérer que Morning, et moins que je n'en avais jamais eu.

Le lendemain de ma démobilisation à Oakland, John Fitzgerald Kennedy mourait d'une balle assassine à Dallas. Rentrer à la maison m'a pris deux mois. Je n'aimais pas que les choses s'achèvent ainsi, je ne pouvais pas faire face à une telle fin, et j'ai trimbalé Joe Morning sur mon dos à travers l'Amérique, jusqu'à ce qu'une bourrasque glaciale me souffle finalement jusqu'à chez moi.

UN ÉPILOGUE PLUS PERSONNEL

Cette même bourrasque m'a soufflé là où elle pouvait, l'Afrique, l'Asie du Sud-Est, je bourlingue maintenant depuis trois ans, et de tout ce temps, Morning ne m'a pas quitté ; quant au manuscrit, il est aujourd'hui devenu un refuge à poussière. Dès lors qu'il est revenu à la vie, je n'ai pu continuer. Je suis de retour à la maison, je me remets à nouveau de mes blessures, je viens juste de rentrer du Laos, où j'agissais pour le compte de la CIA. La lettre qui suit est arrivée la semaine dernière.

Eh oui, sacré vieillee bête de guerre, j'écris assez souvent depuis l'année passée, mais je n'ai guère eu la possibilité de poster mon courrier. Ici, les services postaux ne sont pas vraiment au point.

Cela n'a pas été facile. Je sais que vous m'aviez prévenu, et je vous croyais sur parole, n'empêche que vous aviez raison, en fait, je ne connaissais rien.

Je ne parle pas des combats, il ne s'agit pas du tout de cela, je suis même le premier à répondre présent pour les bagarres autour du feu, et ces temps-ci, elles éclatent de plus en plus souvent. L'armée est constamment à nos trousses, ce n'est plus qu'une question de temps. Cette phrase peut être entendue de maintes façons — le temps pèse ici plus que la plate-forme blindée d'un mortier, plus que cinq cents cartouches de bande-chargeurs de munitions, calibre trente. Vous ne m'en aviez pas parlé, de tout ce temps à rester le cul posé sous un bananier, il y a beaucoup de choses dont vous ne m'aviez pas parlé.

Je suis devenu un dur, mec. Malgré ce qu'on mange, j'ai pris du volume ; j'ai mûri, comme vous diriez. Je vole des vitamines à chaque fois que je le peux ; et même si je ne peux pas en rire, je suis sûr que vous vous fendez la pêche, j'en suis sûr, vous devez être en train de vous marrer en pensant au grand révolutionnaire qui se débine à travers la jungle, ses vitamines de la marque One-a-Day dans la poche. Je suis aussi bronzé qu'un bridé, maintenant, mais je n'en suis pas un, et ils se chargent chaque jour de me le rappeler. Ils m'ont réservé toutes les crasses possibles, je me suis cogné la bouffe, la plonge, jusqu'à ce que j'en démonte un qui me demandait de lui torcher le croupillon. Nom d'un chien, ils sont presque aussi niais que Dottlinger. Ils préféreront infliger des taxes à des bridés aussi pauvres qu'eux, plutôt que de dévaliser des bases américaines. Ils ne valent pas tripette. Remarquez, je suppose que moi non plus je ne vaux pas tripette. Il y a trois jours, j'ai descendu un vieillard qui m'avait craché dessus. Il est resté au soleil sur son séant, la tripaille dans les bras, jusqu'à ce que je l'achève. Ce n'était pas de la compassion, mais plutôt du dégoût. Duraille.

Mais, quelque part, c'est également plus facile. J'aimerais que vous rendiez visite à mes parents, dites-leur que je les prie de m'excuser, que je les aime (du moins le souvenir que j'ai d'eux), et que si je trouvais le moyen, je rentrerais à la maison. Ne leur dites pas que je suis mort.

Retour à la dure réalité. Je suppose que, quand vous recevrez cette lettre, vous enseignerez dans une université à des minettes blanches aux gros popotins, quelque part dans le Nord. Cela fait quatre mois que l'armée est sur nos talons, je n'ai pas beaucoup dormi, ni beaucoup mangé, et je pense avoir zigouillé un millier de mecs, je ne sais même pas pourquoi. Je n'ai pas mangé de bœuf depuis la dernière fois qu'on s'est vus, je n'ai pas non plus bu beaucoup de bières, je ne sais même pas pourquoi. Je ne pleurniche pas, mec, parce que j'ai fait ce que je croyais juste. Je l'ai fait alors que la plupart des clampins restent sur leurs gros derches, en se foutant royalement de la justice, et j'ai beau ne pas manger à ma faim, avoir les jambes couvertes de plaies, le bras gauche qui coince un peu depuis que j'ai reçu une balle au mois de mai dernier, je sais maintenant que je suis un homme. Je ne me fais pas de bile à ce sujet. Je regrette seulement qu'il n'y ait pas eu de voie plus facile.

Il n'y a pas grand-chose d'autre à ajouter. Je voulais simplement vous dire que je vous

aimais bien, vieux canasson, et que j'étais cin-
glé. Je ne pleurniche pas, mec, mais ça n'a pas
été facile, et quand ce sera terminé, je ne
regretterai rien.
Votre ami

Joe Morning

Une note était jointe à la lettre, annonçant que cet Américain avait dit que je pourrais peut-être envoyer cent dollars américains à la personne qui m'avait transmis cette lettre. Je ne l'ai pas fait.

J'étais bien content d'être au lit lorsque la missive est arrivée, même si je ne suis pas ravi d'être à nouveau au lit. Mon Dieu, les images me reviennent. Morning se précipitant aux latrines, son valseur tout blanc rebondissant sous les yeux de Dottlinger, la mutinerie, les pleurs sur le corps du Huk, dont six mois plus tard il rejoindrait les amis. Et toutes ses confidences. Les bagarres sur la pelouse de l'université, les bagarres à Birmingham, les bagarres. Mais voici l'image que je retiendrai entre toutes : Morning sortant de la camionnette en rugissant, sur la colline 527, désespéré, romantique, rendu cinglé par la haine, brisant les arrières de l'offensive ennemie en se livrant à une action d'éclat, si éclatante et si fatale, que c'est une honte, semble-t-il, qu'il n'ait pas péri à ce moment-là, au moment où il avait encore foi dans sa haine, une honte, me semble-t-il. Mais il n'est pas mort. Je ne sais si je saurai un jour de quelle manière il a péri, mais je suis certain que ce fut dégueulasse, douloureux et impossible à supporter, et je suis sûr qu'il l'a bien supporté.

Du début à la fin, ça n'a pas été commode, en tout cas. Une fois démobilisé, après avoir picolé tout au long de la route qui m'a ramené au Texas, après avoir cuvé pendant quelques semaines, après avoir une fois de plus perdu Ell, je me suis embarqué pour l'Afrique, aussi dingue que cela puisse paraître, et je suis tombé sur un type de la CIA à Johannesburg avant de pouvoir louer mes services ailleurs. Au bout de deux mousses tièdes, il m'avait à peine proposé un boulot, que je le prévenais tout de suite que ça m'était égal de savoir pour qui je tuais, je voulais seulement une bonne paye et de l'action. Il n'a pas abondé dans mon sens, mais ne m'a pas non plus contredit. Ils m'ont envoyé à Bragg où j'ai suivi un entraînement pour les Forces Spéciales, puis à l'école de Langues de Monterey, et enfin en Thaïlande du Nord. J'accompagnais périodiquement un major de l'armée pour former les tribus Meo à résister contre l'invasion qui venait du nord. Malheureusement, nous n'avons pas pu les former à ne pas nous balancer aux forces régulières du Nord Viêt-nam qui opéraient aux confins de la Plaine des Jarres. Ils devaient croire au capitalisme, car le major et moi avons réussi à nous échapper à trois reprises d'un village montagnard en feu, en nous échappant d'un côté, tandis que les casqués nord-vietnamiens faisaient irruption de l'autre côté. La troisième fois, le major ne s'en est pas sorti, et je me suis ramassé une pleine tasse d'éclats d'obus dans les meules, j'ai couru pendant cinq kilomètres, heureusement que c'était en pente et que ça descendait, jusqu'à la piste de décollage. Et me voilà de nouveau à la maison, sur mon pétrousquin, à me demander comment tout cela a pu se produire, comment cela se terminera, pourquoi c'est toujours à moi que ça arrive…

Ce n'est pas de moi, c'est une des répliques de Morning, mais sa lettre ressemblait plus à moi qu'à lui, ce qui est fâcheux…

Cette fois, le mortier aurait dû m'emporter, mais une vieille femme Meo a été balayée au moment où je passais en courant, elle a perdu l'équilibre et a ramassé tout l'acier qui m'était destiné. J'ai retrouvé des morceaux de sa chair collés à ma chemise, et lorsque je m'en suis rendu compte dans le U-10 qui s'envolait, j'ai dégobillé. Comme le pilote rouspétait, je lui ai narré par le menu ce qui s'était passé, à quoi il a rétorqué : « Faut pas s'en faire. C'était qu'une vieille viet'. » J'ai attendu qu'on se pose au camp de base en Thaïlande, et je lui ai brisé la mâchoire d'un coup de crosse avant qu'il mette le nez dehors, et c'est ainsi que j'ai laissé filer une autre occase de bosser pour le gouvernement.

Mais Joe Morning est mort, maintenant, probablement, à moin que cette lettre ne soit tombée de sa poche. Et même s'il n'est pas mort, il est certainement perdu, et ça me désole. Je ne sais à qui m'en prendre, je ne sais vraiment pas à qui m'en prendre.

J'ai quitté Oakland le lendemain de la mort de Kennedy, j'ai picolé tout au long de la route qui traversait les Rocheuses, jusque dans le Nebraska. Le propriétaire-gérant d'une station-service m'a confié que le dernier proprio s'était fait descendre par un de ces adolescents détraqués, qui se baladaient avec leurs bottes de cow-boy en solde, et pullulaient dans la campagne, armés de .38 nickelés, des nanas minces tout émoustillées pendues à leurs bras… Le propriétaire-gérant m'a dit que les affaires étaient plutôt bonnes. Dans l'Iowa, on me raconte qu'à chaque printemps, quand la pluie se met à tomber comme pour l'embarquement de Noé, un paysan assassine sa famille à coups de hache, puis se pend dans la grange comme un quartier de barbaque. Au moment où je traversais le Missouri, un type zigouillait son clébard, ce qui en soit ne constitue rien de remarquable, si ce n'est qu'il avait consacré sept années de sa vie à lui apprendre à jodler. En Oklahoma, vingt-deux travailleurs immigrés ont péri après que leur camion a plongé dans la *Washita River*; des badauds leur ont fait les poches avant que la police de l'autoroute n'arrive sur les lieux de l'accident. Et à Dallas…

La route a été longue, ma mélancolie est pesante. Gallard et Abigail ont fini par se marier, ils travaillent pour l'AID[1] au Sud Viêt-nam. Je les ai rencontrés l'année dernière à Saigon, et même s'ils m'appréciaient tous les deux, j'avais trop longtemps erré dans les parages de la mort, je les mettais mal à l'aise. Cagle et Novotny se sont également mariés, ils sont pères de famille, ont des enfants et s'en sortent pas mal, si ce n'est qu'ils picolent trop, tous les deux, et ne parlent que de la guerre quand on se retrouve. Saunders a sauté sur une mine dans la vallée du Ia Drang l'été dernier, il est mort six semaines plus tard à Walter Reed. Tetrick a pris une retraite anticipée à Grand Island, dans le Nebraska, il y a deux ans, et il se fusille le foie en attendant la mort.

---

1. Agency for International Development.

Lorsque je l'ai vu pour la dernière fois, il m'a dit que Dottlinger avait écopé de six à dix ans à Leavenworth pour vol de chéquiers. J'ai trente et un ans, et je dors à nouveau sous le toit de mon père, pour l'instant, et je ne sais trop ce que je vais fabriquer, si ce n'est me faire l'écho de Morning : Ça n'a pas été facile, mec, mais je ne pleurniche pas, et ce n'est pas terminé, loin de là.

Le mois de novembre est revenu, la grisaille du vent et la pluie viennent s'entrelacer à ma fenêtre. Les plages du Pacifique sont charmantes à cette période de l'année, au Mexique, et je vais m'y rendre pour me reposer, pour biberonner un peu, dévorer le soleil et rêver pour quelque temps le rêve de Joe Morning. Après, je reviendrai.

DU MÊME AUTEUR

Aux Éditions Gallimard

Dans la Noire
UN POUR MARQUER LA CADENCE.
LE CANARD SIFFLEUR MEXICAIN.

Dans la Série Noire
LA DANSE DE L'OURS, *n°* 2361.

Aux Éditions Rivages
PUTES.

Aux Éditions Christian Bourgois
FAUSSE PISTE.

Aux Éditions Encrage
CAIRN.

Dans la collection 10/18 — Grands détectives
LE DERNIER BAISER.

COLLECTION FOLIO

Dernières parutions

Composition Interligne.
Impression Société Nouvelle Firmin-Didot
le12 décembre 1996.
Dépôt légal : décembre 1996.
Numéro d'imprimeur : 36870.
ISBN 2-07-040175-8/Imprimé en France.